CLIVE CUSSLER

& BOYD MORRISON

Piranha

W0336406

Autoren

Clive Cussler konnte bereits dreißig aufeinanderfolgende »New-York-Times«-Bestseller landen, seit er 1973 seinen ersten Helden Dirk Pitt erfand, und ist auch auf der deutschen Spiegel-Bestsellerliste ein Dauergast. 1979 gründete er die reale NUMA, um das maritime Erbe durch die Entdeckung, Erforschung und Konservierung von Schiffswracks zu bewahren. Er lebt in der Wüste von Arizona und in den Bergen Colorados.

Boyd Morrison arbeitete als Ingenieur für die NASA und Microsoft, bevor er sich ganz dem Schreiben widmete. Außerdem ist er professioneller Schauspieler und Jeopardy!-Meister. Er lebt mit seiner Frau in Seattle.

Die *Juan-Cabrillo-Romane* von Clive Cussler:

1. Der goldene Buddha
2. Der Todesschrein
3. Todesfracht
4. Schlangenjagd
5. Seuchenschiff
6. Kaperfahrt
7. Teuflischer Sog
8. Killerwelle
9. Tarnfahrt
10. Piranha

Weitere Bände in Vorbereitung

Clive Cussler
& Boyd Morrison

Piranha

Ein Juan-Cabrillo-Roman

Aus dem Englischen
von Michael Kubiak

blanvalet

Die englische Originalausgabe erschien 2015 unter dem Titel »Piranha« bei G.P. Putnam's Sons, New York.

Der Verlag weist ausdrücklich darauf hin, dass im Text enthaltene externe Links vom Verlag nur bis zum Zeitpunkt der Buchveröffentlichung eingesehen werden konnten. Auf spätere Veränderungen hat der Verlag keinerlei Einfluss. Eine Haftung des Verlags ist daher ausgeschlossen.

MIX
Papier aus verantwortungsvollen Quellen
FSC® C014496
FSC
www.fsc.org

Verlagsgruppe Random House FSC® N001967

2. Auflage
Copyright © 2015 by Sandecker, RLLLP
By arrangement with Peter Lampack Agency, Inc., 551 Fifth Avenue, Suite 1613, New York, NY 10176-0187 USA
Copyright © der deutschsprachigen Ausgabe 2016 by Blanvalet Verlag, in der Verlagsgruppe Random House GmbH, Neumarkter Str. 28, 81673 München
Redaktion: Jörn Rauser
Umschlaggestaltung und -motiv: © Johannes Wiebel | punchdesign, unter Verwendung eines Motivs von Shutterstock.com
HK · Herstellung: kw
Satz: Buch-Werkstatt GmbH, Bad Aibling
Druck und Einband: GGP Media GmbH, Pößneck
Printed in Germany
ISBN: 978-3-7341-0309-4

www.blanvalet.de

PROLOG

MARTINIQUE
8. MAI 1902

Die SS *Roraima* dampfte geradewegs ins Verderben.

First Officer Ellery Scott stand auf der Kommandobrücke des kanadischen Fracht- und Passagierschiffes und starrte in ein graues Schneetreiben, das schmutziger war als alles, was er je während eines verrußten Londoner Winters gesehen hatte. Obwohl es bereits 6:30 Uhr morgens war, konnten die Strahlen der aufgehenden Sonne nicht die Aschewolke durchdringen, die über dem Hafen von Saint-Pierre lag. Die Umrisse des »Klein-Paris der Karibischen Inseln«, wie das wirtschaftliche Zentrum Martiniques gern genannt wurde, ließen kaum auf eine pulsierende Stadt mit dreißigtausend Einwohnern schließen. Viel eher erinnerten sie an eines dieser verschwommenen impressionistischen Aquarelle, wie sie zurzeit in der Namensgeberin der karibischen Stadt in Mode waren.

Gedankenverloren strich sich Scott über seinen silbergrauen Schnurrbart, während er sich zum Mont Pelée umdrehte, dem Vulkan, der über dem Hafen thronte. Gewöhnlich gut gelaunt und nie um ein freundliches Wort verlegen, weshalb er sich bei den Offizieren, der Mannschaft und den Passagieren großer Beliebtheit erfreute, spiegelte seine Miene an diesem Tag doch tiefe Besorgnis wider. Er war seit zwanzig Jahren Seemann, kannte zwar jede Art von Frachtschiff und die Ozeane mit ihren mörderischen Stürmen und den alles niederwalzenden Monsterwellen, aber der erfahrene alte Seebär hatte noch nie zuvor etwas derart Unheimliches und Bedrohliches gesehen wie diesen Berg dort im Norden – in nur fünf Kilometern Entfernung.

Grollender Donner drang wie ein regelmäßiger Pulsschlag aus der Tiefe, als lauere in seinem Innern ein riesiges Raubtier. Seine Spitze wurde von den letzten Resten nächtlicher Dunkelheit verhüllt, und beißender Schwefelgestank verpestete die Luft. Scott kam es ganz so vor, als habe Satan persönlich diesen Ort als Behausung ausgewählt.

»Was halten Sie vom Wetter, Sir?«, fragte Scott betont beiläufig in der Hoffnung, dass ihm seine Besorgnis nicht anzumerken war.

Kapitän George Muggah, das Gesicht nach Jahren in salziger Luft und glühender Sonne zerfurcht und die Oberlippe unter einem buschigen Schnurrbart verborgen, schaute vom Logbuch hoch und warf einen kurzen blinzelnden Blick auf die gespenstische Szenerie.

»Machen Sie weiter wie gehabt, Mr. Scott«, sagte er in einem Tonfall, der keinen Widerspruch duldete. »Solange wir nichts Gegenteiliges vom Hafenmeister hören, werfen wir Anker.«

»Diese Asche könnte unseren Maschinen schaden. Möglicherweise wird es heute Abend nicht möglich sein, die Fahrt fortzusetzen.«

»Dann überlasse ich es Ihnen, dafür zu sorgen, dass die Mannschaft Reinschiff macht und unsere Maschinen sauber hält. Im Hafen liegen achtzehn Schiffe. Wäre es dort nicht sicher, hätten sie längst die Anker gelichtet.«

Die dicke Ascheschicht, die auf dem Wasser trieb, erzeugte den Eindruck, als lägen die Schiffe auf beiden Seiten auf dem Trockenen. Auch auf die Gefahr hin, penetrant zu erscheinen, hakte Scott nach. »Und was ist mit der Explosion vor zwei Tagen?«

Sie hatten achtzig Kilometer weiter nördlich vor Dominica geankert, als eine Explosion gegen vier Uhr morgens das Schiff derart heftig durchgeschüttelt hatte, dass Tassen und Teller aus den Schränken fielen und auf dem Boden zerschellten.

Kapitän Muggah fuhr mit seinen Eintragungen ins Logbuch fort. »Ich halte mich an das, was der Telegraphist aus Portsmouth übermittelt hat, dass sich nämlich durch die Explosion lediglich der Druck im Vulkan verringert hat. Wahrscheinlich wird der Berg mal wieder husten, aber mehr passiert ganz bestimmt nicht.«

Scott war sich dessen nicht so sicher, aber er verkniff sich einen Einwand.

Nachdem sie ihren Liegeplatz gefunden und Anker geworfen hatten, kamen der Hafenmeister und der Hafenarzt an Bord, um das Schiff zu überprüfen und auszuschließen, dass niemand von der Mannschaft und den Passagieren unter einer ansteckenden Krankheit litt und diese bei einem Landgang auf die Insel einschleppte. Beide verharmlosten die anhaltende vulkanische Aktivität und bestätigten Muggahs Annahme, dass von dem dumpfen Grollen im Innern des Vulkans keinerlei Gefahr ausging. Was sie hörten, seien lediglich die letzten Atemzüge des verlöschenden Berges.

Es war Christi Himmelfahrt, und alle Hafenarbeiter nahmen an dem morgendlichen Gottesdienst teil, daher traten Scott und Muggah in die Offiziersmesse, um zu frühstücken. Sie unterhielten sich über den Verladeplan des Tages – Bauholz und Kalium aus New Brunswick musste gelöscht und Rum und Zucker, die für Boston bestimmt waren, geladen werden. Der Vulkan jedoch wurde mit keiner Silbe erwähnt, wenn sein ständiges Rumpeln auch unmöglich zu überhören war.

Nach dem Frühstück begab sich Scott an Deck, um den

Frachtagenten zu begrüßen, der die Schauerleute beim Löschen der Ladung beaufsichtigen würde.

Das einhundertvier Meter lange Passagierschiff verfügte über Frachträume vor und hinter der mittschiffs gelegenen Kommandobrücke, die von einem einzelnen Schornstein überragt wurde. Mastkräne an beiden Enden des Schiffes dienten dem Laden und Entladen der schweren Fracht. Jeder Quadratzentimeter war mit dem Ausstoß aus dem Schlund des Pelée bestäubt. Als Scott das Schiffsdeck überquerte, hinterließ er deutliche Fußspuren.

Passagiere drängten sich an der Reling, um einen Blick auf Saint-Pierre mit seiner bedrohlichen Kulisse zu werfen. Einige füllten Vulkanasche als Souvenir in Briefumschläge und Tabaksdosen. Zwei Frauen spannten Sonnenschirme auf, um ihre Kleider vor Verschmutzung zu schützen.

Einer der männlichen Passagiere – ein schmächtiger Deutscher namens Günther Lutzen – baute sogar ein Stativ auf, um das ungewöhnliche Panorama zu fotografieren.

»Einmaliges Motiv, Mr. Lutzen«, sagte Scott.

»Ja, es ist wirklich sehr interessant«, erwiderte Lutzen in holprigem Englisch.

»Gehört das auch zu Ihrer wissenschaftlichen Exkursion?«

»Nein, die ist abgeschlossen. Aber ich möchte dieses Foto für meine …« Er hielt inne und holte ein Deutsch-Englisches Wörterbuch aus der Tasche. *»Ach,* wie lautet das Wort für *Sammlung?«* Er blätterte in dem Buch.

»Kollektion?«, half ihm Scott auf die Sprünge.

Lutzen lächelte dankbar und nickte heftig. »Ja, natürlich. ›Kollektion‹. Diese Sprache ist ein ganz und gar neues Gebiet für mich. Ich lerne noch. Meine Schwester in New York hat mir ein paar Kinderbücher mitgegeben, in denen ich fleißig lese.«

Scott klopfte ihm auf die Schulter. »Sie machen gute

Fortschritte. Ihr Englisch ist schon besser als mein Deutsch.«

Lutzen lachte und steckte das Wörterbuch ein, um die neue Vokabel in sein allgegenwärtiges Notizbuch einzutragen. Scott setzte seinen Weg fort, wobei er die Passagiere, die ihm entgegenkamen, mit einem Kopfnicken grüßte.

Als er das Vorderdeck betrat, sah er Monsieur Plessoneau, den örtlichen Frachtagenten, die Gangway heraufkommen, die zu seinem Boot herabgelassen worden war. Plessoneau, ein hagerer Mann in weißem Anzug, mit einem Panamahut auf dem Kopf, ergriff Scotts ausgestreckte Hand.

»Schön, Sie wiederzusehen, Monsieur«, sagte Scott. »Offenbar hat Ihr grollender Berg das Geschäft bisher nicht beeinträchtigt.« Mit einem Kopfnicken deutete er auf die anderen Schiffe, die im halbmondförmigen Hafenbecken ankerten.

Der Franzose blähte die Wangen auf, spitzte die Lippen und blies zischend die Luft aus. »*Oui,* wir hoffen natürlich, dass das Schlimmste vorüber ist.«

Scott runzelte die Stirn. »Was ist geschehen?«

Bei dem Agenten löste diese Frage ein betrübtes Lächeln aus. »Seit über einem Monat gibt Pelée keine Ruhe. Angefangen haben unsere Probleme mit den Ameisen und den Tausendfüßlern in der Zuckerfabrik Guerin.«

»Ameisen und Tausendfüßler?«

Plessoneau verzog das Gesicht. »Wenn ich wieder in Frankreich bin, werde ich sie nicht vermissen. Wir nennen die Ameisen *fourmis-fous* – rasende Ameisen. Sie stürzen sich auf alles und beißen wie im Rausch. Die Tausendfüßler sind noch schlimmer. Dreißig Zentimeter lang und schwarz, ein paar Bisse können einen Menschen töten. Alle Arbeiter waren nötig, um die Pferde zu retten. Und dann kamen auch noch die Schlangen.«

Scott erschrak. Insekten waren schon schlimm genug, aber Schlangen machten ihm wirklich Angst.

Plessoneau nickte bekräftigend. »Hunderte *fer-de-lances* – Grubenottern – kamen vor vier Tagen aus dem Wald nördlich von Saint-Pierre. Fünfzig Menschen und hunderte Tiere wurden gebissen und starben. Einen Tag später zerstörte eine Schlammlawine, die sich vom Berg herabwälzte, die Fabrik. Glücklicherweise geschah es bei Nacht, aber trotzdem fanden viele Männer den Tod.«

Für Scott verstärkte sich der Eindruck einer unmittelbar bevorstehenden Katastrophe, den er bereits bei der Einfahrt in den Hafen gehabt hatte.

»Vielleicht sollten wir lieber umkehren und stattdessen auf der Rückfahrt hier Halt machen«, sagte er.

Plessoneau zuckte die Achseln. »Genau das wollte ich Ihnen vorschlagen, da heute Feiertag ist und viele Männer gar nicht arbeiten werden. Sie könnten nach Fort-de-France weiterfahren und morgen zurückkehren. Allerdings brauchen Sie die Erlaubnis des Hafenmeisters, und die gibt er Ihnen vielleicht gar nicht.«

»Weshalb nicht?«

»Weil der Gouverneur Soldaten aufmarschieren ließ, die die Menschen davon abhalten sollen, die Stadt zu verlassen. In drei Tagen findet hier eine Kommunalwahl statt, und er befürchtet, dass sie abgesagt werden muss, wenn sich jeder aus dem Staub macht. Einige Leute haben bereits das Weite gesucht, aber von den Farmen an den Berghängen kommen die Farmer und Landarbeiter nach Saint-Pierre, daher herrscht dort ein Gedränge, wie ich es noch nie erlebt habe.«

»Meinen Sie, wir sollten trotzdem wieder auslaufen?«

»Bisher hat nur *ein* Schiff den Anker gelichtet, ein italienischer Dreimaster namens *Orsolina,* der gestern lediglich die Hälfte seiner Zuckerfracht geladen hat. Der Hafenmeister hat die Erlaubnis zum Ablegen verweigert, ehe die gesamte Ladung an Bord ist, und dem Kapitän, Marino Leboffe, mit Arrest gedroht. Angeblich soll Leboffe, der aus Neapel kommt, dem Hafenmeister erwidert haben: ›Ich weiß zwar nichts über den Mont Pelée, aber wenn der Vesuv so aussähe wie euer Berg heute Morgen, würde ich Neapel sofort verlassen. Darum verschwinde ich von hier.‹«

»Möglicherweise war das genau das Richtige.«

»Ihr Kapitän muss wissen, was er tut, aber wenn ein weiteres Schiff den Hafen vorzeitig verlässt, könnte es bei den anderen eine Panik auslösen. Soeben ist in Fort-de-France die *Suchet* eingetroffen, ein französischer Kreuzer. Durchaus möglich, dass sie zu Hilfe gerufen wird, um Sie aufzuhalten.«

»Mal hören, was Kapitän Muggah denkt«, sagte Scott und ging mit Plessoneau zur Kommandobrücke hinüber.

Der Kapitän hörte sich den Bericht des Agenten an, ließ sich jedoch nicht aus der Ruhe bringen. Er wedelte mit einer Ausgabe der *Les Colonies,* der städtischen Zeitung, die ihm der Arzt überlassen hatte.

»Im Leitartikel heißt es, vom Berg drohe keine Gefahr. Und das reicht mir. Ich denke, wir sollten schnellstens mit dem Löschen der Ladung beginnen.«

Der Kapitän wollte keinen Einwand gelten lassen. Seine Entscheidung war endgültig. Scott beugte sich den Anweisungen mit einem knappen »Aye, Käpt'n« und geleitete Plessoneau zur Gangway.

Scott verabschiedete sich von ihm und verfolgte für einige Sekunden, wie er zu seiner Barkasse hinabstieg, dann kehrte er zum Achterdeck zurück, wo er den dritten Maat antraf, der wie gebannt auf die Stadt blickte.

»Mr. Havers«, sagte Scott, »was ist denn da so interessant?«

»Na ja, ein friedlicher Anblick, nicht wahr, Mr. Scott? Zwar grau, aber von der Sonne beschienen.«

Scott stimmte widerstrebend zu, dass der Anblick seinen ganz eigenen Reiz hatte. Aber »friedlich« war keineswegs die Beschreibung, die er gewählt hätte. Er empfand das Stadtpanorama mit dem Berg im Hintergrund immer noch als bedrohlich. »Wir haben eine Menge Arbeit vor uns. Der Kapitän möchte, dass dieses Deck vor Sauberkeit blitzt, wenn wir wieder ablegen.«

»Aye, Sir. Aber darf ich vorher noch schnell ein Foto machen? Ich muss nur die Kamera aus meiner Koje holen.«

Scott holte seine Taschenuhr hervor. 7:49. Da die meisten Hafenarbeiter noch beim Gottesdienst waren, blieben ihnen ein paar Minuten Zeit.

Er nickte lächelnd. »Aber beeilen Sie sich.«

»Danke, Sir«, sagte Havers strahlend und entfernte sich im Laufschritt zu den Mannschaftsquartieren.

Scott hatte nur zwei Schritte in Richtung Kommandobrücke zurückgelegt, da schien es ihm, als sei die Sonne schlagartig erloschen. Erschrocken schaute er zum Mont Pelée hinauf. Der Anblick, der sich seinen Augen bot, ließ ihn stocksteif verharren, als wären seine Füße in Zement eingegossen.

Wie der Mündungsqualm einer Schlachtschiffkanone schoss eine mächtige Wolke aus schwarzem Rauch und Asche senkrecht in den Himmel hinauf. Eine Seite des Berges wurde weggesprengt, und eine zweite Aschewolke wälzte sich wie eine glühende Walze überhitzten Gases die steilen Hänge des Pelée herab. Die tödliche Lawine bewegte sich direkt auf Saint-Pierre zu. Bei dem Tempo, mit dem sie zu Tal raste, würde sie die Stadt in weniger als einer Minute zudecken.

Trotzdem konnte sich Scott nicht rühren. Von dem entsetzlichen Anblick war er wie hypnotisiert. Für einen kurzen Moment herrschte eine gespenstische Stille, dann hatte die betäubende Schockwelle das Schiff erreicht und schleuderte den Schiffsoffizier nach hinten. Gestoppt wurde diese Bewegung von einer stählernen Wand, an die gepresst er von der tödlichen Wolke eingehüllt worden wäre, hätte ihn dieser unheimliche Laut nicht zur Besinnung kommen lassen. Sein erster Gedanke galt der Sicherheit des Schiffes, daher rannte er zum Bug.

Mittschiffs traf Scott auf Kapitän Muggah, der ihm im Laufschritt entgegenkam. Er musste den gleichen Gedanken gehabt haben wie Scott.

»Anker hoch, Mr. Scott!«, brüllte der Kapitän, während er an ihm vorbei zur Kommandobrücke eilte.

»Anker wird gelichtet, aye!«, antwortete Scott. Der dritte Maat, der seinen Fotoapparat geholt hatte, folgte dem Kapitän auf die Kommandobrücke und befahl, die Kessel unter Dampf zu setzen.

Scott erreichte die Ankerklüse und schaltete die dampfgetriebene Winde ein, um die schwere Kette einzuholen und den Anker hochzuhieven. Passagiere in seiner Nähe stießen Entsetzensschreie aus und rannten kopflos hin und her, um vor dem drohenden Feuerregen verzweifelt Schutz zu suchen. Dem größten Teil der Mannschaft ging es keinen Deut besser, und trotz Scotts lauten Rufen kam ihm niemand zu Hilfe.

Er zählte fünfzehn Faden Kette, die die Winde aufgewickelt hatte, als die tödliche Aschewolke den nördlichen Rand von Saint-Pierre erreichte und alles in Brand setzte, was sie berührte. Steinhäuser explodierten und gingen in Flammen auf, als wären sie aus Sperrholz erbaut.

Die Wolke wälzte sich über den Hafen und traf auf die *Grappler*, einen Kabelleger, der gerade im Hafen ankerte. Sie blieb nur darum von dem Feuer verschont, weil sie sofort von einer Wasserwand überschüttet wurde und kenterte. Die Riesenwelle rollte weiter und zertrümmerte ein Schiff nach dem anderen.

Da noch fünfzehn Faden Ankerkette eingeholt werden mussten, zerschlug sich für Scott jede Hoffnung, die *Roraima* rechtzeitig aus dem Hafen manövrieren zu können. Gehetzt sah er sich nach einer Deckungsmöglichkeit um. Da ihm nur noch Sekunden blieben, bis ihn das Feuer erreichte, konnte er nichts anderes tun, als eine Persenning von einem der Belüftungsschächte herunterzureißen, sie mehrmals zusammenzufalten und sich über den Kopf zu ziehen. So warf er sich auf das Deck, verkroch sich unter der Plane und ließ nur eine winzige Öffnung frei, um seine Umgebung beobachten zu können. Er sah Kapitän Muggah auf der Kommandobrücke und hörte ihn Befehle brüllen, während er gegen alle Vernunft versuchte, sein todgeweihtes Schiff zu retten.

Scott spürte die Hitze noch vor der Druckwelle. Die Luft begann zu sieden, sodass er für einen Moment glaubte, im Innern eines der Dampfkessel des Schiffes werde es unbedingt kühler sein. Die mehrlagige Persenning lenkte die Hitze weitgehend ab. Scott wusste, dass er ohne diesen Schutz niemals überlebt hätte. Diese Erkenntnis erhielt ihre Bestätigung, als er mitansehen musste, wie der Schnurrbart, das Haar und die Kleidung des Kapitäns in Flammen aufgingen. Der Mann schrie in namenloser Qual auf, und Scott wurde das tödliche Finale des grässlichen Schauspiels erspart, als Muggah zusammenbrach und außer Sicht geriet.

Glühende Steine und kochender Schlamm prasselten auf die Schutzplane, teils waren die Bestandteile kleiner als Bleischrot, teils so groß wie Taubeneier. Scott war unter seinem notdürftigen Schutzzelt sicher, daher verhielt er sich ruhig und lauschte dem vielfältigen Zischen, als sich der glühende Trümmerregen rings um das Schiff ins Hafenbecken ergoss.

Wenige Lidschläge später erreichte die Druckwelle die *Roraima* und riss Scott beinahe die Persenning aus den Händen. Beide Mastkräne wurden einen halben Meter über dem Deck so sauber gekappt, als wären sie mit einer gigantischen Säge gefällt worden, und der Schornstein zerbarst in zwei Hälften. Die Flutwelle prallte breitseits gegen das Schiff, sodass es sich zuerst nach Backbord neigte und dann ruckartig aufrichtete und so weit nach Steuerbord zurückkippte, dass die Reling für einen kurzen Moment ins Wasser eintauchte.

Scott schrie vor Angst, ins Hafenbecken geworfen zu werden, laut auf und suchte mit wild rudernden Armen nach einem Halt. Er rutschte, immer noch weitgehend von der Persenning beschützt, über das mit Asche bedeckte Deck, bis seine Füße gegen eine Ladeluke stießen. Für einen kurzen Moment glaubte er, dass das Schiff ebenso kentern werde wie die *Grappler*, aber das alte Mädchen schüttelte sich zwar und richtete sich wieder auf, wobei es deutlich Schlagseite behielt.

Scott warf einen Blick durch die Lücke in der Schutzplane, um sich zu orientieren, und erkannte, dass er sich dicht vor dem vorderen Deckaufbau befand. Er machte Anstalten, sich aufzurichten und sich in seinen Schutz zu begeben, als die Tür weit aufschwang und zwei Matrosen, Taylor und Quashey, ihn hereinzogen.

Sie schlugen die Tür sofort wieder zu und bedeckten die Bullaugen mit Matratzen, Kissen, Koffern, schlichtweg mit allem, was sie finden konnten. Danach kauerten sie sich unter die Persenning und mehrere Schlafdecken, um auf das Ende zu warten – entweder das des Feuersturms oder ihr eigenes.

Nach einer Zeitspanne, die ihnen zwar wie eine Stunde vorkam, jedoch nicht länger als zehn Minuten dauerte, spürte Scott, wie die Hitze nachließ. In der Hoffnung, dass das Schlimmste nun vorüber war, stand er auf und öffnete die Tür.

Mit einem Blick erkannte er, dass das Schlimmste soeben erst begann.

Das Deck war mit verkohlten Leichen übersät. Männer, Frauen und Kinder waren grässlich verbrannt oder so reichlich mit Asche bedeckt, dass es schien, als seien sie zu Zement erstarrt. Er konnte Passagiere und Mannschaft nicht voneinander unterscheiden.

Vorsichtig ging er zwischen ihnen herum und hielt nach irgendwelchen Lebenszeichen Ausschau, bis er jemanden fand, der auf dem Bauch lag und dessen Kleidung auf seinem Rücken verbrannt war. Das bedauernswerte Opfer stöhnte vor Schmerzen. Scott drehte die Person behutsam auf den Rücken und wich entsetzt zurück, als er das grauenhafte Gesicht erblickte.

Das Haar des Mannes war vollständig verbrannt, die Haut war geschwärzt, und seine Nase und Ohren waren vollkommen verformt und mit dem Gesicht verschmolzen. Dass Scott einen Mann und keine Frau vor sich hatte, erkannte er an den Stoffresten des Mantels und der Krawatte, die unter den verschränkten Armen völlig unversehrt geblieben waren. Die untere Körperhälfte war nahezu vollständig verkohlt. Scott vermutete, dass der Mann bereits bäuchlings auf dem Deck gelegen hatte, als die Feuerwalze ihn überrollte.

»Helfen Sie mir, Mr. Scott«, ächzte er mit zerfetzten Lippen.

Scott musterte ihn verwirrt. »Wer sind Sie, Sir?«

»Kennen Sie mich nicht, Mr. Scott?«, krächzte er, wobei ihm jedes einzelne Wort unendliche Mühe bereitete. »Ich bin Lutzen.«

Scott starrte Günther Lutzen an. Nein, den Deutschen hätte er niemals erkannt.

Zitternd hob der Mann einen Arm und streckte ihn Scott entgegen, der annahm, dass sein Gegenüber auf diese Weise um Hilfe bat. Stattdessen hielt er Scott sein wertvolles Notizbuch hin. Jetzt erst erkannte der Offizier, dass Lutzen sich offenbar auf das Notizbuch geworfen hatte, um es vor den Flammen zu bewahren.

»Ich werde sterben. Geben Sie dies meiner Schwester.«

Scott wollte sich nicht mit dem Todesurteil für den Mann abfinden, daher hielt er verzweifelt Ausschau nach Hilfe. Ein Frachtschiff, das er als die *Roddam* identifizierte, drehte gerade nach Backbord, um den Hafen zu verlassen, und er konnte erkennen, dass ihr gesamtes Heck in Flammen stand.

»Bitte, Mr. Scott«, sagte Lutzen und zog Scotts Aufmerksamkeit wieder auf sich. »Ingrid Lutzen, New York City.«

Scott erkannte, dass er nichts mehr für den Mann tun konnte, nickte also, nahm das Notizbuch an sich und schob es in seinen Hosenbund. »Natürlich, Mr. Lutzen. Ich kümmere mich darum.«

Lutzen brachte nicht einmal den Anflug eines Lächelns zustande, aber er nickte dankbar. »Sagen Sie ihr, dass ich dort war«, keuchte er mühsam. »Ich habe den Durchbruch geschafft. Alles wird sich verändern. Sie schimmerten wie Smaragde, groß wie Baumstämme.«

Ein krampfhafter Husten schüttelte seinen Körper durch. Scott machte Anstalten, sich aufzurichten und Wasser zu suchen, um die Lippen des Sterbenden zu benetzen, aber Lutzen hielt Scott am Ärmel fest und zog ihn so dicht zu sich heran, dass seine versengten Lippen fast die Ohren des Schiffsoffiziers berührten. Lutzen flüsterte noch vier Worte, dann sank seine Hand von Scotts Arm herab, und er entspannte sich, endlich von seinen unmenschlichen Schmerzen erlöst.

Scott verharrte einige Sekunden länger auf den Knien, verwirrt von dem, was er soeben gehört hatte. Weitere Schmerzlaute drangen an seine Ohren, und er richtete sich auf. Da der Kapitän tot oder wenigstens tödlich verletzt war, hatte er jetzt das Kommando über das Schiff.

Scott sammelte alle Überlebenden um sich, die er finden konnte – insgesamt waren es nur dreißig von den achtundsechzig Personen an Bord, und die Hälfte von ihnen würde die Nacht nicht überstehen. Er selbst und drei andere Mannschaftsangehörige waren die Einzigen, die keine schweren Verletzungen erlitten hatten. Sie begannen, aus den Überresten eines Rettungsboots ein primitives Floß zusammenzuzimmern, aber ihre Bemühungen erwiesen sich als überflüssig, als der französische Kreuzer *Suchet* am Nachmittag in den Hafen einlief, sie an Bord aufnahm und die *Roraima*, die dem Untergang geweiht war, ihrem Schicksal überließ. Der Offizier, der die Überlebenden mit Kaffee versorgte, berichtete ihm, dass vermutlich kein Bewohner von Saint-Pierre die Katastrophe überlebt habe.

Da er und seine wenigen Schutzbefohlenen sich in Sicherheit befanden, zog Scott das Notizbuch Günther Lutzens aus dem Hosenbund und blätterte darin. Wie er bereits vermutet hatte, verstand er kein Wort von den Eintragungen. Nicht nur war jede Seite mit Notizen in deutscher Sprache gefüllt, sondern der größte Teil der Aufzeichnungen bestand auch noch aus mathematischen Gleichungen und wissenschaftlichem Kauderwelsch. Scott konnte nur hoffen, dass Lutzens Schwester etwas damit anzufangen wusste, und schwor sich, sein Versprechen um jeden Preis einzulösen und ihr das Notizbuch zukommen zu lassen.

Scott überlegte, was er ihr nach seiner Ankunft in New York erzählen und ob er ihr eine Schilderung des Leidens ihres Bruders ersparen solle. Er entschied, dass sie es verdiene, die ganze Wahrheit zu erfahren – inklusive Lutzens letzter Botschaft an sie.

Er wollte sichergehen, dass er während der Reise nach Norden, die einige Tage dauern würde, nichts von dem vergaß, was er gehört hatte. Daher borgte er sich von einem der Matrosen der *Suchet* einen Schreibstift und blätterte im Notizbuch weiter bis zu der ersten leeren Seite. Dort notierte Scott die rätselhaften Worte Lutzens, dessen raue Stimme er noch immer in den Ohren hatte.

Sagen Sie ihr, dass ich dort war. Ich habe den Durchbruch geschafft. Alles wird sich verändern. Sie schimmerten wie Smaragde, groß wie Baumstämme.

Scott hielt inne, immer noch unsicher, ob er Lutzen richtig verstanden hatte. Er zuckte die Achseln und schrieb die seltsame Nachricht wortgetreu auf.

Ich habe Oz gefunden.

EINS

CHESAPEAKE BAY
VOR NEUN MONATEN

Nur Minuten von ihrem Ziel achtzig Meilen nordwestlich des Chesapeake-Bay-Bridge-Tunnels entfernt, beschrieb der Prototyp der Kampfdrohne X-47B einen weiten Bogen. Frederick Weddell justierte den Frequenzwechselalgorithmus des Störimpulses. Er hatte die Aufgabe, das Steuersignal des Drohnenpiloten in der Ventura County Naval Base in Kalifornien zu blockieren und das bordinterne Navigationssystem neu zu kodieren, sodass der Flugkörper mitsamt seinen eintausend Pfund Treibstoff in einen baufälligen Frachter einschlug.

Sogar ohne die beiden intelligenten Bomben, mit denen sie ausgerüstet werden konnte, war die Drohne in der Lage, einen tödlichen Terrorangriff auf die USA auszuführen.

Weddell fand Gefallen an dieser Herausforderung. »Wir schaffen das«, sagte er zu niemand Bestimmtem, obgleich sich noch zwei weitere Männer in dem kleinen Raum befanden, der bis in den letzten Winkel mit elektronischen Apparaturen und Monitoren vollgestopft war. Das achtzig Fuß lange Kommunikationsschiff, das unweit der Mündung des Potomac ankerte, war bis auf seinen Kapitän, der sich auf der Kommandobrücke aufhielt, unbemannt. Weddell rückte seine Drahtbrille zurecht und blickte auf den größten Monitor, auf den die Bilder einer Kamera an Deck übertragen wurden. Die Drohne vollzog ihre erste

Kursänderung nach dem Start und war lediglich als kleiner weißer Balken vor dem orangefarbenen Leuchten der untergehenden Sonne zu erkennen.

Um die geplante Mission erfolgreich auszuführen, reichte es nicht aus, das Steuersignal zu stören. Wurde der Kontakt der Drohne mit ihrem Piloten unterbrochen, schaltete sie augenblicklich auf den autonomen Modus um und kehrte zu ihrer Basis, der Naval Air Station Patuxent River zurück, dem in Maryland gelegenen Flugzentrum, das als Testeinrichtung für die Luftwaffensysteme der Navy diente. Es kam darauf an, eine neue Kontrollbefugnis zu installieren, damit die Koordinaten für eine alternative Zielposition geladen werden konnten. In diesem Fall erhielte der unbemannte Flugkörper den Befehl, sich mit fünfhundert Meilen in der Stunde in den Frachter zu bohren.

Dieser Angriff war für das Pentagon das Worst-Case-Szenario. Niemand – nicht die Drohnenkonstrukteure und auch nicht die Joint Chiefs – glaubte, dass die bordeigenen Systeme gehackt werden konnten. Aber seitdem eine als top secret eingestufte RQ-170-Sentinel-Aufklärungsdrohne im Iran eine Bruchlandung hingelegt hatte, verlangten die hohen Tiere, dass die Air Force und die Navy den Nachweis erbrachten, dass ihre Kommunikationsprotokolle unknackbar seien. Abgesehen von dem Verlust einer Drohne, deren Entwicklung und Bau einige hundert Millionen verschlungen hatte, ermöglichte der Absturz dem Iran einen ungehinderten Blick auf eines der höchstentwickelten technologischen Produkte Amerikas. Wenn die Iraner es schafften, es vom Himmel zu holen, dann wären sie vielleicht auch in der Lage, dem Piloten einer Drohne die Kontrolle über sein Fluggerät zu entreißen. Das Militär pumpte wahre Geldströme in ein Programm, um zu gewährleisten, dass etwas Derartiges niemals geschah.

Dies war der Grund für dieses simulierte Drohnen-Hijacking.

Gesucht wurden die hellsten und fähigsten Köpfe in der Drohnenszene, um ein Team zu bilden, das als feindliches Infiltrationskommando auftrat. Als ausgebildeter Elektroingenieur und zurzeit führender Kommunikationsexperte der Air Force hatte Weddell die Gelegenheit beim Schopf ergriffen. Als Spezialist in allen Methoden der Signalübertragung, -verschlüsselung und -störung wurde er ausgewählt, um die Signal-Abfang-Mission zu leiten. Sein Team bestand aus zwei weiteren erstklassigen Wissenschaftlern.

Lawrence Kensit, ein unscheinbarer Mann mit schleppendem Gang und aknenarbigem Gesicht, war Computerwissenschaftler und Physiker, der bereits mit zwanzig Jahren am Caltech promoviert hatte. Er neigte dazu, jeden, den er als intellektuell nicht ebenbürtig betrachtete, als »rettungslos dämlich« zu bezeichnen – wozu auch die Offiziere gehörten, die auf seine Arbeit angewiesen waren. Und trotzdem stieg er in den Rang des genialsten Entwicklers für Drohnensoftware auf. Er saß rechts neben Weddell und bearbeitete eine Tastatur, die vor drei Bildschirmen lag, über die endlose Datenkolonnen flimmerten.

Der zweite Mann war Douglas Pearson, ein Konstrukteur, der für die Technologie sorgte, die in den höchstentwickelten Drohnen des militärischen Arsenals zum Einsatz kam. Er war ein Bär von einem Mann, dessen dröhnende Stimme und enorme Leibesfülle auf jemanden hinwiesen, der sich selbst nicht viel versagte und gewohnheitsmäßig nicht auf fremde Ratschläge hörte. Er verteidigte seinen Arbeitsbereich mit eiserner Faust und stritt sich lautstark mit jedem, der seinen Standpunkt nicht teilte. Er saß links neben Weddell, die Füße auf dem Arbeitstisch, in der einen Hand ein Tablet und in der anderen einen Kaffeebecher.

Wenn diese drei es nicht schafften, ins Lenksystem der Drohne einzudringen, dann würde es niemand sonst auf der ganzen Welt schaffen. Nachdem er sich vergewissert hatte, dass sich die Drohne tatsächlich auf einem Abfangkurs in Richtung des Frachters befand, beabsichtigte Weddell, sie von ihrem Kurs ein wenig abweichen und über Patuxent in einer Art Abschiedsgruß mit den Tragflächen wackeln zu lassen, bevor sie zum Kontrollzentrum in Ventura zurückkehrte.

Pearson schlürfte seinen Kaffee, ehe er den Becher absetzte und mit seinem Tablet gegen die Tischkante klopfte. »Was ist los, Larry? Ich hab bisher noch keine Verbindung.«

»Dr. Weddell«, sagte Kensit, ohne den Blick von seinen Monitoren zu lösen, »bitte erinnern Sie Dr. Pearson daran, dass ich auf diesen Spitznamen nicht reagiere. Ich ziehe ›Dr. Kensit‹ vor, bin aber auch mit ›Lawrence‹ einverstanden, obgleich dieses Privileg gewöhnlich nur Leuten vorbehalten ist, die man als gleichrangig betrachten kann.« Er legte eine kurze Pause ein, ehe er fortfuhr: »Wenn ihm das nicht klarzumachen ist, betrachte ich ihn schon mal nicht als gleichrangig.«

»Gleichrangig in welcher Hinsicht, *Dr.* Kensit?«, fragte Pearson mit einem spöttischen Grinsen. »Wir beide sind ganz sicher nicht gleich groß.«

»Oder gleich schwer.«

Pearson schnaubte. »Warum nenne ich Sie nicht einfach Shorty? Oder wie wär es mit Winzling?«

»Meine Körpergröße ist im Vergleich mit der Ihren zwar geringer, bewegt sich aber immer noch im durchschnittlichen Bereich«, erwiderte Kensit in sachlichem Tonfall. »Genauso wie Ihr IQ.«

»Das reicht«, sagte Weddell, der von ihren ständigen Kabbeleien die Nase voll hatte. »Nicht schon wieder dieses Spiel, und vor allem nicht jetzt.« Er hatte mindestens die Hälfte des vergangenen Halbjahrs damit zugebracht, den Schiedsrichter zwischen ihnen zu spielen.

»Wir werden dieses Duell gewinnen«, fuhr er fort, »versuchen Sie darum, sich einigermaßen zivilisiert zu verhalten, bis wir fertig sind. Uns bleiben nur noch zwei Minuten direkte Sichtverbindung. Wie sieht es bei Ihnen aus, Lawrence?«

Kensit drückte mit einer abschließenden Geste auf eine letzte Taste. »Wenn Dr. Pearsons Hardwaredaten korrekt sind und sobald Sie das Steuersignal von Ventura übernehmen, kann ich die bordeigenen Navigationsprotokolle neu konfigurieren.«

Weddell nickte und setzte den Prozess zum Blockieren der Funkverbindung in Gang. Die GPS-Navigation zu manipulieren würde nicht funktionieren, da alle amerikanischen Drohnen mit einem inertialen Navigationssystem gesteuert wurden, um einen solchen Eingriff zu verhindern. Er musste weitaus kreativer vorgehen. Indem er sich einer Antenne bediente, die eigens für diesen Zweck von ihm konstruiert und auf dem Schiffsdeck installiert worden war, bombardierte er den Empfänger mit einem Überlastimpuls, der die bordeigenen Systeme für einen kurzen Moment lahmlegte. Der sensible Teil der Operation bestand darin, diese Wirkung so lange aufrechtzuerhalten, dass der Empfänger augenblicklich wieder in den Suchmodus umschaltete, aber gleichzeitig so kurz, dass er nicht erkannte, dass jemand seine Protokolle zu manipulieren versuchte, und nicht dazu gebracht wurde, den autonomen Modus zu aktivieren.

»Halten Sie sich bereit, Lawrence«, sagte Weddell. »Denken Sie daran, dass Sie nur zwanzig Sekunden haben, um das Signal zu übernehmen.«

»Ich weiß.«

Natürlich weiß er es.

Weddell wandte sich zu Pearson um. Er hatte die Aufgabe, die automatische Selbstzerstörungssequenz der Drohne, die wirksam wurde, wenn die Sensoren der Drohne ein nicht autorisiertes Steuersignal aufspürten, lahmzulegen. »Doug, sind Sie bereit?«

»Los geht's«, gab Pearson zurück und rieb sich die Hände.

»Okay. Auf die Plätze. Fertig. Los.«

Weddell drückte auf die ENTER-Taste, und der Impuls wurde auf die Drohne abgefeuert. Auf seinem Kontrollschirm erschien die Bestätigung, dass er einen Volltreffer gelandet hatte.

»Los, Lawrence!«

Kensit begann wie wild seine Tastatur zu bearbeiten. Die Sekunden verrannten. Weddell konnte in diesem Moment nichts anderes tun, als tatenlos zuzuschauen. Er behielt den oberen Monitor im Auge, und die Drohne blieb bei ihrem bisherigen Kurs.

»Status, Lawrence.« Der Countdown-Timer, den er auf seinem Laptop aufgerufen hatte, gewährte ihnen zehn weitere Sekunden.

»Ich isoliere die Unterroutinen der Steuerung«, sagte Kensit, was an Information alles war, was Weddell von ihm hören würde.

Weitere Sekunden verstrichen. Das Warten zerrte an den Nerven. Zum ersten Mal während des gesamten Projekts war Weddell vollkommen machtlos.

»Fünf Sekunden, Lawrence.«

Tasten klapperten hektisch.

»Sie schaffen es, Kensit«, sagte Pearson.

Kensits Finger flogen über das Keyboard, und dann hob er sie hoch wie ein Konzertpianist nach dem Schlussakkord.

»Ich weiß«, sagte er. »Jetzt haben wir sie unter Kontrolle.« Er blickte vielsagend zu Pearson hinüber. »Versuchen Sie nachher lieber nicht, meine Brillanz herunterzuspielen.«

Obgleich die Drohne gar nicht explodieren würde, wenn Pearson den Selbstzerstörungsmodus nicht hätte verhindern können, wurde für den Fall, dass die Selbstzerstörungssequenz nicht abgebrochen wurde, im Innern der X-47B ein Schalter betätigt. Die Inspektoren, die die Drohne später untersuchten, würden erkennen, dass die Hijacking-Mission fehlgeschlagen war. Es würde keine individuellen Leistungsbewertungen geben.

Pearson benutzte sein Tablet genauso versiert, wie Kensit seine Tastatur bearbeitet hatte. Weddell konzentrierte sich darauf, neue Zielkoordinaten ins Navigationssystem zu übertragen. Er beendete diesen Vorgang im selben Moment, als Pearson triumphierend in die Runde schaute. »Nimm dies, Uncle Sam! Wir haben uns deine Drohne geschnappt!«

Weddell und Pearson applaudierten und schlugen die Handflächen gegeneinander. Alles, was Kensit zum Siegestaumel beisteuerte, war eine hochgezogene Augenbraue und ein Achselzucken, als könnte er sich unmöglich über etwas freuen, von dem er von Anfang an gewusst hatte, dass es am Ende eintreten würde.

Das Freudenfest fand ein abruptes Ende, als Weddell bemerkte, dass die X-47B auf dem Monitor einen Richtungsschwenk ausführte. Eigentlich hätte sie sich mit Kurs auf den Frachter von ihnen entfernen müssen. Stattdessen flog sie direkt auf sie zu.

Und sie ging in den Sinkflug.

»Was zum Teufel hat das zu bedeuten, Lawrence?«

Kensit schüttelte verwirrt den Kopf. »Das kann nicht sein.«

Pearson nahm die Füße vom Tisch und starrte Kensit an. »Was haben Sie getan, Larry?«

»Ich habe nichts getan, was dies bewirkt hat.«

»*Was* bewirkt?«, fragte Weddell.

»Die Drohne orientiert sich an dem Signal, das wir senden.«

»Wie bitte?« Weddell versuchte das Signal auszuschalten, das sie sendeten, aber der Computer reagierte nicht. »Wie ist das möglich?«

»Ich … ich habe keine Ahnung.«

Weddell schaute zum Monitor. Die X-47B wurde auf dem Bildschirm mit jeder Sekunde größer. Sie hatten weniger als eine Minute, ehe die Drohne und ihre Treibstoffladung ihren Kamikazeangriff abschloss und das Schiff zertrümmerte. »Können Sie die Drohne umprogrammieren?«

Kensit starrte nur auf den Bildschirm, völlig perplex und stumm.

Wahrscheinlich zum ersten Mal in seinem Leben stieß er die Worte »ich weiß es nicht« hervor.

»Sie müssen es versuchen, sonst sind wir alle tot.« Er wirbelte herum und deutete auf Pearson. »Versuchen Sie, die Selbstzerstörungssequenz zu starten.«

Pearson nickte heftig und beugte sich über das Tablet. Weddell rannte zu der Tür, die sich an der Stirnseite des Raums befand.

»Wohin wollen Sie?«, fragte Kensit.

»Wenn Sie beide es nicht schaffen, wieder die Steuerung zu übernehmen, kann ich zumindest dafür sorgen, dass unsere Antenne nicht mehr sendet.«

Er riss die Tür auf und rannte zur Kommandobrücke hinauf, wo der Kapitän irritiert auf die Drohne starrte, die auf sie zuraste.

»Bringen Sie uns von hier weg – sofort!«, rief Weddell.

Der Kapitän brauchte keine weitere Erklärung und ließ die Maschine hochlaufen.

Weddell kletterte weiter auf das oberste Deck über der Kommandobrücke, auf dem sich die Antenne befand. Wenn er die Stromzufuhr kappte, würde der Sendestrahl sofort zusammenbrechen. Selbst wenn die Drohne ihre Anfangsposition gespeichert hatte, würde das Manöver des Schiffes sie aus ihrer Flugbahn bringen.

Er erreichte die Antenne und wollte das Stromkabel ergreifen, als das Schiff einen Ruck vorwärts ausführte. Er verlor das Gleichgewicht, wurde nach hinten geworfen, stolperte und knallte mit dem Kopf gegen eine Wand.

Für ein paar Sekunden sah er Sterne vor den Augen und schüttelte heftig den Kopf, um seinen Blick zu klären, ehe er auf allen vieren in Richtung Antenne kroch. Das schwarze Kabel, das zu der Schüssel führte, lag offen auf dem weißen Deck.

Er schaute hoch und sah den weißen keilförmigen Nurflügler auf sie herabstoßen, wobei der schwarze Lufteinlassschlitz der Drohne wie der Schlund eines Mantelrochens aufklaffte. Das schrille Heulen des Jetantriebs prophezeite eine vernichtende Feuersbrunst, wenn er es nicht schaffte, den Sendestrahl zu stoppen. Es sah so aus, als ob weder Kensit noch Pearson mit ihren Bemühungen Erfolg gehabt hätten.

Weddell ergriff das Stromkabel mit beiden Händen und zog mit einem kräftigen Ruck daran. Das Kabel gab nicht nach. Er stemmte beide Füße gegen den Drehteller der Antennenschüssel und setzte seine gesamte Kraft ein, wogegen seine Muskeln mit einem brennenden Schmerz protestierten.

Mit einem Knall peitschte das Kabel, begleitet von einem Funkenregen, über das Deck und ließ Weddell auf den Rücken kippen.

Er raffte sich auf und sah, dass sich das Kabel jetzt von der Antenne gelöst hatte. Sie konnte kein Signal mehr aussenden.

Die weißen Schaumkronen der wachsenden Bugwelle zeigten an, dass das Schiff mittlerweile gut zwanzig Knoten Fahrt machte. Wenn die Drohne einschlug und ihre Treibstoffladung explodierte, befänden sie sich in sicherer Entfernung von diesem Punkt.

Weddell richtete seine Aufmerksamkeit wieder auf die Drohne, damit er den Unfallermittlern später genau beschreiben könnte, wo sie ins Meer getaucht war. Aber zu seinem Schrecken korrigierte die Drohne ständig aufs Neue ihren Kurs.

Sie steuerte noch immer genau auf sie zu und war nicht mehr als nur noch fünf Sekunden entfernt.

Er kämpfte sich auf die Füße, um über Bord zu springen, aber es war bereits viel zu spät. Die Zeit schien stillzustehen, als sich die Drohne ins Schiff bohrte und explodierte.

Sein letzter Gedanke, ehe der Feuerball ihn verschlang, galt nicht seiner Frau oder Bandit, seinem Deutschen Schäferhund. Er beschäftigte sich mit der Tatsache, dass dies kein Unfall war. Frederick Weddell nutzte die letzten Impulse seines Gehirns, um sich zu fragen, wer es sein mochte, der ihn tötete.

ZWEI

PUERTO LA CRUZ, VENEZUELA
GEGENWART

Hafenmeister Manuel Lozada schüttelte ungläubig den Kopf, während sich sein Boot dem rostigen Frachter näherte, den er inspizieren wollte, ehe er seine Ladung am La-Guanta-Kai löschte. Er schirmte die Augen vor der untergehenden Sonne ab, um sich einen besseren Eindruck verschaffen zu können. Von weitem erschien das Muster fleckiger grüner Farbe auf dem Schiffsrumpf wie ein Tarnanstrich für eine Dschungelkreuzfahrt, aber aus der Nähe betrachtet entpuppte es sich als nachlässige Anstreicherarbeit mit verschiedenen Schattierungen aus Kotzegrün, mit denen rostige Stellen auf dem Rumpf hatten verdeckt werden sollen. Aber sogar die frisch aufgetragene Farbe begann bereits abzublättern.

Als sein Boot das Heck passierte, konnte Lozada den Namen *Dolos* auf dem Hecküberhang erkennen. Er war mit seiner geschwungenen Form, die an eine Champagnerschale erinnerte, das einzige halbwegs elegante Element an einem sonst abgrundtief hässlichen Schiff. Wie am Göschstock zu erkennen war, fuhr das Schiff unter liberianischer Flagge, was den Informationen entsprach, die er sich vorab verschafft hatte.

Das Schiff war zwar groß – etwa einhundertneunzig Meter lang –, jedoch nicht mit den riesigen Supertankern zu vergleichen, die am Pamatacual-Ölterminal, nur fünf Meilen entfernt, lagen. Die *Dolos* war kein Containerschiff, sondern eher ein betagter Trampdampfer, der so gut wie jede Fracht, die sich anbot, zwischen den weniger bedeutenden Häfen der Welt hin und her transportierte. Dieser Eimer im Besonderen sah aus, als hätte er eigentlich schon im vorangegangenen Jahrhundert verschrottet werden sollen. Falls dieses alte Mädchen jemals auch nur in einen kleineren Sturm geriet, hätte es Lozada nicht gewundert, wenn es in der Mitte durchbrach und sank.

Zwei der fünf Mastkräne waren so stark korrodiert, dass sie unmöglich noch funktionsfähig sein konnten. Abfall und defekte Maschinenteile waren auf dem Deck verstreut. Zwei Schornsteine stießen dicke Wolken schwarzen Qualms aus. Der schmutzig weiße Deckaufbau befand sich zwischen den sechs vorderen und zwei hinteren Frachträumen, und zwei Brückennocks ragten auf beiden Seiten weit hinaus. Die Fenster des Steuerhauses waren derart verdreckt, dass Lozada deutlich erkennen konnte, wo der Steuermann sie gesäubert hatte, um während der fünf Meilen langen Fahrt in den Hafen hinausblicken zu können.

Lozada hatte zwanzig Jahre lang aktiv in der venezolanischen Marine gedient und war Reservist geblieben, seit er den Posten des Hafenmeisters bekleidete. Er wäre kielgeholt worden, wenn er zugelassen hätte, dass ein Schiff unter seinem Kommando einen solchen Zustand der Verwahrlosung erreichte. Nur die billigsten oder um Aufträge verlegensten Spediteure wären bereit, ihre Fracht einem Schiff wie diesem anzuvertrauen.

Er gab dem Steuermann des Bootes ein Zeichen, an die Gangway heranzumanövrieren, die am Rumpf der *Dolos* herabhing, und wandte sich zu dem Mann um, der hinter ihm saß, einem ehemaligen chinesischen Marinesoldaten namens Gao Wangshu. Mit seinem Kurzhaarschnitt und seiner schlanken, drahtigen Figur sah Gao aus, als befände er sich noch immer im aktiven militärischen Dienst.

»Und?«, fragte Lozada auf Englisch, der Sprache, in der sie gewöhnlich miteinander kommunizierten. Der Admiral hatte speziell Lozada für diese Aufgabe ausgesucht und wünschte eine klare Antwort.

»Ich weiß es noch nicht«, erwiderte Gao.

»Ich kann dem Admiral keinen Bericht erstatten, ehe Sie sich vollkommen sicher sind. Davon ist auch Ihr Honorar abhängig.«

»Ich kann aber kein abschließendes Urteil abgeben, ehe ich an Bord gewesen bin.«

»Sie sollten sich in jedem Fall ganz sicher sein.«

»Ist das eine Drohung?«

»Eher eine Warnung. Admiral Ruiz mag es überhaupt nicht, am Ende blamiert dazustehen.«

Gao warf einen kurzen Blick auf Lozadas Pistole im Gürtelholster und nickte langsam. »Ich werde Sie ausführlich informieren, wenn ich wegen der Identität des Schiffes irgendwelche Zweifel habe.«

»Das sollten Sie auch besser tun. Denken Sie daran, dass Sie die Rolle eines Praktikanten spielen, was bedeutet, dass Sie den Mund zu halten haben.«

»Ich verstehe.«

Sobald das Boot an der *Dolos* vertäut war, stiegen die beiden Männer die Gangway hinauf und wurden von einem schmuddeligen Mannschaftsangehörigen mit zerbeultem Cowboyhut auf dem Kopf empfangen. Strähniges braunes Haar kräuselte sich unter der Krempe hervor, und Essensreste klebten im Schnurrbart unter seiner Knollennase. Das khakifarbene Hemd des Matrosen war mit Kaffee- und Schweißflecken übersät und spannte sich fast bis zum Zerreißen über einem voluminösen Bierbauch.

»¿Habla Español?«, fragte Lozada.

»Nee«, erwiderte der Mann mit einem Akzent, den Lozada nicht einordnen konnte. »Ich hoffe, Sie sprechen Englisch.«

»Mein Name ist Manuel Lozada. Ich bin der Hafenmeister von La Guanta. Bitte führen Sie mich zu Ihrem Kapitän.«

Ein breites Grinsen entblößte die nikotinbraunen Zähne des Mannes. »Er steht vor Ihnen. Buck Holland lautet der Name. Willkommen auf der *Dolos.*« Er griff zu und schüttelte heftig Lozadas Hand.

Lozada konnte kaum seine Überraschung darüber verbergen, dass dieser schlampige Typ der Herr des Schiffes sein sollte, aber er fing sich schnell und stellte Gao als seinen Lehrling Fernando Wang vor. Er rechnete nicht damit, dass Gaos Abstammung Verdacht erregte, da in Venezuela zahlreiche chinesische Einwanderer lebten.

»Ich muss Ihre Mannschafts- und Ladelisten überprüfen und einen Blick auf Ihre Registrierung und die Frachtpapiere werfen.«

»Sollen Sie«, sagte Holland. »Sie befinden sich oben in der Kommandobrücke. Folgen Sie mir. Aber passen Sie auf, wo Sie hintreten. Wir müssen dringend ein paar Decksplatten reparieren.«

Lozada musste über diese Untertreibung beinahe lachen. Rost hatte sich so gründlich in die verbogenen Decksplatten gefressen, dass es einem Wunder gleichkam, dass sie das Schiff ungeachtet des Wetters überhaupt noch zusammenhielten. Aufgespannte Ketten überbrückten die Lücken in der Reling, und der Deckaufbau war aus der Nähe betrachtet eine einzige Katastrophe. Verrottete Sperrholzbretter verdeckten Löcher in den Stahlwänden, und ein Drittel aller Fenster der Kommandobrücke waren geborsten.

Trotz seiner Informationen über den Kapitän hätte er

niemals mit einem solchen Grad an Vernachlässigung gerechnet, und zwar nicht nur im Hinblick auf sein Schiff, sondern auch auf ihn selbst. Obgleich Hollands Alter mit vierzig Jahren angegeben war, hatten Sonnenbrand und Alkohol seinem Gesicht weitere fünfzehn Jahre hinzugefügt. Laut seiner Personalakte war der Kapitän ein ehemaliger Alkoholiker, der in der Nähe von Singapur ein Containerschiff auf Grund gesetzt hatte. Das einzige Kommando, das er nach diesem Vorfall ergattern konnte, war dieser baufällige Trampdampfer, und so wie es aussah, scherte sich Holland nicht mehr im Mindesten um seinen Ruf.

Sie betraten einen engen Korridor, und Lozada wurde von einem fauligen Gestank überfallen. Es war eine Mischung aus kaltem Zigarettenrauch, Dieselöl und Klärgrube. Er würgte regelrecht.

»Ja«, sagte Holland mitfühlend. »Ich muss mich für den Geruch entschuldigen. Die Toilette ist schon wieder verstopft, daher hoffe ich auch, dass Sie sie nicht benutzen müssen. Meine Jungs arbeiten dran. Wissen Sie, vor zwei Wochen, als wir mitten im Atlantik waren, mussten wir uns mit Eimern begnügen.« Anstatt peinlich berührt zu sein, lachte er schallend.

Lozada unterdrückte den Impuls, sich die Nase zuzuhalten, und folgte dem Kapitän ins Schiffsinnere. Gao hielt sich neben ihm und registrierte den bedauernswerten Zustand der Räumlichkeiten. Rissiges Linoleum quietschte unter Lozadas Gummisohlen, und er achtete sorgfältig darauf, mit seiner sauberen Uniform nicht mit den schmuddeligen kahlen Stahlwänden in Berührung zu kommen. Die Neonröhren an der Decke des Korridors flackerten heftig genug, um epileptische Anfälle auszulösen.

Sie gelangten zum Büro des Kapitäns, wo der stechende Geruch sogar noch stärker war. Der rechteckige Raum hatte ein einziges mit Salzkristallen verklebtes Bullauge, und gespenstische traurige Clowns in grellen Neonfarben starrten aus schwarz-samtenen Gemälden an den Wänden auf die Besucher herab.

Das Büro verfügte über zwei Türen, die beide offen standen. Die erste gehörte zur Kabine des Kapitäns, deren Möblierung aus nicht mehr bestand als einer mit der Kabinenwand verschraubten Kommode, einem Spiegel, der so völlig verbogen war, als hätte ihm jemand einen Faustschlag versetzt, und einem ungemachten stählernen Bett mit fleckigen Laken und einer zerschlissenen Wolldecke.

Die zweite Tür führte zu einem engen Badezimmer, in dem es aussah, als wäre es seit dem Stapellauf des Schiffes nicht mehr gereinigt worden. Der Gestank, der aus der Toilette aufstieg, war überwältigend.

Holland trat hinter seinen Schreibtisch und ließ sich in einen Sessel fallen, der protestierend ächzte. Lozada verfolgte staunend, wie der Kapitän nackte Drähte einer Schreibtischlampe in die Wand steckte, die Hand dann blitzartig zurückzog und fluchte, als die unvermeidlichen Funken aus der Steckdose hervorzuckten. Flackernd begann die Lampe zu leuchten.

»Machen Sie es sich bequem«, sagte Holland und deutete auf zwei Stühle auf der anderen Seite des Schreibtisches. Lozada ließ sich vorsichtig auf die Kante seines Stuhls nieder, um sicheren Abstand zu einem glänzenden Fleck zweifelhafter Herkunft zu wahren. Gao imitierte seine unbequeme Haltung.

Ehe sie mit den Formalitäten begannen, platzte ein athletisch gebauter Schwarzer in den Raum. In der Hand hielt er den Schwanz einer riesigen toten Ratte, vor der Lozada und Gao erschreckt zurückwichen.

»Ich hab sie gefunden, Käpt'n!«, brüllte der Mann triumphierend.

»Hat diese Bestie etwa den Abfluss verstopft?«

Der Matrose nickte. »Die Toiletten müssten jetzt wieder funktionieren.«

»Sorgen Sie dafür, dass weitere Fallen besorgt werden, während wir hier im Hafen liegen. Wir verbrauchen sie schneller, als wir sie aufstellen können.« Während Holland von der Ratte abgelenkt wurde, schoss Lozada mit seiner Smartphone-Kamera ein Bild nach dem anderen.

»Aye, Sir.« Der Matrose verschwand so schnell im Korridor, wie er aufgetaucht war.

»Wenigstens eine Sache funktioniert auf diesem Schiff ordnungsgemäß«, sagte Holland, während er in den Schreibtischschubladen herumwühlte. Er holte zwei Schnellhefter hervor. Einer enthielt die Ladeliste und die Frachtpapiere, der andere die Registrierungsdokumente und die Mannschaftsliste.

Zuerst blätterte Lozada die Ladeliste durch.

»Hier steht, dass Sie Kunstdünger transportieren«, sagte er.

Holland nickte, angelte einen Zahnstocher vom Schreibtisch und klemmte ihn zwischen die Lippen.

»Das ist richtig. Fünftausend Tonnen aus Houston. Nur tausend Tonnen sind für Venezuela bestimmt. Der Rest geht nach Kolumbien. Wir übernehmen hier auch noch eine Ladung Bauholz.«

»Sie sind aber neu in Puerto La Cruz. Ich habe Sie hier noch nie gesehen.«

»Ich bin immer da, wohin mich meine Fracht führt. Die meiste Zeit schippere ich in der nördlichen Karibik herum, aber ich freue mich, dass ich zur Abwechslung mal Ihr schönes Land besuchen kann.«

Zufrieden, dass die Ladeliste in Ordnung war, überprüfte Lozada das Mannschaftsverzeichnis. Er fand nichts Auffälliges. Sie enthielt die persönlichen Angaben der üblichen Mischung. Filipinos und Nigerianer. Die liberianische Registrierung war ebenfalls nicht zu beanstanden.

»Wie sieht es aus?«, fragte Holland.

»Ich fürchte, unsere Schauerleute sind heute ziemlich beschäftigt«, sagte Lozada. »Ich weiß nicht, ob sie Zeit finden, Ihnen vor dem morgigen Tag beim Löschen der Ladung zu helfen.«

Holland grinste. »Daran kann ich vielleicht etwas ändern.« Er zog eine Schublade auf, holte einen Briefumschlag heraus und reichte ihn Lozada über den Tisch. »Das müsste für die Überstunden ausreichen.«

Lozada blätterte die Geldscheine im Umschlag durch und zählte fünfhundert amerikanische Dollar. Auch wenn er hier eine spezielle Mission zu erfüllen hatte, ergab es doch keinen Sinn, diese Gelegenheit, ein ansehnliches Schmiergeld einzusacken, ungenutzt verstreichen zu lassen.

»Alles okay?«, fragte Holland.

Lozada blickte zu Gao hinüber. »Haben Sie gesehen, was Sie ansehen mussten?«

Gao nickte kurz.

Lozada steckte den Umschlag in die Tasche und erhob sich. »Alles scheint in Ordnung zu sein, Kapitän Holland. Sie können sofort mit dem Entladen anfangen.«

»Das ist riesig nett von Ihnen, Mr. Lozada. Ich bring Sie hinaus.«

Sie kehrten zur Gangway zurück.

»Es war ein Vergnügen, Geschäfte mit Ihnen zu machen«, sagte Holland und tippte mit der Fingerspitze gegen seine Hutkrempe. »Wenn Sie mich jetzt entschuldigen wollen. Ich warte schon seit Stunden darauf, unsere sanitären Anlagen zu benutzen, wenn Sie wissen, was ich meine. *Adiós.*«

Lozada konnte es kaum erwarten, dieses stinkende

Durcheinander hinter sich zu lassen. Er lächelte matt und verabschiedete sich mit einem Kopfnicken. Als sie auf seiner Barkasse standen und er wieder frische Luft atmen konnte, sah er Gao mit einem Achselzucken an, während der Steuermann das Boot von der *Dolos* weglenkte.

»Wenigstens wissen wir jetzt, dass wir auf der falschen Fährte waren«, sagte er.

»Sie irren sich«, sagte Gao. »Dies ist das Schiff, das Sie suchen.«

Lozada sah erst Gao verblüfft an und warf dann einen Blick auf den abstoßenden Kapitän, der zu seiner Kabine zurückkehrte. »Das ist doch ein Witz! Dieser Rosteimer taugt nicht mal als Müllschiff.«

»Alles ist nur eine raffinierte Tarnung. Ich war schon früher einmal auf dem Schiff.«

»Sehen Sie, wir alle haben diese Gerüchte des Öfteren schon gehört. Ein völlig normal aussehendes Frachtschiff, vollgestopft mit Waffen, das rund um den Erdball andere Länder ausspioniert. Die einen meinen, es sei britischer Nationalität, andere sagen, es sei amerikanisch oder russisch. Niemand kennt seinen Namen. Keiner kann genau beschreiben, wie es aussieht. Alles, was wir kennen, sind vage Berichte über regelrechte Seeschlachten dieses Schiffes mit chinesischen Zerstörern, iranischen U-Booten und burmesischen Kanonenbooten. Angeblich verfügt es über Raketen, Torpedos und Laserwaffen, besitzt eine einen Meter dicke Panzerung und übersteht jeden Angriff, solange es keine Atombombe ist. Sieht diese schwimmende Peinlichkeit in Ihren Augen wie ein Kriegsschiff aus?«

Gaos Miene blieb todernst. »Ich habe keine Torpedos oder Laserkanonen gesehen, aber ich bin auf dem Zerstörer *Chengdo* stationiert gewesen und habe zu der Einheit Marineinfanteristen gehört, die das Schiff kapern sollte. Wir wurden von einer bestens ausgebildeten Streitmacht zurückgeschlagen, ausgerüstet mit den modernsten Waffen.«

Lozada lachte. »Ich könnte ohne Probleme mit zwei Polizisten das Kommando über dieses Schiff an mich reißen.«

»Ich rate Ihnen davon ab. Ihr Admiral verfügt über Informationen, die Sie nicht haben. Ich schlage vor, Sie rufen an und geben meine Schlussfolgerungen weiter.«

Lozada kniff die Augen zu Schlitzen zusammen und musterte Gao herausfordernd. »Nennen Sie mir einen Grund, weshalb ich Ihnen glauben soll.«

»Der Name des Schiffes – *Dolos.* Wissen Sie, was dieses Wort bedeutet?«

»Natürlich. Ein ›Dolos‹ ist ein gegossener Betonklotz. Sie werden zu Wellenbrechern aufeinandergestapelt.«

»Es gibt noch eine andere Bedeutung. Ich habe das Wort während der Fahrt hierher auf meinem Mobiltelefon gegoogelt. Dolos ist der griechische Gott der Täuschung. Sie sollen glauben, dass das Schiff harmlos ist.«

Lozada suchte den Begriff mit seinem eigenen Smartphone und erhielt das gleiche Ergebnis. Er runzelte die Stirn. Es war nur ein vages Indiz, aber er konnte sich in ernste Schwierigkeiten bringen, wenn er diese Erkenntnis nicht an Admiral Ruiz weitergab und sich anschließend herausstellen sollte, dass er sich geirrt hatte.

»In Ordnung«, sagte er und wählte die Nummer, die man ihm gegeben hatte. Er verlangte Admiral Ruiz und wurde sofort weiterverbunden. In der Leitung ertönte ein charakteristisches Zischen, ehe er ein Klicken hörte.

»Hier ist Admiral Dayana Ruiz«, meldete sich eine weibliche Stimme auf Spanisch. »Wer ist da?«

»Admiral, hier ist Commander Manuel Lozada«, antwortete er nervös. »Señor Gao bestätigt, dass es das gesuchte Spionageschiff ist.«

»Was denken Sie?«

»Ich meine, dass es nicht mehr als ein ordinäres Frachtschiff kurz vor dem Abwracken sein kann.«

»Haben Sie es fotografiert, wie ich es angeordnet hatte?«

»Ja, Admiral.«

»Schicken Sie mir das Bild.«

Lozada übermittelte das Foto per MMS.

Nach einer kurzen Pause sagte sie: »Das ist er. Holland ist derselbe Mann wie der auf meinem Foto. Unser Geheimdienst hat ihn als Kapitän des Spionageschiffes identifiziert.«

Lozada verspürte einen Adrenalinschub. Admiral Ruiz war die mächtigste Frau in der venezolanischen Marine und unterstand direkt dem Verteidigungsminister. Er könnte sich einen Orden verdienen, wenn er einen feindlichen Spion aus dem Verkehr zog. »Ich lasse die gesamte Mannschaft sofort verhaften.«

Ihre Stimme stach wie ein Eispickel durch die Leitung in sein Ohr. »Sie werden gar nichts tun, Commander. Ich befinde mich an Bord der Fregatte *Mariscal Sucre*. Wir sind dreieinhalb Stunden von Puerto La Cruz entfernt. Wenn die Gerüchte zutreffen, brauchen wir sämtliche Feuerkraft, die mir zur Verfügung steht. Ich werde das Schiff eigenhändig aufbringen.«

Bei dem eisigen Klang ihrer Stimme schluckte Lozada krampfhaft. »Ich muss Sie warnen, Admiral, die *Dolos* hat viertausend Tonnen Kunstdünger geladen. Ammoniumnitrat ist eine hochexplosive Substanz. Wenn durch Kanonenbeschuss ein Feuer ausbricht, könnte die Ladung explodieren und den gesamten Hafen zerstören.«

»Wie viel Zeit bleibt uns, bis das Schiff ablegt?«

»Vier Stunden.«

»Dann legen wir uns vor dem Hafen auf die Lauer. Die

Dolos soll wie vorgesehen ihre Ladung aufnehmen und ablegen. Wir stoppen sie auf offener See.«

»Und wenn sie all diese sagenhaften Waffen tatsächlich an Bord hat?«

»Das macht nichts. Die *Mariscal Sucre* ist in jeder Hinsicht fähig, sie zu versenken.«

DREI

Sobald er sicher sein konnte, dass Lozada nicht zurückkam, um sich einen noch größeren Batzen Schmiergeld zu sichern, kehrte der Mann, der sich als Kapitän Buck Holland vorgestellt hatte, ins Büro zurück und legte Hut und Perücke auf den Schreibtisch. Darunter kam ein hellblonder Bürstenhaarschnitt zum Vorschein.

»Okay, Max«, sagte er laut, während er die Latexpolster aus seinem Gesicht schälte. »Ich glaube, wir haben es geschafft. Du kannst die normale Belüftung wieder einschalten.«

Leise Ventilatoren wurden gestartet, und der Gestank wurde innerhalb von Sekunden aus dem Raum gesogen und durch frischen Tannengeruch ersetzt. Max' körperlose Stimme antwortete: »Hat dir meine neue Duftkomposition gefallen?«

Als Nächstes folgten die falschen Zähne und der angeklebte Schnurrbart. »›Gefallen‹ ist nicht das Wort, das ich dafür benutzen würde. Wenn du jemandem damit die Tränen in die Augen treiben wolltest, hast du es übertrieben und es fast geschafft, einen zum Kotzen zu bringen. Ich habe mich gewundert, dass der Hafenmeister sein Essen bei sich behalten hat.«

»Aber es hat doch gewirkt, oder nicht?«

Zuletzt wurden auch noch die braunen Kontaktlinsen entfernt. Nun zeigten seine Augen wieder ihre kristallklare blaue Farbe, die er von seiner Mutter geerbt hatte. Juan Cabrillo lächelte. »Sieht so aus, als hätte er mir die Geschichte abgekauft. Wir treffen uns in ein paar Minuten in meiner Kabine.«

Er stopfte die Verkleidung – inklusive des Gummibauchs, der einen muskulösen, durch eine Stunde Schwimmen täglich modellierten Oberkörper verhüllt hatte – in einen Müllsack. Das alles brauchte er nicht mehr.

Der Schwarze, der während der Besprechung in die Kabine gestürmt war, kam zurück. Diesmal trug er die Ratte viel lässiger. Er warf sie auf den Schreibtisch, wo sie hochfederte und leicht gegen die Wand prallte. Das ausgestopfte Tier sah dermaßen echt aus, dass Juan sich leicht vorstellen konnte, wie sie zum Leben erwachte und eilends das Weite suchte.

»Magst du keine Ratten, Linc?«, fragte Juan und vermied jede noch so vage Andeutung, dass der ehemalige Navy SEAL Angst vor ihnen haben könnte. Falls sich der massige Franklin Lincoln überhaupt vor irgendetwas fürchtete, hatte Juan nicht die geringste Lust, ihm jemals zu begegnen, ganz gleich, was es war.

Linc grinste spöttisch. »Soll das ein Scherz sein? Damals in Detroit war für uns ein Exemplar von dieser Größe nicht mehr als eine Maus. Unsere Ratten waren mindestens so groß wie Waschbären.«

»Das klingt ja, als seien sie ideale Schoßtiere.«

»Was meinst du, warum ich diese hier Charlie getauft hab?«

Juan lachte schallend und warf einen Blick auf die Uhr. »Wir stechen in drei Stunden in See, sobald der Dünger ausgeladen ist«, sagte er und ging voraus durch den Korridor, wo er vor einem winzigen Geräteschrank stehen blieb, der mit Wischmopps und Reinigungsmitteln gefüllt war, die noch nie benutzt worden waren. »Wie sieht es mit unserer technischen Ausrüstung aus?«

»Alles ist vorbereitet und kann jederzeit eingesetzt werden.«

»Gut. Ich stimme mich noch mit Max ab und treff dich dann am Moon Pool.«

»Du sagst es, großer Meister.« Er entfernte sich mit wiegenden Schritten durch den Korridor und summte halblaut Otis Reddings »(Sittin' On) The Dock of the Bay« vor sich hin.

Juan drehte die Knäufe der Wasserkräne des funktionslosen Waschbeckens in einer bestimmten Folge. Mit einem metallischen Klicken schwang die Rückwand des Geräteschranks auf und gab den Blick auf einen Korridor frei, wie man ihn gewöhnlich auf den luxuriösesten Kreuzfahrtschiffen finden konnte. Versenkte Deckenlampen tauchten Mahagoniwände und gediegenen Teppichboden in warmes Licht und vertrieben jeden Gedanken an den Rost und Schmutz, der sich dem Hafenmeister dargeboten hatte. Juan trat durch die Öffnung und schlenderte durch den Korridor zu seiner Kabine.

Besonderes Vergnügen bereitete Juan stets der Übergang von dem täuschend echt gestalteten heruntergekommenen Oberdeckbereich in die gepflegte und elegante Welt im Schiffsinnern. Dieser Wechsel symbolisierte alles, was er an diesem Schiff liebte. Obwohl auf dem Heckspiegel der Name *Dolos* zu lesen war, trug das Schiff in seinen Gedanken niemals einen anderen als seinen richtigen Namen – *Oregon*.

Die *Oregon* war Juans Schöpfung. Als Chairman, wie sein offizieller Titel innerhalb seiner Organisation lautete, hatte er ein Schiff konstruiert, das die allgemeine Aufmerksamkeit nicht nur mied, sondern sogar von sich ablenkte. Nur wenige kannten die technologischen Wunder, die sich im Rumpf der *Oregon* verbargen, die so offenbar dem Verfall preisgegeben war. Diese Tarnung machte sie in den Häfen der Dritten Welt, die sie anlief, praktisch unsichtbar. In Wirklichkeit war sie ein hochmodernes, Informationen sammelndes Schiff der vierten Generation. Sie konnte in Regionen operieren, in denen sich kein anderes

Schiff der U.S. Navy blicken lassen durfte, in Häfen ankern, die für den größten Teil der Handelsschifffahrt gesperrt waren, und geheime Fracht transportieren, ohne sich in irgendeiner Weise verdächtig zu machen.

Juan betrat seine Kabine, die im krassen Gegensatz zu der Räumlichkeit stand, die Lozada zu sehen bekommen hatte. Wie alle Angehörigen seiner Mannschaft verfügte auch er selbst über ein üppig gefülltes Spesenkonto, um sich nach seinem Geschmack einzurichten, da diese Kabine sein Zuhause war. Zurzeit war dieses Zuhause eine Hommage an Rick's Café Americain aus dem Film *Casablanca*.

Juan schlüpfte aus seinem Kostüm und legte den künstlichen Unterschenkel ab, der unter seinem rechten Knie angeschnallt war, eine Behinderung, die er dem Geschützfeuer eines chinesischen Zerstörers namens *Chengdo* zu verdanken hatte. Er massierte den Stumpf, aber wie immer wollte der Phantomschmerz nicht nachlassen. Er hüpfte zu einem Schrank hinüber und stellte die Prothese an das Ende einer Reihe anderer künstlicher Beine, die unterschiedliche Funktionen hatten, einige kosmetisch, einige praktisch. Die Prothese, die er abgenommen hatte, war bis hin zu Zehennägeln und Behaarung einem echten Unterschenkel täuschend ähnlich.

Er griff nach der Prothese, die er scherzhaft sein »Kampfbein« nannte, und schnallte sie an. Dieses einmalige Titanmodell war mit Hilfswaffen ausgerüstet, darunter war auch ein klassischer .45er ACP Colt Defender mit einer Crimson-Trace-Laservisiereinrichtung – eine präzise und zuverlässige Verbesserung gegenüber seiner alten Kel-Tec .380 – ein Paket Plastiksprengstoff, nicht größer als ein Stapel Spielkarten, und ein Wurfmesser mit Keramikklinge. Die Ferse verbarg eine kurzläufige Schrotflinte, geladen mit einer Kaliber-.44-Patrone.

Mit dem Bein unverrückbar fest an Ort und Stelle, zog

er eine Badehose und ein atmungsaktives Schwimmtrikot sowie bequeme Tauchschuhe an.

Er ging in sein Büro und öffnete den Safe – ein antikes Modell, wie es im neunzehnten Jahrhundert häufig in den Postwagen verschiedener Eisenbahnlinien benutzt wurde –, in dem er sein privates Waffenarsenal aufbewahrte. Die meisten Kleinwaffen an Bord der *Oregon* wurden in einer zentralen Waffenkammer neben dem Schießstand des Schiffes gelagert, aber Juan zog ein privates Arsenal vor. Gewehre, Maschinenpistolen und diverse Handfeuerwaffen teilten sich im Safe den Platz mit Bargeld verschiedener Währung, Goldmünzen im Wert von über einhunderttausend amerikanischen Dollar und mehreren kleinen, mit Diamanten gefüllten Samtbeuteln.

Juan griff zu seiner Lieblingspistole, einer Fabrique Nationale Five-seveN Double-Action-Automatik. Geladen war sie mit zwanzig 5,7-Millimeter-Patronen im Griffmagazin plus einer in der Kammer. Trotz ihrer geringen Dimensionen konnten die Projektile nahezu jede Panzerung durchschlagen, beschrieben jedoch nach dem Auftreffen eine Schlingerbahn, um ein zu tiefes Eindringen in das Zielobjekt zu verhindern. Schwerere Waffen eigneten sich nicht für diese Operation, so gern er einige von ihnen mitgenommen hätte.

Ein zweimaliges Klopfen erklang an der Tür, und Max Hanley kam herein, ohne auf eine Aufforderung zum Eintreten zu warten. Der Chefingenieur der *Oregon* war der erste reguläre Angestellte der Corporation, und Juan vertraute dem Urteilsvermögen seines alten Freundes mehr als jedem anderen an Bord. Ein brauner Haarkranz, der Max' ansonsten kahlen Schädel zierte, und ein deutlicher Bauchansatz waren die einzigen Hinweise darauf, dass der muskulöse Präsident der Corporation, der zwei Dienstzeiten in Vietnam absolviert hatte, bereits in den Sechzigern war.

»Lozada hat die Nummer offenbar geschluckt«, sagte Max und legte die Stirn in nachdenkliche Falten. Er hatte die gesamte Diskussion über Kameras und Mikrofone, die auf den oberen Decks in großzügiger Anzahl versteckt waren, beobachtet und mitgehört.

»Allzu glücklich scheinst du aber nicht zu sein«, sagte Juan.

»Es geht nicht um Lozada. Ich mag es nicht, an derart vielen Fronten zu kämpfen.«

»Auch wenn der Plan im Wesentlichen deine verrückte Idee war?«

»Er war *deine* verrückte Idee. Ich habe mich nur darum gekümmert, ihn in die Tat umzusetzen.«

Die CIA verdächtigte Venezuela, Nordkorea mit Waffen zu beliefern und damit gegen das von den Vereinten Nationen über den Schurkenstaat verhängte Handelsembargo zu verstoßen. Die Vereinigten Staaten hatten keine Ahnung, wie und auf welchem Weg die Waffen geschmuggelt wurden, aber die Lieferungen korrespondierten mit bekannten Erdöllieferungen von Puerto La Cruz nach Wonsan. Elektronische Lauschangriffe deuteten auf ein Lagerhaus am Kai des Ölterminals, weniger als eine halbe Meile auf der anderen Seite einer hügeligen Halbinsel vom La Guanta Harbor entfernt. Wahrscheinlich war dies das Koordinationszentrum für die Lieferungen. Die Mission der Corporation bestand darin, Beweise für Waffenlieferungen zu beschaffen und gleichzeitig einen Schlag gegen die Ölversorgung zu führen, die für den Betrieb der Panzer und sonstigen Kampffahrzeuge der nordkoreanischen Armee lebenswichtig war. Juan und Linc würden diese Beweise beschaffen – Dokumente, Computerdateien, Fotos, alles, was ihnen in die Hände fiel.

»Und dein Plan ist brillant«, sagte Juan. »Also lass ihn uns ausführen.« Mit Max verließ er die Kabine und begab sich mit ihm in das Zentrum des Schiffes. Dabei gingen sie an Gemälden vorbei, die es verdient hätten, in jedem bedeutenden Museum der Welt ausgestellt zu werden. Juan humpelte nicht, ein Ergebnis eines jahrelangen intensiven Trainings, um das Gehen mit einer Prothese zu perfektionieren.

»Sind wir im Zeitplan?«, wollte Juan wissen.

»Jeder nimmt seine vorgeschriebene Position ein und wartet auf das Startzeichen.«

»Siehst du?«, sagte Juan. »Es gibt keinen Grund zur Sorge.«

»Mir wird immer ganz flau, wenn du das sagst.«

»Es ist so was wie ein Glücksbringer, zum Beispiel wie dieser Wunsch ›Hals- und Beinbruch‹.« Juan betrachtete seine eigene Ersatzgliedmaße. »Na ja, vielleicht ist es nicht ganz die richtige Wortwahl.«

»Wenigstens weiß ich, dass durch dich mein Schiff nicht zu Bruch geht, da ich während deiner Abwesenheit das Kommando habe.«

»Da es am Kai vertäut ist, dürftest du keine Probleme haben.«

»Sieh nur zu, dass du rechtzeitig zurückkommst«, sagte Max wie eine besorgte Henne.

»Wie immer mimst du mal wieder den allgegenwärtigen Schutzengel.«

»Es sei denn, du lässt deinen berüchtigten Plan C anlaufen.« Max wandte sich um und kehrte ins Operationszentrum zurück, von wo aus er sämtliche für die Mission wichtigen Aktivitäten koordinieren konnte.

Juan hatte noch einen Tipp für ihn. »Du solltest dir erst dann Sorgen machen, wenn ich zu Plan D komme«, rief er ihm nach. Eine wegwerfende Handbewegung war die einzige Reaktion seines Freundes.

Nach einer Abwärtsfahrt über drei Decks in einem Lift

erreichte Juan den höhlenartigen Raum in der Schiffsmitte. Ein Tauchboot hing an einem Brückenkran über einer schwimmbeckengroßen Vertiefung, die mit Wasser gefüllt war, dessen Pegel der Wasserlinie des Schiffsrumpfs entsprach. Das zwanzig Meter lange Nomad 1000 konnte mit sechs Personen inklusive Pilot und Kopilot an Bord bis zu etwa dreihundertfünfzig Meter tauchen. Sein kleineres Geschwister, das Discovery 1000, lag nicht auf seinem Gestell, da es im Rahmen der Mission anderweitig im Einsatz war.

Der Moon Pool gestattete beiden U-Booten dank großer Tore unter dem Wasserbecken, die bei Bedarf in Richtung Meeresgrund geöffnet und geschlossen werden konnten, unbemerkt auf Tauchfahrt zu gehen. Aufgrund der geringen Wassertiefe des Hafens ließen sich die Türen nicht vollständig öffnen, daher war das Discovery 1000 bereits zu Wasser gelassen worden, ehe sie in den La Guanta Harbor einfuhren. Juan hätte bei dieser Mission für das Nomad keine Verwendung, daher blieb es in seinem Gestell liegen.

Linc stieg bereits in seinen schwarzen Neopren-Nasstauchanzug. Ihre Tauchgeräte lagen schon neben ihm bereit. Juan verstaute seine Pistole in Lincs wasserdichtem Waffenfutteral und schlüpfte ebenfalls in seinen Nasstauchanzug. Die Wassertemperatur in dem tropischen Hafen machte den Gebrauch von Neoprenanzügen nicht unbedingt erforderlich, aber dank der schwarzen Farbe waren sie für jeden zufälligen Beobachter auf dem Kai unsichtbar.

Sie überprüften ihre Draeger-Kreislauftauchgeräte. Herkömmliche Tauchgeräte entließen die verbrauchte Atemluft in Blasen, die zur Wasseroberfläche aufstiegen und eine verräterische Spur erzeugten, die leicht verfolgt werden konnte. Das Draeger-Gerät dagegen bestand im

Wesentlichen aus einem Atemkalkbehälter in einem geschlossenen Kreislaufsystem, aus dem keine Abluftbläschen austraten. Obgleich der Einsatz eines solchen Geräts in Tauchtiefen von mehr als zehn Metern gefährlich war, brauchten Juan und Linc keine besondere Vorsicht walten zu lassen, da sie die Geräte lediglich benutzten, um die *Oregon* unbemerkt zu verlassen.

Juan wusste, dass der Hafenmeister das Schiff beobachten ließ und jedem, der den Hafenbereich verließ, einen Verfolger hinterherschicken würde. Er und Linc mussten jedoch ohne einen Schatten zu ihrem vereinbarten Treffpunkt gelangen, daher war der Unterwasserweg die einzige Option.

Mit einem Kopfnicken deutete Linc an, dass er bereit war. Mit seinem Tauchgerät auf dem Rücken kletterte Juan auf der Klappleiter in den Moon Pool hinab. Er zog seine Schwimmflossen an, klemmte sich das Mundstück des Atemschlauchs zwischen die Zähne und schob sich die Tauchmaske übers Gesicht. Er trieb in die Mitte des Wasserbeckens, und Linc folgte ihm Sekunden später. Juan signalisierte mit einer Hand A-OK, und der für den Moon Pool zuständige Techniker dämpfte die Beleuchtung zu einem matten Schimmer herunter, sodass niemand auf dem Kai bemerken würde, dass unter dem Schiff etwas Ungewöhnliches im Gange war.

Juan spürte den Zug einer leichten Strömung, als die Tore unter ihm mit einem leisen dumpfen Rumpeln aufschwangen. Nach einigen Sekunden verstummte das Geräusch. Der Techniker schwenkte eine Stablampe als Zeichen, dass der Spalt zwischen den Torhälften für ihren Ausstieg breit genug war.

Sie ließen Luft aus ihren Tarierwesten ab und sanken abwärts, bis sie sich unterhalb des Schiffskiels befanden. Juan knipste eine an seinem Handgelenk fixierte Ministablampe an, deren Lichtstrahl gerade hell genug war, um den Schiffsrumpf im trüben Hafenwasser zu erkennen. Er und Linc schwammen zum Heck, wo er die Lampe wieder ausschaltete und sich auf ihrem weiteren Weg von dem wasserdichten Kompass an seinem anderen Handgelenk leiten ließ.

Eine Viertelstunde später hielt er Linc am Arm fest und deutete mit dem Daumen nach oben. Mit langsamem Flossenschlag stieg er hoch, bis seine Tauchmaske mit einem fast unhörbaren Plätschern durch die Wasseroberfläche brach. Im Stillen klopfte er sich auf die Schulter. Sie waren nur zwanzig Meter von dem betagten Schuppen entfernt, den die Corporation für einen Monat gemietet hatte.

Juan sah sich aufmerksam um und vergewisserte sich, dass sie allein waren. Kein Schiff lag in der Nähe, und die Uferstraße war verlassen. Sie hatten diesen Teil des Hafens ausgesucht, weil sich nur selten Besucher dorthin verirrten.

Die beiden Männer streiften die Schwimmflossen ab und gingen geduckt an Land. Nachdem sie sicher sein konnten, dass sich kein Fahrzeug näherte, rannten sie über die Straße und verschwanden in dem heruntergekommenen Schuppen.

Anstatt verrosteten Maschinenschrott und ausrangiertes Fischereigerät vorzufinden, fühlten sie sich in die Kostümabteilung einer Kinofilmproduktion versetzt. Auf einer Seite der Baracke befanden sich ein hell erleuchteter Spiegel, ein langer Tisch, auf dem Schminkutensilien und Latexprothesen ausgebreitet waren, und ein Regiestuhl. Daneben stand ein stählerner Kleiderständer, an dem zwei Dienstanzüge der venezolanischen Marine hingen – einer mit den Rangabzeichen eines Master Chief Petty Officers, der andere war für einen Captain bestimmt, beide in grauer Tarnfarbe.

Die andere Seite des Schuppens wurde von einem imposanten Humvee in den Farben des venezolanischen Militärs eingenommen. An dem Wagen lehnte ein Mann mit Vollbart. Er warf jedem von ihnen ein Handtuch zu.

»Ihr kommt eine Minute zu früh«, stellte Kevin Nixon fröhlich lächelnd fest. »Ich wünschte, meine Schauspielerinnen wären immer so pünktlich gewesen. Oft genug war ich schon froh, dass sie überhaupt erschienen sind. Und zwar nüchtern.«

In Hollywood war Kevin ein mit einem Oscar prämierter Maskenbildner gewesen. Als jedoch seine Schwester bei dem 9/11-Attentat ums Leben gekommen war, fühlte er sich verpflichtet, sein Können für den Kampf gegen den Terrorismus einzusetzen.

Er bewarb sich zunächst bei der CIA, nahm dann jedoch, nachdem er Juan und die Corporation kennengelernt hatte, ein viel interessanteres und reizvolleres Angebot an. Neben dem Schminken der Gesichter von Mannschaftsmitgliedern für Operationen, bei denen eine solche Tarnung nötig war, verfügten Kevin und sein Team über Berge von Uniformen und Kleidern aus aller Herren Länder und konstruierten und bauten alle möglichen ungewöhnlichen Requisiten und Apparaturen, die sie brauchten, wobei sie für die technisch besonders anspruchsvollen Objekte Max' Kenntnisse als Ingenieur in Anspruch nahmen. Es war Kevin, dem Juans überzeugende Verkleidung als Buck Holland, die ausgestopfte Ratte und das »Kampfbein«, das er zurzeit benutzte, zu verdanken waren.

Normalerweise hätte ihn Juan an Bord der *Oregon* im Magic Shop – wie sie die Werkstatt nannten, in der Kevin seine erstaunlichen Unikate schuf – aufgesucht. Aber da Juan die *Oregon* schwimmend verlassen musste, wären jegliche Maskierungen und sämtliche Schminke abgewaschen worden, ehe er das Ufer erreichte. Daher hatten sie Kevin in dem verlassenen Schuppen einquartiert und mit genügend Batteriestrom ausgestattet, sodass er nicht gezwungen war, das Stromnetz anzuzapfen. Linc war in der Vorwoche nach Venezuela geflogen, hatte dem Humvee in einem Depot der Marine in der Nähe von Caracas zu einer Fahrt in die Freiheit verholfen und ihn bis zu seiner Verwendung an diesem Abend im Schuppen untergestellt.

Juan bemerkte leere Essenskartons in einer Ecke der Baracke. Essen war Kevins Achillesferse. Irgendwann hatte er fast zweihundertfünfundsiebzig Pfund gewogen, aber eine erfolgreiche Magen-Bypassoperation und eine besondere Diät, die regelmäßig vom Sternekoch der *Oregon* zubereitet wurde, hatten sein Gewicht bis auf schlanke einhundertfünfundachtzig Pfund schrumpfen lassen.

»Ich hoffe, du hast dich bei der einheimischen Küche ein wenig zurückgehalten«, sagte Juan zu Kevin. »Es gibt nichts Schlimmeres als Montezumas Rache während einer Seereise.«

»Wem sagst du das«, meinte Linc und rieb sich den Bauch. »Hoffentlich muss ich nie wieder nach Mosambik.«

»Für mich gibt es nichts anderes als Mineralwasser in Flaschen und abgepackte Lebensmittel«, erwiderte Kevin. »Und jetzt setz dich auf den Stuhl. Wir haben eine Menge Arbeit vor uns.«

Einen Teil der vorangegangenen Woche in Venezuela hatte Linc damit verbracht, das verdächtige Lagerhaus von Weitem zu beobachten. Schwertransporter mit verdeckter Ladefläche – wahrscheinlich mit Rüstungsgut beladen – fuhren Tag und Nacht durch ein Tor, das sich in einem mit Klingendraht gesicherten Zaun befand, und vorbei an einem streng bewachten Torhaus, ehe sie in dem Gebäude verschwanden. Wachtposten führten zu beliebigen Zeiten Patrouillengänge außerhalb des Zauns durch, und Kameras überwachten sowohl den Kai als auch den Zaun und machten ein Eindringen in die Anlage unmöglich.

Der einzige mögliche Weg führte durch das Tor. Zweimal beobachtete Linc, wie ein und derselbe Captain das Gelände betrat. Die Telefotos wurden an die CIA geschickt, wo man den Offizier als Captain Carlos Ortega identifizierte. Die meiste Zeit war er in der Hauptmarinebasis in Puerto Cabello anzutreffen, wo er sich auch zu diesem Zeitpunkt aufhielt. Obgleich Ortega Juan Cabrillo in Körpergröße und -gewicht entsprach, waren sie sich sonst in keiner Weise ähnlich. Während Juan helle Haare hatte und darauf achtete, stets glatt rasiert zu sein, war Ortega eine deutlich dunkelhäutigere Erscheinung mit schwarzem Haar, buschigen Augenbrauen, braunen Augen, einem schmalen Schnurrbart und einer Nase, die aussah, als sei sie gebrochen.

An diesem Punkt kam Kevin zum Zuge. Er hatte mehrere Fotos von Carlos Ortega, die Linc geschossen hatte, an den Spiegelrahmen geklebt. Er würde Juan in den venezolanischen Marineoffizier verwandeln.

Juan trocknete sich ab und ließ sich in den Sessel sinken, während Linc zum Humvee weiterging, um sich zu vergewissern, dass er in fahrbereitem Zustand war. Sie mussten sich darauf verlassen können, dass sie, sobald ihre Aufklärungsmission abgeschlossen war, schnellstens zur *Oregon* zurückkehren konnten.

Normalerweise hätte Kevin, während er arbeitete, eine Alternativrockplatte aufgelegt. Aber der ungewöhnliche Arbeitsort gebot absolute Stille, um keine Aufmerksamkeit zu erregen. Fachgerecht trug er Spezialkleber für die Latexnase auf, flocht schwarze Augenbrauen ein und bestäubte Juans Gesicht mit Schminkpuder. Als i-Tüpfelchen folgten die schwarze Perücke und farbige Kontaktlinsen. Als Kevin sein Werk vollendet hatte, hatte Juan das seltsame Gefühl, dass ihn ein Fremder aus dem Spiegel anblickte.

»Wie üblich – ganz hervorragend, Kevin«, sagte Juan. »Ich erkenne mich selbst nicht mehr.«

Linc, der bereits seine Marinemontur komplett mit Seitenwaffe und ein FN-FAL-Sturmgewehr an einem Riemen über der Schulter trug, klopfte Kevin auf die Schulter. »Donnerwetter! Ich weiß gar nicht, ob ich vor ihm salutieren oder ihm einen Schönheitschirurgen für seine hässliche Visage empfehlen soll.«

»Hör nicht auf ihn«, sagte Kevin. »Du siehst perfekt aus, wenn ich das selbst von meiner Arbeit behaupten darf. Probier mal die Uniform.«

Juan zog den maßgeschneiderten Anzug an und setzte die Mütze auf. Linc und Kevin betrachteten ihn prüfend.

»Ich schätze, du bist zwei oder drei Zentimeter größer als Ortega«, sagte Linc, »aber das dürfte niemandem auffallen.«

»Dann sind wir bereit«, entschied Juan. »Du hast dich selbst übertroffen, Kevin.«

»Sieht so aus, als sei meine Arbeit hier beendet«, sagte Kevin und begann seine Schminkutensilien einzupacken. »Sobald ihr gestartet seid, kehre ich zur *Oregon* zurück.«

Er würde die schwereren Objekte zurücklassen und zu Fuß zur *Oregon* gelangen. Obgleich die Venezolaner jeden, der das Schiff verließ, genau unter die Lupe nahmen, würden sie Kevin wohl nicht daran hindern, an Bord zu gehen, zumal er sämtliche Dokumente vorzeigen konnte, die ihn als Mannschaftsmitglied auswiesen.

Da sich Linc in der Rolle des rangniederen Offiziers befand, würde er als Chauffeur fungieren. Sie stiegen in den Humvee, und Kevin öffnete die Tore des Schuppens. Linc startete den Motor und lenkte den Wagen auf die Straße.

Sie hatten es nicht weit. Die Fahrt bis zum Lagerhaus und zum Kai dauerte nur zwei Minuten.

Als sie das Torhaus erreichten und vor der heruntergelassenen Schranke anhielten, trat ein bewaffneter Posten mit einem Sturmgewehr über der Schulter – ähnlich dem, das zu Lincs Kostümierung gehörte – heraus. Ein zweiter Posten folgte ihm. Der erste lehnte sich ins Seitenfenster und salutierte, als er die Rangabzeichen auf Juans Kragenspiegel und sein Gesicht erkannte.

Juan erwiderte den Gruß und reichte ihm den Ausweis, den Kevin für ihn angefertigt hatte. Obgleich der Wachtposten ihn erkannte, war die Überprüfung obligatorisch.

Der Wächter gab den Ausweis zurück und winkte dem anderen Wachtposten zu, das Tor zu öffnen.

»Schön, dass Sie mal wieder hier sind, Captain«, sagte der erste Wachtposten. »Wenn Sie Leutnant Dominguez sprechen wollen, er ist im Sicherheitsbüro.« Der Wächter deutete in die entsprechende Richtung, sodass sie wussten, wohin sie sich wenden mussten. Es war eine Tür an der Ecke des Lagerhauses. Die breiten Garagentore waren geschlossen, und kein Lichtschimmer drang darunter hervor. Außer den Bogenlampen rund um das Gelände erhellten nur noch einige vereinzelte Lampen auf dem Oberdeck des Supertankers, der am Kai hinter dem Lagerhaus vertäut war, die Nacht. Arbeiter waren am Bug des Schiffes damit beschäftigt, Rohrleitungen an Ventile anzuschließen, um die Bunker aus den Lagertanks der nahe gelegenen Raffinerie – einer der größten Venezuelas – zu füllen.

Juan bediente sich seiner Spanischkenntnisse, um den Wachtposten anzuweisen, ihr Eintreffen nicht anzukündigen, und Linc legte den Gang ein und entfernte sich vom Eingangstor.

»Demnach werden wir erwartet«, sagte Juan. »Dabei

hatten wir gehofft, um diese Uhrzeit nur noch eine Notbesatzung anzutreffen.«

»Du weißt ja, wie es so schön heißt«, erwiderte Linc. »Kein Plan überlebt den Feindkontakt.«

»Schon richtig, aber ich hatte gehofft, dass unsere Glückssträhne ein wenig länger dauern werde. Möglicherweise müssen wir schneller als erwartet aktiv werden. Achte auf mich, und lass nur mich reden.«

Linc lachte. Während Juan Spanisch, Arabisch und Russisch fließend beherrschte, sprach und verstand Linc nur Englisch. Mit Hilfe eines Hohlspiegelmikrofons hatte er während seiner Überwachungsaktivitäten genügend Sprechproben Ortegas aufzeichnen können, um Juan Tonfall, Klang und Akzent des venezolanischen Spanisch einstudieren zu lassen. Während er nur einen einzigen saudischen Akzent imitieren konnte, wenn er sich des Arabischen bediente, war Juan in der Lage, sein Spanisch an jeden Akzent in Mittel- und Südamerika anzupassen.

Aber die Nützlichkeit des Make-ups und der Verkleidung beschränkte sich darauf, gemeine Seesoldaten und niedrige Dienstgrade einzuschüchtern. Wenn dieser Leutnant mit Ortega auf sehr vertrautem Fuß stand, wäre es nur eine Frage der Zeit, bis er die Verkleidung durchschaute.

Linc lenkte den Wagen vor die Tür des Lagerhausbüros und parkte neben einem zweiten Humvee. Sie stiegen aus, und Linc hängte sich das FAL so nachlässig und harmlos wie möglich über die Schulter. In Südamerika war es üblich, dass Fuß- und Seesoldaten ständig ihre Sturmgewehre mit sich führten, und Captain Ortegas Adjutant bildete darin keine Ausnahme.

Juan stieß die Tür auf die gleiche Art und Weise auf, wie er es bei Ortega in Lincs Videoaufnahme gesehen hatte, stolzierte ins Büro und überraschte vier Männer, von denen drei hinter Schreibtischen saßen und der vierte vor einer Reihe von Monitoren, und ignorierte sie vollkommen. Aus einem Radio im hinteren Teil des Raums drang die Stimme eines Sportreporters, der ein Fußballspiel kommentierte.

Die Köpfe fuhren zu den Besuchern herum, und das Radio verstummte. Vier Männer sprangen von ihren Stühlen hoch und nahmen Habtachthaltung an.

Juan ließ einen kurzen Blick über die Gruppe gleiten und konzentrierte sich auf den Seesoldaten mit Leutnantsstreifen auf den Epauletten.

»¿Teniente Dominguez!«, bellte er. *»¿Cuál es el significado de está?« – Was hat das zu bedeuten?*

Der angesprochene Offizier war vollkommen überrumpelt. In seinen Augen flackerte nackte Angst. Nichts in seinem Verhalten deutete darauf hin, dass Juans Stimme in seinen Ohren anders klang als Ortegas.

»Captain Ortega. Ich dachte, Sie seien in Puerto Cabello.«

»Genau das sollten Sie auch annehmen. Ich sehe, dass ich wohl des Öfteren überraschende Inspektionen durchführen sollte. Entgegen Ihrer irrigen Annahme ist es nicht Ihre patriotische Pflicht, das Spiel unserer Fußballmannschaft gegen Argentinien zu verfolgen. Schnell – wie viele Männer haben heute Abend Dienst?«

Hastig sprudelte Dominguez die Antwort hervor. »Ich selbst und zehn Marinesoldaten. Vier von uns hier, zwei im Wachhaus, drei machen Postendienst und zwei bewachen die Ladung.«

»Nur zwei sind in der Lagerhalle?«

Dominguez zögerte einen Moment. »In der Lagerhalle ist niemand. Ich könnte einige Männer dort postieren, Captain, wenn Sie es befehlen, aber da die Halle leer ist, habe ich es nicht für notwendig gehalten.«

»Ich verstehe«, sagte Juan. Aber er verstand nichts. Wenn sich die Ladung nicht im Lagerhaus befand, wo war sie dann?

»Wir haben Hinweise erhalten, die die Vermutung nahelegen, dass feindliche Spione versuchen, sich Informationen über diese Anlage zu verschaffen. Ich möchte, dass zwei dieser Männer den Wachdienst verstärken.«

Diesmal zögerte Dominguez nicht. »Ihr habt den Captain gehört!«, brüllte er die beiden Männer an. »Bewegt euch! Marsch!«

Die Soldaten schwangen sich ihre Gewehre über die Schultern und setzten ihre Mützen auf, während sie im Laufschritt den Raum verließen. Der Einzige, der zurückblieb, war der Mann, der vor den Monitoren gesessen hatte.

»Kehren Sie auf Ihren Platz zurück, Soldat«, sagte Juan zu ihm, und der Mann ließ sich auf seinen Stuhl fallen. Juan richtete den Blick wieder auf den Leutnant. »Zeigen Sie mir die Ladung.«

»Sir, Admiral Ruiz hat angeordnet, dass niemand die Ladung besichtigen darf, nachdem sie für den Transport vorbereitet wurde.«

»Sie werden uns die Ladung zeigen. Wenn Sie sich weigern, werde ich an höherer Stelle melden, dass Sie sich meinem Befehl widersetzt haben.«

Abermals zögerte Dominguez. »Die Befehle des Admirals waren unmissverständlich und strikt.«

»Seine Befehle sind gegenstandslos. Dies ist schließlich der Sinn einer überraschenden Inspektion.«

Juan besaß die ausgeprägte Fähigkeit, in Gesichtern zu lesen und deren Mienenspiel zu deuten. Und irgendetwas von dem, was er soeben gesagt hatte, war falsch gewesen.

Dominguez' Arm zuckte kaum wahrnehmbar, aber Juan spürte, dass der Leutnant versuchte, den Helden zu spielen. Juan zog seine Pistole und richtete die Mündung auf den Punkt zwischen den Augen des Leutnants, ehe dieser seine eigene Seitenwaffe auch nur mit einer Fingerspitze berühren konnte. Linc bewegte sich schneller und riss den Lauf seines Sturmgewehrs in einer einzigen blitzartigen fließenden Bewegung herum.

Dominguez erstarrte, dann hob er langsam die Hände über den Kopf, ohne dazu aufgefordert worden zu sein. Linc zog die Pistole aus seinem Gürtelholster und tastete ihn ab, ehe er mit einer Geste andeutete, dass er keine anderen Waffen bei sich führte. Der Marinesoldat, der die Szene völlig starr und angespannt verfolgt hatte, wich mit seinem Leutnant zur Wand zurück.

»Geben Sie keinen Mucks von sich«, sagte Juan. »Keiner von Ihnen.«

Ein doppeltes gehorsames Kopfnicken quittierte die Anweisung.

»Wie haben Sie es gemerkt?«, fragte Juan.

»Es war der Admiral«, sagte Dominguez. »Er ist eine Frau. Sie haben von ›seinen‹ Befehlen gesprochen, dabei hätte es ›ihre‹ heißen müssen.«

Juan schüttelte den Kopf. So viel zum Thema Frauenquote. Er hatte keine Ahnung, wie viele weibliche Admiräle in der venezolanischen Marine dienten, aber es dürfte höchstens eine Handvoll sein. Er konnte schließlich nicht alles wissen.

»Was hat er gesagt?«, wollte Linc wissen.

»Offenbar ist der Admiral, der diese Operation leitet, eine Frau. Ich muss daran denken, Erkundigungen über sie einzuziehen, wenn wir wieder an Bord der *Oregon* sind. Behalt den Leutnant im Auge, während ich mir hole, weshalb wir hierhergekommen sind.«

Da Linc kein Spanisch beherrschte, wäre es an Juan gewesen, die Akten und Computer auf der Suche nach irgendwelchen Hinweisen auf die Schmuggeloperation zu durchsuchen. Als er einen mit einem Code gesperrten Computer fand, landete er einen Treffer. Er vergeudete keine Zeit mit dem Versuch, den Code zu knacken. Darin war er kein Experte, und außerdem mussten sie sich beeilen. Er würde es Murph und Eric, den Computerexperten der Corporation, überlassen zu zaubern, sobald er den Computer auf die *Oregon* gebracht hätte.

Ein Telefon klingelte, aber es war keiner der Schreibtischapparate. Es war das Zwitschern eines Smartphones. Juan fand es unter einem kleinen Stapel Papiere auf Dominguez' Schreibtisch.

Ehe ihn einer der beiden ungebetenen Besucher aufhalten konnte, machte Dominguez einen weiten Satz, wischte es vom Schreibtisch und schmetterte es gegen die Betonwand.

Linc packte ihn und bohrte ihm den Lauf seines Sturmgewehrs in die Brust. »Tun Sie das nie wieder, *por favor.*«

Juan hob die Bruchstücke auf und achtete darauf, dass sich auch die Speicherkarte unter den Trümmern befand. Was immer auf der Karte gespeichert war, es musste so wichtig sein, dass der junge Leutnant bereit war, sein Leben zu riskieren, um die Karte vor unbefugtem Zugriff zu schützen.

Juan packte den Laptop und die Telefontrümmer in Dominguez' Aktenkoffer.

»Mal sehen, ob wir ein paar hübsche Fotos schießen können«, sagte Juan zu Linc.

»Was geschieht mit ihm?«

»Hmm. Ich glaube, er wird nicht sehr kooperativ sein.« Juan wandte sich zu Dominguez um. *»¿Dónde está el baño?«*

Der Leutnant deutete zögernd auf eine Tür am Ende des Raums. Sie schlangen Plastikfesseln um die Hände und Füße beider Gefangenen und benutzten in Streifen gerissenen Uniformstoff als Knebel. Als die Männer mit weiteren Plastikbändern an die Toilettenschüssel geknotet worden waren, schloss Linc die Kabinen und verriegelte sie mit dem Vierkantschlüssel eines Taschenwerkzeugs von außen.

Sie zu töten wäre natürlich einfacher und sicherer gewesen, aber das war nicht die Weise, wie die Corporation zu Werke ging. Obgleich ihre Angehörigen genau genommen als Söldner agierten, vertrug sich kaltblütiger Mord nicht mit ihrer Arbeitsmoral. Juan hatte die Corporation gegründet, um Terroristen und Attentäter aufzuhalten, nicht um in gleicher Weise tätig zu sein.

»In zwei Minuten sind wir wieder hier«, sagte er. »Bis dahin dürfte niemand dringend … verschwinden müssen.«

Linc drückte die einzige andere Tür in dem Raum behutsam auf. Nach einem kurzen Rundumschwenk mit dem Lauf seines Gewehrs sagte er: »Klar. Und das im wortwörtlichsten Sinn – alles *klar.*«

Juan folgte ihm in den Hauptraum des Lagerhauses.

»Du hast nicht übertrieben«, stellte er fest.

Die weitläufige Lagerhalle war leer. Obwohl der Zementboden aussah, als wäre er mit einer Gartenfräse aufgeraut worden, standen weder Kistenstapel noch Fahrzeuge in dem Raum. Aber Dominguez hatte von einer Ladung gesprochen. Da musste mehr sein, als auf den ersten Blick zu erkennen war.

Dann sah er es. An der Rückseite der Lagerhalle – auf der Seite, wo sich der Kai befand – war ein großes Tor, das mit dem Tor an der Vorderfront identisch war. Er blickte nach oben und sah einen Abschnitt der Hallendecke, der dem Brückenkran über dem Moon Pool auf der *Oregon* glich. Aber im Unterschied zu diesem trug der Kran anstelle eines U-Boots eine Stahlplatte, die aus der Tür hinausgefahren werden konnte und groß genug war, um alles, was über die zwanzig Meter lange Strecke vom Lagerhaus bis zum Schiff transportiert wurde, vor den neugierigen Augen eines Spionagesatelliten zu verbergen.

Aber das einzige Schiff, das zurzeit am Kai lag, war ein Tanker mit dem Namen *Tamanaco*.

»Ich glaube, ich weiß, was sich hier abspielt«, sagte Juan. »Sehen wir uns das Ganze einmal genauer an.«

Er und Linc gingen zur Rückseite der Lagerhalle und durch eine mannshohe Tür neben dem Garagentor.

Erst aus dieser Entfernung konnte Juan eine Veränderung an der *Tamanaco* erkennen, und das auch nur, weil er die *Oregon* auf ähnliche Art und Weise modifiziert hatte. Eine dunkle Linie – ähnlich einer schmalen Naht – markierte die Umrisse einer riesigen Torklappe im Rumpf des Tankers. Sie hatten die Waffen in den Tanker eingeladen, der entsprechend hergerichtet worden war, um sowohl Stückgut als auch Öl zu transportieren. Niemand käme auf die Idee, einen Tanker zu stoppen, um ihn nach verbotenen Waffenlieferungen zu durchsuchen.

Noch hatten sie jedoch keinen Beweis, der ihren Verdacht bestätigt hätte. Sie müssten nur einen Blick ins Innere des Schiffs werfen und wüssten Bescheid.

Juan entdeckte einen Marinesoldaten, der neben einer Gangway Wache hielt.

»Wir werden unsere außerplanmäßige Inspektion fortsetzen«, sagte er im Flüsterton zu Linc.

»Klingt gut.«

Sie passierten den Matrosen, wobei Juan seinen militärischen Gruß zwar erwiderte, aber nichts sagte. Sobald sie sich an Deck befanden, nahmen sie die erste Treppe, die sie fanden, und stiegen hinunter, bis sie einen weiteren bewaffneten Matrosen entdeckten, der vor einer Schottentür postiert war.

»Wir wollen die Fracht kontrollieren, Soldat«, sagte Juan. »Öffnen Sie die Tür.«

Der Soldat hatte offenbar den gleichen Befehl, niemanden einzulassen, aber er hatte nicht die Absicht, sich der Aufforderung des Captains zu widersetzen.

»Aye, Sir«, sagte er, wandte sich zackig um und zog die Tür weit auf. Juan und Linc traten über die Schwelle. Der Soldat betätigte einen Schalter, und Neonröhren flammten nach einem kurzen Flackern auf.

Wie vermutet war die Ladung vorhanden, aber sie entsprach nicht dem, was die Corporation laut den ihr zur Verfügung stehenden Informationen erwartet hatte. Die Venezolaner standen nämlich in dem Verdacht, russische Waffentechnologie nach Nordkorea zu liefern.

Stattdessen zählte Juan zwanzig amerikanische Bradley Fighting Vehicles und ein Dutzend der modernsten M1A1-Abrams-Kampfpanzer.

Sie hatten keine Zeit, auch nur ein einziges Foto zu schießen. Ohne Vorwarnung schien der gesamte Rumpf des Tankers vom Klang einer Sirene zu vibrieren.

Jemand hatte Alarm ausgelöst.

VIER

Wie ein Krokodil, das auf seine Beute lauerte, schwebte das Unterseeboot antriebslos in Periskoptiefe, während der Supertanker darauf zuhielt. Zwei Frachter hatten es bereits im Abstand von weniger als eintausend Metern passiert. Nur wenige Handelsschiffe verfügten über ein Aktivsonar, daher blieb das U-Boot unentdeckt. Solange sich Linda Ross mit dem Discovery 1000 unterhalb der Wasseroberfläche hielt, ahnte niemand auf der 113 000 Bruttoregistertonnen großen *Sorocaima*, dass sich das Tauchboot in nächster Nähe des Tankers befand.

Das Discovery-U-Boot hatte seine Position während der vergangenen vier Stunden beibehalten, seit es von der *Oregon* in der Karibischen See fünfzig Meilen nördlich der venezolanischen Küste abgesetzt worden war. Die Schifffahrtsstraße beschrieb einen weiten Bogen um die Insel Nueva Esparta, ehe sie nach Osten schwenkte. Der Punkt war ausgewählt worden, weil er sich in der Nähe einer vielbefahrenen Route für Tanker von Puerto La Cruz ins Mittelmeer befand.

Das Mini-U-Boot war groß genug, um acht Passagiere bis in fünfunddreißig Meter Tiefe zu bringen, aber zurzeit war es nur mit Linda und zwei Männern besetzt, die hinter ihr Karten spielten. Dies war eine schnelle Rein-und-raus-Mission, und mehr als zwei Männer, die den Tanker enterten, würden das Risiko, entdeckt zu werden, gefährlich erhöhen.

Linda, eine Navy-Veteranin, die an Bord eines Raketenkreuzers gedient und als Stabsangestellte im Pentagon gearbeitet hatte, ehe sie von der Corporation als stellvertretende Operationschefin eingestellt wurde, rangierte in der Mannschaftshierarchie direkt unter Juan und Max. Ihre zierliche Statur, die ausgeprägte Stupsnase und eine sanfte Stimme hatten sich früher als wenig förderlich für ihre Karriere erwiesen und verhindert, dass man ihr eine ausreichend große Autorität zutraute, um ihr die Führung eines eigenen Schiffes zu übertragen. Auf der *Oregon* hingegen hatte sie sich den Respekt und das Vertrauen aller in dem Maße verdient, dass man sie mit der Leitung einiger der heikelsten Missionen betraute. Sie hatte die Gewohnheit, des Öfteren die Haarfarbe zu wechseln, und heute leuchtete ihre Pferdeschwanzfrisur feuerrot.

Konzentriert betrachtete Linda den Monitor, auf den die Bilder der Periskopkamera übertragen wurden. Die bei Vollmond und Sternenschein wirksame Lichtverstärkungsfunktion machte die Nacht zum Tag, und die Umrisse eines sich nähernden Tankers waren deutlich zu erkennen. Obgleich sie den Namen des Schiffes aus dieser Entfernung nicht lesen konnte, hatte sie keinen Zweifel, dass sie ihr Zielobjekt vor sich hatte. Das regelmäßige *Ping!* des Peilsenders, den Linc während seines Besuchs in Puerto La Cruz auf dem Schiff versteckt hatte, war nicht zu überhören. Die *Sorocaima* hielt sich genau an den berechneten Fahrplan und war nur eine Meile von ihnen entfernt.

»Da kommt sie schon, Leute«, sagte Linda.

Marion MacDougal »MacD« Lawless und Mike Trono blickten von ihren Karten auf. Die beiden Jagdhunde, wie Max die Angehörigen des landgestützten Operationsteams nannte, hatten Gin Rummy gespielt, und aus den mit singendem Südstaatenakzent ausgestoßenen Freudenrufen, die sie während der vergangenen zwei Stunden von MacD gehört hatte, schloss sie, dass er Mike eine Abreibung verpasste.

»Dann eben nicht«, sagte Mike und warf seine Karten auf den Tisch. »Ich war gerade im Begriff rauszukriegen, wie dieser Kerl betrügt.«

Als stellvertretende Operationschefin konnte sie die Personalakten eines jeden Mitglieds der Mannschaft vorwärts und rückwärts herunterbeten. Mike Trono mit seinem schütteren blonden Haar und der drahtigen Figur war ein erstklassiger Fallschirmspringer bei der Air Force gewesen und im Irak und in Afghanistan mehrmals hinter den feindlichen Linien abgesprungen, um abgeschossene Piloten zu retten. Er hatte das Militär verlassen und eine Zeitlang mit diversen Powerbooten an Offshorerennen teilgenommen, ehe er zur Corporation stieß, nachdem er erkannt hatte, dass deren realitätsnahe Operationen ihm als eingefleischtem Adrenalinjunkie erst den richtigen Kick vermittelten.

»Ich? Betrügen?«, erwiderte MacD in seinem schleppenden Louisiana-Tonfall. »Seit wann sollte ich das bei einem Typen wie dir nötig haben? Ich bin bloß gut.«

»Weil das verdammt unfair wäre. Du kannst nicht so gut beim Kartenspiel sein *und* gleichzeitig aussehen wie ein Model für Herrenunterwäsche.«

In diesem Punkt konnte Linda Mike nur beipflichten. Während Mike durchaus ein hübscher Kerl war, hatte der ehemalige Army Ranger MacD einen wie aus Marmor gemeißelten Körperbau und eine Physiognomie, die eines Filmstars würdig war. Er war einer der jüngsten Neuzugänge der Corporation, und sein bodenständiges New-Orleans-Charisma und die schnelle Auffassungsgabe im Kampfeinsatz entzückten die gesamte Besatzung der *Oregon*.

»Weißt du, Mike, du und ich, wir sind im Grunde genommen die beiden Seiten ein und derselben Münze«, sagte MacD.

»Wieso das?«

»Keiner von uns war so dumm, ein Deckschrubber zu werden.«

Sie wandten sich zu Linda um, der einzigen Navy-Vertreterin in dem Mini-U-Boot, und musterten sie betont herablassend, ehe sie in schallendes Gelächter ausbrachen. Mike und MacD waren häufig die Zielscheiben gutmütiger Hänseleien auf der *Oregon,* weil sie die Einzigen waren, die nicht bei der Navy gedient hatten. Aber nun war sie in der Unterzahl.

Sie sah die beiden Männer an, ohne die Miene zu verziehen, aber der Anflug eines Zwinkerns lag in ihren Augen. »Das reicht jetzt. Ab über die Planke. Das ist ein Befehl.«

»Jawohl, Ma'am«, sagten sie unisono und begannen, sich für ihren Einsatz umzuziehen – Pullover, Hosen, Handschuhe, Stiefel und Strickmützen, alles in Nachtschwarz. Zum Abschluss schmierten sie sich noch schwarze Fettcreme auf die Gesichter.

Während sie sich auf ihren Ausflug vorbereiteten, startete Linda den Motor des Discovery und lenkte es auf die Bahn der heranrauschenden *Sorocaima,* die zum Hafen von Wonsan in Nordkorea unterwegs war.

Der Tanker hatte knapp achtunddreißig Millionen Liter Dieseltreibstoff geladen, der von der nordkoreanischen Armee für den Betrieb nahezu aller Fahrzeuge in ihrem Arsenal vorgesehen war. Da sich fast alle Nationen der Welt auf ein Handelsembargo für Treibstoff geeinigt hatten und Nordkorea nur wenige eigene Raffinerien betrieb, waren die immer lauter mit dem Säbel rasselnden Nordkoreaner auf regelmäßige Treibstofflieferungen aus Venezuela angewiesen, dessen Präsident ein persönlicher Freund ihres Staatsoberhaupts war. Ohne den Treibstoff wären die bewaffneten Streitkräfte des Nordens vollständig zum Stillstand gekommen.

Problemlos konnte die *Oregon* mit den ihr zur Verfügung stehenden Waffen ein Schiff selbst von der Größe der *Sorocaima* versenken, aber der Plan, der dieser Mission zu Grunde lag, war viel raffinierter und vielschichtiger. Es war nicht nur so, dass die Corporation es ablehnte, unbewaffnete Schiffe zu versenken, sondern es bestand auch kein Mangel an Tankern und venezolanischem Erdöl, sodass sich bestenfalls lediglich die Lieferung verzögern würde. Stattdessen würden Linda, MacD und Mike den Treibstoff an Bord des Tankers ruinieren und eine beträchtliche Masse von Fahrzeugen des nordkoreanischen Militärs neutralisieren.

Im Heckbereich des Discovery-Tauchboots lagerten sechs thermosflaschengroße Behälter, einer für jeden Ölbunker auf dem Frachter. Die Behälter waren mit Bakterien gefüllt, die unter absoluter Geheimhaltung von der Defense Advanced Research Projects Agency, kurz DARPA, gezüchtet worden waren. Aus einem Stamm des anaeroben Bakteriums *Clostridium* extrahiert, verändert und von den Biologen, die es geschaffen hatten, auf den Namen Corrodium getauft, vermehrte sich die Mikrobe rasant in Dieseltreibstoff und kontaminierte den gesamten Tankinhalt, sobald sie damit in Berührung kam. Die mit den Bakterienstämmen angereicherte Lösung war farb- und geruchlos, daher war die Verunreinigung außer durch einen aufwendigen Labortest nicht nachweisbar.

Die Bakterien veränderten die chemische Struktur und Zusammensetzung des Dieseltreibstoffs so, dass er mit sehr viel höheren Temperaturen verbrannte. Wurde der verunreinigte Treibstoff in den Motoren gezündet, sorgte er dafür, dass sie überhitzten und die Kolben sich festfraßen. Mit ein wenig Glück würde das Corrodium, das sie in die Öltanks der *Sorocaima* einleiteten, sämtliche Treibstoffvorräte Nordkoreas verseuchen, sie unbrauchbar machen und den Motor eines jeden Fahrzeugs zerstören, das damit betankt worden war.

Der schwierige Teil der Mission bestand darin, das Corrodium unbemerkt in die Öltanks zu schmuggeln. Sollte der Verdacht aufkommen, dass der Dieseltreibstoff gepantscht worden war, würde die Mannschaft der *Sorocaima* Tests durchführen und dem Problem auf die Spur kommen, ehe der Tanker Wonsan erreichte. Und sobald den Nordkoreanern die Gefahr einer bakteriellen Verunreinigung bekannt wäre, würden sie in Zukunft jede Treibstofflieferung sorgfältigen Tests unterziehen. Linda müsste die Mission mit ihrem Team gleich beim ersten Versuch erfolgreich abschließen, denn zu einem zweiten Versuch würde sie keine Gelegenheit bekommen.

Schwierigkeitsgrad und Bedeutung der Operation waren außerdem der Grund dafür, sie gleichzeitig mit der Suchaktion des Chairmans durchzuführen. Wenn die beiden Operationen nacheinander stattfänden und die jeweils erste fehlschlagen sollte, wäre der Erfolg der jeweils zweiten gefährdet.

Lindas Aufgabe bei dieser Mission bestand darin, das Minitauchboot in Position zu halten, während MacD und Mike mit den Corrodium-Behältern auf den Tanker kletterten, um ihren Inhalt über das Röhren- und Ventilsystem auf dem Oberdeck des Schiffes in die Tanks umzufüllen.

Sie konnten jedoch unmöglich das Schiff entern, solange es Fahrt machte. Selbst wenn sie es schafften, die eigene Fahrt der Geschwindigkeit des Tankers anzupassen, wäre bei dem Versuch, das Discovery längsseits zu manövrieren und in stabiler Lage zu halten, während MacD und Mike umstiegen, ein Desaster vorprogrammiert. Sie mussten dafür sorgen, dass die *Sorocaima* anhielt.

Den Tanker lahmzulegen kam nicht in Frage. Er könnte

jederzeit in den Hafen zurückgeschleppt werden, anstatt seine Fahrt nach Nordkorea fortzusetzen, und Ermittler könnten erkennen, dass der jeweilige Schaden einer klaren Absicht entsprang, was zu der Frage führen würde, wer ihn verursacht hatte und weshalb. Eine Geheimoperation war die einzige Option, und sie hätte auch noch einen weiteren Vorteil. Wenn die Nordkoreaner die Venezolaner nämlich für die Verunreinigung verantwortlich machten, würden zukünftige Geschäfte mit ihren Treibstofflieferanten von erheblichem Misstrauen geprägt sein.

Wie üblich war Max der Helfer in der Not, der mit seinem technischen Verständnis und seiner Erfahrung einen Weg fand, den Tanker anzuhalten, ohne ihn zu kapern oder gar zu beschädigen.

Die Roboterarme des Discovery-Tauchboots hielten ein Objekt, ähnlich groß und geformt wie ein Sarg, an den Längsseiten flach und glatt, mit wasserdichten Plexiglaskappen an jedem Ende und einem aufblasbaren Wulst auf der Oberseite. Ein dünner Draht verband das Objekt, das sie Beatbox nannten, mit einem Kontroll- und Steuersystem innerhalb des Mini-U-Boots. Am Rumpf des Tankers befestigt, würde die Beatbox, die mit einem kräftig rotierenden Hammerwerk ausgestattet war, bei jeder Umdrehung der Schiffsschraubenwelle zuschlagen.

Kein Kapitän der Welt möchte mitten im Ozean mit einem Maschinenschaden liegen bleiben, daher werden alle mechanischen Systeme sorgfältig justiert und regelmäßig gewartet, um stets mit Höchstleistung zu arbeiten. Wenn der Schiffsingenieur ein pochendes Geräusch im Maschinenraum hört, das nicht lokalisiert werden kann, wird er empfehlen, die Maschine zu stoppen und eine gründliche Diagnose durchzuführen. Natürlich gäbe es in diesem Fall überhaupt kein technisches Problem, was die entsprechenden Überwachungsgeräte eindeutig anzeigen würden. Max schätzte, dass ihnen eine halbe Stunde Zeit bliebe, ehe der Ingenieur die Maschinen wieder startete.

»Achtung, Leute«, sagte Linda. »Wir gehen runter.«

Sie spielte gekonnt mit den Joysticks, ging auf Tauchfahrt und manövrierte das Discovery unter den Pfad, dem die *Sorocaima* folgte. Das Rauschen der Wassermassen, die der riesige Bug des Tankers vor sich herwälzte, klang, als wäre das Tauchboot ein herrenloses Fass, das unaufhaltsam auf die Niagarafälle zutrieb.

Dank des bordeigenen lasergesteuerten Systems zur Abstands- und Geschwindigkeitsmessung, kurz LIDAR, das ein dreidimensionales Bild von ihrer näheren und weiteren Umgebung lieferte, konnte Linda verfolgen, wie sich der Rumpf des Tankers über sie schob, einem Zeppelin, der durch die Wolken schwebte, nicht unähnlich.

Linda klickte auf das entsprechende Symbol der virtuellen Armaturentafel auf ihrem Monitor, und der Wulst auf der Oberseite der Beatbox füllte sich mit Luft und blähte sich auf, bis Schwerkraft und Auftrieb einander aufhoben und der Apparat sich im Schwebezustand befand. Linda zog die Roboterarme zurück und ging mit dem Discovery auf Rückwärtsfahrt, wobei sich der Lenkdraht abspulte. Sie stoppte das Boot nach einer Strecke von etwa einhundert Metern.

Die Positionierung war ausgezeichnet. Die Beatbox schwebte gut fünf Meter unter dem Kiel des Tankers.

Der einzige riesige Propeller wühlte sich durch die Fluten und wuchtete den Tanker der Beatbox entgegen. Linda musste den richtigen Moment abpassen. Befände sich die Beatbox zu weit vor dem Maschinenraum, könnte das Klopfen als Hinweis auf eine Fehlfunktion der Turbine missdeutet werden. Wartete sie jedoch zu lange, würde die Beatbox von der Schiffsschraube zertrümmert oder verfehlte den Tanker vollständig. In diesem Fall würde das

Tauchboot den Tanker niemals einholen und einen zweiten Versuch machen können.

Als die letzten dreißig Meter des Tankers über sie hinwegglitten, klickte sie auf einen anderen Button auf dem Bildschirm und aktivierte den starken Magneten der Beatbox. Diese drehte sich, als ihre magnetische Seite von dem stählernen Rumpf der *Sorocaima* angezogen wurde. Ein lautes Dröhnen verkündete, dass die Beatbox den Kontakt hergestellt hatte und nur anderthalb Meter von dem von Linda ausgewählten Punkt entfernt am Tanker klebte.

Der Lenkdraht wurde weiter abgespult. Linda klickte auf den nächsten Button, und der Hammer in der Beatbox schlug los. Sie schob die Joysticks auf »Volle Kraft voraus«, sodass sie sich so nahe wie möglich bei dem Tanker befanden, sobald er zum Stillstand käme.

»Drückt die Daumen«, sagte sie.

Die Wartezeit war eine Qual, während sie Ausschau nach einem Anzeichen hielt, dass der Tanker die Fahrt verlangsamte. Tausend Meter Draht waren bereits abgespult. Dreitausend Meter waren noch vorhanden. Danach müsste sie ihn kappen.

Weitere eintausend Meter folgten, ehe Linda endlich erkennen konnte, dass sich der Draht zunehmend langsamer abspulte.

»Der gute alte Max«, sagte sie.

»Ich wusste, dass er uns nicht hängen lässt«, sagte Mike, während er noch einmal seine Pistole überprüfte, die er als Vorsichtsmaßnahme eingesteckt hatte, obgleich sie während ihrer Mission jeglichen Feindkontakt vermeiden wollten.

»Sieht so aus, als hätten wir eine veritable Steilwand zu überwinden«, sagte MacD und raffte ihre Kletterausrüstung zusammen.

Als das Discovery den mittlerweile angehaltenen Tanker erreichte, zeigte Lindas Armbanduhr an, dass ihnen von dem von Max errechneten Zeitlimit von einer halben Stunde nur noch fünfundzwanzig Minuten zur Verfügung standen. Sie lenkte das U-Boot neben dem Bug des Tankers an die Wasseroberfläche, so weit wie möglich vom Maschinenraum und der Kommandobrücke entfernt, wo zu diesem Zeitpunkt reger Betrieb herrschte.

MacD öffnete die Einstiegsluke und schaute hinaus. Als er zurückkam, wirkte sein Miene sorgenvoll.

»Wir haben ein Problem«, sagte er.

Linda beugte sich vor und blickte durch das vordere Bullauge des Minitauchboots. Sie erkannte sofort, was MacD meinte.

Sie hatten erwartet, dass die *Sorocaima* bis auf ihre Positionslichter völlig abgedunkelt war und die dichte Wolkendecke Mike und MacD genügend pechschwarze Zonen auf dem Schiffsdeck bescherte, in denen sie sich unbemerkt bewegen könnten. Das war nun unmöglich. Vom Bug bis zum Heck erstrahlte der Tanker wie ein Christbaum.

FÜNF

Die rote Gefechtsstationsbeleuchtung schuf auf der Kommandobrücke der Fregatte *Mariscal Sucre* eine höllische Atmosphäre, an der Admiral Dayana Ruiz ihren Gefallen hatte. Ihre Position als höchstrangiger weiblicher Angehöriger des venezolanischen Militärs hatte sie nicht nur wegen ihrer Weigerung, weniger als absolute Perfektion in der Dienstausübung ihrer Untergebenen zu akzeptieren, sondern auch aufgrund ihrer Fähigkeit erklommen, ein Schiff in die Schlacht zu führen. Sie war noch nie aus einem Marinemanöver als Verliererin hervorgegangen und hatte nun Gelegenheit, ihr Können auch in einem realen Kampfeinsatz unter Beweis zu stellen.

Sie hoffte nur, dass das Schiff namens *Dolos* tatsächlich so respekteinflößend war, wie in zahlreichen Geschichten darüber behauptet wurde. Der Tipp über den Trampdampfer und seinen Kapitän war von einem Offizier der libyschen Marine gekommen, den sie auf einer Waffenmesse in Dubai kennengelernt hatte. Er hatte ihr erzählt, dass er die Fähigkeiten des legendären Schiffes hautnah kennengelernt hatte, als es seine Fregatte *Khalij Surt* – Große Syrte – beinahe zerstört hätte. Obgleich sie schon häufiger Berichte von einem solchen getarnten Schiff gehört hatte, verwarf sie diese doch immer wieder als reine Fantasieprodukte. Aber der Augenzeugenbericht des Offiziers war überzeugend. In Marinekreisen ließ sie verlauten, dass es ihr ein persönliches Anliegen war, das geheimnisvolle Schiff zur Strecke zu bringen.

Dann war Gao Wangshu von der chinesischen Marine

mit einer Geschichte ähnlich der des Libyers zu Ruiz gekommen. Er hatte Geheimdienstinformationen, dass dieses Schiff nach Venezuela käme. Allerdings glaubte er, dass es den Hafen Puerto Cabello aufsuchen werde. Doch im letzten Augenblick meldete er, dass es in La Guanta anlegen würde, woraufhin sie ihn zum dortigen Hafenmeister schickte, um sich zu vergewissern, dass es das richtige Schiff war.

Nun schien es, als habe sie noch mehr Grund anzunehmen, dass die *Dolos* ein Spionageschiff war. Die Meldung von Leutnant Dominguez über die beiden Hochstapler konnte kein Zufall sein.

Ruiz trank den letzten Schluck ihres schwarzen Kaffees, während sie in einem Zustand mühsam unterdrückter Wut auf den Anruf aus Puerto La Cruz wartete. Am liebsten hätte sie den Kaffeebecher aus dem Fenster geworfen, aber das Spiegelbild, das sie in der Glasscheibe sah, ließ sie innehalten. Ihr kurzes schwarzes Haar, das gebräunte regelmäßige Gesicht und die hochgewachsene, kerzengerade Gestalt in einer makellos gebügelten Uniform spiegelten ihr Ansehen als eiskalte Kommandeurin wider, die stets bereit war, alles und jeden für den Sieg zu opfern. Jede theatralische Geste würde dieses Image zerstören und machohaften Offizieren unter ihrem Kommando die willkommene Gelegenheit verschaffen, ihre Führungsqualitäten in Frage zu stellen. Das wollte sie nicht zulassen, aber diese jüngste Entwicklung stellte ihre Selbstbeherrschung doch auf eine harte Probe.

Leutnant Dominguez war einer ihrer aufgewecktesten Schüler, und sie hatte ihm bereits die wertvollsten Informationen über ihre Unternehmungen anvertraut, die ihren geplanten Aufstieg zur Macht innerhalb der venezolanischen Regierung bewirken würden. Es hatte bereits einen weiblichen Verteidigungsminister gegeben, aber ihre Ambitionen richteten sich auf ein viel höheres Amt. Hugo

Chavez war ihr Idol, und so hatte sie die feste Absicht, einmal in seine Fußstapfen zu treten.

Aber Dominguez hatte sie im Stich gelassen, und ihre Machtposition drohte ins Wanken zu geraten.

Sie hatte ihn angerufen, um sich nach dem Stand ihres Waffengeschäfts zu erkundigen. Als er nicht antwortete, hatte sie das Wachhaus angewählt, um ihn im Lagerhaus suchen zu lassen. Kurz nachdem die Wachen das Sicherheitsbüro betraten, hatten sie Dominguez und einen anderen Mann gefesselt in der Toilette gefunden. Sie hatte sofort Befehl gegeben, die gesamte Anlage abzuriegeln, um die Hochstapler zu suchen, die unbemerkt eingedrungen waren. Nun wartete sie auf die Nachricht, dass man sie gefunden hatte, da niemand beobachtet hatte, wie sie die Basis verließen.

Das Telefon klingelte, sie griff nach dem Hörer.

»Reden Sie«, schnappte sie.

»Hier ist Dominguez, Admiral«, meldete er sich. »Wir haben sie umstellt.«

»Wo?«

Er räusperte sich. »Auf dem Schiff. Sie haben einen meiner Männer niedergeschlagen und sich im Frachtraum eingeschlossen.«

Ruiz musste herausbekommen, wer sie waren, wie sie ihrer Operation auf die Schliche gekommen waren und ob Gefahr bestand, dass sie ganz aufgedeckt wurde.

»Ich möchte, dass sie lebend gefangen werden«, befahl sie.

»Ja, Ma'am. Wir haben alle Ausgänge besetzt.«

»Was ist mit dem Tor zum Frachtraum?«

»Wir haben die Stromzufuhr zu diesem Bereich des Schiffes unterbrochen. Sie haben keine Möglichkeit, es zu öffnen. Ich habe fünfzig weitere Männer in Marsch gesetzt. Sie können also unmöglich entkommen.«

»Wissen Sie, was die Männer gesucht haben?«

Erneutes Zögern.

»Lügen Sie mich nicht an, Leutnant. Ich werde die Wahrheit ohnehin erfahren.«

»Sie haben den Laptop und mein Telefon mitgenommen.« Er redete hastig weiter. »Der Computer ist gesichert, und das Telefon habe ich zerstört, sodass sie aus dem Schiff keine Informationen weitergeben können.«

Ruiz' Hand krampfte sich um den Kaffeebecher, bis es schien, als werde er jeden Moment zerbrechen.

»Hoffen Sie, dass Sie sich nicht irren, Dominguez, sonst benutze ich Sie für Schießübungen.«

Sie hörte ihn schlucken. »Aye, Admiral.«

»Beschreiben Sie diese Männer.«

»Beide trugen Marineuniformen. Einer war ein großer Schwarzer. Der zweite ... nun, ich hätte schwören können, dass er Captain Ortega war. Aber dann ging er davon aus, dass Admiral Ruiz ein Mann ist. Ich wollte sie in Gewahrsam nehmen, aber er und der andere Hochstapler, sie waren so schnell ...«

»Genug. Ich lese später Ihren Bericht. Rufen Sie mich an, sobald Sie ihrer habhaft geworden sind.«

Sie legte auf, ohne auf eine Bestätigung zu warten.

Die Nachricht, dass sie sich in den Besitz des Computers und des Telefons gebracht hatten, war das Beunruhigendste in Dominguez' Bericht. Die Aufdeckung des von ihr inszenierten Waffenschmuggels würde sie überleben, aber wenn jemand außerhalb ihrer engsten Umgebung von dem zweiten Aspekt ihrer ungesetzlichen Aktivitäten Wind bekommen sollte, wäre ihr Ansehen in Venezuela zerstört. Man würde sie als Landesverräterin hinrichten.

Sie kehrte in ihre Kabine zurück. Die nächsten Telefongespräche konnte sie nur in absoluter Ungestörtheit führen.

Ruiz wählte eine Nummer, die sie noch im Gedächtnis hatte. Diese Nummer löschte sie nach jedem Anruf aus dem Telefonspeicher.

Nach dem zweiten Rufzeichen meldete sich eine männliche Stimme und fragte kurz: »Was ist?«

»Bei uns gab es einen Zwischenfall, Doktor«, antwortete sie in fließendem Englisch und verwendete den einzigen Namen, unter dem sie ihn kannte.

»Und?«

»Ich wollte mich nur versichern, dass meine Pläne dadurch nicht gefährdet sind. Ist die *Ciudad Bolívar* pünktlich?«, fragte sie.

»Sie wird in sechsunddreißig Stunden die vorgesehene Position erreichen, so wie ich es zugesagt habe.«

»Ist Ihnen irgendein ungewöhnliches Interesse an unseren Aktivitäten aufgefallen?«

»Nein«, erwiderte der Mann. »Ich erwarte den Eingang der Restzahlung, sobald die *Bolívar* gesunken ist.«

»Und werden Sie im Gegenzug wie vereinbart den verschlüsselten Softwarecode zur Steuerung der Drohnen übergeben?«

»Ja«, sagte der Doktor.

»Dann fahren wir fort. Dominguez wird Meldung machen, wenn die *Ciudad Bolívar* gesunken ist. Sorgen Sie dafür, dass die Drohnen morgen Abend bereit sind.«

»Natürlich. Dafür werde ich bezahlt.«

Er legte auf. Ruiz war nicht daran gewöhnt, derart respektlos abgefertigt zu werden, aber die besonderen Fähigkeiten des Doktors verlangten, dass sie diese Art von Subordination, die einen Matrosen sofort in den Bau gebracht hätte, tolerierte.

Als Nächstes rief sie den Hafenmeister, Manuel Lozada, an. Sie befürchtete, dass die *Dolos* vorzeitig ablegen und die Spione zurücklassen würde, falls bekannt würde, dass sie in der Falle saßen und am Ende möglicherweise über die wahre Herkunft des getarnten Schiffs ein Geständnis ablegten.

»Ich freue mich, von Ihnen zu hören, Admiral«, sagte er, nachdem er sich gemeldet hatte. »Ich wollte Sie soeben …«

»Lozada, veranlassen Sie auf der Stelle eine Durchsuchung der *Dolos*. Ich schicke Ihnen in zehn Minuten dreißig Männer, um die Polizei zu unterstützen.« Sie plante, einige von Dominguez' Hilfstruppen zum La Guanta Harbor abzukommandieren.

»Aber, Admiral, genau deshalb wollte ich Sie soeben anrufen. Die *Dolos* hat gerade den Anker gelichtet.«

»Wie bitte? Haben Sie ihnen dazu die Erlaubnis gegeben?«

»Ja. Sie selbst haben mir doch erklärt, Sie würden das Schiff auf offener See kapern, daher dachte ich …«

Ruiz kochte vor Wut. Waren denn alle, die für sie arbeiteten, komplette Vollidioten? Sie behielt jedoch ihre Stimme unter Kontrolle und blieb ganz ruhig.

»Lozada, tun Sie, was Sie können, um sie aufzuhalten. Wenn sie die venezolanischen Gewässer verlassen, ehe wir dort sind, würde man einen Zugriff als internationalen Zwischenfall betrachten.«

»Wird sofort in die Wege geleitet, Admiral!«

»Und nutzen Sie jede Information über das Schiff, die Gao Ihnen geben kann. Es könnte Ihnen einen taktischen Vorteil verschaffen.«

»Ein exzellenter Tipp, Admiral. Wir werden alles in unserer Macht Stehende tun, um sie am Auslaufen zu hindern.«

»Ich wünsche regelmäßige Meldungen über ihre aktuelle Position.«

Sie legte auf, begab sich wieder auf die Kommandobrücke und überprüfte die Koordinaten ihres Schiffes. Sie waren noch immer vierzig Meilen von Puerto La Cruz entfernt. Bei ihrer augenblicklichen Geschwindigkeit würden sie den Hafen in wenig mehr als einer Stunde erreichen.

Die *Mariscal Sucre,* eine Fregatte der Lupo-Klasse, war der Stolz der venezolanischen Marine. Bestückt war sie mit einem 127-Millimeter-Buggeschütz, acht Otomat-Mark-2-Antischiffsraketen und zwei Mark-2-Drillingstorpedorohren. Ruiz hätte keine Hemmungen, ihr gesamtes Arsenal gegen das Spionageschiff einzusetzen, ganz gleich wie schwer bewaffnet oder wie wehrlos es war.

Sie musste nur dafür sorgen, dass sie rechtzeitig dort eintrafen.

»Captain Escobar«, rief sie den Schiffskommandeur, »mir ist egal, ob Sie Ihre Turbinen verheizen. Holen Sie aus ihnen heraus, was sie hergeben.«

Nach einem zackigen »Aye, aye« spürte Ruiz, wie das Schiff unter der zusätzlichen Leistungssteigerung genauso erzitterte wie sie selbst unter dem Adrenalinschub, der durch ihren Körper rauschte. Nie zuvor war sie kampfbereiter gewesen, und es gab nichts, was ihr den Sieg hätte streitig machen können.

SECHS

Juan Cabrillo und Franklin Lincoln hatten die Hecktür des Frachtraums im Visier und feuerten gelegentlich einen Schuss ab, um Dominguez' Männer davon abzuhalten, durch den Spalt einzudringen. Die Bugtür war fest verschlossen und mit einer Kette gesichert, auf die auf der anderen Seite jemand einhämmerte. Es wäre nur eine Frage der Zeit, bis sie nachgab.

Kugeln prallten gegen die gepanzerten Fahrzeuge und flogen Juan und Linc als Querschläger um die Ohren, wann immer mit Sturmgewehren bewaffnete Matrosen es riskierten, die Köpfe durch den Türspalt zu schieben und ein paar Schüsse abzufeuern. Kein Projektil verirrte sich in ihre Nähe. Es war, als wollten die Männer sie lediglich an Ort und Stelle festnageln.

Juan vermutete, dass genau dies der Plan war. Die Venezolaner hatten die überlegene Position, weil sich die Türen an beiden Enden des Raums – eine in Richtung Bug, die andere zum Heck hin – über dem drei Stockwerke hohen Frachtraum befanden. Von dort führten jeweils Treppen in den Laderaum hinab, wo die Fahrzeuge in acht Viererreihen aufgestellt waren. Es war eine Pattsituation: Juan und Linc konnten den Raum nicht verlassen, und die Venezolaner durften es nicht riskieren, die völlig deckungslose Treppe zu benutzen.

»Wie viel Munition hast du noch übrig?«, wollte Juan von Linc wissen.

»Zwei Magazine, aber bei dieser Frequenz sind sie in ein paar Minuten leer geschossen.«

»Ich habe nur noch ein Magazin an dem Gewehr, das ich mir von unserem Freund, der uns hereingelassen hat, geborgt habe.« Ein Schlag mit Lincs Handkante hatte den Wächter auf den Punkt getroffen, sodass er für einige Tage benommen durch die Gegend taumeln würde. Danach waren noch genügend Männer übrig, um sie durch reine Zermürbung in die Knie zu zwingen. Eine Chance, zum Humvee zurückzukehren, hatten sie nicht. Also mussten sie einen anderen Ausweg finden.

Selbst wenn sie sich auf eine Tür konzentrierten und dort einen Durchbruch versuchen sollten, würden sie das Schiff ausschließlich zur Seeseite hin verlassen können. Versuchten sie es auf der Kaiseite, wären sie für jeden dort postierten Soldaten nichts anderes als lahme Enten, auf die man ein fröhliches Scheibenschießen veranstalten konnte.

Eine Möglichkeit bot sich ihnen jedoch auf genau diesem Frachtdeck.

»Erinnerst du dich an den zerfurchten Boden in der Lagerhalle?«, fragte Juan.

Linc nickte. »Klar. Die Ketten der gepanzerten Fahrzeuge zermalmen jeden Zementboden, wenn sie auf der Stelle wenden oder eine Kurve fahren. So ein Panzer wiegt bis zu fünfundsechzig Tonnen.«

»Woraus man schließen kann, dass sie noch eine Menge Sprit im Tank haben. Was meinst du, wie schwierig es ist, ein solches Ungetüm zu lenken?«, fragte Juan und deutete mit dem Daumen auf den M1 Abrams neben ihm. Es war der Panzer, der dem Kai am nächsten geparkt war.

Linc kannte Juans Improvisationstalent, daher blinzelte er noch nicht einmal bei dieser Frage. Stattdessen sagte er: »Wir müssen zuerst das Frachtraumtor aufbrechen.«

»Also hast schon einen Tank gelenkt?«

»Ich habe früher mal auf dem Fahrersitz eines solchen

Schätzchens gesessen. Ein Freund bei den SEALs hatte vorher als Fahrer eines Marinepanzers gedient. Es sieht ziemlich einfach aus. Eine Lenkstange wie bei einem Motorrad zum Steuern und Beschleunigen sowie ein Bremspedal. Nicht viel anders als bei einer alten Harley.« Im Frachtraum der *Oregon* stand stets seine großzügig aufgemöbelte Harley-Davidson für Landausflüge in diversen Zielhäfen bereit.

»Also nein.«

Linc grinste. »Ich bin zwar kein richtig helles Bürschchen«, spielte er scherzhaft auf seine Hautfarbe an, »aber ich lerne schnell.«

»Deine Einstellung gefällt mir. Es gibt nur ein Problem.« Juan deutete auf die batteriegespeisten Notlampen, die an der Decke brannten. »Ich wette, sie haben den Strom abgeschaltet, damit sich die Türen nicht öffnen lassen.«

»Das ist tatsächlich *das* Problem schlechthin. Nicht einmal ein Panzer kann sich durch die Außenwand eines Schiffsrumpfs arbeiten.«

Ein Schimmer des Verstehens huschte über Lincs Miene, und er wandte sich zur anderen Seite des Laderaums um. Zwei stählerne Schiffscontainer standen hintereinander vor der Frachtraumwand. Jeder war mit einem gelben Warnschild versehen, das die Aufschrift »explosives« trug.

Sie enthielten die Munition für die gepanzerten Fahrzeuge. Diese Schmuggeloperation bot offenbar einen vollständigen Kundenservice. Es hätte auch wenig Sinn gehabt, Panzer zu kaufen, deren Munition nicht mitgeliefert wurde.

»Gib mir Feuerschutz«, sagte Juan. »Ich bin gleich zurück.«

Er vertraute blind darauf, dass Linc ihm wirkungsvoll den Rücken frei hielt und seine Flanke schützte. Er war ein hervorragender Schütze, und selbst bei den schlechten Lichtverhältnissen könnte er, solange er noch eine Patrone in der Kammer hatte, jeden Soldaten ausschalten, der versuchte, in den Frachtraum einzudringen.

Juan suchte sich seinen Weg zwischen den Panzern und hielt dabei den Kopf gesenkt, während er zur hinteren Frachtraumtür rannte. Er spürte die Druckwellen und die Turbulenzen in der Luft, wenn Kugeln über seinen Kopf hinwegsirrten, aber dank Lincs wirksamem Feuerschutz waren sie schlecht gezielt.

Juan kauerte sich hinter den letzten Panzer und sah, dass das Ende das Frachtcontainers den Soldaten an der Hintertür zugewandt war.

Außerdem war es abgeschlossen.

Ein ziemlich großes Vorhängeschloss hielt die Griffe der Containertür unverrückbar zusammen. Weder die Nordkoreaner noch die Venezolaner trauten offenbar den klebrigen Fingern ihrer Schauerleute.

Juan zog sein rechtes Hosenbein hoch und öffnete das Geheimfach in seiner Unterschenkelprothese. Pistole und Messer blieben an Ort und Stelle. Was er brauchte, waren Plastiksprengstoff und Sprengkapsel.

Die geringe Menge C-4 würde das Vorhängeschloss problemlos knacken.

Er holte den Sprengstoff aus seiner Verpackung und bereitete die Sprengkapsel vor.

»Verschaff mir zehn Sekunden an der hinteren Tür!«, rief er Linc zu.

»Verstanden und okay!«

»Und – los!«

Linc konzentrierte sein Sperrfeuer auf die hintere Tür und nagelte ihre Gegner außerhalb des Frachtraums fest.

Juan rannte zur Containertür und knetete das C-4 um das Vorhängeschloss. Er bohrte den Sprengzünder hinein und zog den Sicherungsstift heraus, womit er zehn Sekunden Zeit hatte, um in Deckung zu gehen.

»Volle Deckung!«, rief er.

Der Explosionsknall hallte durch den Frachtraum. Das Vorhängeschloss wurde zertrümmert.

Diesmal wartete Juan nicht auf den Feuerschutz. Die durch die Explosion verursachte Überraschung der Soldaten am oberen Ende der Treppe wäre viel zu groß, als dass sie in der Lage wären, sofort hereinzustürmen. Er rannte zum Container, entriegelte die Tür und riss sie auf.

Bis in Augenhöhe aufgestapelte Blechkisten füllten den Container aus. Die Kisten, die der Tür am nächsten waren, trugen die Aufschrift »M829A2«. Hinter der Buchstaben- und Zahlenfolge verbarg sich ein Treibkäfiggeschoss. Juan kannte die Typennummern sämtlicher Munitionsvarianten, die der M1 Abrams verschoss, weil die *Oregon* ein identisches Glattrohrgeschütz besaß, das versteckt hinter Bugklappen auf seinen Einsatz wartete.

Treibkäfiggeschosse waren Pfeilmantelprojektile, die unter Verwendung von abgereichertem Uran hergestellt wurden und Panzerwände durchschlagen konnten. Der Treibkäfig löste sich auf, sobald das Projektil das Geschützrohr verließ, da er keinen weiteren Nutzen hatte. Er diente lediglich zur Stabilisierung des Projektils im Geschützlauf. Die Löcher, die das M829A2 im Schiffsrumpf und in allem, was sich im Umkreis von einer Meile auf seiner Flugbahn befand, hinterließ, hätten den Durchmesser einer Getränkedose und wären für einen Panzer nicht annähernd groß genug.

Was Juan suchte, war ein M908, ein High-Explosive-Obstacle-Reduction-Projektil. Es wurde gewöhnlich zum Sprengen von Betonbunkern eingesetzt und würde sicherlich auch mit dem Rumpf des Tankers kurzen Prozess machen, wenn Juans Suche erfolgreich wäre.

Er schwang sich auf den ersten Kistenstapel und ging von Stapel zu Stapel. Dabei überprüfte er mit der Lampe seines Mobiltelefons die Typenschilder.

Etwa nach einem Viertel des Wegs ins Innere des Containers wurde er fündig. Er klappte den Kistendeckel mit der Aufschrift »M908« auf und fand vier imposante Geschossgranaten in ihren Transportwiegen, jede dreißig Pfund schwer. Mit zwei Exemplaren müsste er auskommen.

Er hängte sich sein Sturmgewehr quer über den Rücken und klemmte sich zwei Geschosse unter die Arme. Dann kehrte er zur Containertür zurück.

Nachdem er die Geschosse auf dem ersten Kistenstapel vorsichtig abgelegt hatte, ließ er sich auf den Boden des Containers hinunter, wobei er darauf achtete, dass sich die Containertür zwischen ihm und der Treppe befand.

»Gib mir Feuerschutz!«

Juan kehrte im Laufschritt zu Linc zurück, wohl wissend, dass – wenn ein Querschläger einen der Gefechtsköpfe traf – von ihm nicht mehr genug übrig bliebe, dass man sich die Mühe machen müsste, es von Panzerketten abzukratzen.

Er ging neben Linc, der neben dem Panzer direkt vor dem Frachtraumtor kauerte, auf die Knie hinunter.

»In den Panzer zu gelangen wird knifflig sein«, sagte Juan.

»Zu schade, dass du keine Patronengurte für dieses Kaliber-50-Schätzchen gefunden hast«, sagte Linc bedauernd und betrachtete das Maschinengewehr auf dem Geschützturm des Panzers mit sehnsuchtsvollem Blick.

»Tut mir leid, aber ich hatte beide Hände voll.«

Linc nickte. Sobald Juan auf die Treppe gefeuert hatte, zog sich Linc auf das vordere Ende des Abrams' hoch, öffnete die Einstiegsklappe der Fahrerzelle und schlängelte sich so weit hinein, dass sein Oberkörper noch herausragte. Als er die Treppentür im Visier hatte, wuchtete Juan die beiden Geschützgranaten auf den Turm und kletterte hinauf.

Er öffnete die Einstiegsluke und ließ die erste Granate auf den Kommandositz hinunter. Während er sich umwandte, um die zweite Granate hochzuheben, sah er, wie die Bugtür über ihnen aufsprang. Soldaten drängten sich hindurch, die Sturmgewehre schussbereit im Anschlag.

Juan packte die Granate und tauchte in die Einstiegsöffnung, während sich ein Kugelhagel auf sie ergoss. Eine Kugel streifte seine Schulter, sodass er die Granate fallen ließ. Er krümmte sich unwillkürlich, als sie auf dem Boden der Kommandokabine aufschlug, aber der Aufschlagzünder explodierte nicht.

Juan duckte sich und zog die Klappe über sich zu. Er legte den Hebel der Verschlusssicherung um, die verhinderte, dass die Klappe von außen geöffnet werden konnte, um Granaten hineinzuwerfen.

Dann presste er eine Hand auf seine Schulter, um die Blutung zu stoppen, während er auf seinem Mobiltelefon nachsah, ob sich Max gemeldet hatte. Als sie im Frachtraum festsaßen, hatte er Max per SMS mitgeteilt, er solle sofort mit der *Oregon* ablegen und dass er und Linc einen Weg finden würden, um zum Schiff zurückzukehren. Juan hatte bereits daran gedacht, einen der Panzer zu benutzen, daher hatte er Max gleichzeitig gebeten, seine Verbindungsleute bei der CIA zu kontaktieren und zu bitten, ihm eine Betriebsanleitung für den Abrams zu schicken.

Max' Nachricht lautete: *Kontakt mit der CIA nicht nötig. Habe dies hier im Internet gefunden.*

Als Juan den Anhang öffnete, erschien auf dem Telefondisplay eine PDF-Version der Abrams-Betriebsanleitung.

Eilig blätterte er durch die Startsequenz. Seine Augen

überflogen die Instruktionen. Sie waren unmissverständlich. Auf Anhieb fand er die richtigen Schalter und startete den Motor.

Hinter ihm sprang die Turbine mit einem Heulen an, das klang, als wären sie im Begriff, zu einem Mondflug zu starten. Durch das Sichtfenster konnte Juan erkennen, dass die Soldaten, die in den Frachtraum gestürmt waren, stehen blieben und den Panzer beobachteten, dessen Triebwerk den Frachtraum mit seinem ohrenbetäubenden Lärm füllte.

Juan stülpte sich das Headset, das neben dem Kommandositz hing, über den Kopf.

»Hörst du mich?«

»Laut und deutlich«, antwortete Linc. »Hier ist es ziemlich eng, aber gemütlich. Wie in einem Ruhesessel. Viel kann ich nicht sehen, darum musst du mir sagen, wann ich losfahren soll.«

»Glaub mir, das wirst du schon rechtzeitig erfahren.«

Juan sicherte eine Granate im Magazin und lud die andere in die Kammer. Man brauchte nur die Granate hineinzuschieben und die Klappe zu schließen, wodurch der Abrams in der Lage war, sechs Granaten pro Minute abzufeuern.

Sobald die 1.500-PS-Turbine warmgelaufen war und die volle Drehzahl erreicht hatte, machte er es sich im Sitz des Panzerschützen bequem. Mittlerweile waren die Soldaten auf den Panzer geklettert und hämmerten vergeblich auf die Einstiegsluke ein, um sie zu öffnen.

Juan ergriff die beiden Hebel, die den Turm steuerten, und testete ihre Funktion. Als sich der Turm geschmeidig um seine Achse drehte, kam es Juan so vor, als säße er in einem Bürosessel. Die Wächter wurden abgeschüttelt und rannten in Deckung.

Er blickte durch die Visieroptik und senkte das Geschützrohr um fünf Grad abwärts. Dann legte er einen Finger auf den Auslöser.

»Halt dich bereit, Linc«, sagte er. »Gleich gibt's ein kleines Erdbeben.«

»Lass uns endlich von hier verschwinden.«

Juan betätigte den Auslöser.

Die Kanone feuerte donnernd, stieß den Abrams zurück, während eine zweite Explosion erfolgte, als die Granate den Rumpf des Tankers durchschlug.

Der Mündungsqualm wurde durch das klaffende Loch in der Seitenwand des Schiffes derart hinausgesogen, dass Licht von draußen hereindringen konnte.

»Auf geht's«, sagte Juan.

»Meine Rede.«

Für einen Moment rührte sich der Panzer nicht vom Fleck, während er an den Sicherungsketten zerrte, aber Linc gab Gas, und die Ketten gaben nach. Der Abrams ruckte vorwärts, als sich die Ketten in den stählernen Boden des Frachtraums fraßen.

Als der Tank die Öffnung erreichte, bog seine Panzerung die ausgefransten Ränder nach außen – wie bei einer Aluminiumbüchse.

Der Abrams sackte zwei Meter abwärts, und Juan wurde in seinen Sitz gepresst, als der Panzer auf dem Betonkai aufschlug.

Er überwand die zwanzig Meter freies Gelände zwischen Schiff und Lagerhaus, während Linc das Tempo steigerte und der Panzer sich dem Garagentor des Gebäudes näherte. Er brach durch das Tor, ohne einen Deut langsamer zu werden, und das Tor rutschte kreischend über den Betonboden der Lagerhalle. Diese Sequenz wiederholte sich, als sie durch das Tor an der Vorderseite des Gebäudes rauschten. Blieb nur noch der Maschendrahtzaun, aber auch dieser wäre kein nennenswertes Hindernis gewesen.

»Solange die Venezolaner niemanden finden, der einen der anderen Panzer lenkt«, sagte Linc, »gibt es nicht viel, was sie tun können, um uns aufzuhalten.«

Lincs Bemerkung brachte Juan auf eine teuflische Idee. »Halt an, wenn wir den Zaun erreichen.«

Linc tat ihm den Gefallen. Soldaten umringten sie und beharkten den Panzer von allen Seiten mit Dauerfeuer, das jedoch vollkommen wirkungslos blieb.

Juan blätterte so lange in der Betriebsanleitung, bis er fand, was er suchte.

Er schaltete den Außenlautsprecher ein und wandte sich auf Spanisch an die Männer draußen. »Hallo, Amigos. Ich will euch nur warnen. Jeder, der dieses Schiff während der nächsten Minute nicht verlässt, wird sein blaues Wunder erleben.«

Er schaltete das Mikrofon aus und drehte den Geschützturm, bis die Kanone in die Richtung zielte, aus der sie gekommen waren. Durch die beiden zerstörten Tore des Lagerhauses hatte er freie Sicht auf das Innere des Tankerfrachtraums.

Er visierte den Munitionscontainer an.

Einer der Soldaten erkannte, was geschehen würde, und brüllte in sein Walkie-Talkie. Männer stolperten in heller Panik die Gangway des Tankers hinunter.

»Von hier oben aus kann ich nicht viel sehen«, sagte Linc, »aber willst du wirklich tun, was ich vermute?«

»Ich finde, wenn wir schon die Gelegenheit dazu haben, können wir auch gleich die gesamte Schmuggeloperation auslöschen«, bestätigte Juan Lincs Vermutung.

»Meine Stimme hast du. Erspart uns auf jeden Fall eine zweite Reise.«

Juan lud die zweite Granate in die Kanone und verfolgte den Lauf des Sekundenzeigers seiner Uhr. Eine Minute wäre mehr als fair, dachte er.

Als diese Minute verstrichen war, erschien das Schiff so verlassen wie die *Mary Celeste,* jenes berühmte Geisterschiff. Juan drückte auf den Auslöser.

Das Geschütz bockte und jagte die Granate durch das Lagerhaus und in den Tanker.

Die Munition explodierte mit einer Lautstärke und einer Wucht, die alles bis zu diesem Moment Geschehene übertraf. Der Frachtraum verschwand im grellen Blitz einer weißen Flamme, die eine riesige pilzförmige Rauchwolke über dem Kai in die Luft schleuderte. Das Lagerhaus neben dem Tanker wurde von der Explosion weggefegt. Trotz der ohrumschließenden Kopfhörer seines Headsets ertönte ein Klingeln in Juans Ohren.

Eingehüllt in ein Flammenmeer, zerbrach die *Tamanaco* in zwei Hälften und versank augenblicklich. Sie würden einige Schwierigkeiten haben, die wassertriefenden Fahrzeuge zu verkaufen, falls eines von ihnen die Explosion überstanden hatte.

Juan warf einen Blick in die Runde und sah, dass alle Männer in der Umgebung des Panzers von der Druckwelle zu Boden geworfen worden waren. Es würde einige Minuten dauern, bis sie zu sich kämen, aber Juan entdeckte eine Fahrzeugkolonne – wahrscheinlich motorisiertes Militär –, die sich von der nahe gelegenen Stadt heranschob.

»Wohin jetzt, Chairman?«

»Nach Hause, James.« Der Abrams setzte sich mit einem Ruck in Bewegung, pflügte den Zaun um und bog auf die Straße ein.

»Hast du irgendeine Idee, wie wir zur *Oregon* zurückkommen, jetzt, wo sie Kurs auf die offene See nehmen? Den Hafen haben sie mittlerweile sicherlich vollständig abgeriegelt, darum ist wohl nicht daran zu denken, ein Boot zu stehlen. Damit wäre Plan B hinfällig.«

Sie hätten die *Oregon* bitten können, eine Barkasse zu

schicken, aber damit wäre sie vom Ufer aus unter Feuer genommen worden, wenn sie sich genähert hätte, um sie aufzunehmen. Auch wenn der Panzer gegen herkömmliche Munition immun war, wäre es ein Leichtes, ihn zu verfolgen. Außerdem verfügte er nur über eine begrenzte Menge Treibstoff, die sicherlich gerade ausreichte, um in den Frachtraum des Tankers hinein und im Zielhafen wieder herauszufahren. Bei einem Verbrauch von einer Gallone auf knapp zwei Meilen würden sie nach höchstens einer Viertelstunde Fahrt stehen bleiben.

Juan dachte an die Hügelkuppe auf der Halbinsel, die sie passiert hatten, als die *Oregon* in den La Guanta Harbor eingefahren war. Allem Anschein nach würde ihre Höhe für das, was er sich vorstellte, ausreichen.

»Max wird es gar nicht gefallen«, murmelte er.

»Wird es *mir* gefallen?«

»Du wirst begeistert sein«, sagte Juan. »Wann ist mein Plan C jemals fehlgeschlagen?«

SIEBEN

Die *Dolos* hatte kaum die Hafeneinfahrt erreicht, als Manuel Lozada und seine Männer das schwerfällige Schiff mit ihren vier Schnellbooten umzingelt hatten. Das Schiff hatte nicht auf seine per Funk gesendete Aufforderung reagiert, zum Kai zurückzukehren, daher hatte Lozada Gao und fünfzehn weitere Männer zusammengetrommelt, um den Frachter mit Gewalt an der Weiterfahrt zu hindern und aufzubringen. Er war noch immer überzeugt, dass der alte Rosteimer mit nichts Gefährlicherem als einem Küchenmesser bewaffnet war. Aber er war gewillt, die Instruktionen von Admiral Ruiz zu befolgen, ganz gleich wie lächerlich sie ihm auch vorkommen mochten.

Mit einem Megafon in der Hand stand er auf dem Vorderdeck seiner Barkasse.

»Captain Holland und *Dolos*«, rief er auf Englisch. »Sie werden hiermit aufgefordert, sofort auf ihren Liegeplatz im La Guanta Harbor zurückzukehren. Die Ihnen erteilte Erlaubnis, den Hafen zu verlassen, wurde aufgrund notwendiger Sicherheitsmaßnahmen vorläufig widerrufen.«

Er wartete, erhielt jedoch keine Antwort. Im matten Lichtschein auf der Kommandobrücke war kein Besatzungsmitglied zu sehen, was Lozada angesichts der verdreckten Fenster kaum verwunderte. Die *Dolos* setzte ihre stampfende Fahrt in Richtung offene See unbeirrt fort. Er wiederholte seine Aufforderung mit dem gleichen Ergebnis.

»Sie werden sie wohl entern müssen, um sie zu stoppen«, sagte Gao.

»So sieht es aus.« Admiral Ruiz hatte ihm empfohlen, sich auf Gaos Kenntnisse des Schiffes zu verlassen, und Lozada hatte nicht die Absicht, sich darüber hinwegzusetzen. Er lenkte Schiffe. Sie anzugreifen gehörte nicht zu seinen Aufgaben. »Was schlagen Sie vor?«

»Attackieren Sie das Schiff mit allen vier Booten gleichzeitig. Zwei am Bug und zwei am Heck. Eine geballte Machtdemonstration ist das beste Erfolgsrezept.«

Lozada stimmte ihm zu und setzte die anderen Boote per Funk von dem Plan in Kenntnis. Auf jedem Boot lag eine Hakenleiter bereit, und jeder der Männer war mit einem Sturmgewehr bewaffnet worden. Sie waren keine Polizisten, die auf derartige Einsätze spezialisiert waren, aber sie waren mit den Waffen hinreichend vertraut, um eine zusammengewürfelte Schiffsmannschaft zu überwältigen.

»Ich würde gerne eine Pistole mitnehmen«, sagte Gao.

»Mitnehmen wohin?«, fragte Lozada verwirrt.

»Ich muss mit an Bord gehen, um Ihren Männern den Weg zu zeigen. Ich kenne die versteckten Bereiche, die Sie noch nicht gesehen haben. Wir könnten in einen Hinterhalt geraten, wenn wir nicht alle Mannschaftsmitglieder sofort festsetzen.«

»Weshalb sind Sie bereit, Ihr Leben für uns aufs Spiel zu setzen?«

»Nicht für Sie. Ich will die Kameraden von meinem Schiff rächen. Diese Spione müssen als das entlarvt werden, was sie wirklich sind.«

Lozada ließ sich die Bitte durch den Kopf gehen. Wenn die *Dolos* nichts anderes war als das, was der Augenschein nahelegte, wäre es vollkommen unproblematisch, Gao an Bord mitkommen zu lassen. Wenn sie ein Spionageschiff war, wie Admiral Ruiz und Gao annahmen, wäre Lozada froh, Goa an Bord zu haben, um seinen Männern zu helfen, sich auf dem Schiff zurechtzufinden. So oder so könnte Lozada diese Entscheidung jederzeit vor Admiral Ruiz rechtfertigen.

Mit dem Kopf gab er einem seiner Männer ein Zeichen, Gao seine Pistole zu überlassen. »Aber benutzen Sie die nur dann, wenn auf Sie geschossen wird. Wenn Sie jemanden von der Mannschaft verwunden oder töten, und es stellt sich heraus, dass er unschuldig ist, werden Sie eine sehr lange Zeit in einem der Gefängnisse meines Landes schmoren.«

Gao nahm die Pistole entgegen, überprüfte die Kammer und schob die Waffe in den Hosenbund. »Ist schon klar. Sie werden bald mehr wissen.«

Sie hielten ihre Leiter bereit. Lozada gab den anderen Booten das Zeichen, ebenfalls zu entern.

Die Barkasse des Hafenmeisters hielt sich an Backbord in Höhe des Schiffshecks. Einer seiner Männer hängte die Haken der Leiter über das Schanzkleid des Schiffes.

Ehe er den Befehl zum Entern geben konnte, sprang Gao auf die Leiter und begann, auf ihr hinaufzuturnen. Sobald er einige Sprossen überwunden hatte, folgte der zweite Mann. Lozada käme als Letzter, um das Deck zu sichern.

Er schaute nach vorn und sah, dass das Boot am Bug mehr Zeit brauchte, um an das Schiff heranzumanövrieren und die Leiter einzuhängen. Gao hatte die Reling mittlerweile fast erreicht. Er wäre der erste Mann auf dem Schiff.

Lozada wollte ihm zurufen, noch zu warten, als ein Wasserstrahl die Barkasse überschüttete und Lozada und die restlichen Männer von den Füßen holte. Der Mann auf der Leiter stürzte unter dem Wasserdruck ab und krachte mit einem dumpfen Laut auf das Deck der Barkasse. Gao war weit genug hinaufgelangt, sodass er sich im toten Winkel des Wasserstrahls befand, der aus dem Feuerlöschschlauch kam.

Das Boot am Bug wurde gleichzeitig getroffen und schwenkte zur Seite. Lozada brauchte seinem Steuermann nicht zu befehlen, das Gleiche zu tun. Die Barkasse ging auf Distanz zur *Dolos* und ließ Gao auf der Leiter zurück.

Die Feuerlöschschläuche wurden häufig auf Frachtschiffen eingesetzt, um Piraten abzuwehren. Trotzdem gab es immer noch Lücken, die einen Zugang gestatteten. Lozada wies seine Männer an, einen zweiten Versuch zu starten und darauf zu achten, wo die Löschbatterien positioniert waren.

Gao schwang sich über die Reling und zog seine Pistole. Durch Handzeichen gab er zu verstehen, dass er versuchen wolle, die Wasserkanonen lahmzulegen.

Er ging neben einem Ventil auf die Knie hinunter und drehte das Verschlussrad. Der Wasserstrahl ließ nach. In wenigen Sekunden würde er ganz versiegen, und Lozada könnte ungehindert an Bord gelangen.

Die Tür der Kommandobrücke wurde aufgestoßen, und ein Araber mit einem Sturmgewehr im Anschlag trat heraus. Gao, der erkannte, was gleich geschehen würde, versuchte, dem Schützen zuvorzukommen, doch ehe er abdrücken konnte, stanzte das Sturmgewehr eine Reihe Löcher in Gaos Brust. Blut spritzte auf das Deck, und Gaos Schwung ließ ihn mit dem Schützen kollidieren. Sein Gewicht trieb sie beide zurück in die Kommandobrücke.

Wie aus dem Nichts tauchten auf dem Hauptdeck der *Dolos* Mannschaftsmitglieder auf und eröffneten das Feuer auf Lozadas Boote. Winzige Wasserfontänen spritzten rundum hoch. Die Männer auf den Booten gingen in Deckung und machten Anstalten, das Feuer zu erwidern, als der Araber zurückkehrte und mit einer Raketengranate auf sie zielte.

Lozada rannte nach vorn zum Steuerstand und schob den Gashebel bis zum Anschlag auf volle Kraft. Die Barkasse stieg mit dem Bug aus dem Wasser und schoss vorwärts, während die Rakete abgefeuert wurde. Sie flog über die Barkasse hinweg und explodierte knapp zwanzig Meter hinter ihr.

»Zurückfallen lassen!«, rief Lozada dem Steuermann zu und übermittelte das Kommando per Funk auch an die anderen Boote, die ebenfalls von RPGs beschossen wurden.

Der tödlich verwundete Gao hatte mit dem Spionageschiff recht gehabt. Die Tarnung als verkommener Seelenverkäufer sollte keine hochmodernen Waffen kaschieren. Sie sollte vielmehr eine Truppe von bewaffneten Spionen auf einem Schiff verbergen, das derart abstoßend erschien, dass es keinen Verdacht erregte. Dennoch würde Lozada keinen zweiten Angriffsversuch starten. Obgleich er keine Ahnung hatte, ob das Schiff über Torpedos, Raketen und Laserwaffen verfügte, war die *Dolos* mit ihren Sturmgewehren und RPGs für seine Leute ein übermächtiger Gegner.

Admiral Ruiz hätte jetzt den Beweis, dass es sich lohnen würde, Jagd auf das Schiff zu machen. Selbst wenn sie noch dreißig Meilen weit entfernt war, würde die Fregatte – dessen war sich Lozada absolut sicher – den langsamen Frachter einholen, ehe er in die Weite des Ozeans entfliehen konnte.

* * *

Max Hanley nahm erfreut zur Kenntnis, dass Lozada die Botschaft offensichtlich verstanden hatte und alle weiteren Kampfhandlungen einstellte. Er rief die Jagdhunde zurück und deaktivierte die ferngesteuerten Feuerlöschkanonen.

Max beobachtete von seinem Platz des Schiffsingenieurs aus das große Flachbilddisplay an der Stirnseite des Operationszentrums der *Oregon,* ein mit Hightech vollgestopfter Raum, den der Hafenmeister niemals im Zentrum des Schiffes vermutet hätte, das er bisher nur unter dem Namen *Dolos* kannte. Zahllose Computerbildschirme tauchten das Op-Center in ein gedämpftes bläuliches Licht, und ein Bodenbelag aus antistatischem Gummi dämpfte jeden Schritt. Die vorherrschende Farbe der gesamten Einrichtung war ein dunkles Anthrazit, das dem Raum die Atmosphäre der Kommandobrücke im Raumschiff *Enterprise* verlieh.

Sämtliche Bereiche und Arbeitsabläufe der *Oregon* konnten von diesem niedrigen Nervenzentrum aus überwacht und gesteuert werden, angefangen bei den beiden vorderen Sitzplätzen mit ihren Bedienelementen für die Waffensysteme und die Navigation bis hin zu den ringförmig angeordneten Stationen für Kommunikation, Maschinensteuerung, Radar, Sonar und Schiffssicherung. Der Sitzplatz in der Mitte war zurzeit leer. Der Kirk Chair, wie Juan Cabrillos aufwendig gepolsterter Sessel auch genannt wurde, bot eine ungehinderte Sicht auf den gesamten Raum. Schaltelemente in den Armlehnen gestatteten, wenn nötig, einen Zugriff auf sämtliche Funktionen des Schiffes.

Max musste einen Weg finden, um den Chairman wieder auf seinen Platz zurückzuholen. Er hatte heftig protestiert, als Juan ihn aufforderte, mit dem Schiff abzulegen, aber die seltsame Bitte um eine Betriebsanleitung für einen Abrams-Panzer ließ ihn vermuten, dass sein Freund einen bestimmten Plan verfolgte.

Die Tür des Op-Centers schwang auf, und Hali Kasim kam grinsend herein. Der Funkoffizier mochte zwar aussehen wie ein Araber, aber der Libanese – in dritter Generation in Amerika ansässig – sprach keine Silbe der Sprache seiner Vorfahren. Er ließ sich in den Sessel hinter der Kommunikationskonsole fallen.

»Das hat Spaß gemacht«, sagte Hali. »Normalerweise

verlasse ich mein warmes Plätzchen nur ungern, aber wenn ich die Erlaubnis bekomme, ihn zu erschießen, mache ich gern eine Ausnahme.« Er deutete auf die Tür, durch die der Mann, den Lozada als Gao Wangshu kannte, ohne den geringsten Kratzer hereintrat. Auf der *Oregon* kannte ihn jeder als Eddie Seng, Chef des Teams für landgestützte Operationen.

Er hatte sein zerfetztes Oberhemd, das von speziellen Knallfröschen, die Kevin Nixon in seinem Magic Shop ersonnen hatte, durchlöchert worden war, bereits abgelegt. Wie bei den simulierten Schusswunden, die in Hollywood von Stuntmen verwendet wurden, ließen sich die winzigen Sprengladungen von einer Schaltelektronik in seinem Hemdärmel zünden. Er hätte eigentlich bei einer Schießerei »sterben« sollen, während die *Oregon* am Kai lag, aber Juans und Lincs aufgeflogene Tarnung hatte eine Planänderung erzwungen. Als Hali mit Platzpatronen feuernd aus der Kommandobrücke herausstürmte, hatte Eddie die Sprengladungen in seinem Hemd ausgelöst und Mr. Gao zu einem überzeugenden Tod verholfen. Hafenmeister Lozada würde niemals erfahren, dass er getäuscht worden war.

Von Hochchinesisch sprechenden Eltern in Brooklyn großgezogen, wurde Eddie von der CIA als Agent angeworben. Seine Spezialität war die langfristige Infiltration der chinesischen Regierung, daher war er bestens damit vertraut, bei verdeckten Operationen in Tarnidentitäten aufzutreten. Seine Idee war es gewesen, sich als letzter Zeuge für die wahre Natur der *Oregon* zu präsentieren und die Venezolaner davon zu überzeugen, dass sie das Schiff war, das Admiral Ruiz suchte. Seit Monaten mehrten sich für die Corporation die Hinweise darauf, dass die Tarnung als Trampdampfer aufgrund der zahlreichen Schlachten, die das Schiff in den vorangegangenen Jahren ausgefochten hatte, allmählich brüchig wurde. Der Chairman hatte sich entschlossen, dies zu ändern und ihre Anonymität wiederherzustellen. Den Eindruck zu vermitteln, dass die *Oregon* alias *Dolos* technisch – und was ihre Bewaffnung betraf – nicht besser ausgestattet war als ein somalisches Piratenschiff, war Teil dieses Plans.

Eddies Aufgabe bei dieser Mission bestand darin zu beobachten, was die Venezolaner beabsichtigten, und dafür zu sorgen, dass sie zum richtigen Zeitpunkt auf die *Oregon* stießen. Lozada und Admiral Ruiz waren überzeugt, dass Gao der *Oregon* schon früher begegnet war, weil ein chinesischer Zerstörer namens *Chengdo* unter rätselhaften Umständen versenkt worden war. Die *Oregon* war tatsächlich daran beteiligt gewesen. Während dieser Auseinandersetzung hatte Juan sein Bein verloren. Eine Lüge war stets glaubhafter, wenn das meiste der Wahrheit entsprach.

»Für einen Toten siehst du erstaunlich gut aus«, sagte Max.

»Es hat kein bisschen wehgetan«, erwiderte Eddie. »Ich bin nur froh, dass Hali ein so guter Schütze ist.«

»Ich bin schließlich in deine Schule gegangen«, sagte Hali lachend. Nach einer Operation in Libyen, in deren Verlauf Hali einen Treffer abbekommen hatte, hatte er Eddie um einige Lektionen Kampfausbildung gebeten. Eddie besaß die schwarzen Gürtel zahlreicher Kampftechniken und war einer der besten Scharfschützen auf der *Oregon*, daher hatte Hali den besten Lehrer gehabt, den man sich vorstellen konnte.

»Wie läuft es beim Chairman und bei Linc?«, erkundigte sich Eddie.

»Er arbeitet soeben an Plan C«, sagte Max und wusste, dass Eddie begriff, dass sich die Dinge nicht wie erwartet entwickelt hatten. Er wandte sich an Hali. »Versuch doch mal, ob du Juan wieder erreichen kannst.«

Ein Knistern drang aus den Lautsprechern des Audiosystems im Operationszentrum, gefolgt von einem Klicken und lautem Dröhnen im Hintergrund.

»Franks Panzertaxi-Service«, meldete sich Juan. »Wie geht's dem Schiff?«

»Nicht eine Rostflocke ist verrutscht«, antwortete Max.

»Und Eddie?«

»Schön, wieder zu Hause zu sein, Chef«, sagte Eddie.

»Gut. Jetzt müssen wir nur dafür sorgen, dass Linc und ich zur *Oregon* gelangen.«

»Ich würde davon abraten, dafür ein fremdes Boot zu kapern«, sagte Max. »Im Hafen wimmelt es von erbosten Venezolanern mit nervösen Fingern am Abzug. Sie halten sich von der *Oregon* fern, aber euch würde das reinste Bleigewitter um die Ohren fliegen, solltet ihr versuchen, an ihnen vorbeizukommen.«

»Genau das dachte ich mir schon. Stattdessen habe ich mir einen geeigneten Punkt auf der Halbinsel zwischen Puerto La Cruz und La Guanta ausgesucht, wo wir uns treffen können.«

Max suchte den Ort auf seiner Satellitenkarte. »Willst du etwa schwimmen? Ich frage nur, weil die Felsen ziemlich zerklüftet aussehen. Die Brandung würde euch zerschmettern.«

»Ich habe gar nicht vor, mir die Füße nass zu machen. Bring die *Oregon* in die nördlichste Position, dreihundert Meter vom Strand entfernt.«

»Wird kein Problem sein. Weshalb?«

»Kannst du dich erinnern, wie wir auf den Azoren dieses Containerschiff vom Riff gezogen haben?«

»Klar. Wir sind wegen des Sturms nicht nah genug herangekommen.«

»Aber wir konnten eine Leine rüberschießen.«

Max schnippte mit den Fingern. »Der Comet.«

»Eddie ist der beste Schütze. Verpasst ihm irgendeine Verkleidung, und bringt ihn an Deck. Er muss uns eine Rettungsleine rüberschicken.«

»Bin schon unterwegs«, sagte Eddie und verließ eilig den Raum.

Max schüttelte den Kopf. Wieder einmal hing das Leben des Chairman an einem seidenen Faden. Dass der seidene Faden in diesem Fall eine solide Rettungsleine war, verbesserte seine Erfolgsaussichten allerdings nur minimal.

ACHT

MacD Lawless hing an der Backbordseite der *Sorocaima* und trotzte der Schwerkraft wie Spiderman. Mike Trono war ganz in seiner Nähe, etwa fünf Meter über dem Wasser. Linda Ross war durch das Vorderfenster des Discovery auf ihrem Platz deutlich zu sehen. Sie legte den Kopf in den Nacken, um die Männer zu beobachten.

Der Tanker, dessen Frachttanks bis an den Rand mit Dieseltreibstoff gefüllt waren, lag tief im Wasser, aber die glatte Stahlwand zu ersteigen war eine besondere Herausforderung. Nicht dass MacD es nicht geschafft hätte. Eine so anspruchsvolle Mission durchzuführen war einer der Gründe, weshalb er sich der Corporation überhaupt angeschlossen hatte.

Er deaktivierte die elektromagnetische Steighilfe in seiner linken Hand, schob sie dreißig Zentimeter höher und drückte die gummibeschichtete Auflagefläche gegen den Schiffsrumpf, ehe er sie wieder einschaltete. Der Magnet, eine kleinere Version der Vorrichtung, die die Beatbox an der Unterseite der *Sorocaima* festhielt, haftete mit genügend Kraft an der Stahlwand, um das Vierfache von MacDs Körpergewicht zu tragen. Schuhe, deren Sohlen eine besonders haftfähige Zone im Zehenbereich aufwiesen, gaben ihm und Mike Trono an der Steilwand zusätzlichen Halt.

Als sie die Deckkante erreichten, nickte MacD in Mikes Richtung, und sie hoben langsam die Köpfe, um nach Mannschaftsmitgliedern Ausschau zu halten. Ein schneller, aber sorgfältiger Blick ergab, dass die Luft in ihrer näheren Umgebung rein war. Und da sie sich direkt unter der Brückennock befanden, würde niemand sie von dort aus bemerken, es sei denn er blickte über die Brückenreling senkrecht nach unten.

Der ursprüngliche Plan sah vor, dass sich MacD und Mike über die Sicherheitsventile auf dem Oberdeck Zugang zu den Frachttanks verschafften und das bakterienhaltige Gemisch nacheinander in die Tanks entleerten. Als sie jedoch feststellen mussten, dass sämtliche Lichtquellen des Tankers eingeschaltet waren, konnten sie mit Sicherheit damit rechnen, von der Kommandobrücke aus sofort entdeckt zu werden. Also zog man in Erwägung, die Mission abzubrechen. Linda meinte jedoch, dass sich eine solche Gelegenheit kein zweites Mal für sie ergeben würde, und MacD und Mike stimmten ihr zu.

Sie suchten fünf Minuten lang nach Alternativen, bis Linda eine Lösung vorschlug, die sie während ihrer vorangegangenen Planung bereits verworfen hatten.

Sie erklärte MacD und Mike, dass auf modernen Tankern die Restgase aus den Heizungskesseln benutzt werden, um die Luft zu ersetzen, die in den Frachttanks zurückgeblieben ist. Das sauerstoffarme Abgas war inert und eliminierte die Gefahr, dass ein Funken die Treibstoffdämpfe innerhalb der Frachttanks entzündete.

Ein schneller Blick auf die Konstruktionszeichnungen der *Sorocaima* bestätigte die Annahme, dass der Tanker mit einem solchen System ausgerüstet war. Kämen sie an die Spülgasventile im Pumpenraum heran, könnten sie die Corrodium-Bakterien gleichzeitig in alle sechs Frachttanks einleiten.

Da das Deck immer noch verwaist war, gab MacD seinem Gefährten mit dem Kopf ein Zeichen, und sie schwangen sich über die Reling, wobei sie ihre Steighilfen an der Rumpfwand außer Sicht vom Deck und von der Kommandobrücke hängen ließen. Die Batterien der Geräte hatten genügend elektrischen Strom für zwei Stunden, daher war es einfacher, sie an Ort und Stelle zurückzulassen, falls sie eilig die Flucht ergreifen müssten.

Sie pressten sich so flach wie möglich an die Außenwand des Deckaufbaus. Neben ihnen befand sich die Tür, die hineinführte. Im hellen Lichtschein kam sich MacD nackt vor, und Mikes Anblick konnte sein Vertrauen in einen erfolgreichen Abschluss der Mission nur unwesentlich steigern. Von Kopf bis Fuß in Schwarz gekleidet, das Gesicht mit schwarzer Farbe beschmiert und mit einem schwarzen Rucksack auf den Schultern, der drei Kanister Corrodium enthielt, hätte sich Mike auch gleich das Wort »Eindringling« in Leuchtfarbe auf die Brust schreiben können. MacD war genauso ausstaffiert. Eine Chance, unentdeckt zu bleiben, hätten sie nur, wenn sie von niemandem gehört oder gesehen wurden.

Einen Lageplan brauchten sie nicht zu Rate zu ziehen. Sie hatten sich die sicherste Route durch das Innere des Schiffs im Gedächtnis eingeprägt. Sobald sie den Pumpenraum erreichten, würde Linda ihnen Schritt für Schritt erklären, wie der Inhalt der Kanister ins Entlüftungssystem überführt werden konnte. Ihre Fortschritte könnte sie vom Discovery aus mit Hilfe von Stirnkameras und Mikrofonen verfolgen, während sie über Ohrhörer mit ihnen kommunizierte.

MacD nickte Mike zu, der behutsam die Tür öffnete. Ihre Handfeuerwaffen hatten sie nicht gezückt. Schüsse würden jeden verfügbaren Alarm auslösen. Falls es zu einer Konfrontation käme, wären sie mit ihren Nahkampfkenntnissen jedem Mannschaftsmitglied überlegen, und dass Matrosen auf einem Tanker wie diesem Waffen trugen, war höchst unwahrscheinlich. Bei einer Besatzung von nur zwanzig Männern an Bord der *Sorocaima* hoffte er, dass sich die meisten von ihnen zu diesem Zeitpunkt auf der Kommandobrücke oder im Maschinenraum aufhielten, um den vermuteten technischen Defekt aufzuspüren. Natürlich könnte jederzeit ein Matrose aus irgendeiner Tür herauskommen und den nächtlichen Frieden stören. So wie MacD es betrachtete, wären mindestens fünfzig Prozent reines Glück nötig, damit die Mission gelang.

Er und Mike schlichen durch den Korridor und verständigten sich untereinander ausschließlich mit Handzeichen. Der Weg zum Pumpenraum war klar vorgezeichnet: Die dritte Tür rechts führte zu einer Treppe, und über diese ging es vier Decks abwärts auf einen Korridor zu, der unmittelbar vor dem Raum endete.

Sie gelangten zur dritten Tür. MacD hörte Schritte die Stahltreppe heraufkommen. Er deutete auf einen Geräteraum auf der anderen Korridorseite. Ohne sich vergewissern zu können, ob er frei war, schlüpften sie hinein. Zu MacDs Erleichterung erwartete sie keine unangenehme Überraschung, und sie konnten die Tür noch rechtzeitig schließen, ehe die Tür zur Treppe aufgestoßen wurde. Sie lauschten, während sich Schritte im Korridor entfernten, bis die Außentür geöffnet und wieder zugeschlagen wurde. Dann trat Stille ein.

»Ich hoffe, wir haben unser Glück nicht mit dieser Situation erschöpft«, murmelte Mike.

»Mein Daddy sagte immer: ›Glück gibt es niemals umsonst‹«, erwiderte MacD. »Lass uns diese Geschichte lieber zu Ende bringen, ehe wir zur Kasse gebeten werden.«

»Amen, Bruder.«

MacD drückte die Tür auf, und dann huschten sie durch den Gang. Auf ihrem Weg zur Tür des Pumpenraums blieben ihnen weitere unliebsame Begegnungen erspart. Der Geräuschteppich auf der anderen Seite der Tür war zu laut, um mit Sicherheit feststellen zu können, ob der Raum leer war.

Er öffnete die Tür einen Spaltbreit und konnte aus seiner begrenzten Perspektive niemanden sehen. Also wollte er sich langsam weiter vorwagen, aber zwei Stimmen, die irgendwo hinter ihm Spanisch sprachen, signalisierten ihm, dass Zeit ein Luxus war, den er sich in diesem Moment nicht leisten konnte. Selbst wenn die Männer nur vorbeigingen, müssten er und Mike ihnen auffallen.

Sie traten durch die Tür und erkannten auf Anhieb, dass ihre Glückssträhne offenbar zu Ende war. Linda murmelte einen Fluch in ihre Ohren, da sie das Gleiche sehen konnte wie sie.

Zwei Matrosen, die der Tür den Rücken zuwandten, saßen vor einem Display. Keiner der beiden hatte gehört, dass MacD und Mike eintraten, und Mike, der erkannte, dass die Tür so laut zufallen würde, dass ihr Zuschnappen über dem Hintergrundgeräusch zu hören wäre, schob schnell eine Hand zwischen Tür und Türrahmen, um diesen Laut zu vermeiden. Vor Schmerz verzog er das Gesicht, blieb aber stumm. MacD drückte leicht gegen die Tür, damit Mike die Hand aus dem Spalt ziehen konnte. Dann ließ er das Schloss nahezu lautlos zuschnappen. MacD dankte im Stillen der Mannschaft, dass sie so umsichtig gewesen war, die Türangeln ausreichend zu ölen.

Die beiden Matrosen hatten sie noch immer nicht bemerkt, aber einer von ihnen brauchte nur den Kopf zu drehen, und schon wären sie aufgeflogen. Die Männer waren nicht mehr als fünf Meter von dem Spülluftventil entfernt, zu dem MacD und Mike Zugang haben mussten. Unmöglich, sich ihm ungesehen zu nähern. Die Matrosen auszuschalten wäre nicht die Lösung, denn damit wäre klar gewesen, dass sich Eindringlinge an Bord befanden.

Sie zogen sich hinter ein senkrechtes Rohr zurück, das

so dick wie eine ausgewachsene Eiche war, und beobachteten aus ihrem Versteck heraus die Männer. Sie konnten in diesem Moment nichts anderes tun, als abzuwarten und zu hoffen, dass die Matrosen ihre Plätze verließen, um in einem entfernten Abschnitt des Schiffes andere Aufgaben zu erledigen.

Fünf Minuten verstrichen. Sechs. Dann sieben. Die Matrosen rührten sich nicht vom Fleck.

»Das hat keinen Sinn«, flüsterte Linda wohl wissend, dass niemand antworten konnte. »Wenn wir noch länger warten, wird das Schiff wieder Fahrt aufnehmen, ehe ihr euren Job erledigt habt. Mal sehen, ob wir die Kerle irgendwie herauslocken können.«

Drei laute Schläge hallten durch den Schiffsrumpf. Linda hatte die Beatbox wieder eingeschaltet.

Die Köpfe der Matrosen ruckten hoch und drehten sich auf der Suche nach der Quelle dieser Laute hin und her. Ein Matrose angelte sich ein Walkie-Talkie vom Tisch, ratterte hektisch eine Flut spanischer Worte herunter und deutete gleichzeitig achselzuckend auf das Display. Was immer das Problem sein mochte, es machte sich offensichtlich nicht im Pumpensystem bemerkbar, denn das hatten sie die ganze Zeit überwacht, bis der Lärm erklang.

Der Matrose ließ das Walkie-Talkie sinken und gab dem anderen Mann ein Zeichen, während er Anstalten machte, den Raum zu verlassen. Hinter ihnen fiel die Tür zu, und MacD und Mike waren allein.

»Woher wusstest du, dass es funktionieren würde?«, fragte MacD, während er zu den Kontrollen der Gasspülvorrichtung eilte.

»Ich wusste es nicht«, erwiderte Linda, »aber es war das Einzige, was sich anbot. Wahrscheinlich gehen sie jetzt davon aus, dass das Problem im Bereich des Maschinenraums zu suchen ist.«

Mike, der mit seiner gequetschten rechten Hand nichts festhalten konnte, fischte mit der linken die Behälter aus seinem Rucksack. »Was ist, wenn sich der Kapitän entschließt umzukehren?«

»Das Risiko musste ich eingehen. Solange ihm seine Anzeigeinstrumente nichts anderes vermitteln, können wir hoffen, dass er das Geräusch für zufällig hält und es dem Wartungsdienst meldet, wenn er in seinem Zielhafen eingetroffen ist.«

Während Mike an der Tür Wache hielt, dirigierte Linda MacD durch den Einleitungsprozess. Ihren Anweisungen entsprechend, verband er jeden der sechs Kanister nacheinander mit dem Hauptventil, und nach nur fünf Minuten begannen die Corrodium-Bakterien, sich innerhalb der Frachttanks der *Sorocaima* rasant zu vermehren.

Wie Campinggäste in einem Nationalpark hatten sie die Absicht, keinerlei Spuren zu hinterlassen. MacD überprüfte ihren vorübergehenden Arbeitsplatz und vergewisserte sich, dass er völlig unberührt erschien. Schließlich begann er, die Behälter wieder im Rucksack zu verstauen.

Gleichzeitig spürte er, wie der Boden unter seinen Füßen heftig vibrierte.

»Bist du das?«, wollte er von Linda wissen.

»Negativ. Sie haben die Maschine gestartet. Der Tanker nimmt Fahrt auf. Seht sofort zu, dass ihr von dort verschwindet!«

MacD konnte dem Befehl nicht widersprechen. Er stopfte den letzten Kanister in den Rucksack und reichte diesen an Mike weiter, der ihn sich auf die Schultern schwang.

Sie traten den Rückweg zum Oberdeck an. Als sie den Hauptkorridor betraten und ihm bis zum Ende folgten, war ihnen der weitere Weg versperrt. Drei Männer hielten sich draußen auf, rauchten Zigaretten und unterhielten sich angeregt. Offenbar waren sie froh, dass die Reise weiterging.

»Beeilt euch«, drängte Linda. »Euer Schiff macht bereits fünf Knoten. Viel länger kann ich das Tempo nicht halten.«

»Wir kommen nicht an unser Kletterzeug heran«, meldete MacD. »Der Backbordausgang ist versperrt.«

»Ich glaube nicht, dass wir diesmal warten können, bis sie verschwinden«, sagte Mike und deutete zum anderen Ende des Korridors, der zur Steuerbordseite des Schiffes führte. »Was hältst du von einer Runde Schwimmen?«

MacD zuckte die Achseln. »Warum nicht?«

Sie rannten durch den Korridor, wobei sie jeden Moment damit rechneten, dass ein Matrose aus einer der Türen vor ihnen auf den Gang trat. Als sie das Ende des Korridors erreicht hatten, versuchte MacD sein Glück an der Tür dort. Sie ließ sich öffnen, und niemand hielt sich draußen auf.

Der Wind peitschte über das Deck, während der Tanker weiter beschleunigte.

»Linda, wir nehmen an der Steuerbordseite ein Bad«, sagte MacD, wobei ihm klar war, dass ihre Elektronik den Geist aufgeben würde, sobald sie mit Wasser in Berührung käme. »Wir würden uns wahnsinnig freuen, wenn du herüberkommen und uns aus dem Bach holen könntest, sobald du Gelegenheit dazu hast.«

»Verstanden«, antwortete sie. »Ich bin schon unterwegs.«

Mit einem letzten prüfenden Blick in die Runde, um sicherzugehen, dass sie allein waren, kletterten MacD und Mike auf die Reling. Sie stießen sich ab und behielten einander im Auge, um zu sehen, wer den schöneren Schwalbensprung zustande bekam. Obgleich sie mit deutlichem Klatschen ins Wasser tauchten, war MacD sicher, dass sie in der Dunkelheit niemand auf dem Tanker bemerkt hatte.

MacD kam an die Oberfläche hoch und tanzte wie ein Korken im Kielwasser der *Sorocaima,* die in Richtung Nordkorea stampfte. Mike paddelte neben ihm.

»Was macht die Hand?«, fragte MacD.

»Ihr fehlt nichts, was sich nicht durch einen Eimer voll Eis heilen ließe«, erwiderte Mike.

Nach drei Minuten, in denen sich der Tanker fast außer Sichtweite entfernt hatte, brach das Discovery-Tauchboot durch die Wasseroberfläche, und Linda steckte den Kopf aus der Einstiegsluke.

»Ihr seht aus, als hättet ihr alles bestens erledigt«, sagte sie lächelnd, »aber für die Sprünge bekommt ihr höchstens eine drei Komma null. Das nächste Mal müsst ihr eine Schraube oder einen Salto zeigen.«

MacD wandte sich an Mike. »Einer muss immer meckern.«

»Vor allem wenn er eine Sprotte ist.«

Wie Deckschrubber war auch Sprotte ein Spitzname, mit dem die anderen Waffengattungen der Army die Angehörigen der Navy titulierten.

»Wenn ihr mich weiter so nennt«, sagte Linda, »könnte es passieren, dass ich euch zurücklasse.«

Nach einer Minute befanden sie sich im U-Boot, Handtuch und Kaffeebecher in der Hand, und warteten darauf, dass die *Oregon* zurückkam und sie auffischte.

Die Beatbox, mittlerweile mit schlaffem Luftwulst von der *Sorocaima* abgefallen, sank auf den Boden der Karibischen See. Die einzigen Gegenstände, die sie zurückgelassen hatten, waren die magnetischen Steighilfen, die immer noch am Schiffsrumpf klebten. Sobald die Batterien erschöpft wären, würden sie jedoch ebenfalls herunterfallen, womit der letzte Beweis beseitigt wäre, dass ein Fremder das Schiff betreten hatte.

NEUN

Juan Cabrillo grinste, als er die unüberlegt aufgebaute Straßensperre ein Stück vor sich entdeckte. Zwei Sattelschlepper waren am Ende einer Brücke quer geparkt worden, die zu der Halbinsel führte, wo Juan mit der *Oregon* zusammenzutreffen beabsichtigte. Zwei Humvees sowie ein Trupp bewaffneter Soldaten warteten bei den Lastwagen, und drei weitere Humvees verfolgten den Panzer, während die Insassen gelegentlich wirkungslose Schüsse auf den Stahlkoloss abfeuerten.

Da sie ihr endgültiges Ziel nicht verraten wollten, hatten Juan und Linc ihre Verfolger auf einer wilden Kreuz-und-quer-Fahrt hinter sich hergelockt, während Max die *Oregon* in Position brachte. Soeben hatte dieser per Funk gemeldet, dass sie bereit seien, daher war der Panzer unterwegs zur Hügelkuppe.

»Siehst du das?«, sprach Juan in das Mikrofon seines Headsets.

»Sofern diese Anhänger nicht mit Blei beladen sind«, erwiderte Franklin Lincoln aus dem Fahrersitz, »unterschätzen sie gründlich, wozu ein Fünfundsechzig-Tonnen-Panzer fähig ist.«

»Dann zeige es ihnen.«

»Mit Vergnügen.«

Linc beschleunigte den Abrams auf seine Höchstgeschwindigkeit von vierzig Meilen pro Stunde. Der Tank donnerte über die Brücke, ein zerstörerischer Koloss, der auf ein Hindernis zuraste, das die Venezolaner offensichtlich für unüberwindbar hielten.

Juan wusste, wie grundlegend sie sich irrten.

Der Abrams pflügte durch die Sattelschlepper wie ein Linebacker durch ein Werbebanner zu Beginn eines Footballmatches. Juan spürte, wie der Panzer kaum merklich langsamer wurde, als die leeren Lastwagen förmlich pulverisiert wurden und auf die Soldaten in ihrer Nähe ein Regen aus Glas- und Metallsplittern niederging.

Juan wandte sich um und sah die Humvees durch die Trümmer kriechen, um die Verfolgung fortzusetzen, während der Tank zur Uferstraße hinunterwalzte. Er warf einen Blick auf die Treibstoffanzeige. Die Nadel tanzte gefährlich nahe an der Leer-Marke, dabei hatten sie noch gut zwei Meilen vor sich. Wenn ihnen mitten auf der Straße der Treibstoff ausging, könnten die Venezolaner schwerere Waffen anfordern und entweder abwarten, bis sie kapitulierten, oder den Panzer in die Luft sprengen. In dem Fall wären sie also so gut wie tot.

Juans Fluchtplan verlangte, dass sie sich für einige Minuten unbehelligt außerhalb des Panzers aufhalten konnten. Falls sie von Soldaten mit Sturmgewehren im Anschlag umringt würden, wenn sie die Kuppe des Hügels auf der Halbinsel erreichten, würden sie erschossen werden, sobald sie die Ausstiegsluken öffneten.

Das bedeutete, dass sie ihre Verfolger irgendwie aufhalten mussten, und die Stromleitungen am Straßenrand brachten Juan auf eine Idee.

»Linc, ich glaube, auf dieser Seite des Hafens wird es in Kürze zu einem Blackout kommen.«

Ohne zu zögern erwiderte Linc: »Ja, diese Strommasten sehen wacklig aus. Sie sollten möglichst bald ersetzt werden. Ich glaube, ich könnte schon mal beim Umlegen behilflich sein.«

Linc dirigierte den Panzer von der Fahrbahn und nahm den nächsten dicken Holzpfahl aufs Korn. Der Abrams zerbrach ihn wie einen Zweig, und er kippte quer auf die Straße, wobei die Stromleitung Funken sprühend über den Asphalt rutschte. Die Straßenbeleuchtung erlosch sofort, und übrig blieb das Licht der Panzerscheinwerfer.

Der Abrams setzte seine Fahrt am Straßenrand fort, bis er ein halbes Dutzend Masten umgeknickt hatte.

»Gut gemacht«, lobte Juan die Fahrkünste seines Freundes. »Damit dürften wir uns zeitlich ein wenig Luft verschafft haben, während sie ihre Humvees um die Pfähle herummanövrieren mussten.« Ohne parallel verlaufende Nebenstraße und felsiges Gelände hinter den Häusern auf der einen Seite und Wasser auf der anderen hätten die Soldaten keine andere Wahl, als die Hindernisse wegzuräumen, ehe sie die Verfolgung wieder aufnehmen konnten.

Das Rumpeln der Panzerketten lockte die Bewohner aus ihren Häusern. Die erstaunten Gaffer weckten bei Juan das Gefühl, sie würden die Straße in einem Paradewagen hinunterfahren.

Als sie das Ende der Straße erreichten, benutzte Juan den GPS-Empfänger seines Mobiltelefons, um sie den mit Büschen bewachsenen Berghang hinaufzuführen. Der Abrams zögerte kurz, als seine Ketten sich in den weichen Untergrund fraßen, und erkletterte dann den Berg, wobei er Büsche und kleine Bäume niederwalzte.

Nach zwei Minuten gelangten sie auf die Bergspitze, von wo aus sie bei Tage einen atemberaubenden Blick auf die Karibische See gehabt hätten. Die Wolkendecke verhüllte den Vollmond und machte die kleine Inselgruppe in drei Meilen Entfernung unsichtbar, die einen natürlichen Wellenbrecher darstellte und Puerto La Cruz und La Guanta vor Stürmen schützte.

Aber Juan konnte die Positionslichter der still daliegenden *Oregon* unter ihnen erkennen, dreihundert Meter nördlich der Felsküste. Max hatte das Schiff genau dorthin manövriert, wo Juan es zu sehen erwartet hatte.

Juan stieß die Luke auf und kletterte aus dem Panzer, froh, frische Luft atmen zu können, nachdem er den beißenden Gestank von Schießpulver viel zu lange in der Nase gehabt hatte. Linc folgte seinem Beispiel und zog sich in der Einstiegsöffnung der Fahrerkabine hoch. Weit streckte er die muskulösen Arme aus.

»Diese Stahlkammer wurde ganz sicher nicht für jemanden wie mich geschaffen«, stellte er fest.

»Gibt es überhaupt irgendetwas, das auf deine Platzbedürfnisse zugeschnitten wurde?«, fragte Juan, während er die Nummer der *Oregon* wählte.

Linc schüttelte den Kopf. »Was glaubst du, weshalb meine Harley maßgeschneidert ist?«

In Juans Telefon klickte es, und Max meldete sich. »Das ist also dein Plan C, hm?«

»Wir reisen gern mit Stil«, erwiderte Juan. »Seid ihr schussbereit?«

»Eddie ist mit dem Comet an Deck und hat euch im Visier.«

»Dann los.«

Comet war der Name einer Firma, die Leinenwurfraketen herstellte, wie sie von der Safety of Life at Sea Convention, kurz SOLAS, als Rettungsausrüstung auf jedem Schiff vorgeschrieben sind. Sie wurden benutzt, um Menschen, die über Bord gefallen sind, Rettungsleinen hinüberzuschießen. Außerdem konnte man damit aber auch Leinen zu anderen Schiffen schicken, um Schlepptaue zu spannen oder sie mit Hilfsgütern zu versorgen.

Das reguläre von Comet angebotene Modell feuerte Raketen mit einer Reichweite von zweihundertfünfzig Metern ab. Die Corporation hatte den Hersteller jedoch gebeten, diese Strecke bei den von ihr erworbenen Exemplaren zu verdoppeln.

Juan beobachtete einen Blitz auf der *Oregon,* und eine rote tränenförmige Flamme flog auf sie zu. Eddie hatte genau gezielt. Die Flamme segelte in hohem Bogen über ihre Köpfe und ging auf der anderen Seite des Hügels herunter. Das Seil legte sich quer über den Geschützturm des Panzers.

Linc verlor keine Zeit und knotete es sofort um das Geschützrohr des Abrams, um es spannen zu können. Als es an Ort und Stelle war, gab er Juan mit dem Daumen das Okay-Zeichen.

»Bestell Eddie, dass es ein Volltreffer war«, sagte Juan zu Max. »Wir haben die Leine verankert.«

»Wir befestigen sie an unserem Ende an einem Kran.«

Das Seil straffte sich, als Eddie es einholte. Die Strahlruder der *Oregon* würden das Schiff so in seiner Position halten, dass die Leine nicht nachgab und schlaff durchhing.

Juan gab Linc ein Zeichen, den Anfang zu machen. Linc kletterte auf den Panzer, wickelte den Gurt des Sturmgewehrs um das Seil und schlang jedes Gurtende um seine Handgelenke.

»Denk daran«, sagte Juan, »dass wir eine viel höhere Position als die *Oregon* haben, daher wirst du ein strammes Tempo haben, wenn du unten ankommst.« Eddie hatte zwei Rettungsflöße aufgeblasen, um ihre Landung zu mildern, aber es würde sich trotzdem immer noch wie der Body Slam eines Berufsringers anfühlen. Juan gab Max Bescheid, dass Linc unterwegs war.

Linc nickte und stieg vom vorderen Ende des Abrams herab. Seilrutschen für Touristen bestehen gewöhnlich aus geflochtenen Stahlkabeln, die unter Belastung straff gespannt bleiben, aber das Nylonseil war weitaus elastischer und hing unter seinem Gewicht durch. Er ging den Hügel hinab, bis er am Seil hing und die Schwerkraft ihre Wirkung entfaltete.

Juans Augen wurden von Lincs Seilfahrt weggelockt, als er den Klang von Fahrzeugmotoren hörte. Scheinwerfer blieben am Ende der Straße in mehreren hundert Metern Entfernung stehen. Türen knallten, als Soldaten heraussprangen und den Berg hinaufstürmten. Sie hätten keine Schwierigkeiten, der Spur der Vernichtung zu folgen, die der Panzer hinterlassen hatte.

Während die Soldaten näher kamen, zuckten die Lichtlanzen von Stablampen durch die Nacht. Offiziere riefen Befehle, sie lebend zu fangen, aber Juan vermutete, dass sie diese Befehle widerrufen würden, wenn sie sahen, dass er im Begriff war zu entkommen.

Max rief an, um ihm zu melden, dass Linc es geschafft habe, und dies keinen Moment zu früh. Die Wolkendecke war für einen kurzen Moment aufgerissen, und im Mondschein war die Silhouette des Panzers zu erkennen. Die Soldaten entdeckten den Abrams und rannten mit schussbereit gezückten Sturmgewehren darauf zu.

Juan folgte Lincs Beispiel. Als er bereit war, sprang er vom Panzer herab und rannte los. Er streckte die Arme aus, bis er den Boden unter den Füßen verlor, und begann die Gleitfahrt in die Tiefe. Windböen peitschten ihm ins Gesicht, und der Geruch von Salzwasser wurde stärker, während er sich der Küste näherte.

Gewehrfeuer erklang hinter ihm, verstummte jedoch schnell wieder. Juan glaubte zu wissen weshalb, aber er konnte den Kopf nicht weit genug drehen, um seine Vermutung zu bestätigen.

Sie mussten gesehen haben, wie er durch die Luft flog, verwirrt über diesen Anblick und ahnungslos, wie er das hinbekam. Und dann hatten sie einige vereinzelte Schüsse abgefeuert. Ein Soldat musste erkannt haben, was er im

Sinn hatte, und die Männer suchten fieberhaft das Seil, das er benutzte. Es dürfte nur wenige Sekunden dauern, bis sie begriffen, dass es am Abrams befestigt war.

Juan war noch immer mehr als einhundert Meter von der *Oregon* entfernt, aber bereits jenseits der Wellen, die gegen die aus der Brandung ragenden Felsen schlugen. Ein Zittern des Seils verriet ihm, dass die Soldaten es gefunden hatten und versuchten, ihn abzuschütteln. Der nächste Schritt lag auf der Hand.

Die Leine gab plötzlich auf der Hügelkuppe nach, wurde schlaff, da sie von einem scharfen Messer gekappt wurde, und Juan stürzte der See entgegen. Er spannte seinen Körper und tauchte mit den Füßen voraus ins Wasser ein.

Fünf Meter tief sank er. Ehe er den Gewehrgurt losließ, packte er das Seil und stieg mit kräftigen Beinschlägen zur Wasseroberfläche empor.

Er tauchte auf, und die Leine spannte sich wieder. Juan verstärkte seinen Griff, während er zur *Oregon* gezogen wurde. Er konnte vonseiten der Soldaten Schüsse hören, aber bei dieser Entfernung und der herrschenden Dunkelheit hätten sie sich die Munition auch sparen können.

Der Rumpf der *Oregon* ragte vor ihm auf, und eine Strickleiter wurde über die Reling zu ihm herabgeworfen. Juan kraulte zu ihr hinüber und kletterte an Bord. Eddie und Linc zogen ihn hoch, und Juan kam auf die Füße.

»Danke«, sagte Juan. »Eigentlich hatte ich gar keine Wasserlandung im Sinn.«

»Die Jungs im Yachtclub werden niemals glauben, was ich geangelt habe«, sagte Linc grinsend.

»Schön, Sie wiederzusehen, Mr. Gao«, sagte Juan zu Eddie.

Eddie deutete eine knappe Verbeugung an. »Kapitän Holland.«

»Bestell Max, dass er starten soll – und dass Plan C tadellos funktioniert hat. Ich treffe ihn im Op-Center, sobald ich mich trockengelegt habe.«

Während sie über das Deck gingen, gab Eddie Juans Anweisungen über sein Funkheadset weiter. Augenblicklich vollführte die *Oregon* einen Schwenk und entfernte sich von der Küste.

Eddies Gesicht nahm plötzlich einen ernsten Ausdruck an.

»Was ist los?«, fragte Juan.

»Max meldet, dass wir soeben von einer venezolanischen Fregatte zwanzig Meilen westlich von uns angerufen wurden. Deren Kapitän befiehlt uns zu kapitulieren und droht damit, uns zu vernichten, wenn wir uns weigern.«

ZEHN

Bekleidet mit einer durchnässten Uniform der venezolanischen Marine, würde Juan sein Schiff niemals in den Kampf führen.

»Sag Max, er soll vorläufig hinter Chimana Grande vor der Fregatte in Deckung gehen«, sagte Juan zu Eddie. »Damit gewinnen wir ein wenig Zeit.«

Eddie nickte und übermittelte die Nachricht über das Headset, während Juan seine Kabine aufsuchte.

Das Ziel der *Oregon* war eine kleine Gruppe unbewohnter Inseln, zehn Meilen südöstlich ihrer derzeitigen Position. Obgleich sich die *Oregon* außerhalb Torpedo- und Schussweite befand, waren venezolanische Fregatten mit Otomat-Mark2-Antischiffsraketen bewaffnet, die eine Reichweite von einhundertachtzig Meilen hatten. Das gebirgige Terrain der Inseln nördlich der *Oregon* – darunter war auch die größte Insel, Chimana Grande – machte es für die Fregatte unmöglich, sie per Radar zu erfassen, ehe das Kriegsschiff sie passiert hatte.

Juan betrat seine Kabine und traf auf Maurice, den Chefsteward. Er hatte ein schneeweißes Geschirrtuch über den rechten Arm drapiert und hielt ein Tablett, auf dem ein dampfender Becher Kaffee stand. Der würdige Siebzigjährige trug einen eleganten schwarzen Smoking, eine perfekt gebundene Krawatte und auf Hochglanz polierte Schuhe. Nachdem er zahlreichen Admirälen in der Royal Navy seinen makellosen Service hatte zuteilwerden lassen, war er stolz darauf, die Bedürfnisse seines Offiziers zu kennen. Daher überraschte es Juan nicht im Mindesten, dass, nur wenige Augenblicke nachdem er aus dem Wasser gezogen wurde, frische Kleidung auf seinem Bett bereitgelegt worden war.

Juan nahm den Becher vom Tablett, trank einen Schluck und genoss die wärmende Dosis belebenden Koffeins. »Sie sind ein wahrer Lebensretter, Maurice.«

Mit einem englischen Akzent, der eines Mitglieds des House of Lords würdig gewesen wäre, erwiderte Maurice: »Soll ich Ihnen im Operationszentrum einen leichten Imbiss servieren, Captain?« Obgleich die restliche Mannschaft Juan trotz aller Vertrautheit aus Respekt vor seiner Position innerhalb der Corporation als Chairman zu titulieren pflegte, wenn strenge Sachlichkeit angesagt war, bestand Maurice auf der Verwendung der marineeigenen Terminologie.

»Das muss warten, fürchte ich«, sagte Juan, schälte sich aus seiner triefnassen Uniform und schlüpfte in das hellblaue Oberhemd, das Maurice ausgewählt hatte.

»Sehr wohl, Captain. Als zeremonielles Dinner nach erfolgreichem Abschluss der Aktion serviere ich Ihnen ein Filet Mignon mit Sauce bernaise, gebratenen Yukon-Kartoffeln und gedünstetem Spargel. Natürlich reiche ich dazu einen passenden Bordeaux.« Maurice' Fähigkeiten als Sommelier waren beispiellos. Hinsichtlich der bevorstehenden Konfrontation mit der Fregatte demonstrierte er nichts anderes als vollkommene Gelassenheit, wobei seine pointierte Wortwahl Juan signalisierte, dass der Steward absolut darauf vertraute, dass die *Oregon* von den Venezolanern weder versenkt noch gekapert werden würde.

Ohne eine weitere Bemerkung verließ Maurice die Kabine so lautlos wie ein Ninja. Juan zog sich vollständig an und begab sich ins Operationszentrum, wohin er den Becher Kaffee mitnahm.

Er ließ sich in den Kirk Chair sinken und bat Max um einen Lagebericht.

»Wir befinden uns im Schatten von Chimana Grande und auf einem Kurs null-vier-fünf. Die Fregatte, deren Kapitän sie als *Mariscal Sucre* identifiziert hat, dürfte bei ihrer derzeitigen Annäherungsgeschwindigkeit eine weitere halbe Stunde lang keine Feuerleitlösung finden.«

Auf dem Display war zu sehen, dass die Geschwindigkeit der *Oregon* gemütliche zwanzig Knoten betrug, weit unter ihrer Höchstgeschwindigkeit, aber innerhalb der Leistungsgrenzen eines betagten Frachtschiffs, das aus seinen Maschinen alles herausholte. Als Fregatte der Lupo-Klasse schaffte die Fregatte eine Höchstgeschwindigkeit von fünfunddreißig Knoten.

»Voraussichtliche Ankunft bei der Isla Caraca del Oeste?«

»In zweiunddreißig Minuten.«

»Das wird ziemlich knapp, oder?«

»Hey, es war schließlich nicht meine Idee.«

Die *Oregon* hätte die Fregatte jederzeit weit hinter sich lassen können, wenn Juan es befohlen hätte. Anstelle von herkömmlichen Dieselmotoren lieferten revolutionäre magnetohydrodynamische Maschinen die nötige Leistung mittels zweier riesiger Rohre, die über die gesamte Länge des Schiffes verliefen. Magnetspulen wirkten mit den freien Elektronen im Meerwasser zusammen, um es beim Durchströmen der Rohre zu beschleunigen. Mit der Fähigkeit, Wasser wie Luft mit gleichem Druck vorwärts oder rückwärts durch eine Strahlturbine zu pressen, konnte die *Oregon* nicht nur beschleunigen wie ein Dragster und stoppen, als hätte sie den Felsen von Gibraltar gerammt, sondern sie war auch schneller als alles auf den Ozeanen der Welt, das langsamer fuhr als ein Zigarettenboot. Venturi-Düsen ermöglichten dem Schiff, sich auf der

Stelle um seine eigene Achse zu drehen, und weil es seine Energie aus einem Prozess gewann, der dem Meerwasser freie Elektronen entzog, waren keine Dieselmotoren oder Treibstofftanks nötig. Seine Reichweite war unbegrenzt.

Juan lächelte. »Bleib einfach auf Kurs. Was ist mit der *Sorocaima*?«

»Sie hatten ein paar Schwierigkeiten, aber die Bakterien wurden erfolgreich in die Tanks eingespeist. Es gab nur einen Leichtverwundeten. Mike Trono hat sich die Hand gequetscht, aber Linda meint, dass ihn ein paar Aspirin halbwegs fit halten, bis wir sie auflesen. Ich habe Julia bereits informiert.«

Juan zweifelte nicht daran, dass Julia Huxley, Sanitätsoffizier der *Oregon* und ehemalige Ärztin der US-Navy, Mike Trono im Handumdrehen wieder einsatzfähig machen würde. Auf einem Schiff mit einer Traumaabteilung und einem Operationssaal, um den sie so manches Krankenhaus beneidete, wäre das kein Problem.

Juan warf einen Blick zum Ruderstand und zur Waffenkontrolle, den Stationen, die dem vorderen Wandschott am nächsten waren und sich direkt unter dem riesigen vorderen Sichtschirm befanden. Sie wurden anstelle von Eric Stone und Mark Murphy, die zurzeit mit einer anderen Mission befasst waren, von anderen Angehörigen der Corporation besetzt. Da auch Linda andere Aufgaben wahrnahm, waren Max an der Maschinenkontrolle und Hali Kasim im Sessel der Kommunikation die einzigen leitenden Offiziere im Operationszentrum.

»Sind Eric und Murph fertig geworden?«, fragte Juan.

»Sie haben alles vorbereitet und sind im RHIB hierher unterwegs. Sie müssten in zehn Minuten eintreffen.«

Das Festrumpfschlauchboot – es war der gleiche Typ, der auch von den Navy SEALs benutzt wurde – besaß einen stählernen Rumpf, versehen mit aufblasbaren Luftkammern, die es genauso seetüchtig machten wie ein Styroporboot. Während seines Dienstes in der Navy hatte Eric in der Abteilung für Forschung und Entwicklung gearbeitet und nicht an aktiven Einsätzen teilgenommen. Aber seit seinem Eintritt in die Corporation hatte er sich zu einem versierten Steuermann gemausert, der nur knapp hinter Juan rangierte, was das Können als Schiffslenker betraf. Sicherlich gab er in diesem Moment Dauervollgas, um das RHIB schnellstens zurück an Bord der *Oregon* zu bringen.

»Dann denke ich, dass wir unseren Anrufer lange genug haben warten lassen«, sagte Juan. »Mr. Kasim, begrüßen Sie unsere venezolanischen Freunde.«

Nach einigen Sekunden sagte Hali: »Captain Escobar ist in der Leitung.«

Juan wechselte in seinen gedehnten Buck-Holland-Tonfall. »Captain Escobar, hier ist Buck Holland, Kapitän der *Dolos*«, sagte er mit fröhlicher Stimme. »Was kann ich für Sie tun?«

»Ich befehle Ihnen, sofort anzuhalten«, antwortete augenblicklich eine Stimme mit starkem Akzent. »Sie und Ihre Mannschaft werden in Haft genommen und wegen Spionage und Sabotage angeklagt. Ihr Schiff wird beschlagnahmt.«

»Das sind ernste Anschuldigungen. Welche Beweise haben Sie?«

»Ihre Mannschaft hat unsere Hafenpolizei angegriffen, und Sie haben einen Panzer gestohlen und dabei ein Schiff und einen Kai zerstört.«

»Oh, das waren nur Missverständnisse.«

Über Juans dreiste Unverschämtheit schäumte Escobar vor Wut. »›Missverständnisse‹? Sie können sich glücklich schätzen, wenn Sie für Ihre Verbrechen nicht erschossen werden, Sie Abschaum!«

»Aber, aber, solche Beleidigungen sind wirklich nicht nötig.«

»Sie werden Ihr Schiff sofort stoppen.«

»Warum sollte ich das tun?«

»Weil ich Sie zu den Fischen schicke, wenn Sie sich weigern.«

»Hmm. Verhaftung oder Zerstörung. Keins von beidem klingt besonders reizvoll. Ich nehme das, was sich hinter der dritten Tür verbirgt.«

»Was?«

»Gibt es in der Gegend denn keine Gewinnspiel-Shows im Fernsehen?«

»Ich wüsste nicht …«

Für eine Sekunde war die Leitung tot, ehe sich eine Frau meldete, knapp und weitaus gebieterischer als Escobar.

»Captain, hören Sie mit Ihrem Affentheater auf«, sagte sie mit einem nur winzigen Anflug von Akzent in der Stimme. »Ich weiß, dass Sie für das, was im Lagerhaus geschehen ist, verantwortlich sind.«

»Admiral Ruiz, nehme ich an«, sagte Juan, jetzt ohne Südstaatenakzent und mit seiner normalen Stimme. »Ich hatte schon gehofft, dass Sie an Bord sind.«

»Ganz gleich, was Sie glauben, mit Ihrer Operation in Puerto La Cruz erreicht zu haben, ich kann ihnen versichern, dass es nicht mehr als ein Nadelstich ist.«

»Dann ist dieser gesunkene falsche Öltanker in Ihrer Analogie der Luftballon? Wenn er es nämlich ist, dann hat er ganz schön geknallt.«

»Dafür werden Sie bezahlen, auf die eine … oder andere Art.«

»Ach ja. Verhaftung oder Zerstörung. Warum kommen Sie uns nicht holen?«

»Das habe ich vor. Ich würde es natürlich vorziehen, Ihnen Auge in Auge gegenüberzutreten, damit Sie wissen, wer Sie besiegt hat. Aber ich würde mich auch damit zufriedengeben, Ihr Schiff zu versenken, wenn es die einzige Möglichkeit wäre, Sie auszuschalten.«

»Sie können es ja versuchen.«

Ruiz lachte. »Ich tue mehr, als es nur zu versuchen. Das war eine interessante Unterhaltung, Captain. Ich hoffe, wir lernen uns irgendwann einmal persönlich kennen.«

»Dieser Wunsch beruht ganz auf Gegenseitigkeit. *Adiós.*« Er gab Hali mit der Hand ein Zeichen, und die Verbindung wurde getrennt.

»Sie klingt wirklich reizend«, sagte Max.

»Abgesehen davon, dass man ein guter Schiffsführer sein muss«, sagte Juan, »ganz gleich ob Mann oder Frau, sollte man, um die Stufe eines Admirals zu erklimmen, außerdem über eine von zwei besonderen Eigenschaften verfügen: Charme oder Skrupellosigkeit. Ich vermute, dass Ruiz beide ins Feld führen kann, je nachdem was ihr als geraten erscheint. Wir sollten sie auf keinen Fall unterschätzen.«

»Das tue ich nicht. Meine erste Ehefrau hatte denselben Tonfall, kurz bevor mich ihr Scheidungsanwalt durch die Mangel drehte. Und ich lasse nicht zu, dass die *Oregon* wegen Ruiz in zwei Hälften geteilt wird.« Nach drei gescheiterten Ehen war Max' einzige wahre Liebe sein Schiff.

»Chairman, Eric ist mit dem RHIB eine Meile vor unserem Bug«, sagte Hali.

»Maschinen stopp. Bootsgarage öffnen.«

Die *Oregon* machte Halt, und eine verborgene Klappe im Rumpf des Schiffes glitt in Höhe der Wasserlinie auf und gab den Blick auf eine geräumige Bucht frei, in der die verschiedenen Wasserfahrzeuge der *Oregon* gestartet und wieder aufgenommen werden konnten. Der große Sichtschirm im Operationszentrum lieferte die Bilder vom Geschehen in der Bootsgarage. Als das RHIB die *Oregon* erreichte, lenkte Eric Stone es gekonnt durch die Öffnung im Schiffsrumpf, und Mark Murphy warf einem bereitstehenden Techniker eine Leine zu. Ohne großes Trara sprangen sie auf das Deck und verließen die Garage.

»Schließt das Tor«, sagte Juan. »Schaltet die Maschinen für ein paar Minuten auf volle Kraft, um die verlorene Zeit wettzumachen.«

Der Schiffsrumpf vibrierte summend, als die Kryopumpen den Betrieb aufnahmen und Wasser aus dem Heck geblasen wurde.

Eine Minute später schlenderten Eric und Murph ins Op-Center, beide offenbar sehr zufrieden mit sich.

Sie waren die jüngsten Offiziere auf dem Schiff. Eric, ein Annapolis-Absolvent mit sanften braunen Augen und ernsthaftem Gebaren, schlüpfte aus seiner Windjacke, unter der seine alltägliche Arbeitskluft aus weißem Oberhemd mit Button-down-Kragen und khakifarbener Baumwollhose zum Vorschein kam. Zur Corporation gestoßen war er durch die Empfehlung eines leitenden Offiziers, der zusammen mit Max in Vietnam gedient hatte. An Bord der *Oregon* wurden sein technisches Verständnis und seine Computerkenntnisse nur von einem anderen Mann übertroffen, den er zur Corporation mitgebracht hatte, Mark Murphy.

Murph hatte nicht bei der Navy gedient, sondern war als ziviler Vertragspartner mit Eric an einem geheimen Raketenprojekt beteiligt gewesen. Er war der einzige Mannschaftsangehörige ohne militärische oder geheimdienstliche Tätigkeitsnachweise in seinem Lebenslauf. Als genialer Waffenentwickler, der Anfang zwanzig am MIT promoviert hatte, war Murph die natürliche Idealbesetzung für den Posten des Waffenoffiziers der *Oregon*.

Da er jegliche Form von Konformismus leidenschaftlich ablehnte, ließ er sein Haar in alle Richtungen wuchern –

wie einen wilden Brombeerbusch, der nun vom Wind noch zusätzlich zerzaust wurde. Sein Kinn zierten die Flecken eines schütteren Stoppelbarts, der partout nicht weiterwachsen wollte, und sein hagerer Oberkörper steckte in einem T-Shirt mit der Aufschrift »Gorilla Biscuits«, was, wie Juan vermutete, der Name einer der Punkbands war, deren Musik oft laut genug aus Murphs Kabine dröhnte, um Tote zum Leben zu erwecken.

Die jungen Mannschaftsangehörigen übergaben ihre Stationen, und Eric nahm seinen Platz am Ruder ein, während Murph den Platz hinter der Konsole der Waffensteuerung besetzte.

»Euerm zufriedenen Grinsen nach zu urteilen«, sagte Juan, »lief alles wie geplant.«

»Richtig vermutet, Chairman«, erwiderte Eric. »Alles befindet sich an Ort und Stelle.«

»Was er meint«, sagte Murph, »ist, dass wir uns diesmal selbst übertroffen haben. Warten Sie ab, bis Sie es mit eigenen Augen sehen.«

Ehe Juan etwas darauf erwidern konnte, sagte Hali: »Radarkontakt. Wir haben ein Flugobjekt zehn Meilen östlich, Kurs eins-acht-neun, das sich mit einhundertfünfzig Knoten nähert.«

»Das muss der ASW-Hubschrauber der *Mariscal Sucre* sein«, sagte Juan. »Kann er uns gefährlich werden?«

Murph, eine wandelnde Datenbank für Waffeninfos, ergriff das Wort. »Fregatten der Lupo-Klasse haben gewöhnlich einen einzelnen Augusta-Bell AB-212 an Bord. Gemäß seiner Funktion als U-Boot-Jäger kann er mit zwei Mark-46-Torpedos und vier AS.12-Antischiffsraketen ausgerüstet werden.«

»Welche Reichweite haben die Raketen?«

»Maximal viereinhalb Meilen, aber einen Torpedo können sie schon in sieben Meilen Entfernung abwerfen.«

»Es ist zwar unwahrscheinlich, dass sie auf einer belebten Schifffahrtsstraße Torpedos einsetzen, aber wir sollten sie in respektvoller Distanz halten. Waffenkontrolle, Ziel erfassen.«

Murph aktivierte das Zielsuchradar, das den herannahenden Helikopter sofort erfasste. Der Chopperpilot würde ein schrilles Pfeifen hören, das ihm ankündigen würde, dass jeden Moment vom Schiff aus eine Rakete auf ihn abgefeuert werden konnte.

Juan wollte nicht angreifen, aber den Helikopter vom Himmel zu holen wäre eine einfache Sache, wenn es nötig sein sollte. Im Rumpf der *Oregon* verbarg sich hinter verschiebbaren Platten eine eindrucksvolle Kollektion modernster Waffen. Ein 120-Millimeter-Panzergeschütz lauerte im Bug, während drei radargesteuerte 20-Millimeter-Gatling-Kanonen zur Flugzeugabwehr und für Angriffe auf kleinere Schiffe in Stellung gebracht werden konnten. Außer den Wasserkanonen konnten ferngesteuerte Kaliber.50-Maschinengewehre, die in als Ölfässer getarnten und auf dem Deck verteilten Gehäusen auf ihren Einsatz warteten, ausgefahren werden, um Enterkommandos zurückzuschlagen.

Das Schiff besaß darüber hinaus Verschlussklappen, die weggesprengt werden konnten, um Exocet-Antischiffsraketen und Marschflugkörper für den Einsatz gegen Landziele feuerbereit zu machen. Außerdem konnten Torpedos russischer Produktion aus Rohren unterhalb der Wasserlinie in Marsch gesetzt werden. Für den Fall, dass der Hubschrauberpilot nicht auf das Warnsignal reagierte, waren Flugzeugabwehrraketen startklar.

Noch hatten sie ihr neuestes Waffensystem, eine einhundertläufige Multikanone, entwickelt von einer australischen Firma namens Metal Storm, nicht im Kampfeinsatz getestet. Im Gegensatz zu einer Gatling Gun, deren sechs rotierende Läufe mit Munition aus einem Patronengurt gefüttert wurden, arbeitete das Metal-Storm-System vollständig elektronisch. Es hatte keinerlei mechanische Elemente, die eine Ladehemmung hätten auslösen können. Die Patronen wurden den Läufen aus einem Röhrenmagazin zugeführt, in dem sie hintereinander angeordnet waren. Die elektronische Kontrolle ermöglichte eine präzise Schussfrequenz, gegen die die Schussfolge der Gatling Gun von dreitausend Schuss pro Minute armselig erschien. Da jeder Lauf der Metal Storm fünfundvierzig Kugeln pro Minute abfeuerte, konnte die Waffe unglaubliche viereinhalb Millionen Wolfram-Stahlgeschosse pro Minute ausspucken.

»Der Helikopter kehrt um«, sagte Hali.

Juan überraschte diese Reaktion nicht. Die modernste, aus einem schultergestützten Rohr abgefeuerte Flugzeugabwehrrakete wäre genau die Art von Waffe, die auf einem Spionageschiff, ausgestattet mit Kleinwaffen und RPGs, zum Einsatz käme, daher war der Pilot gut beraten, wenn er auf Distanz blieb. Er konnte unmöglich wissen, dass die Raketen der *Oregon* noch um einige Klassen leistungsfähiger waren.

»Sagen Sie Bescheid, wenn er es sich anders überlegt, Mr. Kasim.«

Die nächsten zwanzig Sekunden verstrichen ereignislos. Die drei Inselchen, auf die sie zuhielten, waren ineinander verschlungen und im Grunde nichts anderes als zerklüftete Felsgrate mit einer Länge von zwei Meilen, die aus dem Meer ragten. Sie lagen genau gegenüber von zwei unbewohnten Halbinseln. Die Inseln selbst befanden sich so dicht beieinander, dass die Wasserfläche, die zwischen ihnen klaffte, kaum länger war als die *Oregon*.

Gerade als die Isla Caraca del Oeste vor ihnen an Backbord lag, rief Hali: »Überwasserkontakt! Kurs eins-sechsacht. Es ist die *Mariscal Sucre.* Sie muss alles aus ihren Maschinen herausgeholt haben.«

Mit der *Oregon* wie auf dem Präsentierteller vor sich, war die nächste Aktion der Fregatte leicht vorhersehbar, und dennoch kam Halis Warnung für Juan ein wenig überraschend.

»Ich habe hier einen Raketenstart!«

Juan beugte sich in seinem Sessel vor, den Blick auf den Hauptsichtschirm gerichtet, wo die Landkarte – und auf ihr ein roter pulsierender Punkt – zu sehen war, der sich dem Symbol für die *Oregon* zügig näherte. In einem Fenster neben der Karte erschienen die Videobilder von einer der Deckkameras. Noch war die Rakete nicht zu sehen, aber es würde nicht mehr lange dauern.

»Waffenkontrolle – wie lange bis zum Kontakt?«

»Zweiundfünfzig Sekunden«, sagte Murph. Das Reisetempo der Rakete bewegte sich knapp unterhalb der Schallgrenze.

»Die Metal-Storm-Batterie bereit machen. Mal sehen, was sie so schafft. Aber startet für alle Fälle auch die Gatling Gun an achtern.«

Die Metal-Storm-Multikanone fuhr aus ihrem Versteck hinter dem am weitesten achtern gelegenen Frachtraum hoch. Gleichzeitig flog die Platte auf, die die Gatling Gun bedeckt hatte, und die Geschützläufe begannen erst langsam und dann immer schneller zu rotieren.

»Beide Waffen haben die Rakete auf ihrem Zielradar«, verkündete Murph.

»Denk daran«, sagte Juan, »nicht feuern, ehe sie auf sechshundert Meter herangekommen ist.« Das wäre nur zwei Sekunden vor dem Einschlag.

»Bereit und in Warteposition«, kam Murphs äußerst entspannte Antwort. »Das System ist darauf programmiert, bei dieser Entfernung automatisch zu feuern.«

Auf dem vorderen Bildschirm erhellte ein punktgroßes Feuer den nächtlichen Himmel und wurde schnell größer, während es dicht über dem Wasser heranraste. Als die Rakete den Sechshundert-Meter-Punkt erreichte, feuerte die Metal-Storm-Batterie, ohne dass Murph den Finger vom Sicherungsknopf der Gatling Gun lösen musste.

Die Gatling Gun hätte zehn Sekunden gebraucht, um fünfhundert Schüsse abzufeuern. Die Metal Storm spuckte die gleiche Anzahl Projektile in einer Zeitspanne aus, die kürzer war als ein Lidschlag. Tatsächlich erfolgte die Salve so schnell, dass die Batterie in der mitgeschnittenen Videosequenz einen einzigen Blitz aussandte, gefolgt von einem Dampfhammerschlag, der durch das gesamte Schiff hallte.

Die Rakete hatte nicht die geringste Chance. Murph hatte die Metal Storm programmiert, die Patronen so abzufeuern, dass sie in der Luft eine solide Wand aus Wolframstahl bildeten. Die Otomat traf dreihundert Meter vom Heck der *Oregon* entfernt auf diese Wand und explodierte in einem Feuerball, der für einen kurzen Moment den Bildprozessor der Kamera überlastete und den Bildschirm ausblendete.

Trotz der Vernichtung der Rakete kam die *Oregon* nicht vollkommen unversehrt davon. Als das Bild des Oberdecks wieder auf dem Bildschirm erschien, zeigte es eine lodernde Feuersbrunst.

ELF

Admiral Dayana Ruiz blickte lächelnd auf das Schiff, das am Horizont lichterloh brannte. Die Rakete hatte ganze Arbeit geleistet und die Fahrt der *Dolos* auf Kriechtempo heruntergebremst.

»Sollen wir ihr den Rest geben, Admiral?«, fragte Captain Escobar. Sein Gesicht war ins rote Licht der Kampfbeleuchtung auf der Kommandobrücke der *Mariscal Sucre* getaucht.

Ruiz ließ das Fernglas sinken. »Nein. Ich möchte das Schiff unversehrt kapern. Na ja, zumindest so unversehrt, wie es sein wird, wenn sie es schaffen, das Feuer zu löschen.«

»Bei unserer augenblicklichen Geschwindigkeit fangen wir sie in fünfzehn Minuten ab.«

»Nehmen Sie Verbindung mit ihnen auf.«

Kapitän Holland – oder wie auch immer sein Name lautete – antwortete. »Rufen Sie uns, um den Sieg auszukosten?« Ruiz konnte im Hintergrund ein Husten hören, zweifellos verursacht von dem Qualm, der durch das Schiff trieb.

»Jetzt dürfte Ihnen eigentlich klar sein, dass Sie von Anfang an keine Chance hatten«, sagte Ruiz. »Kapitulieren Sie endlich, und ich verspreche Ihnen, mit Ihrer Mannschaft glimpflich zu verfahren.«

»Noch sind wir nicht erledigt.«

»Captain, Ihr Schiff steht in Flammen. Es wird entweder sinken, oder der Kunstdünger in Ihren Frachträumen wird explodieren. Denken Sie an Ihre Männer.«

»Nichts wird passieren, was sich nicht mit einem Eimer frischer Farbe reparieren ließe.«

»Ich bewundere Ihren Kampfgeist, Captain, aber Sie müssen begreifen, dass Ihre Lage hoffnungslos ist.«

»Das werden wir noch sehen.« Die Verbindung wurde unterbrochen.

»Sturer Bastard«, sagte Escobar.

»Wenn er in dieser Marine wäre, würde ich ihn entweder wegen Gehorsamsverweigerung aus dem Verkehr ziehen lassen oder ihm das Kommando über ein gesamtes Geschwader übertragen.« Ruiz erkannte sehr viel von sich selbst in ihrem Gegner. Es wäre interessant zu sehen, ob er seine Gelassenheit beibehielt, wenn er in der Puerto-Cavallo-Marinebasis in einer Gefängniszelle saß.

Die Fregatte pflügte weitere zehn Minuten lang durch die Dünung, bis sie nur noch drei Meilen von ihrem Angriffsziel entfernt war, das südlich der nächsten Insel angeschlagen in den Wellen trieb. Es war offensichtlich, dass die Bemühungen, das Feuer zu löschen, nicht allzu erfolgreich waren. Das Heck stand noch immer in hellen Flammen.

»Wir warten hier«, entschied Ruiz, und Escobar stoppte die Fregatte. Falls sie sich noch näher heranwagten, liefen sie Gefahr, in Mitleidenschaft gezogen zu werden, falls die *Dolos* explodierte.

Ruiz befahl, ein Enterkommando zusammenzustellen. Für den Fall, dass der Kapitän es sich anders überlegte und sich ergab, wollte sie bereit sein. Das hieß, wenn er sein Schiff retten konnte.

»Treiben Rettungsinseln auf dem Wasser?« Bei dem Feuerschein hätte es relativ einfach sein müssen, sie trotz der Dunkelheit zu sichten.

»Wir können nichts dergleichen erkennen, Admiral«, sagte Escobar. »Die Mannschaft muss alle Hände voll zu tun haben, das Feuer zu löschen.«

»Sie machen sich was vor. Für mich sieht es so aus, als ob sich das Feuer weiter ausgebreitet hätte. Es ist nur eine Frage der Zeit, bis die Flammen die Laderäume erreichen.«

»Admiral!«, rief der Radargast aufgeregt. »Das feindliche Schiff nimmt Fahrt auf!«

»Wie bitte?« Ruiz eilte zu seiner Konsole. Tatsächlich, die *Dolos* entfernte sich.

»Geschwindigkeit?«

»Fünfzehn Knoten und beschleunigend. Sie umrundet das südliche Ende der Insel und nimmt Kurs auf den Kanal zwischen Isla Caraca del Oeste und Isla Caraca del Este.«

»Alles wies darauf hin, dass ihre Maschinen ausgefallen waren«, sagte Escobar. »Wie haben sie es geschafft, sie so schnell zu reparieren?«

»Das ist unwichtig. Treffen Sie Vorbereitungen, mit dem Hauptgeschütz das Feuer zu eröffnen.«

»Aber hinter der Insel verstecken sie sich direkt vor uns.«

Sie kam sich vor, als hätte sie ein Kind vor sich. »Ermitteln Sie ihren Kurs und ihre Geschwindigkeit. Berechnen Sie ihre Position und feuern Sie über die Insel hinweg. Beeindrucken Sie mich.«

»Sollen wir sie verfolgen?«

Sie hielt inne, während sie über die weitere Vorgehensweise nachdachte. Ihnen durch den schmalen Wasserarm zu folgen wäre gefährlich. Und wenn die Kanone ihr Ziel nicht finden sollte, dann wollte sie in einer Position zwischen ihnen und der offenen See sein.

»Nein«, sagte sie. »Berechnen Sie einen Abfangkurs um die Insel herum. Wir versperren ihnen den Weg, falls ich nicht beeindruckt werde.«

Die *Mariscal Sucre* beschleunigte auf ihrem Kurs nach Norden auf maximale Geschwindigkeit. Der vordere Geschützturm drehte sich langsam nach Steuerbord, während ein leises Jaulen ertönte, als das 127-Millimeter-Geschütz hochgefahren wurde, um in einem steilen Winkel zu feuern.

»Wir haben die Position programmiert«, sagte Escobar.

»Feuer«, ordnete sie ruhig an, während ihr Herz heftig klopfte.

Escobar gab den Befehl weiter. Die Fregatte wurde von der donnernden Explosion durchgeschüttelt, als die Kanone ihr sieben Pfund schweres Geschoss abfeuerte. Der ersten Granate folgten drei weitere kurz nacheinander.

Ihre direkte Sicht auf den Frachter wurde durch das hügelige Terrain der Insel versperrt, daher würden sie nur etwas von der Wirkung der Schüsse mitbekommen. Geschosse, die im Ozean landeten, wären nicht zu sehen. Erst wenn das Ziel getroffen wurde, könnten sie das Aufflackern eines Feuerballs beobachten.

Der Waffenoffizier der Fregatte zählte die Sekunden bis zum Einschlag herunter. Der erste Schuss blieb folgenlos. Der zweite ging ebenfalls daneben. Als auch der dritte keine Wirkung erzielte, konnte Ruiz sehen, wie Escobar der Schweiß auf die Stirn trat.

Die letzte Geschützgranate machte jedoch die Fehlschüsse wett: Ein greller Feuerblitz erhellte die Wolkendecke von unten. Auf der Kommandobrücke brach lauter Jubel aus.

»Hervorragender Schuss, Captain«, sagte Ruiz. »Ich werde Ihrem Bericht eine Belobigung hinzufügen.«

»Danke, Admiral.«

»Und nun bringen Sie uns um die Insel herum. Ich möchte sehen, ob es da noch irgendetwas gibt, das wir bergen können. Eine Untersuchung der Trümmer liefert uns vielleicht Hinweise darauf, wer hinter dieser Mission steckt. Und ich werde mögliche Überlebende befragen.

Bei Tagesanbruch lassen wir den Hubschrauber starten, um nachzusehen, ob jemand es geschafft hat, eine der Inseln zu erreichen.«

Innerhalb von fünf Minuten umrundete die Fregatte das nordwestliche Ende der Isla Caraca del Oeste und stieß auf die *Dolos,* die bewegungslos im Kanal zwischen den benachbarten Inseln lag.

Der Spionagefrachter würde kein Ziel mehr ansteuern. Das Feuer hatte die gesamte hintere Hälfte des Schiffes so sehr zerstört, dass deutlich zu erkennen war, dass das letzte Geschoss der Fregatte den Deckaufbau mitsamt der Kommandobrücke zertrümmert hatte.

Ruiz war enttäuscht. Sie mochte sich nicht vorstellen, dass der Kapitän, der sich doch erst so heftig gewehrt hatte, einfach seinen Posten verlassen haben konnte. Er musste auf der Kommandobrücke den Tod gefunden haben. Sie könnten von Glück sagen, wenn sie überhaupt irgendwelche Überreste von ihm fänden.

»Wie lauten Ihre Befehle, Admiral?«, fragte Escobar.

»Wir können nichts anderes tun als warten«, erwiderte sie. »Lange wird es nicht mehr dauern.«

Für Ruiz gab es keinen Zweifel, dass dieses Schiff in den letzten Zügen lag.

ZWÖLF

Mit einem Anflug von Bedauern sah Juan das Schiff in Flammen aufgehen. Die vertraute Silhouette machte den Anblick noch um einiges schmerzlicher, aber dieses Schiff hatte seinen Zweck erfüllt, und nun mussten sie sich davon trennen.

»Achten Sie darauf, dass sich die Insel zwischen uns und der Fregatte befindet, bis wir außer Radarreichweite sind, Mr. Stone«, sagte Juan im offiziellen Kommandobrückentonfall.

»Aye, Chairman«, erwiderte Eric. »Das dürfte nicht allzu schwierig sein. Offenbar rührt sich die *Mariscal Sucre* nicht vom Fleck.«

»Ich glaube auch nicht, dass sie in Kürze ihre Position verlassen wird«, sagte Max. »Ruiz ist wie ein Brandstifter, der sich an den Folgen seiner Tat weidet.«

»Nun, dann sollten wir ihr jetzt das große Finale bieten. Mr. Murphy, starten Sie das Feuerwerk.«

Murph rieb sich grinsend die Hände. »Mit Vergnügen, Chairman.«

Wie von ihnen gewünscht und geplant glaubte Ruiz, die *Oregon* brennend und steuerlos treibend vor sich zu sehen, während sie in Wirklichkeit mit mehr als fünfundvierzig Knoten durch die Karibische See nach Nordosten jagte. Der Videostream auf dem großen Hauptschirm lieferte den Beweis für ihre erfolgreichen Bemühungen, Ruiz zum Narren zu halten. Die Bilder, die von einer winzigen Drohne gesendet wurden, die das Kriegsschiff in sicherer Entfernung umkreiste, bestätigten, dass es still dalag. Wenn die Fregatte nicht erfolgreich getäuscht würde, befände sie sich in diesem Moment auf rasanter Verfolgungsfahrt.

Obgleich sich die von der CIA in Auftrag gegebene Mission darauf erstreckte, den für Nordkorea bestimmten Dieseltanker zu sabotieren und Beweise für den von Venezuela ausgehenden Waffenschmuggel zu sammeln, betrachtete Juan sie als günstige Gelegenheit, ein drittes Ziel zu verfolgen: ihre Anonymität wiederherzustellen.

Während der vergangenen Jahre waren sie überall auf der Welt mit verschiedenen Drittweltländern in Konflikt geraten und hatten Zusammenstöße mit Kriegsschiffen gehabt und dabei auch einige von ihnen versenkt. Keiner dieser Vorfälle reichte für sich betrachtet aus, um den geheimen Zweck und die geheime Identität der *Oregon* aufzudecken, aber es waren zunehmend Gerüchte aufgekommen, dass ein Spionageschiff existierte, das die Ozeane der Welt durchkreuzte, wobei die Geschichten, was Name und Aussehen des Schiffes betraf, einander heftig widersprachen. Doch Juan und seine Offiziere waren sich darin einig, dass es nur eine Frage der Zeit wäre, bis jemand die richtigen Schlüsse zog und ihre Tarnung auffliegen ließ. Was bedeutete, dass sie etwas unternehmen mussten, das nicht nur jedermann überzeugte, dass die Mannschaft dieses geheimnisvollen Schiffes lediglich aus einer wahllos zusammengewürfelten Bande von Söldnern bestand, sondern dass es in Zukunft auch keine Bedrohung mehr darstellte, weil es auf dem Grund des Ozeans lag.

Juan hatte sich den Kopf zerbrochen, wie das zu bewerkstelligen sei, als er erfuhr, dass das einzige noch existierende Schwesterschiff der *Oregon* abgewrackt werden sollte. Ehe sie zu einem technischen Wunderwerk umgebaut wurde, war die *Oregon* ein solider Holzfrachter gewesen, der zwischen dem nordwestlichen Pazifik und Asien verkehrte. Vier weitere Schiffe desselben Typs waren gebaut worden, aber deren Dienstzeit war für alle außer für die *Washington* frühzeitig zu Ende gegangen. Letztere war in den Gewässern des Staates zu Hause, dessen Namen sie trug, und versorgte Alaska mit Konsumgütern.

Als die *Washington* ihre letzte Reise zum Schiffsfriedhof antrat, kaufte die Corporation das Schiff für ein Taschengeld und setzte Juans Plan in die Tat um. Seine Mannschaft hatte die vorangegangene Woche damit verbracht, seine äußere Erscheinung dergestalt zu verändern, dass *Washington* und *Oregon* absolut gleich aussahen. Außerdem füllten sie ihren Laderaum mit dem Kunstdünger, den eigentlich die *Oregon* in ihren Laderäumen hätte beherbergen sollen. Dann brachten sie die *Washington* zu ihrem Ankerplatz zwischen den Islas Caracas und ließen Eric Stone und Mark Murphy zurück, um die letzten Vorbereitungen zu treffen.

Der Teil der Mission zur Wiederherstellung der Anonymität war sorgfältig geplant, um die venezolanische Fregatte in einen Kampf zu locken. Eddie Sengs Auftritt hatte dafür gesorgt, dass Hafenmeister Manuel Lozada die Ankunft der *Oregon* seinen Vorgesetzten in der Marine sofort weitermelden würde, und Eddie klebte förmlich an Lozada, sodass er Max über die Aktivitäten der Venezolaner auf dem Laufenden halten konnte. Langston Overholt, ihr Verbindungsmann bei der CIA, konnte dank ständiger Satellitenüberwachung aktuelle Informationen über die jeweiligen Positionen venezolanischer Kriegsschiffe liefern. Die *Mariscal Sucre* war die Fregatte, die ihnen am nächsten war, daher wussten sie, dass ihr Zielobjekt von Westen käme.

Nachdem sie die Informationen über die Schmuggeloperation gesammelt hatten, brauchten sie die Fregatte nur noch zu den einsamen Inseln zu locken, wo die *Washington* versteckt lag.

So wie Kevin Nixon die Zündpillen für Eddies inszenierten Tod angefertigt hatte, war Murph auf eine ähnliche Idee gekommen und hatte seine eigenen Riesenknallfrösche für die *Oregon* gebastelt. Im selben Moment, wenn die Metal-Storm-Batterie die Rakete neutralisiert hätte – nahe genug am Schiff, um Ruiz vorzugaukeln, dass sie getroffen hatte – würde Murph die Sprengladungen auf dem Deck der *Oregon* aktivieren und die Gasventile öffnen, die ein loderndes Feuer simulierten, ohne das Schiff im Geringsten zu gefährden. Er versicherte Juan, dass nicht einmal die Farbe versengt würde.

Die *Washington* hingegen käme nicht so glimpflich davon. Mit Erics Hilfe hatte Murph ihr Deck mit Kanistern vollgepackt, die geliertes Benzin ausspuckten, wenn sie gesprengt würden, und damit das falsche Feuer auf der *Oregon* imitierten. Weitere Sprengladungen waren im gesamten Schiff inklusive der Kommandobrücke und des übrigen Deckaufbaus verteilt.

Auf Juans Anweisung blieben die Maschinen der *Oregon* im Leerlauf, bis sich die Fregatte so weit genähert hatte, dass sie ihre Geschütze wieder einsetzen konnte. Dabei befand sich die *Oregon* an einem Punkt, an dem sie schnell in den Schutz der Isla Caraca del Oeste gelangen konnte, wenn sie wieder startete. Sobald sie von der Insel abgeschirmt wurden, ließ Juan die Maschinen auf Höchstleistung hochlaufen. Er wusste, dass die *Mariscal Sucre* eine aufgrund ihrer geringeren Geschwindigkeit errechnete Position der *Oregon* anvisieren würde. Die Geschützgranaten landeten demnach harmlos in ihrem Kielwasser. Als die letzte vom Himmel fiel, zündete Murph die Sprengladungen auf dem Deck der *Washington*.

Juan schätzte die Wahrscheinlichkeit, dass die *Mariscal*

Sucre ihnen in den Kanal folgte oder sie am anderen Ende abfing, als etwa gleich ein und musste sicher sein können, in welche Richtung er sich bewegen sollte, vorwärts oder rückwärts, um außer Schussweite und Radarreichweite zu sein, wenn die Fregatte die in Flammen stehende *Washington* entdeckte. George »Gomez« Adams war sein Ass im Ärmel, das diese Entscheidung leicht machte.

Gomez, der seinen Spitznamen einer heftigen Affäre mit einer Frau verdankte, die als Doppelgängerin der echten Morticia aus der Fernsehserie *The Addams Family* hätte durchgehen können, war der ständige Helikopterpilot der *Oregon*. Das Schiff führte einen MD-520N-Hubschrauber mit sich, der im hinteren Laderaum parkte und innerhalb von zehn Minuten in Startposition gebracht werden konnte. Aber in dieser Nacht saß Gomez gemütlich im Operationszentrum.

Neben seiner Tätigkeit als Hubschrauberpilot war Gomez auch ihr geschicktester Drohnenpilot. Die *Oregon* war mit einer umfangreichen Kollektion von UAVs zur Luftaufklärung ausgestattet, und Juan hatte den Start eines dieser Flugobjekte veranlasst, als sich die Fregatte näherte. Das serienmäßige Design mit einer Flügelspannweite von etwa anderthalb Metern war von Max entsprechend modifiziert worden, um eine HD-Videokamera mitzuführen, die per Funk mit der *Oregon* verbunden war. Gomez, Träger eines Schnurrbarts, um den Wyatt Earp ihn beneidet hätte, und mit Schönheitsattributen gesegnet, die so markant waren, dass Murph einmal vorgeschlagen hatte, ein Attraktivitätsduell zwischen ihm und MacD zu veranstalten, fixierte konzentriert seinen Monitor, während er die Drohne in niedriger Höhe über das Wasser lenkte, um sie unterhalb des Radars der *Mariscal Sucre* zu halten.

Dank ihres Himmelsauges hatten sie verfolgen können,

wie die Fregatte Kurs auf die nördliche Seite der Insel nahm, daher befahl Juan eine Kehrtwende, und die *Oregon* schaffte es tatsächlich, den Kanal zu verlassen und hinter der nächsten Insel in Deckung zu gehen, ehe die *Mariscal Sucre* in Sicht kam.

»Gomez«, sagte Juan, »machen Sie einen Schwenk, damit wir die *Washington* sehen können.«

»Kein Problem.« Die Drohne reagierte sofort und beschrieb einen Bogen. Die Positionslichter der *Mariscal Sucre* waren hinter dem brennenden Frachter zu erkennen. »Ist das nicht eine großartige Einstellung?«

»Spielberg wäre Ihnen ewig dankbar. Entfernung?«

»Drei Meilen.«

»Das dürfte weit genug sein. Für die *Mariscal Sucre* kann ich das nicht behaupten, aber das ist deren Problem. Sie wissen ja, was in den Laderäumen liegt. Sind Sie bereit, Mr. Murphy?«

»Ein Wort genügt«, erwiderte Murph, den Finger auf dem Knopf.

»Los.«

Sprengpatronen, die neben dem Ammoniumnitrat im Frachtraum der *Washington* platziert worden waren, explodierten und setzten innerhalb der Kunstdüngerladung eine Kettenreaktion in Gang. Ein alles verschlingender Feuerball blühte lautlos auf dem Bildschirm auf. Das Schiff wurde von der Explosion auseinandergerissen und in zwei Hälften geteilt. Partien des Rumpfs prasselten auf die Inseln in nächster Nachbarschaft herab. Mit dem geborstenen Kiel, der auf den Meeresboden hinabsank, wäre nur sehr wenig von dem Schiff übrig, das man untersuchen konnte, selbst wenn die Venezolaner ein Taucherteam hinunterschickten. Soweit sie wussten, war das Schiff, das in die Luft geflogen war, die *Dolos,* und es gäbe nun keinen Beweis, der etwas anderes nahelegte.

Für Juan war es, als müsse er mit ansehen, wie die *Oregon* unterging, und ein weiteres Mal verspürte er tiefes Bedauern. Wenigstens war dies ein würdigeres Ende für die *Washington*, als auseinandergeschnitten und als Schrott verhökert zu werden.

Ein Minitsunami wälzte sich die Strände der Inseln hinauf und rollte auf die *Mariscal Sucre* zu, die unter dem Explosionsdruck hin und her schaukelte. Sekunden später taumelte auch die Drohne betrunken durch die Luft.

Gomez hatte Mühe, sie unter Kontrolle zu behalten. »Mann, das war noch heftiger, als ich erwartet hätte.« Er zog die Drohne hoch und stabilisierte sie. Es war wohl kaum damit zu rechnen, dass man auf der Fregatte auf die Radarsignatur des UAVs achtete, falls die Radaranlage die Explosion überhaupt heil überstanden hatte.

Gomez hielt die Kamera auf die Fregatte gerichtet. Auf deren Deck rührte sich nichts.

»Na, ich wette, das hat sie aufgeweckt«, sagte Max.

»Und ihre Trommelfelle platzen lassen«, fügte Juan hinzu. »Würde mich wundern, wenn eins ihrer Brückenfenster noch heil ist.«

»Falls sie überhaupt ein bestimmtes Ziel haben, dann wohl zurück in den Hafen, um Reparaturen durchführen zu lassen.«

»Das denke ich auch. Aber, Gomez, behalten Sie sie im Auge, bis wir dreißig Meilen weit draußen sind. Dann lassen Sie das UAV in den Bach fallen.«

»Verstanden.«

Der Schiffsrumpf dröhnte, als die Druckwelle der Explosion in nunmehr fünfzehn Meilen Entfernung bei ihnen ankam.

»Max, mach uns wieder zur *Oregon*. Die *Dolos* hat uns treu gedient, aber nun übergeben wir ihren Namen den Wellen.«

»Mit Vergnügen.«

Innerhalb von Sekunden ließ sich der Name am Hecküberhang mit Hilfe der magnetischen Schrifttafel ändern, die mit jedem Namen und jeder Schrift programmiert werden konnte. Mit einem Knopfdruck deaktivierte Max die Magneten, und die Eisenspäne, die am Hecküberhang klebten, lösten sich ab. Er magnetisierte die Späne neu, und Düsen sprühten sie auf die Magnettafel, wo sie sich zum Schriftzug *Oregon* anordneten. Sobald sie sich auf offener See und fern der Schifffahrtsstraßen befanden, würde die Mannschaft dem Rumpf mit frischer Farbe ein neues Verfallskostüm verpassen, die Deckseinrichtung würde neu geordnet, falsche Frachtpaletten würden hinzugefügt und der zweite Schornstein würde entfernt werden, wodurch sich die Silhouette des Schiffes grundlegend veränderte. Die *Oregon* würde ihre Reise ohne die geringste Ähnlichkeit mit der *Dolos* fortsetzen.

»Gute Arbeit – Dank an alle«, sagte Juan. »Ich denke, wir haben uns soeben ein paar weitere Jahre Anonymität erkauft. Beim nächsten Landgang gehen alle Drinks auf mich.«

»Das habe ich gehört«, sagte Max. »Das wird dich bei dieser Truppe einiges kosten.«

»Diese Zeche zahle ich mit Freuden. Mr. Stone, sobald wir außer Radarreichweite sind, gehen Sie auf Kurs, um das Discovery aufzufischen.«

»Wartet ab, bis sie das Video sehen«, sagte Murph. »MacD und Trono werden bereuen, dass sie alles versäumt haben.«

Juan ging zu Murph hinüber und reichte ihm Leutnant Dominguez' Telefonspeicherkarte.

»Ehe Sie Ihre pyrotechnischen Fähigkeiten demonstrieren, sollte es Ihre vordringliche Aufgabe sein, dies hier zu knacken.«

Murph drehte die Karte zwischen den Fingern hin und her. »Kann es sein, dass sie sich feucht anfühlt?«

»Ich hatte sie in der Tasche, als ich ein Bad nehmen musste. Linc hat auch noch einen Laptop für Sie, aber der dürfte trocken sein.«

»Schade«, meinte Murph. »Ich mag Herausforderungen.«

»Ich habe so eine Ahnung, als würde Admiral Ruiz nicht wollen, dass wir herausbekommen, was sich auf der Speicherkarte befindet. Dabei möchte ich doch zu gerne wissen, was sie sonst noch im Schilde führt.«

DREIZEHN

Zum ersten Mal erlebte Major Norm Miller, dass jede Kontrollstation der Gulf-Range-Drone-Control-System-Anlage in der Tyndall Air Force Base besetzt war. Meistens befand sich nur eine Zieldrohne in der Luft, aber an diesem Vormittag fand der letzte Testflug vor der eigentlichen Mission in der darauffolgenden Woche statt. Alles musste perfekt ablaufen, sonst könnten sie sich die Demonstration schenken. Miller war entschlossen, auch nicht das geringste Detail zu übersehen, jedenfalls nicht wenn seine Beförderung zum Oberstleutnant auf dem Spiel stand.

»Statusmeldung«, verlangte er, und jede Station antwortete, dass alle Systeme im grünen Bereich arbeiteten und startbereit waren.

»Exzellent. Dann sollten wir anfangen. Quail 1, bitten Sie den Tower um die Startfreigabe.«

Miller, ein ehemaliger Jägerpilot mit sonnenverbrannter Haut und schütterem Haar, leerte eine Flasche Diät-Cola und verfolgte auf einem Monitor die Videobilder der Bordkamera, während die Drohne zur Startbahn rollte. Er hatte in dem Raum keinen Sessel, weil er lieber von Station zu Station ging, um die Piloten besser beaufsichtigen zu können. Jedes der sechs simulierten Cockpits war mit zwei Piloten besetzt, um die höhere mentale Belastung zu bewältigen, die sich aus dem Mangel an konkret fühlbarem Feedback ergab, wie ein Pilot an Bord eines Flugzeugs es gewöhnlich registrierte. Normalerweise lenkte der Computer, programmiert mit den Parametern der jeweiligen

Mission, die Maschine. Für den Fall, dass der Computer streikte, wurde der Vorgang durch ein manuelles Back-up abgesichert. Die letzte Sicherung war der in der Drohne installierte separate Gefechtskopf einer Sidewinder. Wenn der Kontakt abriss, zerstörte sich das unbemannte Flugobjekt selbst.

Die führende Drohne, die über das Vorfeld rollte, beschrieb eine Kurve, sodass die Kamera der folgenden Drohne eine Seitenansicht von ihr einfangen konnte. Es war eine modifizierte F-16 Fighting Falcon, nun mit der Bezeichnung QF-16 versehen, um das schlanke Kampfflugzeug als Zieldrohne zu identifizieren. Sie war dazu bestimmt, von einem anderen Flugzeug oder Schiff zerstört zu werden. Ihr Schwanzleitwerk und ihre Tragflächenspitzen waren hellorange lackiert, und ein externer Treibstoffbehälter klebte unter ihrem Bauch.

Miller würde sich nie daran gewöhnen können, ein für einen menschlichen Piloten konstruiertes Flugzeug mit leerem Cockpit starten zu sehen, aber genau das war es, was Quail 1 in diesem Moment tat, wobei der Nachbrenner einen roten Flammenschweif ausstieß. Quail 2 folgte ihr in kurzem Abstand. Darüber kreisten zwei bemannte F-15-Jagdflugzeuge, die mit Luft-Luft-Raketen bewaffnet waren. Sie begleiteten die Mission zur Beobachtung und als letzte Sicherung, sollte mit einer der Drohnen etwas schiefgehen.

Diese Mission war keine typische Flugübung im Testgebiet des Golfs von Mexiko. Die acht Flugzeuge – sechs Drohnen und zwei Begleitmaschinen – waren Teil eines Combat-Schießens im Rahmen des gemeinsamen UNITAS-Manövers, das alljährlich von Nationen der westlichen Hemisphäre und ausgewählten NATO-Ländern abgehalten wurde. Überwasserschiffe der USA, Großbritanniens, Brasiliens, Kolumbiens, Mexikos und eines Dutzends anderer Nationen versammelten sich in der Karibischen See südöstlich der Bahamas für ein paar Tage, um Kriegsspiele abzuhalten und die Zusammenarbeit als multinationales Einsatzkommando zu trainieren. Der Höhepunkt der Übung war ein scharfes Kanonen- und Raketenschießen auf Überwasser- und Flugdrohnen.

Die QF-16 sollten in einem Präzisionsformationsflug die punktgenaue Navigation und das Können ihrer Piloten demonstrieren. Danach löste sich eine Drohne aus der Formation und diente als bewegliches Ziel für die Aegis-Lenkwaffenzerstörer in der Flotte. Millers Team hatte die Aufgabe, die Drohne so lange wie möglich in der Luft zu halten, ehe man sie abschießen würde. Wenn es nach ihm ginge, hätten die Deckschrubber einen langen harten Tag vor sich.

Heute simulierten sie die lange Dauer der Mission, indem sie den gleichen Kurs flogen, jedoch über dem Golf von Mexiko. Alles ging glatt, bis etwa eine Stunde vergangen war.

»Major«, meldete sich der Pilot von Quail 4. »Ich habe hier etwas Seltsames.«

»Was ist los?«, fragte Miller.

Der Pilot zögerte und sah seinen Kopiloten an, ehe er antwortete: »Anscheinend hatten wir für ein paar Sekunden keinen Kontakt zur Maschine.«

»Nur anscheinend? Ging Telemetrie verloren?«

»Nein. Der Datenfluss war konstant. Aber ich hätte schwören können, dass die Maschine mit den Tragflächen gewackelt hat.«

»Mit den Tragflächen gewackelt? Haben Sie nicht den Autopiloten eingeschaltet?«

»Das habe ich, Sir. Deshalb verstehe ich es ja nicht.«

»Sind Sie sicher?«

»Im selben Moment, als es passierte, war ich dabei wegzusehen.«

Miller runzelte die Stirn und wandte sich an den Kopiloten. »Konnten Sie sehen, dass die Drohne irgendwelche ungewöhnlichen Manöver ausführte?«

»Nein, Sir. Ich war gerade dabei, die GPS-Daten zu überprüfen.«

Quail 4 war die letzte Maschine der Formation, daher hatte keine der anderen Drohnenpiloten sie sehen können. Lediglich die links von der Formation fliegende Eagle hatte freie Sicht auf die Drohne.

Miller funkte den Piloten an. »Chase 1, wir haben eine Meldung über ein unbeabsichtigtes Manöver von Quail 4. Haben Sie etwas Ungewöhnliches beobachtet?«

»Etwas Ungewöhnliches, Tyndall Base? Was meinen Sie?«

»Ein … Wackeln. Mit den Tragflächen.«

Miller hörte ein glucksendes Lachen am anderen Ende. »Nein, ich habe kein Wackeln gesehen.«

»Roger, Chase 1. Ende.«

Der Pilot von Quail 4 hatte den Dialog gehört und versuchte, mit einem Lachen darüber hinwegzugehen. »Vielleicht haben mir meine Augen einen Streich gespielt.«

Miller klopfte ihm auf die Schulter. Er wusste, wie anstrengend die Arbeit auf diesem Platz war. »Behalten Sie die Maschine im Blick«, sagte er, »Sie beide. Wenn Ihnen noch weiter etwas auffällt, geben Sie Bescheid.«

»Jawohl, Sir«, antworteten beide wie aus einem Mund, aber Miller rechnete nicht damit, während des Fluges noch einmal etwas von ihnen zu hören. Und er erwartete auch nicht, nach dem Flug etwas Auffälliges in den Telemetriedaten zu finden.

Brian Washburn zwinkerte der Barista zu, die seine Bestellung aufnahm. Die hübsche zwanzigjährige Blondine errötete und quittierte die besondere Aufmerksamkeit mit einem Lächeln, eine Reaktion, an die er gewöhnt war. Es war der »Washburn-Charme«, dem die Zeitungen seinen zweifachen Erfolg bei der Gouverneurswahl in Florida zugeschrieben hatten.

Nun, da er sich wieder auf den privaten Sektor zurückgezogen hatte, achtete er darauf, das Image des ganz normalen Typen zu kultivieren, der er trotz des Wohlstands war, zu dem ihm sein Wirtschaftskonzern Washburn Industries verholfen hatte. Nichts konnte ihm mehr dabei helfen, sich bei seinen Wählern beliebt zu machen, als zu zeigen, dass er bereit war, seine täglichen Besorgungen selbst zu erledigen und sich im Café um die Ecke unters Volk zu mischen. Damit schuf er sich die beste Chance, irgendwann einmal ins Oval Office zu kommen.

Jedes Mal wenn er diesen schmuddeligen kleinen Laden aufsuchen musste, verfluchte er den Mann, der ihn bei den Vorwahlen besiegt und dann James Sandecker als seinen Vizepräsidenten ausgewählt hatte, weil er Sandeckers Ansehen bei der Navy und der NUMA brauchte, um von seinem eigenen Mangel an militärischer Erfahrung abzulenken. Washburn war gezwungen, sich seinen Einfluss in politischen Kreisen mit Geld zu erkaufen, anstatt in vorderster Front auf dem Podium zu stehen, wo er eigentlich hingehörte.

Als sein Name von der Barista gerufen wurde, ließ er sich nichts von seinem Unmut anmerken. Er schenkte ihr ein freundliches Lächeln und nahm seinen Kaffee mit nach draußen auf die kleine Straße neben dem Gebäude, wo er in einen schwarzen Cadillac Escalade einstieg und sich auf den Rücksitz fallen ließ. Zwei Blocks weiter ließ ihn sein Chauffeur vor dem Wolkenkratzer aussteigen, in dem sich die Zentrale seiner Firma befand. Sein Mobiltelefon klingelte, sobald er sein privates Penthouse-Büro betrat. Auf dem Display erschien die Rufnummer seines Anwalts.

»Was gibt's, Bill?«, meldete sich Washburn, während er die nicht geleerte Tasse Kaffee in den Abfalleimer entleerte und die Hand nach der edlen Porzellantasse erlesenen St.-Helena-Kaffees ausstreckte, den seine Assistentin ihm aufgebrüht hatte. »Ich habe vor meinem ersten Treffen mit dem Vorstand nicht viel Zeit.«

»Hier ist nicht William Derkins«, erwiderte eine fremde Stimme. »Aber ich habe einige Informationen, die Sie interessieren könnten.«

Washburn war plötzlich hellwach und blickte abermals auf das Display des Telefons. Es zeigte eindeutig die Nummer von Bills persönlichem Mobiltelefon, und nur eine Handvoll enger Freunde und Berater kannten Washburns Nummer.

Er trat an das bodenhohe Fenster, das auf den Atlantik hinausging, und trank einen Schluck Kaffee. »Wie sind Sie zu Bills Telefon gekommen?«

»Das bin ich nicht. Es ist eine Technik, die man Spoofing nennt. Ich möchte Sie nicht mit den Details langweilen. Dies war der einzige Weg, um sicher sein zu können, dass Sie meinen Anruf annehmen. Setzen Sie sich.«

»Wie bitte?«

»Sie werden sich hinsetzen wollen, wenn Sie hören, was ich Ihnen mitzuteilen habe.«

Washburn lachte. »Woher wollen Sie wissen, dass ich nicht schon sitze.«

»Weil Sie vor Ihrem Fenster stehen.«

Washburn hielt mit der Tasse auf halbem Weg zum Mund inne. Er suchte die Wasserfläche vor ihm nach einem möglichen Beobachter ab, aber die Boote und Schiffe, die unter ihm auf dem Wasser lagen, waren zu weit entfernt, als dass er hätte Einzelheiten erkennen können. Er wich vom Fenster zurück, bis er vom Wasser aus nicht mehr zu sehen war.

»Okay«, sagte er und spielte mit. »Ich sitze.«

»Nein, das tun Sie nicht. Sie stehen neben Ihrer außerordentlich teuren Tasse Kaffee, der einige hundert Dollar das Pfund kostet und von der Insel eingeflogen wird, auf die Napoleon verbannt wurde. Wie ich hörte, ist der Kaffee besonders aromatisch.«

Nun war Washburn ernsthaft beunruhigt. Er hielt sich im höchsten Gebäude auf, das an der Küste von Miami stand. Daher war es unmöglich, dass jemand von draußen so weit in sein Büro hineinschauen konnte. Er sah sich nervös um und suchte nach versteckten Spionage- oder Abhörwanzen.

»Wie haben Sie es geschafft, eine Kamera in mein Büro zu schmuggeln?«

»Das habe ich nicht. Ich sehe alles.«

»Wer sind Sie?«

»Sie können mich vorläufig Doktor nennen. Wenn sich alles günstig entwickelt, können wir uns vielleicht in ein paar Tagen persönlich kennenlernen. Und jetzt setzen Sie sich an Ihren Computer. Ich muss Ihnen etwas zeigen.«

»Was ist, wenn ich die Polizei rufe?«

»Dann werde ich denen erzählen müssen, was Sie mit dem armen Gary Clement getan haben.«

Als Clements Name fiel, wurden Washburns Knie weich. Er fing sich aber schnell und sagte: »Ich weiß nicht, wovon Sie reden.«

»Ich weiß aber, dass Sie es ganz genau wissen, und ich werde es beweisen. Schauen Sie in Ihren E-Mails nach.«

Washburn straffte sich, ging langsam zu seinem Schreibtisch und klappte seinen Laptop auf. Er schaltete den Lautsprecher seines Mobiltelefons ein und legte es auf den Schreibtisch.

Die jüngste E-Mail kam von Washburns eigener Adresse. Die Angabe in der Betreffzeile lautete: »Vom Doktor«.

Washburn war entsetzt über diese Lücke in seinem Sicherheitsprogramm. »Sie sind in mein E-Mail-Konto eingedrungen?«

»Ich dachte mir, das angehängte Video sollte besser von Ihrer eigenen als von meiner E-Mail-Adresse kommen. Wenn Sie es sich ansehen, werden Sie begreifen weshalb.«

Washburn atmete tief ein und klickte auf den Anhang. Als die ersten Bilder erschienen, war er froh, dass er saß, weil er beinahe in Ohnmacht gefallen wäre.

Das Video zeigte ihn und Gary Clement, einen untersetzten Mann mit Halbglatze, auf dem Deck von Washburns Yacht. Bis auf die helle Beleuchtung des Bootes war die Nacht pechschwarz. Washburn würde diesen Abend drei Monate zuvor niemals vergessen. Sie lagen vierzig Meilen vor der Küste, an einem Ort, der wegen seiner Abgeschiedenheit bewusst gewählt worden war. Kein anderes Boot befand sich im Umkreis von zehn Meilen. Nur sie beide waren dort auf der Yacht.

Trotzdem sah es so aus, als habe sich die Kamera, mit der die Szene aufgenommen worden war, und die nun zwischen ihnen beiden hin und her schwenkte und sie in Großaufnahme zeigte, an Bord der Yacht befunden. Sogar der Ton war makellos.

»Ich kann beweisen, dass Sie die Berichte gefälscht haben«, sagte Clement in seinem nasalen Singsang. »Ich habe Kopien angefertigt, als wir Ihre Bücher prüften. Möglicherweise haben Sie sie mittlerweile vernichtet, aber die Abweichungen sind deutlich zu erkennen. Sie haben diese Schutzwesten nach Afghanistan geschickt, obwohl

Sie wussten, dass sie während der Herstellung ihre Festigkeit verloren und für den geplanten Einsatz bei Feuergefechten völlig ungeeignet waren. Hunderte von Soldaten wurden deswegen – wegen Ihnen – getötet oder verwundet.«

Washburn musste eingestehen, dass Clement ein Druckmittel in der Hand hatte. Nicht nur hätten die brisanten Anschuldigungen seine politischen Ambitionen beendet, sondern die nachfolgende Untersuchung hätte ihn auch selbst für lange Zeit ins Gefängnis bringen können, sofern die wahren Bewertungen gefunden wurden. Er hätte seine Firma verloren, sein Ansehen – alles.

»Was wollen Sie?«, fragte Washburn kühl.

»Sie versuchen noch nicht einmal, es zu leugnen?«

»Warum sollte ich? Sie haben mir gezeigt, was Sie haben und weshalb wir hier draußen sind. Ich nahm an, Sie wollten verhandeln.«

Clement lächelte. »Dann möchte ich zehn Millionen haben.«

Washburn nickte, als hätte er einen solchen Betrag erwartet. »Und im nächsten Jahr?«

»Was meinen Sie?«

»Ich meine, ganz gleich, auf welchen Betrag wir uns jetzt einigen, Sie werden immer da draußen lauern – mit dem Damoklesschwert.«

»Wenn Sie mir zehn Millionen geben, garantiere ich Ihnen, dass ich über diese Angelegenheit nie wieder ein Wort verliere.«

»Ich denke, dass nur ich derjenige bin, der diese Garantie geben kann«, sagte Washburn, zog eine Smith & Wesson zwischen den Sitzpolstern hervor und schoss Clement in die Brust.

Während Clement nach Luft schnappte, sagte Washburn: »Ich habe Ihre Aufzeichnungen gefunden, bevor wir hierherkamen. Sie haben sich nicht besonders gut abgesichert.«

Clement atmete noch einmal rasselnd ein und aus, dann sackte er in seinem Sessel in sich zusammen. Washburn warf den Revolver über Bord und verschwand für einen kurzen Moment aus dem Bild. Er kam mit vier Ballastgürteln zurück, wie sie von Tauchern verwendet wurden. Je einen schnallte er um Clements Handgelenke und Fußknöchel und wuchtete den Körper über die Reling. Nachdem er sämtliche Blutspuren mit dem Reinigungsmittel beseitigt hatte, das er vorsichtshalber mitgenommen hatte, warf er auch dieses über Bord. Niemand wusste, dass zwischen den beiden Männern eine Verbindung bestand, geschweige denn dass Clement an diesem Abend auf seinem Boot gewesen war. Damals hatte Washburn angenommen, das perfekte Verbrechen begangen zu haben.

Nun, als das Video anhielt, wusste er, dass dieser Doktor alles verlangen konnte und er keine andere Wahl hätte, als zu liefern.

»Ich würde dies an Ihrer Stelle sofort löschen«, sagte die Stimme am Telefon.

Washburn befolgte den Rat, wobei seine Hand zitterte, als er mit dem Finger über das Touchpad fuhr.

»Wie sind Sie an das Video gekommen?«

»Ich verrate meine Geheimnisse nicht. Aber meine Fähigkeiten könnten für jemanden wie Sie äußerst nützlich sein.«

»Welche Fähigkeiten?«

»Ich sagte doch: Ich sehe alles.«

»Wie viel wollen Sie?«

»Glauben Sie etwa, hier ginge es um Geld?«

»Etwa nicht?«

»Geld habe ich selbst, Gouverneur Washburn. Was ich nicht habe, sind Ihr Charisma, Ihre Reputation und Ihre eindrucksvolle Erscheinung. All das könnte ich niemals kaufen, ganz gleich wie viel Geld ich besäße.«

Verwirrt schüttelte Washburn den Kopf. »Was wollen Sie dann?«

»Das Gleiche wie Sie«, sagte der selbsternannte Doktor. »Ich möchte Sie zum Präsidenten der Vereinigten Staaten machen.«

VIERZEHN

Nach einem kurzen Stopp, um das Discovery-Tauchboot wieder an Bord zu holen, und mittlerweile außerhalb der Radarreichweite und in internationalen Gewässern, ging die *Oregon* auf nordwestlichen Kurs.

Am nächsten Tag saß Juan ausgeruht an seinem Schreibtisch und las die Berichte der Teams. Trotz einiger kleiner Hemmnisse bei der Ausführung der Pläne fielen die Ergebnisse erwartungsgemäß aus. Juan nahm stets mit aufrichtigem Stolz zur Kenntnis, dass seine Leute keine Mühe scheuten, den harten Anforderungen ihrer jeweiligen Jobs gerecht zu werden, und immer wieder überzeugend bewiesen, wie schnell sie auf unerwartete Entwicklungen reagieren konnten.

Nach einem Anklopfen und einem kurzen »Herein« betraten Eric und Murph Juans Kabine. Stoney trug anscheinend dieselbe Kombination wie am Vorabend, aber Juan wusste, dass er mehrere Varianten weißer Hemden und beigefarbener Chinos besaß. Murph hingegen hatte sich für ein T-Shirt entschieden, auf dem eine brennende menschliche Gestalt und die Botschaft »I tried it at home« zu sehen waren. Nach ein paar Stunden Schlaf hatten sich die beiden den Laptop und die Speicherkarte des Mobiltelefons vorgenommen. In ihren Augen lag ein triumphierendes Funkeln.

»Ich nehme an, Sie hatten kein Glück«, meine Juan mit einem spöttischen Grinsen.

»*Au contraire, mon* Chairman«, entgegnete Murph. »Laptop und SIM hatten keine Chance.«

»Ziemlich simple militärische Verschlüsselungsalgorithmen«, fügte Stoney hinzu. Soweit Juan wusste, gab es kein Computersystem, in das Eric und Murph nicht einbrechen konnten.

»Was haben Sie auf dem Laptop gefunden?«, fragte er.

»Jede Menge Material über die Waffenschmuggeloperation«, sagte Murph. »Frachtpapiere, Rechnungen, Zahlungstermine, das Übliche. Die Jungs in Langley werden sich freuen.«

»Was ist mit dem Telefon?«

»Es dauerte ein wenig länger, an diese Dateien zu kommen, weil es im Wasser gelegen hat«, sagte Eric. »Wir haben die üblichen Textnachrichten und Gesprächsprotokolle gefunden, die sich ebenfalls auf die Schmuggeloperation bezogen. Wir fanden aber auch noch andere Dateien. Eine war besonders interessant.«

»Weshalb?«

»Weil sie die Angaben von Daten enthielt. Insgesamt vier. Drei davon während der vergangenen drei Monate. Das vierte Datum ist in zwei Tagen.«

»Wir arbeiten noch daran, irgendeinen Bezug zu finden«, sagte Murph. »Zu jedem Datum gehört eine Art Code.« Er las von einem Notizzettel ab. »Alpha siebzehn, Beta neunzehn, Gamma zweiundzwanzig, Delta dreiundzwanzig.«

»Die griechischen Buchstaben werden in alphabetischer Reihenfolge aufgeführt«, sagte Eric, »aber das Prinzip der numerischen Progression konnten wir noch nicht entschlüsseln.«

»Falls es überhaupt eine Gesetzmäßigkeit gibt«, sagte Murph. »Die Daten könnten durchaus willkürlich ausgewählt worden sein, obwohl die stetige Zunahme des Zahlenwerts das Gegenteil vermuten lässt.«

»Haben Sie keine Theorie, welche Bedeutung dahintersteckt?«, fragte Juan.

Murph schüttelte den Kopf. »Wir haben den Laptop nach allem durchstöbert, das zu diesen Codes und Datumsangaben in irgendeiner Beziehung steht, aber es gab nichts. Ohne weitere Hinweise stecken wir in einer Sackgasse.«

»Wir geben die Informationen an Langston Overholt weiter. Vielleicht finden seine Leute in ihren Archiven ein Muster für diese Zahlen. Danach dürfte, soweit es uns betrifft, dieser Job erledigt sein, und wir können unser Honorar kassieren, gerade noch rechtzeitig für den Termin der vierteljährlichen Ausschüttung.« Da alle Mannschaftsmitglieder in der Corporation Partner waren, wurden auch alle Einnahmen nach Abzug von Betriebskosten und Spesen unter ihnen aufgeteilt. Die Höhe der Einzelbeträge richtete sich nach Dienstrang und Dauer der Zugehörigkeit zur Truppe. Obgleich die Arbeitszeiten sehr lang und die Missionen oft riskant waren, durfte jeder getrost damit rechnen, nach den Jahren an Bord der *Oregon* ein luxuriöses Rentnerleben führen zu können.

An diesem Abend versammelte sich die Corporation zu einem erlesenen Fünf-Sterne-Dinner. Als der Kaffee ausgeschenkt wurde, sagte Juan: »Wir haben eine lange Reise nach Malaysia vor uns, um diesen Piratenring in der Straße von Malakka zu zerschlagen, darum hoffe ich, dass jeder von euch Pläne gemacht hat, um den Landurlaub in Jamaika in vollen Zügen auszukosten.«

»Ich habe Linda zu einem Frauentag im Sunset Cliff Spa and Resort überredet«, sagte Julia. »Es soll das eleganteste und beste Wellnesszentrum von Montego Bay sein, habe ich gelesen.«

»Weil ich sie zu Massagen und Maniküre begleite«, ergriff Linda das Wort, »habe ich sie zu einem gemeinsamen Windsurfing-Kurs überreden können.«

»Wir werden sehen, ob du nach ein paar Gläsern Sauvignon blanc und einer Fußmassage immer noch darauf scharf bist«, erwiderte Julia. »Was ist mit dir, Linc? Für dich auch eine Massage?«

»Spinnst du?«, erwiderte er. »Bei all diesen tollen Straßen an der Küste? Es wird Zeit, dass ich mein Motorrad aus dem Stall hole. Und weil es in Mobay einen neuen Harley-Händler gibt, der Maschinen vermietet, wird Eddie mich begleiten.«

»Wie steht's mit Ihnen, Hali?«, fragte Juan. »Irgendwelche Abenteuer geplant?«

»Ich habe das Gefühl, als könnte ich eins finden. MacD und Trono nehmen mich mit zu einer Bar auf dem Hip Strip. Sie heißt Waterfront. Sie behaupten, dort bekäme man die besten Mojitos an der gesamten Nordküste.«

»Seien Sie bloß vorsichtig bei den beiden. Nicht dass Sie nachher aufwachen und sich fragen, was mit Ihren Kleidern passiert ist.« Juan sah Murph an. »Lassen Sie mich raten, was Sie vorhaben …«

»Ach ja? Wird Zeit, den Skateboard-Park einzurichten. Eric hilft mir, eine neue Halfpipe zu bauen. Ich werde einen neuen Trick – den Murph 720 – versuchen.« Juan gestattete Murph nur widerwillig, das Deck in seinen eigenen Spielplatz zu verwandeln, sofern die Umstände es zuließen. Es hatte nur einen kleinen Preis, den er dafür zahlen musste, ein solches Team technischer Genies an Bord zu haben.

»Keine Sorge«, sagte Eric. »Ich filme das Ganze, damit später, wenn er abschmiert, alle ihren Spaß haben.«

»Und was machst du, Juan?«, wollte Julia wissen. »Gibt es einen Strand, den du besuchst?«

»Nein. Ich bleibe an Bord, um Papierkram aufzuarbeiten und das Auffüllen der Vorräte zu überwachen.«

»Einen Teufel wirst du tun«, sagte Max.

»Nein, wirklich. Mir geht es gut.«

Max schickte Julia einen vielsagenden Blick. »Du hattest recht. Wir sind die Einzigen, die wissen, was für ihn am besten ist.«

Juan musterte die beiden mit zusammengekniffenen Augen. Verschwörer erkannte er auf den ersten Blick. »Was habt ihr Gauner mit mir vor?«

»Wir dachten uns schon, dass du dich gegen ein wenig Spiel und Spaß wehren würdest«, sagte Max, »daher war ich so frei, für morgen ein Angelboot zu chartern. Ein paar Flaschen Red Stripe zu leeren und dich mit dem einen oder anderen Thunfisch anzulegen wird dir guttun.«

Juan ließ den Blick zwischen ihnen hin und her wandern und erkannte, dass Widerspruch sinnlos wäre. Kapitulierend hob er beide Hände und lachte. »Na schön. Ich tu's. Aber danach geht es zurück an die Arbeit.«

»Genau das wollten wir hören. Du wirst es nicht bereuen.«

MONTELÍBANO, KOLUMBIEN

Während der Hubschrauber zum Landeplatz hinabsank, betrachtete Hector Bazin das ausgedehnte Anwesen, das sich über die bewaldeten Hügel unweit des Dorfs Montelíbano erstreckte. Mit seinen terrassenartig angelegten Gärten, Tennisplätzen und den drei Swimmingpools, die man eher in einem Badeort auf Hawaii vermutet hätte, demonstrierten Wohnsitz und Außenanlagen auf prahlerische Art und Weise, dass der Kokainschmuggel dem Eigentümer, Alonzo Tallon, enormen Reichtum gebracht hatte. Aber die Luxusvilla deutete gleichzeitig darauf hin, dass Tallon sich Bazins geschäftliches Angebot durchaus leisten konnte.

Der Helikopter hatte für den Flug vom internationalen Flughafen in Cartagena weniger als eine Stunde gebraucht. Fast genauso lang hatte sein Flug von Haiti, seiner Heimat, nach Kolumbien gedauert. Da Tallon jedem Fremden misstraute, waren Bazin und die drei Männer, die ihn begleiteten, gezwungen, mit Tallons Hubschrauber zu fliegen, anstatt eine eigene Maschine zu chartern. Mit RPGs bewaffnete Wächter gewährleisteten, dass sich kein anderer Hubschrauber in die Nähe der Villa wagte.

Als der Hubschrauber aufsetzte, stiegen Bazin und seine Männer aus und wurden von kochend heißer tropischer Luft und einem Dutzend Wächter mit Heckler-&-Koch-G36-Sturmgewehren im Anschlag empfangen. Bazin ging auf den einzigen Mann zu, der kein Sturmgewehr in der Hand hielt. Das war Tallons stellvertretender kommandierender Offizier Sergio Portilla. Bazin erkannte den bulligen Chef der Wachmannschaft seines Gastgebers an seinem bleistiftdünnen Schnurrbart und der Tätowierung am Hals: Das war ein Schädel, aus dessen Augenhöhlen Flammen züngelten. Portilla musterte Bazin ebenfalls prüfend und überzeugte sich, dass er derselbe Mann war wie der auf dem Foto, das vorausgeschickt worden war.

Wie bei den meisten Eingeborenen Haitis war Bazins Haut ebenholzdunkel und sein Haar auf Stoppelbartlänge gekürzt. Knapp über eins achtzig groß und geschmeidig wie eine Raubkatze, kaschierte er unter einem körpernah geschnittenen, maßgeschneiderten Armani-Anzug eine athletische Statur.

»Ich muss Sie nach Waffen durchsuchen«, sagte Portilla rau. Bazin bemerkte eine Wölbung unter Portillas Jackett. Entweder war sein Anzug zu eng, oder die Pistole im Halfter unter seiner Achselhöhle war zu groß.

Bazins Männer murrten ungehalten, aber er brachte sie mit einem strengen Blick zum Schweigen. Er wusste, dass dies zum Ritual gehörte. Normalerweise durften keine neuen Besucher das Haus betreten, erst recht nicht diejenigen, die nicht durchsucht worden waren. Er hob die Arme, während Portilla ihn gründlich abtastete.

Als er sicher sein konnte, dass Bazin unbewaffnet war, gab ihm Portilla mit einem Kopfnicken zu verstehen, dass er ihm folgen solle. Bazins Männer blieben am Helikopter zurück. Ein Treffen ohne Begleiter war eine der Bedingungen, um eine Audienz bei Tallon zu erhalten.

Sie folgten einem gewundenen Weg durch die marmorgetäfelten Flure und die mit edlen Teppichen ausgelegten Räume der klimatisierten Villa. Beim Anblick der üppig vergoldeten Dekorationen unterdrückte Bazin ein spöttisches Grinsen. Tallons Geschmack neigte zum Kitschigen und Bombastischen und war weit entfernt von Bazins dezenteren innenarchitektonischen Vorstellungen.

Als sie Tallons feudales Büro betraten, sah es dort genauso aus. Blattgold auf allem, das nicht aus Holz oder Granit bestand und sich noch besser dazu eignete, seinen Reichtum vorzuführen. Vor einer Wand stand eine reich bestückte Wet Bar, gefüllt mit teuren Scotch- und Sherrysorten. An der anderen Wand hing ein echter Picasso aus seiner kubistischen Periode. Ein riesiger Schreibtisch aus Kirschholz beherrschte das Ende des Raums gegenüber der Tür.

Dahinter saß – mit stoischer Miene – Alonzo Tallon und taxierte Bazin mit wachsamem Blick, während dieser nähert rat. Tallons Seidenoberhemd spannte sich über einem von zu viel gutem Essen und edlem Wein beachtlich gewölbten Bauch. Das wellige schwarze Haar glänzte im strahlenden Sonnenlicht, das durch das Fenster hinter ihm hereindrang.

Tallon erhob sich nicht und streckte auch nicht Hand aus. Er forderte Bazin lediglich mit einer knappen Geste auf, in einem der Ledersessel vor seinem Schreibtisch Platz zu nehmen, und Bazin nahm die Einladung an.

»Vielen Dank, dass Sie bereit waren, mich zu empfangen, Mr. Tallon«, sagte Bazin auf Englisch. Obwohl Haitianisch seine Muttersprache war, war ihm schon recht früh in seiner Kindheit von amerikanischen Missionaren in Port-au-Prince die englische Sprache beigebracht worden. Er sprach kein Spanisch und wusste, dass Tallons Englischkenntnisse ausgezeichnet waren.

»Ihre Demonstration war überzeugend, Mr. Bazin. Die Information über die Razzia durch die DNE hat meiner Organisation einen hohen Verlust erspart. Außerdem konnten wir uns von fünf Agenten befreien.«

Die Dirección Nacional de Estupefacientes, Kolumbiens Antidrogenbehörde, hatte eine von Tallons Fabriken ins Visier genommen, um sie notfalls zu zerstören. Bazins Tipp ermöglichte es Tallon nun, die Fabrik noch vor dem Polizeieinsatz stillzulegen und einen Hinterhalt vorzubereiten.

»Betrachten Sie es als Demonstration des guten Willens meinerseits«, sagte Bazin und lächelte. »Natürlich gratis.«

»Sie sagten, Sie könnten mir ein Angebot machen, mich auch in Zukunft mit Informationen dieser Art zu beliefern.«

»Das kann ich in der Tat. Es würde für uns beide sehr lukrativ sein.«

»Sind Sie schon länger in dieser Branche tätig?«

»Ich wurde zwar in Haiti geboren und großgezogen, aber ich ging schon früh mit meinen Eltern nach Frankreich. Dort besuchte ich die Schule und trat in die französischen Special Forces ein. Aufgrund unglücklicher Umstände wurde ich aufgefordert, das Land zu verlassen, und habe die letzten drei Jahre damit verbracht, mir eine neue Existenz aufzubauen. Was ich Ihnen anbiete, steht im Zusammenhang mit meiner neuesten Unternehmung.«

»Sie sind nicht einmal Bürger Kolumbiens und bekleiden erst recht kein hohes Amt innerhalb der Regierung. Wie kommen Sie an Ihre Informationen?«

Bazin machte eine Kunstpause. »Mr. Tallon, glauben Sie an Zauberei?«

Tallons Augen verengten sich. »An was?«

»Zauberei.«

»Natürlich nicht. Das ist Unsinn.«

»Zu schade, dass Sie so denken. Denn das ist es, was ich verkaufe – Zauberei.«

Tallon wirkte ganz und gar nicht amüsiert. »Soll das ein Witz sein? Deshalb sind Sie den weiten Weg von Haiti hierhergekommen? Um mir ... Zauberei zu verkaufen?«

»Genau deshalb. Zauberei wird dafür sorgen, dass Ihr Produkt von Kolumbien nach Mexiko gelangt, wo die Kartelle dann die schwierige Aufgabe übernehmen, es in die Vereinigten Staaten zu schmuggeln. Zauberei wird Sie vor Störaktionen warnen, ehe sie stattfinden. Sie wird Ihnen mitteilen, wann die Armee die Absicht hat, Ihre Felder niederzubrennen. Sie informiert Sie auch, wenn Ihre Konkurrenten, Ihre Feinde Anstalten machen, Sie zu verdrängen und Ihre Geschäfte zu übernehmen. Der Hinweis auf die Razzia der DNE war nur ein kleiner Appetithappen.«

Tallon biss sich auf die Unterlippe. »Angenommen, ich glaube Ihnen, dass Sie mir diese Informationen beschaffen können, ob mit Zauberei oder ohne – was wird es mich kosten?«

Bazin erhob sich und trat zur Bar hinüber. Lässig nahm er eine Flasche 1939er Macallan Scotch Whiskey aus dem Regal und spürte, wie sich Portilla hinter ihm anspannte. Er musste voller Sorge beobachten, wie lässig Bazin mit einer Flasche im Wert von über zehntausend Dollar umging.

»Ich habe diese Marke noch nie gekostet«, sagte Bazin. »Wie ich hörte, soll sie sehr gut sein.«

»Schenken Sie sich ein Glas ein«, forderte Tallon ihn auf. »Betrachten Sie es als mein Dankeschön an Sie.«

Bazin nahm das Angebot gerne an und ließ die torfreiche Flüssigkeit im Glas kreisen, ehe er einen Schluck trank. Sie legte sich wie Honig auf seine Zunge und wärmte seine Kehle.

»Der Ruf ist gerechtfertigt«, verkündete er mit Kennermiene.

»Bestimmt wollen Sie mir mehr berechnen, als diese Flasche Scotch kostet.«

»Richtig«, sagte Bazin und leerte das Glas. »Zehn Prozent Ihrer Bruttoeinnahmen.«

Tallons Augen weiteten sich und fixierten Portilla. Dann brachen beide Männer in Gelächter aus.

»Das absurd zu nennen wäre eine Untertreibung«, sagte Tallon. »Ich denke, ich werde Ihr großzügiges Angebot ablehnen.«

Bazin runzelte die Stirn. »Das ist schade. Mit mir nicht handelseinig zu werden könnte zur Folge haben, dass Sie für alle möglichen geschäftlichen Risiken anfällig werden. Razzien könnten ohne Ihr vorheriges Wissen stattfinden. Lieferungen könnten gestoppt werden, Bankkonten eingefroren. Ihre gesamte Operation könnte knirschend zum Stillstand kommen. Sind zehn Prozent wirklich ein so hoher Preis, um zu gewährleisten, dass Ihnen etwas Derartiges nicht zustößt?«

Zum ersten Mal stand Tallon auf, sichtlich verärgert über Bazins Worte. »Sind Sie tatsächlich so dumm, hierherzukommen und mir zu drohen?«

»Drohen? Nein, natürlich nicht. Ich biete Ihnen eine wertvolle Dienstleistung an. Gewiss kann ich erwarten, für diesen Service angemessen entlohnt zu werden. Sehen Sie, ich verdiene mehr Geld, wenn Sie auch mehr Geld verdienen. Es ist ein Arrangement, das beiden Seiten in gleicher

Weise gerecht wird. Wir haben jeder für sich das persönliche Interesse, so viel Profit wie möglich zu erzielen.«

»Ich verdiene bereits eine Menge Geld.«

Demonstrativ sah sich Bazin im Büro um. »Das sehe ich. Aber ich kann Ihnen Informationen liefern, die Ihnen das Leben einfacher machen. Und Sie können sicher sein, dass meine Fähigkeiten, Informationen zu beschaffen, keine Grenzen kennen.« Er deutete mit einem Kopfnicken auf den Picasso. »Zum Beispiel befindet sich hinter diesem Gemälde ein Safe. An diesen kommen Sie heran, indem Sie einen Hebel unter der unteren rechten Ecke des Bilderrahmens umlegen und das Bild nach links herumschwingen. Die Kombination lautet sechsunddreißig, acht, zweiundsiebzig. Im Safe liegen einhunderttausend amerikanische Dollar, zwei Kilogramm Kokain, ein Stoffsäckchen mit zwanzig Diamanten und ein Paar identischer Colt-Revolver mit Elfenbeingriff. Ich kann Ihnen auch die Seriennummern nennen, wenn Sie darauf bestehen.«

Bazin hatte direkt in Tallons Augen geblickt, während er den Inhalt des Safes aufzählte, und der Mund des Drogenlords klappte mit jedem genannten Objekt weiter auf. »Ich bin der Einzige, der die Kombination dieses Safes kennt. Woher wissen Sie, was sich darin befindet?«

»Ich sagte es doch bereits. Zauberei. Oder vielleicht lasse ich dieses Haus auch mit Röntgensatelliten überwachen. Oder ich lasse es Tag und Nacht von Drohnen umkreisen. Ich könnte Handwerker hierhergeschickt haben, um jeden Raum zu verwanzen und Kameras zu verstecken, die Sie niemals finden werden. Oder …« Bazin machte eine dramatische Pause. »Oder es könnte auch sein, dass es unter Ihren Leuten einen Verräter gibt.«

Bazin vermied es, Portilla anzusehen, aber Tallon verstand den Wink.

»Sie?«, brüllte er Portilla an. »Haben Sie mich hintergangen?«

Portilla hob abwehrend die Hände. »Nein, Boss. Ich bin Ihnen treu ergeben, das schwöre ich. Dieser Kerl da lügt doch.«

»Er lügt nicht. Er hat jedes Teil in dem Safe genau beschrieben. Sie haben mich betrogen!«

»Ich schwöre, das habe ich nicht getan!«

Bazin schob sich näher an die Bar heran und legte die Hand in der Nähe der Schublade auf die Arbeitsplatte. Zu Tallon gewandt sagte er: »Wenn ich einen Anteil von Ihren Einnahmen haben möchte, dann äußere ich das ganz offen. Ich mag mich nicht hinter Ihrem Rücken bereichern.«

»Stimmt das?«, wollte Tallon von Portilla wissen. »Stehlen Sie Geld von mir? Nach allem, was ich für Sie getan habe?«

»Nein! Bitte, Alonzo!« Aber Portillas Augen verrieten, dass er log. Das Gesicht vor rasender Wut verzerrt, wirbelte er herum und zog einen vernickelten Smith & Wesson aus seinem Schulterholster.

Bazin hatte keine Ahnung, wen Portilla erschießen wollte – vielleicht sie beide –, aber es war auch gleichgültig. Im gleichen Moment, als Portilla in sein Schulterholster griff, riss Bazin die Schublade auf und fasste nach der Glock, die Tallon dort als Rückversicherung für Notfälle deponiert hatte. Mit einer in vielen Jahren intensiven Trainings perfektionierten Bewegung brachte Bazin die halbautomatische Waffe in Anschlag und schoss Portilla eine Kugel in die Stirn, ehe er es geschafft hatte, auf Tallon zu zielen, der das Geschehen wie vom Donner gerührt verfolgte.

»Sie hatten ihn doch schon längere Zeit im Verdacht«, sagte Bazin. »Ich habe Ihnen nur einen Gefallen getan.«

Tallon starrte auf seine Pistole in Bazins Hand. »Woher wussten Sie …«

»Ich sagte es doch – Zauberei. Haben wir jetzt eine Abmachung?«

Tallon nickte automatisch, dann verscheuchte er die Wächter, die hereingestürmt waren, mit einer Handbewegung und starrte auf Portillas Leiche.

Bazin kam zum Schreibtisch und ließ die Glock auf die Tischplatte fallen. Er holte einen Notizzettel aus der Tasche und legte ihn auf die Waffe. »Die erste Zahl ist die Nummer des Kontos auf den Cayman-Inseln, auf dem Portilla das gestohlene Geld aufbewahrt hat. Die zweite Zahl ist meine Kontonummer. Ich erwarte monatliche Überweisungen. Ich werde sofort wissen, wenn Sie mich hintergehen. Übrigens, er hat auch mit Ihrer Frau geschlafen.«

Bazin verließ das Büro und kehrte zum Hubschrauber zurück. Während seine Männer einstiegen, zwitscherte sein Telefon. Es war der Doktor, der wahrscheinlich gerade anrief, um sich nach dem Stand der Dinge zu erkundigen.

»Wo sind Sie?«, fragte er ohne Einleitung.

»Ich habe soeben das Geschäft in Kolumbien abgeschlossen. Ein weiterer Erfolg.«

»Gut. Ich habe schon einen neuen Job für Sie.«

»Ich werde morgen nach Mexiko fliegen, um mit einem der Kartellvertreter zusammenzutreffen.«

»Das kann warten. Es gibt ein größeres Problem. Ein ungewöhnliches Schiff. Es heißt *Oregon*. Seine Eigner sind im Besitz von Informationen, die unserer Operation schaden könnten. Aber sie wissen es nicht.«

»Wenn sie es nicht wissen, weshalb ist es dann ein Problem?«

»Weil es nur eine Frage der Zeit ist, dass sie darauf stoßen. Können Sie bis morgen ein Eliminierungsteam in Jamaika in Stellung bringen?«

FÜNFZEHN

MONTEGO BAY, JAMAIKA

Eine sanfte Brise zerzauste die Palmwedel über dem Freiluftbereich des Sunset Cliff Spa. Die idyllische Lage war vom Wellnesszentrum sorgfältig ausgewählt worden, um den Gästen das spektakuläre Panorama der Karibischen See bieten zu können. Touristen tollten am malerischen Strand herum, der sich vor den knapp zehn Meter hohen Klippen erstreckte, die dem Badeort seinen Namen gaben. Tagsüber wurden auf dem grasbewachsenen Felsvorsprung weiße Leinenzelte aufgeschlagen, sodass Gäste in den Genuss einer Freiluftmassage gelangen konnten, ohne die neugierigen Blicke von hotelfremden Spaziergängern oder Badegästen ertragen zu müssen. Vor Einbruch der Dunkelheit wurden die Zelte wieder abgebaut, damit die Gäste und Touristen einen ungehinderten Blick auf das rote und orangene Farbenschauspiel der Sonne hatten, wenn sie dem Horizont entgegensank.

Linda entspannte sich auf einer Chaiselongue und nippte an einem Champagnerkelch, während eine Fußpflegerin ihre Fußzehen bearbeitete. Julia saß neben ihr und wurde von einer anderen Hotelangestellten der gleichen Prozedur unterzogen. Nachdem das Schiff am Morgen in Montego Bay angelegt hatte, hatten die Frauen die *Oregon* als Erste verlassen. Beide waren bis zum Hals in flauschige weiße Bademäntel gehüllt.

»Ist schon eine Ewigkeit her, seit ich mir das letzte Mal

so etwas gegönnt habe«, sagte Linda und deutete auf ihre Füße.

Julia grinste sie an. »Bist du nicht froh, dass ich dich dazu überredet habe?«

»Ich könnte mich daran gewöhnen.« Obgleich die *Oregon* über einen Whirlpool und eine Sauna verfügte, war das kaum mit einem solchen Full-Service-Wellnesstempel zu vergleichen.

»Wir sollten Juan bitten, einen engagierten Nageltechniker für Onboard-Mani-und-Pediküren anzuheuern«, sagte Julia. »Als amtierende Hausärztin weiß ich, dass einige von den Jungs so was gut gebrauchen könnten. Ihre Nägel sind abscheulich.«

»Kannst du dir Maurice in der Rolle eines Fußpflegers vorstellen?«

Als sie vor ihrem geistigen Auge das Bild des würdigen Stewards beim Polieren von Franklin Lincolns Fußnägeln sahen, mussten sie lachen, bis ihnen die Tränen kamen. Ihr Lachkrampf hielt an, als die Fußpflegerinnen ihre Arbeit schon abgeschlossen und die Utensilien zusammengepackt hatten.

»Ich gebe zu, dass dein Tipp, mit dem Windsurfen anzufangen, genau das Richtige war«, sagte Linda und ließ ihre schmerzende Schulter kreisen. »Ich freue mich schon auf die Massage.«

»Und ich gebe zu, dass es Spaß gemacht hat. Aber dies hier ist besser.«

Eine Angestellte erschien, um sie zu den Zelten zu begleiten. Linda und Julia folgten ihr zu den beiden Kabinen, in denen sie ihre Massage erhalten sollten. Leichte klassische Musik drang aus versteckten Lautsprechern. Hier, weit entfernt von den Strandtouristen, war sie deutlich zu hören. Jede der Zeltkabinen war zum Wasser hin offen, und Linda konnte das Rauschen der Wellen hören, die sich an den Felsen unter ihnen brachen. Die Kabinen wurden durch weiße Leinenvorhänge voneinander abgetrennt. Zurzeit war keins der Zelte besetzt.

Die Angestellte meinte, ihre Masseusen würden in ein paar Minuten erscheinen und sie sollten sich schon bäuchlings auf den Liegen ausstrecken. Sie zeigte ihnen noch in jeder Kabine den Garderobenständer zum Aufhängen der Bademäntel und zog sich dann zurück.

»Weißt du was?«, sagte Julia. »Wenn sie noch ein paar Minuten brauchen, brauche ich noch ein Glas Champagner, um die Wartezeit zu überbrücken.«

»Gib her«, sagte Linda und nahm ihr das Glas aus der Hand. »Ich hätte auch nichts gegen Nachschub einzuwenden.«

Während Julia das Zelt am Ende betrat, wandte sich Linda zum Gehen. Aus den Augenwinkeln nahm sie eine schattenhafte Bewegung hinter dem weißen Leinen wahr. Aber nicht die *eines* Schattens, sondern – das waren zwei.

Jemand befand sich bereits bei Julia im Zelt. Und ein unterdrücktes Wimmern verriet, dass es nicht die Masseuse war.

Linda schaltete sofort. Sie ließ den Champagnerkelch ins Gras fallen und riss den Vorhang zur Seite. Ein Mann in schwarzer Kleidung presste eine Hand auf Julias Mund und zog ein Messer aus einer Scheide an seinem Gürtel.

Sie gehorchte ihrem Instinkt und verließ sich auf das wöchentliche Selbstverteidigungstraining, das jeder Angehörige der Corporation an Bord der *Oregon* absolvieren musste. Also schnappte sich Linda den Garderobenständer aus Bambus und schwang ihn wie einen Kendostab. Der Angreifer bemerkte sie erst im letzten Moment und ließ Julia los, um nicht von dem wuchtigen Schlag getroffen zu werden, aber obwohl er es schaffte, eine Hand abwehrend hochzureißen, erwischte ihn dann doch der Ständer an der Schulter.

»Hol Hilfe!«, rief Linda. Aber ehe Julia losrennen konnte, stürzte ein zweiter Angreifer aus der benachbarten Kabine herein, wo er anscheinend auf Linda gewartet hatte. Er hechtete über die Massagebank und packte Julias Haar, das zu einem Pferdeschwanz zusammengerafft war. Linda rammte ihm den Garderobenständer in die Magengrube, und er grunzte, ließ den Pferdeschwanz los und das Messer fallen – eine mörderische Waffe mit Sägeklinge.

Julia taumelte rückwärts, bekam die Kopfstütze der Massagebank zu fassen und hebelte sie aus ihrer Halterung, während sie sich daran festhielt, um nicht zu Boden zu stürzen. Sie landete auf dem Rücken, behielt jedoch die Kopfstütze weiter in den Händen, wobei die beiden stählernen Führungsstäbe senkrecht nach oben ragten.

Der zweite Angreifer wollte sich auf Julia stürzen, aber er schwankte noch von dem Treffer in den Magen – Linda stellte ihm ein Bein, und er stürzte in Julias Richtung, landete auf ihr und wurde schlagartig schlaff. Einer der Führungsstäbe der Kopfstütze ragte in Höhe seiner Taille seitlich aus dem Körper, während sich der andere Stab in seine Brust gebohrt hatte.

Ehe Linda sich bücken und Julia beim Aufstehen helfen konnte, spürte sie, wie ihre Arme an ihrem Oberkörper festgenagelt wurden. Der Angreifer hatte sie umschlungen und schleppte sie nun zum Rand des Felsvorsprungs, um sie hinabzustürzen. Sie holte tief Luft, um sich gegen die aufsteigende Panik zu wehren, und erinnerte sich an ihr Training.

Der Mann war zu groß für sie, sodass sie den Kopf nicht nach hinten reißen und ihm das Nasenbein zerschmettern konnte. Stattdessen verlagerte sie ihr Gewicht und machte einen Schritt zur Seite, befreite ihre Faust aus der Umklammerung und stieß sie ihrem Gegner in den Schritt. Allein mit der Kraft ihres Trizeps landete sie einen vernichtenden Treffer.

Der Angreifer lockerte für einen kurzen Moment die Umarmung, und diese Gelegenheit nutzte sie und rammte ihm den Ellbogen unters Kinn. Sein Kopf ruckte hoch, Speichel flog von seinen Lippen. Linda versetzte ihm einen Fußtritt vor die Brust, und er taumelte auf den Klippenrand zu und verschwand dahinter. Linda machte ein paar schnelle Schritte bis zur Kante und sah seinen toten Körper mit dem Kopf in einem Wassertümpel zwischen den scharfkantigen Vulkanfelsen liegen. In einer schmalen Bucht in der Nähe schaukelte ein kleines Boot auf den Wellen.

Linda kehrte zum Zelt zurück, wo Julia Mühe hatte, sich unter ihrem toten Gegner hervorzuarbeiten. Linda hievte seinen Körper beiseite und zog Julia auf die Füße.

»Bist du okay?«, fragte sie.

Julia war sichtlich verwirrt, aber sie nickte. »Wie ist es mit dir?«

»Eine Massage, und ich bin wieder hundertprozentig fit.«

»Aber ich glaube nicht, dass wir so lange warten sollten, bis jemand kommt.«

»Ich auch nicht. Wir sollten diesen Knaben ebenfalls die Klippen hinunterwerfen. Ich habe keine Lust, der einheimischen Polizei lästige Fragen zu beantworten.«

Linda durchsuchte die Taschen des Mannes und fand nur eine geringe Menge Bargeld und ein Mobiltelefon. Julia zog die Stäbe der Kopfstütze aus seinem Oberkörper, und dann schleppten sie den Körper zum Rand der Klippe, wo sie ihn nach einem prüfenden Blick in die Runde in die Tiefe fallen ließen. Er schlug neben seinem Komplizen auf. Wenn die Polizei eine Erklärung für dieses seltsame Arrangement gefunden hätte, wären sie längst über alle Berge.

»Was ist da eben passiert?«, fragte Julia, wickelte die mit Blut besudelte Kopfstütze in ein Handtuch und versteckte sie unter ihrem Bademantel.

»Das war kein zufälliger Angriff«, sagte Linda. »Sie hatten uns beide im Visier.«

»Aber warum? Unsere Siebensachen sind in den Spinden eingeschlossen.«

»Genau. Es muss ein Mordversuch gewesen sein. Sie wollten es unauffällig erledigen, darum sind sie mit dem Boot da unten gekommen und hier raufgeklettert, um auf uns zu warten.«

»Warum um alles in der Welt …?«

»Keine Ahnung. Gib mir mal das Telefon.«

Es war ein Wegwerfmodell, wahrscheinlich am Morgen des Tages gekauft, um es nach Erledigung des Auftrags im Ozean zu entsorgen. Sein Benutzer hatte sich noch nicht einmal die Mühe gemacht, es mit einem Passwort zu sichern. Die Kontaktliste enthielt nur fünf Nummern und keinen Namen.

»Wir haben Glück, dass wir noch am Leben sind«, sagte Linda. »Diese Typen waren Profis.« Es gab keinerlei Hinweis auf eine konkrete Person. Wenn der Attentäter auch nur für einen kurzen Moment angenommen hätte, dass sein Mordversuch fehlschlagen könnte, hätte er sicherlich ein Passwort eingerichtet.

Sie öffnete die Eingangsbox für Textnachrichten. Nur eine einzige war noch gespeichert. Sie war an sämtliche Nummern der Kontaktliste geschickt worden, und der Text war auf Französisch.

Tous ont été aperçus. Attaquer dès que vous voyez une opportunité.

»Kannst du Französisch?«, wollte sie von Julia wissen.

»Ich hatte auf dem College Französische Literatur belegt, aber das ist eine Weile her.« Sie betrachtete die Nachricht und flüsterte die Worte, während sie las. Nach einem kurzen Moment wurden ihre Augen groß wie Untertassen.

»Was bedeutet der Text?«

Julia schluckte krampfhaft. »›Alle von ihnen wurden gesichtet. Greift sie an, sobald sich die Gelegenheit ergibt.‹«

Also nicht nur sie beide. *Alle von ihnen*.

»Wir müssen die anderen warnen. Jemand ist hinter der gesamten Mannschaft her.«

Die beiden Frauen sprinteten zum Umkleideraum, um Lindas Mobiltelefon zu holen. Doch in der Eile, alle zu warnen, die sich an Bord der *Oregon* befanden, rannten sie ihre Masseusen beinahe über den Haufen.

SECHZEHN

Das stählerne Deck der *Oregon*, die am Kai des Freihafenterminals von Montego Bay vertäut war, glühte unter dem wolkenlosen Himmel. Erics Hemd troff bereits vor Schweiß, während er Murph dabei half, die tragbaren Rampen, die Grind-Rails und die drei Meter hohe Halfpipe zu montieren. Juan hatte ihm nur widerwillig gestattet, die Elemente aufzubauen und die *Oregon* vorübergehend in einen schwimmenden Skateboard-Park zu verwandeln. Eric nahm die Sonnenbrille ab, damit sie nicht beschlug, während er sich auf den Monitor seiner neuen Videokamera konzentrierte. Er war auf die Knie hinuntergegangen, um den besten Blickwinkel für die Aufnahme zu finden, zu der ein riesiges Kreuzfahrtschiff, das ebenfalls im Hafen lag, einen grandiosen Hintergrund lieferte.

Die Optik folgte Murph, während er über die Hindernisse bretterte und gleichzeitig zum Klang des Heavy-Metal-Gewitters in seinen Ohrhörern rhythmisch mit dem Kopf nickte. Jedes Mal wenn er eine scharfe Kurve fuhr, sprühten glitzernde Schweißtropfen aus seinem Haar, das unter dem Sturzhelm hervorquoll. Eric hatte bereits einige Stürze eingefangen, aber Murph, bekleidet mit Baggy-Shorts und einem schwarzen T-Shirt mit der Aufschrift »Welcome to Nuketown« und Schutzpolstern an Knien und Ellenbogen, raffte sich jedes Mal wieder auf. Nur eine echte Gesichtslandung würde ihn aufhalten.

Erics Mobiltelefon klingelte, und er ließ die Videoaufnahme weiterlaufen, während er den Anruf annahm.

»Hier ist Eric.«

»Eric, hier ist Linda«, meldete sie sich. Ihre Stimme klang ein wenig atemlos und drängend. »Es gibt Probleme.«

»Was ist los?«

»Julia und ich wurden angegriffen.«

»Mein Gott! Seid ihr okay?«

»Uns geht es gut, aber wir haben Grund zu der Annahme, dass sie es auch auf die restliche Mannschaft abgesehen haben.«

»Auf die Mannschaft? Wer?«

Sie beschrieb die Angreifer und äußerte auch ihre Vermutung, dass es Franzosen oder Haitianer waren. Weder das eine noch das andere ergab für Eric einen Sinn. Aber die in der Nachricht enthaltene Drohung war eindeutig: *Alle von ihnen wurden gesichtet. Greift sie an, sobald sich die Gelegenheit ergibt.*

In Erics Nacken stellten sich die Haare auf. Plötzlich kam er sich auf dem Deck nackt und schutzlos vor.

»Versucht, jeden zu erreichen, der an Land gegangen ist, und ruft ihn aufs Schiff zurück«, sagte Linda. »Danach seht zu, dass die *Oregon* ablegen kann. Im Augenblick ist sie ein wehrloses Ziel. Julia und ich sind bereits auf dem Rückweg zu euch. Wir müssten in zehn Minuten dort sein.«

»Verstanden.«

Eric unterbrach die Verbindung. Unwillkürlich blickte er sich um, ob er beobachtet wurde, und erkannte, dass sie von mindestens einhundert verschiedenen Punkten im gesamten Hafenbereich überwacht werden konnten.

Er rief Murph zu, sein Programm abzubrechen, aber die Ohrhörer waren auf die gleiche Lautstärke aufgedreht, mit der Murph sich auch in seiner Kabine volldröhnen ließ. Eric machte einen Schritt in Richtung des Skateboard-Parcours und ruderte mit den Armen, aber Murph war derart in seine Tricks vertieft, dass er von seiner Umwelt kaum etwas mitbekam.

Die überraschende Turbulenz in der Luft spürte Eric eher, als dass er sie hören konnte. Ein Loch klaffte plötzlich in der Halfpipe oberhalb des Punktes, an dem Murph soeben ein besonders schwieriges Manöver ausgeführt hatte. Kein Gewehrknall ertönte, aber Eric erkannte ein Einschussloch auf Anhieb.

Der Heckenschütze musste darauf gewartet haben, dass Murph eine Pause machte, wurde dann wohl aber durch Erics Gestikulieren zur Eile getrieben. Anscheinend benutzte er einen Schalldämpfer.

Murph hatte keine Ahnung von der Gefahr, in der er schwebte. Er würde auf der anderen Seite der Halfpipe aufsteigen und gleich wieder im Visier des Schützen sein.

Eric rannte in die Halfpipe. Murph rollte bereits auf der gegenüberliegenden Seite zum oberen Rand hinauf und bereitete sich auf den nächsten Spin vor. Eric warf sich Murph entgegen, der überrascht die Augen aufriss, als er seinen Freund auf sich zukommen sah.

Eric erwischte Murph in Taillenhöhe, und Murphs Schwung riss seine Beine über der Kante der Halfpipe hoch in die Luft. Die beiden Männer krachten mit einem dumpfen Laut auf die Rollbahn. Dabei rutschten die Kopfhörer aus Murphs Ohren.

»Was zur Hölle fällt dir ein?«, schimpfte er lauthals und umklammerte seinen Unterschenkel. »Ich glaube, ich hab mir den Knöchel verstaucht, du Trottel!«

Eric blickte nach unten und sah Blut zwischen Murphs Fingern hervorquellen. Der Heckenschütze hatte ihn nicht vollständig verfehlt.

»Lass mich mal sehen«, sagte Eric und zog Murphs

Hand hoch. Eine Kugel war in seine Wade eingedrungen. Murph wurde bei dem Anblick blass.

»Ich wurde … angeschossen?«

Eric riss sich sein Hemd vom Leib, wickelte es um Murphs Bein und zurrte es so fest wie möglich, damit es auf die Wunde drückte.

»Linda hat angerufen«, sagte Eric. »Sie und Julia sind im Wellnesszentrum von zwei Männern angegriffen worden. Eine Textnachricht in einem ihrer Telefone deutete darauf hin, dass die gesamte Mannschaft ebenfalls auf der Abschussliste steht.«

»Weshalb?«, fragte Murph und zuckte vor Schmerzen zusammen, als Eric den Notverband mit einem Knoten fixierte.

»Gute Frage. Zunächst einmal hängen wir hier wahrscheinlich fest, es sei denn, wir schaffen es, den Heckenschützen abzuschütteln.«

»Wo ist er?«

Da die Halfpipe auf dem flachsten Abschnitt des Oberdecks stand, war die nächste Lukentür, die ins Schiffsinnere führte, gut dreißig Meter entfernt. Wenn sie versuchten, diese Strecke mit einem Sprint zu überwinden, würden sie für ihre unsichtbaren Feinde leichte Ziele abgeben. Weitere Löcher wurden in die Schüssel der Halfpipe gestanzt. Verärgert über seinen Misserfolg, feuerte der Heckenschütze weiter auf die Halfpipe, um seine Zielobjekte entweder aus der Deckung zu scheuchen oder mit einem Glückstreffer dort zu erwischen, wo sie sich in diesem Moment verkrochen hatten. Eric vermutete, dass er irgendwo in der Nähe der Lagertanks des Erdölterminals lauerte. Er konnte den Kopf allerdings nicht aus der Deckung schieben, ohne einen Treffer einzufangen.

Seine Videokamera war hingegen technisch der letzte Schrei und verfügte über ein hundertfaches optisches und digitales Zoomobjektiv. Eric schob sie vorsichtig um die Kante der Halfpipe und konzentrierte sich auf den Monitor, während er sie hin und her schwenkte und nach dem am besten geeigneten Versteck für einen Schützen suchte, das sich in Schussweite zur *Oregon* befände. Es musste ein Punkt in deutlicher Höhenlage sein, von dem aus der gesamte Hafen zu überblicken wäre.

Eric zoomte die zwanzig Meter hohen Öltanks heran, bis er jedes Detail deutlich erkennen konnte. Die ersten beiden Tanks waren nicht besetzt, aber als der dritte auf dem Sucherbildschirm erschien, konnte er die verschwommenen Umrisse eines Mannes erkennen, der hinter der niedrigen Brüstung auf seinem Dach lag. Er zielte mit seinem Gewehr noch immer auf die *Oregon* und wartete darauf, dass sich seine Objekte zeigten.

»Ich habe ihn«, sagte Eric und zeigte Murph das Sucherbild.

»Er ist ganz schön raffiniert«, knurrte Murph mit zusammengebissenen Zähnen. »Wir können ihn unmöglich mit der Gatling herunterholen, wenn er auf einem mit Erdöl gefüllten Tank liegt.«

»Aber wir können hier im Hafen ein kleines Feuerwerk veranstalten.«

»Denkst du etwa das Gleiche, das ich denke?«

Eric nickte. »Ich finde, es wird Zeit, die Polizei zu alarmieren.« Er leitete den Anruf über einen anonymen Server, damit er nicht zu ihnen zurückverfolgt werden konnte, und meldete, dass auf das Öllager geschossen worden war.

Wenig später erklangen Polizeisirenen. Auf dem Sucherschirm der Kamera war zu sehen, wie der Schütze über das Dach des Öltanks zur Treppe rannte, die an der Außenwand nach unten führte. Er hätte sich längst aus dem Staub gemacht, ehe die Polizei einträfe, aber das war für Eric nicht mehr von Bedeutung.

Er musste die anderen warnen. Zuerst würde er Juan anrufen, aber da er und Max sich auf dem Ozean und außerhalb der Reichweite der Mobiltelefone befanden, stellte das Funkgerät auf der *Oregon* die einige Möglichkeit dar, mit ihnen Verbindung aufzunehmen. Während er Murph stützte, der zur Krankenabteilung humpelte, wählte er mit der freien Hand die Nummer Franklin Lincolns.

SIEBZEHN

Als Linc von Eric angerufen wurde, näherten er und Eddie sich soeben dem Ian Fleming International Airport, benannt nach dem berühmtesten Bewohner von Nordostjamaika. Sie waren nur noch wenige Meilen vom Golden Eye Resort entfernt, Linc auf seiner maßgeschneiderten Harley und Eddie auf einem Luxusmodell, das er bei dem neuen Motorradhändler in Montego Bay gemietet hatte. Der Plan war, sich einen günstigen Platz an der Bar zu sichern, einen Burger und einen Martini, geschüttelt, nicht gerührt, zu konsumieren und sich einen Überblick über die ozeanografischen – und auch die Bikini tragenden – Sehenswürdigkeiten zu verschaffen. Stattdessen mussten sie sofort umkehren und auf kürzestem Weg zur *Oregon* zurückkehren. Vorher sollten sie jedoch noch den Schatten loswerden, der sich an sie gehängt hatte.

Während der kurvenreichen Fahrt entlang der Küste hatten sie die Leistungsgrenzen ihrer Bikes ausgetestet und immer wieder anderen Fahrern ausweichen müssen, die den Verkehrsregeln nur minimale Beachtung schenkten. Es war ein gemütlicher, entspannter Ritt, bis sie Ocho Rios erreichten, wo zwei Kerle auf Suzuki-Rennmaschinen hinter ihnen auftauchten und offenbar sorgfältig darauf achteten, zu ihnen auf respektvoller Distanz zu bleiben. Anstatt T-Shirts und Shorts trug jeder von ihnen eine schwarze Lederkombination, die für diese Witterung viel zu schwer war.

Linc und Eddie hatten sie sofort bemerkt. Natürlich war es auch möglich, dass das harmlose Motorradfans waren, die ebenfalls eine Spazierfahrt unternahmen, aber gelegentliche Tempowechsel lieferten die Bestätigung, dass sich die Suzuki-Fahrer nach ihrem Tempo richteten. Erics knapper Bericht über die beiden Konfrontationen mit den bislang unbekannten Angreifern ließ keinen Zweifel daran, dass diese beiden Verfolger versuchen würden, die Misserfolge ihrer Kollegen wettzumachen.

In dem Fall, dachte Linc, wäre Angriff die beste Verteidigung.

Er wählte Eddies Nummer. Beide trugen Ohrhörer unter ihren Helmen, die mit den jeweiligen Telefonen verbunden waren. Dann gab Linc Erics Bericht in knappen Worten weiter.

»Das haben sie nun davon, dass sie Linda unterschätzt haben«, sagte Eddie.

»Und wir müssen überlegen, wie wir mit unseren beiden Freunden hinter uns verfahren. Was, glaubst du, haben sie vor?«

»An ihrer Stelle würde ich es einfach, aber gründlich machen. Wahrscheinlich warten sie darauf, dass wir irgendwo anhalten. Pro Mann zwei Pistolenschüsse. Mit ihren Bikes dürfte die Flucht anschließend ein Kinderspiel sein.«

»Meinst du, sie wissen, dass wir unbewaffnet sind?«

»Wahrscheinlich nehmen sie es an.«

»Richtig, aber ihre Ungewissheit verschafft uns einen leichten Vorteil.«

»Der Heckenschütze dürfte sie ebenso gewarnt haben, wie Eric uns gewarnt hat«, sagte Eddie. »Was bedeutet, dass das, was sie vorhaben, eher früher als später geschehen wird.«

»Was hältst du davon, wenn wir es ein wenig beschleunigen? Und sie überraschen?«

»Klingt ja, als hättest du schon eine Idee.«

Während sie den Flughafen passierten, erklärte Linc

Eddie seinen Plan. Abhängen konnten sie ihre Verfolger sicher nicht. Die Harleys waren schnell. Aber die Suzukis waren schneller und wendiger. Von einem fahrenden Motorrad aus zu schießen war schwierig, aber wenn ihre Verfolger nahe genug herankämen, reichten ein paar Glückstreffer aus, um Linc und Eddie auszuschalten.

»Ich gebe dem Plan eine Fifty-fifty-Chance«, sagte Linc. Fifty-fifty war zwar, genau betrachtet, enorm optimistisch, aber sie hatten nicht so besonders viele Optionen.

»Ich gehe dieses Risiko ein, vor allem angesichts der Tatsache, dass wir zu diesem Schusswaffenduell noch nicht einmal mit Messern antreten können.«

»Auf der Straßenkarte war eine Meile vor dem Hotel eine Haarnadelkurve zu sehen«, sagte Linc. »Am besten versuchen wir es dort.«

»Es ist nur eine Frage der Ausführung.«

»Hör mal, ich will keinen Schönheitspreis erringen.«

»Lass es mich anders ausdrücken: Es ist eine Frage des Timings.«

»Schon besser.«

Sie hielten sich hinter einem mit Obst und Gemüse beladenen Lieferwagen, der gemütlich die Straße entlangratterte. Die Suzukis befanden sich einhundert Meter – und zwei Fahrzeuge – hinter ihnen. Zweifellos berieten sich ihre Verfolger gerade, wie sie ihren Zeitplan raffen könnten.

Ganz gleich, was sie im Sinn hatten, es würde nicht schnell genug geschehen. Die Haarnadelkurve lag unmittelbar vor ihnen.

»Bereit?«, fragte Linc.

»Bereit.«

»Dann los.«

Linc gab seiner Maschine die Sporen und schwang mit Eddie dicht hinter ihm elegant um den Lieferwagen herum. Sie zogen knapp vor dem Lieferwagen gerade noch rechtzeitig wieder zurück auf die Fahrspur, um die Kollision mit einem Sattelschlepper zu vermeiden, der ihnen entgegenkam. In der Kurve beschleunigten sie, bis die Suzukis aus ihren Rückspiegeln verschwunden waren.

Mit einer Hand öffnete Linc seine Satteltasche und zog zwei Ketten heraus, mit denen er gewöhnlich die Räder seines Motorrads sicherte, wenn er in windigeren Hafenstädten spazieren fuhr.

Eddie kam nahe genug heran, um eine der Ketten von Linc zu übernehmen. Fünfzig Meter vor dem Ende der Haarnadelkurve hielten sie an und wendeten. Da in Jamaika ebenso wie in England Linksverkehr herrschte, nahm Linc die linke Fahrspur, während Eddie am rechten Straßenrand fuhr, sodass er die Kette schwingen konnte, während er die rechte Hand am Gasgriff des Motorrads hatte. Linc hatte es nicht so einfach. Er müsste mit der Kette über seinen Kopf hinweg zuschlagen. Er spürte, wie seine Fingerknöchel knackten, als er das Ende der Kette mit der linken Hand ergriff.

Wie erwartet kamen die Suzukis rasant aus der Kurve, um ihre Opfer einzuholen. Die Überraschung jedoch, die Objekte ihrer Begierde auf sich zukommen zu sehen, ließ sie lange genug zögern. Ihre Hände tauchten in die Lederjacken ein und kamen mit halbautomatischen Pistolen wieder heraus, allerdings zu spät.

Eddie ließ die Kette zunächst seitlich wie ein Lasso rotieren und löste den Griff, als ihn die Suzuki passierte. Die Kette blieb am vorderen Schutzblech des Motorrads hängen und wickelte sich um die Speichen. Die Suzuki katapultierte ihren Fahrer über die Lenkstange in die Luft, überschlug sich mehrmals und landete krachend auf dem schreienden Auftragskiller.

Linc wirbelte seine Kette über dem Kopf herum, während er auf seinen Verfolger zusteuerte. Dieser feuerte hektisch zwei Schüsse ab, die ihr Ziel verfehlten, ehe Lincs Kette sich um seinen Helm legte. Der Kopf des Mannes wurde nach hinten gerissen, und dann hob er mit einem Salto von seiner Maschine ab, die geradeaus weiterfuhr, als würde sie von einem Phantom gelenkt, ehe sie schlingernd in einem Wäldchen neben der Straße verschwand.

Linc kehrte zu seinem Angreifer zurück. Wenn möglich, mussten sie irgendwie in Erfahrung bringen, wer hinter diesen Attacken steckte und woher diese Leute so genau wussten, wo sich die Mitglieder der *Oregon*-Crew zu diesem Zeitpunkt aufhielten.

Als er den Mann erreichte, sah er allerdings, dass er keine Fragen mehr beantworten würde. Sein Hals bildete einen für einen atmenden Menschen unmöglichen Winkel zu seinem Körper. Linc lief zu Eddie hinüber, der neben dem anderen Suzuki-Fahrer kniete. Eddie hatte ihm den Helm abgenommen.

»Lebt er noch?«, fragte Linc.

»Nicht mehr lange.«

Linc konnte sofort erkennen weshalb. Die Suzuki hatte dem Mann den Bauch zerfetzt. Ihm würde niemand mehr helfen können.

»Wer bist du?«, fragte Eddie.

Der Mann zischte etwas auf Französisch.

Linc sah Eddie fragend an. »Verstehst du, was er sagt?«

»Ich spreche kein Wort Französisch. Aber das werden wir schon herauskriegen.« Er schaute vielsagend auf sein Mobiltelefon. Die Aufnahmefunktion war eingeschaltet. Der Schwerverletzte murmelte weitere zwanzig Sekunden lang, dann hustete er einen Blutklumpen hervor und machte einen letzten rasselnden Atemzug.

Der Straßenverkehr strömte an der Unfallstelle vorbei, Gaffer blieben stehen.

»Lass uns von hier verschwinden«, sagte Eddie.

»Ich würde gern die Pistolen mitnehmen, aber ich möchte lieber nicht erklären müssen, woher wir sie haben, falls uns die Polizei anhält.«

»Gutes Argument.«

Sobald sie auf ihren Harleys saßen und nach Montego Bay zurückfuhren, riefen sie Eric an.

»Wir haben unsere Verfolger abgehängt«, meinte Eddie beiläufig. »Keinerlei Verluste auf unserer Seite.«

»Fehlt noch jemand?«, fragte Linc.

»Mark versucht weiter, Juan und Max zu erreichen«, sagte Eric. »Linda und Julia sind gerade eben auf dem Kai eingetroffen. Bleiben nur noch Hali, MacD und Mike Trono.«

»Wo sind sie?«

»Immer noch in der Bar auf dem Hip Strip. MacD hat mir eine SMS geschickt. Sie haben offenbar ein Problem.«

ACHTZEHN

MacD stand von seinem Platz am Tisch auf und taumelte rückwärts, stieß gegen seinen Stuhl und drohte umzukippen, bis Hali Kasim und Mike Trono ihn auffingen. Keinem der beiden schien es viel besser zu gehen. Schnapsgläser und drei Bierflaschen standen auf ihrem Tisch. Während der letzten zwanzig Minuten – seit sie bemerkt hatten, dass der Kerl an der Bar ihnen verstohlene Blicke zuwarf – hatten sie eine Runde Whiskey nach der anderen bestellt.

Im Waterfront Bar & Grill wimmelte es von Touristen, die vom Kreuzfahrtschiff kamen, von Collegestudenten, die den Beginn der Semesterferien feierten, und von jungen Ehepaaren auf Urlaubsreise. Einige verfolgten Basketballspiele und Cricketmatches auf den Fernsehern, die die Wände der Bar zierten, aber die meisten genossen bei Bier und Burgern die kühle Brise, die vom Ozean kam, und beäugten die badenden Schönheiten am Strand auf der einen Seite und die Scharen von Passanten, die auf der anderen Seite auf der Straße spazierten.

Dieses Etablissement wurde nicht von Einheimischen besucht, daher vermutete MacD, als er den einzelnen Mann an der Bar entdeckte, der anscheinend von einem Cricketspiel Westindische Inseln gegen England gefesselt war, in diesem einen Jamaikaner, der nur wegen des Fernsehens hereingekommen war. Als sich der Bildschirm aber während zweier Werbeunterbrechungen verdunkelte, sah er, dass der Mann den Bildschirm als Spiegel benutzte, um ihren Tisch zu beobachten.

Der Bursche überwachte offenbar die Männer von der *Oregon,* doch sie hatten keine Ahnung weshalb, bis Erics Anruf sie erreichte. Falls sie das Ziel eines Attentats sein sollten, böte es sich nicht unbedingt an, sie innerhalb der Bar auszuschalten. Es gäbe zu viele Zeugen, und eine Flucht würde schwierig werden. Aber wenn ihre Angreifer warteten, bis sie die Bar verließen, dann könnten sie ein paar Schüsse abfeuern und schnell verschwinden, ehe jemand begriff, was überhaupt geschehen war.

Ehe sie von Eric gewarnt wurden, hatten sie beschlossen, sich mit dem Typen einen Spaß zu erlauben, nämlich für den Fall, dass er beabsichtigte, sie mit irgendeinem Schwindel hinters Licht zu führen und auszunehmen. Auf jedes Glas Whiskey, das sie leerten, folgte ein kräftiger Schluck Bier, und sie wurden mit jeder Runde lauter, und ihr Benehmen wirkte anstößiger. Aber anstatt den Whiskey hinunterzuschlucken, spuckten sie ihn in die halbvollen Bierflaschen. Es war ein uralter Barkeepertrick. Der Mann musste seinen Komplizen mittlerweile die Neuigkeit gemeldet haben, dass ihre Zielpersonen vollkommen betrunken seien.

Was eine harmlose Lachnummer hatte werden sollen, entpuppte sich als ein tödliches Spiel.

MacD wollte zur Toilette und zwängte sich schwankend und mit unsicheren Schritten zwischen den Tischen hindurch. Der Mann an der Bar stand ihm genau im Weg. MacD fasste nach den Lehnen der Barhocker, während er an ihnen vorbeiging, offenbar um sich abzustützen. Als er ihren heimlichen Beobachter erreichte, griff er mit der Hand daneben und stieß sie stattdessen dem Mann gegen den Rücken.

Derart gestört fuhr der Mann herum. Wäre MacD jemand anderer gewesen, hätte der Mann ihn ganz sicher wütend angeraunzt, er solle gefälligst aufpassen, wo er hinträte. Da er jedoch darauf bedacht war, nicht aufzufallen, sagte er nichts.

»Tut mir leid, Partner«, lallte MacD. »Wollte dich nicht anrempeln.«

»Mwen pa konprann«, erwiderte der Mann. Dann fügte er hinzu: »Kein Englisch«, und verfolgte wieder das Geschehen auf dem Fernsehschirm.

MacDs Augen weiteten sich, als hätte er soeben einen lange verschollenen Cousin wiedergefunden. Er hatte von Eric gehört, dass die Angreifer möglicherweise Haitianer seien, und der Mann hatte auf Kreolisch »Ich verstehe nicht« gesagt. MacD, der in Louisiana aufgewachsen war, hatte von seinem Großvater Kreolisch und Französisch gelernt, und wie er wusste, beherrschen viele Haitianer zwei Sprachen. Das Haitianisch und die in Louisiana gesprochenen Versionen Kreolisch haben zahlreiche Gemeinsamkeiten. MacD entschied, ihn zu überrumpeln.

»Mein Freund«, sagte er auf Kreolisch, »du sprichst meine Sprache! Kommst du von Haiti?«

Der Mann, der sicherlich nicht damit gerechnet hatte, dass MacD seine Muttersprache beherrschte, stotterte: »Ich … ich will nur fernsehen.«

»Du sprichst tatsächlich Kreolisch! Ich komme aus den Bayous von Louisiana. Damit sind wir praktisch Blutsverwandte.«

»Ich muss jetzt gehen.« Der Haitianer bat den Barkeeper mit einem Kopfnicken um die Rechnung.

MacD legte einen Arm um seine Schultern. »Gehen? Jetzt? Du musst mir und meinen Kumpels erlauben, dir einen Drink zu spendieren. Wie heißt du?«

»Ich muss jetzt wirklich los.«

MacDs Hand streifte einen harten metallenen Gegenstand in Gürtelhöhe auf dem Rücken des Haitianers, womit er die Bestätigung erhielt, dass der Mann bewaffnet war.

»Komm schon, Bruder«, sagte MacD, »ein Glas bringt dich nicht um.«

Der Barkeeper legte die Rechnung vor dem Mann auf den Tresen.

»Ich muss gehen«, wiederholte der Haitianer.

»Dann lass mich wenigstens deine Rechnung bezahlen.«

MacD beugte sich vor und legte einen Zwanzig-Dollar-Schein auf die Rechnung. Gleichzeitig angelte er die Pistole aus dem Hosenbund des Haitianers und rammte ihm den Lauf in die Nieren.

»Ich habe kein Problem damit, dich gleich hier auszuknipsen«, sagte MacD. »Verstanden? Wenn ja, dann nick langsam mit dem Kopf.«

Der Haitianer gehorchte.

MacD schnappte sich eine Serviette und bedeckte damit seine Hand, die die Pistole hielt. Er nickte Hali und Trono zu, die sofort die Säuferrolle abstreiften und sich erhoben. Die vier begaben sich zum hinteren Flur, wo sich die Toiletten befanden. Sie schoben den Mann in die Herrentoilette und verriegelten die Tür.

Hali hielt Wache, während MacD und Mike Trono den Haitianer filzten. Außer einem Klappmesser war die SIG-Sauer-Kaliber-.40-Pistole, die Trono jetzt in der Hand hielt, seine einzige Waffe. Außerdem hatte er in einer Tasche ein Mobiltelefon, in dem der gleiche französische Text gespeichert war, den Linda übermittelt hatte. Zwei weitere Nachrichten deuteten darauf hin, dass er mit jemandem kommuniziert hatte, der sich außerhalb des Waterfront Bar & Grill aufhielt.

»Wer bist du?«, fragte MacD auf Kreolisch.

»Ich sage nichts.«

»Du wirst eine Menge sagen, wenn wir dich zum Schiff bringen.«

»Nein, das werde ich nicht.«

»Du bist kein Amateur, aber dies hier ist nicht gerade das, was du am besten beherrscht. Du bist ein Soldat, nicht wahr?«

Der Haitianer gab keine Antwort.

»Sieh mal, Soldaten sind gut, wenn es ums Angreifen geht, aber als Spione taugen sie nicht viel«, fuhr MacD fort. »Wir hingegen haben auf diesem Gebiet einiges gelernt. Zum Beispiel Verhörtechniken.«

Ein trotziger Ausdruck erschien in den Augen des Haitianers. »Glauben Sie, dass Sie mir Angst machen können?«

»Wir werden sehen. Wer ist draußen?«

»Niemand«, antwortete der Haitianer lächelnd.

»Demnach können wir hinten rausgehen?«

Ohne zu zögern sagte der Haitianer: »Gehen Sie nur.«

»Sie haben vorn und hinten Männer postiert«, sagte MacD zu Hali und Trono.

»Hat er verraten, wie viele?«, wollte Trono wissen.

»Nein. Und irgendetwas aus ihm herauszuholen werden wir hier ganz gewiss nicht schaffen. Wir müssen ihn aufs Schiff mitnehmen, um zu erfahren, wer er ist und was er weiß.«

»Wie kommen wir von hier weg?«, fragte Hali. »Indem wir ihn als Geisel nehmen?«

»Möglicherweise ist ihnen sein Schicksal egal«, sagte Trono. »Nach allem, was wir wissen, könnten sie ihn glatt zusammen mit uns erschießen.«

»Du sagst es«, sagte MacD. »Gib mir mal dieses Telefon. Bleibt bei ihm.« Er nahm die Pistole an sich und gab Trono dafür das Messer, damit der es dem Haitianer an die Kehle halten konnte. Außerdem nahm er eine der Reserverollen Toilettenpapier mit.

»Was hast du vor?«, fragte Hali.

»Weiß ich noch nicht genau. Pass nur auf dein Telefon auf.«

MacD ging in die Bar zurück und trat ans vordere Fenster, achtete jedoch darauf, dass er von draußen nicht zu sehen war. Er tippte einen Text auf Französisch, der sinngemäß lautete: »Alle drei kommen in zwei Minuten durch den Vordereingang heraus. Drück als Bestätigung zweimal auf die Hupe.«

Der Text wurde abgeschickt. Sekunden später erklangen auf der linken Seite zwei kurze Huplaute. MacD schob den Kopf vor und entdeckte ein Toyota SUV mit zwei Haitianern darin, das am Bordstein stand. Beide Männer beobachteten den Eingang der Bar.

MacD ging zu einem Tisch, der mit amerikanischen Collegestudenten besetzt war. Auf der Tischplatte stand eine Batterie Biergläser. Einer von ihnen trug einen Panamahut und ein kariertes Oberhemd über seinem T-Shirt. Er und MacD waren etwa gleich groß.

»Ich geb dir einen Hunderter für deinen Hut und dein Hemd«, sagte MacD.

Der Student sah seine drei Freunde an, dann schaute er wieder zu MacD. »Ist das ein Scherz, Mann?«

»Kein Scherz.« MacD hielt einen knisternden Einhundert-Dollar-Schein hoch. »Jetzt gleich.«

»Yeah!«, sagte der Student lachend, nahm den Hut ab und schlüpfte aus dem Oberhemd. Er angelte sich die Banknote aus MacDs Hand, klatschte seine Mitzecher ab und bestellte eine neue Runde.

MacD setzte den Hut auf und zog das Hemd an. Die beiden Männer im Wagen rechneten gewiss nicht damit, dass nur einer von ihnen herauskäme, und die gekaufte Kleidung würde ihn so gut wie unsichtbar machen.

Er schlenderte zur Tür hinaus, als wolle er einen kleinen Spaziergang machen. Dabei hielt er die Augen auf das offene Fenster gerichtet und vom Toyota abgewendet. Außerdem verdeckte der Hut sein Gesicht.

Er passierte den Toyota und einen weiteren Wagen, ehe er sich duckte und kehrtmachte. In den Seitenspiegeln konnte MacD sehen, dass die Männer im SUV nach wie vor die Vordertür des Waterfront fixierten.

Er spazierte bis zum Toyota und riss die hintere Tür auf. Ehe die beiden Männer auf den vorderen Sitzen reagieren konnten, saß er bereits im SUV und presste die Mündung der SIG Sauer gegen den Nacken des Fahrers.

»Nicht bewegen«, sagte er auf Kreolisch. »Verstanden?«

Sie nickten. Er lehnte sich zurück und bohrte den Pistolenlauf bis zur Hälfte in die Toilettenpapierrolle.

»Schalldämpfer für Arme«, erklärte MacD. »Zwingt mich nicht, ihn zu benutzen.« Jeder der beiden Männer hatte eine Heckler-&-Koch-MP7-Maschinenpistole auf dem Schoß. »Jetzt nehmt ihr so langsam wie möglich die Magazine aus euren Waffen und lasst sie hinter euch auf den Boden fallen. Dann zieht ihr die Verschlussriegel zurück und zeigt mir die leeren Kammern.«

Die beiden Männer wechselten kurze Blicke, dann befolgten sie MacDs Anweisungen.

»Gut. Und jetzt reicht sie nach hinten und lasst sie fallen – immer schön nacheinander. Der Fahrer fängt an.«

Der Angesprochene drehte sich auf dem Sitz halb zur Rückbank und hielt die MP7 hoch. Dann stieß er sie nach unten, während der Beifahrer MacD mit einem Messer attackierte, das er in seiner Handfläche versteckt hatte.

Der plötzliche Angriff ließ MacD keine Wahl. Die Frage war: er oder sie. Er erschoss den Beifahrer zuerst, dann den Fahrer, durch die Lehnen ihrer Sitze. Die Schüsse wurden durch die dicke Papierrolle gedämpft. Der beißende Geruch des Schießpulvers trieb in Schwaden durchs Innere des SUV. MacD vergewisserte sich, dass sie tot waren, dann ließ er den Blick über die Straße gleiten. Niemand hatte von dem kurzen Kampf etwas mitbekommen.

»Ich hasse es wirklich, dass ihr mich dazu gezwungen habt«, sagte er zu den beiden Toten, dann rief er Hali an. »Vorn ist alles klar. Ihr könnt ihn rausbringen.«

»Haben wir eine Transportmöglichkeit?«

MacD hätte liebend gern das SUV benutzt, aber er würde es niemals schaffen, den Toten aus dem Fahrersitz zu entfernen, ohne dabei beobachtet zu werden. »Wir müssen wohl ein Taxi nehmen.«

»In einer Minute sind wir draußen.«

MacD schnallte die beiden Toten mit ihren Sicherheitsgurten an und drapierte sie dergestalt, dass es aussah, als hielten sie ein Schläfchen. Dann wischte er mögliche Fingerabdrücke weg.

Trono und Hali kamen aus der Bar, der Haitianer zwischen ihnen. Trono hielt den Haitianer mit einem Krav-Maga-Griff fest, der ihm gestattete, seinen Gefangenen zu dirigieren, während er in der anderen Hand das Messer hielt.

MacD kam ihnen entgegen und sagte auf Kreolisch: »Deine Freunde wollten nicht kooperieren.«

Der Haitianer atmete zischend ein, als er seine Partner zusammengesunken im SUV erblickte. Seine zuvor zur Schau gestellte Selbstsicherheit verflog augenblicklich.

»Nein«, sagte er mit einem Ausdruck panischer Angst, »Sie dürfen mich nicht mitnehmen. Sie werden meine ganze Familie töten, wenn die annehmen, ich würde Ihnen helfen.«

»Wer ist es?«, fragte MacD, während ein Lastwagen laut heranrumpelte. »Für wen arbeitest du?«

»Bitte töten Sie mich!«

MacD schüttelte verwundert den Kopf. Jemand hatte offenbar vollständige Kontrolle über diese Männer.

»Er wünscht, dass wir ihn töten«, sagte er zu Hali und Trono.

Die beiden reagierten gleichermaßen ungläubig.

»Was?«

»Das ist ein Scherz.«

Ehe MacD eine weitere Erklärung liefern konnte, zog der Haitianer seine Hand weg, wobei er sich zwei Finger brach, und rannte auf die Fahrbahn, dem herannahenden Lastwagen direkt in den Weg. Er wurde vom Kühlergrill des Trucks niedergemäht und geriet unter seine Räder. Mehrere Frauen schrien auf. Zwei Männer kamen im Laufschritt herbei, um zu helfen, wichen jedoch zurück, als sie sahen, in welchem Zustand sich der Körper des Überfahrenen befand.

Alle waren von der Bereitschaft des Mannes geschockt, lieber freiwillig in den Tod zu gehen, als sich gefangen nehmen zu lassen.

»Lasst uns von hier verschwinden«, entschied MacD.

Während sie zur nächsten Straße trabten, um ein Taxi zu suchen, wählte MacD die Nummer der *Oregon*. Linda meldete sich.

»Wo seid ihr?«, fragte sie.

»Auf dem Rückweg.«

»Seid ihr alle okay?«

»Alles im grünen Bereich. Bericht folgt, wenn wir dort sind.«

»Beeilt euch. Wir wollen sofort ablegen.«

»Sind alle zurück an Bord?«

»Nein. Das ist das Problem. Wir können Max und den Chairman nicht erreichen.«

NEUNZEHN

Juan konnte sich nicht erinnern, wann er das letzte Mal einen Tag frei genommen hatte. Er hätte es auch diesmal sicher nicht getan, wenn Max nicht darauf bestanden hätte. Aber jetzt – auf dem achtzehn Meter langen und mit allen technischen Raffinessen ausgestatteten Carolina-Hochseeangelboot namens *Cast Away,* mit einer Flasche Red Stripe in der Hand und vier kapitalen Gelbflossenthunfischen in der Kühlbox – fragte er sich, weshalb er sich eigentlich jemals dagegen gesträubt hatte.

Das Boot kreuzte zehn Meilen vor der Küste, und vier Angelruten steckten in den Halterungen des drehbaren Kampfstuhls, an dessen Armlehne der abgewetzte lederne Kampfgürtel bereit hing. Juan und Max waren die einzigen Passagiere des luxuriösen Charterboots. Kapitän Craig Reed, ein redseliger Bostoner Feuerwehrmann, der sich in Montego Bay zur Ruhe gesetzt hatte und Angelausflüge für betuchte Kunden organisierte, saß am Ruder und fungierte als einziger Matrose des Bootes. Juan und Max hatten nichts anderes zu tun, als das schöne Wetter zu genießen und die eine oder andere Flasche Bier zu leeren, bis der nächste Fisch anbiss.

»Weißt du, Reed hatte genau die richtige Idee«, sagte Max und trank einen weiteren Schluck aus seiner Bierflasche.

»Die richtige Idee zu was?«

»Wie man sich stilvoll zur Ruhe setzt.«

Juan legte den Kopf schief und sah Max prüfend an. »Denkst du etwa daran, die Corporation zu verlassen?«

Max zuckte die Achseln. »Sicher nicht schon morgen, aber irgendwann ganz bestimmt. Ich bin jetzt auf dem Wasser, seitdem ich in Vietnam auf dieses Schnellboot versetzt wurde.«

»Und du liebst es.«

»Das tue ich. Deshalb hat es seinen Reiz, ein eigenes Charterboot für Angeltouren zu kaufen.«

»Bietet dir die Corporation nicht genug Aufregung?«

»Im Gegenteil. Manchmal zu viel.«

»Action hält dich jung.«

»Ich wünschte, sie würde auch was für mein Gewicht tun«, sagte Max und tätschelte seinen runden Bauch. Julia predigte ihm ständig, sich gesünder zu ernähren, aber die Nudelgerichte des Schiffskochs waren einfach zu verführerisch.

»Ich könnte neben deiner Station im Operationszentrum ein Laufband aufstellen lassen.«

»Wenn du das tust, setze ich mich wirklich zur Ruhe.«

»Dann haben wir eine Abmachung. Kein Laufband, kein Zur-Ruhe-Setzen.«

Sie stießen mit den Flaschen an und tranken.

»Nun, wie finde ich das denn?«, meldete sich Reed aus seinem Sessel auf dem Deck über ihnen. »Sieht so aus, als bekämen wir Konkurrenz an diesem schönen Plätzchen.«

Ein anderes Angelboot pflügte durchs Wasser. Es war etwa eine Meile entfernt und kam mit Höchstgeschwindigkeit auf sie zu. Dem Aussehen nach war es ein Hochleistungsboot, ein Zwanzig-Meter-Landeweer, einige Klassen besser als die *Cast Away*.

»Der Skipper hat es offenbar eilig«, stellte Juan fest.

»Das ist die *Oceanaire«*, sagte Reed und runzelte die Stirn. »Colin Porters Boot. Eine wahre Schönheit, und mit allem ausgerüstet, was gut und teuer ist, die schnellste Charter in Montego Bay. Aber warum ist Colin hier draußen? Er hat mir noch heute Morgen gesagt, dass er zu den Fischgründen östlich von hier wolle.«

»Ziemlich seltsam, dass er geradewegs auf uns zukommt«, sagte Max.

»Ich frag ihn mal, was los ist.« Reed versuchte, ihn über Funk zu rufen, aber anstelle einer Antwort konnte Juan aus dem Lautsprecher ein Geräusch hören, das an das Heulen eines elektrischen Hochfrequenzbohrers erinnerte.

»Was ist mit diesem Kasten los?«, fragte Reed und schlug mit der Faust auf die Konsole.

Juan sah Max irritiert an. »Klingt das nicht wie ein Störsignal?«

»Ganz sicher.« Max betrachtete das Boot mit zusammengekniffenen Augen, als ihm die Bedeutung von Juans Frage klar wurde.

Es hatte keinen Sinn, ihre Mobiltelefone zu überprüfen. Selbst wenn sie nicht gestört wurden, befanden sie sich weit außerhalb der Reichweite jedes Sendemasts.

»Stört jemand unser Funkgerät?«, fragte Reed. Er folgte ihren Blicken zur *Oceanaire.* »Colin? Das ist doch verrückt.«

Juan suchte den Horizont ab. »Keine anderen Boote sind in Sicht.«

»Das kann eigentlich nur ein Defekt sein«, sagte Reed. »Wahrscheinlich kommt er bloß her, um hallo zu sagen oder uns zu verraten, wo man heute die besten Aussichten auf einen guten Fang hat.«

»Hat er so etwas schon früher getan?«

»Na ja … nein.«

»Seltsamer Zufall, meinen Sie nicht? Dass sie mit vollem Tempo auf uns zukommen, kurz nachdem unser Funkgerät ausgefallen ist?«

»Aber unser Funksignal stören? Warum sollte er so etwas tun?«

»Das ist die Eine-Million-Dollar-Frage«, sagte Max.

Juan beugte sich zu Max vor und sagte leise: »Irgendetwas ist an der Sache faul.«

»Das kommt mir auch so vor«, meinte Max.

»Wenn es auf dem Boot einen tragbaren Störsender gibt, muss ein Plan dahinterstecken. Solche Geräte findet man nicht im örtlichen Baumarkt.«

»Woraus man schließen kann, dass sie nicht wollten, dass wir um Hilfe rufen.«

»Soweit ich es beurteilen kann, weiß niemand, dass wir hier draußen sind.«

»Dann sollten wir lieber auf Nummer sicher gehen.«

Juan schaute zu Reed hinauf. »Wahrscheinlich haben Sie recht, dass es keinen Grund zur Sorge gibt, aber vielleicht wäre es vernünftig, einige Vorsichtsmaßnahmen zu ergreifen. Ich habe bemerkt, dass unten im Salon zwischen den Angelruten und den Rollen eine Harpune an der Wand hängt.«

»Das alte Ding? Ich weiß noch nicht mal, wie es funktioniert. Ich hab sie gekauft, weil ich dachte, dass einige meiner Klienten auch mal Speerfischen wollen, aber bisher hat sich niemand dafür interessiert. Jetzt dient das Schätzchen nur noch als Wandschmuck.«

»Haben Sie etwas dagegen, wenn ich die Harpune irgendwo in Reichweite bereitlege? Nur für alle Fälle.« Juans Kampfbein befand sich auf der *Oregon*. Dort lag es gut, dachte er in diesem Moment bedauernd.

»Das ist nicht Ihr Ernst.«

»Ich möchte immer gern aufs Schlimmste vorbereitet sein.«

»Haben Sie überhaupt schon mal mit so einem Ding geschossen?«

»Mehrmals.«

Reed musterte ihn zweifelnd, dann betrachtete er kurz

das Funkgerät und nickte zögernd. »Denken Sie nur daran, dass Sie mich nicht wegen Fahrlässigkeit verklagen können, falls das Altertümchen nicht so will wie Sie. Ich habe auch nur einen Speer dafür. Um ehrlich zu sein, ich weiß noch nicht mal, ob das Ding überhaupt funktioniert.«

Juan stieg in die Kabine hinunter und ging zur Wand, an der auch die Reserveangeln hingen. Darüber hing die knapp zwei Meter lange Riffe-Harpune mit Pistolengriff. Unter Wasser betrug ihre Reichweite knapp sieben Meter. Obgleich Luft einen weitaus geringeren Reibungswiderstand hatte, wäre die Reichweite über Wasser zwar nur unwesentlich größer, aber es war besser als nichts.

Juan nahm Speer und Harpune von der Wand. Der Speer, der mit einer bösartig funkelnden eingekerbten Stahlspitze versehen war, wurde von je drei Gummizügen auf beiden Seiten des Schaftes aus Teakholz beschleunigt. Juan legte den Speer in die magnetische Führungsrille und spannte die Gummizüge, bis der Haken der Speerführung einrastete. Auf die Einholleine des Speers verzichtete er. Wenn er die Harpune tatsächlich benutzen sollte, hätte er nicht die Absicht, irgendetwas einzuholen.

Er kehrte an Deck zurück und sah, dass die *Oceanaire* sie jetzt fast erreicht hatte. Also lehnte er die Harpune gegen eine Schotte, wo sie nicht zu sehen, jedoch schnell erreichbar war.

»Max, steig am besten zu Craig auf die Kommandobrücke.« Falls die Situation brenzlig wurde, sollte Max möglichst in der Nähe des Ruders sein, um es sofort zu übernehmen. Max tat Juan den Gefallen und bezog neben den Kontrollen Position.

Die *Oceanaire* wurde langsamer und drehte bei, sodass sie längsseits kommen konnte. Weniger als eine Bootslänge trennte sie von der *Cast Away*. Mit im Leerlauf kehlig blubbernden Maschinen trieben beide Boote in der ruhigen See. Juan beobachtete ihre Besucher wachsam, bemühte sich jedoch um eine möglichst lässige Haltung.

Vier Männer waren auf dem anderen Boot zu sehen, zwei auf dem Brückendeck und zwei auf dem Angeldeck an achtern. Während der Mann am Ruder mit Shorts und T-Shirt bekleidet war, wirkten die anderen drei in langen Hosen und sommerlichen Sakkos irgendwie fehl am Platz. Es war nicht die Art Aufmachung, die Juan bei Angeltouristen erwarten würde. Alle blickten wachsam zur *Cast Away* hinüber.

»Porter, was haben Sie hier draußen zu suchen?«, rief Reed ihm zu.

Colin Porter, der Eigner der *Oceanaire,* musste der Mann im T-Shirt sein. Er sah den Mann neben sich an, als überlegte er, wie er die Frage beantworten sollte. Der andere Mann – athletische Figur, kurzer Bürstenhaarschnitt und militärische Haltung – hatte eine Ausstrahlung, die ihn als denjenigen identifizierte, der zurzeit auf dem Boot das Kommando führte. Er hatte ein kantiges Gesicht, ein wie aus Marmor gemeißeltes Kinn und einen eisigen Blick, der glühende Lava hätte einfrieren können.

Juan fragte sich, wer dieser Unbekannte war. Ein hochrangiger Vertreter der örtlichen Polizei? Ein Angehöriger des jamaikanischen Militärs? Juan verwarf diese beiden Möglichkeiten sofort. Keiner von beiden würde einen Störsender benutzen.

Ehe er weitere Vermutungen anstellen konnte, verstummte die Maschine der *Oceanaire*. Porter rief, so laut er konnte: »Reed, die wollen Sie umbringen!« Gleichzeitig holte er mit einem Arm aus und schleuderte etwas, das wie ein Schlüsselbund aussah, über Bord.

Der Mann neben Porter drehte sich um und schoss ihm mit einer Pistole, ohne mit der Wimper zu zucken, in den

Kopf. Porters Körper kippte über die Reling und versank im Wasser.

Sofort griffen seine Männer hinter sich und hatten plötzlich Schnellfeuergewehre in den Händen, die sie auf die *Cast Away* richteten.

Im selben Moment ergriff Juan die Harpune und zielte damit auf den Gewehrschützen, der ihm am nächsten war. Alle feuerten gleichzeitig.

Der Harpunenspeer bohrte sich dem Schützen auf dem Achterdeck mitten in die Brust, sodass er nach hinten kippte und seine Waffe einen Kugelhagel über Juans Kopf in die Luft spuckte.

Der Schütze neben ihm zielte auf die Kommandobrücke der *Cast Away*. Während Juan mit einem Hechtsprung in Deckung ging, bekam er aus dem Augenwinkel mit, wie Max den Gashebel nach vorn stieß. Das plötzliche Aufbäumen des Bootes beim Durchstarten rettete Reed das Leben. Eine Kugel traf seine Schulter – statt seiner Brust. Die restlichen Kugeln stanzten eine gleichmäßige Lochreihe in die Decke des Brückenaufbaus.

Sie hielten die Köpfe gesenkt, als weitere Projektile den Rumpf der *Cast Away* perforierten. Nach weniger als einer Minute befanden sie sich außer Schussweite, und das Gewehrfeuer verstummte. Die *Oceanaire*, die nun weiter antriebslos auf den Wellen schaukelte, blieb hinter ihnen zurück.

Juan stieg eilig zur Kommandobrücke hinauf und traf Max dabei an, wie er einen Notverband auf Reeds Schulter presste. Der Verband – ein frischer Putzlumpen – war bereits mit Blut durchtränkt. Juan löste Max ab, damit dieser das Boot lenken konnte.

Reed war wach und geistig vollständig auf der Höhe. Seine Schulter war blutbesudelt und bot einen hässlichen Anblick. Offenbar stand er nicht unter Schock. Wahrscheinlich hatte er in seiner Laufbahn als Feuerwehrmann ähnliche Situationen en masse erlebt.

Juan inspizierte die Wunde. Reed zuckte gelegentlich vor Schmerzen zusammen, beklagte sich jedoch nicht.

»Keine Austrittswunde, und die Kugel hat offenbar auch keine Arterie verletzt«, sagte Juan. »Sie haben Glück gehabt.«

»Und wie«, knurrte Reed mit zusammengebissenen Zähnen, »ich fühle mich, als hätte ich soeben in der Lotterie den Hauptgewinn abgeräumt.«

»Wäre Ihr Freund nicht gewesen, hätte keiner von uns überlebt. Er hat den Zündschlüssel in den Teich geworfen, um uns zu schützen.«

»Ich kann nicht glauben, dass Porter tot ist. Er war ein guter Mann, und diese Bestie hat ihn kaltblütig ermordet. Wer sind diese Leute? Warum wollen Sie uns töten?«

»Das weiß ich nicht, aber wir werden es herausbekommen. Zuerst müssen wir Sie in ein Krankenhaus bringen.«

»Wir brauchen mindestens eine halbe Stunde, um nach Montego Bay zurückzukehren«, sagte Max und drehte sich zu ihnen um. Aber sein Blick wanderte weiter auf den Ozean, dabei verfinsterte sich seine Miene. »Leider muss ich mich korrigieren. Ich glaube nicht, dass wir noch eine halbe Stunde haben.«

Juan wandte sich um, folgte seinem Blick und sah, dass die *Oceanaire* keine lahme Ente mehr war. Sie schob eine schäumende Bugwelle vor sich her.

Die Mörder hatten es offensichtlich geschafft, die Zündung des Motors kurzzuschließen, und nun lief die Maschine mit voller Kraft. Die *Oceanaire* verfolgte sie nicht nur, sie holte zügig zu ihnen auf.

ZWANZIG

»Das Funkgerät ist noch immer nutzlos«, stellte Max fest.

»Bis wir den Hafen erreichen, sind wir auf uns selbst angewiesen«, sagte Juan, während er weiterhin die Hand auf Reeds Schulterwunde presste. Die Verletzung war schlimmer, als es anfangs den Anschein gehabt hatte. Der ehemalige Feuerwehrmann hatte jetzt Atemprobleme, und Juan fragte sich, ob möglicherweise ein Knochensplitter in die Lunge eingedrungen war.

»Ich schätze, wir haben höchstens zehn Minuten, ehe sie wieder bis auf Schussweite herangekommen sind und auf uns feuern. Der Schuss mit der Harpune war zwar ein Volltreffer, aber sie war unsere einzige Waffe.«

»Haben Sie noch irgendetwas anderes an Bord, das wir benutzen könnten?«, wollte Juan von Reed wissen.

Reed, dessen Gesicht mittlerweile aschfahl war, schüttelte stumm den Kopf.

»Es muss doch irgendetwas auf dem Boot sein, womit wir uns verteidigen können«, sagte Max. »Sobald sie nahe genug herangekommen sind, mähen sie uns entweder nieder, oder sie kommen an Bord, falls wir versuchen, uns in der Kabine zu verbarrikadieren. So richtig kann ich mich mit keiner dieser beiden Möglichkeiten anfreunden.«

»Dann muss ich mir irgendetwas ausdenken«, sagte Juan und legte Reeds heile Hand auf den Verband. »Können Sie eine Weile daraufdrücken?«

Reed nickte schwach. Juan war es gar nicht recht, ihn sich selbst zu überlassen, aber er konnte nicht mehr für ihn tun, ehe sie in Sicherheit gelangten, das heißt, falls sie überhaupt in Sicherheit gelangten.

Juan stieg nach unten und konnte gleichzeitig beobachten, wie der eine der beiden Männer auf der *Oceanaire* mit seinem Schnellfeuergewehr aufs offene Vorderdeck kam, während sein Komplize das Boot lenkte. Er legte sich hin und zielte mit seiner Waffe auf die *Cast Away*, schoss jedoch nicht. Offenbar wollte er keine Munition vergeuden, bis er in Schussweite gelangt war. Max verzichtete aus ähnlichen Gründen auf Fluchtmanöver, ehe sie tatsächlich massiv beschossen wurden. Vorzeitige Kurswechsel hätten lediglich ihr Tempo gedrosselt und ihren Verfolgern eine noch bessere Chance verschafft, sie einzuholen.

Die nutzlos gewordene Harpune lag neben dem Angelkampfstuhl, wo Juan sie achtlos fallen gelassen hatte. Leere Bierflaschen waren von ihren Stellflächen heruntergepurzelt, als Max Vollgas gegeben hatte, rollten nun hin und her und prallten gelegentlich klirrend gegen Heckbalken.

Juan zog den Kopf ein und betrat die Kabine auf der Suche nach allem, was sich in dieser Situation als nützlich erweisen konnte. In der großzügig bestückten Küche fanden sich ausreichende Mengen an Speisen und Getränken, jedoch nichts Gefährlicheres als ein Besteckmesser. Juan hatte sein eigenes Taschenmesser, aber das eignete sich höchstens als Waffe bei einem Handgemenge auf engstem Raum.

Er öffnete die Klappe des Maschinenraums und kletterte hinein, um sich dort umzuschauen. Obgleich es durchdringend nach Dieseltreibstoff und Schmieröl roch, sah die Anlage aus, als werde sie sorgfältig gewartet. Juan entdeckte einen Werkzeugkasten, aber der enthielt nur wenig mehr als einen Schraubenschlüssel und ein paar Schraubendreher. Nichts, was einem Sturmgewehr standhalten würde.

Er wollte den Maschinenraum schon wieder verlassen, als ihn der durchdringende Geruch innehalten ließ. Er erkannte, dass sie tatsächlich über eine Waffe verfügten: den Treibstoff selbst. Er musste irgendeinen Weg finden, ihn zur *Oceanaire* rüberzubringen, hatte jedoch keine Idee, bis die Erinnerung an die leeren Bierflaschen sein Gehirn auf Trab brachte.

Also eilte er zum Außendeck hinauf und sammelte vier Red-Stripe-Flaschen ein. Dann holte er die tragbare Bilgenpumpe, die zur Standardausrüstung seegängiger Charterboote gehörte, und kehrte mit seiner Ausbeute in den Maschinenraum zurück.

Dort öffnete er die Verschraubung des Treibstofftanks und schob den Pumpenschlauch hinein. Wenige Bewegungen mit dem Pumpenhebel reichten aus, um die charakteristischen kleinen Bierflaschen zu füllen.

Mit den Flaschen und dem Werkzeugkasten begab er sich in die Bordküche, wo er so lange in den Schubladen herumkramte, bis er ein Zigarettenfeuerzeug fand. Dann holte er eine Schwimmweste aus dem Gerätefach, klappte sein Taschenmesser auf und schnitt die Weste auf, um den Schaumstoff herauszupulen, mit dem sie gefüllt war. Den Schaumstoff schnitt er in Streifen und stopfte diese in die Flaschen, wo sie sich auflösten und den Dieseltreibstoff in ein klebriges Gelee verwandelten. Dann holte er einige kleine Geschirrtücher aus der Küche, um sie in die Flaschenhälse einzufädeln. Er drehte die Flaschen auf den Kopf, sodass sich die Behelfsdochte mit Dieseltreibstoff vollsogen.

Damit besaß er vier Molotow-Cocktails. Nun brauchte er sich nur noch zu überlegen, wie er sie am besten ins Ziel brachte.

Sie zu werfen war zwar die offensichtliche Wahl, jedoch würde er sich dabei gleichzeitig dem Gewehrfeuer ihrer

Verfolger aussetzen. Ihm gelänge vielleicht ein einziger guter Wurf, bevor er niedergestreckt wurde, und die Boote dürften keinen allzu großen Abstand zueinander haben, um einen Treffer zu gewährleisten. Eher brauchte er einen Wurfmechanismus mit höherer Geschwindigkeit – und erkannte plötzlich, dass die Harpune ihm diese Geschwindigkeit liefern würde.

Oben auf dem Deck wagte Juan einen Blick nach hinten und sah, dass die *Oceanaire* sich ihnen inzwischen gefährlich genähert hatte. Der Schütze feuerte zwei Schüsse ab, jedoch war kaum damit zu rechnen, dass die Kugeln bei dieser Entfernung ein bewegliches Ziel treffen würden.

»Was immer du vorhast«, rief Max, »beeil dich lieber!«

»Noch zwei Minuten«, erwiderte Juan, während er die Molotow-Cocktails in die Kühlbox legte, um schneller an sie heranzukommen.

»Ich tue, was ich kann.«

»Um mehr bitte ich gar nicht.«

Mit dem Messer kappte Juan die drei Gummischläuche auf jeder Seite der Harpune und knüpfte sie zu zwei langen Schläuchen zusammen. Mit einem Schraubenzieher aus dem Werkzeugkasten montierte er schnell die Rückenlehne des drehbaren Angelkampfstuhls ab und ließ sie achtlos aufs Deck fallen. Jeden Schlauch knotete er um eine der stählernen Armlehnen des Kampfsessels. Die anderen Enden der Schläuche verband er mit dem ledernen Kampfgürtel und erhielt auf diese Weise eine bestens geeignete Tasche zur Aufnahme einer Bierflasche.

Seine Schleuder war einsatzbereit. Und weil der Sessel drehbar gelagert war, ließ sich in einem Winkelbereich von einhundertachtzig Grad jedes Ziel anvisieren. Jetzt konnte er die Molotow-Cocktails auf die Reise schicken, ohne den Kopf höher als nur wenige Zentimeter über den Heckbalken zu erheben.

Das setzte natürlich voraus, dass die Apparatur tatsächlich funktionierte. Es gab nur einen Weg, dies herauszufinden. Aber er durfte unmöglich das Überraschungsmoment vorzeitig vergeuden.

Juan schlich zur Kommandobrücke zurück.

»Max, ich möchte, dass du kehrtmachst.«

Max wollte oder konnte es nicht glauben. »Tut mir leid. Ich dachte, ich hätte dich soeben sagen hören, dass ich umkehren soll.«

»Wegzulaufen zögert das Unvermeidliche doch nur hinaus. Ich habe eine kleine Überraschung für diese Piraten da auf Lager. Molotow-Cocktails – und ich bin jetzt bereit, sie abzufeuern.«

»Das bedeutet, dass wir sie nahe an uns heranlassen müssen.«

Juan nickte. »Aber nicht mehr als fünfzig Meter, schätze ich.«

»Oh, gut. Ich dachte schon, es könnte gefährlich werden.«

»Ich wusste doch, dass du Herausforderungen liebst.« Juan begab sich wieder aufs Achterdeck hinunter, während Max mit der *Cast Away* wendete.

Juan hätte höchstens zwei Minuten Zeit, ehe sie sich einander bis auf Schussweite genähert hätten. Er lud eine ungeöffnete Bierflasche in die Tasche seiner Schleuder und zog diese zurück, bis die Gummischläuche bis zum Zerreißen gespannt waren. Der sorgfältig geschmierte Sessel ließ sich mühelos drehen, als er die Tasche hin und her bewegte.

Da sich die *Oceanaire* knapp vor ihnen befand, war es unwahrscheinlich, dass die Angreifer mitbekämen, welche Absichten Juan verfolgte. Er zielte auf den Berg, dessen Spitze über den Horizont ragte, hielt die Luft an und ließ die Ledertasche los.

Begleitet von einem singenden Laut der Gummischläuche flog die Bierflasche vom Boot weg. Sie beschrieb einen eleganten Bogen und landete in sechzig Metern Entfernung in ihrem Kielwasser. Juan machte noch zwei Übungsschüsse, bis er ein Gefühl für die Behelfswaffe entwickelt hatte. Nun brauchte er aber ein richtiges Ziel.

»Mach dich bereit!«, rief Max.

»Kopf runter!«, antwortete Juan.

Er drückte sich mit dem Rücken gegen das Schott und zündete den ersten Molotow-Cocktail an, während die *Cast Away* in einem weiteren Halbkreis herumschwang. Der Schütze auf dem Oberdeck – offenbar ein erfahrener Soldat – feuerte kurze Salven von drei Schüssen, anstatt das Magazin mit Dauerfeuer zu leeren. Kugeln prallten gegen die Kommandobrücke, sein vordringliches Ziel.

Die *Oceanaire* kam nun vollends herum und ging auf Verfolgungskurs. Als sie sich direkt hinter ihnen befand, legte Juan die brennende Flasche in die Ledertasche und zog diese zurück. Er zielte und ließ los.

Die Flasche stieg in die Luft, aber Juan erkannte sofort, dass er die Geschwindigkeit des Verfolgerboots falsch berechnet hatte. Der Molotow-Cocktail flog über die *Oceanaire* hinweg und tauchte ohne Schaden anzurichten hinter ihr ins Wasser.

Juan zündete eine weitere Flasche an und verschob den Zielpunkt. Der Schütze auf der *Oceanaire,* der erkannte, dass sich ihm nun ein lohnenderes Ziel bot als die Kommandobrücke, konzentrierte sein Feuer auf den Heckbalken der *Cast Away.* Wäre die See ruhiger gewesen, hätte er Juan vielleicht wesentlich leichter treffen können, aber die kleinen Wellen bewirkten, dass die Projektile gegen das Schott über Juans Kopf prallten.

Juan servierte den zweiten Cocktail, zielte diesmal jedoch zu kurz. Die Flasche prallte knapp oberhalb der Wasserlinie gegen den Bug, aber die Flammen wurden von der Gischt der Bugwelle sofort gelöscht.

Entweder sah der Steuermann der *Oceanaire* die Molotow-Cocktails nicht oder sie störten ihn nicht, denn er setzte die Jagd einfach fort, ohne auch nur einen Deut von seinem Kurs abzuweichen. Juan hatte nur noch zwei Brandbomben übrig.

Er zündete die dritte an und lud sie in die Schleuder. Diesmal ging er das Risiko ein, den Kopf höher zu heben, um genauer zielen zu können. Er schickte die Flasche auf die Reise, während ihm die Kugeln sirrend um die Ohren flogen.

Juan und der Schütze wussten beide, dass die Flasche – sobald sie losgelassen wurde – diesmal ihr Ziel finden würde. Der Mann raffte sich vom Deck auf, um der durch die Luft wirbelnden Flasche auszuweichen, aber er hatte zu spät reagiert. Die Flasche schlug vor ihm auf dem Deck auf, zerschellte und bespritzte ihn und das Boot mit der brennenden Geleemischung.

Ein loderndes Inferno hüllte den Schützen ein. Seine Schreie hallten über das Wasser, während er in namenloser Qual über das Deck tanzte. Für einen Moment glaubte Juan, dass der Mann sein Leiden linderte, indem er ins Wasser sprang, aber dann fiel auf der *Oceanaire* ein einzelner Schuss. Der brennende Schütze brach auf dem Bootsdeck zusammen, durch den Steuermann von seinen Leiden erlöst.

Juan bereitete die letzte Flasche vor, aber er brauchte sie nicht mehr. Der Bootslenker musste erkannt haben, dass die Chancen ausgeglichen waren und ihn nicht mehr begünstigten. Die *Oceanaire* drehte ab und nahm direkten Kurs auf den nächsten Strand. Er sollte sich glücklich schätzen, wenn er es bis zur Küste schaffte, ehe er das Feuer löschen konnte oder sein Boot sank.

Die *Cast Away* durfte sich sowieso keine weiteren Auseinandersetzungen leisten. Die Maschine hustete und spuckte. Einige Projektile hatten offenbar den Rumpf durchschlagen und die Maschine beschädigt oder eine Treibstoffleitung zerfetzt. So konnten auch sie ihrem Schicksal dankbar sein, wenn sie es schafften, sich nach Montego Bay zu schleppen.

Juan stieg zur Kommandobrücke hinauf.

»Guter Schuss, Partner«, sagte Max.

»Bist du okay?«

»Die Rückenlehne meines Sessels hat sich für mich geopfert.« Das dicke Leder hatte drei Kugeln abgehalten. »Was ist mit dir?«

»Nicht ein einziger Kratzer.«

Juan bückte sich und sah, dass Reed während des Scharmützels das Bewusstsein verloren hatte.

»Wie geht es ihm?«, fragte Max.

»Nicht gut.«

»Ich hole alles heraus, was in ihr steckt, aber wenn die Maschine den Geist aufgibt, müssen wir auf Rettung warten.«

»Viel Zeit hat Reed nicht mehr. Versuch's noch mal mit dem Funkgerät.«

Das Pfeifen war verstummt. Jetzt befanden sie sich außer Reichweite des Störsenders. Max sendete einen Hilferuf auf der Notfallfrequenz. Die Antwort überraschte beide.

»Max, hier ist Linda. Seid ihr okay?«

»Juan und mir geht's gut, aber wir haben einen Schwerverletzten an Bord.«

»Wir haben den Hafen vor einer Viertelstunde verlassen, um euch zu holen.« Sie brauchte nicht eigens darauf hinzuweisen, dass die *Oregon* sie anhand der subdermalen Peilsender aufgespürt hatte, die jedem Mannschaftsmitglied in einen Oberschenkel eingepflanzt wurden. »Ich habe das RHIB zu Wasser gelassen. Ihr müsstet es jeden Moment sichten.«

Juan und Max sahen einander besorgt an. Wenn die *Oregon* den Hafen so schnell verlassen hatte, dann musste dort mehr geschehen sein, als man ihnen mitgeteilt hatte. Aber darüber wollten sie jetzt lieber nicht auf einem offenen Kanal diskutieren.

»Verstanden, Linda. Wir setzen uns ins Bild, wenn wir mit euch zusammentreffen. Bestell Julia, dass sie alle Vorbereitungen zur Aufnahme des Verwundeten treffen soll.«

»Verstanden. Ende und aus.«

Das Festrumpfschlauchboot machte hohe Fahrt und schaffte die Strecke bis zu ihnen in kürzester Zeit. Als es längsseits ging, schaltete Max die hustenden Maschinen der *Cast Away* aus.

MacD und Trono sprangen auf das Angelboot hinüber.

»Bei Ihnen gab es offenbar einiges an Action, Chairman«, meinte MacD, während er den Schaden begutachtete.

»Kann man wohl sagen, aber Sie sollten mal die anderen Typen sehen.«

»Ich glaube, das können wir«, sagte Trono und deutete auf eine Qualmwolke in Küstennähe. »Sind sie das?«

Juan nickte. »Hat Gomez den Chopper startbereit?«

»Da wir im Hafen lagen, hat er heute Morgen eine Generalinspektion durchgeführt. Es dürfte höchstens eine halbe Stunde dauern, bis er in der Luft ist. Wollen Sie, dass wir diese Kerle verfolgen?«

»Nein, wir müssen den Kapitän des Bootes so schnell wie möglich zur *Oregon* bringen. Er wurde angeschossen.«

So behutsam wie irgend möglich hoben sie Reed ins Schlauchboot.

Als er eine einigermaßen bequeme Lage eingenommen

hatte, sagte Juan: »MacD, bleiben Sie auf der *Cast Away*. Wir schicken Ihnen zwei Techniker, um sie wieder in Gang zu bringen. Danach überlegen wir, wie wir weiter mit ihr verfahren.«

Das RHIB legte ab und flog über die Wellen.

»Ich kann es kaum erwarten zu erfahren, wie Sie es mit jemandem aufnehmen konnten, der Ihr Boot mit so vielen Kugeln durchlöchert hat«, sagte Trono, während er sich um Reed kümmerte.

»Ich möchte erst einmal wissen, weshalb die *Oregon* so frühzeitig abgelegt hat«, sagte Max.

»Sie beide waren nicht die Einzigen, die heute angegriffen wurden.«

»Gab es Verluste?«, fragte Juan.

»Nur Mark Murphy. Er hat sich eine Kugel im Unterschenkel eingefangen. Hux meinte, er sei bald wieder fit, allerdings müsse er eine Zeitlang auf sein Skateboard verzichten.«

»Wer wurde sonst noch angegriffen?«

»Alle, die an Land waren.«

Juan und Max wechselten sorgenvolle Blicke. Die Mannschaft war dank detaillierter Kenntnisse ihrer jeweiligen Aufenthaltsorte gezielt attackiert worden. Das ließ nur eine Schlussfolgerung zu.

Jemand hatte den Sicherheitsschirm der *Oregon* durchbrochen.

EINUNDZWANZIG

Zwei Minuten bevor sie explodierte und mit den Leichen seiner Männer an Bord versank, sprang Hector Bazin von der brennenden *Oceanaire* ins Wasser, um an Land zu schwimmen. Bewaffnet mit seiner SIG Sauer hielt er das erste Fahrzeug an, das auf der Straße vorbeikam. Es war ein von Rost zerfressener Pick-up, der von einem kaum ansprechbaren, nach Marihuana stinkenden Rastafari gelenkt wurde. Ein Schuss in den Kopf, und Bazin hatte einen fahrbaren Untersatz. Er versteckte den Toten zwischen den Bäumen am Straßenrand und fuhr zügig zum Sangster International Airport von Montego Bay.

Sein durchnässtes Telefon war nutzlos, und er konnte nicht riskieren, das Telefon des Toten zu benutzen, um seinen Piloten zu instruieren, die Gulfstream aufzutanken und startklar zu machen. Er wollte nicht, dass irgendeine Verbindung zwischen diesem Mord und dem Flugzeug existierte. Ihm blieb noch die Hoffnung, dass seine anderen Männer erfolgreicher gewesen waren und verschwinden konnten.

Während der Fahrt dachte Bazin wütend über die verpasste Gelegenheit nach. Angesichts so vieler gleichzeitig anzugreifender Ziele hatte er keine zeitnahen Informationen vom Doktor erhalten können, sonst hätte er Juan Cabrillos Verteidigungsstrategie vielleicht im Vorhinein durchschauen können. Aber das war keine Entschuldigung. Bazin hatte gewusst, dass sich der Chairman unbewaffnet auf dem Boot aufhielt, und das hätte ausreichen müssen.

An solche Rückschläge war Bazin nicht gewöhnt. Seit seiner frühen Jugend in den Slums von Port-au-Prince hatte er eine besondere Fähigkeit an den Tag gelegt, seine Vorhaben unter schwierigen Umständen erfolgreich abzuschließen. Wenn Bazin etwas brauchte – seien es Lebensmittel, Bildung oder Geld –, fand er stets einen Weg, es zu beschaffen. Wie hunderttausende armer Kinder in Haiti war Bazin ein *Restavec* gewesen, ein Kind, das zu einer reichen Gastfamilie geschickt wurde, um im Haushalt zu arbeiten.

Trotz der Möglichkeit, eine Schulausbildung zu absolvieren, und ausreichender Ernährung verabscheute Bazin sein neues Zuhause bei einem hochrangigen Regierungsbeamten des Außenministeriums. Prügel wegen geringster Vergehen waren hier an der Tagesordnung. Dem anderen *Restavec* im Haushalt – einem Waisen namens Jaques Duval, der ein Jahr älter war als er – blieben solche Misshandlungen erspart, weil er ihm vorgezogen wurde. Er war der adoptierte Sohn des kinderlosen Ministers.

Die Körperstrafen wurden noch schlimmer, als die gesamte Familie in die luxuriöse Umgebung der haitianischen Botschaft in Paris umzog. Nachdem er nach einer besonders drakonischen Bestrafung mit gebrochenem Kiefer, gebrochenem Arm und gebrochenen Rippen in ein Krankenhaus eingeliefert wurde, nutzte er die Gelegenheit, in Frankreich Asyl zu suchen. Da er keine besonderen Fähigkeiten vorweisen konnte, ging er zur französischen Fremdenlegion und diente in der Eliteeinheit für Kommandoeinsätze.

Bazin liebte zwar die Ausbildung und den Dienst beim Militär, lehnte sich jedoch gegen jegliche Autorität auf, weil sie ihn an seine Kindheit als *Restavec* erinnerte. Er wollte endgültig selbst über sein Schicksal bestimmen, daher verließ er das Militär nach zehn Jahren, um seine

Dienste als Söldner zur Verfügung zu stellen. Dabei baute er sich ein umfangreiches Netzwerk von Kontakten auf und bildete schließlich seine eigenen Soldaten aus, die er aus dem unerschöpflichen Vorrat armer junger Männer in Haiti aussuchte.

Er wusste, dass Cabrillo und seine Mannschaft ebenfalls Söldner waren. Aber sie unterlagen anscheinend dem Irrtum, dass ihre Missionen von einem edlen Anliegen getragen wurden. Er dagegen betätigte sich einzig und allein wegen des Profits in diesem Geschäft. Er nahm jeden Auftrag an, der gut bezahlt wurde, ganz gleich, welche Maßnahmen die jeweilige Operation von ihm verlangte. Er engagierte ausschließlich Männer, die seine Skrupellosigkeit teilten, einige, weil es ihnen gefiel, und andere, weil sie genau wussten, wie Bazin reagieren würde, wenn sie versagten oder ihn verrieten.

Sein Ruf machte den Doktor auf ihn aufmerksam, der über verschiedene Mittelsmänner mit ihm Kontakt aufgenommen hatte. Das Geld floss von Anfang an und strömte seit einem halben Jahr wie ein Tsunami auf sein Konto.

Bazins Debütmission für den Doktor war die Rolle des Vermittlers beim Verkauf gestohlener amerikanischer Militärtechnologie an einen weiblichen venezolanischen Admiral namens Dayana Ruiz. Es handelte sich um die Unterwasserdrohnen-Hardware eines Projekts namens »Piranha« der US-Navy. Der Verkaufspreis betrug einige Millionen Dollar, und Bazins Anteil war beträchtlich gewesen. Als ihm der Doktor nun einen Exklusivvertrag für eine wesentlich umfangreichere Operation anbot, hatte Bazin keine Sekunde gezögert, dieses Angebot anzunehmen.

Der Auftrag bestand darin, über geheime Kanäle wissenschaftliche Apparaturen zu beschaffen, deren Zweck Bazin vollkommen rätselhaft war. Unter der Anleitung des Doktors und mit der Hilfe von Ingenieuren und Technikern machte sich Bazin daran, eine geheime Einrichtung aufzubauen, die anscheinend keinerlei nützlichen Zweck erfüllte. Erst als sie schließlich in Betrieb genommen wurde, begriff Bazin das wahre Ausmaß der Visionen des Doktors. Er machte Bazin mit den atemberaubenden Details vertraut und ließ keinen Zweifel daran, dass, wenn der Haitianer weiterhin mit ihm gemeinsame Sache machte, er mit mehr Reichtum und Macht belohnt würde, als er sich je hätte träumen lassen.

Die Beteiligung der kolumbianischen Drogenbosse war lediglich ein Mittel zum Zweck. Obgleich der Verkauf der Drohnen die nötigen Geldmittel in die Kassen gespült hatte, um die Phase eins der Operation zu starten, brauchte der Doktor weitere Millionen, um seinen großen Plan in die Tat umzusetzen. Und die Kokainkartelle lieferten dieses Geld. Nachdem Bazin, der sich mittlerweile das uneingeschränkte Vertrauen des Doktors verdient hatte, erfuhr, wohin Phase zwei führen würde, war er sofort freudig bereit, seinen Teil zu ihrem Gelingen beizutragen.

Das Einzige, was ihrem Erfolg im Weg stand, war die Mannschaft der *Oregon*.

Bazin fuhr mit dem Pick-up nach Montego Bay und ließ den Wagen auf einem verlassenen Grundstück stehen. Mittlerweile waren seine Kleider wieder getrocknet. Er hielt ein Taxi an, das ihn zum Privatjetbereich des Flughafens brachte, wo er nach Erledigung der Zollformalitäten in die Gulfstream einstieg.

Der einzige andere Gast in der Kabine war David Pasquet, ein ehemaliger Offizier des SWAT-Teams der haitianischen National Police. Er war der Scharfschütze, der in Marsch gesetzt worden war, um Eric Stone und Mark Murphy auszuschalten.

»Wo sind denn all die anderen?«, wollte Bazin von ihm wissen.

Pasquet schüttelte mit ernster Miene den Kopf. »Es kommt niemand mehr.«

Bazin starrte ihn ungläubig an. »Tot?«

»So habe ich es in den Polizeiberichten gehört. Ich selbst habe es auch nur mit Mühe und Not geschafft herzukommen.«

Bazin steckte den Kopf ins Cockpit und befahl dem Piloten mit mühsam unterdrückter Wut, augenblicklich zu starten, sobald er dazu die Freigabe erhielt.

»Was ist passiert?«, schnappte Bazin, während er frische Kleider anzog.

»Ich kann nur Vermutungen anstellen«, begann Pasquet, »aber ich glaube, dass mindestens eine der beiden Frauen im Wellnessspa den Angriff überlebt hat und die anderen gewarnt haben muss. Als ich meine vorgesehene Position aufsuchte, gingen die Zielobjekte bereits in Deckung. Einen von ihnen habe ich anscheinend trotzdem erwischt, aber die Polizei erschien, ehe ich beide wegputzen konnte. Die *Oregon* hat vor über einer Stunde den Hafen verlassen.«

Bazin berichtete ihm von seiner Seeschlacht mit Cabrillo.

»Inklusive der beiden, die mich begleiteten, haben wir heute neun Männer verloren.« Bazin schüttelte entrüstet den Kopf. Das waren zwar nicht seine besten Männer gewesen, aber immerhin die besten, die er auf die Schnelle hatte finden können. »Diese Mannschaft ist gefährlich, selbst außerhalb ihres geheimnisvollen Schiffes. Wir haben uns auf unserer überlegenen Überwachungstechnik ausgeruht.«

»Meinst du, das gefährdet den Plan?«, fragte Pasquet.

»Das muss der Doktor entscheiden.«

Sobald der Jet gestartet war, wappnete sich Bazin für das Telefongespräch, das er nun führen musste. Es würde nicht sehr angenehm werden.

Als sich der Doktor meldete, war er so kurz angebunden wie immer. »Und?«

»Sie sind entkommen.«

»Wie viele?«

Bazin verzog das Gesicht. »Alle.«

Für einen kurzen beklemmenden Moment herrschte am Telefon Stille. »Ich habe Ihnen im wahrsten Sinne des Wortes die besten Informationen, die man für Geld kaufen kann, verschafft, und Sie haben sie entkommen lassen?«

»Die Pläne wurden ziemlich kurzfristig entwickelt«, sagte Bazin und wusste gleichzeitig, wie lahm diese Verteidigung klang.

»Sie wissen, dass die Drohnenabfangmission schon in vier Tagen stattfindet. Wir dürfen uns keine Fehler mehr leisten.«

»Ich kann Ihnen versichern, dass so etwas nicht wieder geschehen wird.«

»Wenn das U.S. Militär davon Wind bekommt, dass deren Piranha-Drohnen nicht nur gestohlen, sondern auch praktisch eingesetzt wurden, könnte diese Spur direkt zu Ihnen und zu mir führen. Sollte es noch vor der Mission so weit kommen, könnte der gesamte Plan scheitern. Ist Ihnen das klar?«

»Sollen wir die Venezolaner warnen, dass deren Operationen möglicherweise gefährdet sind?«

»Nein. Ich habe in den Steuercode der Drohnen eine Hintertür eingebaut. Sobald sie heute ihr Werk vollbracht haben, schalte ich die Dinger auf Selbstzerstörung. Sie werden versinken, und danach wird niemand jemals wieder von ihnen hören.«

»Was ist mit Admiral Ruiz?«

»Was soll mit ihr sein? Die Drohnen haben den Job für sie erledigt. Außerdem ist es ihre Schuld. Hätte sie die *Ore-*

gon nicht entkommen lassen, hätten wir jetzt nicht dieses Problem.«

»Und die *Oregon*?«

»Die steht für alle Fälle ständig unter Beobachtung.«

»Sie hat Montego Bay verlassen und müsste sich jetzt in der Nähe des Punktes befinden, an dem ich die Verfolgung von Juan Cabrillos Angelboot abbrechen musste.«

»Ich kann das Schiff und seine Mannschaft nicht beobachten, solange ich nicht genau weiß, wo sie sich aufhalten. Der Jet soll über der Gegend kreisen und mir die Koordinaten melden.«

»In der Zeit, die ich gebraucht habe, um den Flughafen zu erreichen, können sie nicht weit gekommen sein«, sagte Bazin. »Wir werden sie finden.«

Bazin erklärte dem Piloten, welchen Kurs er fliegen solle. Es war die Route der *Oceanaire* von Montego Bay zu den Fischgründen plus der Strecke, die das Schiff seitdem zurückgelegt hatte. Die Wolkendecke war niedrig, unter dreitausend Fuß, sodass der Pilot noch tiefer sinken musste, um die Suche nach dem Schiff zu starten.

Sie brachen durch die Wolkendecke, und Bazin hielt sich bereit, um dem Doktor die GPS-Koordinaten zu senden, sobald er das Schiff entdeckte. Als der Himmel unter ihnen frei war, war alles, was sie sahen, ein grenzenloser blauer Teppich, der sich vor der Küste Jamaikas in alle Richtungen ausstreckte. Das einzige Schiff in Sicht war ein Kreuzfahrtschiff am fernen Horizont. Ansonsten war die See vollkommen leer und unberührt. Es gab noch nicht einmal einen Hinweis auf die *Cast Away*, was vermutlich als Beweis dafür gewertet werden konnte, dass sie mittlerweile auf den Grund des Ozeans gesunken war. Und was den Frachter betraf, so stand Bazin vor einem absoluten Rätsel.

Denn die *Oregon* war verschwunden.

ZWEIUNDZWANZIG

DREISSIG MEILEN ÖSTLICH VON JAMAIKA

Juan war sich darüber im Klaren, dass die jamaikanischen Behörden eine ganze Menge Fragen stellen würden: weshalb überall auf der Insel tote Männer herumlägen und zwei Charter-Angelboote verschwunden seien. Daher entschied er, lieber nicht nach Montego Bay zurückzukehren.

Anstatt Craig Reeds Angelboot zu reparieren und es ohne ihn an Bord nach Montego Bay zurückzubringen, hievten sie es mit einem der Kräne der *Oregon* aus dem Wasser und in den größten Frachtraum, in dem Techniker die Maschinen reparieren und sämtliche anderen Schäden beseitigen würden – natürlich gratis und als Wiedergutmachung für die Probleme, die sie verursacht hatten.

Sobald die *Cast Away* in ihrem neuen Quartier gesichert worden war, ordnete Juan für die *Oregon* volle Kraft voraus an, um die Gegend so schnell wie möglich zu verlassen, schon für den Fall, dass ihre Angreifer noch irgendeine unliebsame Überraschung in petto hatten. Drei Stunden später holten sie Eddie, Linc und sein Motorrad mit einem der Hochleistungsrettungsboote der *Oregon* aus Ocho Rios ab. Der einheimische Motorradladen müsste jedoch jemanden losschicken, um Eddies Maschine abzuholen.

Als Juan seine Mannschaft wieder in Sicherheit wusste und sie sich auf hoher See befanden, stattete er dem Krankenrevier einen Besuch ab. Er traf Julia dabei an, wie sie sich auf ihrem Tablet einige Notizen machte.

»Wie geht es unserem Gast?«, erkundigte er sich.

Sie legte den Computer auf ihren Schreibtisch, lehnte sich zurück und fuhr sich mit den Fingern durchs Haar. Außer einem Anflug von Müdigkeit um die Augen war ihr nichts von dem Stress anzusehen, den sie soeben überstanden hatte. »Der chirurgische Eingriff ist zufriedenstellend verlaufen. Innere Blutungen hatten einen erhöhten Druck aufs Brustfell zur Folge. Ich habe das Projektil entfernt, eine Pleuraldrainage gelegt und die Wunden vernäht. In ein paar Tagen dürfte er wieder auf den Beinen sein. Bis zur vollständigen Genesung rechne ich aber mit sechs Wochen.«

»Das hört man gern. Ist er wach?«

»Nein. Ich sage Bescheid, wenn er Besucher empfangen kann.«

»Danke. Wenn er aufwacht, lass ihn wissen, dass sein Boot bestens versorgt ist.«

»Gern.«

»Und wie lautet die Diagnose bei unserem tollkühnen Skateboarder?«

»Eine kleine Naht und eine Gehschiene. Er wird eine hübsche Narbe zurückbehalten, mit der er die Damenwelt beeindrucken kann.«

»Kann er Dienst machen?«

»Ganz sicher kann er auf seinem Platz im Operationszentrum sitzen, aber von weiteren Runden in der Halfpipe würde ich ihm abraten.«

»Kein Sorge«, sagte Juan, »wir haben seinen Skateboard-Park längst weggeräumt.«

Julia rieb sich die Augen.

»Bist du okay?«, fragte Juan. »Normalerweise ist das, was ihr heute erlebt habt, nicht die Art von Action, in die Linda und du gewöhnlich verwickelt seid.«

»Mir geht es gut. Ich bin nur froh, dass ich wieder Gelegenheit habe, Menschen zu retten, anstatt sie zu töten.«

»Wären diese Kerle nicht von euch beiden ausgeschaltet worden, hätten wir heute einige Mannschaftsmitglieder verloren.«

»Das war allein Lindas Werk. Ich bin lediglich zum richtigen Zeitpunkt gestolpert.«

»Dafür dürfte dir Craig Reed auf ewig dankbar sein. Ich komme später noch mal vorbei.«

Er ging hinaus und begab sich zu Mark Murphys Kabine, die im Schiff weit vorne und vor den anderen Kabinen lag, um sie vor den Lärmspitzen zu verschonen, die häufig aus seinen Lautsprechern dröhnten und so laut wie ein Meteoreinschlag schienen. Die Tür stand offen, daher klopfte Juan flüchtig an und trat ein. Wäre Juan während Murphs Freizeit zu einer Stippvisite erschienen, hätte er erwarten können, dass jener sich mit Eric bei einem seiner Videospiele auf dem XXL-Bildschirm duellierte. Stattdessen klebten beide an ihren Tablets. Murphs Bein lag ausgestreckt auf dem Sofa und war bandagiert. Die Gehschiene stand neben ihm auf dem Kabinendeck.

»Ich bin ja so froh, dass Sie mir im Long John Silver Club nicht Gesellschaft leisten«, sagte Juan. »Ich bin nämlich der Einzige auf dem Schiff, der ein Holzbein haben darf.«

»Und ich überlasse Ihnen gern dieses Monopol«, erwiderte Murph. »Ich habe nämlich entschieden, dass ich es gar nicht mag, wenn auf mich geschossen wird.«

»Haben Sie die Analyse des Sicherheitsstatus unserer Computer abgeschlossen?«, fragte Juan und drückte die Tür zu.

»Wir sind alles dreimal durchgegangen«, sagte Eric. »Nichts.«

»Falls sich jemand in unser Netzwerk geschlichen hat«, sagte Murph, »müssten wir ihn längst gefunden haben. Unsere Firewall ist so sicher wie eh und je. In unseren Servern ist niemand, der dort nichts zu suchen hat.«

»Was ist mit Abhörgeräten?«

»Kein Netzwerk außer unserem eigenen sendet irgendwelche Signale von diesem Schiff«, sagte Murph.

»Und ich habe das Operationszentrum, den Konferenzsaal und die Messe überprüft. Alles sauber.«

Juan runzelte die Stirn. »Wir wurden an fünf verschiedenen Orten gleichzeitig angegriffen. So etwas lässt sich nur dann koordinieren, wenn man über detaillierte Informationen verfügt.«

»Jeder, der an Land ging, hätte beschattet werden können«, meinte Eric.

»Eine Gruppe, vielleicht auch zwei könnten verfolgt worden sein. Aber alle fünf? Zudem hätten sie wissen müssen, wohin wir unterwegs waren, um uns mit beträchtlicher Feuerkraft in Montego Bay zu erwarten und aus dem Weg zu räumen.«

»Und noch etwas«, sagte Murph, »woher sollte jemand gewusst haben, dass wir beide uns schutzlos auf dem Deck aufhielten? Jemand musste diesen Öltank als Schießstand ausgesucht haben.«

»Niemand ist in unser Netzwerk eingedrungen, und niemand belauscht unsere Konferenzen mit Wanzen«, fasste Juan zusammen. »Demnach muss es eine andere Erklärung dafür geben, dass die Information, wo wir uns aufhalten würden, in falsche Hände gelangte.«

Eric starrte ihn ungläubig an. »Meinen Sie etwa, wir haben einen Spion an Bord?«

Juan seufzte und zuckte hilflos die Achseln. »Seit über einem Jahr hatten wir bei der Mannschaft keinen Neuzugang. Wir haben jeden, was seine Finanzen und sein Vorleben betrifft, gründlich durchleuchtet. Ich wüsste nicht, wie uns da jemand hätte täuschen können.«

»Soll ich mir mal die Mannschaftsmitglieder vornehmen, die heute nicht bedroht wurden?«

Juan schüttelte den Kopf. »Noch nicht. Ich kann nicht akzeptieren, dass wir auf der *Oregon* einen Verräter haben. Diesen Gedanken weiterzuverfolgen dürfte eine allgemeine Paranoia auslösen. Wir arbeiten viel zu eng zusammen, um einander zu misstrauen. Es würde uns als schlagkräftige Truppe zerstören. Nein, ich will eine andere Erklärung.«

»Aber wie konnten sie wissen, wo wir sein würden, wenn sie nicht im gleichen Raum waren, als wir uns darüber unterhielten?«

Juan suchte verzweifelt nach irgendeiner Erklärung, die nicht in eine Hexenjagd ausarten würde, obgleich es sicherlich nicht schaden konnte, Vorsichtsmaßnahmen zu ergreifen. »Vielleicht finden wir eine Antwort auf die Frage, wie es geschah, wenn wir wissen, wer dahintersteckt.«

Murph und Eric zuckten ratlos die Achseln, und Juan setzte seinen Rundgang fort. Seine nächste Station war das Operationszentrum, wo MacD und Hali Kasim saßen. Sie trugen Kopfhörer und deckten als zusätzliche Abschirmung gegen Außengeräusche die Hörmuscheln mit den Händen ab.

Juan kam zu ihrer Konsole. »Ist das die Aufnahme, die Eddie mit seinem Smartphone gemacht hat?«

Hali nickte. »MacD glaubt, dass er übersetzen kann, was der Kerl gemurmelt hat.«

»Kann man etwas damit anfangen?«

MacD zuckte die Achseln, was sich anscheinend seit kurzer Zeit zur beliebtesten Geste der Mannschaft entwickelte. »Es klingt, als habe der Typ phantasiert. Eddie meinte, er sei mit dem Kopf ziemlich hart auf dem Asphalt aufgeschlagen, bevor er starb.«

»Was sagt er?«

»Nur einen einzigen Satz, und den immer wieder. ›Der Doktor‹ – wer immer das sein mag – ›hat versprochen, dass die Welt in vier Tagen eine andere ist.‹ Er sagte es, als bedauere er, es nicht mehr zu erleben. Ergibt dieser Satz für Sie irgendeinen Sinn?«

Juan schloss sich der Fraktion der Achselzucker an. »Es klingt wirklich unheilvoll.«

»Vielleicht war er wegen irgendetwas in Behandlung«, sagte Hali.

»Warum sagt er dann, die Welt werde eine andere sein?«

»Vielleicht meint er seine Welt.«

»Nein«, widersprach MacD, »er sagt eindeutig *die* Welt.«

»Das beantwortet noch immer nicht die Frage, warum er und seine Freunde uns aus dem Weg räumen wollten«, sagte Juan.

»Vielleicht glauben sie, dass wir irgendetwas über diesen Doktor wissen.«

»Oder darüber, was in vier Tagen passieren wird«, warf Hali ein.

»Falls einer von Ihnen eine Theorie hat«, sagte Juan, »nur heraus damit. Ich bin ganz Ohr.«

Linda kam herüber und reichte Juan mehrere Bögen Papier. »Das haben wir gerade eben von der CIA erhalten. Es ist eine vorläufige Liste aller meldenswerten Ereignisse an den Tagen, deren jeweiliges Datum im Telefon des venezolanischen Leutnants gespeichert war. Zurzeit führen sie eine gründlichere Analyse dieser Angaben durch.«

Juan sah die vier griechischen Buchstaben, jeder mit einem Datum versehen, aber sie erschienen ihm in diesem Moment genauso unverständlich wie an dem Tag, als Murph und Eric das Telefon geknackt hatten. Alpha 17, Beta 19, Gamma 22. Delta 23, das vierte Glied in der Kette, entsprach dem aktuellen Tagesdatum.

»Haben Sie irgendetwas gefunden, worauf sich die Angaben der Daten beziehen könnten?«

»Die CIA hat jede Art von Zahlenfolge untersucht, die ihr eingefallen ist. Nichts passte. Und anscheinend gibt es auch nichts, was die Termine untereinander verbindet.«

Juan überflog die Liste der Ereignisse. Vorfälle der verschiedensten Art, verteilt über die ganze Welt, waren darin versammelt: Morde, Verkehrsunfälle, politische Reden und Protestmärsche, ungewöhnliche Klimaerscheinungen, terroristische Bombenattentate, Sportereignisse.

Ein Punkt auf der Liste fiel ihm ins Auge: ein Schiffsuntergang. Die allgemeine Öffentlichkeit hat kaum eine Ahnung, wie häufig Schiffe auf hoher See sinken. Im Jahr sind es durchschnittlich mehr als einhundert, und mit ihnen finden rund zweitausend Seeleute den Tod. Sogar in Zeiten der GPS-Überwachung, langfristiger Wettervorhersagen und ständiger Satellitenkommunikation verschwinden viele der Schiffe spurlos, zum Untergang verurteilt durch technische Defekte, Brandkatastrophen, Stürme und Monsterwellen.

Das genannte Schiff passte zu der Angabe Gamma 22. Es war ein Frachtschiff namens *Santa Cruz*, das mit seiner gesamten Besatzung untergegangen war.

Die Besatzung bestand aus zweiundzwanzig Männern.

Juan spürte, wie sich in seinem Nacken die Härchen aufrichteten.

»Was ist damit?«, fragte Juan und deutete auf den Schiffsunfall.

»Die *Santa Cruz*?«, sagte Linda. »Die CIA hält die Anzahl von zweiundzwanzig Opfern für einen Zufall. Der Analyst erklärte mir, dass man praktisch zu allem irgendeine numerische Verbindung finden kann. Am Tag des Alpha-siebzehn-Datums kam es in New York zu einem Verkehrsunfall, an dem siebzehn Fahrzeuge beteiligt waren, und Calgary wurde von einem Schneesturm heimgesucht, der siebzehn Stunden lang tobte und den gesamten Straßenverkehr der Stadt lahmlegte.«

»Es ist der Name *Santa Cruz*, der mich irgendwie stört. Klär mich auf.«

Sie ging zu ihrem Terminal hinüber, von wo aus sie Zugriff auf eine weltweite Schiffsdatenbank hatte. Sie gab *Santa Cruz* in die Suchmaske ein.

»Sie fuhr unter panamaischer Flagge, gehörte jedoch zur Flotte einer venezolanischen Firma namens Cabimas Shipping. Deren Eigentümer ist einer der reichsten Bürger Venezuelas, Ricardo Leal.« Sie startete eine Suche und erhielt einige tausend Namensnennungen. »Sieht so aus, als habe Mr. Leal in seinem Land handfeste politische Ambitionen. Viele erwarten, dass er seinen Reichtum einsetzt, um sich im nächsten Jahr um das Präsidentenamt zu bewerben.«

Juan blickte wieder auf die Liste und erkannte, welche Verbindung zwischen ihnen bestand.

»Linda, überprüf doch mal alle Schiffe, die während der letzten drei Monate gesunken sind.«

»Auch wenn auf der CIA-Liste keine weiteren Schiffe aufgeführt sind?«

»Die Datumsangaben ihres Untergangs und der Meldung, dass sie vermisst werden, können unterschiedlich sein. Manchmal gilt ein Schiff ein paar Tage lang nicht als vermisst, bis es zu einem festgesetzten Termin nicht erscheint.«

Linda rief die Liste auf, und sie verglichen sie mit den Nummern der Telefonliste. Linda atmete zischend ein, als ihr die Übereinstimmungen ins Auge fielen.

Die Zahlen bildeten keine Folge. Der Leutnant hatte lediglich die Anzahl der Mannschaftsmitglieder auf jedem Schiff eingetragen.

Alpha 17 – *Cantaura,* ein Containerschiff mit siebzehn Seeleuten, gesunken vor Portugal.

Beta 19 – *Tucupita*, ein Tanker mit neunzehn Seeleuten, vermisst gemeldet während der Umrundung von Kap Horn.

Gamma 22 – *Santa Cruz*, verschwunden mit zweiundzwanzig Mann mitten im Atlantik.

Alle Schiffe gehörten der Cabimas Shipping. Die ersten beiden hatten weder ein Notsignal gesendet noch irgendwelche Unregelmäßigkeiten gemeldet, ehe der Kontakt abbrach. Sie verschwanden einfach.

»Drei Schiffe in drei Monaten?«, fragte Linda. »Das kann kein Zufall sein.«

»Ich könnte mir denken, dass Leals Versicherung der gleichen Meinung ist. Sie müssen annehmen, dass er beim Untergang der Schiffe nachhilft oder dass sie so schlecht gewartet sind, dass sie auseinanderbrechen. So oder so würde keine Versicherung mit ihm Geschäfte machen. Und ohne Versicherung würde niemand seiner Firma auch nur ein Stück Fracht anvertrauen.«

»Meinst du, dass Ruiz seine Schiffe im Visier hat?«

»Möglich wäre es. Sie verfolgt eigene politische Absichten. Welche bessere Möglichkeit gäbe es in diesem Fall, sich von einem Rivalen zu befreien, als seinen Bankrott herbeizuführen?«

»Und der dürfte ihm unmittelbar bevorstehen«, sagte Linda.

»Ein weiteres gesunkenes Schiff könnte ihm den Rest geben«, sagte Juan. »Überprüf doch mal die Mannschaftslisten seiner restlichen Schiffe. Vielleicht landen wir einen Treffer.«

Seine Frage wurde sofort beantwortet. Nur ein Schiff war mit dreiundzwanzig Seeleuten bemannt: ein Autotransporter namens *Ciudad Bolívar*.

»Wo befindet es sich zurzeit?«

Linda zog die Marine-Traffic-Datenbank zu Rate. »Es

hat vor zwei Tagen mit einer Ladung Autos und Baumaschinen in Veracruz, Mexiko, abgelegt. Das Ziel ist Puerto Cabello in Venezuela.«

»Damit befände es sich ein paar hundert Meilen südlich von Jamaika«, stellte Juan fest. »Und wir haben soeben die Antwort auf unsere Frage gefunden.«

»Auf welche Frage?«

»Weshalb uns jemand töten wollte«, sagte Juan. »Ruiz beabsichtigt, die *Ciudad Bolívar* heute zu versenken, und wir sind die Einzigen, die sie daran hindern können.«

DREIUNDZWANZIG

Maria Sandoval hatte ihre tägliche Inspektion der Autodecks der *Ciudad Bolívar* beinahe abgeschlossen. Als Chefin des Schiffes lag es in ihrer Verantwortung, dafür Sorge zu tragen, dass ihre Fracht sicher am Ziel eintraf, daher überprüfte sie regelmäßig das Schiffsinnere, um sicherzugehen, dass es in den rundum geschlossenen Decks keine Lecks gab, durch die Salzwasser eindringen und die Fracht beschädigen konnte. Außerdem musste sie sich vergewissern, dass sich die Ladung nicht verschob und alles an seinem vorgeschriebenen Ort blieb.

Die *Ciudad Bolívar* war der Stolz der Cabimas-Flotte. Zweihundertdreißig Meter lang und elf Stockwerke hoch, konnte sie bis zu fünftausend Autos transportieren, mit denen größtenteils der wachsende südamerikanische Markt beliefert wurde. Ihre gegenwärtige Ladung bestand aus deutlich weniger Fahrzeugen, weil die Decke von Deck 10 angehoben worden war, um schweren Baumaschinen – Bodenhobeln, Baggern, Fahrkränen, Kipplastern, Planierraupen –, die für Brasilien bestimmt waren, ausreichenden Platz zu bieten. Das darunterliegende Deck war für Personenwagen und SUVs für Venezuela und Argentinien reserviert.

Der Wert der gesamten Ladung betrug über einhundertfünfzig Millionen amerikanische Dollar, und Maria nahm ihre Verantwortung für das Wohlergehen der Fracht äußerst ernst. Mit der dunklen Kurzhaarfrisur und dem runden Gesicht sah sie jünger aus als ihre achtunddreißig Jahre, und kräftiger gebaute neue Mannschaftsmitglieder neigten dazu, sie zu unterschätzen, wenn sie ihnen in schlichter Hose und weitem Pullover gegenübertrat. Sie führte auf dem Schiff, ihrem ersten Kommando, ein strenges Regiment, angetrieben von dem ständigen Druck, sich als erster und einziger weiblicher Kapitän der Frachtlinie beweisen zu müssen. Nach dem Verlust von drei Cabimas-Schiffen während der vergangenen drei Monate war die Mannschaft nervös und reizbar, und Maria hatte viele schlaflose Nächte der Fürsorge für ihr Schiff geopfert, daher war sie ganz besonders sensibel für alles, was sich als Gefahr entpuppen könnte.

Die Baumaschinen waren in langen Reihen und nur wenigen Zentimetern Abstand nebeneinander geparkt, um die Stellfläche in dem Raum, der einer stählernen Höhle glich und fast taghell erleuchtet war, optimal zu nutzen. Maria war die einzige lebende Seele auf dem Frachtdeck. Selbst jetzt, da die Vibrationen der Schiffsmaschinen spürbar waren und das Rumpeln der Belüftungsanlage einen gleichförmigen Geräuschteppich schuf, war das Fehlen jeden anderen Lautes in dem riesigen Maschinenlager gespenstisch.

Sie überprüfte wahllos die Gurtbefestigungen verschiedener Fahrzeuge, die beim Verladen über eine Rampe ins Schiff manövriert worden waren. Sie wusste, dass ihre Leute sie regelmäßig inspizierten, aber sie hatte sich angewöhnt, deren Arbeit von Zeit zu Zeit zu kontrollieren und sich zu vergewissern, dass sie sich auf ihre Berichte verlassen konnte. Falls eins der Fahrzeuge – vor allem eins wie dieses, mit einem Gewicht von mehr als fünfzig Tonnen – unkontrolliert ins Rollen kam, konnte es im Frachtraum beträchtliche Schäden verursachen oder sogar einen Brand auslösen.

Während die kleinen Fahrzeuge mit Leinengurten gesichert waren, wurden die Baumaschinen mit schweren

Stahlketten an Ort und Stelle fixiert. Unterhalb eines Hurrikans der Kategorie 5 gab es nichts, was die Fahrzeuge hätte vom Fleck bewegen können, und die Wettervorhersage verhieß bis zu ihrer Ankunft in Puerto Cabello eine ruhige Fahrt.

Maria beendete ihren Kontrollgang und war mit dem Ergebnis zufrieden. Sie erwartete viel von ihren Leuten, und sie enttäuschten sie niemals.

Sie hatte die Treppe zur Kommandobrücke noch nicht erreicht, als sie ein knirschendes Geräusch hörte. Aber es kam nicht von der Maschine, sondern es schien ganz so, als habe es der Schiffsrumpf selbst von sich gegeben.

Ehe sie reagieren konnte, erklang das schiffsweite schrille Hupen der Alarmanlage. Die Lautstärke verursachte ihr beinahe körperliche Schmerzen, und unwillkürlich krümmte sie sich. Anstelle kurzer Hupsignale drang ein langgezogenes an- und abschwellendes Heulen aus den Lautsprechern.

Der Rumpf hatte ein Leck. Das Schiff nahm Wasser auf.

Für jeden, der mit dem Schiff nicht so vertraut war wie sie, wäre die Schlagseite nicht wahrnehmbar gewesen, aber Maria konnte die Neigung nach Backbord deutlich spüren. Sie legte die restliche Strecke bis zur Treppe im Laufschritt zurück und hakte gleichzeitig das Walkie-Talkie vom Gürtel los.

»Jorge!«, rief sie und versuchte das schrille Echo des Alarms im Treppenhaus zu übertönen. »Meldung!«

Sie presste das Gerät ans Ohr und konnte hören, dass Jorge, ihr Erster Offizier, antwortete. Aber seine Worte gingen im Alarmgeheul unter.

»Maschinen stopp!«, rief sie und wartete nicht auf eine Antwort.

Maria überwand die zehn Treppenabsätze im Sprinttempo und riss, von der Anstrengung außer Atem, die Tür der Kommandobrücke auf. Während sie eintrat, wurde das Schiff, dessen Kontrollen sich wie befohlen in Nullstellung befanden, spürbar langsamer. Drei Männer hielten sich auf der Kommandobrücke auf: Jorge; der Navigator, Miguel, und der Steuermann, Roberto. Sie erschienen vollkommen ruhig, ließen sich keinerlei Panik anmerken, aber der Stress in ihren Augen war nicht zu übersehen.

Jorge, zehn Jahre älter als sie, mit beginnender Glatze, Speckbauch und Spitzbart, starrte sie mit einem Ausdruck vollständiger Verwirrung an.

»Auf was sind wir aufgelaufen?«, fragte Maria.

»Auf nichts, Kapitän«, erwiderte er. »Kein anderes Schiff ist in Sichtweite, und die Wassertiefe liegt gleichbleibend bei zwei Meilen. Wir können unmöglich ein Riff gerammt haben.«

»Vielleicht ein treibender Frachtcontainer?«

»Nicht sehr wahrscheinlich.«

»Wie groß ist das Leck?«

»Es sind mehrere Lecks. Wir haben Wassereinbrüche an acht verschiedenen Stellen des Schiffes.«

»Wie bitte?«

Jorge zeigte ihr auf dem Bildschirm die Lage der Leckagen. Sie konzentrierten sich offenbar auf der Backbordseite.

»Hat jemand gesehen, was geschehen ist?«

»Ein Matrose, der das Loch in der Bugkammer entdeckt hat, meinte, es habe einen Durchmesser von zwanzig Zentimetern und sehe aus, als ob es von einem Bohrer verursacht worden wäre.«

Maria konnte nur staunen. So etwas war einfach unmöglich. Einen einzelnen Riss könnte sie nachvollziehen. Aber acht Löcher in einem Schiff mit doppeltem Rumpf waren absolut beispiellos.

»Konnte er das Loch abdichten?«, fragte sie.

»Nein, Ma'am. Der Wasserdruck war zu hoch. Er musste den gesamten Raum abriegeln. Ich habe außerdem die wasserdichten Schotten zum Maschinenraum geschlossen. Wir hatten in einigen Frachträumen erhebliche Wassereinbrüche, ehe wir dazu kamen, die beschädigten Abschnitte abzuriegeln. Allerdings strömt noch immer Wasser in diese Bereiche.«

Die Schlagseite des Schiffes betrug mittlerweile zehn Grad und nahm rapide zu. Maria musste sich bereits an der Steuerkonsole abstützen. Wenn sie nichts unternahmen, würde die *Ciudad Bolívar* schon in Kürze den Umkipppunkt erreichen. Dann würde sie kentern und innerhalb von wenigen Minuten sinken.

Die Löcher konnten sie nicht verschließen, aber vielleicht schafften sie es, das Schiff so weit auszubalancieren, dass es nicht umkippte. Die Ballasttanks waren bereits gefüllt, daher war es unmöglich, auf der Steuerbordseite zusätzliches Wasser hinzuzufügen, um das Schiff ins Gleichgewicht zu bringen.

Maria wusste, dass sie irgendeine Möglichkeit finden musste, um ein weiteres Überkippen zu stoppen. Wie alle anderen Autotransporter-Kapitäne kannte sie die Geschichte der *Cougar Ace*, eines Autotransporters, ihrem Schiff ganz ähnlich, die beinahe gekentert wäre, als der Kapitän den Inhalt der Ballasttanks austauschte, ehe er vor Alaska in amerikanische Gewässer einfuhr, um die Verseuchung amerikanischer Küstenbereiche mit nicht einheimischen Meeresorganismen zu vermeiden. Ein Defekt während des Umpumpvorgangs führte dazu, dass die *Cougar Ace* zwar umkippte, aber nicht vollständig kenterte. Ein Bergungsteam schaffte es schließlich, sie während einer gewagten Aktion nach dreißig Tagen wieder aufzurichten.

Im Unterschied zu Containerschiffen, bei denen sich

der Laderaum vorwiegend auf offenen Decks befindet, ist ein Autotransportschiff rundum geschlossen. Kein anderer Frachtschifftyp hätte eine solche Schieflage überstanden, denn bei einer derartigen Schlagseite wären die Wassermassen über die unteren offenen Decks ins Schiffsinnere eingedrungen.

Seit der Havarie der *Cougar Ace* im Jahr 2006 waren die meisten großen Schiffe, inklusive der *Ciudad Bolívar,* mit einer speziellen Computerapplikation zur Überwachung der Ladung ausgestattet worden, die der Mannschaft half, die Fahrzeuge dergestalt im Schiff zu verteilen, dass eine optimale Stabilität gewährleistet war. Außerdem sorgte sie für einen möglichst sicheren Ballastwasseraustausch.

Das Leeren der Ballasttanks auf der *Cougar Ace* hatte den Unfall ausgelöst, aber vielleicht konnte Maria ihr Schiff mit der gleichen Taktik retten.

»Miguel«, sagte sie, »senden Sie ein Notsignal. Und Sie, Jorge, übernehmen Sie die gefluteten Bereiche in das Programm zur Ladeüberwachung.«

»Weshalb?«

»Weil ich auf diese Weise erfahren möchte, welche Backbordballasttanks geleert werden müssen.« Als er sie musterte, als ob sie geisteskrank sei, drängte sie: »Schnell!« Die Schlagseite betrug mittlerweile fünfzehn Grad.

»Aye, Käpt'n.«

Während Miguel den Notruf absetzte, flogen Jorges Finger über die Tastatur. Zwei Minuten und fünf Grad Schlagseite später sagte er: »Ballasttanks 3 und 4 sind unsere größte Hoffnung. Aber wenn die Zahlen nicht zutreffen, werden wir keine Zeit mehr haben, das Schiff zu verlassen.«

Sosehr sie sich für die Ladung verantwortlich fühlte, die Mannschaft kam für sie an erster Stelle.

»Jorge«, befahl sie, »nehmen Sie Roberto und Miguel

mit, und trommeln Sie den Rest der Mannschaft zusammen. Dann treffen Sie Vorbereitungen, das Rettungsboot zu Wasser zu lassen.« Da sich die Rettungsinsel auf der Backbordseite befand und somit näher am Wasser war, hatten sie vielleicht noch genügend Zeit, sie startklar zu machen. Wenigstens war im tropischen Klima dieser Region nicht mit extremen Wettererscheinungen zu rechnen, die lebensbedrohlich werden konnten.

»Wir bleiben hier, Kapitän«, erklärte Jorge. Miguel und Roberto nickten zustimmend.

»Nein, das tun Sie nicht. Das braucht nur einer von uns. Wenn mein Plan funktioniert, und das Schiff richtet sich wieder auf, kann ich Sie später an Bord zurückholen. Wenn es jedoch kentert, gibt es keinen Grund, weshalb wir alle mit ihm untergehen sollen.«

»Sondern nur Sie?«

»Schließlich ist es mein Schiff. Und jetzt kümmern Sie sich gefälligst um die Männer. Geben Sie mir Bescheid, wenn Sie das Schiff verlassen haben.«

Jorge schluckte krampfhaft, aber er erkannte, dass weiterer Widerspruch sinnlos wäre. Mit einem krampfhaften Lächeln wünschten die drei ihr viel Glück, kletterten hinaus und tasteten sich, alles, was sich in ihrer Reichweite befand, als zusätzlichen Halt benutzend, über das schräge Deck.

Maria Sandoval blickte ihnen mit gemischten Gefühlen nach. Wenn die Mannschaft in Sicherheit gelangt war, könnte sie sich möglicherweise nicht mehr auf den Beinen halten oder aus der Kommandobrücke herausklettern. Sie hatte weder selbstmörderische Absichten noch Lust, den Heldentod zu sterben. Sie wollte um jeden Preis überleben. Falls irgendetwas schiefging, wollte sie sich mit einem Hilfsplan absichern.

Maria verließ die Kommandobrücke und ging zum

nächsten Feuerlöschschlauch, der, auf einer Trommel aufgewickelt, in einem runden Stahlbehälter an einem Schott hing. Sie öffnete den Behälter, zog den Schlauch heraus und wickelte ihn so ab, dass sich die Spritzdüse quer durch die Kommandobrücke schlängelte. Als er vollständig von der Trommel abgewickelt war, kehrte sie zum Computerterminal zurück und schlang sich den Schlauch um die Taille.

Zwei Minuten später meldete Jorge über Sprechfunk, dass das Rettungsboot im Wasser schwimme und die Mannschaft vollständig versammelt sei. Sie würden sich vom Schiff entfernen und sich in sicherer Distanz bereithalten, um sie zu bergen, falls sie sich entschließen sollte, das Schiff zu verlassen. Sie bedankte sich und erwiderte, er werde rechtzeitig erkennen, wofür sie sich entschied, wenn er sähe, wie das Schiff auf ihren Rettungsversuch reagiere.

Die Neigung des Schiffes erreichte mittlerweile vierzig Grad, und der Schlauch spannte sich und schnürte ihre Taille ein, als ihre Füße auf dem schrägen Deck der Kommandobrücke den Halt zu verlieren drohten. Wenn ihr Plan funktionierte, würde das Schiff gerettet sein. Wenn nicht, könnte es durch das neue Ungleichgewicht umschlagen, ehe sie die Chance hatte, den dann todgeweihten Koloss noch rechtzeitig zu verlassen.

Maria, eine gläubige Katholikin, bekreuzigte sich und drückte die Lippen auf das Kruzifix, das sie an einer Kette um den Hals trug. Dann betätigte sie die Schalter, um Ballasttanks 3 und 4 zu leeren, und betete zum Himmel, dass die Pumpen noch funktionierten.

Der sofortige Effekt war enttäuschend. Keine ruckartige Bewegung, kein aufbrandender Lärm startender Maschinen. Aber der Bildschirm zeigte an, dass die Pumpen ihre Arbeit aufgenommen hatten. Tank 3 und 4 leerten sich.

Ein heftiger Ruck lief durch das Schiff und steigerte innerhalb von Sekunden die Schlagseite um zehn Grad. Maria befürchtete, die falsche Entscheidung getroffen zu haben. Es sah aus, als hätte ihr letzter Befehl ihren Tod und den Untergang des Schiffes zur Folge.

Die Sohlen ihrer Schuhe verloren schließlich die Haftung, und die Füße rutschten unter ihr weg. Mit der Schulter prallte sie gegen das mit Gummi beschichtete Deck der Kommandobrücke. Lediglich der Feuerlöschschlauch verhinderte, dass sie durch die Tür hinaus und über die Brückenreling stürzte und auf dem tiefer liegenden stählernen Deck aufschlug.

Wie eine Bergsteigerin, die sich an einer Felswand abseilt, stemmte Maria die Füße gegen den Boden und packte den Schlauch mit beiden Händen. Sie musste dort hinaufgelangen, wo er mitsamt der Trommel am Schott befestigt war, ehe der Neigungswinkel des Decks nicht mehr zuließ, dass sie sich mit den Füßen abstützte. Sie war gewiss nicht die Schwächste und durchaus an körperliche Strapazen gewöhnt, aber allein mit der Muskelkraft ihrer Arme schaffte sie es nicht, sich Hand über Hand am Schlauch emporzuziehen.

Es lief auf ein Wettrennen zwischen ihr und der Schlagseite des Schiffes hinaus. Sie hangelte sich hoch und achtete darauf, sich stets mit einer Hand am Schlauch festzuhalten. Ein einziger Fehlgriff und ein Abrutschen, und sie würde mit dem Kopf gegen eine der Konsolen krachen.

Sie hatte die Hälfte des Weges geschafft, als der Schlauch gegen das Funkgerät an ihrem Gürtel prallte. Ehe sie es zu fassen bekam, löste sich das Walkie-Talkie von seinem Haken und taumelte sich überschlagend durch die Luft. Dann zerschellte es an der Reling und demonstrierte Maria, was ihr zustoßen würde, sollte sie ihm folgen.

Mit frischem Elan überwand sie die letzten Meter und

schwang sich auf die stählerne Außenwand der Kommandobrücke hinaus. Erschöpft von dieser Kraftübung streckte sie sich aus und pumpte mit tiefen Atemzügen frische Luft in ihre Lunge. Erst in diesem Moment fiel ihr auf, dass sich die Lage des Schiffes stabilisiert hatte. Von Aufrichten konnte noch keine Rede sein, aber es war nicht mehr in unmittelbarer Gefahr, vollends zu kentern.

Maria schätzte die Neigung auf siebzig Grad, sodass die weißen Außenwände des Deckaufbaus vorübergehend den Boden bildeten. Sie befreite sich von dem Löschschlauch, erhob sich und schritt über die Außenwand des Aufbaus, der die Mannschaftsunterkünfte beherbergte. Dabei achtete sie darauf, nicht auf die Fenster zu treten. Auf die Kommandobrücke zurückzukehren und zu versuchen, mit Hilfe der Ballasttanks ein Gleichgewicht herzustellen, in der Hoffnung, das Schiff aufzurichten, hätte keinen Sinn. Am Ende erreichte sie nur das Gegenteil, und das Schiff vollendete seine tödliche Drehung. Diese Aufgabe würde sie lieber einem erfahrenen Bergungsunternehmen überlassen.

Maria schirmte die Augen vor der grellen Sonne ab, die über dem westlichen Horizont stand. In wenigen Stunden würde es dunkel sein, und sie musste entscheiden, ob es möglich war, sicher zur Backbordseite zu gelangen und zu ihrer Mannschaft zu stoßen. Die Türen ins Schiffsinnere ließen sich öffnen, aber durch die nunmehr vertikal verlaufenden Korridore und Laufgänge abzusteigen wäre zu gefährlich und das Risiko nicht wert. Besser wäre es, draußen auf dem Deck auf die Ankunft eines Rettungsschiffes zu warten. Es wäre ihre einzige Chance. Wenn sich kein Schiff in der Nähe befand, wäre die *Ciudad Bolívar* auf jeden Fall zu weit von jeder Küste entfernt, um hoffen zu können, dass Mannschaft und Kapitän von einem Hubschrauber aus ihrer misslichen Lage befreit werden könnten.

Maria suchte die See ab, bis sie das Rettungsboot entdeckte, das sich langsam um das Heck des Autotransporters herumschob. Sie konnte sich vorstellen, welches Bild sich ihrer Mannschaft bieten musste: der Rumpf, der in einem grotesken Winkel schief lag, mit seinem einzigen riesigen Propeller hoch über dem Wasser und dem roten Unterbauch, der zum ersten Mal nach dem Aufenthalt im Trockendock wieder sichtbar war.

Um auf sich aufmerksam zu machen, ruderte sie wild mit den Armen, bis sie sah, wie die Männer zurückwinkten. Ihre Freudenrufe hallten über das Wasser. Als sie sich so weit genähert hatten, wie es die Lage des Schiffes zuließ, ohne sich unnötiger Gefahr auszusetzen, erklärte Maria ihnen, dass sie ihr Funkgerät verloren habe und so lange auf dem Deck ausharren werde, bis Hilfe einträfe. Solange die See so ruhig blieb, wäre eine Nacht unter den Sternen sogar unter diesen Bedingungen gar nicht so übel.

Eine Stunde verstrich. Sie machte es sich bequem, gönnte sich sogar ein Nickerchen und dachte ansonsten über die Beschädigungen nach, die beinahe den Untergang ihres Schiffes verursacht hätten. Sie vermochte sich kein Phänomen vorzustellen – ganz gleich ob natürlicher Herkunft oder von Menschenhand geschaffen –, das kreisrunde Bohrlöcher im Rumpf eines Schiffes hinterlassen würde.

Ihre Gedanken wurden durch ein fernes Motorengeräusch unterbrochen. Sie richtete sich auf und hielt Ausschau nach einem Schiff. Im Osten entdeckte sie tatsächlich einen kleinen Punkt, der rasch größer wurde und sich als stahlgraues Schiff von etwa dreißig Metern Länge entpuppte. Zu klein für ein Frachtschiff, aber seinen Konturen nach auch kein Vergnügungsdampfer. Dann identifizierte sie es als altmodischen Fischtrawler.

Er musste in der Nähe gewesen sein und ihren Notruf gehört haben. Wahrscheinlich hatte Jorge mittlerweile per Funk Verbindung mit dem Schiff aufgenommen. Während sich der Trawler näherte, dachte Maria bereits darüber nach, wie sich eine Leine spannen ließ, mit deren Hilfe sie zu ihren Rettern hinuntergelangen könnte.

Sie winkte, während der Trawler neben dem Rettungsboot längsseits ging, aber sie konnte niemanden an Bord des fremden Schiffes sehen. Ihre Leute drängten sich in der Einstiegsöffnung der Rettungsinsel.

Eine Tür auf dem Deck des Trawlers wurde aufgestoßen, und acht Männer kamen heraus, jeder mit einem schwarzen Objekt in den Händen. Die Freudenrufe der Schiffbrüchigen verwandelten sich in Schreie des Entsetzens. Vollkommen verwirrt starrte Maria auf das Geschehen, bis sie das unverkennbare trockene Rattern von Maschinenpistolen hörte. Vor Grauen gelähmt und stumm musste sie hilflos mitansehen, wie Mündungsblitze aufflackerten und ihre Männer von einem Kugelhagel zerfetzt wurden. Nach wenigen Sekunden war es vorüber.

Einer der Männer in Schwarz warf zwei Gegenstände ins Rettungsboot und schloss die Einstiegsluke. Zwei dumpfe Detonationen folgten, und Flammen schlugen aus der Rettungsinsel. Sie würde innerhalb weniger Minuten mitsamt den bejammernswerten Opfern sinken, und nichts würde mehr an das grässliche Massaker erinnern.

Maria war von dem Anblick der brennenden Rettungsinsel wie hypnotisiert, sodass sie nicht mehr auf den Fischtrawler achtete. Dort musste sie jemand entdeckt haben, denn plötzlich prallten in ihrer Nähe Gewehrkugeln klirrend gegen die Stahlwände.

Ohne lange nachzudenken, rannte sie Haken schlagend los, um die nächste Tür zu erreichen. Die Einschläge kamen stetig näher, sodass sie schnell begriff, dass sie nicht die Zeit haben würde, die Tür zu öffnen, ehe sie getroffen wurde.

Sie fasste das nächste Fenster ins Auge, setzte zu einem verzweifelten Sprung an und spannte ihren Körper an, als ihre Füße auch schon durch die Glasscheibe brachen.

VIERUNDZWANZIG

Leutnant Pablo Dominguez hangelte sich an einem Feuerlöschschlauch, der einladend aus der offenen Tür heraushing, zur Kommandobrücke hinauf. Falls Admiral Ruiz erfuhr, dass die *Ciudad Bolívar* nicht versenkt worden war, wäre es vollkommen gleichgültig, ob Dominguez den Ort des Verbrechens unbehelligt verlassen konnte. Er hatte schon einmal versagt und eine zweite Chance erhalten, seinen Fehler wiedergutzumachen, indem er diese Mission leitete. Versagte er abermals, wäre er ein toter Mann.

Die Funkrufe eines sich nähernden Hubschraubers waren eine absolut unwillkommene Überraschung. So weit vom Festland entfernt hätte er niemals mit einer solchen Störung gerechnet. Es konnte nur bedeuten, dass sich ein Schiff ihrer Position näherte, was für ihn Grund genug war, das Wagnis einzugehen, auf den Autotransporter umzusteigen und einen Weg zu suchen, ihn zu versenken, ehe Hilfe eintraf.

Die Konstruktionspläne des Piranha-Tauchboots stammten aus einer Quelle, mit der Admiral Ruiz nach wie vor in Verbindung stand. Dominguez kannte diesen Mann nur als den »Doktor«. Er war an einem geheimen Drohnenprogramm der US-Army beteiligt gewesen und hatte die Pläne kopiert und außer Landes geschmuggelt. Mit Hilfe des Doktors und seines Fachwissens hatte Ruiz acht dieser Mini-U-Boote bauen lassen.

Angetrieben von batteriebetriebenen Flügelrädern, die nahezu lautlos ihre Arbeit verrichteten, wurde ihr sonstiges Design von modernster Tarnkappentechnik bestimmt, sodass sich ein Schwarm dieser Unterwasserdrohnen vollkommen unbemerkt an ein Schiff heranschleichen konnte. Sobald sie sich ihrem Ziel genähert und sich möglichst weit aufgefächert hatten, steuerten sie auf das Schiff zu, verankerten sich mit Hilfe starker Magnete am Rumpf und aktivierten ihre einzige Waffe: eine rotierende Düse, die einen millimeterdünnen Wasserstrahl mit 1000 Bar Druck abgab. Industrielle Wasserbohrer zerteilen Aluminium, Marmor und Granit ohne die Hitzeentwicklung einer Schneidflamme oder das reißende Geräusch einer Säge. Die von der Piranha verwendete kompakte Version dieses Wasserlasers nutzte das Meerwasser als Schneidemedium und konnte sich innerhalb von Sekunden durch den zentimeterdicken Stahl eines doppelten Schiffsrumpfs fressen. Die zahlreichen von einem Schwarm Mini-U-Boote erzeugten Lecks ließen das Schiff sinken, ehe an Bord überhaupt jemand bemerkte, dass es angegriffen worden war.

So wirkungsvoll sie sein mochten, die Piranhas hatten auch ihre Nachteile. Da sie mit Batteriestrom betrieben wurden, waren ihre Reichweite und ihre Laufzeit extrem kurz. Sie konnten jeweils nur einmal eingesetzt werden, ehe sie wieder aufgeladen werden mussten. Der Fischtrawler war entsprechend modifiziert worden, um die fast drei Meter langen Tauchboote mit Ladestrom zu versorgen und über längere Strecken zu transportieren. Die Unterseedrohnen wurden in der Nähe des Kursverlaufs, den der jeweils zu versenkende Frachter nehmen würde, ausgesetzt und dort in Warteposition gehalten, bis das Schiff von den bordinternen Kameras der Drohnen lokalisiert wurde. Zu dem Zeitpunkt, wenn es versenkt wurde, wäre der Trawler meilenweit vom Ort des Verbrechens entfernt. Von dort aus steuerte Dominguez die Drohnen mittels seines Tablets und lenkte sie zu ihrem Ziel. Die Drohnen fingen das Schiff ab und versenkten es. Der Trawler barg anschließend die Drohnen und eliminierte mögliche Überlebende.

Die ersten drei Anschläge verliefen erfolgreich. Jedes Schiff ging unter, ehe Rettungsboote zu Wasser gelassen werden konnten, und Dominguez' Männer brauchten nichts anderes zu tun, als die wenigen Mannschaftsmitglieder, die über Bord gesprungen waren, zu töten. Aber irgendwie musste es Kapitän Maria Sandoval gelungen sein, das Kentern ihres Schiffes zu verhindern. Die Piranha-Drohnen wurden zurzeit aufgeladen, aber es würde noch mindestens eine halbe Stunde dauern, ehe sie wieder eingesetzt werden konnten. Wenn das Rettungsschiff vorher einträfe, würde die Mannschaft der *Ciudad Bolívar* möglicherweise gerettet werden, und so weit durfte Dominguez es nicht kommen lassen.

Ihm war klar, dass er nicht abwarten konnte, bis die Drohnen ihren Angriff starteten. Er musste einen anderen Weg finden, um das Schiff zu versenken. Deshalb kletterte er zur Kommandobrücke hinauf. Er dachte daran, das Schiff in Brand zu setzen, aber das bordeigene CO_2-Feuerlöschsystem würde die Flammen sofort ersticken. Außerdem bot sich eine elegantere Lösung an. Da er selbst ein erfahrener Seemann war, wusste Dominguez, dass ein Entleeren der an Backbord gelegenen Ballasttanks das Schiff zum Umkippen brächte.

Er hätte die Steuerbordtanks leeren können, aber das Schiff hatte bereits eine derart starke Schlagseite, dass es kentern würde, ehe er es schaffte, auf den Trawler zurückzukehren. Stattdessen würde er ein langsames Entleeren der Backbordtanks in Gang setzen, sodass er und der Trawler genügend Zeit hätten, eine sichere Position aufzusuchen.

Er erreichte die Kommandobrücke und kletterte zum Computerterminal hinauf. Dort fand er die Kontrollen für die Ballasttanks und programmierte sie auf verzögertes

Entleeren. Irgendwann würde die hohe Seite des Schiffes schwerer sein als die ins Wasser eintauchende. Das Schiff würde sich um die Längsachse drehen, für einen kurzen Moment senkrecht auf dem Kiel stehen und die Drehung fortsetzen, bis es auf dem Kopf stünde. Dabei würde Wasser durch die Belüftungsschächte in die Frachträume strömen. Sobald die Tore der Frachträume durch den enormen Innendruck aufgesprengt würden, sänke das Schiff auf den Meeresgrund.

Stolz auf seinen Notfallplan, musste Dominguez unwillkürlich lächeln. Ein Lob für den erfolgreichen Abschluss der Mission wäre ihm sicher – und zwar aus dem Mund von Admiral Ruiz.

Nachdem er die Entleerungssequenz gestartet hatte, zückte er seine Pistole und schoss mehrmals auf jeden Computerterminal. Vollkommen zerstört, würden sie alle Versuche vereiteln, von dort aus die Tanks zu schließen. Die Steuerzentrale im Maschinenraum war nun die einzige Station, von der aus die Ballasttanks bedient werden konnten. Sobald sich die Schlagseite verringert hätte und die Treppe wieder benutzbar wäre, würde er einen Mann dort hinunterschicken, um diese Kontrollen ebenfalls zu zerstören, nur für den Fall, dass Maria Sandoval bei der Schießerei nicht den Tod gefunden hatte.

Als in diesem Moment jedoch das leise Brummen des Hubschraubers zu einem lauten Getöse anschwoll, stieß Dominguez einen halblauten Fluch aus. Die Retter waren eher eingetroffen, als er erwartet hatte.

* * *

Juan Cabrillo, der vorne neben dem Piloten im Cockpit des MD-520N-Helikopters der *Oregon* saß, verschlug es bei dem Anblick, der sich ihm bot, die Sprache. So etwas hatte er noch nie gesehen. Der Notruf hatte ihn darauf vorbereitet, dass die *Ciudad Bolívar* gekentert war, aber er hätte niemals erwartet, dass das Schiff auf der Seite lag und ihnen den Kiel zuwandte, als sie sich von Norden näherten. Der Name der Schifffahrtslinie, CABIMAS, war in goldenen Lettern auf laubgrünem Grund auf der Steuerbordseite des Schiffes zu lesen. Dieses Bild erinnerte ihn an das italienische Kreuzfahrtschiff *Costa Concordia,* das in ähnlicher Lage auf den Felsen ruhte, die seinen Rumpf aufgerissen hatten. Dieses Spektakel hier war allerdings noch unglaublicher, weil der Autotransporter reglos auf dem offenen Meer trieb.

»So etwas sieht man nicht alle Tage«, stellte Gomez Adams fest, während er die Nase des Helikopters sanft nach unten drückte.

»Wenigstens brauchen wir kein Schweißgerät«, machte Eddie sich auf der Rückbank bemerkbar, wo er zwischen Linc und MacD kauerte. Einige Monate zuvor waren sie zu einer gekenterten Megayacht gerufen worden, deren Rumpf mit Schweißbrennern hatte aufgeschnitten werden müssen, um die Passagiere zu retten. Sie hatten damit gerechnet, das Gleiche auch bei dem Autotransporter tun zu müssen, aber da das Innere des Schiffs zugänglich war, konnten sie die Acetylenflaschen im Hubschrauber zurücklassen. Was sie jedoch benötigten, wäre das Nylonseil, das sie bereitgelegt hatten.

Die *Oregon* befand sich hinter ihnen und folgte ihnen mit Höchstgeschwindigkeit, aber bis sie am Unglücksort eintraf, würde es sicher noch eine halbe Stunde dauern.

»Meinen Sie, dass Sie landen können?«, fragte Juan seinen Piloten.

»Ich kann mit den Kufen ganz leicht auf dem Rumpf aufsetzen, damit Sie sich nicht abseilen müssen, aber für einen sicheren Stand ist die Neigung des Schiffsrumpfs zu steil.«

»Wie lange können Sie in der Luft warten?«

»Bis die *Oregon* hier ist, schätze sich.«

Der Helikopter der *Oregon*, der immer im hintersten Frachtraum parkte, konnte auf einer hydraulischen Plattform bei Bedarf hinauf- und heruntergefahren werden. Ungewöhnlich am Design des MD 520N war, dass er keinen Heckrotor besaß. Stattdessen wurden die Abgase der Rotorturbine genutzt, um den Hubschrauber zu drehen und seine Stabilität zu erhalten. Das erhöhte seine Manövrierfähigkeit so enorm, dass Gomez gern damit prahlte, es mit jeder Libelle aufnehmen zu können. Er war ein derart geschickter Pilot, dass Juan ihm fast aufs Wort glaubte.

Sobald sie den Notruf empfangen hatten, machten sie den Hubschrauber startklar. Seit Juan erkannt hatte, dass die *Ciudad Bolívar* in Gefahr schwebte, war die *Oregon* von Jamaika aus auf südlichen Kurs gegangen. Wiederholte Funkkontakte mit der Schifffahrtsgesellschaft wurden hinsichtlich ihrer Motive wachsam und misstrauisch beantwortet, und Juan konnte es den Verantwortlichen von Cabimas nicht übel nehmen. Ohne eine genauere Analyse der Bedrohung durfte die Firma nichts anderes tun, als dem Kapitän des Schiffes eine allgemeine Warnung zu übermitteln. Als sie in Sprechfunkreichweite gelangten, wurde der Notruf bereits gesendet. Und als er abrupt abbrach, war außer der *Oregon* kein anderes Schiff weniger als fünf Stunden von der *Ciudad Bolívar* entfernt.

Juan hatte den sofortigen Start des Hubschraubers angeordnet, damit sie so schnell wie möglich dorthin gelangten. Trotz wiederholter Funkrufe während des Fluges hatte das Schiff aber nicht geantwortet. Obgleich sie nicht wussten, ob es sich im Fall der anderen verschwundenen Schiffe um organisierte Piraterie handelte, ließ Juan aufgrund der Tatsache, dass es bei den vorangegangenen Schiffsuntergängen keine Überlebenden gegeben hatte, besondere Vorsicht walten. Jeder der vier Angehörigen des Rettungsteams war bewaffnet, und Juan hatte seine kampferprobte Beinprothese angelegt.

»Wir sollten erst einmal das Rettungsboot suchen, ehe wir runtergehen«, sagte Juan. »Weit kann es eigentlich nicht sein.« Was sie in diesem Moment mit Sorge erfüllte, war die Überlegung, dass sie, wenn das Rettungsboot zu Wasser gelassen worden wäre, längst einen Funkruf von dort hätten hören müssen.

»Ich gehe auf einen kurzen Rundflug«, sagte Gomez.

Er näherte sich dem Havaristen im Tiefflug, sodass Details des Rumpfs zu erkennen waren. Die Ladeklappen am Heck und an Steuerbord waren offensichtlich intakt und geschlossen. Juan untersuchte die Unterseite des Rumpfs und entdeckte ein etwa zwanzig Zentimeter großes kreisrundes Loch in der roten Rumpffarbe dicht unterhalb der Wasserlinie unweit des Bugs. Es war die einzige sichtbare Beschädigung.

»Sieht so aus, als hätten sie eine Rattenplage«, sagte Linc.

»Oder jemand hat unten im Schiff nach Öl gebohrt«, meinte MacD.

Juan war zwar der erfahrenste Seemann im Hubschrauber, doch ihm fiel auch keine realistischere Erklärung ein als ihre Scherze. »Schieß ein paar Bilder davon, Linc.«

Gomez ging für einen Moment in den Schwebeflug, während Linc die Kamera betätigte, dann lenkte er den Hubschrauber um das Heck der *Ciudad Bolívar* herum. Erst als sie die gesamte Backbordseite überblicken konnten, entdeckten sie einen Fischtrawler, der nicht weit von der Kommandobrücke entfernt vor dem Bug dicht neben dem Autotransporter lag.

Juan war überrascht, ein zweites Schiff anzutreffen, zumal niemand auf ihre Funkrufe reagiert hatte. Von einem Rettungsboot war nichts zu sehen, aber dies konnte unter

Wasser sein und immer noch in seinen Davits hängen. Juans erster Gedanke war, dass der Fischtrawler längsseits gegangen war, um die Mannschaft des Frachtschiffs aufzunehmen, aber als Gomez näher heranmanövrierte, erkannte Juan, dass er sich irrte.

Einige Kabel – insgesamt acht – schlängelten sich vom Trawler ins Wasser und waren mit länglichen Objekten verbunden, die auf der Wasseroberfläche trieben und die Juan nicht identifizieren konnte. Zehn Männer standen auf dem Oberdeck des Trawlers. Einer von ihnen gab einem anderen ein Zeichen, der das Ende eines Seils, das von dem schrägen Deck des Autotransporters herabhing, ergriff und fixierte. Der einzige Mann, der nicht die Arbeitsmontur eines Matrosen trug, sondern ganz in Schwarz gekleidet war, kletterte zügig am Seil zur Kommandobrücke der *Ciudad Bolívar* hinauf.

Dank Gomez' Flugkünsten konnte Juan erkennen, dass der Mann auf dem manövrierunfähigen Schiff ein Schnellfeuergewehr an einem Riemen auf dem Rücken trug und sich an einer Reling festhielt. Er schaute zum Helikopter hinüber und sagte etwas in das Mikrofon eines Headsets. Juan erkannte den Mann auf Anhieb.

Es war Leutnant Dominguez aus dem Lagerhaus in Venezuela.

»Diese Typen sehen nicht gerade wie ein Rettungsteam aus«, sagte Eddie.

Als sei Eddies Feststellung für sie ein Stichwort gewesen, schnappten sich die Männer auf dem Trawler ihre eigenen Sturmgewehre und eröffneten das Feuer. Projektile durchlöcherten den Rumpf des Helikopters, ehe Gomez die Maschine hoch, über den Autotransporter hinweg und außer Sicht ziehen konnte.

Juan drehte sich halb zur Rückbank um. »Jemand verletzt?«

»Alles klar«, erwiderte Eddie für sich und seine Gefährten.

»Das war der Marineleutnant, den wir in Venezuela gefesselt haben«, sagte Juan zu Linc.

»Ich weiß. Ich glaube, er hat mich erkannt.«

»Wenn sie den Eimer versenken wollen«, sagte MacD, »weshalb ist er dann an Bord geklettert?«

»Ihr ursprünglicher Plan ist offenbar fehlgeschlagen«, vermutete Juan. »Unser Erscheinen dürfte Dominguez einen Riesenschreck eingejagt haben, weil er nicht damit gerechnet hat, hier draußen noch jemanden anzutreffen. Wahrscheinlich versucht er, das Schiff auf andere Art und Weise zu versenken und alle Beweise für seine Tat loszuwerden.«

»Und alle Zeugen«, fügte Linc hinzu. »Vielleicht sind noch Mannschaftsmitglieder an Bord.«

Gomez tippte auf den Gashebel. »Wir haben ein Problem, Chairman. Eine der Kugeln hat unseren Treibstofftank getroffen. Wir verlieren Sprit. Was soll ich tun?«

»Schaffen Sie es zurück zur *Oregon*?«, fragte Juan.

»Ich glaube schon, aber dann muss ich sofort umkehren.«

»Sind alle bereit, eine Erkundungstour zu machen?«, fragte Juan.

»Wäre sicher ein Fehler, erst diesen weiten Weg zurückzulegen und dann den Schwanz einzuziehen«, sagte Linc. Eddie und MacD nickten ernst. Sie wussten, was sie erwartete.

»Okay. Gomez, setzen Sie uns am Heck dicht hinter dem Schornstein ab, damit wir ein wenig Deckung haben. Sobald sie wissen, dass wir in Bord sind, wird Dominguez so viele Männer wie möglich auf das Schiff holen. Wahrscheinlich werden sie auch ein paar auf dem Deck postieren, daher müssen wir uns einen Weg durchs Schiffsinnere suchen, um zum Bug zu gelangen.«

Gomez ging über dem Hecküberhang in den Schwebeflug und achtete darauf, dass sich der Schornstein ständig zwischen dem Hubschrauber und dem Trawler befand. Behutsam setzte er mit den Landekufen auf der Reling des Schiffes auf, und MacD öffnete die Seitentür des Helikopters und kletterte geschmeidig zur Reling hinunter. Eddie warf ihm das Nylonseil zu, und dann turnten er und Linc genauso elegant zur *Ciudad Bolívar* hinab.

Ehe Juan ausstieg, sagte Gomez: »Nehmen Sie lieber meine Rettungsinsel mit.«

»Die werden Sie brauchen, falls Sie es nicht bis zur *Oregon* schaffen«, erwiderte Juan.

»Und Sie werden sie brauchen, wenn das Schiff sinkt.«

»Nein, wir werden sie nicht brauchen. Wenn dieses Schiff absäuft, wird Dominguez keine Überlebenden zurücklassen. Jetzt geht es um alles oder nichts. Bis bald.«

Ohne auf eine Erwiderung zu warten, nahm Juan sein Headset ab, schwang sich hinaus und schloss die Tür hinter sich. Als er die anderen erreichte, die vor der nächsten Schottentür auf ihn warteten, hatte der Hubschrauber bereits abgedreht und entschwebte mit flirrendem Rotor zum nördlichen Horizont.

FÜNFUNDZWANZIG

Behutsam wickelte Maria Sandoval den abgerissenen Ärmel ihres Pullovers um den linken Oberarm, wo sie sich an einer Scherbe der Glasscheibe geschnitten hatte, durch die sie ins Innere des Schiffs getaucht war. Der behelfsmäßige Verband war schon bald mit Blut durchtränkt, aber sie wollte den Arm nicht abbinden, weil sie ihn in diesem Fall nicht mehr hätte benutzen können.

Nach ihrem Sprung durch das Fenster war sie gut drei Meter abgestürzt und auf der Schottwand einer Kabine gelandet. Etwa fünf Minuten lang musste sie dort gesessen haben, um das Erlebte halbwegs zu verarbeiten. In Gedanken spulte sie noch einmal das Massaker ab, dem ihre Mannschaft zum Opfer gefallen war, und suchte nach einer einleuchtenden Erklärung für den Anschlag. Genauso musste es auch den anderen Schiffen der Gesellschaft ergangen sein. Da sie keine Geiseln nahmen, konnten die Täter keine Piraten sein. Ihr Ziel war offensichtlich, das Schiff mit ihr an Bord zu versenken, und davon würden sie gewiss nicht ablassen, nur weil sie das Wunder vollbracht hatte, dies zu verhindern.

Sie konnte unmöglich auf die Kommandobrücke zurückkehren, um per Funk auf ihre Notlage aufmerksam zu machen. Wenn die Angreifer das Schiff enterten, wäre die Kommandobrücke sicherlich ihr primäres Ziel. Nachdem sie ihre Wunde versorgt hatte, suchte Maria ein Versteck, in dem sie auf Rettung warten könnte.

Aufgrund seiner extremen Schlagseite war ihr das Schiff, das sie wie ihre Westentasche kannte, plötzlich völlig fremd geworden. Sie musste sich immer wieder klarmachen, dass das, was Backbord gewesen war, nun unten war und dass Steuerbord oben war.

Die Mannschaftsunterkünfte – inklusive der Kabine, in der sie sich in diesem Moment befand –, die Kombüse, die Messe und die Büros waren in einem einstöckigen Deckaufbau hinter der Kommandobrücke untergebracht. Jedes Deck darunter war für Fracht oder die technischen Einrichtungen zum Betreiben des Schiffs reserviert.

Maria musste dringend einen Unterschlupf finden, der so weit wie möglich von der Kommandobrücke entfernt war. Sie ließ sich vorsichtig den Korridor hinunter. Ihr Fuß rutschte auf der Klinke der gegenüberliegenden Tür aus, die Tür flog auf, und der dunkle Raum darunter drohte sie zu verschlingen. Sie fing sich im letzten Moment und sank neben der schwarzen Öffnung auf die Knie.

Dann zwang sie sich aufzustehen und bewegte sich durch den Korridor in Richtung Schiffsheck. Ihr erstes Hindernis war eine Korridortür, deren beide Türflügel geschlossen waren. Um sie zu überqueren, müsste sie auf die Türflügel treten. Der Rahmen an der oberen Türkante war zu schmal, um ihn bei der extremen Schräglage des Schiffes als Fußtritt benutzen zu können. Zwei vorsichtige Versuche mit einem Fuß signalisierten ihr, dass die Türflügel ihr Gewicht tragen würden. Sie wagte es, sie zu überqueren, wobei sie ständig damit rechnete, plötzlich wegzusacken und dreißig Meter tief auf die andere Schiffsseite abzustürzen.

Auf ihrem Weg hörte sie einen Helikopter und dachte schon, sie sei gerettet, aber Gewehrfeuer vertrieb ihn, ehe sie versuchen konnte, mit ihm Verbindung aufzunehmen.

Nach einigen beherzten Sprüngen über offene Kabinentüren erreichte sie das hintere Ende des Schiffsaufbaus. Damit ergaben sich drei Möglichkeiten: sich in einem der

Räume zu verstecken, die sie passiert hatte, sich aufs offene Außendeck hinauszuwagen oder zu versuchen, die Treppe hinabzusteigen, um sich zwischen den tausenden von Fahrzeugen auf den Ladedecks zu verbergen. Da man sie draußen sofort entdecken würde und die Angreifer sicherlich erwarteten, dass sie in den Mannschaftsquartieren Schutz suchte, entschied sie sich für den Frachtraum.

Erst in diesem Moment fiel ihr auf, dass sich die Schieflage des Schiffs um einige wenige Grad verringert hatte und diese Bewegung nahezu unmerklich anhielt. Anscheinend richtete sich das Schiff gerade auf.

Marias spontane Reaktion war tiefe Erleichterung, doch dann meldete sich die schreckliche Ahnung, dass irgendetwas nicht in Ordnung war. Sie war sich vollkommen sicher, die Ballasttanks geschlossen zu haben. Wenn sich einige von ihnen nach und nach leerten, müsste der Inhalt der anderen Tanks entsprechend ausgeglichen werden.

Sie musste unbedingt die Steuerzentrale aufsuchen, erkannte jedoch, dass sie es niemals schaffen würde, zum Maschinenraum vorzudringen, solange die Schlagseite des Schiffes so extrem war. Sie müsste die Treppen hinunterklettern und dann abwarten, bis die Decks wieder begehbar wären, ehe sie ihren Weg fortsetzte.

Sie öffnete die Verriegelung der Treppenschachttür, und diese schwang nach unten und schlug mit einem Krachen gegen die Wand, das um einiges lauter war, als sie erwartet hatte. Sie schob den Kopf durch die Öffnung und gewahrte am Ende der Treppe eine Bewegung.

Jemand näherte sich.

Sie richtete sich auf und hielt nach irgendetwas Ausschau, das sie als Waffe benutzen könnte. Das Einzige, das sich in ihrer Reichweite befand, war ein Feuerlöscher. Sie nahm ihn aus seiner Wandhalterung und kauerte sich nieder, bereit ihren Angreifer mit Schaum einzudecken, ehe sie ihm die Stahlflasche auf den Schädel schmetterte. Ihr Atem ging rasselnd, aber sie dämpfte das Geräusch, indem sie die Luft durch den offenen Mund zirkulieren ließ.

Sie war sich nicht sicher, ob es nur ein einzelner Mann war oder mehrere, aber das war eigentlich auch nicht von Bedeutung. Sie war nicht in der Verfassung zu flüchten.

Zu ihrer Überraschung war es kein Kopf, der sich durch die Treppenhaustür schob. Es war ein Spiegel am Ende eines Stabes. Ihre beste Chance war, den Eindringling zu überrumpeln, daher machte sie ein paar schnelle Schritte, hielt die Düse des Feuerlöschers nach unten in die Öffnung und betätigte den Auslöser.

Der Mann unter ihr bedeckte die Augen und ließ sich auf die Knie sinken, um dem Schaumstrahl auszuweichen.

»Nicht feuern«, sagte er, aber er meinte damit nicht Maria. Er hatte sich umgewandt, um jemand anderen anzusprechen. Die Stimme klang seltsam ruhig und selbstsicher, und sie glaubte sogar, einen Unterton der Erleichterung wahrnehmen zu können.

Maria ließ den Auslöser zurückschnellen, hielt jedoch die Stahlflasche in einer Abwehrgeste hoch. Wenn er sie lebend fangen wollte, würde sie es ihm nicht leicht machen.

Jetzt konnte sie erkennen, dass sich vier Männer im Treppenschacht befanden. Der Mann, den sie angegriffen hatte, hob die Hände und richtete sich auf. Eine Maschinenpistole baumelte harmlos an einem Riemen an seiner Seite. Er war hochgewachsen und athletisch, sein Haar war hellblond und kurz geschnitten. Das Lächeln, mit dem er sie anstrahlte, war echt und voller Wärme.

»Es ist okay.« Sein Englisch hatte einen amerikanischen Akzent.

»Wer sind Sie?«

»Mein Name ist Juan Cabrillo. Ich bin der Kapitän des

Schiffes, das auf Ihren Notruf reagiert hat. Dies sind Eddie, Linc und MacD.« Die drei Genannten nickten grüßend. Sie waren ebenso schwer bewaffnet wie ihr Kapitän.

»Sind Sie mit dem Helikopter gekommen?«

Juan nickte. »Leider musste der Pilot schnellstens zu unserem Schiff zurückkehren. Ihr Arm sieht aus, als bräuchte er dringend Erste Hilfe. Warum legen Sie dieses Ding nicht einfach beiseite?«

Seine Geschichte erschien einleuchtend, und Maria befand sich in einer verzweifelten Lage. Sie ließ den Feuerlöscher sinken. Die vier Männer kletterten aus dem Treppenschacht heraus.

»Gehören Sie zur U.S. Navy?«, fragte sie.

»Nein. Wir kommen von den Guten Samaritern. Haben Sie etwas dagegen, wenn einer meiner Leute Ihnen einen frischen Verband verpasst?«

Sie schüttelte den Kopf. Eddie zeigte ihr, wo sie sich hinsetzen sollte, dann öffnete er das Erste-Hilfe-Kit und nahm ihr den Notverband ab.

Nachdem er die Wunde untersucht hatte, sagte er: »Es sieht gar nicht so übel aus, aber sie braucht ein paar Stiche mit der Nähnadel von Hux.« Eddie umwickelte den Oberarm mit Gaze und Klebeband.

»Ich bin froh, dass Ihre Verletzung nicht schlimmer ist. Sie sind der Kapitän, nehme ich an?«

Sie musterte ihn mit zusammengekniffenen Augen. »Maria Sandoval. Woher wussten Sie das?«

»Als wir den Notruf empfingen, haben wir uns über Ihr Schiff informiert, und dabei habe ich Ihren Namen als Kapitän gefunden. Ich kann mir nicht vorstellen, dass zur Mannschaft weitere Frauen gehören.«

»Zu meiner Mannschaft«, wiederholte sie mit Nachdruck.

»Wo ist sie?«

»Tot. Diese Schweine haben alle umgebracht, nachdem sie das Rettungsboot zu Wasser gelassen hatten.«

Juans Augen verdüsterten sich für einen Moment. Da er selbst Kapitän war, konnte er sich vorstellen, wie man sich fühlen musste, wenn man eine gesamte Mannschaft verloren hatte. »Das ist schlimm.«

»Warum tun diese Leute so etwas?«

»Darüber reden wir später. Zuerst einmal müssen wir sie daran hindern, dieses Schiff zu versenken. Wir haben einen von ihnen auf der Kommandobrücke gesehen.«

Maria wurde aschfahl. »Dann hat er die Ballasttanks geöffnet, damit ihr Inhalt abfließt. Deshalb richtet sich das Schiff wieder auf. Ich hatte zwei Tanks auf *Leeren* programmiert, um ein Kentern zu vermeiden.«

»Eine geistesgegenwärtige Entscheidung, die das Schiff wahrscheinlich gerettet hat.«

»Wann kann Ihr Schiff hier sein?«

»Zwanzig Minuten wird es sicherlich noch dauern.«

Bei dieser Information sackten Marias Schultern herab. »Ich weiß noch nicht einmal, wie sie diese Löcher in meinem Schiff hinterlassen haben.«

»Sie müssen von einer Art Unterseeboot erzeugt worden sein«, sagte Juan. »Wir haben während des Anflugs eines der Löcher gesehen. Es war kreisrund.«

»Insgesamt acht Löcher wurden gleichzeitig in den Rumpf gebohrt, und wir haben mit dem Sonar absolut nichts aufgezeichnet. Welches U-Boot ist zu so etwas fähig?«

»Keine Ahnung. Vielleicht gab es mehr als eins. Wenn ja, dürften sie ferngesteuert gewesen sein.«

»In diesem Fall sind wir geliefert. Wie können wir sie davon abhalten, uns abermals anzugreifen?«

»Vielleicht sind es Waffen, die nur ein einziges Mal eingesetzt werden können. Die Männer draußen würden sicher nicht das Schiff entern, wenn sie damit rechnen müssten, dass diese Tauchboote zurückkommen.«

»Wir müssen verhindern, dass die Ballasttanks vollständig geleert werden«, sagte Maria. »Sollte das geschehen, sind wir zu topplastig. Sobald wir in der anderen Richtung einen kritischen Winkel erreichen, schlagen wir um.« Die Neigung des Schiffs nahm weiter ab.

»Meinen Sie, die Leute setzen Sprengstoff ein?«, wollte Eddie von Juan wissen.

»Wenn sie genug zur Verfügung hätten, um ein ausreichend großes Loch in den Rumpf zu sprengen, hätten sie da draußen längst eine Ladung angebracht.«

»Sie hatten Granaten«, sagte Maria. »Damit haben sie das Rettungsboot versenkt.« Die Erinnerung daran war unauslöschlich in ihr Gedächtnis eingebrannt.

Juan drehte sich wieder zu Maria um. »Von wo aus können die Ballasttanks gesteuert werden?«

»Nur von der Kommandobrücke und vom Maschinenraum.«

»Welche Fracht haben Sie an Bord?«

»Pkw und SUVs auf allen Decks außer dem untersten. Dort stehen Baumaschinen.«

»Gibt es einen direkten Zugang von den Ladedecks zur Kommandobrücke?«

»Ja.«

»Wahrscheinlich hat unser Freund die Kontrollen auf der Kommandobrücke lahmgelegt«, sagte Linc. »Das hätte ich jedenfalls getan.« Maria fragte gar nicht, woher er das so genau wissen wollte, aber den Waffen nach zu urteilen, die diese Männer bei sich trugen, kamen sie ganz sicher nicht von einem stinknormalen Handelsschiff. Ganz sicher hatten sie früher beim Militär gedient. Aber trotzdem – sie hatte nicht den Eindruck, dass sie Piraten waren. Dafür waren sie zu hilfsbereit und zu besorgt um ihr Wohlergehen.

»Sie sind in der Überzahl, im Verhältnis von mindestens zwei zu eins«, stellte Juan fest, »daher wäre es ziemlich riskant, sich direkt mit ihnen anzulegen. Wir müssen versuchen, sie irgendwie zu umgehen. Können Sie laufen, Käpt'n Sandoval?«

»*Maria,* bitte. Und ja. Weshalb?«

Er holte ein kleines Tablet aus der Tasche. Zu ihrer vollständigen Verwunderung rief er einen detaillierten Lageplan ihres Schiffes auf dem Bildschirm auf.

»Woher haben Sie das?«, fragte Maria entgeistert.

Juan grinste sie an. »Ich hatte Ihnen doch gesagt, dass wir uns über Ihr Schiff informiert haben. Jetzt müssen Sie uns nur noch zeigen, auf welchem Weg wir am schnellsten zum Maschinenraum kommen.«

SECHSUNDZWANZIG

Der Deckaufbau der Mannschaftsunterkunft endete etwa in der Mitte der *Ciudad Bolívar*, und das Außendeck, das sich über die hintere Hälfte des Schiffes erstreckte, war eine ebene Stahlplatte, die von Abluftschächten eingerahmt wurde. Juan und seine Begleiter hatten während ihres Marsches eins der Frachtdecks zu durchqueren. Maria begleitete sie. Es wäre nicht nur riskant gewesen, sie allein zu lassen, während Dominguez' Bande das Schiff durchsuchte, sondern sie bestand auch darauf mitzukommen.

Die Schlagseite nahm stetig ab, was ihnen sehr entgegenkam, denn über das hinterste Deck mit Hilfe von Seilen zum Maschinenraum hinabzuklettern würde Stunden in Anspruch nehmen, die ihnen nicht zur Verfügung standen. Maria kannte ihr Schiff besser als ihre vier Retter – trotz des Lageplans, an dem sie sich orientieren konnten. Und sie schätzte, dass sie etwa zehn Minuten lang ziemlich mühelos vorankämen, während das Deck von fünfunddreißig Grad Backbordschlagseite zu fünfunddreißig Grad Steuerbordschlagseite durchrollte. Wäre die Neigung steiler gewesen, hätten sie ohne Hilfsseile keinen sicheren Stand gehabt.

Natürlich wären sämtliche Berechnungen hinfällig, wenn der Entleerungsprozess der Ballasttanks eine unvorhergesehene Verschiebung des Schiffsschwerpunkts auslöste oder sich eines der Fahrzeuge aus seiner Verankerung risse und eine Lawine weiterer Fahrzeuge zur anderen Seite des Schiffs auslöste. Dann könnte das Ende derart plötzlich kommen, dass sie keine Zeit mehr hätten, einen Ausgang zu erreichen. Dann würde die *Ciudad Bolí-*

var zu ihrem stählernen Grab – drei Kilometer tief auf dem Grund der Karibischen See.

Während sie sich auf den Geländern balancierend den Treppenschacht hinabtasteten, sagte Maria: »Meinen Sie, dass die Gefahr eines unerwarteten Untergangs Dominguez davon abhalten wird, seine Männer in den Maschinenraum runterzuschicken?«

Juan warf Linc einen kurzen Blick zu. »Unglücklicherweise sind wir schon früher mit dem Leutnant aneinandergeraten, und er hat Linc aufgrund einer Begegnung wiedererkannt, in deren Verlauf wir ihn vor seinen Vorgesetzten ziemlich schlecht haben aussehen lassen. Daher hat er sehr persönliche Gründe, uns aus dem Weg zu schaffen. Er wird alles daransetzen, dass wir hier nicht mehr lebend herauskommen, selbst wenn er dazu sein eigenes Leben auf Spiel setzen muss. Kehrt er mit weniger als einem vollen Erfolg von dieser Mission zurück, dürfte Admiral Ruiz darauf bestehen, dass man ihr seinen Kopf auf einem Silbertablett präsentiert.«

»Das heißt, wenn ihr sein Kopf ausreicht«, fügte Linc hinzu.

Maria starrte Juan mit großen Augen an. »Admiral Dayana Ruiz?«

»Sie kennen sie?«, meinte Juan.

»Ich bin ihr nur ein einziges Mal begegnet, während ich in der Marine diente. Sie war drei Dienstränge über mir. Sie ist eine brillante Strategin, hat allerdings auch den Ruf, skrupellos zu sein.«

»Wie skrupellos sie tatsächlich ist, erfahren Sie in diesem Augenblick. Wir sind ziemlich sicher, dass sie gezielt die Schiffe Ihrer Schifffahrtsgesellschaft versenkt, um die Firma aus dem Geschäft zu drängen und den Eigner in den Bankrott zu treiben, um ihre eigenen politischen Ziele zu erreichen.«

»Woher wissen Sie das?« Maria hielt inne. »Moment mal. Sie sind gar nicht zufällig mit Ihrem Schiff vorbeigekommen. Sie wussten genau, dass dies passieren würde … dass mein Schiff auf der Abschussliste stand.«

»Wir haben versucht, Ihre Firma zu warnen, aber man wollte nicht auf uns hören, daher haben wir uns selbst hierher auf den Weg gemacht.«

»Sie sind Amerikaner, gehören jedoch nicht zum Militär. Wo ist da … die Verbindung?«

»Darüber darf ich nicht sprechen, aber sagen wir einfach, dass Ruiz und Dominguez über unsere Einmischung nicht sehr glücklich sind.«

Maria schien sich damit zufriedenzugeben. Sie stellte keine weiteren Fragen, daher setzten sie ihren Weg die Treppe hinab fort, während sich das Schiff Grad für Grad weiter aufrichtete. Als sie das Ladedeck erreichten, auf dem die Baumaschinen standen, bat Maria ihre Begleiter, kurz stehen zu bleiben.

»Von diesem Deck ist der Weg am einfachsten«, sagte sie. »Über die Rampe am Ende des Laderaums gelangen wir zur Treppe, die zum Maschinenraum hinunterführt. Dort brauche ich nur wenige Minuten, um die Entleerung der Ballasttanks zu stoppen. Bleibt zu hoffen, dass das Schiff bis dahin wieder senkrecht steht.«

Auch wenn Juan es eilig hatte, um vor Dominguez zum Maschinenraum zu kommen, warteten sie mit dem Verlassen der Treppe, bis sie sich wieder halbwegs sicher auf dem Deck bewegen konnten. Selbst wenn das Schiff nur fünfunddreißig Grad Schlagseite hatte, mussten sie sorgfältig darauf achten, wohin sie die Füße setzten, wollten sie nicht über einen Steilhang aus Stahl abstürzen.

Seine Waffe schussbereit in der Hand haltend, wagte Juan den ersten Schritt auf das Ladedeck. Die Gummisohlen seiner Schuhe verliehen ihm sicheren Halt, sodass er sich weit genug vorwagen konnte, um einen langen prüfenden Blick in den riesigen Laderaum zu werfen.

Das bewegliche Deck darüber war angehoben worden, um für die schweren und voluminösen Maschinen ausreichenden Platz zu schaffen. Das Licht der Leuchtstoffröhren an der Decke erhellte die fußballfeldgroße Halle bis in den letzten Winkel hinein. Nur die inneren Laderampen verdeckten teilweise die Sicht. Juan ließ den Blick einige Sekunden lang durch den Laderaum wandern, konnte jedoch keinerlei Bewegung wahrnehmen. In der Halle herrschte eine gespenstische Stille.

»Alles klar«, sagte er zu den anderen. »Maria, zeigen Sie uns den Weg. Eddie, bleiben Sie an ihrer Seite. Linc, übernehmen Sie die Spitze.«

Linc stützte sich mit einer Hand auf das Deck, als er aus dem Treppenschacht ausstieg und wie ein Dachdecker auf glitschigen Dachpfannen über die schräge Fläche balancierte. Eddie stützte Maria an ihrem unversehrten Arm, während er ihr aus dem Treppenschacht heraushalf. Sobald sie sich an die Neigung des Untergrunds gewöhnt hatten, steuerten sie in Richtung Rampe. MacD folgte ihnen, und Juan bildete die Nachhut.

Nun, da sie sich auf einer größeren Fläche befanden, konnte Juan spüren, wie sich das Schiff allmählich aufrichtete. Nur wenige Minuten noch, und es läge wieder vollkommen waagerecht im Wasser.

Die Laderampe war nur etwa sieben Meter weit entfernt. Sobald sie diese Entfernung überwunden hätten, könnten sie sich auf ihrem weiteren Weg an der Backbordwand der Rampe abstützen.

Ein metallisches Klirren hinter Juan ließ ihn gerade noch rechtzeitig herumfahren, um zu sehen, wie Dominguez und fünf seiner Männer aus einem Treppenschacht unweit der Kommandobrücke und rund einhundert Meter von ihnen entfernt in den Laderaum drängten.

»Deckung!«, brüllte Juan, eine Sekunde bevor die Venezolaner das Feuer eröffneten.

Kugeln prasselten auf Stahl, sirrten als Querschläger durch die Luft und zertrümmerten Windschutzscheiben. Juan erwiderte das Feuer und musste selbst feststellen, wie schwierig es war, genau zu zielen, während er sich gleichzeitig bemühte, auf diesem extrem schiefen Untergrund das Gleichgewicht zu behalten. Er zielte auf Dominguez, aber dieser rutschte abwärts, bis er an einer Planierraupe Halt fand. Stattdessen traf Juans Schuss aber einen anderen Mann, der einen Schrei ausstieß, zusammenbrach und außer Sicht geriet.

Juan blickte zu seinen Leuten hin und sah, dass sie den ersten Angriff ihrer Verfolger unversehrt überstanden hatten. »Lauft die Rampe hinunter!«

Eddie ergriff Marias Hand und eilte hinter Linc her, aber eine weitere Gewehrsalve prallte neben Maria vom Boden ab und brachte sie ins Stolpern.

Sie rutschte das schräge Deck hinab, doch Eddie folgte ihr, fing sie mit der Schulter ab und schob sie zu Linc hinüber, der ihr Handgelenk mit seiner Pranke ergriff und sie zu sich heraufzog.

Durch diese Hilfsaktion verlor Eddie seinen sicheren Stand, aber MacD war nicht nahe genug bei ihm, um ihn zu bremsen. Eddie suchte mit rudernden Armen nach einem Halt, nahm aber bereits Fahrt auf, und es gab nichts, woran er sich hätte festhalten können. Er verschwand zwischen den hohen Stollenreifen eines Erdhobels.

Linc brachte Maria in die Sicherheit der Rampe, wo er sich lang auf dem Boden ausstreckte, um Dominguez besser ins Visier zu nehmen. Mittlerweile fielen die Schüsse ihrer Verfolger spärlicher.

Juan ignorierte die Kugeln, die in seiner Nähe gegen die Wände prallten. Er rannte zu der Straßenbaumaschine hinüber und presste sich gegen ihr Hinterrad, während ihm MacD Feuerschutz gab. Juan lugte hinter dem Reifen hervor und sah zu seiner Erleichterung, wie sich Eddie an eine Achse des Fahrzeugs klammerte, um nicht zur Backbordseite hinüberzurutschen.

Er würde mehrere Minuten brauchen, um aus eigener Kraft wieder zur Rampe hinaufzuklettern. So viel Zeit hatten sie nicht.

»Ich brauche Ihr Seil«, sagte Juan zu MacD.

»Ich knote es hier oben fest«, antwortete MacD in seinem gedehnten Akzent.

»Nein, Sie und Linc müssen Maria zum Maschinenraum bringen. Wenn sie es nicht schafft, die Ballasttanks zu schließen, sind wir tot.«

Bei diesem Befehl verzog MacD das Gesicht, dann warf er das Seil zu Juan hinunter, der es sich über die Schulter hängte. Dann legte Linc ein Sperrfeuer, in dessen Schutz MacD zu ihm und Maria heraufkam.

Sie schauten ein letztes Mal zu Juan hinunter, der ihnen mit einem Handzeichen zu verstehen gab, sie sollten sich beeilen. Er war zumindest vorläufig durch den Schild des Erdhobels geschützt.

Juan schaltete sein Kehlkopfmikrofon ein. »Wie sieht es bei Ihnen aus, Eddie?«

»Ich hab mir eine hässliche Schramme eingefangen, aber es ist nichts gebrochen. Ist Maria in Sicherheit?«

»Sie ist okay und in Lincs und MacDs Obhut. Die drei sind unterwegs zum Maschinenraum.«

»Soll ich zu Ihnen raufkommen?«

»Nein, ich komme lieber runter. Mal sehen, ob wir Dominguez hier so weit beschäftigen können, dass er die anderen nicht verfolgt.«

Juan verknotete das Seil an einem Federbein der Baumaschine, um sich den Abstieg zu erleichtern. Das Seil rollte sich zur gegenüberliegenden Seite des Laderaums ab. Eddie bekam es zu fassen, schlang es um sein Handgelenk und ließ die Achse los.

Juan kontrollierte das Tempo seines Abstiegs, während er sich zu Eddie hinabgleiten ließ. Kurz bevor er ihn erreichte, wurde er langsamer, als er beabsichtigt hatte. Aber das lag nicht an ihm, sondern – am Schiff.

Der Prozess des Aufrichtens hatte sich drastisch beschleunigt. Als er sich neben Eddie unter den Lastwagen kauerte, begann das Schiff sich nach Steuerbord zu neigen.

»Ich glaube, wir …« war alles, was Juan über die Lippen brachte, ehe Kugeln in die Karosserie des Trucks einschlugen. Er musste schnellstens hinter dem Rad in Deckung gehen. Zwei von Dominguez' Männern waren unter den Maschinen herangerobbt, um ihn ins Visier zu nehmen.

In wenigen Sekunden befände sich das Schiff in der Waagerechten, und das bedeutete, dass ihnen eine wesentlich ernstere Gefahr drohte, als es die Männer waren, die jeden Moment auf sie schießen würden.

SIEBENUNDZWANZIG

Sobald der Rückschwung einsetzte, wusste Maria, was kommen würde. Sie riet Linc und MacD, schnellstens ins nächste SUV einzusteigen. Keins der Fahrzeuge auf den Ladedecks des Schiffes war abgeschlossen. Bei allen steckten die Schlüssel in den Zündschlössern, um das Entladen zu beschleunigen.

Die Wasserwoge, die auf sie zurauschte, war zwar nur anderthalb Meter hoch, aber ihre Wucht reichte aus, um sie zu Fall zu bringen und mitzureißen, wenn sie sich nicht rechtzeitig in Sicherheit brächten.

Sie hechteten ins SUV und zogen die Türen zu, während das Wasser an der Karosserie des Wagens hochschäumte. Für einen Moment waren sie in Sicherheit und unversehrt, aber Marias größere Furcht galt der Möglichkeit, dass das Schiff durch die Gewichtsverlagerung umkippte.

Sie hielt den Atem an, als das Wasser die Laderampe hinunterströmte und sich an der Steuerbordseite sammelte. Die Schieflage betrug lediglich zehn Grad – vorläufig. Obgleich die schnelle Schaukelbewegung nachgelassen hatte, spürte sie, dass die *Ciudad Bolívar* langsam weiterrollte. Offenbar war in einem tiefer liegenden Bereich ein Schott zu Schaden gekommen. Bei den Ballasttanks war jedoch keine Fehlfunktion festzustellen, und ihr Entleerungsprozess dauerte unvermindert an.

Die rechte Seite des Geländewagens wurde jetzt von Wasser überspült, das allmählich ins Wageninnere einsickerte. Linc drehte den Zündschlüssel und fuhr die Fenster auf der linken Seite herunter. Sie schlängelten sich hinaus und schwangen sich auf die Motorhaube des benachbarten SUV.

»Dort entlang«, entschied Linc, und sie gelangten zur Backbordseite, indem sie über die Motorhauben der Trucks eilten, die Kotflügel an Kotflügel auf dem Ladedeck geparkt waren.

Nach zwei Minuten sprangen sie auf das Deck neben dem Treppenschacht herab, der zum Maschinenraum führte. Da die Schlagseite weiter abgenommen hatte, waren die Stufen erheblich einfacher zu begehen, dafür glänzten sie jetzt nass und glitschig von dem eingedrungenen Meerwasser, von dem sie einige Minuten zuvor noch überspült gewesen waren. Nach einem Kurzschluss in Teilen des Stromnetzes hatte die Deckenbeleuchtung den Geist aufgegeben, daher mussten Linc und MacD für den kurzen Abstieg in den Bauch des Schiffes ihre Stablampen einschalten.

Als sie die wasserdichte Tür öffneten, wurden ihre Ohren von dem Lärm stampfender Maschinen attackiert. Für einen Moment blieben die drei auf dem Laufgang stehen, der über den beiden mächtigen Motoren verlief, die die Schiffsschraube antrieben und elektrischen Strom lieferten. Der Maschinenraum war vier Stockwerke hoch. Ein scheinbar ungeordnetes Gewirr von kreuz und quer verlaufenden Aluminiumtreppen, Rohrleitungen und Belüftungsschächten füllte den freien Raum über den Motoren. Normalerweise waren die Anlagen makellos sauber und gepflegt, aber jetzt konnte man dort, wo das Wasser gestanden hatte, ehe es abgelaufen war und sich auf dem Boden sammelte, in allen Regenbogenfarben glänzende Ölpfützen und Schmierflecken sehen. Offenbar war eine beträchtliche Wassermenge in den Maschinenraum eingedrungen, ehe er von der Kommandobrücke aus evakuiert und abgeriegelt werden konnte.

»Wo ist die Steuerzentrale?«, fragte Linc.

Maria deutete auf den rundum geschlossenen Raum am hinteren Ende der Halle.

MacD blickte auf das Wasser hinunter, das mit einer Höhe von über zwei Metern den Boden bedeckte. »Können wir das irgendwie umgehen?«

Maria schüttelte den Kopf. »Jetzt müssen wir schwimmen.«

Etwas, das im Wasser trieb, erregte ihre Aufmerksamkeit. Es war teilweise im Schatten am Ende der Steuerbordmaschine versteckt. Sie streckte MacD verlangend die Hand entgegen. »Kann ich mal Ihre Lampe haben?«

Er zuckte die Achseln und reichte ihr das Gewünschte.

Sie knipste die Lampe an und richtete sie auf das Objekt.

Es war ein Fuß.

Maria atmete zischend ein und ließ den Lichtstrahl über den Körper wandern, der auf dem Bauch im Wasser trieb. Als der Lichtstrahl die Pistole im Gürtelholster erreichte, wussten sie, dass es kein überrumpelter Mannschaftsangehöriger war, den sie da vor sich hatten.

Linc beförderte sie mit einem kräftigen Schubs hinter einen Entlüftungstrichter, während MacD gleichzeitig das Feuer auf eine schemenhafte Gestalt eröffnete, die im Schatten gelauert hatte. Kugeln, die ihnen plötzlich als Erwiderung um die Ohren flogen, bestätigten, dass sie nicht die Ersten waren, die zum Maschinenraum vorgedrungen waren.

* * *

Juans Warnung war gerade noch rechtzeitig erfolgt, sodass Eddie katzengewandt auf die Einstiegsleiter zum Führerhaus des Kipplasters springen und hinaufturnen konnte, ehe er von der Wasserflut erwischt wurde. Weil er selbst jedoch vollständig unter seinem Lastwagen kauerte, blieb

Juan gerade noch genügend Zeit, um das eine Seilende um die Achse zu wickeln und das andere um sein Handgelenk zu schlingen. Er hielt die Luft an und ließ die Wasserflut über sich hinwegrollen wie ein Fisch am Haken.

Als das Wasser zur anderen Seite abgeflossen war, konnte er erkennen, dass die beiden Schützen, die auf ihn gefeuert hatten, jetzt schlaff und regungslos im Wasser trieben. Das Gesicht des einen Mannes, das er sehen konnte, war eingedrückt und vollkommen entstellt, nachdem es offenbar äußerst heftig Bekanntschaft mit irgendeinem stählernen Vorsprung gemacht hatte.

Eddie meldete sich. »Chairman, alles in Ordnung?«

Juan befreite seine Hand von der Seilschlinge und kroch unter dem Truck neben Eddie hervor. »Ich bin okay, aber ich weiß jetzt wenigstens, wie sich ein Marlin fühlen muss, wenn er an der Angel hängt. Dominguez hat mindestens drei Männer eingebüßt. Ist zu erkennen, wo er sich versteckt?«

»Ich habe ihn aus den Augen verloren.«

»Keine Sorge, er wird uns schon finden.«

Das Deck hatte noch immer ein leichtes Gefälle, aber so würde es nicht lange bleiben.

Um die Baumaschinen herum und gelegentlich darunter herschleichend arbeiteten sich Juan und Eddie zur Steuerbordseite des Ladedecks vor. Nach der letzten Fahrzeugreihe lagen etwa drei Meter freies Deck vor ihnen, die sie völlig ungeschützt überwunden müssten, um die Tür zum Treppenschacht zu erreichen.

Sie kauerten hinter eine Planierraupe. Juan hob den Kopf ein wenig über den Rand der Schaufel. Funken stoben hoch, als Gewehrkugeln die Schaufel trafen. Er ging sofort wieder auf Tauchstation.

»Offensichtlich hat Dominguez mit so etwas gerechnet«, sagte Juan.

»War zu sehen, wo er sich verschanzt hat?«

»In etwa dreißig Metern Entfernung. Ich konnte nicht erkennen, ob er allein ist. Ich glaube nicht, dass wir es beide schaffen werden, ohne von einer Kugel erwischt zu werden.«

»Wie eilig haben wir es, von diesem Schiff runterzukommen?«

Juan aktivierte sein Kehlkopfmikrofon. »Linc, machen Sie mir eine Freude und verkünden Sie mir, dass Sie im Begriff sind, die Ballasttanks zu schließen.«

Ein Hintergrunddröhnen in seinem Ohrhörer wurde von dem Stakkatolärm heftigen Gewehrfeuers begleitet.

»Freut mich, dass Sie offenbar heil und wohlauf sind, Chairman«, erwiderte Linc, »aber tut mir leid, sie waren zuerst hier. Zwei von ihnen sind ertrunken, drei sind noch übrig. Wir glauben nicht, dass sie genügend Zeit hatten, um die Steuerzentrale lahmzulegen.«

»Kommt Maria an die Station heran?«

»Noch nicht, aber wir arbeiten an einem Plan. Gegen ein wenig Hilfe hätten wir nichts einzuwenden.«

»Wir sind auch schon ziemlich beschäftigt«, sagte Juan, »aber wir halten euch auf dem Laufenden.«

»Verstanden.«

Juan ließ sich auf den Bauch fallen. Seine nasse Kleidung traf mit einem leisen Klatschen auf den stählernen Boden. Er war überzeugt, dass Dominguez' Männer soeben versuchten, sie in die Zange zu nehmen.

Da. Füße huschten aus der Deckung eines großen Rades in die Deckung des nächsten. Juan berechnete den Weg, den die Füße nehmen würden, und zielte mit dem roten Laservisierpunkt seines Sturmgewehrs auf eine Position anderthalb Meter nach dem Rad.

Wie auf ein Stichwort hin erschien der Fuß. Juan feuerte eine Dreiersalve ab. Eine der Kugeln drang in ein Knie ein und warf den vor Schmerzen aufheulenden Mann auf das Stahldeck. Er sah Juan und versuchte, einen Schuss abzufeuern, aber Juan schaltete ihn mit einer zweiten Salve aus.

»Wir wissen, wo Sie sind, Dominguez!«, rief er auf Spanisch. »Sie können sich nicht für immer dort verstecken.«

Dominguez gab keine Antwort. Stattdessen prallte eine Handgranate gegen die Wand und rutschte über den stählernen Boden, bis sie von der vorderen Kette gestoppt wurde, die die Planierraupe auf ihrem Platz auf dem Ladedeck fixierte. Juan und Eddie suchten Schutz hinter der Schaufel der Planierraupe, die wie eine Glocke von der Explosion widerhallte.

Juan wagte einen Blick aus ihrem Versteck und sah, dass die Explosion die Kette durchtrennt hatte. So gab es nichts mehr, das das vordere Ende der vierzig Tonnen schweren Planierraupe an Ort und Stelle hielt, nur noch die Reibung ihrer Raupenketten.

»Wir müssen Dominguez irgendwie ausschalten und versuchen, zum Maschinenraum zu kommen«, sagte Juan.

»Ich habe gesehen, wo er war, als er die Granate warf«, sagte Eddie. »Er liegt auf der Ladefläche eines Kipplasters. Von dort aus hat er den gesamten Überblick, außerdem ist es eine perfekte Verteidigungsposition. Ein Frontalangriff wäre keine gute Idee.«

Das Deck neigte sich weiter, und die Planierraupe verlor den Halt. Sie rutschte mit schrillem Kreischen von Stahl auf Stahl nach Steuerbord, bis sie von einem Kipplaster gestoppt wurde. Unwillkürlich hielt Juan den Atem an, weil er damit rechnete, dass dies der Auslöser für eine Fahrzeuglawine werden würde. Die Ankerketten des Lasters protestierten mit einem lauten Knirschen gegen die zusätzliche Last, gaben jedoch nicht nach.

»Lange hält die Kette nicht, wenn die Schlagseite schlimmer wird«, warnte Eddie.

»Das ist wohl richtig.« Juan funkte abermals Linc an. »Ich möchte euch nicht hetzen, aber wir haben hier oben eine Planierraupe, die im Begriff ist, die gesamte Fracht auf die Steuerbordseite zu schieben. Wenn ihr es nicht schafft, die Schieflage in den nächsten Minuten zu stoppen, kommt hier keiner von uns lebend heraus.«

* * *

Marias Herz klopfte wie wild, während das Gewehrfeuer durch den Maschinenraum hallte. Sie hatte keine Ahnung, wie Linc und MacD es schafften, dabei so ruhig und gelassen zu bleiben.

»Zwei Männer sind noch übrig. Sie hocken hinter diesen Rohren über der Maschine«, sagte MacD, ehe er einen weiteren Schuss abfeuerte.

»Der Chairman meinte, die Lage da oben sei kritisch«, sagte Linc. »Wir müssen irgendwie in die Steuerzentrale kommen. Meinst du, du könntest es schaffen?«

»Vielleicht, aber dann hätte ich keinen Schimmer, was ich tun soll, wenn ich dort bin.«

»Maria könnte dir per Funk erklären, wie du die Ballasttanks schließen kannst.«

»Nein, das muss ich tun«, sagte Maria. »Es würde zu lange dauern, MacD durch diese Prozedur zu leiten.«

»Außerdem«, fügte sie hinzu, »ist dies mein Schiff. Ich werde nicht zulassen, dass Ruiz es versenkt.«

Widerstrebend gab Linc nach. »Okay. Sie haben nach unten keinen guten Schusswinkel, aber selbst wenn wir Ihnen Feuerschutz geben, sind Sie auf der Treppe vom Laufgang abwärts vollkommen ungeschützt. Die schießen Sie ab, ehe Sie auch nur fünf Meter weit gekommen sind.« Vielsagend blickte er auf den Wassertümpel, und Maria begriff, was er meinte. Anstatt die Treppe zu benutzen, würde sie von ihrem Standort direkt über das Geländer ins Wasser hechten müssen.

»Das schaffe ich«, sagte sie und klang jetzt selbstsicherer, als sie sich tatsächlich fühlte.

»Wir haben auch noch ein anderes Problem«, sagte MacD. »Ich hab nur noch ein einziges volles Magazin.«

»Ich auch. Dann muss jeder Schuss sitzen. Bereit?«

Maria atmete tief durch und nickte.

Linc sagte: »Auf die Plätze. Drei, zwei, eins … los!«

MacD und Linc kamen aus der Deckung hoch und feuerten in kurzer Folge Salven von jeweils drei Schuss ab. Maria wartete nicht, um sich zu vergewissern, ob das Sperrfeuer wirksam war. Sie sprang auf, umrundete den Entlüftungstrichter und schwang sich über das Geländer, wobei sie ein Stoßgebet murmelte, dass das Wasser wirklich so tief war, wie sie glaubte.

Sie tauchte mit den Füßen zuerst ein und landete auf dem Deck. Das Licht reichte aus, um die Treppe zu erkennen, die sich knapp vor ihr befand. Aber das Öl im Wasser brannte in ihren Augen.

Maria verspürte den Drang, die Augen zu schließen und aufzutauchen, aber je weniger sie den Schützen von sich zeigte, desto besser. Mit Armzügen, ähnlich wie die eines Delfins, glitt sie durchs Wasser. Ihre Lunge brannte und schrie nach Luft, als sie die Treppe zur Schaltzentrale erreichte.

Sie hechtete aus dem Wasser und erwartete, dass eine Kugel ihr Gehirn durchbohrte, sobald sie durch die Wasseroberfläche stieß, aber die Schüsse konzentrierten sich noch immer auf das andere Ende des Maschinenraums. Sie sog ölige Luft in ihre Lunge und kämpfte sich die Treppe hoch. Diese drei Stufen waren die anstrengendsten ihres Lebens. Als sie die Tür aufstieß und sich einfach in den Raum dahinter fallen ließ, hätte sie beinahe einen Siegesschrei ausgestoßen. Die Tür fiel hinter ihr ins Schloss und sperrte den Maschinenlärm und die Gewehrschüsse aus.

Maria rannte zum Computerterminal und ließ die Finger über die Tastatur fliegen, um die Kontrollen für die Ballasttanks aufzurufen. Sie war so vollkommen darauf fixiert, den Entleerungsvorgang der Ballasttanks zu stoppen, dass sie kaum registrierte, dass der Lärm aus dem Maschinenraum plötzlich wieder deutlich zu hören war. Jemand hatte die Tür geöffnet.

Maria machte sich nicht die Mühe nachzuschauen, wer es war, aber das brauchte sie auch nicht, als sie den Mann *»¡Alto!«* rufen hörte.

Sie ignorierte ihn jedoch und tippte auf die Maus. Auf dem Bildschirm erschien die Bestätigung, dass die Tanks geschlossen seien, dann explodierte das Display in einer Gewehrsalve.

Sie schloss die Augen und wappnete sich für ihr eigenes Ende, aber der tödliche Schuss fiel nicht. Sie fuhr herum und sah vor sich das Gesicht des Schützen, der sie mit einem dritten, blutigen Auge mitten in der Stirn mit leerem Blick anstarrte. Sein restlicher Körper erkannte erst eine Sekunde später, dass er tot war, und brach zusammen. Hinter ihm war ein sauberes Loch in die Glasscheibe der Tür gestanzt worden, und Linc stand dahinter, die Pistole erhoben und die Mündung zur Decke gerichtet.

Er stürmte durch die Tür und vergewisserte sich, dass der Mann tot war.

»Sind Sie verletzt?«, wollte er von Maria wissen.

»Nein. Ich konnte die Tanks schließen, ehe er den Terminal zertrümmerte.«

»Gut. Dieser Kerl war Ihnen gefolgt, darum bin ich hinter ihm hergekommen. MacD hat den letzten ausgeschaltet, aber er durchsucht gerade jetzt den Maschinenraum, um ganz sicherzugehen.«

Das Sprechfunkgerät des Toten meldete sich. Linc hob es auf. Er lauschte, schüttelte jedoch den Kopf.

»Ich beherrsche kein Spanisch«, sagte er und reichte Maria das Funkgerät.

Sie übersetzte, während sie zuhörte. »Ein Schiff ist eingetroffen. Es macht unglaublich rasante Fahrt.«

»Die *Oregon.*«

Die Diskussion dauerte an, und sie erstarrte, als sie den nächsten Satz hörte.

Linc spannte sich ebenfalls an. »Was ist?«

»Er sagt, die Tauchdrohnen seien aufgeladen und bereit zum Einsatz. Aber sie zielen nicht auf die *Ciudad Bolívar.* Leutnant Dominguez hat so etwas wie eine Fernsteuerung, mit der er sie lenken kann. Jetzt sollen sie Ihr Schiff versenken.«

* * *

Als Linc die Information über die Drohnenfernsteuerung weitergab, bat Juan ihn, die *Oregon* sofort zu warnen, man solle aufmerksam nach Tauchdrohnen Ausschau halten. Aber ohne weitere Informationen über sie bezweifelte er, dass man sie auf der *Oregon* tatsächlich entdeckte oder ihnen ausweichen konnte. Er musste Dominguez die Fernsteuerung abnehmen und die Drohnen deaktivieren.

Eddie Seng hatte sich um den Kipplaster herumgeschlichen, auf dem Dominguez sich versteckte. Juan wartete dahinter im Kotflügelschatten eines anderen Lasters. Eddie bereitete sich darauf vor, Dominguez aus seinem Versteck aufzuscheuchen. »Ich bin in Position«, meldete Juan im Flüsterton über Funk.

»Ich auch«, antwortete Eddie.

Juan entleerte ein halbes Magazin in die Seitenwand der

riesigen Ladefläche des Trucks. Dominguez und ein anderer Mann blickten über den Rand der Ladefläche und erwiderten das Feuer. Gleichzeitig nutzte Eddie das Ablenkungsmanöver, um ins Führerhaus zu klettern. Dort aktivierte er die hydraulische Kippvorrichtung des Lasters.

Begleitet von einem leisen jaulenden Geräusch begann das vordere Ende der Ladefläche in die Höhe zu steigen. Juan hoffte, dass Dominguez sich bemühen werde, auf dem Truck zu bleiben, aber er flankte in Juans Nähe über die Seitenwand, während der andere Schütze auf der gegenüberliegenden Seite von der Ladefläche herabsprang. Um den müsste Eddie sich kümmern.

Juan sprintete über das schräg liegende Deck hinter Dominguez her. Er konnte die Fernsteuerung mit ihrem hell leuchtenden Display in der Hand des Leutnants deutlich erkennen. Dominguez blieb stehen, um sich halb umzuwenden und auf Juan zu schießen, aber seine Füße verloren für einen kurzen Moment den Stand, und so ruderte er reflexartig mit den Armen, um das Gleichgewicht zu behalten.

Juan prallte gegen Dominguez, und die Waffen beider Männer wirbelten durch die Luft. Einander mit einem Schraubstockgriff umklammernd, taumelten sie in einem grotesken Tanz über die Stahlplatten des Ladedecks, bis Juan mit dem Rücken gegen die Fahrketten einer anderen Planierraupe prallte und die Luft aus seiner Lunge gepresst wurde. Aber noch im Sturz hebelte er die Fernbedienung aus Dominguez' Hand.

Auf dem Display der Fernbedienung konnte Juan in einem Gitterfeld drei Punkte erkennen. Zwei befanden sich dicht nebeneinander und waren mit »Ciudad Bolívar« und »Bahia Blanco« – offenbar der Fischtrawler – gekennzeichnet. Unter dem dritten Punkt blinkte der Schriftzug »Unbekannt«. Das musste die *Oregon* sein. Außerdem lag der Punkt im Zentrum eines Fadenkreuzes.

Dominguez zog sein Messer aus einer Scheide an seinem Gürtel. Juan, der sich auf keinen Fall von der Fernbedienung trennen wollte, blockte das Messer mit einer Hand ab und hielt den Schaltkasten mit der anderen krampfhaft fest. Damit bot er Dominguez' freier Hand eine Lücke und die Möglichkeit, seinen Hals zu packen und ihn zu würgen.

Juan konzentrierte sich in diesem Moment jedoch ausschließlich auf die Fernbedienung. Dominguez nagelte Juans Arm mit einem Knie auf dem Boden des Ladedecks fest, aber Juan konnte noch immer die Hand bewegen. Seine Finger zitterten, als der Daumen zum Schriftzug »Bahia Blanco« hinüberwanderte. Er tippte einmal auf das Display, und das Fadenkreuz sprang auf den Punkt neben dem Schiffsnamen. Ein Button auf dem Display trug die Bezeichnung »Bestätigen«. Juan tippte darauf und schleuderte mit einer Schlenkerbewegung seiner Hand den Schaltkasten so weit wie möglich von sich. Er prallte auf das Deck und rutschte außer Sicht.

Dann rammte er den Daumen seiner freien Hand in Dominguez' linkes Auge. Dominguez lockerte den Griff um Juans Hals und jaulte vor Schmerzen auf. Nun, da er wieder frei atmen konnte, riss Juan die Messerhand seines Gegners herum und stieß die Klinge in dessen Brust. Der Leutnant atmete zischend ein, röchelte erstickt und kippte schlaff zur Seite.

Juan kam im selben Moment auf die Füße, als Eddie hinter dem Lastwagen auftauchte.

»Ihr Timing ist perfekt.« Juan deutete mit einem Kopfnicken auf den reglosen Körper zu seinen Füßen.

»Meiner ist ebenfalls Geschichte. Und was ist mit der *Oregon*?«

»Alles okay. Aber der Trawler dürfte jeden Moment seine letzte Reise auf den Meeresgrund antreten.«

»In diesem Fall ist niemand mehr übrig, der uns die Frage beantworten könnte, weshalb uns jemand daran hindern wollte, dieses Schiff zu retten.«

»Ich glaube nicht, dass es irgendetwas mit der *Ciudad Bolívar* zu tun hat«, sagte Juan. »Einleuchtender erscheint mir, dass diese haitianischen Killer nach Jamaika geschickt wurden, damit wir nichts von diesen Drohnen erfahren. Wenn wir sie geborgen haben, werden unsere Fragen sicherlich zumindest teilweise beantwortet.«

ACHTUNDZWANZIG

Juan und seine Mitstreiter gelangten gerade noch rechtzeitig an Deck, um mitzuerleben, wie die qualmenden Überreste des Fischtrawlers in den Fluten versanken. Max berichtete ihm, dass der Trawler explodiert sei, als eine der Unterwasserdrohnen möglicherweise eine Treibstoffleitung perforiert hatte. Die Sonne war längst untergegangen, und die *Oregon* suchte mit starken Scheinwerfern die See in ihrer nächsten Umgebung ab, fand jedoch keine Überlebenden. Die Drohnen hatten wirklich ganze Arbeit geleistet.

Sie ließen die Leichen von Dominguez und seinem Killerkommando auf dem Autotransporter zurück. Weil der Vorfall in internationalen Gewässern auf einem Schiff stattgefunden hatte, das einer venezolanischen Firma gehörte, jedoch unter panamaischer Flagge fuhr, waren die juristischen Zuständigkeiten – vorsichtig ausgedrückt – ein wenig verworren. Sollte eine Untersuchung durchgeführt werden, dann höchstwahrscheinlich von der Versicherung, aber sämtliche verfügbaren Beweise würden zur venezolanischen Marine führen.

Gomez hatte den Treibstofftank des MD 520N bereits flicken lassen und brachte seine fünf Schutzbefohlenen zur *Oregon* zurück, die kurzfristig in *Norego* umbenannt worden war – für den Fall, dass sie sich noch am Ort des Geschehens aufhielten, wenn sich andere Rettungsschiffe einfänden.

Nachdem Marias Blessuren behandelt worden waren, schlug Juan ihr vor, sich frische Kleidung geben zu lassen und sich in der Messe bei einem Imbiss und einer Tasse

Kaffee ein wenig zu erholen. Danach überwachte er zusammen mit Max und Murph die Bergung der Unterwasserdrohnen.

Drei Drohnen hatten die Explosion überstanden, trieben auf der Wasseroberfläche und warteten anscheinend auf neue Befehle. Vergebens hatte Juan die Fernbedienung gesucht, die offenbar im Wasser, das sich im Ladedeck der *Ciudad Bolívar* gesammelt hatte, verloren gegangen war. Der Autotransporter hatte nach wie vor starke Schlagseite, schien sich jedoch einstweilen stabilisiert zu haben.

Juan studierte die Mini-U-Boote durch ein Fernglas, während seine Mannschaft den Kran in Position brachte, um sie aus dem Wasser zu hieven. Mit ihrer schlanken Form sowie kurzen Tragflächen, einem Seitenruder und einem Wassereinlass am Bug und einer Austrittsöffnung am Heck erinnerten sie an miniaturisierte Kampfjets. Auf der Oberseite befand sich eine Erhebung ähnlich einer Rückenflosse, die die Technik enthielt, mit der sie sich an einen Schiffsrumpf hängten und ihn aufbohrten. Hinzu kam eine kurze Antenne zum Empfang der Funksignale der Fernsteuerung.

»Ich kann es kaum erwarten, eines dieser Babys auseinanderzunehmen«, sagte Max und rieb sich voller Vorfreude die Hände. »Vielleicht lässt sich sogar so ein Ding für uns nachbauen. Man kann nie wissen, ob man es nicht schon in Kürze brauchen kann.«

»Hast du so was schon mal irgendwo gesehen?«

»Nein, es erscheint mir viel zu raffiniert, um von der venezolanischen Armee entwickelt worden zu sein. Ich vermute, dass sie es von den Chinesen oder den Russen gekauft haben.«

»Oder sie haben es gestohlen«, meinte Murph, der die schwimmenden Drohnen fotografierte. »Während meiner Tätigkeit als Systementwickler mussten wir auch über mögliche neue Technologien für den militärischen Gebrauch nachdenken. Eine dieser Ideen war eine unter Wasser operierende Tarnkappendrohne für den Einsatz gegen feindliche Schiffe. Aber als ich den Dienst quittierte, existierten davon kaum mehr als einige Konstruktionsskizzen. Diese Dinger da unten könnten durchaus auf Basis dieser Skizzen entstanden sein.«

»Wenn es sich um amerikanische Technologie handelt«, sagte Max, »will die CIA sie sicherlich zurückhaben. Ich wage die Prognose, dass Langston Overholt in naher Zukunft einen hübschen Scheck ausstellen wird.« Juan hatte keinen Zweifel, dass dieser Fund für seinen Freund, Mentor und Verbindungsmann bei der CIA eine aufregende Neuigkeit wäre.

»Apropos Scheck«, sagte Juan, »hast du Atlas Salvage informiert?«

Max nickte. »Sie schicken in Kürze einen seetüchtigen Schlepper von Kingston aus auf die Reise. Der Inhaber, Bill Musgrave, handelt zurzeit den Vertrag mit Cabimas aus. Er will uns mit zehn Prozent Finderlohn beteiligen.«

Das Bergungsgeschäft war lukrativ und gefährlich, und die Honorare bestanden gewöhnlich aus einem prozentualen Anteil des Gesamtwertes von Schiff und Fracht. In diesem Fall wären es mehr als einhundert Millionen Dollar, wenn sie es schafften, das Schiff intakt in den nächsten Hafen zu schleppen, sodass die Corporation mit einem ansehnlichen Betrag rechnen konnte.

Nicht schlecht für einen einzigen Tag Arbeit. Und sie waren im Begriff, sogar noch mehr einzuheimsen.

Der Kran ließ sein Bergungsnetz ins Wasser hinunter, und Taucher im RHIB wollten es um die erste Drohne wickeln, damit sie eingesammelt werden konnte.

Doch ohne Vorwarnung sackte das Minitauchboot ab und verschwand unter der Wasseroberfläche.

»Was zum Teufel …«, platzte Max heraus.

Eine weitere Drohne folgte. Dann die dritte.

Juan rief per Funk das Operationszentrum. »Wir verlieren die Drohnen. Kann man feststellen, ob sie einen Angriff vorbereiten? Ich erwarte Meldung!«

»Negativ, Chairman«, antwortete Linda. »Das Sonar zeigt, dass sie senkrecht abtauchen.«

Juan rief den Tauchern zu, wenigstens eine festzuhalten. Aber es war zu spät. Alle drei steuerten in Richtung Meeresgrund in drei Kilometern Tiefe. Selbst wenn es ihnen gelingen sollte, die Drohnen zu bergen, dürfte nach dem Aufprall nicht mehr allzu viel von ihnen übrig sein.

»Schicken Sie die Bilder zu Overholt«, sagte Juan zu Murph. »Ich unterhalte mich mal mit unserem Gast.«

Juan betrat die bescheidene Messe, die zur Tarnung der *Oregon* gehörte. Er holte sich eine Tasse Kaffee und setzte sich zu Maria an den Tisch.

»Behandeln meine Leute Sie anständig?«, erkundigte er sich.

Während sie sich in dem schäbigen Raum umsah, antwortete sie: »Jeder ist sehr nett zu mir. Ich hätte niemals erwartet, in einem Schiff, das sich in einem solchen Zustand befindet, derart exquisite Speisen serviert zu bekommen.«

»Das ist alles nur Augenwischerei. Das Schiff ist sauberer, als es auf den ersten Blick erscheint. Wir geben unser Geld dort aus, wo es wichtig ist. Hören Sie, ich muss Sie um einen Gefallen bitten.«

»Natürlich. Alles, was Sie wollen. Schließlich haben Sie mich und mein Schiff gerettet.«

»Es käme uns sehr entgegen, wenn Sie unsere Beteiligung nicht erwähnen würden.«

»Weshalb? Sie und Ihre Männer verdienen für das, was Sie getan haben, einen Orden.«

»Wegen der Fracht, die wir gewöhnlich befördern,

möchten wir möglichst jedes Aufsehen vermeiden.« Es konnte nicht schaden, ihr den Eindruck zu vermitteln, dass sie Schmuggler waren. Die Tatsache, dass sie im Umgang mit Waffen und Kampftechniken einige Erfahrung bewiesen hatten, würde dieser Legende zusätzliche Glaubwürdigkeit verleihen.

Maria sah ihn vielsagend an und nickte. »Ich verstehe. Was ist mit den Toten auf meinem Schiff?«

Dafür hatte sich Juan bereits die passende Geschichte zurechtgelegt. »Piraten. Sie wollten Ihr Schiff kapern, als es leck schlug, und die haben dann auch Ihre Mannschaft getötet.«

»Und wer hat die Piraten getötet?«

»Interne Streitigkeiten wegen der Beute. Es gibt keine Ehre unter diesen Dieben, die übrigens als fahnenflüchtige venezolanische Marinesoldaten identifiziert werden. Die anderen sind mit ihrem Boot abgehauen, als sie das Schiff nicht mehr flottmachen konnten.«

Juan konnte sehen, wie es in ihr arbeitete, als sie sich seine Geschichte durch den Kopf gehen ließ. Schließlich sagte sie: »Klingt einleuchtend. Zumindest diesen Gefallen kann ich Ihnen tun.«

»Danke. In der Zwischenzeit, denke ich, sollten Sie bei uns bleiben. Natürlich ist es Ihre Entscheidung, aber sollte Admiral Ruiz in all dem ihre Hände im Spiel haben, sind Sie vielleicht in Gefahr. Ich glaube nicht, dass es ihr gefallen würde, irgendwelche Spuren zu hinterlassen. Das heißt, wenn es Ihnen nichts ausmacht, von der Bildfläche zu verschwinden, bis ein wenig Gras über diese Angelegenheit gewachsen ist.«

»Ich glaube nicht, dass ich sehr bald wieder die Führung über mein Schiff übernehmen kann. Und meinem Exehemann wird es sicherlich nichts ausmachen. Aber ich sollte mich zumindest bei Cabimas melden.«

»Erzählen Sie die Wahrheit, dass Sie um Ihr Leben fürchten, weil die Angreifer unbehelligt verschwinden konnten. Sie würden erst wieder zurückkommen, nachdem sie geschnappt wurden.«

Sie überlegte kurz, dann nickte sie zustimmend. »Okay. Ich denke, das wird man verstehen. Momentan wird man sowieso eher daran interessiert sein, das Schiff zu bergen.«

»Ausgezeichnet. Ich lasse Ihnen von meinem Steward Maurice eine angemessene Kabine herrichten.«

»Noch einmal vielen Dank, Käpt'n Cabrillo.«

Er lächelte sie an. »Ich helfe immer gern.«

Juan überließ sie Maurice' umsichtiger Obhut und suchte seine Kabine auf, in die man einen Anruf von Langston Overholt umgeleitet hatte.

»Deine Fotos haben hier einigen Wirbel verursacht und jede Menge Alarmsirenen ausgelöst, Juan«, sagte der achtzigjährige Geheimdienstveteran ungehalten. »Niemand hat damit gerechnet, sie jemals auftauchen zu sehen – und das ist nicht scherzhaft gemeint.«

»Sind die Dinger demnach amerikanischen Ursprungs?«

»Die Navy hat jahrelang daran gearbeitet, bis ein Virus das Programm infiziert hat. Die gesamte Steuersoftware ist verseucht worden und sämtliche Konstruktionsdateien wurden gelöscht. Das konnte nur ein Angehöriger des Teams getan haben.«

»Dann war es ein Insiderjob. Weshalb hast du nicht geglaubt, dass die Pläne längst in fremde Hände gelangt sind?«

»Weil wir den Dieb identifiziert haben. Es musste ein Waffenkonstrukteur namens Douglas Pearson gewesen sein. Die Dateien wurden bei ihm zu Hause gefunden und sichergestellt. Er muss den Virus implantiert haben.«

»Sitzt er im Gefängnis?«

»Nein, er ist tot. Zumindest haben wir es vermutet. Er

nahm an einer Trainingsübung teil, als sein Boot von einer defekten Flugdrohne zerstört wurde. Seine Leiche ist zwar nicht gefunden worden, aber wir nahmen an, dass sie bei der Explosion verbrannte und die Überreste ins Meer gespült wurden.«

»Und seid ihr jetzt nicht mehr so sicher?«

»Oh, wir sind sicher, dass er am Leben sein muss. Wenn diese Unterwasserdrohnen von den Venezolanern gebaut wurden, dann können sie es unmöglich ohne seine Hilfe so schnell geschafft haben. Er war einer der wenigen, die mit allen Details des Programms vertraut waren. Zwei von diesen Leuten kamen ebenfalls bei dem Unfall ums Leben, und der Rest ist noch immer bei hier ansässigen Rüstungsfirmen beschäftigt. Wir haben keinen von ihnen ernsthaft im Verdacht, aber wir überprüfen sie natürlich gründlich. Ich glaube, dass Pearson unser Mann ist.«

»Dann bin ich genauso scharf auf ihn wie du«, sagte Juan und berichtete ihm von den Versuchen, die Mannschaft der *Oregon* zu töten.

»Wie konnte er wissen, wo ihr gewesen seid?«, fragte Overholt.

»Das ist die Frage, auf die ich liebend gern eine Antwort wüsste. Aber ich glaube, dass da noch mehr im Gange ist. Anscheinend steht eine ganze Armee von haitianischen Soldaten unter seinem Kommando, mit denen er eine umfangreichere Operation plant.«

»Wahrscheinlich war er es, der die Drohnen versenkt hat. Meinst du, er hat noch mehr von diesen Dingern auf Lager?«

»Keine Ahnung, aber einer der Haitianer sagte, die Welt werde sich in vier Tagen verändern. Falls Pearson seine Finger im Spiel hat, spricht alles dafür, dass er auch über die Mittel verfügt, es dazu kommen zu lassen.«

»Es ist schon schlimm genug, dass U.S.-Waffentechnik

benutzt wurde, um drei Schiffe zu versenken und ein viertes zu beschädigen. Wir können nicht zulassen, dass er sie auch noch für terroristische Zwecke einsetzt.«

»Da du sicher warst, dass er tot ist«, sagte Juan, »nehme ich an, dass du keinerlei Hinweise auf seinen derzeitigen Aufenthaltsort hast.«

»Nein, und wir können keine internen Untersuchungen anstellen. Du kennst doch Washington. Die Geschichte würde innerhalb von fünf Sekunden durchsickern. Ich lege es in deine Hände, Pearson zu suchen. Falls du Beweise für eine glaubhafte Bedrohung findest, kann ich den zuständigen Dienststellen entsprechende Warnungen zukommen lassen.«

»Dann wird es wohl das Beste sein, mit der Suche gerade dort zu beginnen, wo er zuletzt lebend gesehen wurde. Vielleicht gibt es in den Schiffstrümmern irgendwelche Hinweise, die übersehen wurden. Hat Dirk Pitt das Wrack geborgen?«

»Die NUMA hat das Boot vom Grund der Chesapeake Bay ans Tageslicht geholt, aber Dirk hat eine Spezialfirma beauftragt, die forensischen Ermittlungen über den Unfall durchzuführen. Sie heißt Gordian Engineering.«

»An wen kann ich mich dort wenden?«

»Aufgrund der streng geheimen Technologie, die zum Einsatz kam, wurde der Chefingenieur mit der Leitung der Untersuchung betraut. Er hat sämtliche Sicherheitsüberprüfungen über sich ergehen lassen.« Im Hintergrund hörte Juan das Rascheln von Papier. »Da ist es. Er ist noch immer in Patuxent, wo er an der Rekonstruktion des Wracks arbeitet. Sein Name ist Dr. Tyler Locke.«

* * *

Die Sonne war längst untergegangen, und Hector Bazin konnte außerhalb des Lichtkreises der Scheinwerfer des Toyota SUV, den David Pasquet lenkte, nicht das Geringste erkennen. Da Haiti die ärmste Nation der westlichen Hemisphäre war, konnten sich ihre Landbewohner keine Stromgeneratoren leisten, und die nächtliche Beleuchtung war technisch kaum anspruchsvoller als ein Holzofen. Die extreme Dunkelheit der gebirgigen Zentralregion von Haiti, durch die sie gerade fuhren, war so vollkommen, dass die Grenze zwischen Haiti und seinem reicheren Nachbarn im Westen, der Dominikanischen Republik, auf nächtlichen Satellitenfotos von Hispaniola, der Insel, die sich beide Nationen teilten, deutlich zu erkennen war.

Als sie einen Hügel umrundeten, war der unvermittelte Anblick greller Lichtbogenlampen, die eine Zementfabrik beleuchteten – mitten im Niemandsland –, ein visueller Schock. Eingebettet zwischen den Bergen und dem zweitgrößten Binnengewässer Haitis, dem Lake Péligre, bestand die Fabrik aus einem Dutzend Gebäuden, einem System von frei schwebenden Förderbändern und einer Kuppelhalle, in der der Rohkalkstein, das Grundmaterial des einst dort produzierten Baustoffs, gelagert wurde.

Die Gebäude, denen man ihr Alter deutlich ansah, waren mehr als fünfzig Jahre nicht benutzt worden, bis Bazin sie in Besitz genommen hatte. Sie dienten als Operationsbasis für seine Söldnertruppe. Die Lage war perfekt, meilenweit von jeder Stadt entfernt, in welcher der Lärm gelegentlich aufbrandenden Gewehrfeuers unangenehme Fragen hätte aufwerfen können.

Kein Maschendrahtzaun war errichtet worden, um neugierige Besucher abzuhalten, aber rund um die Anlage waren an strategischen Punkten Bewegungssensoren installiert, die Alarm schlugen, sobald der Fuß eines Eindringlings die Grenze des Geländes nur um Zentimeter überschritt.

Pasquet ließ den Wagen vor einem größeren Gebäude, das vor dem Hügel und hinter dem Fabrikgelände stand, ausrollen. Bazin nahm seine Reisetasche vom Rücksitz und betrat das Gebäude.

Im Innern erwarteten ihn sechzig Haitianer, die mit auf den Köpfen verschränkten Händen auf dem rauen Zementboden knieten. Bazins Männer umkreisten sie wie hungrige Wölfe, die G36-Schnellfeuergewehre schussbereit im Anschlag. Zwei Körper lagen reglos ausgestreckt zwischen den Knienden.

Der Telefonanruf, der ihn während der Fahrt vom Flughafen erreichte, hatte Bazin schon vorbereitet, doch über diesen neuerlichen Rückschlag war er rasend vor Wut.

»Was ist passiert?«, fragte Bazin den älteren Offizier, dem er während seiner Abwesenheit das Kommando übertragen hatte.

Der Offizier deutete mit einem Kopfnicken auf einen Mann, der in der ersten Reihe kniete. Blut sickerte aus einer frischen Wunde an seiner Stirn. Herausfordernd erwiderte er Bazins wütenden Blick.

»Während sie gruben, haben er und die anderen Männer zwei Wächter überfallen und getötet«, berichtete der Offizier. »Wir konnten sie allerdings überwältigen, ehe sie an die Waffen kamen.«

»Die Wächter hätten vorsichtiger sein müssen«, sagte Bazin. »Ich habe sie gewarnt, dass Jacques verdammt clever ist.«

Jacques Duval drehte den Kopf zur Seite und spuckte Blut aus, das in seinen Mund gesickert war. »Du kannst uns nicht für immer hier festhalten, Hector.«

Bazin sah seinen alten Hausgenossen an, der bis vor kurzem der stellvertretende Kommandant der Police nationale d'Haiti gewesen war, ehe man ihn entführt und an diesen Ort gebracht hatte. »Wer sagt, dass ich das beabsichtige?«

»Wir werden nicht länger für dich graben.«

»Das werdet ihr doch, wenn ihr wollt, dass eure Familien am Leben bleiben.«

Duval lachte bitter. »Siehst du nicht die Ironie in dem, was hier geschieht, Hector? Im ersten Land der Erde, das die Fesseln der Sklaverei abgestreift hat und zu einer unabhängigen Nation wurde, hältst du uns als Sklaven.«

»Ihr seid keine Sklaven, ihr seid Verräter. Ich habe euch eine Chance geboten, ihr konntet euch mir anschließen, und ihr habt versucht, mich auszuschalten.«

Duval sah ihn mit einem Ausdruck des Mitleids an. »Wie konnte es geschehen, dass du dich so verändert hast? Du und ich, wir waren *Restavecs* im selben Haus. Wir gingen beide zur französischen Fremdenlegion. Wir waren Brüder. Und jetzt bist du ein Monster.«

»Wir sind keine Brüder. Wir sind nicht gleich.« Bazin wandte sich an die restliche Gruppe der Knienden, von denen viele neben Duval in der haitianischen Regierung gearbeitet hatten. »Dieser Mann, den Ihr so sehr schätzt, den ihr verehrt, er ist nicht mehr als ein winselnder Hund, der zugelassen hat, dass ein Junge, der jünger war als er, täglich verprügelt wurde.«

Duval seufzte. »Du hast recht, Hector. Ich hätte mehr dagegen tun müssen. Aber ich war nur ein Kind. Und jetzt versuche ich, das alles zu ändern, das gesamte System! Ich will Haiti zu einem besseren Ort machen.«

»Nichts wird sich ändern. Niemals. Deshalb habe ich dich hierhergebracht. Du und die anderen Männer hier, ihr seid völlig verrückt, wenn ihr annehmt, dass sich irgendetwas ändern kann. Das Einzige, was sich ändert, ist die Person, die die Macht hat. Nun, und jetzt habe ich sie. Dank dem, was ich hier tue, werde ich schon bald mehr Macht haben, als du dir überhaupt vorstellen kannst.«

»Warum tötest du uns nicht? Wir sind beide Soldaten,

also sei ehrlich. Das wirst du doch sowieso tun, nicht wahr? Nach dem, was wir gesehen haben, kannst du uns nicht am Leben lassen.«

»Wir brauchen euch noch, um einen Fluchttunnel anzulegen, daher muss noch viel gegraben werden. Aber du hast recht, ich brauche nicht alle von euch. Was ihr getan habt, muss bestraft werden.«

Bazin nahm einem Söldner in seiner Nähe das Sturmgewehr aus der Hand. Duval richtete sich auf und schaute Bazin in die Augen, als wüsste er genau, was kommen würde.

Bazin schüttelte den Kopf und grinste. »Was für eine noble Geste. Aber nein. Als Soldat solltest du wissen, dass es immer deine Untergebenen sind, die für dein Versagen zahlen müssen.«

Bazin hob das Gewehr und schoss den Männern, die rechts und links neben Duval knieten, in die Stirn.

»Nein!«, schrie Duval und sprang auf, um sich auf Bazin zu stürzen.

»Soll noch ein dritter dran glauben?«, fragte Bazin.

Duval hielt inne, sah den Mörder hasserfüllt an und sank wieder auf die Knie.

»Gut«, sagte Bazin und warf dem Söldner sein Gewehr zu. »Das war nur ein kleiner Vorgeschmack. Wenn du von jetzt an gehorsam bist und tust, was man dir befiehlt, lasse ich dich vielleicht lange genug leben, um die Macht kennenzulernen, die die ganze Welt regieren kann.«

NEUNUNDZWANZIG

NAVAL AIR STATION PATUXENT RIVER, MARYLAND

Juan zirkelte den Mietwagen um Betonhindernisse herum, die einen Sattelschlepper aufgehalten hätten, selbst wenn er mit Höchstgeschwindigkeit auf das Gelände des Marinefliegerstützpunkts zugerast wäre. Er und Eric Stone, den Juan wegen seiner überragenden technischen Kenntnisse als Begleiter mitgenommen hatte, näherten sich dem Tor von Pax River, wie der Stützpunkt von den Angestellten genannt wurde, die während der morgendlichen Rushhour in Scharen zu ihren Arbeitsplätzen strömten.

Als Juan vor der Sperre anhielt, ging die Stimme des Wachtpostens im donnernden Motorenlärm eines P-8-Poseidon-U-Boot-Jägers unter, der zur Landung ansetzte. Aber das Anliegen des Soldaten war klar. Er wollte ihre Ausweise sehen.

Juan wünschte sich, sie hätten die falschen Ausweise benutzen können, mit denen sie normalerweise reisten, aber um in eine Einrichtung der Navy zu gelangen und – auf Langston Overholts Geheiß – Zugang zu einem streng geheimen Projekt zu erhalten, mussten Juan und Eric ihre Sicherheitsüberprüfungen nachweisen, derer sie sich unterzogen hatten, als sie noch für die Regierung arbeiteten.

Während der Wachtposten ihre Ausweise kontrollierte, untersuchte ein Marinesoldat mit einem Spiegel die Unterseite ihres Fahrzeugs und inspizierte den leeren Kofferraum. Sobald sie die Prozedur überstanden hatten, erklärte ihnen der Wachtposten den Weg zu einem Hangar auf der Südseite des Stützpunkts.

Während sie eine Reihe von F-18 Hornets passierten, in denen Testpiloten der Navy ausgebildet wurden, staunte Juan insgeheim darüber, wie schnell es Overholt gelungen war, ihnen den Zugang zu einer derart gesicherten militärischen Einrichtung und einem streng geheimen Projekt zu verschaffen. Sicherlich hatten die Fotos von den Piranha-Drohnen das ihre dazu beigetragen.

Weniger als sechsunddreißig Stunden zuvor hatte die *Oregon* die *Ciudad Bolívar* sich selbst überlassen, nachdem die Bergungsfirma per Funk die baldige Ankunft ihres Schleppers angekündigt hatte. Da sie eine Begegnung mit den jamaikanischen Behörden vermeiden wollten, nahm die *Oregon* Kurs auf Santo Domingo, die Hauptstadt der Dominikanischen Republik. Dort luden sie Craig Reeds reparierten Angelkreuzer aus und bezahlten im Voraus seinen Aufenthalt in einem der besten Rehabilitationszentren der Stadt.

Tiny Gunderson, der Starrflüglerpilot der Corporation, wartete auf dem Flughafen von Santo Domingo bereits mit dem firmeneigenen Gulfstream-Jet auf Juan und Eric. Vier Stunden später landeten sie auf dem Reagan National und wurden zu einem Hangar dirigiert, der nur einhundert Meter vom Ufer der Chesapeake Bay entfernt stand. Die Sonnenstrahlen wurden von geschlossenen weißen Toren reflektiert, die groß genug waren, um ein Passagierflugzeug passieren zu lassen.

Ein Mann in Lederjacke und Jeans bedeutete Juan mit Handzeichen, in der Nähe einer Seitentür zu parken, vor der ein bewaffneter Soldat in Kampfanzug Wache hielt. Juan öffnete die Tür und wurde von einem eisigen Lufthauch empfangen. Der Zivilist, ein Mann mit athletischer Figur, lockigem braunem Haar und einem freundlichen Willkommenslächeln, begrüßte sie mit kräftigem Händedruck. Er war das genaue Gegenteil von dem gelehrtenhaften Ingenieur, den Juan erwartet hatte.

»Ich bin Tyler Locke«, stellte er sich vor. »Sie müssen Juan Cabrillo sein.«

»Ja, und dies ist Eric Stone. Wenn ich es richtig verstanden habe, sind Sie der leitende Ermittler bei dieser forensischen Untersuchung.«

»Der bin ich. Dirk Pitt hat Ihren Besuch angekündigt und uns autorisiert, Sie über alles, was wir herausgefunden haben, ins Bild zu setzen. Was interessiert Sie an dieser Geschichte?«

»Douglas Pearson. Wir wollen wissen, ob er diesen Drohnenunfall möglicherweise überlebt hat.«

»›Unfall‹?«, sagte Locke. »Ich sehe schon, dass wir Sie auf den neuesten Stand bringen müssen.«

»Haben Sie das Wrack geborgen?«

»Wir haben sogar ein bisschen mehr getan, als es zu bergen. Ich zeige es Ihnen.«

Locke zog eine Magnetkarte durch den Führungsschlitz des Türschlosses. Danach tippte er auf dem Keyboard der Türsicherung einen Code ein. Ein elektronischer Schließmechanismus klickte, und Locke drückte die Tür auf und trat über die Schwelle.

Juans Augen brauchten einen Moment, um sich von dem grellen Sonnenlicht draußen auf die Dunkelheit umzustellen, während er und Eric dem Ingenieur folgten. Als er wieder etwas erkennen konnte, bot sich ihm der Anblick von einem halben Dutzend Arbeitern, die in einem Flugzeughangar ein Boot zusammensetzten.

Nur der vordere Teil des Schiffes war intakt. Der Rest war zusammengefügt worden wie das größte 3D-Puzzle der Welt. Ein stählerner Rahmen hielt die einzelnen Teile an Ort und Stelle. Die meisten waren geschwärzt und verbogen, dennoch hatte man sie so präzise aneinandergesetzt, dass die frühere Silhouette des Bootes deutlich zu erkennen war.

Rechts neben dem Boot befanden sich in einem kleineren Rahmen die Überreste des UAV, das in das Boot eingeschlagen war. Davon waren erheblich weniger Bruchstücke vorhanden, aber die spitze V-förmige Nase war unverkennbar.

Ein muskulöser Schwarzer hielt ein Tablet in der Hand und machte sich einige Notizen über die Drohne. Als er Locke und die beiden Gäste bemerkte, kam er in einer Gangart zu ihnen herüber, die eine Mischung aus dem schwerfälligen Tapsen eines Bären und der katzenhaften Geschmeidigkeit eines Panthers war. Sein kahler Schädel reflektierte das Licht der Deckenbeleuchtung.

»Wir haben die letzten Bruchstücke der Drohne eingefügt«, sagte er zu Locke. »Für das Boot brauchen wir noch etwa eine Stunde, aber an unseren bisherigen Erkenntnissen dürfte sich nichts ändern. Als Dankeschön für ihre schnelle Arbeit habe ich den Männern Bier und Krabbenpastete bis zum Abwinken versprochen – heute Abend im Clarke's Landing.«

»Wenn dieses Angebot auch für Sie gilt, dann muss ich wohl einen Kredit aufnehmen, um alles bezahlen zu können«, sagte Locke, ehe er Juan und Eric vorstellte. »Das ist Grant Westfield, Spitzenelektroniker von Gordian Engineering und der Schrecken aller All-you-can-eat-Büfetts.«

Erics Mund klappte auf, während er Westfields mächtige Pranke schüttelte. »Grant Westfield? Im Ernst? Murph dreht durch, wenn er erfährt, dass ich The Burn persönlich getroffen habe. Wir kloppen uns ständig mit Ihnen in Pro Wrestling All-Stars.«

»Ich hoffe aufrichtig, dass es nur ein Videospiel ist«, sagte Juan.

»Es ist mir eine große Ehre, Mr. Westfield«, sagte Eric, ohne auf Juans Bemerkung einzugehen. »Ich bewundere Ihre Entscheidung, nach 9/11 mit dem Wrestling aufgehört zu haben und zu den Rangers gegangen zu sein, aber es wäre toll, Sie wieder im Ring zu sehen.«

»Mir macht dieser Job viel zu viel Spaß, um zurückzukehren und mir den Schädel wieder mit Klappstühlen bearbeiten zu lassen. Tyler hat angedeutet, dass Sie schnellstens erfahren müssen, was wir herausgefunden haben.«

Juan nickte. »Es hängt mit eigenen Ermittlungen zusammen, die wir zurzeit anstellen. Dieser nette Doktor deutete an, dass es kein Unfall war.«

»Niemals. Die erste Schlussfolgerung der Navy besagte, dass sich die Drohne nach dem Signal gerichtet habe, die von der Antenne des Bootes ausgestrahlt wurde, und diese als Ziel ansteuerte. Aber das ist nicht möglich.«

»Weshalb nicht?«

»Weil wir herausgefunden haben, dass das Kabel noch vor dem Treffer von der Antenne gelöst wurde. Das Boot machte zu diesem Zeitpunkt zwanzig Knoten Fahrt und führte Ausweichmanöver aus, um die Drohne abzuschütteln. Die Drohne hätte ihr Ziel verlieren müssen, sobald das Signal verstummte, aber sie hat das Boot genau mittschiffs getroffen.«

»Haben Sie eine Ahnung, wie das möglich war?«, fragte Eric.

Locke hob ein versengtes Trümmerteil auf. »Indem sie dies hier anvisierte. Es ist ein Peilsender, der in einem Laptop versteckt war. Wir nehmen an, dass jemand ihn nutzte, um die Drohne zu lenken, ganz gleich was unternommen wurde, um ihr auszuweichen.«

Juan ergriff den zerstörten Schaltkreis und drehte ihn hin und her. Er war klein genug, um unbemerkt in ein

Computergehäuse geschmuggelt zu werden. »Meinen Sie, der Saboteur gehörte zum Projektteam?«

»Sogar mehr als das«, sagte Westfield, »wir denken, es war jemand auf dem Schiff. Wer immer die Drohne umgelenkt hat, er muss es von einer Workstation an Bord aus getan haben.«

»War Pearson zu diesem Zeitpunkt auf dem Boot?«

»Vier Personen waren dort«, sagte Locke. »Der Kapitän des Schiffes und die drei Projektleiter: Douglas Pearson, Frederick Weddell und Lawrence Kensit. Aber wir fanden die Leichen von nur zwei Personen, vom Kapitän und von Weddell. Weddell hielt sich zum Zeitpunkt der Explosion an Deck auf, und der Kapitän war auf der Kommandobrücke. Von der Drohne getroffen wurde das Kontrollzentrum.«

»Wegen der enormen Hitze konnten wir von Glück sagen, dass wir überhaupt noch irgendwelche Überreste auf dem Schiff gefunden haben, nachdem es gesunken war«, sagte Westfield. »Nur ein paar Knochen, aber sie reichten aus, um das Mark einer DNS-Analyse zu unterziehen.«

»Ich vermute, Sie fanden nur DNS, die auf Kensit hinwies«, sagte Juan, »und dass Pearsons Knochen nirgendwo gefunden wurden.«

»So schien es zunächst«, sagte Locke. »Aber dann stießen wir auf eine Ungereimtheit, als wir den Treffer simulierten.«

»Was meinen Sie mit ›simulierten‹? Können Sie etwa rekonstruieren, was im Augenblick der Explosion geschehen ist?«

Locke nickte. »Meine Firma, Gordian, hat die entsprechende Software entwickelt. Wir erschaffen dreidimensionale Modelle des betreffenden Schiffes. Dann geben wir die Verformungen ein, die durch den Aufprall und die Explosion entstanden sind, die Geschwindigkeit, mit der das Boot unterwegs war, und die jeweiligen Positionen der Trümmerteile, die auf dem Meeresgrund gefunden wurden. Mit Hilfe dieser Angaben errechnet das Programm eine grobe Simulation des gesamten Ablaufs der Explosion.«

Westfield reichte ihm das Tablet, und Locke tippte mehrmals auf das Display, bis eine überraschend detaillierte Darstellung des Bootes auf der Wasseroberfläche erschien, mit einer Heckwelle dahinter. Die Drohne schwebte darüber, im Begriff die Flugrichtung zu ändern und abzutauchen.

»Das Video läuft um das Hundertfache verlangsamt ab.« Locke drückte auf den PLAY-Button, und die Drohne sank auf das Boot hinab, bis ihre Nase das Deck berührte und zerbrach. Sie verformte sich weiter und explodierte schließlich in einem Feuerball. Bruchstücke des Schiffes flogen in alle Richtungen, bis auch das Schiff selbst explodierte. Das Video endete, als sämtliche durch die Luft wirbelnden Trümmerteile im Wasser versunken waren. Juan wunderte sich, dass sie überhaupt Überreste des Schiffes hatten bergen, geschweige denn sie so perfekt zusammenfügen können.

»Da Sie jetzt einen Eindruck davon gewonnen haben, wie die Explosion von außen ausgesehen haben muss«, sagte Locke, »können wir uns dem inneren Ablauf zuwenden.«

Er rief ein anderes Video auf, das mit einer nahezu fotorealistischen Darstellung des Kontrollzentrums begann. Nur eine einzige Person befand sich im Raum, dargestellt als künstlich erzeugte Gestalt, die in einem Sessel saß.

»Wo sind die anderen?«, wollte Eric wissen.

»Der Kapitän ist auf der Kommandobrücke, und Weddell ist hinaufgeklettert, um das Antennenkabel manuell zu kappen«, sagte Westfield. »Unsere Simulation zeigt, dass nur eine Person im Kontrollzentrum zurückblieb.«

»Pearson muss über Bord gesprungen sein, ehe die Drohne einschlug«, sagte Juan.

»Die DNS-Spuren deuten darauf hin, dass sich Kensit im Zentrum aufgehalten hat«, sagte Locke, »aber schauen Sie sich das einmal an.«

Er startete das Video, und als der Augenblick kam, in dem die Drohne das Schiff traf, wurde die Person mitsamt Sessel nach hinten geschleudert, prallte gegen die gegenüberliegende Wand, ehe sie in einem Flammeninferno verschwand.

Juan konnte nichts Ungewöhnliches erkennen. »Offenbar entgeht mir irgendetwas.«

»Douglas Pearson wog zweihundertfünfzig Pfund«, sagte Locke, »Kensit nur einhundertsechzig. Wäre Kensit die Person im Sessel gewesen, hätte das Kollisionsprofil völlig anders aussehen müssen. Teile des Sessels und DNS-Spuren, die wir sichern konnten, hätten mindestens fünfzehn Zentimeter höher in Wände und Ausrüstung auf dieser Seite des Schiffs einschlagen müssen. Nicht Kensit ist in diesem Raum zu Tode gekommen, sondern Pearson.«

»Sind Sie sicher?«

»Meiner Einschätzung nach beträgt die Wahrscheinlichkeit achtzig Prozent«, sagte Westfield. »Bei der Gestaltung des Innenraums konnten wir zwar ein Foto als Vorlage benutzen, wir können jedoch nicht ganz sicher sein, was die Anordnung der Inneneinrichtung an genau diesem Tag betrifft.«

»Aber die Navy ließ verlauten, die DNS-Spuren würden eindeutig auf Kensit hinweisen«, sagte Juan.

»Wenn Kensit derjenige war, der die Drohne umprogrammierte«, sagte Eric, »dann reichten seine Kenntnisse allemal aus, den eigenen Tod vorzutäuschen, indem er in die Personaldatenbank eindrang und die DNS-Profile vertauschte. Ich weiß, dass Murph und ich auch dazu in der Lage wären, wenn wir genügend Zeit zur Verfügung haben.«

»Genau diese Möglichkeit wird in unserem Bericht genannt«, sagte Westfield. »Die Navy sollte die hinterlegte DNS-Probe, falls sie überhaupt noch vorhanden ist, schnellstens überprüfen. Es ist eher unwahrscheinlich, dass Kensit das Original manipuliert hat. Die Proben werden tiefgefroren in Rockville, Maryland, aufbewahrt.«

»Was meinen Sie, wann die Probe neu analysiert wird?«, fragte Juan.

»Sie kennen ja die Bürokratie des Verteidigungsministeriums. Bis dahin kann es einige Wochen dauern.«

»So viel Zeit haben wir nicht. Kann das Verfahren nicht beschleunigt werden?«

Locke zuckte die Achseln. »Das hängt von der Navy ab, aber wenn Sie so viel Einfluss haben, um hier hereingelassen zu werden, dann können Sie ihnen vielleicht auch Feuer unterm Hintern machen. Wir geben unsere vorläufigen Ermittlungsergebnisse und Einschätzungen weiter, ehe wir morgen unsere Zelte abbrechen. Wegen eines anderen dringenden Projekts werden wir in Kairo erwartet, daher können wir uns für ein oder zwei Wochen nicht um diese Geschichte hier kümmern.«

Westfield verdrehte die Augen. »Ich weiß nicht, weshalb wir nicht noch vorher nach Seattle zurückkehren können. Die Cheopspyramide ist fünftausend Jahre alt, und die soll nicht ein paar Tage warten können?«

»In der Zwischenzeit, Mr. Cabrillo«, fuhr Locke fort, »würde ich an Ihrer Stelle alle weiteren Schritte mit dem Gedanken im Hinterkopf planen, dass Lawrence Kensit noch am Leben ist. Was er zurzeit tut oder wo er sich aufhält, kann ich Ihnen nicht sagen. Aber wenn Sie hinter ihm her sind, rate ich zu äußerster Vorsicht.«

»Warum betonen Sie das?«

Der ernste Ausdruck auf Lockes Miene sprach Bände. »Kensit ist ein akribischer Planer, der jederzeit bereit war, Menschen, die er seit Jahren kannte, zu töten, um spurlos verschwinden zu können. Zwei Jahre vor diesem Vorfall drängte er sich mit Macht in dieses Projekt, das sich mit jedem neuen Drohnentyp – sei es in der Luft oder im Wasser –, an dessen Entwicklung die Navy arbeitete, beschäftigte. Er eignete sich alles an, was über Drohnenoperationen bekannt war, von den Sicherheitsmaßnahmen bis hin zu ihrer Steuerung. Er muss einen sehr speziellen Grund gehabt haben, seinen Tod vorzutäuschen.«

»Das ist richtig«, sagte Eric, »nämlich die Piranha-Tauchdrohnentechnologie dem Meistbietenden zu verkaufen, ohne dass jemand auch nur im Entferntesten ahnt, dass er es war, der die Pläne gestohlen hat.«

Juan bemerkte, wie Locke und Westfield besorgte Blicke wechselten. »Es würde mich überraschen, wenn er es deshalb getan haben soll«, sagte Locke. »Wir haben im Zuge unserer Ermittlungen jeden gründlich befragt, der mit diesem Projekt befasst war. Und jeder nannte zwei herausragende Punkte. Der erste ist, dass Kensit, der in Physik und Computerwissenschaft promovierte, der intelligenteste Wissenschaftler sei, den der Befragte je kennengelernt hatte. Und diese Einschätzung kommt aus dem Mund der fähigsten Köpfe in der Waffenforschung. Kensit und seine Intelligenz wurden bei einem Projekt wie diesem kaum gefordert, sagten sie. Er verachtete andere wegen ihrer Unfähigkeit, geistig mit ihm Schritt zu halten, aber seine Tätigkeit innerhalb des Projekts setzte er trotzdem fort.«

»Und was war der zweite Punkt?«, wollte Juan wissen.

»Kensit machte keinen Hehl daraus, wie sehr er die Amerikaner dafür verachtete, dass sie sich die Gelegenheit entgehen ließen, auf dem Planeten Ordnung zu schaffen und dabei ihre technologische Überlegenheit auszuspielen – vor allem ihren Vorsprung in der Entwicklung neuer Waffen. Er war der Meinung, dass die Weltenlenker zu korrupt oder schwach oder zu abhängig von dem ungebildeten Wählervolk seien, um die Probleme in den Griff zu bekommen, für die es seiner Meinung nach simple Lösungen gibt. Kriminalität, Krieg, Hunger, Umweltverschmutzung, Seuchen, Energie- und Wasserknappheit – all diese Missstände könnten beseitigt werden, wenn eine Person mit der richtigen Technologie, Intelligenz und klaren, von keinerlei Sentimentalität beeinflussten Visionen in der Lage wäre, sich auf das große Ganze zu konzentrieren und die Weltführer zu zwingen, genau das zu tun, was seiner Meinung nach das Beste für den Planeten sei. Wer diese eine Person ist, dürfte nicht schwer zu erraten sein.«

Juan nickte langsam, als dieses Szenario und seine Auswirkungen in seiner Phantasie schreckliche Gestalt annahmen. In diesem Moment begriff er, weshalb die Feststellung, dass Kensit noch am Leben war, Locke und Westfield beunruhigte. Und während sie wussten, dass er drei Männer getötet hatte, um seinen eigenen Tod zu verschleiern, hatten sie keine Ahnung, dass er mittlerweile haitianische Todesschwadronen aufmarschieren ließ, die beinahe die gesamte Mannschaft der *Oregon* ausgelöscht hätten, nachdem sie das Schiff mit bislang nicht identifizierbaren Spionagemethoden auf Schritt und Tritt überwacht hatten. Der Ankündigung des einen Auftragskillers, dass sich die Welt in weniger als vier Tagen verändern werde, nach zu urteilen, war der Physiker entweder vollkommen verrückt geworden, oder aber er war im Begriff, einen Plan in die Tat umzusetzen, der genauso verrückt war.

»Hatte Kensit überhaupt irgendwelche Freunde? Gab es jemanden, der ihm so nahe stand, dass er etwas von seinen Plänen hätte erfahren können?«

»Er hatte keine Familie und – außer an seinem Arbeitsplatz – mit niemandem Kontakt. Einer seiner Mitarbeiter erwähnte, dass er sich einmal mit Pearson über ein Tagebuch unterhalten habe, das als eine Art Erbstück in seinen Besitz gelangt sei. Es fiel dem Mitarbeiter deshalb auf, weil es das einzige Mal war, dass sich Kensit über eine persönliche Angelegenheit geäußert hatte. Und er erinnerte sich außerdem daran, ein paar Gesprächsfetzen aufgeschnappt zu haben, ehe Kensit das Gespräch abbrach und sich nachher nie mehr mit Pearson unterhielt. Es ging um einen deutschen Wissenschaftler, ein Schiff namens *Roraima* und einen Hinweis auf Oz.«

»Oz wie in *Der Zauberer von Oz*?«, fragte Eric.

»Ich habe die gleiche Frage gestellt«, sagte Westfield. »Er meinte, dass es so geklungen habe.«

»Kensit könnte Australien gemeint haben«, sagte Juan und dachte an den Spitznamen, mit dem Aussies gelegentlich ihre Heimat bezeichneten.

Westfield zuckte die Achseln. »Solange wir nicht mehr wissen, tappen wir im Dunkeln. Wir haben die *Roraima* gesucht und den Namen dreimal gefunden. Da ist zunächst ein kleines Frachtschiff, das zurzeit unter brasilianischer Flagge fährt. Das zweite Schiff dieses Namens war ein Dampfer, der im neunzehnten Jahrhundert auf Grund lief, jedoch gerettet wurde. Sein Kapitän ließ sich später eine viktorianische Villa bauen, die er nach dem Schiff benannte. Heute ist das Haus eine Frühstückspension.«

»Und das dritte?«, fragte Juan.

»Das ist das interessanteste«, sagte Locke. »Es ist im Jahr 1902 im Hafen von Saint-Pierre gesunken, als der Mont Pelée ausbrach. Soweit ich gehört habe, soll es mittlerweile eine Touristenattraktion sein, die man besichtigen kann. Die Frage ist, weshalb Kensit sich für eins dieser Schiffe interessiert hat. Uns ist dazu keine einleuchtende Begründung eingefallen.«

»Ich kenne jemanden, der in diesem Punkt weiterhelfen kann.« Es war ein Glücksfall, dachte Juan, dass St. Julien Perlmutter nur eine kurze Autofahrt entfernt in Washington, D. C., residierte.

DREISSIG

PORT-AU-PRINCE, HAITI

Durch den Gestank im Hafen entwickelte sich das Überprüfen der Ladung zu einer äußerst unangenehmen Aufgabe, aber diese Ausrüstung war für Lawrence Kensit einfach zu wichtig, um sie der Obhut der russischen Wissenschaftler und Techniker zu überlassen, die er aus einem stillgelegten Kernwaffenforschungslabor übernommen hatte. Der Inhalt dieses Containers war von entscheidender Bedeutung, wenn die Tests der zweiten Phase des Sentinel-Projekts termingerecht abgeschlossen werden sollten. Er musste sich sofort vergewissern, ob irgendetwas beschädigt war oder fehlte, womit angesichts der Tatsache, dass die Hardware vom Schwarzmarkt stammte, durchaus zu rechnen war.

Der Physiker rief dem Team die einzelnen Positionen der Ladeliste zu, während die Männer die Kisten auspackten, deren Inhalt anschließend für die Reise über zerfurchte und mit Schlaglöchern übersäte Straßen zu ihrem Bestimmungsort auf Lastwagen verladen wurde. Trotz seiner schmächtigen Gestalt und der näselnden Stimme war sich Kensit vollkommen sicher, dass die Leute seine Befehle aufs Genaueste befolgten und dafür sorgten, dass die empfindlichen Instrumente die Fahrt unbeschadet überstanden und sofort auf ihre einwandfreie Funktionsfähigkeit getestet werden konnten.

Der nur noch in Teilen benutzbare Hafen, vom Erdbeben im Jahr 2010, bei dem 250.000 Menschen ums Leben gekommen waren, schwer beschädigt, war eine sinnfällige Mahnung daran, dass die Welt einen Lawrence Kensit brauchte, der bereit war, sie mit drastischen Maßnahmen vor sich selbst zu retten. Überall türmte sich der Abfall. Gebäude, die während der Erdstöße einstürzten, waren in diesem Zustand belassen worden. Ein Portalkran, dessen Basis im Hafenbecken versunken war, ragte wie der Schiefe Turm von Pisa in die Luft. Abgemagerte Kinder wühlten im Unrat herum, auf der Suche nach allem, was sie möglicherweise für ein paar Gourde verhökern konnten.

Die Szenerie war typisch für die Gleichgültigkeit, Korruption und den mangelnden Willen zu Verbesserungen in jedem Land der Erde. Kensit hielt sich für zu intelligent, um an Schicksal oder Vorbestimmung zu glauben, aber eine günstige Gelegenheit erkannte er sofort, wenn sie sich anbot, und die Erbschaft, die ihm drei Jahre zuvor unerwartet in den Schoß gefallen war, war genau das. Hätte jemand anderer sie erhalten, wäre sie vergeudet worden; so jedoch, in seinen Händen, konnte sie dafür verwendet werden, die radikalen Theorien in die Tat umzusetzen und der Menschheit eine neue Richtung zu weisen. Und Kensit wäre derjenige, sie dorthin zu führen.

So weit seine Erinnerung zurückreichte, war Lawrence Kensit immer anders gewesen als alle Menschen in seiner Umgebung, was er als deren Defizit empfand, nicht als seines. Seine Eltern hatten ihm ständig eingebläut, er sei etwas Besonderes, was, wie er meinte, durch die Tatsache auch bestätigt wurde, dass er bereits im Alter von zehn Jahren die mathematische Analysis beherrschte. Er mied den Kontakt mit anderen Kindern, und Erwachsene betrachteten ihn als einen Sonderling oder Freak, der seine Zahlentricks später vielleicht auf einer Varietébühne vorführen würde.

Kensit fand diese Art der Isolation auf seltsame Weise

reizvoll. Andere Menschen waren mit ihrem oberflächlichen Geplauder und dem Bedürfnis, die Gefühle anderer zu schonen, lästig und langweilig. Stattdessen versenkte er sich in Internetwelten, in denen er in die Person eines mächtigen dunklen Ritters oder Zauberers schlüpfen konnte. Wo er in der Lage war, eine Position einzunehmen, die er wegen seiner schmächtigen Gestalt und mickrigen Erscheinung selbst in seinen kühnsten Hoffnungen in der realen Welt niemals erreichen würde. Dort, in der realen Welt, erzeugte sein überragender Intellekt bei den Menschen in seiner Umgebung Neid und Unbehagen, die wie ein übler Körpergeruch aus ihren Poren drangen. Aber im Internet konnte er sie seinem Willen unterwerfen, ganz gleich ob sie es wollten oder nicht.

Nachdem er mit achtzehn Jahren an der Caltech in Physik und Computerwissenschaft promoviert hatte, wurde er von den besten Universitäten umworben. Auch wenn die Vorstellung, sich auf den Olymp der Wissenschaften zurückzuziehen, um über die grundlegendsten Fragen des Universums nachzudenken und sie vielleicht zu beantworten, durchaus verlockend war, übte die Waffenforschung eine noch größere Faszination auf ihn aus. Die Drohnenkriegsführung steckte noch in den Kinderschuhen, aber er erkannte darin die Möglichkeit, seine Videospielkenntnisse in die Realität umzusetzen.

Das Endergebnis war enttäuschender, als er es sich vorgestellt hatte. Seine eleganten Softwarelösungen wurden nur bruchstückhaft umgesetzt und von Politikern angewandt, die mehr daran interessiert waren, die Zahl der zivilen Opfer zu begrenzen, anstatt die Terroristen zu töten oder die Kriege zu gewinnen, für die diese Drohnen eigentlich konstruiert worden waren. Dies öffnete Kensit die Augen für all die anderen Probleme, mit denen sich der Planet auseinandersetzen musste. Als er über die Lösungen nachdachte, erschienen sie ihm einfach und naheliegend, aber wenn er sie anderen erläuterte, reagierten sie merkwürdigerweise abwehrend, sogar angewidert.

Dann, eines Tages vor drei Jahren, wurde er von einem Anwalt angerufen, der ihm mitteilte, dass eine Großtante von ihm, die er nie persönlich kennengelernt hatte, verstorben sei. Da Kensits Eltern schon früh vom Krebs dahingerafft worden waren, war er der einzige noch lebende Verwandte, der nun ein kleines Vermögen erbte. Zur Hinterlassenschaft der Großtante gehörte ein Tagebuch ihres Onkels, eines deutschen Wissenschaftlers namens Günther Lutzen, der während des Vulkanausbruchs des Mont Pelée im Jahr 1902 ums Leben gekommen war. Kensit hätte die Kladde beinahe weggeworfen, ohne darin zu lesen, schlug sie aber doch auf, fand die Gleichungen des Onkels und war zum ersten Mal in seinem Leben von einer fremden wissenschaftlichen Leistung überwältigt.

Kensit erkannte sofort, dass seine eigene Genialität offenbar eine Eigenschaft war, die in seiner Familie gehäuft auftrat. Die Gleichungen verstand er zwar, aber Pearsons Neugier, als Kensit ihn gebeten hatte, einige der Worte für ihn zu übersetzen, machte ihm dann doch klar, dass er einen professionellen Übersetzer brauchte, der den deutschen Text für ihn übertrug. Als Kensit die Übersetzung las, wusste er, dass er allein es war, der die Arbeit seines entfernten Verwandten fortsetzen musste. Wenn er die radikalen Konzepte seinem Arbeitgeber, der amerikanischen Regierung, zur Verfügung stellte, würden sie wahrscheinlich genauso verfälscht werden oder in der Versenkung verschwinden wie die von ihm entwickelte Drohnentechnologie.

Das war der Tag, an dem er begann, seinen vorgeblichen Tod zu planen. Dafür brauchte er zwei Jahre, gefolgt von weiteren neun Monaten anstrengender Achtzehn-Stunden-Tage. Aber nun stand er dicht davor, den nächsten Schritt zu tun, um die Macht zu ergreifen, die es ihm ermöglichte, die Welt nach seinen Vorstellungen zu verändern.

Als die letzten Überprüfungen der gelieferten Geräte abgeschlossen waren und die Lastwagen den Hafen verlassen hatten, war es Zeit für seinen Telefonanruf. Er fand einen ruhigen Platz auf dem Ladedeck und wählte die Nummer von Admiral Dayana Ruiz.

»Ja«, antwortete sie nach dem vierten Klingeln.

»Admiral, haben Sie nicht gesehen, wer Sie anruft?« Seine Stimme wurde durch einen Modulator verändert, sodass die Lauschsoftware der NSA seine Stimme nicht erkennen konnte.

»Doch, das habe ich.«

»Dann sollten Sie das nächste Mal schneller antworten. Sie vergeuden unsere Zeit, wenn Sie kleinliche Psychospielchen spielen.«

»*Ich* vergeude unsere Zeit?«, erwiderte sie. »Sie waren es doch, der es nicht geschafft hat, die *Ciudad Bolívar* zu versenken. Ich habe zwölf Männer bei der Operation verloren und muss jetzt unangenehme Fragen beantworten, weshalb sich venezolanische Marinesoldaten auf ihr befanden, als sie geborgen wurde. Und wo sind meine Unterwasserdrohnen?«

»Ich musste sie versenken.«

»Sie mussten *was*?«

»Sie drohten in amerikanische Hände zu fallen. Das durfte ich nicht zulassen.«

Ruiz schrie so laut, dass Kensit das Telefon ein Stück von seinem Ohr weghalten musste. »Wenn ich Sie finde, wer immer Sie sind, vernichte ich Sie!«

»Sie haben den Falschen im Visier«, sagte Kensit. »Sie sollten sich auf Juan Cabrillo konzentrieren.«

»Wer ist das?«

»Sie kennen ihn als Buck Holland, Kapitän der *Dolos*. Sein Schiff trägt eigentlich den Namen *Oregon*, und Sie haben es nicht versenkt. Das war ein raffiniertes Täuschungsmanöver.«

»Wovon reden Sie? Woher wissen Sie, dass wir die *Dolos* versenkt haben?«

»Wie ich schon sagte, Sie haben sie nicht versenkt. Sie haben ein Duplikat versenkt.«

»Unsinn.«

»Ist es wirklich Unsinn? Wie erklären Sie sich dann, dass Leutnant Dominguez und seine Männer an Bord der *Ciudad Bolívar* ausgeschaltet wurden?«

»Das waren Sie. Sie stecken hinter allem.«

»Weshalb sollte ich das tun? Jetzt bekomme ich das Geld nicht, das Sie mir schulden. Was hätte ich zu gewinnen? Admiral, das Ganze zu begreifen ist nicht allzu schwierig.«

Eine kurze Pause setzte ein. Dann: »Woher weiß ich, dass Sie mich nicht anlügen?«

Kensit tippte auf sein Telefondisplay und sagte: »Ich habe Ihnen soeben eine Nachricht geschickt. Sehen Sie selbst.«

Es war ein Foto von Juan Cabrillo und Franklin Lincoln an Bord der *Ciudad Bolívar*, nachdem sie beinahe gekentert war. Sie standen auf einer Reling mit der *Oregon* im Hintergrund.

»Erkennen Sie ihn?«, fragte Kensit.

»Den blonden Mann, nein. Aber der Schwarze war in meinem Lagerhaus in Puerto La Cruz.«

»Der Mann, den Sie nicht erkennen, ist Juan Cabrillo alias Buck Holland. Und das Schiff, das Sie dort sehen, ist die *Oregon*.«

»Es hat zwar die gleichen Maße, aber ansonsten hat es keine Ähnlichkeit mit der *Dolos*.«

»Sie können ihr Schiff tarnen.«

»Das ist lächerlich.«

»Ich dachte mir, dass Sie das sagen würden. Schauen Sie jetzt noch einmal in Ihre Nachrichtenbox.« Er schickte ihr ein kurzes Zeitraffervideo von der Verwandlung der *Dolos* in die *Oregon*.

Nachdem sie es angesehen hatte, knurrte Ruiz: »Ich werde diese Spione jagen und zur Hölle schicken.«

»Aber wie denn? Sie haben doch keine Ahnung, wo sie sind.«

»Aber Sie.«

»Ja, ich weiß es.«

»Wir können nicht so einfach mit einer Fregatte die venezolanischen Gewässer verlassen. Ich brauche einen einleuchtenden Grund.«

»Ich weiß. In drei Tagen findet in der Nähe der Bahamas ein kombiniertes Flottenmanöver mit der Bezeichnung UNITAS statt.«

»Das weiß ich. Venezuela wurde nicht eingeladen, daran teilzunehmen.«

»Kuba ebenfalls nicht«, sagte Kensit. »Aber beide Staaten können eigene Schiffe aussenden, um die Operation zu beobachten. Wenn Sie in der Nähe von Haiti sind, werden Sie den Kurs Ihres Schiffs ändern und die *Oregon* versenken.«

»Weshalb sind Sie so erpicht darauf, mir zu helfen? Was wird es mich kosten?«

»Sie haben politische Ambitionen. Ich sorge nur dafür, dass Sie Ihre Ziele erreichen.«

»Weshalb?«

»Sie sind eine Führungspersönlichkeit ganz nach meinem Geschmack. Direkt, schnell zu Aktionen bereit, vielleicht ein wenig zu emotional, aber damit kann ich leben. Wenn ich Ihnen geholfen habe, die *Oregon* zu versenken, erwarte ich den Rest meines Honorars.«

»Sie sind verrückt.«

»Nein, das ist nur fair. Und wenn Sie die *Oregon* nicht versenken, werde ich publik machen, dass ihr Kapitän Sie überlistet hat. Ihre Glaubwürdigkeit innerhalb der venezolanischen Marine läge dann in Trümmern. Und wenn Ihr Ruf erst einmal zerstört ist, wandern Sie ins Gefängnis, sobald ich Einzelheiten über Ihre Schmuggeloperation an die Öffentlichkeit dringen lasse. Seien Sie in drei Tagen an Ort und Stelle.« Er wartete nicht auf eine Antwort, ehe er die Verbindung unterbrach. Ruiz würde erscheinen. Sie hatte gar keine andere Wahl.

Er steckte das Telefon ein und sah Hector Bazin auf sich zukommen.

»Doktor, Brian Washburn ist eingetroffen, wie Sie gewünscht hatten. Er sitzt im Wagen. Soll ich ihn zu Ihnen bringen?«

»Ja. Sobald wir auf dem Schiff sind, brauche ich Sie in den Vereinigten Staaten. Kapitän Cabrillo bereitet uns weitere Probleme.«

»Soll ich ihn töten?«

»Wenn Sie können. Aber nun, da er über die Piranha-Drohnen Bescheid weiß, könnte das amerikanische Militär den Verdacht haben, dass jemand, der an meinem alten Waffenforschungsprogramm beteiligt war, die Pläne verkauft hat, daher ist Ihre vordringlichste Aufgabe, sämtliche noch bestehenden Verbindungen zwischen mir und dem Sentinel-Projekt zu eliminieren. Einzelheiten über Ihr weiteres Vorgehen erhalten Sie, wenn Sie in der Luft sind.«

»Jawohl, Sir.«

»Holen Sie den Gouverneur.«

Bazin kam mit Washburn zurück, der aussah, als hätte er nicht das geringste Interesse daran, seine Sechshundert-Dollar-Schuhe dem Gestank auszusetzen, geschweige damit den Kai zu betreten. Wenige Schritte von Kensit entfernt streckte er die rechte Hand aus und setzte sein charmantes Wahlkampfgesicht auf.

»Sie müssen der Doktor sein«, sagte Washburn strahlend. »Es ist eine Freude, Sie kennenzulernen.«

»Nein, das ist es nicht«, sagte Kensit und ignorierte die Hand. »Ich habe Sie rufen lassen, und Sie sind gekommen. In dieser Beziehung gibt es kein Gleichgewicht der Macht. Sie sind daran gewöhnt, stets das Sagen zu haben. Aber nicht hier. Sie arbeiten jetzt für mich.«

Washburns strahlendes Lächeln verflog und wurde durch ein höhnisches Grinsen ersetzt. »Was glauben Sie, wer Sie sind, Sie kleine Ratte?«

»Ich habe mir in meinen Leben in Bezug auf meine Person wirklich schon jede Beschimpfung anhören müssen, also ersparen Sie sich diese Machonummer. Ich besitze ein Video, das zeigt, wie Sie einen Mann ermorden. Wenn Sie jetzt gehen, erwartet Sie die Todesstrafe oder ein Lebenslänglich. Sie können versuchen, auch mich zu töten, aber dann wird Bazin Ihnen das Genick brechen, ehe Sie mich auch nur berühren können. Oder Sie können tun, was ich sage, und werden Präsident der Vereinigten Staaten. Sie haben die Wahl.« Washburn schaute zu Bazin, dann wieder zu Kensit und begriff, dass er vollkommen unterlegen war, sowohl physisch als auch geistig. Das höhnische Grinsen löste sich auf.

»Okay. Aber weshalb haben Sie mich an diesen gottverlassenen Ort bestellt? Hier stinkt es ja bestialisch.«

»Das passiert, wenn eine Stadt mit drei Millionen Einwohnern keine funktionierende Kanalisation hat. Sie werden sicherlich nicht schwimmen wollen. Wir machen einen kleinen Ausflug auf der *Victoire* dort drüben.«

Kensit deutete auf eine weiße, einhundert Fuß lange Lürssen-Yacht mit einer Satellitenschüssel auf dem Vorderdeck.

»Gehen wir auf eine Vergnügungsfahrt?«, fragte Washburn.

»Zuerst zeige ich Ihnen meine Einrichtung. Einen Ort namens Oz.«

Washburns Lippen verzogen sich zu dem Anflug eines Lächelns. »Das ist ein Scherz.«

»Haben Sie mich bis jetzt irgendwie spaßig gefunden?«

Washburn hob beschwichtigend die Hände. »Okay. Oz. Wo ist es?«

»Das werden Sie nicht erfahren, aber ich zeige Ihnen meinen Betrieb, weil Sie sich darüber klar sein müssen, dass ich alles ausführen kann, was ich ankündige.«

»Und was ist das genau?«

»Ich betreibe ein revolutionäres Überwachungssystem. Man muss es mit eigenen Augen sehen, um zu begreifen, dass es so etwas gibt. Es wird Sentinel genannt. Außerdem sollen Sie Zeuge sein, wenn wir unsere wichtigste Mission mit Hilfe der Fähigkeiten Sentinels abschließen. Haben Sie Ihrer Firma den Grund für Ihren Besuch genannt, wie ich ihn Ihnen erklärt habe?«

Washburn nickte. »Ich bin hierhergekommen, um mich über die Wiederaufbaumaßnahmen der Haitianer nach dem Erdbeben zu informieren.«

»Gut. Das wird jeder Überprüfung standhalten. Nicht dass irgendjemand den Verdacht hegen würde, dass Sie mit dem, was demnächst geschehen wird, irgendetwas zu tun haben.«

»Was ist das?«

Kensit überging die Frage. »Wer steht Ihnen bei der nächsten Präsidentschaftswahl im Wege?«

»Niemand hat sich bisher dazu geäußert, aber James Sandecker hat als amtierender Vizepräsident einen gewissen Vorsprung, wenn er sich um das Amt des Präsidenten bewerben will. Heißt das, Sie wissen auch einige schmutzige Dinge über ihn?«

»Nein, er ist absolut sauber. Aber Sie brauchen einen Erfolg, um die Vorwahlen zu gewinnen. Deshalb müssen wir Sie zum Vizepräsidenten machen.«

»Wie wollen Sie das denn schaffen?«

»Ich werde Sandecker töten.«

Washburn quollen die Augen aus dem Kopf. »Sie wollen, dass ich mich an der Ermordung des Vizepräsidenten der Vereinigten Staaten von Amerika beteilige?«

»Sie haben auch schon früher getötet. Und Sie werden wieder töten müssen, wenn Sie Präsident sind, nur verfügen Sie dann über Drohnen und Soldaten, die es für Sie tun. Sie stecken tief drin, genauso wie ich.«

»Und Sie glauben, ihn zu töten würde mir zur Präsidentschaft verhelfen?«

»Sie waren die zweite Wahl für den Posten des Vizepräsidenten. Wenn er ersetzt werden muss, wird man so gut wie sicher Sie auswählen, womit Sie bei der nächsten Präsidentenwahl den nötigen Vorsprung haben werden.«

»Aber das ist doch verrückt! Selbst wenn ich einwilligen würde, bei dieser Geschichte mitzumachen, das würden Sie niemals schaffen. Der Secret Service beschützt ihn genauso wie den Präsidenten.«

»Überlassen Sie das mir.«

Washburn betrachtete ihn mit dem berechnenden Gesichtsausdruck eines Berufspolitikers. »Wenn ich ›tief drinstecke‹, dann habe ich wohl das Recht zu wissen, was Sie vorhaben.«

Kensit seufzte ungehalten, aber er dachte, dass es gewiss nicht schadete, das Ziel der Mission zu offenbaren. Sämtliche elektronischen Geräte Washburns waren von Bazin konfisziert worden, daher würde er keinerlei Informationen weitergeben können, bevor die Tat vollbracht wurde. Danach wäre es für ihn zu spät zum Aussteigen.

»In drei Tagen kehrt der Vizepräsident von einem Gipfeltreffen in Rio de Janeiro zurück«, sagte Kensit. »Wenn er sich über der Karibischen See befindet, werde ich die Air Force Two abschießen.«

EINUNDDREISSIG

GEORGETOWN, WASHINGTON, D. C.

Juan Cabrillo war St. Julien Perlmutter niemals persönlich begegnet, hatte sich jedoch während vergangener Missionen mehrmals mit ihm beraten. Das letzte Mal hatte er sich Informationen über eine gesunkene chinesische Dschunke mit dem Namen *Silent Sea* von ihm beschafft. Als Tyler Locke auf eine mögliche Verbindung zwischen Lawrence Kensit und einem Schiff namens *Roraima* hinwies, galt nach der Abreise von Pax River Juans erster Anruf St. Julien Perlmutter. Der Schifffahrtsexperte war erfreut zu erfahren, dass Juan sich in der Nachbarschaft aufhielt. Als mindestens ebenso bekannter und geachteter Feinschmecker bestand er darauf, dass ihm Juan und Eric bei einem späten Lunch in seinem Haus Gesellschaft leisteten.

Juans zweiter Anruf galt Langston Overholt, der ihm mitteilte, dass die DNS-Analyse mehrere Tage in Anspruch nehmen werde, selbst wenn sie Proben von Kensits und Pearsons DNS finden sollten, um sie mit den Geweberesten zu vergleichen, die am Explosionsort eingesammelt worden waren. In der Zwischenzeit sollten sie bei ihren weiteren Aktionen davon ausgehen, dass Locke aus seinen forensischen Untersuchungen die richtigen Schlussfolgerungen gezogen hatte, nämlich dass es Kensits Leiche war, die man nicht gefunden hatte. Darum weilte er wohl immer noch unter den Lebenden.

Neben der Verbindung zu dem Schiff war der einzige andere Hinweis, mit dessen Hilfe Kensits Motive entschlüsselt werden könnten, das deutsche Tagebuch, das sein ehemaliger Mitarbeiter erwähnt hatte. Nachdem er sein Gespräch mit Pearson brüsk abgebrochen hatte, musste Kensit jemanden finden, der das Dokument für ihn übersetzte. Das konnte ein Übersetzungsbüro sein oder jemand, der sich in wissenschaftlicher Terminologie auskannte. Das verkürzte die Liste möglicher Übersetzer erheblich, und Overholt versprach Juan, sich bei ihm zu melden, sobald er etwas Substantielles gefunden habe.

Als er Perlmutters Anwesen an einer Ziegelstraße, die mit einhundert Jahre alten Eichen flankiert war, erreichte, lenkte Juan ihren Mietwagen über die kreisrunde Zufahrt der Villa und parkte vor einem danebenstehenden Kutscherhaus, das, was seine Größe betraf, dem Haupthaus Konkurrenz machen konnte. Perlmutter hatte dieses Gebäude, das früher einmal zehn Pferde und fünf Kutschen sowie in einem Oberstock Wohnquartiere für Stallburschen und Kutscher beherbergt hatte, umbauen lassen, um seine umfangreiche Bibliothek dort unterzubringen. Er war berühmt dafür, die weltweit umfangreichste Sammlung von Büchern, seltenen Dokumenten und privaten Briefen über Schiffe und Schiffshavarien zu besitzen. Sollte irgendein Hinweis auf die Anwesenheit eines deutschen Wissenschaftlers an Bord der *Roraima* zum Zeitpunkt ihres Sinkens existieren, so würde man ihn bei St. Julien Perlmutter finden.

Mit Eric Stone im Schlepptau streckte Juan die Hand nach dem Türklopfer aus, der wie ein Anker geformt war. Aber noch ehe er ihn betätigen konnte, flog die Tür schon auf. Zu sehen war ein Mann, bekleidet mit einem roten Hausmantel und einem dazu passenden Seidenpyjama mit Paisleymuster, in dem man den älteren Bruder des heiligen Nikolaus hätte vermuten können. Seine flinken, fröhlich zwinkernden Augen wurden von ungebändigtem grauem

Haar, einem Vollbart mit Knebelbart und einer mächtigen Nase umrahmt. Obgleich ein Meter neunzig groß und vierhundert Pfund schwer, machte Perlmutter einen straffen, soliden Eindruck ohne irgendwelche schwabbeligen Fettpolster. Ein kleiner Dackel sprang um seine Füße herum und kläffte ausgelassen.

»Juan Cabrillo!«, rief er, ergriff Juans Hand und schüttelte sie heftig. »Es ist mir ein Riesenvergnügen, Sie endlich einmal persönlich kennenzulernen!«

»Für mich ist es eine Ehre, in Ihr Privathaus eingeladen worden zu sein, Mr. Perlmutter. Ich wünschte nur, ich hätte eine kleine Aufmerksamkeit mitgebracht. Ich weiß ja, wie sehr Sie regionale Köstlichkeiten schätzen.«

»Wo liegt die *Oregon* denn zurzeit? Doch nicht etwa in einem Hafen in der Nähe?« Perlmutter war einer der wenigen, die über den besonderen Charakter der *Oregon* Bescheid wussten, und seine Diskretion war über jeden Zweifel erhaben.

»Nein, sie ankert gegenwärtig in Gewässern der Dominikanischen Republik.«

»Nun, dann schicken Sie mir doch eine Ladung frische Meeresschnecken und Kochbananen, wenn Sie wieder dort sind. Ich habe ein Rezept für ein Frikassee, das ich unbedingt ausprobieren möchte. Und dieser Mann, der sich da gerade mit Fritz anfreundet, muss Mr. Eric Stone sein.«

Eric kniete auf dem Fußboden und rieb den Bauch des Hundes. Er erhob sich und streckte die rechte Hand aus. »Entschuldigung. Das ist auch etwas, das ich auf dem Schiff vermisse. Als ich ein Kind war, hatten wir einen Beagle, der war genauso munter wie Ihr Hund.«

»Macht nichts, Mr. Stone.« Da sein neuer Freund für einen kurzen Moment abgelenkt war, begann Fritz wieder zu bellen. Perlmutter drohte scherzhaft mit einem Finger.

»Fritz, benimm dich! Sonst hol ich eine Katze, die dir den Kopf zurechtrückt.«

»Entschuldigen Sie unsere kurzfristige Terminabsprache«, sagte Juan.

»Überhaupt kein Problem. Sie kommen gerade rechtzeitig, um meine jüngste Kreation zu kosten, ein Hummer-Risotto mit Trüffeln, dazu junger Spargel Precoce d'Argenteuil und eine Flasche Condrieu Viognier.«

Perlmutter führte sie durch Flure und Räume, die mit Büchern und Schriftstücken vollgestopft waren, die sich auf jeder verfügbaren Ablagefläche stapelten. Juan wusste, dass sich Verwalter von Bibliotheken und Museen auf der ganzen Welt die Finger danach leckten, die unglaubliche Fundgrube der Schifffahrtsgeschichte, die diese unvergleichliche Sammlung darstellte, irgendwann erwerben zu können.

Staunend betrachtete Eric die alten Seekarten und verwitterten Folianten, die scheinbar wahllos abgelegt worden waren. »Es muss eine Riesenaufgabe sein, all das zu katalogisieren. Ich würde mir liebend gern Ihre Datenbank ansehen.«

Perlmutter tippte mit einem Finger gegen seine Schläfe. »Dies ist meine Datenbank, junger Mann. Ich denke nicht in Computersprache. Ich besitze noch nicht mal eine solche Maschine.«

Juan musste grinsen, als er sah, wie Stoneys Kinn nach unten sackte. »Das alles behalten Sie im Kopf?«

»Mein lieber Junge, ich finde jede Information innerhalb von sechzig Sekunden. Wie jeder gute Schatzsucher muss man nur wissen, wo man nachzuschauen hat.«

Sie wurden in ein elegantes, mit Sandelholz getäfeltes Speisezimmer geleitet, das regelrecht kahl wirkte, da es der einzige Raum ohne ein Buch war. Sie nahmen an einem schweren runden Esstisch Platz, der aus dem Ruder des berühmten Geisterschiffs *Mary Celeste* geschnitten worden war, und genossen die frühnachmittägliche Mahlzeit, während Juan und Eric ihren Gastgeber mit Schilderungen ihrer letzten Abenteuer unterhielten, wobei sie auf alle Details verzichteten, deren Weitergabe aufgrund der Geheimhaltungspflicht untersagt war. Fritz wurde immer wieder mit Brocken von Hummerfleisch bei Laune gehalten, die ihm in kleinen Happen von Perlmutter gereicht wurde.

Nach dem Essen ließ Juan den letzten Rest seines Weins im Glas kreisen und sagte: »Ihr Ruf als Epikureer klassischer Prägung ist wirklich wohlverdient. Einen besseren Lunch kann ich mir nicht vorstellen.«

Eric nickte zustimmend. »Vielleicht können wir Mr. Perlmutter überreden, dem Koch der *Oregon* dieses Rezept zu verraten.«

»Aber mit Freuden. Und vielleicht kann sich Ihr Koch mit einigen seiner Spezialitäten revanchieren.«

»Wird erledigt«, versprach Juan.

»Wunderbar! Nun, meine Kochkünste sind aber sicherlich nicht der einzige Grund, weshalb Sie zu mir gekommen sind, oder?«

Juan berichtete Perlmutter von dem vermissten Physiker, von dem deutschsprachigen Tagebuch, das dieser geerbt hatte, von der Erwähnung des Namens Oz und von der *Roraima*. »Dürftig, ich weiß«, sagte Juan, »aber wir hatten gehofft, dass Sie uns einen Tipp geben können, in welcher Richtung wir weiterforschen müssen.«

Perlmutter tippte sich einige Sekunden lang mit einem Finger gegen die Wange, dann sprang er überraschend gewandt auf und verschwand in einem anderen Raum. Keine dreißig Sekunden später erschien er wieder. Dabei blätterte er in einem dicken Buch mit dem Titel *Feuersturm: Der Untergang von St. Pierre*.

»Die Eruption des Mont Pelée am 8. Mai 1902 war der schlimmste Vulkanausbruch des zwanzigsten Jahrhunderts«, sagte Perlmutter. »Einmalig ist außerdem der Umfang historischen Materials über die Schiffe, die während dieser Katastrophe untergingen. Ich weiß von keinem anderen Vulkanausbruch, in dessen Verlauf so viele Schiffe versanken, die noch untersucht werden können. Nur ein einziges Schiff hat das Unglück überstanden, die *Roddam*. Sechzehn Schiffe versanken an diesem Tag, darunter auch die *Roraima*. Viele davon stehen aufrecht wie in einem Trockendock auf dem Meeresboden und sind bis heute für Taucher interessant.«

»Meinen Sie, dass die *Roraima* das Schiff ist, das wir suchen?«, fragte Juan.

»Ich *weiß*, dass sie es ist. Dies ist das einzige noch vorhandene Exemplar eines Buchs, das seit einhundert Jahren vergriffen ist und nicht mehr nachgedruckt wurde. Bedenken Sie, dass dies die schlimmste Katastrophe der westlichen Hemisphäre war. Bis auf zwei sind sämtliche dreißigtausend Einwohner einer Stadt ums Leben gekommen. Unzählige Bücher wurden über dieses Ereignis geschrieben. Von den dutzendweise veröffentlichten Werken, die sich mit den grauenhaften Ereignissen, welche sich in der Stadt Saint-Pierre selbst abspielten, befassten, konzentrierte sich dieses Buch vor allem auf das Schicksal der Schiffe, die an diesem Tag im dortigen Hafen lagen. Geschrieben wurde es von einem Zeitungsreporter, der sich die Mühe machte, die an Bord Überlebenden und die Angehörigen der zu Tode Gekommenen zu befragen. Unglücklicherweise führte seine journalistische Gründlichkeit zu einer Verschiebung des Erscheinungstermins, sodass der Markt, als das Buch schließlich herauskam, mit Literatur über den Vulkanausbruch allzu gesättigt war. Die meisten Exemplare wurden wenig später eingestampft.«

»Steht irgendetwas über Oz darin?«, fragte Eric ungläubig.

»Das tut es tatsächlich«, sagte Perlmutter und legte einen Finger auf die aufgeschlagene Buchseite. Er las ihnen den betreffenden Absatz vor.

»Ingrid Lutzen, eine deutsche Emigrantin aus den Vereinigten Staaten, hatte ihren Bruder, Günther, bei dem Unglück verloren. Sie konnte die Tränen nicht zurückhalten, als sie mir schilderte, wie begeistert er in seinem letzten Brief geklungen hatte, den er ihr aus Guadeloupe, dem vorangegangenen Zwischenstopp des Schiffs, geschrieben hatte. Er suchte im Zuge seiner postdoktoralen Forschungen in Physik, die er an der Berliner Universität betrieb, in der Karibik weitere Beweise, nachdem er auf dem neuen Gebiet der Radioaktivität vor kurzem einen Durchbruch erzielt hatte. Günther war ein passionierter Fotograf. Er ging sogar so weit, seine Kabine in eine behelfsmäßige Dunkelkammer umzuwandeln, und hatte die Absicht, ihr die Fotos später zu zeigen, die seine Arbeit dokumentierten. Das einzige Andenken an seine Arbeit war jedoch ein Tagebuch, das ihr der Erste Offizier der Roraima, *Ellery Scott, überreichte. Er berichtete Ms. Lutzen, die letzten Worte ihres Bruders seien ›Ich habe Oz gefunden‹ gewesen, ein Hinweis auf eine Lieblingsgeschichte Günthers, die sie ihm während seines letzten Besuchs geschenkt hatte und mit deren Hilfe er die englische Sprache hatte erlernen wollen. Es tröstete sie ein wenig zu erfahren, dass er sich noch im Augenblick seines Todes an ihre gemeinsame Zeit erinnerte.«*

Eric sah Perlmutter fragend an, während er sich das Gehörte durch den Kopf gehen ließ. »Ist *Der Zauberer von Oz* nicht erst sehr viel später – ich glaube 1939 – herausgekommen?«

»Das war der Film«, erwiderte Perlmutter. »*Der wunderbare Zauberer von Oz* von Frank L. Baum erschien bereits im Jahr 1900 als Kinderbuch. Durchaus denkbar, dass Einwanderer dieses Buch benutzten, um sich mit unserer Sprache vertraut zu machen.«

»Aber er sagte den Satz ›Ich habe Oz gefunden‹, als sei er tatsächlich dort gewesen«, sagte Juan.

»War er vielleicht schon nicht mehr Herr seiner Sinne? Eine Halluzination im Todeswahn?«

»Kensit hielt es anscheinend für wichtig. Und in dem Buch wird das Tagebuch, das er erbte, erwähnt. Demnach wird es existieren.«

»Und Lutzen war Physiker«, gab Eric zu bedenken, »genauso wie Kensit. Aber ohne das spezielle Forschungsthema zu kennen, mit dem Lutzen sich befasste, haben wir nicht die geringste Ahnung, weshalb Kensit einhundert Jahre später seinen eigenen Tod vortäuschte, um die Forschungen fortzusetzen.«

Nichts davon ergab für Juan einen Sinn. »Was für einen Hinweis hätte Lutzen suchen können? Weshalb sollte ein Physiker im Zuge seiner Forschungen ausgerechnet die Karibik durchkämmen?«

»Die Antwort auf diese Frage ist vielleicht in der *Roraima* verborgen«, sagte Perlmutter. »Lutzen war ein eifriger Fotograf.«

Eric schüttelte den Kopf. »Dieser Film hat über einhundert Jahre lang in tropisch warmem Salzwasser gelegen. Wahrscheinlich hat er sich längst in seine Bestandteile aufgelöst.«

»Nicht unbedingt«, widersprach Perlmutter. »Es ist möglich, dass die Negativplatten aus Glas, die er damals benutzt haben dürfte, noch immer intakt sind, sofern die Dichtungen der Aufbewahrungsbehälter nicht beschädigt wurden. Frank Hurley, der Fotograf der Shackleton-Expedition, konnte Fotos erhalten, die lange in Seewasser gelegen haben, weil sie in mit Zink ausgeschlagenen und zugeschweißten Behältern aufbewahrt wurden. Wenn Dr. Lutzen ähnlich umsichtig verfuhr, könnten die Fotos all das überstanden haben.«

»Falls sie überhaupt noch an Ort und Stelle liegen«, sagte Juan. »Martinique ist nicht gerade eine abgelegene Insel. Seit Jahrzehnten interessieren sich die Taucher für die Wracks im Hafen von Saint-Pierre.«

»Aber vielleicht nicht so gründlich, wie Sie annehmen. Die *Roraima* ruht in fünfzig Metern Tiefe, weit unterhalb der Grenze, die die meisten Freizeittaucher erreichen. Die Tauchzeiten sind für alle stark begrenzt, aber die technisch versiertesten Taucher und einige besonders mutige dürften das Innere des Schiffes erforscht haben, was wegen seines verrosteten Rumpfs ausgesprochen gefährlich ist.«

»Wir würden einige Zeit brauchen, das Innere zu durchsuchen, da wir nicht wissen, wo sich seine Kabine befand«, sagte Eric.

Perlmutter grinste. »Ich glaube, in dem Punkt kann ich helfen.« Blitzartig verließ er den Raum und kam mit einer Rolle Papier zurück, die er auf dem Tisch ausbreitete. Es war der Grundriss der *Roraima*.

»Okay«, gab Eric sich geschlagen. »Hier ist wirklich kein Computer nötig.«

Obgleich er nicht wissen konnte, welche Kabine Lutzen bewohnt hatte, war Perlmutter in der Lage zu bestimmen, wo sich die Passagierkabinen befanden, und konnte auf diese Weise den Suchbereich erheblich eingrenzen.

»Darf ich das fotografieren?«, fragte Eric.

»Gern«, sagte Perlmutter und hielt den Plan hoch. »Dafür erwarte ich irgendwann eine gründliche Führung durch Ihr phantastisches Schiff.«

»Versprochen.«

Nachdem Eric seine Fotoserie beendet hatte, geleitete Perlmutter sie zur Tür. »Beehren Sie mich bald wieder.

Und geben Sie mir Bescheid, ob Sie ebenfalls Oz gefunden haben.«

»Ich hoffe nur, dass wir nicht auf fliegende Affen stoßen«, sagte Juan mit einem Augenzwinkern.

»Ich auch«, schloss Eric sich an. »Die haben mir immer Angst eingejagt.« Als er die Blicke der beiden Männer bemerkte, fügte er eilig hinzu: »Damals, als ich noch ein Kind war. Jetzt natürlich nicht mehr.«

Perlmutter lachte herzlich und schloss, nachdem Eric sich von Fritz verabschiedet hatte, indem er ihm ein letztes Mal den Bauch kraulte, hinter ihnen die Tür.

Sie waren kaum gestartet, als Langston Overholt sich meldete.

»Juan, wir haben das Übersetzungsbüro gefunden. Global Translation Services.«

»Das ging aber schnell.«

»Sie konnten sich sofort erinnern, weil es ein besonders seltsamer Auftrag war. Kensit hatte verlangt, dass der Übersetzer den Text handschriftlich niederlegte, damit keine weiteren digitalen Kopien existierten.«

»Ich würde gerne den Übersetzer interviewen.«

»Das wird ein Problem sein«, erwiderte Overholt in einem Tonfall, der nichts Gutes verhieß.

»Weshalb?«

»Er ist tot. Vor vier Monaten bei einem Verkehrsunfall mit Fahrerflucht ums Leben gekommen.«

Juan verzog das Gesicht. »Solche Zufälle mag ich gar nicht.«

»Ich auch nicht.«

»Gibt es dort jemanden, mit dem ich sprechen kann? Vielleicht wissen sie etwas.«

»Der Übersetzer arbeitete für einen gewissen Greg Horne. Möglicherweise ist er bereit, einige Fragen zu beantworten.«

»Wo finde ich die Global Services?«

»In Manhattan. Midtown. Sie arbeiten hauptsächlich für die Vereinten Nationen.«

Juan warf einen Blick auf die Uhr. »Wir können in zwei Stunden dort sein.«

»Ich kündige euren Besuch an.«

Nachdem er Tiny Gunderson angewiesen hatte, den Firmenjet für einen Flug nach New York startklar zu machen, vergewisserte sich Juan, dass er eine verschlüsselte Telefonverbindung hatte, ehe er Max anrief, dem er während seiner Abwesenheit das Kommando über die *Oregon* anvertraut hatte.

»Wie geht es unseren Gästen?«, erkundigte er sich.

»Mr. Reed wird in der Rehabilitationsklinik von Schwestern betreut, die so hübsch sind, dass ich mir schon fast wünsche, ich wäre derjenige gewesen, der sich eine Kugel eingefangen hat. Sein Boot ist vollständig repariert und bereit, ihn nach Jamaika zurückzubringen, sobald er sich dazu in der Lage sieht.«

»Was ist mit Maria Sandoval?«

»Sie bewohnt unsere beste Gästekabine und hat einen ständigen Schatten, der sie ins Fitnesszentrum, die Messe und an Deck begleitet. Ich denke, sie ist noch immer davon überzeugt, dass wir ein Hightech-Schmuggelunternehmen sind.«

»Gut. Aber sie kann jederzeit das Schiff verlassen, wenn sie es wünscht.«

»Ein paar Tage wird sie es sicherlich noch aushalten. Eine Freundin hat sie informiert, dass ihr Apartment auf den Kopf gestellt wurde, daher wird sie es sicherlich vorziehen, noch für eine Weile auf Tauchstation zu bleiben. Hat dein Gespräch mit Mr. Perlmutter etwas gebracht?«

»Mehr, als wir gehofft hatten«, sagte Juan und berichtete Max, was sie über die *Roraima* erfahren hatten und von der offensichtlichen Verbindung zwischen Kensit und dem toten Übersetzer in New York.

»Ich kann mir schon denken, in welche Richtung das Ganze läuft«, sagte Max, als Juan geendet hatte.

»Nimm mit der *Oregon* Kurs auf Martinique. Du müsstest es in zwölf Stunden schaffen, dort zu sein. Wenn Eric und ich in Manhattan fertig sind, kommen wir direkt zu euch runter. Aber wartet nicht auf uns. Fangt mit den Tauchgängen an, sobald ihr dort seid. Eric schickt euch den Grundriss mit dem Kabinenplan.«

»Ist bereits angekommen.«

»Gut. Und sagt Overholt, wenn er anruft, noch nicht, wohin ihr wollt. Wir wissen nicht, wie Kensits Überwachungssystem funktioniert oder wie tief er damit bei uns eindringen kann.« Eric, Murph und Hali hatten ihre Kommunikationssysteme komplett gereinigt, sodass Juan sicher sein konnte, dass ihre Unterhaltung nicht belauscht wurde.

»Meinst du, er hat auch die CIA angezapft?«, fragte Max.

»Wahrscheinlich nicht, aber ich möchte kein Risiko eingehen. Diese Fotos auf der *Roraima* könnten der einzige Hinweis sein, um Kensit aufzuspüren. Falls er davon erfährt und sie zuerst in seinen Besitz bringt oder vernichtet, kommen wir ihm möglicherweise niemals auf die Spur.«

ZWEIUNDDREISSIG

MANHATTAN

Den weißen Lieferwagen im dichten New Yorker Verkehr zu verfolgen war nicht schwierig. Das grau-grüne Logo aus tropischen Pflanzen, die sich um Wolkenkratzer wanden, auf der Hecktür war ein Zielobjekt, das man aus mehreren Blocks Entfernung deutlich erkennen konnte. Es diente Hector Bazin als Orientierungspunkt, seit der Wagen des Urban-Jungle-Kurierdienstes die Laderampe der Firma verlassen hatte.

»Sieh zu, dass du die Grünphase noch mitkriegst«, wies er seinen Fahrer an. »Wir haben keine Zeit, zurückzufahren und uns an einen anderen Wagen zu hängen, falls wir diesen verlieren.«

»Ja, Sir.« Der Fahrer lenkte den Wagen um einen stehenden Bus herum und trat aufs Gaspedal. Bei den verstopften Straßen konnte dem Lieferwagenfahrer unmöglich auffallen, dass er verfolgt wurde.

Nachdem er Brian Washburn und Lawrence Kensit in einen Hubschrauber gesetzt hatte und sie gemeinsam zur Sentinel-Anlage abgeflogen waren, hatte Bazin einen der Privatjets bestiegen und war nach New York City gestartet. Er hatte die Information erhalten, dass sich Juan Cabrillo und sein Begleiter als Nächstes dorthin begeben wollten. Bazins Auftrag lautete, ihn auszuschalten, ehe er seine Nachforschungen fortsetzen konnte.

Der Lieferwagen bog in Greenwich Village in eine ruhige Seitenstraße ein und parkte in zweiter Reihe vor einem dunklen Ziegelbau, neben dessen Eingang ein Messingschild auf eine Buchprüfungskanzlei hinwies. Der Fahrer, ein Weißer, wenige Zentimeter kleiner als Bazin, in Firmenuniform aus schwarzer Hose, grünem Oberhemd, grüner Jacke und Mütze, alles mit dem Logo seiner Firma versehen, sprang mit einem Paket unterm Arm aus dem Wagen. Die Schultern gegen den eisigen Wind hochziehend eilte er ins Gebäude.

Bazin stieg aus und ergriff sein eigenes Paket, einen Karton, der so groß wie ein Brotlaib war. Er schlenderte lässig zur Beifahrerseite des Lieferwagens und vergewisserte sich mit einem schnellen Rundblick, dass niemand auf der Straße in seine Richtung blickte. Ebenso wie der Fahrer des Kurierdienstes hatten die meisten Passanten die Augen gesenkt, um sie vor dem kalten Wind zu schützen.

Der Fahrer hatte den Lieferwagen abgeschlossen, aber Bazin schob einen Metallstreifen in den Fensterrahmen und öffnete das Schloss in Sekundenschnelle. Er zog die Tür auf und schlüpfte ins Fahrerabteil.

Er verriegelte die Tür wieder, kauerte sich hinter den Fahrersitz, zog eine Glock-Halbautomatik aus dem Schulterholster und wartete. Keine Minute später hörte er schnelle Schritte näher kommen. Die Fahrertür schwang auf, und ein Schwall kalter Luft drang ins Wageninnere. Der Fahrer schob sich hinter das Lenkrad und legte das elektronische Signaturdisplay auf den Beifahrersitz.

Bazin rammte dem Fahrer den Lauf der Glock in die Seite.

»Hey!«, rief der Fahrer. Als er nach unten blickte und die Pistole entdeckte, folgte ein erschrockenes »Oh Gott!«

»Fahr los«, befahl Bazin.

»Ja, ja. Klar, Mann. Nur nicht schießen.« Er ließ den Motor an und schob den Schalthebel in Fahrtposition.

»Wie heißt du?«, fragte Bazin.

»Leonard O'Shea. Wohin fahren wir?«

»Ich sage dir, wo du abbiegen sollst, Leonard.«

»Töten Sie mich nicht, Mann.«

»Ich tu dir nichts, solange du tust, was ich verlange«, sagte Bazin in einem beruhigenden Tonfall. »Hast du verstanden?«

O'Shea nickte so heftig, dass sein Kopf gegen die Nackenstütze schlug.

»Gut. Dann weiter.«

Weitere zehn Minuten dauerte die Fahrt, bis Bazin von O'Shea verlangte, den Lieferwagen in eine menschenleere Gasse in Hell's Kitchen zu lenken. O'Shea parkte und legte die Hände auf das Lenkrad. Der Mann sah Bazin durch den Rückspiegel mit einem flehenden Blick an.

»Hören Sie, Mann, nehmen Sie sich, was Sie wollen. Ist sowieso alles versichert. Das meiste ist von reichen Bankiers, die sich gegenseitig alles Mögliche schicken. Sie werden es nicht vermissen.«

»Unglücklicherweise, Leonard, ist es nicht das, weswegen ich hier bin.«

Ein verwirrter Ausdruck war alles, was O'Shea zustande brachte, ehe Bazins Pistole gegen seine Schläfe krachte. Der Treffer ließ ihn vollständig wegtreten, aber Bazin musste sichergehen, dass er nicht überraschend zu sich kam und um Hilfe rief. Er zog O'Shea aus dem Fahrersitz und brach ihm das Genick, ehe er ihn zwischen den Paketen auf den Boden des Frachtabteils bettete.

Bazin trug bereits eine schwarze Hose, aber er brauchte die restlichen Teile von O'Sheas Uniform. Er tauschte seine Kleidung mit dem Toten und stellte zu seinem Missfallen fest, dass die Ärmel einige Zentimeter zu kurz waren. Obgleich die beiden Männer fast die gleiche Körpergröße hatten, weshalb Bazin diesen unglücklichen Mann gerade ausgesucht hatte, waren O'Sheas Arme ungewöhnlich kurz.

Bazin zuckte die Achseln und setzte die Urban-Jungle-Mütze auf. Jetzt war es zu spät, etwas zu ändern. Er musste ein Paket abliefern.

Er überprüfte den verschlüsselten Funkzünder in seiner Hosentasche und legte den Karton auf den Beifahrersitz. Der falsche Frachtaufkleber mit dem Urban-Jungle-Logo trug die Aufschrift: »An: Global Translation Services. Empfänger: Greg Horne.«

* * *

Juan betrat die Räume der Global Translation Services eine Viertelstunde vor Geschäftsschluss. Eric hatte ihn vor dem Haus abgesetzt und umkreiste den Block, um sich keinen der in Manhattan so seltenen freien Parkplätze suchen zu müssen. Die Firma war ein viel kleineres Unternehmen, als ihr Name vermuten ließ. Im fünften Stock des Gebäudes gelegen, ging der vordere Saal auf die Fortieth Street hinaus. Dort zählte Juan ein Dutzend Schreibtische, hinter denen Übersetzer saßen, Kopfhörer auf den Ohren und konzentriert auf Tastaturen einhämmernd. Hinzu kamen drei persönliche Büros und ein Konferenzraum.

Eine hübsche junge Empfangsdame unterrichtete Greg Horne über seinen Besucher. Juan beobachtete den Straßenverkehr, während er wartete.

Ein kleiner, dunkelhaariger Mann in einem anthrazitfarbenen Anzug öffnete eine Tür am anderen Ende des Arbeitssaals. Es war das größte Büro, dessen eine Wand aus einer großen Glasscheibe mit Blick auf den gesamten Arbeitssaal bestand. Der Mann kam mit schnellen Schritten und einem angespannten Lächeln auf Juan zu.

»Mr. Cochran, ich bin Greg Horne, Direktor und Eigentümer von GTS«, sagte er und streckte eine Hand zur Begrüßung aus. Juan hatte es für sinnvoll gehalten, einen seiner Decknamen zu benutzen.

»Vielen Dank für diesen kurzfristig vereinbarten Besuchstermin, Mr. Horne«, sagte Juan mit einem freundlichen Lächeln und schob die Brille zurecht, die zu seiner Tarnung gehörte. »Sie haben einen beeindruckenden Betrieb.«

»Wir legen Wert auf größtmögliche Effizienz«, erklärte Horne, während er mit Juan zu seinem Büro ging. »Der größte Teil der Aufträge geht an freiberufliche Fachkräfte außerhalb, und dann haben wir noch die sensibleren Projekte, die im Hause bearbeitet werden.«

Horne ließ Juan in sein Büro eintreten und schloss die Tür hinter ihm. Juan nahm im angebotenen Sessel Platz.

»War der Auftrag von Lawrence Kensit ein solches Projekt, das hier erledigt wurde?«

Horne stemmte die Finger gegeneinander und musterte Juan fragend. »Verzeihen Sie, Mr. Cochran, welche Verbindung besteht zwischen Ihnen und Mr. Kensit?«

»Demnach erinnern Sie sich an ihn und an das Tagebuch von Dr. Lutzen?«

»Natürlich. Aber im Tagebuch war nicht die Rede davon, dass er Doktor war. Obgleich es jetzt schon mehr als zwei Jahre her ist, kann ich mich erinnern, dass es ein faszinierender Auftrag war. Wir übersetzen nicht oft Dokumente, die so alt sind. Wie kommt es, dass Sie darüber Bescheid wissen?«

»Ich vertrete einen Sammler, der an einem Ankauf interessiert ist. Ich kann leider keine näheren Angaben zu seiner Person machen, außer dass es sich um einen wohlhabenden Unternehmer im Hightechbereich handelt, der seltene wissenschaftliche Publikationen sammelt. Mr. Kensit hat durchblicken lassen, dass er diese Schrift verkaufen möchte, daher wollten wir ihre Authentizität überprüfen.«

Die Brille, die Juan trug, enthielt eine Mikrokamera. Falls er Horne überreden konnte, ihn das deutsche Original oder die englische Übersetzung durchblättern zu lassen, könnte er alles, was er sah, aufnehmen und es später zwecks weiterer Analyse zur *Oregon* mitnehmen.

»Sie verfügen sicherlich über eine Kopie des Dokuments«, äußerte Juan eine stille Hoffnung.

Hornes Blick sprang schnell zu einem Aktenschrank. »Wie ich schon andeutete, es war ein ganz besonderer Fall. Mein Übersetzer, Bob Gillman, durfte seine Übersetzung nicht in einen Computer übertragen. So lauteten Mr. Kensits Instruktionen.«

»Aber Sie bewahren eine Kopie in diesem Schrank auf, nicht wahr?«

»Natürlich nicht!«, widersprach Horne mit Nachdruck und hörbar beleidigt. »Wir hatten strikte Order, sogar die handschriftliche Kopie zu vernichten.«

Juan nickte und blickte zum Empfang, als dächte er über andere Möglichkeiten nach. Ein Kurier in grüner Jacke und Mütze legte soeben ein Paket auf den Schreibtisch der Empfangsdame. »Urban Jungle« war auf dem Rücken der Uniformjacke zu lesen. Sie saß nicht besonders gut. Die Ärmel wirkten ein wenig lächerlich, weil sie viel zu kurz waren.

Juan wandte sich wieder an Horne, als sei ihm soeben ein erleuchtender Gedanke gekommen. »Ist es möglich, direkt mit Mr. Gillman zu sprechen? Vielleicht kann er mir die Informationen geben, die ich brauche.«

»Leider muss ich Ihnen mitteilen, dass Bob vor ein paar Monaten auf der Straße vor unserem Büro von einem Wagen angefahren wurde. Fahrerflucht. Der Schuldige wurde nie gefunden. Bob war auf der Stelle tot.«

»Oh, das tut mir leid.«

»Ja, es war sehr tragisch.«

»Es klingt dennoch, als sei Ihnen der Inhalt des Dokuments bekannt.«

Ein weiterer Blick zum Aktenschrank. »Ich begutachte die Arbeit vieler meiner Angestellten.«

»Mr. Kensit meint, das Tagebuch enthalte die Grundlagen einer radikalen neuen wissenschaftlichen Theorie, die damals als absolut revolutionär betrachtet wurde. Können Sie das bestätigen?«

Horne rutschte in seinem Sessel unbehaglich hin und her. »Mr. Cochran, vielleicht sollten Sie Mr. Kensit bitten, sich mit mir in Verbindung zu setzen. Ohne ausdrückliche schriftliche Genehmigung darf ich keine vertraulichen Informationen weitergeben.«

Juan hob beschwichtigend die Hand. »Das verstehe ich. Ich werde Sie auf keinen Fall in einen Gewissenskonflikt bringen.«

»Abgesehen davon muss ich auf eins hinweisen – dass ich deutsche wissenschaftliche Texte übersetzen kann, bedeutet nicht zwangsläufig, dass ich auch deren wissenschaftliche Grundlagen verstehe.«

»Das leuchtet ein. Aber wenn ich einen kurzen Blick ...«

Horne erhob sich abrupt. »Mr. Cochran, wir besitzen keine Kopie des Dokuments, und ich wehre mich gegen das Ansinnen, Vertraulichkeitsvereinbarungen zu verletzen.«

Juan erhob sich ebenfalls. Den Mann noch weiter zu bedrängen würde zu nichts führen. Aber seine Einschätzung der in diesem Gebäude wirksamen Sicherheitsmaßnahmen sagte ihm, dass ein Einbruch in die Büros der GTS und das Fotografieren der Kopie des Tagebuchs, die offensichtlich im Aktenschrank aufbewahrt wurde, eine leichte Übung wäre.

»Es tut mir leid, dass ich Ihnen nicht weiterhelfen kann«, sagte Horne und geleitete Juan in den Empfangsraum. Alle Übersetzer hatten Feierabend gemacht, nur die Empfangsdame war noch an ihrem Platz. »Bitten Sie Mr.

Kensit, mir eine notariell beglaubigte Genehmigung zur Durchführung einer Echtheitsprüfung der Übersetzung zukommen zu lassen, und ich werde Ihnen gern in jeder Hinsicht behilflich sein.«

Die Empfangsdame reichte ihm das Päckchen, das der Kurier auf ihrem Schreibtisch deponiert hatte. »Dies ist gerade von den Vereinten Nationen gekommen, Mr. Horne. Es soll dringend sein.«

»Danke, Jill«, sagte der Chef von GTS und klemmte sich das Päckchen unter den Arm. »Goodbye, Mr. Cochran.«

Juan schüttelte ihm die Hand, und Horne kehrte in sein Büro zurück. Juan rief Eric mit seinem Smartphone an, um sich zu erkundigen, wo er sich befand, und blickte hinunter auf die Straße in der Hoffnung, ihn irgendwo entdecken zu können.

Eric war zwar nicht zu sehen, doch der Urban-Jungle-Kurier stand unten auf der Straße und schaute am Gebäude empor. Nun, da Juan sein Gesicht sehen konnte, erkannte er den Mann auf Anhieb.

Er war der Attentäter, der Juan in Jamaika hatte töten sollen. Für einen Moment dachte Juan, der Killer wartete darauf, dass er das Gebäude verließ.

Dann fiel ihm das Päckchen ein.

Juan hörte, wie Horne hinter ihm seine Bürotür schloss. Der Attentäter sah Juan zu sich herabblicken und winkte ihm, während seine Miene sich zu einem hässlichen Grinsen verzog. Er hielt ein kleines schwarzes Objekt so in der Hand, dass Juan es deutlich erkennen konnte. Der Daumen schwebte über einem roten Knopf. Mit tödlicher Endgültigkeit zuckte der Daumen nach unten.

Juan hechtete über das Empfangspult, fegte Jill aus ihrem Sessel, ehe sie begriff, was mit ihr geschah, und bedeckte ihren Körper mit seinem. Sie hatten kaum den

Fußboden berührt, als Greg Hornes Büro mit einem ohrenbetäubenden Knall explodierte und ein Regen aus Glasscherben und Holzsplittern der massiven Bürotür auf die verwaisten Arbeitsplätze herabprasselte.

Juan schüttelte sich die Glassplitter aus den Haaren und sprang auf, um Horne zu Hilfe zu kommen, aber es gab nichts mehr, was er hätte tun können. Qualmwolken zogen durch den Arbeitssaal, während Flammen in Hornes Büro loderten. Die Explosion war so heftig gewesen, dass im Saal die Sprinkleranlage ausgelöst worden war.

Jill kauerte in zusammengekrümmter Haltung auf dem Fußboden und stieß unkontrollierte Schreie aus. Juan hob sie hoch und trug sie zur Treppe, auf der sich nun die anderen Bewohner des Hauses auf der Flucht vor dem Feuer drängten. Sie konnte aus eigener Kraft die Stufen hinabsteigen, daher legte er einen Arm um ihre Schultern, um sie zu stützen, und drehte den Kopf auf der Suche nach dem Attentäter hin und her.

Als er auf die Straße kam, trafen bereits die ersten Rettungsfahrzeuge ein. Er übergab Jill in die Obhut eines Sanitäters und überquerte im Laufschritt die Fahrbahn.

Der Urban-Jungle-Lieferwagen war verschwunden.

Eric drängte sich durch die Masse der Schaulustigen.

»Chairman! Alles in Ordnung?«

Juan nickte. »Das waren wieder die Haitianer. Sie wussten, dass wir hierherkamen.«

»Aber woher? Wir hatten doch unsere Peilsender stillgelegt.«

»Keine Ahnung. Ihr Überwachungssystem muss noch leistungsfähiger sein, als wir angenommen haben. Vielleicht haben sie die Verschlüsselung unserer Kommunikationssysteme geknackt.«

»Das kann ich nicht glauben.«

Juan schaute zu den Flammen hinauf, die aus den Fenstern im fünften Stück herausleckten. »Ich glaube, das Feuer da oben ist der Beweis.«

»Konnten Sie sich eine Kopie des Tagebuchs verschaffen?«

»Er verfügte über ein Exemplar, aber er wollte es nicht herausrücken. Jetzt hat es sich in Rauch aufgelöst und mit ihm die einzige Person, die es je gelesen hat – außer Kensit.«

Streifenwagen rasten mit heulenden Sirenen heran und hielten mit kreischenden Bremsen an.

»Kommen Sie, Chairman«, sagte Eric, »der Wagen steht am Ende des Blocks.«

»Eine Information habe ich wenigstens erhalten«, sagte Juan, während sie sich vom Schauplatz des Geschehens entfernten und er sich die vom Qualm tränenden Augen rieb.

»Und welche?«

»In Lutzens Tagebuch wurde nicht erwähnt, dass er einen Doktortitel hatte.«

Eric überlegte kurz, dann bekam er große Augen. »In Mr. Perlmutters Buch hieß es, dass er seine postdoktoralen Forschungen fortsetzte, die er an der Universität von Berlin begonnen hatte.«

Juan nickte. »Seine Doktorarbeit könnte dort noch immer im Archiv vorhanden sein. Wir müssen wissen, woran er gearbeitet hat.«

»Und da seine Doktorarbeit im Tagebuch nicht erwähnt wurde, hat Kensit möglicherweise gar keine Ahnung von ihrer Existenz. Ich kann per Onlineanfrage feststellen, ob sie in der Bibliothek liegt.«

»Nein. Wir wissen nicht, wie tief Kensit in unser Netz eingedrungen ist oder wie sein System funktioniert. Wenn er erfährt, dass wir nach der Arbeit suchen, kann er sie vielleicht durch seine Leute aus dem Verkehr ziehen und genauso vernichten lassen, wie er es mit Hornes Kopie des Originals getan hat.«

»Dann können wir also noch nicht einmal den Leuten auf der *Oregon* Bescheid geben, dass diese Arbeit existiert?«

Juan schüttelte den Kopf. »Wir berichten ihnen, was hier geschehen ist und dass sie in Martinique mit unliebsamem Besuch rechnen müssen, aber unser nächstes Ziel behalten wir für uns. Ich werde noch nicht einmal mit Tiny Verbindung aufnehmen. Dass wir nach Berlin fliegen, erfährt er erst in dem Moment, in dem wir in La Guardia in die Maschine einsteigen.«

DREIUNDDREISSIG

SAINT-PIERRE, MARTINIQUE

Zu Beginn des zwanzigsten Jahrhunderts hatten dort, wo die *Oregon* jetzt als einziges großes Schiff regungslos im Wasser lag, sicherlich ein Dutzend oder mehr Frachtschiffe geankert. Obgleich es im Hafen von Saint-Pierre von Freizeitkreuzern und Segelbooten nur so wimmelte, waren seine Glanzzeiten als kommerzielles und kulturelles Juwel der Karibischen See seit dem Tag vorbei, an dem der Mont Pelée ausgebrochen war. Die geschäftige Stadt war in den darauffolgenden Jahrzehnten mit ihren reizenden ziegelrot gedeckten Häuschen und Kirchen wiederaufgebaut worden, jedoch hatte ihre Einwohnerzahl seit jenem schicksalhaften Tag die Fünftausend nie mehr überschritten.

Max Hanley konnte es den Einwohnern nicht übel nehmen, dass sie große Hemmungen hatten, in ihre Heimat zurückzukehren. Zum einen überragte der mittlerweile schlafende Vulkan die Stadt weiterhin wie ein drohendes Menetekel, zum anderen war Saint-Pierre auch schon vor dem Vulkanausbruch von Katastrophen heimgesucht worden. Während der schnellen Überfahrt von der Dominikanischen Republik hatte Max herausgefunden, dass Saint-Pierre mehr als ein Jahrhundert zuvor von der fast zehn Meter hohen Sturmflut des großen Hurrikans von 1780, dem schlimmsten in der Geschichte des Atlantiks, zerstört worden war. Mehr als neuntausend Einwohner waren bei diesem Ereignis ums Leben gekommen.

Doch an diesem Tag wurde die Stadt anscheinend von gar nichts bedroht – außer einem Wind, der das Wasser im Hafen in Wallung brachte, und strömendem Regen. Der Gipfel des stummen Mont Pelée, dessen Hänge vom satten Grün üppiger Vegetation bedeckt waren, die im Vulkanboden reiche Nahrung fand, war grau umwölkt. Aber für den Nachmittag hatte man blauen Himmel angesagt.

Während das Morgengrauen den bleiernen Himmel nach und nach aufhellte, verfolgte Max, wie der zuständige Hafenmeister mit seiner Barkasse an Land zurückkehrte. Normalerweise regelte Juan die jeweiligen Formalitäten in den Häfen, die sie besuchten, aber diesmal hatte Max für ihn einspringen müssen. Und er war der Meinung, dass er seine Sache recht gut gemacht hatte, indem er den Hafenmeister davon überzeugen konnte, dass die Mannschaft der *Oregon* dem süßen Nichtstun frönte und die Schönheiten der Landschaft genoss, während sie darauf wartete, dass die Fracht, die sie laden sollten, in Fort-de-France eintraf.

Tatsächlich war die Mannschaft der *Oregon* seit zwei Stunden mit Hochdruck an der Arbeit und untersuchte das Wrack der *Roraima*. Dabei gingen sie – solange sie den Tauchgrund exklusiv für sich hatten – so schnell sie konnten zu Werke. Sobald der Wind nachließ, müssten sie ihre Operationen abbrechen, damit sie bei den Teilnehmern der Tauchausflüge, die sich am Nachmittag zu dem Wrack hinunterwagten, keinen Verdacht erregten.

Max machte sich auf den Weg zum Moon Pool hinunter, wo eine Atmosphäre hektischer Geschäftigkeit herrschte. Die letzte Tauchergruppe stieg soeben durch die Kieltore zur Wasseroberfläche auf. Mike Trono nahm seine Tauchmaske ab und kletterte aus dem Wasser.

»Hatten Sie Glück?«, fragte Max.

Mike schüttelte den Kopf und begann, sich aus seinem Nasstauchanzug zu schälen. »Sämtliche Decks der *Roraima* bestanden aus Holz. Sie sind schon vor Jahren verfault und haben sich vollständig aufgelöst. Vieles wurde weiter zerstört, entweder durch die Gaswolke des Vulkans oder beim Zusammenbruch der Deckaufbauten. Übrig geblieben ist nur noch der Stahlrahmen, und der ist voller Löcher. Teile des Rumpfs können jederzeit nachgeben und auf uns herabstürzen, wenn wir nicht Acht geben. Wir suchen noch immer in dem Teil des Schiffes, in dem sich laut Perlmutter die Kabinen befunden haben, aber dort ist während des vergangenen Jahrhunderts alles tonnenweise mit Korallen zugewachsen, das macht die Suche ziemlich mühsam. Der Behälter könnte unter fünf Metern Trümmern und Schlick begraben sein.«

Max lächelte aufmunternd. »Das gibt Anlass zu der Hoffnung, dass er noch intakt ist. Keine Treffer mit dem Geigerzähler?«

Als Juan erwähnt hatte, dass sich Lutzen im Zuge seiner Forschung mit Radioaktivität befasst hatte, hatte Max in seinen Geschichtsbüchern nachgeschlagen und herausgefunden, dass die radioaktive Strahlung überhaupt erst sieben Jahre vor dem Vulkanausbruch auf Martinique entdeckt worden war. Also war es seinerzeit ein ziemlich junges Gebiet der Wissenschaft gewesen. Falls Lutzen irgendetwas Radioaktives von seiner Reise mitgebracht hatte, könnte dies, wenn es sich mit Hilfe der Strahlung orten ließ, zu den Fotos führen. Die *Oregon* verfügte über zwei Geigerzähler, darum stellte Max den Tauchern, die den stabileren Teil des Schiffes durchkämmten, einen davon zur Verfügung.

»Nicht einen einzigen Pieps macht es«, sagte Mike. »Falls da unten etwas Radioaktives vergraben ist, dringt die Strahlung möglicherweise nicht durch die Trümmerschicht.«

»Normalerweise wäre das sogar recht gut für alle, die da

unten arbeiten, aber nicht in unserem Fall. Sehen Sie zu, dass Sie vor dem nächsten Tauchgang etwas essen.« Mike sah aus, als könnte er auch eine Ruhepause vertragen, da sie die Zeit während der Fahrt nach Martinique für die Planung der Operation genutzt hatten, damit sie sofort nach ihrer Ankunft damit beginnen konnten. »Und vielleicht machen Sie ein kleines Nickerchen.«

»In dieser Reihenfolge«, sagte Mike und entfernte sich in Richtung Messe.

Max begab sich ins Operationszentrum, wo Hali ihm zuwinkte.

»Wir haben etwas über den Attentäter des Chairman«, sagte er. »Die CIA war sehr hilfsbereit.«

»Endlich mal gute Neuigkeiten«, meinte Max.

Ehe die Paketbombe in New York explodierte, hatte sich Juans Brille im Aufnahmemodus befunden, während er zum Bombenleger hinunterblickte. Er hatte Max das Video geschickt, und dieser hatte den Mann sofort als denjenigen erkannt, der Reeds Angelkreuzer angegriffen hatte. Der Kerl musste weit herumgekommen sein. Ihn zu identifizieren war seit diesem Zeitpunkt Halis vordringliche Aufgabe gewesen.

»Wer ist dieser unmaskierte Mann?«, fragte Max.

Hali reichte ihm einen Ausdruck mit den entscheidenden Informationen. »Ein Söldner namens Hector Bazin, Haitianer wie alle anderen, die versucht haben, uns in Jamaika auszuschalten. Er war früher bei einem Sonderkommando der französischen Fremdenlegion. Unterhält mittlerweile seine eigene Sicherheitstruppe auf einer Basis in der Nähe von Port-au-Prince. Daher verfügte er über die Mittel und Ressourcen für einen Attentatsversuch.«

»Könnte er derjenige sein, der unsere Kommunikation abhört?«

Hali zuckte hilflos die Achseln. »Ich weiß nicht einmal,

wie sie es machen, geschweige denn wer dahintersteckt. Wir haben das sicherste System, das man sich vorstellen kann. Sogar die NSA hätte große Probleme, unsere Verschlüsselung zu knacken.«

»Bazin ist lediglich ausführendes Organ«, kam ein Kommentar von der anderen Seite des Raums. Murph schaute noch nicht einmal von seinem Bildschirm auf oder nahm die Hände von den Joysticks, die er bediente. »Kensit muss das Gehirn sein, das alles steuert.«

»Schicken Sie Juan die Info über Hector Bazin per E-Mail.«

»Auch wenn sie abgefangen werden kann?«

»Wenn Sie die Info von der CIA erhalten haben, weiß Bazin vielleicht schon längst, dass er aufgeflogen ist. Ich möchte nicht, dass Juan bei dem, was er vorhat, vollkommen im Dunkeln tappt. Wenigstens weiß er dann, mit wem er es zu tun hat.« Max ging zu Murph hinüber. »Haben Sie Kensit jemals persönlich kennengelernt, während Sie fürs Verteidigungsministerium arbeiteten?«

»Nein, aber ich habe von ihm gehört. Jeder in der Waffenforschung wusste von ihm. Wahnsinnig intelligent, aber gleichzeitig total verrückt.« Murph blickte zum ersten Mal hoch. »Ich frage mich, ob sie das Gleiche auch von mir erzählen.«

»Würden Sie sich besser fühlen, wenn es so wäre?«

»Wahrscheinlich.«

»Dann tun sie es ganz bestimmt. Nun, haben Sie irgendeine Idee, wie diese geheimnisvolle Moriarty-Überwachungswaffe funktioniert, Sherlock? Dass Bazin gerade in dem Moment in Manhattan auftauchte, als Juan dem Übersetzer einen Besuch abstattete, kann kein Zufall gewesen sein.«

»Ist das nicht offensichtlich?«

»Nein.«

»Er weiß über alles Bescheid, was wir tun und was wir vorhaben.«

Max verdrehte die Augen. »Na gut, das dürfte wohl klar sein.«

»Was bedeutet, dass er auch alles hören kann, was wir reden.«

»Sie meinen, wenn wir telefonieren?«

»Möglich. Aber das erklärt noch nicht, wie er wissen konnte, wo wir in Jamaika sein würden. Darüber haben wir nur ein einziges Mal gesprochen, und zwar an Bord der *Oregon.*«

»Oh, ich bitte Sie! Wollen Sie damit andeuten, Kensit habe die *Oregon* verwanzt?«

»Wenn man das Unmögliche ausschließt, dann muss das, was übrig bleibt, ganz gleich wie unwahrscheinlich es auch erscheinen mag, die Wahrheit sein.«

»Wir haben das Schiff dreimal durchgekämmt. Keinerlei Abhörvorrichtungen wurden gefunden.«

»Erzählen Sie das Arthur Conan Doyle, nicht mir«, sagte Murph.

»Auf jeden Fall bin ich froh, dass Juan uns nicht verraten hat, wohin er unterwegs ist. Es wird Zeit, dass wir uns Lawrence Kensit vornehmen.«

»Noch ist unsere Suche hier nicht beendet.«

»Haben Sie etwas entdeckt?«

Murph rieb sich die Augen. Er saß seit drei Stunden vor dem Bildschirm. »Bis auf ein paar zerbrochene Teetassen und eine Brille nichts.«

Er lenkte das kleinste ferngesteuerte U-Boot, das ihnen auf der *Oregon* zur Verfügung stand. Es war das ROV namens Little Geek. Mit ihm untersuchte Murph die Bereiche des Wracks, in denen der Einsatz von Tauchern zu gefährlich war.

Eine Nabelschnur leitete das Videosignal zur *Oregon.*

Sogar in einer Tiefe von fünfzig Metern wirkten die leuchtenden Farben, die im Scheinwerferlicht des ROV auftauchten, ganz erstaunlich. Gorgonien, Seeigel, Schwämme, Falterfische, Drückerfische und eine Vielzahl anderer Meereslebewesen hatten sich auf dem künstlichen Riff angesiedelt. Mehr als einhundert Jahre im warmen Meerwasser hatten Rostlöcher in den Stahl gefressen, wo er nicht mit Korallen bedeckt war. Die einzigen von Menschen hinterlassenen Spuren, denen man ihr Alter nicht auf Anhieb ansah, waren vereinzelte Gegenstände aus Porzellan oder Glas, denen die korrosive Wirkung des Salzwassers nichts anhaben konnte.

Vor diesem Hintergrund betrachtete Max Perlmutters Versicherung, dass ein Fotobehälter immer noch unversehrt sein konnte, als bestenfalls zweifelhaft. Sie konnten nur hoffen, dass die Fotoplatten in Behältern mit Innenwänden aus Zink gelagert worden und diese ausreichend oxidiert waren, um zu verhindern, dass sich das Metall darunter aufgelöst hatte.

Max verfolgte, wie Murph das ROV durch eine enge Höhlung steuerte, ohne damit zu rechnen, irgendetwas Brauchbares zu finden. Er hoffte, dass wenigstens Juan bei seiner Suche einige handfeste Hinweise zutage förderte – und wünschte sich, wenigstens eine vage Vorstellung von dem zu haben, wonach Juan Ausschau hielt.

»Hah«, sagte Murph und erregte sofort Max' Aufmerksamkeit.

»Sehen Sie etwas?«

»Einen matten Reflex. Ich fahre ein Stück zurück.«

Er stoppte das ROV, lenkte es rückwärts und machte einen kleinen Schwenk nach links. Die Kamera fuhr über ein Zickzackmuster aus dünnem Blech, das mit grünen Algen bedeckt war. Darunter war das Funkeln von Glas im Licht der LEDs zu erkennen.

»Irgendetwas daran kommt mir vertraut vor«, erklärte Murph.

»Ich weiß, was Sie meinen. Versuchen Sie doch mal, ein paar Trümmer zu entfernen.«

Murph benutzte den kleinen Greifarm des ROV, um ein verkrustetes Stück Metall beiseitezuschieben.

Die Nadel des Geigerzählers zuckte.

»Na, wer sagt's denn«, meinte Max lachend. »Perlmutter hatte die richtige Nase.«

Sie warteten darauf, das sich die aufgewirbelten Schwebeteilchen herabsenkten, und sahen, dass eine größere Glasfläche freigelegt worden war, sodass sie erkennen konnten, was es war.

»Das ist eine Linse«, stellte Murph fest.

»Kreisrund und konvex. Wie man sie, sagen wir mal, bei einer Kamera aus der Zeit um die Jahrhundertwende finden kann, oder?«

Murph verfolgte mit dem Finger auf dem Bildschirm die Zickzackkonturen des Blechs daneben. »Das ist die zusammenfaltbare Balgenkonstruktion einer Hochleistungskamera dieser Zeit. Sie wissen schon, das Ding, mit dem man die Optik vor- und zurückbewegt. Das Stoffgewebe hat sich offenbar schon vor zig Jahren aufgelöst.«

»Um 1902 waren auf dem Schiff sicher nicht besonders viele Passagiere mit einer solchen Kamera anzutreffen.«

Murph drehte das ROV in dem Hohlraum. Drei zertrümmerte Glasbehälter lagen in einer Ecke. Die Nadel des Geigerzählers zuckte abermals. Nicht genügend Radioaktivität, um schädlich zu sein, aber mehr, als man in einer solchen Umgebung erwarten konnte.

»Sie sagten, Günther Lutzen habe die Fotos in seiner Kabine selbst entwickelt. Diese Gläser dort sehen aus, als wären sie früher mit Entwicklerflüssigkeit gefüllt gewesen.«

Der restliche Teil des Raums war mit Trümmern und

Schlick zugeschüttet. Wenn sie wissen wollten, was sich sonst noch dort befand, müssten sie wohl oder übel mit den Händen danach graben.

»Ich glaube, wir sind fündig geworden«, sagte Max. »Wir brauchen es nur noch herauszuholen.«

* * *

Sobald David Pasquet den Lastwagen auf dem abgesperrten Kai am südlichen Ende von Saint-Pierre anhielt, sprangen Männer von der Ladefläche und holten die Plastikfässer heraus, die im Laderaum aufgestapelt waren. Die Tauchausrüstung käme zum Schluss.

Pasquet mochte seine Ziele verfehlt haben, als er die *Oregon* in Montego Bay unter Beschuss nahm, aber er hatte geschworen, den Misserfolg mit dieser Mission wettzumachen. Bazin hatte ihm ihre Ausführung anvertraut, und Pasquet hatte nicht vor, seinen Mentor zu enttäuschen.

Wie die meisten Offiziere, die zu Bazin gehörten, hatte Pasquet einen Teil seiner Ausbildung in Übersee absolviert, ehe er nach Haiti zurückkehrte. In seinem Fall war es die französische Marine gewesen. Die einfachen Soldaten wurden in Haiti angeworben und auch dort ausgebildet, und es wurde erwartet, dass sie Bazin absolut treu ergeben waren. Falls auch nur der Verdacht von Verrat aufkäme, würde man ihre gesamten Familien auslöschen. Obgleich die meisten Männer diese Form von Ansporn gar nicht brauchten – schon weil sie als Söldner so viel Geld verdienten wie nirgendwo sonst –, mussten von Zeit zu Zeit Exempel statuiert werden.

Diese Mission war in dem Moment in großer Eile geplant worden, als der Doktor von der Möglichkeit erfuhr, dass Beweise für die Oz-Einrichtung in der gesunkenen *Roraima* noch vorhanden sein mochten. Pasquet konnte erkennen, dass die *Oregon* bereits in der Nähe der

Position ankerte, wo laut seiner Seekarte die *Roraima* liegen musste.

Auf offener See hätten sie den Waffen an Bord eines solchen Schiffes nichts entgegenzusetzen, weshalb eine improvisierte Lösung des Problems gefunden werden musste. Dank der unübertroffenen Überwachungstechnik des Doktors konnte leicht ein erfolgversprechender Plan entwickelt werden.

Nachdem sie mit dem zweiten Privatjet von Bazins Söldnerorganisation in Martinique gelandet waren, begaben sie sich zu einem Lagerhaus in Fort-de-France, aus dem sie zwanzig leere Kunststofffässer stahlen, in denen gewöhnlich Kaffee oder Zucker transportiert wurde. Dann brachen sie in ein Lagerhaus ein, das von einer Straßenbaufirma benutzt wurde, die demnächst mit den Bohrarbeiten für einen neuen Straßentunnel im südlichen Teil der Insel beginnen wollte.

Die letzte Station ihrer Beutefahrt war der Kai von Vue Sous Tours. Am Kai lag der Stolz des Tourismusunternehmens, ein weißes SC-30-Passagier-U-Boot mit dieselelektrischem Antrieb. Diese einzigartige Konstruktion war für Pasquets Zwecke ideal.

An den meisten Tagen schipperte das U-Boot dreißig Touristen durch den Hafen von Saint-Pierre, damit sie das gute Dutzend Wracks besichtigen konnten, ohne sich nasse Füße zu holen. Die röhrenförmige Hauptkabine saß – wie bei einem Katamaran – auf zwei abgeflachten Schwimmern. Am Heck befand sich eine große Plattform, auf der Partys gefeiert werden konnten, wenn das U-Boot auf dem Wasser kreuzte. Die Schwimmer liefen vorne und hinten spitz zu und erinnerten bis zu den blauen Rennstreifen, mit denen die Flossen verziert waren, an Formel-1-Rennwagen.

Die Passagiere saßen auf beiden Seiten vor großen Fenstern, während das U-Boot von der großen Glaskuppel am vorderen Ende aus gesteuert wurde. Im Gegensatz zu den meisten Vergnügungstauchbooten, die zu ihren jeweiligen Tauchgründen geschleppt werden mussten, ehe sie, angetrieben von batteriebetriebenen Elektromotoren, zu ihren vergleichsweise kurzen Unterwasserausflügen starteten, brachten die Dieselmotoren des SC-30 das Boot aus eigener Kraft zu den Wracks, bevor es zu ihnen hinabtauchte.

Während er aus dem Truck ausstieg und sich die Kapuze seiner Regenjacke über den Kopf zog, erhielt Pasquet eine Textnachricht, dass der Jet in Vorbereitung ihrer Operation zwanzig Meilen weiter nördlich auf der Insel Dominica gelandet war. Angesichts der Annahme, dass die Operation ziemlich blutig werden würde, wäre ein Start von Martinique aus problematisch, nachdem die Mission beendet wäre. Sicherer wäre es, ein Schnellboot zu stehlen und damit Dominica anzusteuern, von wo aus eine Flucht auf dem Luftweg weitaus einfacher zu bewerkstelligen wäre.

Zwei Männer befanden sich im Tauchboot und reinigten Boden und Sitze für die früheste Partie Tagestouristen, von denen sich die ersten sicherlich schon in einer Viertelstunde einfinden würden. Beide Männer trugen weiße Uniformen mit goldenen Epauletten, um den Besuchern den Eindruck zu vermitteln, dass sie von einem hochprofessionellen Unternehmen betreut wurden.

Der Ältere der beiden, den Pasquet von der Website des Unternehmens als Eigentümer und Kapitän des U-Boots kannte, legte seinen Wischmopp beiseite, als er sah, wie ein halbes Dutzend Männer einen Lastwagen neben seinem Kai entluden. Er schlüpfte in eine Regenjacke und kletterte durch die Einstiegsluke hinaus. Sein Helfer folgte ihm. Pasquet lächelte, als sie auf ihn zukamen.

»Bonjour, Capitaine Batiste«, sagte er und fuhr auf Französisch fort: »Wir würden gerne Ihr Schiff benutzen.«

»Tut mir leid«, erwiderte Batiste, »aber wir sind für heute schon vollständig ausgebucht. Und da die See ziemlich unruhig ist, müssen wir unsere erste Ausflugsfahrt sogar verschieben.«

»Wie schade. Na ja, nicht schlimm. Wir nehmen es trotzdem.«

Pasquet zückte die Pistole und richtete sie auf den Kapitän, der automatisch die Arme hob. Der alte Seebär war sichtlich beunruhigt, aber nicht zu Tode erschrocken. Sein Helfer zitterte jedoch so heftig, dass Pasquet glaubte, er werde sich jeden Moment übergeben.

»Was wollen Sie?«, fragte Batiste.

»Ich sagte doch, es geht um Ihr U-Boot. Und Sie werden es steuern.«

Batiste warf einen misstrauischen Blick auf die schweren Kunststofffässer, die Pasquets Männer auf das Achterdeck und die Schwimmer des Tauchboots rollten. »Und wenn ich mich weigere?«

»Dann töte ich diese jämmerliche Karikatur von einem Mann.«

Batistes bis dahin gefasste Miene löste sich auf. »Bitte, nein! Er ist mein Sohn!«

»Dann tun Sie, was ich verlange, und niemandem wird ein Haar gekrümmt.« Er wandte sich an einen seiner Männer. »Bring sie ins Schiff. Batiste soll seinen Sohn fesseln und ihm die Augen verbinden.«

Pasquet überwachte die Unterbringung der Fässer und verteilte sie gleichmäßig, ehe er sie festzurren ließ. Das letzte wurde durch die Einstiegsluke ins Tauchboot bugsiert. Er öffnete es und inspizierte das Dynamit, das für die Tunnelsprengung vorgesehen war. Der Zünder, der darauf lag, war ebenso wie die Zünder in den anderen Fässern auf eine Verzögerung von sechzig Minuten eingestellt. Nach einem Druck auf den Auslöseknopf eines Minisenders in seiner Tasche würden alle Zünder gleichzeitig mit dem Countdown beginnen.

Seine Männer deponierten Tauchausrüstungen auf den Schwimmern des U-Boots. Sie würden während der Tauchfahrt auf dem Deck bleiben und die Fässer nacheinander von den Schwimmern hinunterschieben, wenn das Tauchboot über dem Wrack der *Roraima* schwebte. Jeder der Männer trug einen hochmodernen Knochenleitkopfhörer, der trotz aufgesetzter Tauchmaske und eingeschalteter Atemventile eine einwandfreie Kommunikation untereinander gestattete. Die Sendeimpulse wurden per Ultraschall durch das Wasser auf Empfänger übertragen, die an den Kopfgurten ihrer Tauchmasken befestigt waren.

»Bring Batiste zu mir«, befahl Pasquet einem seiner Männer.

Pasquet zeigte ihm das Fass und seinen Inhalt.

»Dieses Dynamit wird Ihnen und Ihrem Sohn im Boot Gesellschaft leisten.« Pasquet hielt einen Apparat hoch, den er mit einem Magneten auf die Außenhülle des U-Boots klebte. »Dies ist ein akustischer Sender und Empfänger, der den Stahlmantel des Bootes als Lautsprecher benutzt. Er überträgt meine Instruktionen, während Sie das Boot lenken. Wenn Sie meine Anweisungen nicht genauestens befolgen, werden meine Männer das Boot verlassen und aus sicherer Entfernung die Dynamitladungen zünden. Haben Sie verstanden?«

Batiste nickte stumm und wurde ins Cockpit zurückgebracht. Danach verschloss Pasquet das Fass mit dem Deckel.

In Wirklichkeit hatte Pasquet keine Möglichkeit, die Sprengladungen per Fernsteuerung zu zünden, sobald das U-Boot getaucht war. Radiowellen pflanzten sich nicht unter Wasser fort, und es gab keine andere Möglichkeit, die Zünder zu aktivieren, weshalb er sich der nicht allzu sicheren Methode einer synchronisierten Zeituhr bedienen musste. Die Fässer würden über dem Schiffswrack abgeladen werden, das durch die zwanzigfache simultane Explosion der Dynamitladungen in einen einzigen riesigen Haufen aus Stahlschrott verwandelt würde, den zu durchwühlen einige Wochen in Anspruch nehmen dürfte. Gleichzeitig wäre damit die Zerstörung jeglicher Hinweise auf das Sentinel-Projekt, die im Innern des Wracks noch vorhanden sein könnten, gewährleistet.

Nachdem alle Fässer über die *Roraima* verstreut wären, würde Pasquet Anweisungen geben, dass Batiste das U-Boot auf dem Meeresgrund aufsetzte. Pasquet würde eine kleine Dynamitladung an einem der Fenster befestigen und es zu gegebenem Zeitpunkt aus dem Rahmen sprengen. Die Mannschaft der *Oregon* würde versuchen, die Geiseln im Innern des Tauchboots vor dem Ertrinken zu retten, während er und seine Männer das Weite suchten. Wenige Minuten später würde das Fass im Tauchboot zusammen mit den anderen Fässern explodieren und das U-Boot zerreißen. Es wäre das ideale Ablenkungsmanöver, um unbemerkt zu fliehen.

Ein Reisebus hielt neben dem Lastwagen. Pasquet grinste. Das war genau das, worauf er gewartet hatte. Zwei Geiseln reichten nicht aus, wenn sich die Mannschaft der *Oregon* entschied, ihn und seine Männer ins Visier zu nehmen. Obgleich die Angehörigen der Corporation sich selbst als Söldner bezeichneten, wusste Pasquet, dass sie niemals Zivilisten in Gefahr bringen würden, was ihm die Erledigung seines Jobs um einiges erleichterte.

Er kletterte aus dem Tauchboot und beobachtete, wie zwanzig Touristen den Bus verließen. Der Reiseführer stieg aus dem Führerhaus, und Pasquet winkte ihn zu sich herüber.

»Wo ist Kapitän Batiste?«, fragte der Mann.

»Er ist bereits im Tauchboot und trifft die letzten Vorbereitungen«, erwiderte Pasquet lächelnd. »Wir haben für Sie und Ihre Gäste heute eine ganz besondere Attraktion vorbereitet.«

Pasquet rechnete sich im Stillen aus, wie lange es dauern würde, die Touristen zu fesseln, ihnen die Augen zu verbinden und dann mit dem Boot zum Wrack hinauszufahren. Er wollte nicht allzu viel Zeit verstreichen lassen, nachdem sie die Fässer abgeladen hätten. Er entschied, dass dies der richtige Moment sei, den Zeitzünder zu aktivieren.

Er drückte auf den Knopf des Senders in seiner Tasche. In allen zwanzig Fässern begann der Countdown. In sechzig Minuten würde die Explosion ausgelöst werden.

VIERUNDDREISSIG

BERLIN

Bis zum Frühlingsanfang dauerte es nur noch wenige Wochen, aber der Winter in Deutschland machte keinerlei Anstalten, sich geschlagen zu geben. Zehn Zentimeter flaumigen Schnees bedeckten die Straßen von Berlin, und dicke Flocken schwebten weiter vom Himmel herab. Der Flug zum Flughafen Tegel im Nordwesten der Stadt war ungewöhnlich unruhig verlaufen, aber Tiny Gunderson hatte die Gulfstream der Corporation ohne Probleme auf die Rollbahn heruntergebracht. Er würde sich in der Kabine eine Mütze Schlaf gönnen, während Juan und Eric der Universität von Berlin ihren geplanten Besuch abstatteten.

Juan hatte den letzten verfügbaren vierradgetriebenen Wagen der Verleihfirma ergattern können, einen Audi Kombi, der die herrschenden Straßenverhältnisse bisher bestens gemeistert hatte. Nur die Autobahnen und Schnellstraßen waren von Schneepflügen freigeräumt worden, während die Hauptverkehrsadern und die Nebenstraßen unter den Schneemassen versanken. Busse und Limousinen ohne Vierradantrieb kamen nur im Schneckentempo voran, aber die Straßenbahnen, die auf Schienen durch die Straßen rollten, wurden durch den Schneefall nicht behindert.

Nun, da sie an ihrem Ziel eingetroffen waren, musste Eric das Wagnis einer Onlinesuche im Katalog der Bibliothek eingehen, um in Erfahrung zu bringen, ob Lutzens Doktorarbeit in der Hauptbibliothek der Universität oder in einer der zahlreichen über die ganze Stadt verteilten kleineren Bibliotheken für interessierte Leser bereitgehalten wurde. Es wäre ein langer sinnloser Flug gewesen, wenn die Dissertation aussortiert oder während eines Bombenangriffs im Zweiten Weltkrieg zerstört oder überhaupt nicht in die Bibliothek aufgenommen worden wäre.

Während Eric die Datenbank der Bibliothek durchforstete, vollführte Juan eine Reihe willkürlicher Richtungsänderungen während ihrer Fahrt durch Berlin, um sicherzugehen, dass sie nicht beschattet wurden. Obgleich sie jede Vorsichtsmaßnahme ergriffen hatten, um zu verhindern, dass Lawrence Kensit erfuhr, wohin ihr Weg sie führte, konnte sich Juan des Gefühls nicht erwehren, dass ihnen irgendetwas entgangen war, ein winziges Stück des Puzzles, das es Kensit ermöglichte, ihre Aktivitäten zu überwachen.

Max' Informationen über Hector Bazin bestätigten, dass Kensit zu allem bereit war, um seine Pläne geheim zu halten. Einen Söldner, so effizient und brutal wie Hector Bazin, als Helfer zu engagieren war nicht billig, und in einem Büro mitten in Manhattan eine Bombe zu zünden barg ein unkalkulierbares Risiko.

»Ich habe einen Treffer«, meldete Eric. »Günther Lutzen. Physikdoktorand. Hat seine Dissertation im Jahr 1901 vorgelegt.«

»Jetzt müsste sie sich nur noch im Bestand der Bibliothek befinden«, sagte Juan. »Tiny würde nicht sehr glücklich sein, wenn wir mit leeren Händen zurückkämen.«

»Die Dissertation ist gelistet, aber sie ist so alt, dass sie bisher nicht digitalisiert wurde. Wir werden sie heraussuchen lassen müssen, um uns über ihren Inhalt zu informieren.«

Juan nickte und war froh, dass sie nach Berlin geflogen waren. Wenn sie ihre Suche in der Hoffnung, die Arbeit in New York lesen zu können, online vorgenommen hätten, wäre Kensit vielleicht dahintergekommen, welche Absicht sie verfolgten. »Wohin müssen wir?«

»Die Arbeit befindet sich in einer gesonderten Sammlung im Jacob-und-Wilhelm-Grimm-Zentrum.«

»Eine Bibliothek, die nach den Gebrüdern Grimm benannt ist? Wie passend. Bleibt nur zu hoffen, dass dieses Märchen ein gutes Ende nimmt.«

»Es ist ein neues Gebäude mitten in Berlin. Die naturwissenschaftlichen Werke wurden in eine andere Bibliothek verlegt, doch die meisten alten Dissertationen und seltenen Dokumente werden im Grimm-Zentrum aufbewahrt. Zu unserem Glück, denn es ist nur zehn Minuten von hier entfernt. Ich habe die Route gespeichert.«

»Können wir die Arbeit eingehend prüfen?«

»Nein. Weil sie so alt ist, darf sie ausschließlich in der Bibliothek gelesen werden. Zudem besitzen wir keinen Bibliotheksausweis.«

Beruhigt, dass sich niemand an ihre Fersen geheftet hatte, folgte Juan Erics Wegbeschreibung.

»Wie heißt Lutzens Doktorarbeit?«

»Ich habe den Titel ins Übersetzungsprogramm des Smartphones eingegeben, aber ich weiß nicht, wie gut es sich mit wissenschaftlicher Terminologie auskennt. Wir sollten eine sorgfältigere Übersetzung anfertigen lassen, sobald wir auf die *Oregon* zurückgekehrt sind.«

»Im Augenblick reicht eine halbwegs sinngemäße, denke ich.«

Eric betrachtete das Display seines Telefons und runzelte die Stirn. »Der Titel lautet ›Über den Nachweis und die Wahrnehmung kleiner atomarer Teilchen und des radioaktiven Zerfalls‹.«

»Was sind kleine atomare Teilchen?«

»Keine Ahnung. Für mich klingt das ziemlich abstrakt. Vielleicht sind damit subatomare Teilchen gemeint.«

»Viel weiter führt uns das nicht. Weshalb hat Kensit so eifersüchtig darauf geachtet, dass alles geheim blieb?«

»Als ich auf dem College war, befasste ich mich mit dieser Ära physikalischer Experimente. Rein wissenschaftlich betrachtet, war es eine aufregende Periode.« Eric erwärmte sich mehr und mehr für dieses Thema. »Verteilt über einen Zeitraum von nur zehn Jahren, von 1895 bis 1905, wurden einige der wichtigsten Entdeckungen gemacht und die umstrittensten Theorien in der Geschichte der Physik aufgestellt. 1895 entdeckte Wilhelm Röntgen die Röntgenstrahlen. Im nächsten Jahr fanden Henri Becquerel und Madame Curie heraus, dass bestimmte chemische Elemente Strahlen aussandten, die auf unbelichteten Fotoplatten nebelhafte Spuren hinterließen – und sie nannten dieses Phänomen Radioaktivität. Im Jahr 1897 entdeckte J. J. Thomson die Elektronen. Ernest Rutherford benutzte im Jahr 1899 ihre Arbeiten als Grundlage und gelangte zu der Schlussfolgerung, dass Uran Alpha- und Betastrahlen aussandte. Und so weiter und so weiter bis 1905, als ein Abgestellter des Schweizer Patentamts seine Relativitätstheorie veröffentlichte.«

»Ich wusste gar nicht, dass Einstein Schweizer war.«

»Er war Wehrdienstverweigerer und ging von Deutschland in die Schweiz, um dem Wehrdienst zu entgehen. Insofern ist es eine Ironie, dass man ihn als einen der Väter der Atombombe betrachtet.«

»Wie passt Günther Lutzen in dieses Bild?«

»Damals war die Berliner Universität eines der Zentren für theoretische Atomphysik und Quantenmechanik. Max Planck war einer der ersten Physiker, der Einsteins Theorie, die damals überraschend kontrovers beurteilt wurde, ernst nahm. Planck, der später den Nobelpreis für Physik erhielt, war außerdem Professor an der Universität. Wenn Lutzen dort seinen Doktortitel erwarb, dann befand er sich im Dunstkreis der brillantesten Köpfe auf diesem Gebiet.«

»Wenn seine Arbeit wirklich so bahnbrechend war, weshalb haben wir dann nie von ihm gehört?«

Eric zuckte die Achseln. »Ich bin eben mal schnell die physikalische Fachliteratur durchgegangen. Er hat nie etwas veröffentlicht, und seine Arbeit wurde auch nicht in anderen Aufsätzen erwähnt. Wenn eine Arbeit aber nicht in einem Fachjournal behandelt wird, ist sie im Grunde nicht existent. Möglich, dass Lutzen seine Erkenntnisse für eine geplante Veröffentlichung aufbereitete, als er starb. Das könnte dieses Tagebuch sein, das Kensit gefunden hat. Es ist auch möglich, dass seine Arbeit *zu* bahnbrechend war.«

»›Zu bahnbrechend‹?«

»Lutzens Ideen könnten so neuartig gewesen sein, dass er Probleme hatte, seine Arbeiten zu veröffentlichen. Enrico Fermi, einer der am Manhattan Project beteiligten Wissenschaftler, reichte 1934 bei der Fachzeitschrift *Nature* einen Artikel ein, in dem er den Aufbau des Atoms, so wie wir ihn heute kennen, erläuterte. Der Artikel wurde als ›zu weit von der Wirklichkeit entfernt‹ abgelehnt. Falls Lutzens Arbeit seiner Zeit ebenfalls so weit voraus war, hat er vielleicht nach weiteren Beweisen gesucht, die seine Theorien stützen könnten.«

»In der Karibik?«

»Wir können nicht wissen, was er gesucht hat, bevor wir einen Blick in seine Doktorarbeit werfen konnten.«

»Wir brauchen nur für ein paar Minuten ungestört zu sein«, sagte Juan. Er hatte noch immer seine Brille mit der Mikrokamera bei sich. In der Bibliothek würden sie nach der Doktorarbeit fragen, die man ihnen dann zu ihrem Leseplatz brächte. Dort würde Juan die gesamte Arbeit durchblättern, fotografieren und an Overholt weiterleiten, damit dieser eine vollständige Übersetzung davon – durch die CIA – anfertigen lassen könnte.

Auf der Straße vor dem Grimm-Zentrum, einem grauen, kantigen Betonbau mit schmalen Schlitzen als Fenster, fand Juan einen Parkplatz. Angesichts der strengen Fassade des Gebäudes erschien ihm der Name »Grimm-Zentrum« in mehrerer Hinsicht passend.

Während er und Eric hineineilten, klopften sie sich die Schneeflocken von den Jacken und steuerten auf das Empfangspult zu. Dort wurden sie an einen Bibliothekar im sechsten Stock verwiesen, der ihnen bei ihrer Suche in den verschiedenen Spezialsammlungen behilflich sein werde.

Ihr Weg führte sie durch das zentral gelegene Atrium des Gebäudes, und für einen Moment verschlug sein Anblick Juan den Atem. Im Gegensatz zu dem kalten und abweisenden Äußeren der Bibliothek war das Innere ein beeindruckendes architektonisches Meisterwerk voller Licht und Wärme. Balkonterrassen mit ihren Leseplätzen an tannengrünen Tischen schraubten sich bis hinauf in den sechsten Stock. Die Wände waren mit dunklem Holz getäfelt, und zahlreiche Oberlichter sorgten für eine ausreichende Beleuchtung. Dicke Teppiche dämpften jedes störende Rascheln von Papier und jede geflüsterte Unterhaltung.

Als sie an den zentral gelegenen Tisch der Bibliotheksberatung traten, wurden sie von einer Studentin, die ihr Haar zu einem Pferdeschwanz zusammengerafft hatte und ein Namensschild mit der Aufschrift »Greta« trug, auf Deutsch angesprochen. Obgleich Juan die spanische, russische und arabische Sprache fließend beherrschte, waren seine Deutschkenntnisse bestenfalls bruchstückhaft.

»Ich nehme nicht an, dass Sie auch Englisch sprechen«, sagte er.

»Doch, Englisch, ja«, erwiderte sie lächelnd und mit starkem Akzent. »Ein wenig.«

»Wir suchen eine Promotionsarbeit von 1901, angefertigt von einem Studenten namens Günther Lutzen.« Eric zeigte ihr den Titel der Arbeit, den er auf dem Display seines Smartphones aufgerufen hatte.

Greta las ihn stirnrunzelnd, dann sah sie Juan verblüfft an. »Sie interessieren sich *auch* für dieses Dokument?«

Juan spannte sich. »Was meinen Sie mit ›auch‹?«

»Vor ein paar Minuten war ein Mann hier und hat danach gefragt. Der Bibliothekar, Herr Schmidt, hat sich seiner angenommen.«

»Wie sah dieser Mann aus?«

»Er ist … nun, wie sagt man … ein Schwarzer.« Sie deutete auf die Haut ihres Arms und auf einen schwarz lackierten Bürolocher.

»Hat er dunkle Haut?«, fragte Juan.

Greta nickte. »Ja. Sehr dunkle.«

Bazin. Schon wieder hatte er trotz Juans sämtlicher Vorsichtsmaßnahmen ihre weiteren Schritte vorausgeahnt. Wenn er die Doktorarbeit in seinen Besitz brachte und sie möglicherweise zerstörte, verlören sie vermutlich ihre letzte Verbindung zwischen Günther Lutzen und Lawrence Kensit.

»Wohin sind die beiden Männer gegangen?«

»In die Archive dieses Stockwerks«, sagte sie, verwirrt über Juans drängenden Tonfall. »Da hinten sind sie.« Sie deutete zum anderen Ende des Saals.

Im Laufschritt gelangten Juan und Eric zur Mündung eines Korridors. Als sie nach ein paar Schritten für die Besucher im Lesesaal außer Sicht waren, bückte sich Juan und öffnete das Geheimfach in seiner Beinprothese, holte den .45 ASCP Colt Defender heraus und versteckte den Revolver unter seiner Jacke. Eric war nicht bewaffnet, aber er hätte mit einer Pistole auch nicht allzu viel anfangen können, da er keine Kampfausbildung absolviert hatte. Juan dachte daran, Eric zu bitten, den Sicherheitsdienst der Bibliothek zu alarmieren, aber dessen Angehörige wären sicherlich ebenfalls unbewaffnet. Die Polizei zu rufen wäre besser, aber ehe sie eintraf, würde es wohl zu spät sein.

Dennoch konnte Eric die Verfolgung ihres Widersachers nicht mit leeren Händen aufnehmen. Juan entnahm dem Geheimfach das C-4-Päckchen, die Zündkapsel und den Fernauslöser und drückte Eric alles in die Hand.

»Was soll ich damit?«, fragte dieser.

»Weiß ich noch nicht so genau. Lassen Sie sich was einfallen. Bleiben Sie hinter mir.«

Sie gingen weiter bis zu einer Tür mit der Aufschrift »Archiv«. Juan drückte sie behutsam auf. Die Türangeln waren ausreichend geölt und gaben keinen Laut von sich. Juan duckte sich, schlüpfte durch den Türspalt und hielt den Colt schussbereit im Anschlag. Er ließ den Blick über die Regalreihen in dem langgestreckten Raum schweifen. Sie waren mit gebundenen Promotionsarbeiten und alten Büchern gefüllt.

Er tastete sich an einem Regal bis zu seinem Ende entlang, während Eric die andere Richtung einschlug. Juan warf einen Blick in den nächsten Regalgang und entdeckte Bazin, der hinter einem hochgewachsenen hageren Mann stand – offensichtlich war dies Schmidt, der Bibliothekar. Juan hätte nicht die geringsten Hemmungen gehabt, ohne Warnung auf einen Mörder wie Bazin zu schießen, aber er wurde nahezu vollständig durch Schmidt gedeckt, der Juan den Rücken zuwandte und die Arme erhoben hatte.

Bazin hielt den Bibliothekar mit einer Pistole in Schach. In der anderen Hand hielt er die broschierte Doktorarbeit.

Juan hatte keine Zeit, sich eine andere Schussposition zu suchen.

»Lassen Sie ihn laufen, Bazin!«, rief er, bereit, jeden Moment zu schießen.

Bazin drückte die Mündung seiner Pistole gegen die Schläfe des bebrillten Mannes und achtete darauf, dass sich der vor Angst erstarrte Bibliothekar ständig zwischen ihm und Juan befand. Bazins Gesicht wurde von Schmidts Kopf vollständig verdeckt. Selbst mit dem Crimson-Trace-Laservisier des Colts konnte Juan unmöglich einen Schuss riskieren. Der Ellbogen von Bazins Arm vollführte eine Bewegung, als verstaue der Haitianer die Doktorarbeit in seinem Mantel.

Außer ihnen hielt sich offenbar niemand sonst in dem Archiv auf.

»Sie sind schneller hier erschienen, als ich erwartet hätte, Cabrillo«, sagte Bazin, während er sich in Richtung der Tür am anderen Ende des Raums bewegte. Sein französischer Akzent war unverkennbar.

»Woher wussten Sie, dass ich herkommen würde?«

»Ah, das ist die entscheidende Frage, nicht wahr?« Bazin näherte sich Schritt für Schritt der Tür.

»Unser Kommunikationsnetz konnten Sie unmöglich angezapft haben, um das in Erfahrung zu bringen.«

»Das ist wirklich ein Rätsel. Die Brille zu benutzen, um meine Identität festzustellen, war clever.«

Juan behielt Bazin ständig im Visier, bereit, beim geringsten Fehler zu reagieren. Eric kauerte mit der C-4-Ladung und der Zündkapsel im Regalgang nebenan, aber Juan bedeutete ihm mit der Andeutung eines Kopfschüttelns, sich zurückzuhalten.

»Sie sollten sich darüber im Klaren sein, dass Sie es niemals schaffen werden, Deutschland lebend zu verlassen«, sagte Juan.

»Deshalb mache ich mir keine Sorgen.«

»Was bereitet Ihnen dann Sorgen?«

Bazin hatte die Tür fast erreicht. »Nicht viel, wenn einem meine Hilfsmittel zur Verfügung stehen.«

»Ich weiß, dass Sie für Lawrence Kensit arbeiten.«

»Und ohne diese Doktorarbeit ist das alles, was Sie jemals wissen werden.«

An der Wand neben der Tür hing ein auf Hochglanz poliertes Messingschild mit dem Namen der nächsten Abteilung. Juan konnte darauf das Spiegelbild von Bazins Gesicht erkennen. »Bazin, ich sehe Sie.«

Bazin sah ihn durch die Spiegelfläche an. »Sie müssen mich schon erschießen, wenn Sie mich schnappen wollen.«

»Das hatte ich eigentlich nicht vor.« Juan zielte mit dem Laservisier des Colts auf das Messingschild. Er wartete, bis Bazin ihn abermals grinsend anblickte, dann schaltete er den Laserstrahl ein.

Bazin stieß einen Schrei aus, als ihn der gleißende Lichtstrahl blendete, und ließ Schmidt los, der in panischer Angst auf Juan zurannte. Daher war es in diesem Moment unmöglich, einen sicheren Schuss anzubringen.

»Runter!«, brüllte Juan. Schmidt stolperte über seine eigenen Füße, stürzte, rutschte über den Fußboden und krachte mit dem Kopf gegen ein Stahlregal. Damit hatte Juan zum ersten Mal ein freies Schussfeld, um auf Bazin zu feuern, der immer noch vom Laserstrahl geblendet blinzelte.

Doch in dem Augenblick flog die Korridortür auf, und ein zweiter Haitianer stürmte herein, mit einer Pistole in jeder Hand wild um sich feuernd. Bazin war so clever gewesen, so lange zu warten, bis sich sein Komplize von hinten an Juan herangeschlichen hatte. Juan schaffte nicht mehr als zwei ungezielte Schüsse, ehe er in Deckung hechtete.

Gleichzeitig segelte die C-4-Ladung über das Regal und landete neben dem Haitianer mit den beiden Pistolen. Er betrachtete das Wurfgeschoss irritiert, ehe es explodierte.

Der Luftdruck schleuderte ihn wie eine Lumpenpuppe

gegen ein Regal, das ins Schwanken geriet, umkippte und in einem Dominoeffekt weitere Regale umriss.

Bazin nutzte diese Ablenkung und schlüpfte durch die Tür neben sich hinaus.

»Eric!«, rief Juan. »Sind Sie okay?«

»Alles klar. Mir sind nur ein paar Bücher auf den Kopf gefallen.«

Juan zog den gestürzten Bibliothekar auf die Füße und deutete auf Eric. »Helfen Sie ihm.« Schmidt nickte benommen, und Juan stürzte durch die Korridortür hinter Bazin her.

Bazin machte soeben Anstalten, in einen anderen Korridor abzubiegen. Als er Juan entdeckte, änderte er seine Laufrichtung und zerschoss das Glasfenster zum Atrium. Er sprang hindurch und auf einen Tisch und rannte an Studenten vorbei, die aufgeschreckt von der Explosion und den Schüssen zu den Ausgängen drängten.

Juan folgte ihm. Die flüchtenden Studenten im Hintergrund hinderten ihn daran, auf Bazin zu schießen, der sich von Terrasse zu Terrasse ins Parterre hinabschwang.

Juan befand sich eine Etage hinter ihm. Den Sprung auf die nächste Ebene führten sie gleichzeitig aus. Als Bazin in der Eingangshalle landete, mied er den Haupteingang, der von Studenten verstopft wurde, und stürmte stattdessen durch einen Notausgang.

Sekunden später folgte Juan seinem Beispiel und fühlte sich beinahe in polare Regionen versetzt. Heftige Windböen schüttelten ihn durch, und eisige Schneekristalle prasselten ihm ins Gesicht. Der einzige Vorteil dieses Wetters war, dass er erkennen konnte, wohin Bazin geflüchtet war.

Juan brauchte nur der Perlenschnur frischer Fußabdrücke zu folgen.

FÜNFUNDDREISSIG

MARTINIQUE

Max überwachte die Bergungsaktion von seiner Station des leitenden Ingenieurs im Operationszentrum aus. Den jüngsten Meldungen der Taucher auf der *Roraima* zufolge waren die zusammengebrochenen Stahlträger ausreichend abgestützt, sodass sie jetzt damit beginnen konnten, sich dort durch die Schiffstrümmer und die Schlammschicht zu wühlen, wo der Geigerzähler radioaktive Strahlung aufgezeichnet hatte und die Kameralinse gefunden worden war. Eddie und Linc waren soeben im Begriff, zu ihrem zweiten Tauchgang zu starten und sich an der Suche zu beteiligen. Falls dort unten noch unversehrte Fotobehälter die Zeit überdauert haben sollten, müssten sie relativ dicht unter der Wasseroberfläche zu finden sein, da sich die Passagierkabinen auf dem Oberdeck des Schiffes befanden.

»Max«, sagte Mark Murphy in einem ungewöhnlich beunruhigten Tonfall, »Sie sollten herkommen und sich das mal ansehen.«

»Nimmt die radioaktive Strahlung zu?«, fragte Max, während er das Operationszentrum durchquerte.

»Schlimmer. Ich habe gerade eine E-Mail bekommen.«

»Von wem?«

»Das ist Problem Nummer eins. Ich weiß es nicht.«

Als Max zu Murphs Station kam, erkannte er sofort das zweite Problem. Die E-Mail enthielt als Anhänge zwei Fotos. Das erste zeigte das Innere eines Touristen-U-Boots, in dem in zwei Sitzreihen Menschen Rücken an Rücken saßen, die Hände gefesselt und die Augen verbunden. Im Hintergrund war ein Transportfass aus Kunststoff zu sehen. Auf dem zweiten Foto war der Inhalt des Fasses zu erkennen. Es war genug Dynamit, um das U-Boot in tausend Stücke zu reißen.

Die Nachricht bestand aus einem einzigen Satz: *Bleibt weg, sonst sterben sie alle.*

Max starrte stirnrunzelnd auf den Bildschirm. »Sie wissen nicht, woher Sie das bekommen haben?«

Murph war völlig perplex und hob hilflos die Hände. »Dies ist mein privates Corporation-Konto. Niemand außer den Leuten auf diesem Schiff sollte die Adresse kennen.«

Dieser Einbruch war eine weitere Bestätigung dafür, dass ihr Sicherheitssystem geknackt worden war.

»Was meint er mit ›bleibt weg‹?«, fragte Murph.

Max wandte sich an Linda. »Zeigen Sie mir den Hafen.«

Auf dem Hauptbildschirm erschien der Videostream einer der Deckkameras. Sie schwenkte von links nach rechts, bis Max in einiger Entfernung ein merkwürdiges weißes Schiff entdeckte, das langsam auf sie zukam.

»Vergrößern.«

Linda zoomte das Objekt heran. Zu sehen war das HD-Bild eines Unterseeboots mit Katamaran-Schwimmkörpern auf beiden Seiten, das durch die bewegte See pflügte. Bewaffnete Männer in Nasstauchanzügen und Tauchausrüstung kauerten auf beiden Schwimmern zwischen mehr als einem Dutzend Fässer, ähnlich dem, dessen Bild Murph soeben in seiner E-Mail-Box gefunden hatte. Jedes der Fässer musste ebenfalls mit Dynamit gefüllt sein.

»Sie wollen die *Roraima* sprengen«, sagte Linda.

»Es macht mich ganz krank, dass Kensit offenbar genau weiß, was wir beabsichtigen und wo wir gerade sind«, sagte Murph.

Max pflichtete ihm bei. »Das war von langer Hand so vorbereitet. Sie haben nicht erst im letzten Moment eine Ladung Dynamit und ein gekapertes U-Boot in Marsch gesetzt. Sondern sie wussten mindestens genauso lange wie wir, dass wir herkämen.«

»Demnach weiß Kensit, was wir suchen«, stellte Murph fest. »Und die *Roraima* zu zerstören ist der einzige Weg, um zu verhindern, dass wir es finden.«

»Er muss zumindest in etwa wissen, wie weit unsere Fähigkeiten reichen. Deshalb haben seine Männer die Geiseln mitgebracht. Ihnen ist klar, dass wir sie mit Torpedos angegriffen hätten, sobald wir sie erkannt hätten.«

»Wir können nicht zulassen, dass sie das Schiff zerstören«, warnte Murph. »Wir würden Kensit niemals aufstöbern können, wenn das geschieht.«

»Welche taktischen Optionen haben wir?«

»Angriffswaffen kommen angesichts der Geiseln im U-Boot nicht in Frage.«

»Und sie mit Tauchern anzugreifen scheidet ebenfalls aus«, sagte Linda. »Selbst bei der unruhigen See würde man sie sofort entdecken, ehe sie dem U-Boot gefährlich werden könnten. Sie würden jeden an Bord töten, sobald wir uns bis auf einhundert Meter genähert hätten.«

»Wahrscheinlich werden sie sowieso jeden töten, der sich im Boot befindet«, erwiderte Murph. Nach dem zu urteilen, was Max von Kensits und Bazins Operationen wusste, bestand kein Zweifel, dass die Geiseln in größter Gefahr schwebten, ganz gleich, was der Corporation als Gegenmaßnahme einfallen mochte.

»Irgendetwas müssen wir tun«, sagte Murph.

»Wie wäre es, wenn wir …«, begann Max und verstummte dann. Er hatte plötzlich eine Idee, die vielleicht funktionierte, aber wenn jemand ihre Unterhaltung belauschte, müsste er das Risiko eingehen, genau dies auszunutzen, ohne sich mit jemandem darüber zu beraten.

»Wie wäre es, wenn wir *was*?«, fragte Murph.

Max schüttelte den Kopf, als hätte er den Gedanken bereits als nutzlos verworfen. »Nichts. Es ist zu verrückt. Wir müssen uns zurückziehen.«

»Und zulassen, dass sie die Beweise vernichten, die wir so dringend brauchen?«

»Wir haben keine Wahl«, sagte Max und hoffte, dass er überzeugend klang. Er rief den Moon Pool an. »Gebt mir Eddie.«

Als Eddie sich meldete, sagte Max: »Wir bekommen Gesellschaft – ein halbes Dutzend Feinde auf einem U-Boot, das Dynamitfässer transportiert.«

»Aber fünf von unseren Männern sind unten in der *Roraima*. Sie kommen in Kürze zu ihren Dekompressionspausen nach oben.«

»Ich weiß. Im U-Boot befinden sich Geiseln, daher müssen wir dafür sorgen, dass ihnen nichts zustößt. Sie und Linc sollen als Vorsichtsmaßnahme SPPs mitnehmen.«

Eddie klang verwirrt. »Als Vorsichtsmaßnahme?«

»Tut mir leid, aber mehr kann ich im Augenblick nicht dazu sagen. Wenn Sie unten sind, schicken Sie Ihre Leute herauf, und Sie beide halten sich im PUH bereit.« Max hoffte, dass das Portable Underwater Habitat Eddie und Linc eine sichere Zuflucht bot. »Warten Sie auf mein Zeichen, dass die Geiseln nicht mehr in Gefahr sind. Sie können es unmöglich überhören. Sie haben nur noch zehn Minuten Zeit, bis das U-Boot hier ist, also beeilen Sie sich.«

»Okay, verstanden.« Eddie meldete sich ab.

»SPPs?«, fragte Murph. »Aber Sie meinten doch …«

Max unterbrach Murph, ehe er mehr sagen konnte. »Sie

müssen mir vertrauen.« Er wandte sich an die restlichen Anwesenden im Operationszentrum. »Wir werden nicht zulassen, dass diese Geiseln getötet werden. Verstanden?«

Alle nickten zwar, aber Max erkannte, dass sie verwirrt waren.

Sie vertrauten ihm jedoch. Deshalb fragte niemand nach, weshalb er Eddie und Linc mit SPP-1-Unterwasserpistolen, die tödliche Stahlpfeile verschossen, auf Tauchstation geschickt hatte. Die SPP-1 war eine Waffe, die eigens für Spezialeinheiten der Sowjetunion entwickelt worden und auf verschlungenen Wegen auch in den Besitz der Corporation gelangt war.

Zumindest wusste die Mannschaft jetzt, dass Max seine Männer in den Kampf schickte.

SECHSUNDDREISSIG

BERLIN

Juan folgte den Fußspuren um das Gebäude herum, wo sie unter dem Bahnsteig einer Hochbahn verschwanden, der an dieser Stelle die Straße überdachte. Am anderen Ende konnte er Bazins Silhouette erkennen, als dieser zu einem geparkten Mercedes SUV hinüberrannte. Er schwang sich hinein, startete den Motor und raste direkt auf Juan zu.

Juan feuerte zwei Schüsse auf die Windschutzscheibe ab, ehe er sich zur Seite rollte. Beide Kugeln verfehlten den Haitianer jedoch. Juan raffte sich auf und sprintete zu dem Audi, der vor der Bibliothek parkte.

Er erreichte ihn gleichzeitig mit Eric, der sich durch die Schar der Studenten geschlängelt hatte, die sich mittlerweile vor dem Eingang der Bibliothek angesammelt hatte. Juan deutete auf das SUV, von dem nicht viel mehr als die Rücklichter zu sehen waren. »Bazin geht uns durch die Lappen! Wir müssen an ihm dranbleiben!«

Das schlüssellose Eingangssystem zirpte, Juan ließ den Motor an und legte den Gang ein, ehe Eric die Tür auf der Beifahrerseite geschlossen hatte. Die Reifen fraßen sich in den Schnee, und Juan streifte den Wagen vor ihnen mit einem hässlichen metallischen Knirschen, als er den Audi aus der Parklücke lenkte.

Der Mercedes bog schlingernd um die nächste Straßenecke und verschwand außer Sicht. Juan trat das Gaspedal bis aufs Bodenblech durch. Der Audi wurde trotz der herrschenden Straßenglätte von seinem Vierradantrieb förmlich nach vorn katapultiert.

Der Mercedes war zwar schwerer und hatte eine bessere Bodenhaftung, aber der Audi konnte den Vorteil des Vierradantriebs nutzen. Juan kam bis auf einen halben Block an den Mercedes heran, ehe dieser wild hin und her schlingernd durch ein Gewirr von Seitenstraßen raste, um die Verfolger abzuschütteln.

Auch wenn nur wenig Verkehr herrschte, waren noch immer zahlreiche Fahrzeuge unterwegs, denen sie ausweichen mussten. Der Mercedes touchierte beim Überholen einen Volvo, sodass dieser auf die Fahrspur des Audi geschoben wurde. Juan riss das Lenkrad herum, um eine Kollision mit dem Wagen, dessen Fahrer wüste Flüche ausstieß und ihnen mit der Faust drohte, zu vermeiden.

»Wenn wir ihn nicht aufhalten, fährt er am Ende noch jemanden über den Haufen«, sagte Eric.

»Ich arbeite daran«, knurrte Juan mit zusammengebissenen Zähnen.

Sie bogen um die nächste Straßenecke. Der Mercedes schrammte an einigen geparkten Fahrzeugen entlang, Juan vollführte mit dem Audi einen perfekten Four-Wheel-Drift und schloss hautnah zu seinem Vordermann auf. Er zielte mit der Nase seines Audi auf den rechten hinteren Kotflügel des SUV und riss das Lenkrad nach links. Der Mercedes brach zur Seite aus, jedoch reichte sein Heckantrieb aus, um ihn zu stabilisieren und ein Ausbrechen zu verhindern.

Der Audi fiel zurück, und Juan musste heftig gegenlenken, um den unsanften Kontakt mit einem Lampenmast zu vermeiden. Schnell gewann der Mercedes einen Vorsprung von zwei Wagenlängen.

Auf die eine oder andere Weise musste Juan der Verfolgungsjagd ein Ende machen. Er ließ das Seitenfenster nach unten fahren, zückte den Colt und zielte auf einen Hinterreifen des SUV. Er drückte dreimal ab. Der dritte Schuss traf, und der Reifen platzte mit einem dumpfen Knall.

Die nackte Felge fraß sich in den Schnee, fand keinen Halt, und das Heck des Mercedes schlug unkontrolliert hin und her. Während Juan den Arm zurückzog, schlitterte der Audi über einen vollkommen vereisten Straßenabschnitt, und Juan musste für einen Moment das Tempo drosseln, um den Wagen wieder unter seine Kontrolle zu bringen. Sofort vergrößerte sich der Vorsprung des Mercedes um mindestens eine halbe Blocklänge. Juan gab wieder Vollgas, um aufzuholen.

Bazin näherte sich einer Verkehrsampel, die Rot zeigte, machte aber keinerlei Anstalten, langsamer zu fahren. Eine gelbe Straßenbahn näherte sich von links der Straßenkreuzung. Die Wagen der Stadtbahn fuhren auf Schienen, die ins Pflaster eingelassen waren. Ihre insgesamt sieben Triebwagen waren wesentlich schwerer als herkömmliche Nahverkehrsbusse und brauchten viel länger, um zum Stehen zu kommen, vor allem auf Gleisen, die durch Schnee und Eis nahezu jegliche Reibung eingebüßt hatten.

Bazin beschleunigte in einem verzweifelten Versuch, die Kreuzung zu überqueren, ehe die Straßenbahn sie erreichte. Die drei heilen Reifen arbeiteten sich durch den Schnee, doch die nackte Felge rotierte haltlos und bremste die Fahrt des SUV.

Er schaffte es nicht.

Die Straßenbahn erwischte das hintere Ende des SUV und verfehlte die Fahrertür nur um wenige Zentimeter. Der Mercedes wurde fast auf die Hälfte seiner Breite reduziert und beschrieb eine elegante Pirouette durch die Luft. Die Straßenbahn hingegen erzitterte von dem Zusammenprall kaum.

Juan wollte nicht das Schicksal seines Widersachers teilen. Er zog das Lenkrad nach links und streichelte mit dem Fuß das Gaspedal, um den Kontakt zur Straße zu behalten. Dank der Griffigkeit aller vier Räder gelangte der Audi kontrolliert und nur wenige Zentimeter hinter der abbremsenden Straßenbahn über die Kreuzung. Dann trat Juan aufs Bremspedal, und das Antiblockiersystem ratterte, als es den Wagen etappenweise stoppte, während er in Richtung einer Brücke schlingerte, die über die Spree führte.

Die Schrägfahrt über die Fahrbahn und das zusätzliche Tempo trugen den Audi über eine Böschung und in einen Park hinein, der sich neben der Brücke am Fluss entlangzog. Der Schnee auf dem Schräghang war deutlich tiefer, und wenn der Wagen erst einmal stand, würde Juan ihn ohne Hilfe durch einen Abschleppwagen nicht mehr in Gang bringen. Er nahm daher den Fuß von der Bremse, gab abermals Gas und riskierte einen Sturz in den eisigen Fluss.

Nach einer wilden Zickzackfahrt durch den Park rauschte er durch eine Sperrkette und gelangte wieder auf die Straße. Sofort lenkte er den Wagen zurück zum Unfallort.

Seine Fahrt hatte Juan so um den gesamten Block herumgeführt, dass er sich der nunmehr stehenden Straßenbahn von hinten näherte. Sie war von einem Durcheinander zahlreicher Fahrzeuge umringt, die Juan nicht näher als bis auf einen halben Block heranfahren ließen, ehe er ebenfalls anhalten musste.

Er stieß die Tür auf, sprang hinaus und rannte zur Unfallstelle. Die Straßenbahnpassagiere waren auf Geheiß des Fahrers fluchtartig ausgestiegen. Von der Sorge um das Wohl der ihm anvertrauten Fahrgäste befreit, half er Bazin, aus dem demolierten Fahrzeug zu klettern. Selbst noch aus dieser Entfernung konnte Juan erkennen, dass sich jeder Airbag aufgebläht und ihn vor schlimmeren Verletzungen bewahrt hatte.

Bazin stieß den Straßenbahnfahrer beiseite und entfernte sich mit anfangs unsicheren Schritten vom Wrack seines Fluchtfahrzeugs. Er inspizierte prüfend die Menge, bis seine und Juans Blicke sich trafen, dann betrachtete er kurz den Verkehrsstau, ehe er die Straßenbahn in Augenschein nahm. Er duckte sich, um die in unterschiedlichen Stadien des Schocks herumstehenden Passagiere als Deckung zu nutzen, und gelangte in den Straßenbahnwagen. Dieser setzte sich trotz der lautstarken Protestrufe des Fahrers in Bewegung. Dieser versuchte, ebenfalls wieder einzusteigen, doch die Türen schlossen sich vor seiner Nase.

Juan rannte neben der Straßenbahn, die stetig Fahrt aufnahm, her, schoss dreimal auf die Glastür am hinteren Ende und zerschmetterte sie. Er verstaute die Pistole in der Tasche und griff mit beiden Händen zu, während seine Füße auf eine Eisfläche trafen. Er rutschte aus und wurde von der Straßenbahn mitgeschleift, wobei sich die Reste des Sicherheitsglases im Rahmen der Türscheibe in seine Handflächen bohrten.

Mit aller Kraft zog sich Juan durch die leere Fensteröffnung der Tür. Sobald er auf dem Boden des Fahrgastraums landete, prallten Kugeln als Querschläger in der Nähe seines Kopfs von der Seitenwand ab. Er ging hinter der Lehne des nächsten Sitzes in Deckung und erwiderte das Feuer. Allerdings wurde Bazin von der Fahrerkabine weitgehend geschützt. Juan zog an der Notbremse über der hinteren Einstiegstür, aber Bazin neutralisierte diesen Befehl offenbar.

Der Haitianer lehnte sich aus dem Führerstand und feuerte zwei weitere Schüsse ab. Mit seinen letzten beiden Kugeln versuchte Juan ebenfalls sein Glück, verfehlte Bazins Kopf jedoch um wenige Zentimeter. Abermals streckte Bazin den Kopf nach draußen, aber der Schlitten seiner Pistole verharrte in seiner gespannten Position, ein Zeichen, dass auch Bazin die Munition ausgegangen war.

In diesem Moment stellte er, wie es Juan schien, die Tasche des Straßenbahnfahrers auf das Totmann-Bremspedal – und setzte damit diese Sicherung, die den Straßenbahnzug zum Stehen bringen sollte, falls der Fahrer aus welchen Gründen auch immer nicht mehr in der Lage war, die Kontrollen zu bedienen, außer Kraft. Obgleich Bazin den Führerstand verließ, fuhr die Straßenbahn in entsprechend rasender Geschwindigkeit durch die Straßen und fegte jedes Fahrzeug auf ihrem Kurs beiseite. Bazin riss den Feuerlöscher im Führerhaus aus seiner Halterung, ging zum nächsten großen Seitenfenster und schmetterte den Löschschaumkanister gegen die Glasscheibe. Er hatte offenbar die Absicht, abzuspringen und Juan im führerlosen Straßenbahnwagen zurückzulassen, der sich mit Höchstgeschwindigkeit einer T-Kreuzung näherte. Wenn sich der Wagen nicht vor der Kurve stoppen ließ, würde er aus den Schienen springen und mit sechzig Stundenkilometern geradeaus in die Eingangshalle eines Bürogebäudes pflügen.

Juan stürmte vorwärts, warf sich auf Bazin und bekam den Arm des Söldners zu fassen, ehe er sich durch das Seitenfenster rollen konnte. Bazin hing mit dem Oberkörper weit aus dem Fensterrahmen.

»Nicht bevor ich dies zu fassen kriege«, sagte Juan und stieß eine Hand in Bazins Mantel. Seine Finger berührten die Kante der broschierten Doktorarbeit und zogen sie heraus.

Bazin griff jedoch ebenfalls nach dem gebundenen Dokument und klappte es auf. Er lehnte sich weiter hinaus, und Juan konnte sein Gewicht nicht mehr mit einer Hand halten. Bazin stürzte ab, immer noch die Hälfte des Textes in der Hand. Die Broschüre riss in der Mitte der Bindung, sodass Juan nur noch die andere Hälfte in der Hand hielt.

Er beobachtete, wie Bazin landete, durch den Schnee rollte und dann aufsprang, um im Laufschritt in einer Seitenstraße zu verschwinden. Juan rannte zum Führerstand der Bahn, entfernte mit einem Fußtritt die Tasche vom Sicherheitspedal und schlug mit der flachen Hand auf einen roten Knopf, in dem er den Auslöser der Notbremse vermutete.

Ein schrilles Kreischen ertönte, ein Ruck lief durch die Bahn, und sie rutschte schlingernd über die Gleise. Mit immerhin noch dreißig Stundenkilometern erreichte sie die Kurve. Dabei neigte sie sich zwar zur Seite, entgleiste jedoch nicht und kam auf halber Kreuzung zum Stehen.

Juan öffnete die Einstiegstür, während Eric mit dem Audi neben dem Straßenbahnwagen bremste.

»Alles okay?«, erkundigte er sich, während Juan einstieg.

»Mir geht's gut«, antwortete Juan verärgert, »aber Bazin konnte fliehen.«

»Mit dem Text?«

»Nur mit der Hälfte.« Er zeigte Eric das zerrissene Dokument.

»Ich kann im Flugzeug mit der Übersetzung anfangen. Wenn wir Glück haben, ist genug vorhanden, um zu rekonstruieren, woran Kensit gearbeitet hat.«

»Wir sollten schnellstens zum Flughafen zurückkehren, ehe wir geschnappt werden und der Berliner Polizei alle möglichen unbequemen Fragen beantworten müssen.«

Eric gab Gas, während das Heulen der Polizeisirenen mit zunehmender Lautstärke von den Häuserwänden widerhallte.

SIEBENUNDDREISSIG

MARTINIQUE

»Das U-Boot ist noch etwa dreißig Meter vom Bug der *Roraima* entfernt«, meldete Linda nach einem Blick auf die Anzeige des Passivsonars.

»Was ist mit den Tauchern?«

»Alle sicher im Moon Pool«, antwortete Hali. »MacD meinte, etwas entdeckt zu haben, das aussieht wie eine Ecke des Fotobehälters, aber sein Luftvorrat war erschöpft, ehe er seinen Fund ausgraben konnte.«

»Kann Little Geek das nicht übernehmen?«

»Er sagte, Little Geek könne dort nicht operieren. Es sei ein ziemlich enger Winkel gewesen, in den er lediglich mit einem Arm hineingreifen konnte. Er sagte, er habe Eddie, während er auftauchte, die Position genau beschrieben.« Die Vollgesichtsmasken gestatteten ihnen unter Wasser eine direkte Kommunikation.

»Wo sind Eddie und Linc zurzeit?«, wollte Max von Murph wissen, der immer noch mit der Steuerung Little Geeks beschäftigt war.

»Die Kamera zeigt sie innerhalb des Portable Underwater Habitats«, antwortete Murph. »Sie dürften vom U-Boot aus nicht zu sehen sein.« Das PUH war eine aufblasbare Kunststoffgewebekuppel, die an der *Roraima* verankert war und eine Luftblase enthielt, die den Tauchern mit Atemgeräten eine Möglichkeit bot, sich auszuruhen, die weiteren Etappen des Tauchgangs zu besprechen oder sogar einen Schluck Wasser zu trinken.

Max wusste, dass die Neugier zu erfahren, weshalb sie da unten ausharrten, Murph beinahe umbrachte. Aber er war froh, dass Murph gleichzeitig klug genug war, keine bohrenden Fragen zu stellen.

Das vordere Ende des U-Boots war im Begriff, sich mit gut fünf Metern Abstand über das sich allmählich auflösende Wrack der *Roraima* zu schieben. Max konnte nicht länger warten. Näher würde das U-Boot nicht an die *Oregon* herankommen, ehe die Männer auf den Schwimmern begannen, die Dynamitfässer abzuwerfen.

»Linda, treffen Sie Vorbereitungen, einen einzelnen Ping zu senden.«

Alle Blicke richteten sich auf Max. Für Linda kam der Befehl wie ein Schock. »Aber Eddie und Linc …«

»Sind innerhalb des PUH in Sicherheit« – *hoffe ich,* dachte Max, sagte es jedoch nicht. »Es ist die einzige Möglichkeit, die Geiseln zu retten, die mir eingefallen ist. Tut mir leid, dass ich es Ihnen nicht schon früher erklären konnte, aber wenn unser Sicherheitssystem tatsächlich geknackt wurde, möchte ich nicht, dass irgendwelche Lauscher erfahren, was ich geplant habe.«

Linda signalisierte ihr volles Verständnis mit einem Kopfnicken und legte einen Finger auf den Knopf, mit dem bei Bedarf ein Sonarping aktiviert wurde.

Ein Passivsonar spürt Unterwasserfahrzeuge mittels der Geräusche auf, die von dem jeweiligen Fahrzeug selbst erzeugt werden. Ein Aktivsonar sendet dagegen Signale aus, die reflektiert werden und ein Bild des jeweiligen Objekts liefern, ähnlich wie Delfine, wenn sie mit ihren typischen Klicklauten bei der Jagd Fischschwärme aufspüren. Delfine verwenden solche Klicklaute außerdem, um Fische zu betäuben. Mit 220 Dezibel sind diese Echolotsignale die lautesten, die von einem Tier erzeugt werden können.

Der aktive Sonarping der *Oregon* erreichte eine Lautstärke von 240 Dezibel. Wenn ein Taucher das Pech hatte, sich in nächster Nähe eines Senders aufzuhalten, wenn ein solcher Ping ausgelöst wurde, würden seine inneren Organe sich regelrecht auflösen und seinen sofortigen Tod herbeiführen. Das U-Boot war dreihundert Meter weit entfernt, daher würde der Ping die Taucher lediglich betäuben. Es wäre so, als sei in ihrer Nähe eine Blendgranate gezündet worden. Eddie und Linc wären innerhalb des PUH geschützt, weil sich ihre Lungen und Ohren dort außerhalb des Wassers befänden und der Schalldruck beim Übergang von Wasser in Luft erheblich reduziert würde. Die Geiseln wären aus dem gleichen Grund nicht akut gefährdet. Zudem gewännen Eddie und Linc einige Minuten Zeit, um die kurzfristig orientierungslosen Taucher auf dem U-Boot anzugreifen.

Das war zumindest der Plan.

Das U-Boot machte nur langsame Fahrt, wahrscheinlich um die Dynamitfässer in gleichmäßigen Abständen rund um das Wrack der *Roraima* abladen und verteilen zu können.

»Linda«, sagte Max, »es wird Zeit für unsere Überraschung.«

Das ohrenbetäubende Pingsignal erklang und war sogar im Operationszentrum zu hören.

»Hoffentlich kommt die Botschaft bei euch an, Leute«, murmelte Max so leise, dass niemand der Anwesenden es hören konnte.

* * *

Eddie und Linc hatten sich darüber unterhalten, weshalb sich Max so rätselhaft ausgedrückt hatte, als der Ping die Kuppel derart heftig traf, dass sie sich für einen kurzen Moment verformte. Der Impuls war auch innerhalb des

PUH noch laut genug, um ein Klingeln in ihren Ohren zu erzeugen. Eddie wagte nicht, sich vorzustellen, welche Lautstärke unter Wasser erreicht wurde.

»Das muss das Zeichen sein, von dem Max gesprochen hat«, entschied Linc.

Eilig setzten sie die Tauchmasken auf und zückten ihre SPP-1-Unterwasserpistolen. »Nimm du die Backbordseite des U-Boots, ich kümmere mich um die Steuerbordseite. Wir sollten davon ausgehen, dass die Kerle auf dem Boot bewaffnet sind.« Die SPPs konnten nicht ohne weiteres nachgeladen werden, daher hatte jeder zwei Pistolen mit je vier Pfeilen zur Verfügung. Der Nachteil war, dass die Waffen in dieser Wassertiefe eine wirksame Höchstschussweite von lediglich sieben Metern hatten.

Sie tauchten ab, verließen das PUH und sahen das weiße U-Boot knapp zwanzig Meter über ihnen durchs Wasser gleiten. Jenseits der teilweise noch intakten Stahlträger der *Roraima* konnte Eddie die Silhouette eines Tauchers erkennen, der – von der sonaren Attacke außer Gefecht gesetzt – orientierungslos durchs Wasser taumelte.

Ein Objekt schwebte zu ihnen herab. Es sah aus wie eine Wasserbombe, was bedeutete, dass es sich vermutlich um eines der Fässer handelte, die Max erwähnt hatte. Es krachte gegen einen verrosteten Stahlträger, der nachgab, wegknickte und in seine Bestandteile zerfiel. Ein Bündel Schrott landete auf dem Fass. Es war nur gut fünf Meter von der Stelle entfernt, wo MacD das Objekt geortet hatte, von dem er annahm, dass es der Blechbehälter mit den gesuchten Fotoplatten war.

Jetzt war allerdings nicht der Zeitpunkt, um die Suche fortzusetzen. Ihre vordringliche Aufgabe bestand darin, die Bedrohung durch die Taucher zu eliminieren, die die U-Boot-Touristen in ihre Gewalt gebracht hatten. Eddie und Linc glitten mit kraftvollen Beinschlägen durch das

Wasser, um ihre Gegner abzufangen, ehe sie wieder Herr ihrer Sinne waren.

Linc schwenkte zur Backbordseite des U-Boots ab, während Eddie direkt auf den Taucher zuschwamm, der immer noch die Hände auf seine Ohren presste. Das Blut von den geplatzten Trommelfellen des Mannes verfärbte das Wasser im Bereich seines Kopfes. Er sah Eddie auf sich zukommen und versuchte, eine kleine Harpune in Anschlag zu bringen, die mit einer Schlinge an seinem Handgelenk befestigt war. Aber Eddie jagte zwei Stahlpfeile in seine Brust, ehe er abdrücken konnte. Eine Blutfahne zerfaserte im Wasser, und dann wurde sein Körper schlaff.

Eddie schwamm weiter zum U-Boot, wo soeben das nächste Fass über den Rand der Heckplattform gerollt wurde. Er fing es mit der Schulter auf und drückte es zurück, ehe es in den freien Fall übergehen konnte.

Der Taucher neben dem Fass, der in seinem benommenen Zustand Mühe gehabt hatte, es abzuladen, war von Eddies plötzlichem Erscheinen sichtlich geschockt. Er wich hektisch zurück und schaffte es gerade noch, den Auslöser seiner Harpune zu betätigen, als sich Eddies Geschoss durch seine Maske bohrte. Sein Speer prallte ohne Schaden anzurichten gegen den Schwimmer des U-Boots.

Eddie untersuchte den Taucher flüchtig und entdeckte die Kombination aus Knochenleitkopfhörer und -mikrofon, die am Kopfgurt seiner Tauchmaske befestigt war. Selbst mit geplatztem Trommelfell könnte er damit ein Signal »hören«, das von einem anderen Taucher gesendet wurde. Eddie musste davon ausgehen, dass alle Taucher in gleicher Weise ausgerüstet waren.

Er wandte sich um und entdeckte am Bug einen dritten Taucher. Dieser achtete nicht auf ihn, sondern fummelte an einem Objekt herum, das er in einer Hand hielt. Das Licht, das aus dem Innern des U-Boots nach außen drang, reichte für Eddie aus, um das Objekt als Sprengstoffhohlladung zu identifizieren. Der Taucher musste die Meldung erhalten haben, dass sie angegriffen wurden, und versuchte offenbar, das U-Boot zu zerstören.

Eddie schwamm mit schnellen Flossenschlägen auf ihn zu, eine SPP-1 im Anschlag. Er feuerte aus zehn Metern Entfernung, doch der Pfeil prallte mit einem stählernen Klirren gegen den Rumpf des U-Boots. Er ließ die Pistole fallen und hakte die Ersatzwaffe von seinem Gürtel los. Er schickte alle vier Pfeile in schneller Folge auf die Reise – in der Hoffnung, dass wenigstens einer sein Ziel fand, ehe der Taucher die Bombe scharf machen konnte.

Drei Pfeile trafen, einer den Arm und zwei den Oberkörper, aber auf diese Entfernung reichte ihre Wirkung nicht aus, um den Mann außer Gefecht zu setzen. Der Taucher klebte den Plastiksprengstoff auf den Bootsrumpf und betätigte den Auslöser.

Es war nur eine kleine Explosion, aber sie war wirkungsvoll. Sie zerriss den Taucher und schleuderte Eddie zurück. Er schüttelte den Kopf, um eine kurze Benommenheit zu vertreiben, und sah, dass der Bootsrumpf unversehrt geblieben war. In seiner Eile und Verwirrtheit hatte der Taucher die Sprengladung mit dem Magneten auf dem Rohr mit den Stromleitungen platziert, das über den Rumpf verlief, und nicht direkt auf den Rumpfplatten.

Der Rumpf wies lediglich eine tiefe Delle auf, und aus dem Leitungsrohr war ein Stück herausgerissen worden. Anzeichen für ein Leck konnte Eddie nicht erkennen.

Er schwamm zur Cockpitkuppel und klopfte dagegen. Erschrocken blickte der Pilot zu ihm hoch. Eddie gab ihm mit dem Daumen das Zeichen zum Auftauchen, aber der Pilot schüttelte den Kopf und sprudelte französische Worte hervor. Er deutete auf den Explosionsherd und anschließend auf seine Armaturentafel. Eddie brauchte die fremde

Sprache nicht zu beherrschen, um zu begreifen, dass die Explosion das U-Boot lahmgelegt hatte.

Er untersuchte den Explosionsbereich und fand dort mehrere lose Drähte, die aus dem Rumpf herausragten. Aus eigener Kraft könnte sich das U-Boot wohl nicht mehr vom Fleck bewegen.

Der Pilot verließ seinen Platz im Cockpit und begab sich in die Passagierkabine. Eddie schwamm außerhalb des Tauchboots neben ihm her. Der Pilot befreite einen jungen Mann, der einen benommenen Eindruck machte, von seinen Fesseln und ging zu dem Dynamitfass. Eddie erkannte zu seinem Schrecken, dass er die Absicht hatte, es zu öffnen, ohne zu wissen, ob er damit möglicherweise eine Sprengfalle auslöste.

Er trommelte gegen das Fenster, um den Piloten auf sich aufmerksam zu machen. Eddie schüttelte heftig den Kopf und deutete mit seinen Händen eine Explosion an. Der Pilot verstand die Botschaft und wich von dem Fass zurück. Er kam zum Fenster, deutete auf das Fass und anschließend auf seine Armbanduhr. Dann spreizte er dreimal die Finger seiner rechten Hand.

Eddie nickte. Also fünfzehn Minuten, bis das Fass explodierte.

Linc kam in Sicht. Eddie winkte ihn zu sich herüber, und dann pressten sie ihre Tauchmasken gegeneinander.

»Ich habe an Backbord drei von den Kerlen abserviert«, sagte Linc. Er entdeckte die Delle im Bootsrumpf und die zerfetzten Leitungsdrähte. »Das wird wohl die Detonation gewesen sein, die ich vorhin gehört habe.«

»Das Boot liegt fest. Der Schaden ist zu groß«, sagte Eddie. »Außerdem bleiben uns nur fünfzehn Minuten, bis alles hochgeht inklusive der Ladung in der *Roraima*.«

»Wir können wohl kaum hier unten die Luke öffnen, um die Passagiere zu evakuieren.«

»Selbst wenn es möglich wäre, würden alle ertrinken, ehe wir sie an die Wasseroberfläche gebracht hätten.«

»Richtig. Schwimm du zurück zur *Oregon*. Wir brauchen Hilfe, um das U-Boot zu heben.«

»Und was ist mit dir?«

»Ich versuche, den Fotobehälter zu bergen, ehe die Bombe explodiert.«

»Ich komme schnellstens mit der Kavallerie zurück«, versprach Linc und entfernte sich mit wuchtigen Flossenschlägen in Richtung *Oregon* und Moon Pool.

Eddie wandte sich zum Fenster um und blickte in das verzweifelte Gesicht des Bootsführers.

»Aidez-nous«, formte der Mann mit den Lippen.

Eddie verstand auf Anhieb. *Helfen Sie uns.*

Er lächelte und machte mit Daumen und Zeigefinger das internationale Okay-Zeichen. *Hilfe ist unterwegs.*

Dann tauchte er zur *Roraima* hinab.

* * *

Während Linc eilig zur *Oregon* zurückkehrte, verfolgten Max und die übrigen Anwesenden im Operationszentrum seinen Weg auf dem großen Schirm, auf dem die Bilder der Unterwasserkamera zu sehen waren, die den Bereich unterhalb des Moon Pools überwachte. Linc war zum Glück nicht allzu lange auf Tauchstation gewesen, sodass er keinen Dekompressionsstopp einlegen musste und direkt in den Moon Pool aufsteigen konnte.

Max rief ihn über die Sprechanlage, ehe er auch nur einen Fuß aufs Trockene gesetzt hatte.

»Wo ist Eddie?«, fragte Max.

»Er versucht, die Fotoplatten zu bergen«, antwortete Linc. Der von Little Geek übertragene Videostream zeigte, dass Eddie dichte Schlammwolken aufwirbelte, während er sich durch das Wrack wühlte. »Aber wir haben ein größeres Problem. Das Fass im U-Boot wird in dreizehn Minuten hochgehen, und die Kontrollen des Bootes sind nicht mehr zu gebrauchen. Es sitzt mitsamt seinen Insassen da unten fest.«

Angesichts einer derart kurzen Zeitspanne konnte sich Max nicht den Luxus erlauben zu überlegen, auf welche Weise sich ein manövrierunfähiges U-Boot bergen ließ: indem man es entweder aus eigener Kraft aufsteigen ließ oder es aus dem Wasser zog. Man müsste genau festlegen, an welchen Punkten Luftsäcke angebracht und aufgeblasen werden müssten, um das Boot an die Wasseroberfläche zu holen, ohne dass es kenterte. Am besten wäre es, einen der Deckkräne einzusetzen und es ans Tageslicht zu holen. Dabei brauchten sie es noch nicht einmal vollständig aus dem Wasser zu hieven. Es würde ausreichen, es so weit anzuheben, dass die Ausstiegsluke geöffnet werden konnte, ohne die Insassen der Gefahr des Ertrinkens auszusetzen.

»Linda«, sagte Max, »bringen Sie uns direkt über das U-Boot. Jemand soll den ersten Kran in Gang setzen, und wir brauchen Taucher, um die Seile am Havaristen zu befestigen.« Er funkte Linc Instruktionen hinunter, wo die Seile vertäut werden mussten.

Linda begab sich zum Ruderstand. Es brauchte kein Anker gelichtet zu werden, weil die *Oregon* mit Hilfe ihrer Strahlruder in Position gehalten wurde. Linda bugsierte das Schiff behutsam in Richtung *Roraima,* sodass sich der Ausleger des Krans direkt über dem U-Boot befand.

Sobald die Taucher im Wasser waren und Linc bei den Vorbereitungen halfen, befahl Max, die Tore des Moon Pools zu schließen. Er wollte nicht, dass den Geiseln diese ungewöhnliche Einrichtung auffiel, wenn sie auf ihrem Weg nach oben den Rumpf der *Oregon* passierten.

Dass das Touristen-U-Boot weitere Schäden davontragen könnte, bereitete ihm nur geringe Sorgen. Schnelligkeit war jetzt von lebenswichtiger Bedeutung. Auf sein Geheiß wurde mit dem Kranhaken eine Kamera ins Wasser abgelassen, damit er verfolgen konnte, was an Bord des Tauchboots geschah. Fünf Minuten später signalisierte Linc mit Handzeichen, dass sich die Haken an Ort und Stelle befanden. Max gab den entscheidenden Befehl, und die Winde spulte das Seil auf, spannte es, und das U-Boot wurde angehoben. Die Taucher kauerten auf dem U-Boot und wurden mit ihm hochgezogen, während sich Linc aus dem Sichtfeld der Kamera entfernte. Gleichzeitig wurde ein Rettungsboot zu Wasser gelassen, um die Geiseln aufzunehmen.

Während das U-Boot seinen Aufstieg fortsetzte, informierte sich Max bei Murph über den Stand von Eddies Bemühungen. Dichte Schlammwolken verdüsterten das Bild, das die Kamera des kleinen ROV lieferte, und zeigten an, dass Eddie noch immer auf der Suche war.

»Was ist das?«, fragte Max, als er eine Bewegung am oberen Rand des Bildschirms wahrnahm. Er tippte zuerst auf Linc, der im Begriff war, Eddie zu Hilfe zu kommen. Stattdessen war es aber ein Stahltrümmer, der durch das abstürzende Dynamitfass aus seiner Verankerung gerissen worden sein musste.

Ein eisiger Schauer lief Max über den Rücken. »Warnen Sie ihn!«

»Dazu reicht die Zeit nicht«, erwiderte Murph und lenkte Little Geek in den Weg des absinkenden Trümmerteils. Sekunden später sackte das ROV abwärts, und der Bildschirm verdunkelte sich.

Max und Murph sahen einander hilflos an, aber es gab nichts, was sie in diesem Augenblick hätten tun können. Sie mussten sich jetzt darauf konzentrieren, die Geiseln aus dem Touristen-U-Boot in Sicherheit zu bringen.

»Zeit?«, fragte Max.

Hali hatte die Uhr im Auge behalten. »Wir haben noch vier Minuten, wenn die Angaben des U-Boot-Piloten zutreffen.«

Die weiße Druckhülle des U-Boots brach durch die Wasseroberfläche, und die Taucher öffneten bereits den Verschluss der Einstiegsluke. Die Geiseln, deren Fesseln während des Aufstiegs vom Piloten gelöst worden waren, quollen aus der Öffnung und stiegen ins Rettungsboot um. Als alle Insassen evakuiert waren, folgten die Taucher, wobei der letzte das Kranseil löste, ehe er sich ebenfalls ins Rettungsboot rollte.

Anstatt auf die *Oregon* zuzusteuern, entfernte sich das Rettungsboot mit rasantem Tempo, um so viel Distanz wie möglich zwischen sich und das U-Boot zu bringen, das auf der Meeresoberfläche trieb, beladen mit Dynamitfässern, die sich auf Achterdeck und Schwimmern verteilten.

»Linda, bringen Sie uns schnellstens weg von hier!«

In ihren Augen spiegelte sich der gleiche Schmerz, den er dabei empfand, Linc und Eddie zurückzulassen, aber die Sicherheit des Schiffes stand an erster Stelle. Linda ließ die Maschinen auf volle Kraft hochlaufen, und der revolutionäre magnetohydrodynamische Antrieb beschleunigte die *Oregon* schneller, als es jedem herkömmlichen Schiff möglich gewesen wäre. Max verfolgte, wie das U-Boot mit zunehmender Entfernung immer kleiner wurde.

Hali war so hilfsbereit gewesen, den Countdown auf den Bildschirm zu legen. Als die virtuelle Zeituhr auf »null« sprang, wappneten sich alle für das vernichtende Finale.

Doch nichts geschah. Ein paar weitere Sekunden verstrichen. Noch immer nichts.

Murph zuckte die Achseln. »Vielleicht sind Kensits Leute doch nicht so gut, wie …«

Er wurde von einer Stichflamme unterbrochen, die das U-Boot zertrümmerte und Stahlsplitter hunderte Meter weit in alle Richtungen schleuderte. Das Dröhnen der Explosion erreichte die *Oregon* zwei Sekunden später und brachte ihre Aufbauten zum Vibrieren.

Als das Echo verstummt war, bemerkte Murph: »Da war ich wohl ein wenig voreilig.«

»Wie geht es dem Rettungsboot?«, wollte Max von Hali wissen.

»Sie melden, dass sie von ein paar Trümmern des U-Boots getroffen wurden, aber sie haben keine Schäden oder Verletzten zu beklagen.«

Max nickte. »Linda, machen Sie kehrt, und bringen Sie uns zur *Roraima* zurück. Ein paar Taucher sollen nach Linc und Eddie Ausschau halten. Das Rettungsboot soll dort auf uns warten.«

Sie beschrieb mit der *Oregon* einen engen Bogen und nahm Kurs auf das Schiffswrack. Nur wenige Bruchstücke des U-Boots trieben auf dem Meer.

Während sie sich der Position der *Roraima* näherten, entdeckte Max zwei Köpfe, die aus den Wellen ragten. Das Schlimmste befürchtend, ließ er Murph mit der Kamera das Bild heranzoomen.

Wo er damit gerechnet hatte, leblose Körper im Wasser treiben zu sehen, entdeckte er stattdessen Eddie und Linc, die lachend zur *Oregon* herüberwinkten. In Eddies rechter Hand befand sich ein glänzender Blechbehälter, so groß wie eine kleine Zigarrenkiste. Das Rettungsboot erreichte sie, und sie wurden an Bord gezogen.

Max atmete erleichtert auf und klopfte Murph auf die Schulter.

»Das war ein nettes Manöver unseres kleinen Freundes«, sagte Max. »Wahrscheinlich hat Little Geek Eddie das Leben gerettet.«

Murph ließ seine Fingerknöchel knacken. »Reine Routine.«

»Wir behalten vorläufig Ihren Partnerbonus ein, bis wir wissen, was uns ein Ersatz kosten wird.«

Murph lachte, bis er sah, dass Max nicht einstimmte und seine Miene todernst blieb. Er musterte ihn misstrauisch, dann grinste er unsicher. »Ist nur ein Scherz, oder?«

Max zwinkerte Linda zu, und sie kicherten leise.

»Max«, machte sich Hali bemerkbar, »ich habe einen Anruf von Juan.«

Max ging zur Kommunikationskonsole und nahm den Hörer ab.

»Da ist ja unser verlorener Sohn«, sagte Max. »Du hast hier die ganze Aufregung versäumt, während du Gott weiß wo herumgeisterst.«

»Ich weiß. Hali hat mir die Highlights schon übermittelt.«

»Kannst du mir verraten, was du im Schilde führst?«

»Wir waren in Berlin und hatten selbst einigen Wirbel.«

»Ist mit dir und Eric alles in Ordnung?«

»Wir haben es unbemerkt zum Flughafen geschafft. Sollte die Polizei Fragen stellen, berufen wir uns darauf, dass wir lediglich unbeteiligte Zuschauer waren.«

»Kannst du mir wenigstens jetzt verraten, was eure geheime Mission war?«

»Deshalb rufe ich an. Während wir zum Flughafen fuhren, hat sich Eric mit Hilfe der Übersetzungs-App seines Smartphones den Teil der Doktorarbeit angesehen, den wir aus der Universitätsbibliothek in Berlin herausgeholt haben. Die Dissertation wurde von Günther Lutzen angefertigt, dem Wissenschaftler, der sich an Bord der *Roraima* befunden hatte. Nachdem Stoney eine Rohübersetzung eines Teils der Arbeit hat studieren können, glaubt er zu wissen, wie unser Sicherheitssystem geknackt wurde.«

»Und kann man darüber per Telefon sprechen? Hat Kensit unsere Verschlüsselung trotz allem doch nicht geknackt?«

»Das braucht er gar nicht. Eric meint, dass Kensit ein Neutrino-Teleskop entwickelt hat. Zumindest nennt Eric es erst mal so.«

Max runzelte die Stirn. Obgleich er ein fähiger und erfahrener Ingenieur war, hatte er diesen Begriff in einem solchen Zusammenhang noch nie gehört. »Wie kann ihm ein Blick in den Weltraum dabei helfen, unsere Pläne zu belauschen?«

»Eric kann das viel besser erklären, wenn wir wieder auf die *Oregon* zurückgekehrt sind, aber es hat nichts mit dem Weltraum zu tun. Lutzen hat einige revolutionäre Theorien darüber entwickelt, wie man subatomare Teilchen aufspüren kann. Damit war er seiner Zeit um Jahrzehnte voraus, und einige Gleichungen in der Dissertation sind derart futuristisch, dass sogar Stoney Schwierigkeiten hat, sie in vollem Umfang zu verstehen. Er glaubt, dass Kensit diese Gleichungen benutzt hat, um einen Apparat zu entwickeln, mit dem er in der Lage ist, ausnahmslos jeden Punkt der Erde zu betrachten.«

Nun war Max erst recht verwirrt. »Was heißt ›jeden Punkt der Erde‹?«

»Ich meine damit«, sagte Juan, »dass er dich mit diesem Teleskop in diesem Moment im Visier haben könnte, ohne dass du das Geringste bemerkst.«

ACHTUNDDREISSIG

Obwohl er sich über die Fehlschläge des Tages maßlos ärgerte, konnte Lawrence Kensit nicht anders als schallend lachen, als er verfolgte, wie Max Hanley sich im Operationszentrum umsah, als könnte er jede Spionagekamera orten, die jemand in einer Anstecknadel in seinem Revers versteckt hatte. Juan Cabrillo hatte vollkommen recht. Er konnte unmöglich wissen oder feststellen, dass Kensit in der Lage war, alles zu sehen und zu hören, was Hanley sagte oder tat. Der Kontrollraum auf Kensits Yacht war hunderte von Meilen von der *Oregon* entfernt und wurde mit dem Signal der Sentinel-Antenne versorgt, die tief in der Erde eingegraben war.

Auch wenn er ungleich größere Ziele im Auge hatte, genoss Kensit doch den Spanner-Aspekt seiner Konstruktion, die auf Günther Lutzens wissenschaftlicher Arbeit basierte. Mit einem überdimensionalen Sichtschirm sowie einem halben Dutzend kleinerer Monitore und verschiedener Keyboards, Touchscreens und Joysticks konnte Kensit alles betrachten, was er wollte, und zwar überall auf der Welt, wo immer er wollte. Es war, als wäre er im Besitz einer allem überlegenen Superkraft, und er kam sich vor wie ein Gott, der seine Untertanen aus weiter Ferne beobachtet, jederzeit bereit und in der Lage, ihre Leben nach seinem Gutdünken und seinen Launen zu beeinflussen. Natürlich betrachtete er sich als wohlwollenden Gott, der die besten Interessen der Menschheit im Sinn hatte, aber er konnte auch zornig und unbarmherzig sein, wenn es für die Durchführung seines erhabenen Plans nötig war. Die minderwertigen Wesen brauchten nicht zu verstehen, weshalb bestimmte Dinge geschahen. Es war ganz einfach sein Wille, und sie waren seine Diener und mussten gehorchen.

Ehe er Brian Washburn in seinen Kontrollraum führte, rief er Hector Bazin an. Sobald der Anruf angenommen wurde, erfuhr er die GPS-Koordinaten des Privatjets, der soeben in Berlin startete, und gab sie in seinen Computer ein, der sich auf die Suche machte und die richtige Höhe der Maschine registrierte und ihre Flugdaten speicherte, um sie weiter verfolgen zu können. Nur einen Lidschlag später erschien vor ihm das Innere der Kabine. Bazin war allein und hatte das Telefon am Ohr.

»Cabrillo hat einen Teil der Doktorarbeit an sich bringen können«, sagte er.

»Ich weiß«, erwiderte Kensit. »Ich habe eben gerade mitgehört, wie er mit der *Oregon* sprach. Was ist geschehen?«

Bazin rekapitulierte die Verfolgungsjagd quer durch Berlin. Da er wusste, dass Kensit ihn beobachtete, begann er den Teil der Dissertation durchzublättern, den er hatte retten können, um Kensit die Möglichkeit zu verschaffen, die Seiten begutachten zu können.

Kensit nickte zufrieden. »Gut. Wenigstens hat er die wichtigsten Gleichungen nicht bekommen. Nun bin ich der einzige Mensch auf der Erde, der sämtliche Geheimnisse des Neutrino-Teleskops kennt. Verbrennen Sie den Text, sobald Sie gelandet sind.«

»Jawohl, Sir.«

»Ihr Freund Pasquet ist tot.« Kensit sagte es vollkommen beiläufig, obgleich er wusste, dass Pasquet der beste Freund Bazins gewesen war. Kensit hatte noch nie verstanden, weshalb die Menschen schlechte Nachrichten immer so behutsam wie möglich weitergaben.

Bazin senkte für einen kurzen Moment den Blick. »Wie?«

»Er hat es versäumt, die *Roraima* zu zerstören. Ich hatte ihm genau erläutert, wie er vorgehen soll, aber sobald er und seine Leute sich unter Wasser befanden, konnte ich sie nicht mehr erreichen, um sie zu warnen. Sie wurden von einer Taktik der *Oregon* überrascht. Alle fanden den Tod, und die *Oregon* konnte möglicherweise einige von Lutzens Fotoplatten bergen.«

»Und wenn sie herausfinden, wo die Sentinel-Antenne versteckt ist?«

»Deshalb sollen Sie sofort nach Haiti fliegen. Die nächsten achtundvierzig Stunden sind die kritische Phase. Sie sollen Sentinel um jeden Preis schützen. Sobald wir unsere Mission abgeschlossen haben, ist Sentinel entbehrlich, und wir können zu Phase zwei übergehen. Haben Sie genug Männer, um Sentinel zu verteidigen?«

Bazin nickte. »Ich kann zwölf Söldner einsetzen. Und ich kann die haitianische National Police um Unterstützung bitten, wenn sich abzeichnet, dass wir von einer umfangreichen Streitmacht angegriffen und möglicherweise überrannt werden.«

»Hervorragend. Geben Sie mir Bescheid, sobald Sie im Bunker eintreffen. Wenn Sie dort sind, geht niemand mehr hinein oder hinaus, bis die Mission abgeschlossen ist, verstanden?«

»Jawohl, Sir.«

Kensit unterbrach die Verbindung und rief Washburn zu sich in den Kontrollraum.

Washburn kam herein und betrachtete mit offenem Mund die Ansammlung von Technologie, von der er nicht das Geringste verstand.

»Nachdem ich Ihnen meinen Betrieb in Haiti gezeigt habe«, sagte Kensit, »hoffe ich, dass Sie begreifen, dass dies kein kleines Unternehmen ist. Ich verfüge über das Geld und die Ressourcen, um mein Projekt, Sie zum Präsidenten zu machen, zu einem erfolgreichen Abschluss zu bringen.«

Washburn verdrehte die Augen, aber dann fing er sich im letzten Moment wieder. »Ja, Sie verfügen über eine beeindruckende Technologie, obwohl ich keine Ahnung habe, wo diese Höhle ist, da Sie mir auf dem Weg hierher und zurück die Augen verbunden haben. Ich kann nicht einmal so tun, als wüsste ich, wie irgendetwas von dieser Anlage hier funktioniert, aber es sieht gut und teuer aus. Die Frage ist nur: Na und? Wie soll all das dazu beitragen, dass ich gewählt werde? Selbst wenn Sie mich zum Vizepräsidenten machen, müssen die Vorwahlen und die nationale Wahl gewonnen werden. Den Posten des Vizepräsidenten zu bekleiden hat Mondale oder Gore nicht im Mindesten geholfen.«

»Richtig, aber sie hatten auch nicht mich als Unterstützer. Da Sie nicht nur für die Dauer der Wahlen von mir abhängig sein werden, sondern auch wenn Sie Präsident sind, wollte ich Sie davon überzeugen, dass meine Macht so gut wie keine Grenzen hat.«

Kensit tippte auf einem Keyboard einige Koordinaten, und die Vorhalle einer Villa erschien auf dem großen Bildschirm. Washburn betrachtete den Schirm stirnrunzelnd, bis er begriff, was er da vor sich sah.

»Das ist mein Haus in Miami! Wann haben Sie dieses Video aufgenommen?«

»Das ist keine Aufnahme. Das ist eine Realzeitübertragung. Mal sehen, ob jemand zu Hause ist.« Er bewegte einen Trackball, und es war, als würde die Kamera die gewundene Treppe hinaufsteigen, bis er vom Treppenabsatz ins Parterre hinabblickte. Er wanderte weiter durch einen Korridor, bis er an eine geschlossene Tür gelangte. Er ging hindurch und sah eine nur mit Unterwäsche bekleidete Frau, die soeben eine Bluse anzog.

Washburn machte einen Schritt in Richtung Bildschirm. »Das ist meine Frau!« Er wirbelte herum und ballte die Fäuste. »Sie …«

»Nein, nein, Gouverneur. Vergessen Sie nicht, draußen vor der Tür habe ich Wachen. Wir können das Ganze auch tun, während Sie gefesselt sind.«

»Das ist ein Trick. Sie haben eine Kamera in meinem Haus versteckt.«

Kensit nickte zustimmend. »Gut für Sie. Das wäre eine logische Annahme. Sie ist natürlich falsch.«

»Beweisen Sie es.«

»Das tue ich gern. Nennen Sie mir einen Ort, von dem Sie glauben, mit absoluter Sicherheit sagen zu können, dass ich dort niemals eine Kamera installieren konnte.«

Washburn zuckte die Achseln und sagte mit einem sarkastischen Unterton. »Das Oval Office.«

»Ich hatte gehofft, dass Sie sich etwas Ungewöhnlicheres aussuchen, aber das geht auch.«

Das Weiße Haus war sogar einer der am einfachsten zu lokalisierenden Orte auf der Erde. Er tippte den Namen ein, und auf dem Bildschirm erschien eine Satellitenansicht des vertrauten weißen Bauwerks.

»Ist das alles?«, fragte Washburn spöttisch. »Das schaffe ich auch mit Google Maps und einem iPhone auch.«

»Tatsächlich?«, sagte Kensit. »Und das?«

Er aktivierte die Zoomfunktion, und der Westflügel raste auf sie zu, bis der Blick durch das Dach drang. Kensit hielt an, als das bekannteste Büro der Welt erschien.

Hätte sich in diesem Raum kein Mensch aufgehalten, wäre Washburn vielleicht nicht so perplex gewesen. Aber Kensit hatte Washburns Wahl vorausgesehen und wusste, dass der Präsident an diesem Morgen eine Konferenz mit seinen führenden Beratern abhielt.

»Das Agrargesetz beschert uns alle möglichen Probleme

in den Umfragen, Mr. President«, sagte sein Stabschef soeben. »Wir können die Subventionen nicht in dem Maße kürzen, wie der Senat es wünscht, sonst wird unsere Partei bei den nächsten Wahlen geschlachtet.«

»Sandecker soll das regeln«, erwiderte der Präsident. Er wirkte so entspannt wie eh und je, gemütlich in seinem Sessel lümmelnd, einen Becher Kaffee in der einen Hand und einen Stapel Papiere in der anderen, die Lesebrille auf der Nase. »Er kommt in zwei Tagen aus Brasilien zurück.«

»Meinen Sie, dass der Vizepräsident die Wogen glätten kann?«

»Sandecker ist ein kluger Bursche. Wenn er sie nicht überzeugen kann, dann werden sie erst recht nicht auf mich hören. Also, was steht für die heutige militärische Lagebesprechung auf der Tagesordnung?«

Der Vorsitzende der Joint Chiefs beugte sich vor. »Heute Morgen gab es einen weiteren terroristischen Bombenanschlag in Nordpakistan. Sechs Tote, zwanzig Verletzte. Nordkorea verlegt eintausend Soldaten in die entmilitarisierte Zone, aber wir nehmen an, dass es sich um eine geplante Divisionsverstärkung handelt. In der Nähe der Bahamas hat das UNITAS-Manöver begonnen. Siebzehn Nationen nehmen daran teil. Die Kubaner und die Venezolaner schicken Beobachtungsschiffe, aber wir erwarten dort keine Probleme.«

»Gut. Was ist mit der Reise nach Kalifornien nächste Woche, die …«

Kensit drosselte die Lautstärke. »Zufrieden?«

Wäre Washburns Kinn noch weiter nach unten gesackt, hätte er ein Straußenei verschlucken können.

»Haben sie wirklich keine Ahnung, dass wir sie beobachten?«

»Nein.«

»Und Sie können sich alles ansehen, was Sie wollen?«

Kensit grinste. »Ich habe mich schon im Innern der geheimsten Einrichtungen der Welt aufgehalten: NORAD, Area 51, im Kreml, in den Geheimarchiven des Vatikans, im NATO-Hauptquartier, in Fort Knox. Wollen Sie wissen, wie die geheime Formel für Coca Cola lautet?«

»Wie … wie machen Sie das?«

Kensit hielt inne und überlegte, wie weit er seine Erklärung vereinfachen konnte. »Es heißt Neutrino-Teleskop. Ich habe es bisher Quantenempfänger genannt, aber Eric Stones Bezeichnung gefällt mir besser. Mein Codename dafür lautet Sentinel, aus offensichtlichen Gründen. Wissen Sie, was ein Neutrino ist?«

Washburn schüttelte langsam den Kopf und starrte noch immer ungläubig auf die Videoübertragung aus dem Oval Office.

»Ein Neutrino ist ein subatomares Teilchen, das im Verlauf bestimmter Kernreaktionen entsteht, wie sie gewöhnlich in der Sonne – oder angeregt durch kosmische Strahlung – stattfinden. Normalerweise kann man sie nur sehr mühsam aufspüren.«

»Weshalb?«

»Weil sie so klein sind, dass sie praktisch jede Materie durchdringen können, ohne abgebremst zu werden. Um die Hälfte aller Neutrinos zu stoppen, die die Erde durchdringen, wäre eine Bleischicht von zehn Billionen Kilometern Dicke nötig, daher ist die Erde und alles, was auf und in ihr existiert, einem ständigen Neutrino-Bombardement ausgesetzt. Aber angenommen, wir hätten eine Möglichkeit, die wenigen Neutrinos zu beobachten, die irgendwann mit ihrer Umgebung in Wechselwirkung getreten sind. Mein verschollener Großonkel, ein brillanter Physiker namens Günther Lutzen, hat bereits Jahrzehnte, bevor sie entdeckt wurden, auf die Existenz von Neutrinos hingewiesen. Und nicht nur das, er hat auch die Grundlagen geschaffen, sie einzufangen, und er hat die Raumgleichungen entwickelt, die uns erlauben, die Materie zu untersuchen, die sie durchdrungen haben. Wäre seine Arbeit seinerzeit ernst genommen worden, hätte man ihm sicherlich den Nobelpreis verliehen und er wäre in einem Atemzug mit Albert Einstein genannt worden.«

»Und die Anlage in dieser Höhle in Haiti … das ist das Neutrino-Teleskop? Das ist Sentinel?«

»Ja. Onkel Lutzen vertrat die Theorie, dass im Umfeld ganz spezielle Bedingungen herrschen müssen, um das Teleskop bauen zu können. In einer Höhle zum Beispiel, in der ein perfektes Gleichgewicht aus natürlichem radioaktivem Erz und Kupferverunreinigungen herrscht. Anhand einer seltenen Probe konnte er dieses Erz in Haiti aufspüren, und er war gerade im Begriff, mit seiner Entdeckung nach Deutschland zurückzukehren, als sein Schiff während eines Vulkanausbruchs zerstört wurde. Er nannte diese Höhle Oz, aber wegen des grünlichen Leuchtens, das vom Kupfer in den Selenkristallen herrührte, hätte er vielleicht lieber die Bezeichnung Emerald City wählen sollen.«

Washburn nickte zustimmend. »Wie schaffen Sie es denn, sich diese Bilder hier ansehen zu können?«

»Ich benutze einen Umwandler, der sich der gleichen Technologie bedient, um die Bilder von Sentinel direkt hierher zu übertragen, daher kann ich mich an jedem Ort der Welt aufhalten und ihn einsetzen. Ich bin gern in Bewegung.«

»Aber Sie könnten mit dieser Technologie Millionen Dollar verdienen«, sagte Washburn mit einem Ausdruck andächtigen Staunens. »Stellen Sie sich nur vor, welche Möglichkeiten sich daraus ergeben.«

»Milliarden Dollar, denke ich. Vielleicht sogar Billionen. Und so viel werde ich auch verdienen. Aber Sie haben keine Vorstellung von dem wahren Potential dieser Technik. Ich gebe mich nicht damit zufrieden, mir vorzustellen, welchen finanziellen Nutzen ich daraus ziehen werde. Erkennen Sie nicht, dass wir mit Sentinel die Welt verändern können? Und das meine ich wörtlich. Die Zukunft der Vereinigten Staaten zu gestalten ist nur der erste Schritt.«

»Was gibt es denn noch mehr?«

Kensit seufzte. Er vermutete, dass er über eine derart begrenzte Phantasie nicht erstaunt sein sollte. »In der heutigen Zeit kann eine Nation allein nicht allzu viel erreichen. Stellen Sie sich vor, was ich bewirken könnte, wenn ich die Kontrolle über Russland, China und die Europäische Union hätte.«

»Sie? Und was ist mit mir?«

Kensit schüttelte den Kopf. »Sie verstehen es noch immer nicht, oder? Ich bin das einzige nicht austauschbare Glied in dieser Gleichung. Ich bin der Einzige, der weiß, wie man ein Neutrino-Teleskop baut. Und was Sie vor sich haben, ist erst Phase eins des Projekts. Zurzeit kann ich jeweils nur einen einzigen Ort in Augenschein nehmen. Das ist ein klarer Nachteil, den ich jedoch schon in Kürze beseitigt haben werde. Ich habe nämlich noch eine zweite unterirdische Höhle gefunden, die noch größer ist als Oz, und in ihrer Umgebung habe ich bereits meilenweit Land aufgekauft. Sobald dort Phase zwei in Betrieb genommen wird, erhalte ich den Zugriff auf bis zu einem Dutzend Orte gleichzeitig. Dank der Fortschritte in der Entwicklung von Realzeit-Übersetzungssoftware werde ich geheime Informationen weiterleiten können, die Ihnen noch nicht einmal die NSA liefern kann, wenn Sie Präsident sind.«

»Und auf diese Weise wollen Sie mich die Wahl gewinnen lassen«, sagte Washburn, der endlich begriff, welche Möglichkeiten sich daraus ergaben.

»Sie werden jede Strategie kennen, derer sich Ihre Gegner bedienen wollen, jedes Geheimnis, das sie zu bewahren wünschen, jeden Skandal, den sie um jeden Preis vertuschen wollen. Sie werden jeden ihrer Schachzüge schon im Voraus kennen. Also kommen Sie niemals auf die Idee, mich zu täuschen, und kommen Sie niemals zu der irrigen Auffassung, dass Sie all das ohne mich schaffen können. Weil ich mir sonst jemanden suche, der begreift, das von jetzt an ich es bin, der die Regeln aufstellt.«

Washburn schluckte krampfhaft und nickte. Er verstand. Kensit zweifelte nicht daran, dass er aufs Wort gehorchen und alles tun würde, was man von ihm verlangte.

»Sie sagten, der erste Schritt sei, Air Force Two abzuschießen. Wie soll das funktionieren?«

Kensit betätigte die Kontrollen, sodass das Teleskop die Tyndall Air Force Base in Florida ins Visier nahm und heranzoomte, bis die mit orangefarbenen Spitzen versehenen QF-16-Drohnen den Bildschirm ausfüllten. Dann schaltete er in den Kontrollraum der Drohnenpiloten um.

»Dies sind modifizierte F-16 mit den gleichen technischen Fähigkeiten wie die echten Kampfjets. Ich habe vor ein paar Tagen einen Test durchgeführt. Ich konnte das Kommando jedes dieser Flugzeuge übernehmen, indem ich die verschlüsselten Frequenzen simulierte, die die Satelliten benutzen, um sie mit der jeweiligen Steuerbasis zu verbinden. Die Piloten konnten nicht feststellen, dass etwas nicht in Ordnung war, selbst als ich ein winziges Manöver ausführte, um mich zu vergewissern, dass ich die Kontrolle innehatte.«

»Können Sie diese Drohnen lenken?«

Kensit nickte. »Und sie würden noch nicht einmal vermisst werden, weil ich die Videoübertragung und die Datenströme simulieren kann. Air Force Two steht in diesem Moment in Rio de Janeiro auf der Rollbahn, nachdem sie den Vizepräsidenten anlässlich der südamerikanischen Außenhandelskonferenz dorthin gebracht hat. In zwei Tagen wird sie zum Heimflug nach Washington starten. Gleichzeitig wird dieser Schwarm von sechs QF-16 zwecks eines Demonstrationsflugs zum UNITAS-Manöver vor den Bahamas starten. Ich werde diese Maschinen lenken und Air Force Two abfangen, wenn sie über Haiti erscheint.«

Washburn lehnte sich vor. Von der Aussicht zu töten, um sein Ziel zu erreichen, war er eher fasziniert als abgestoßen. »Jetzt verstehe ich. Sie benutzen die Raketen der Drohnen, um die Maschine des Vizepräsidenten abzuschießen.«

»Nein, natürlich nicht«, widersprach Kensit und hielt für einen Moment effektvoll inne. »Die Drohnen führen keine Raketen mit sich. Ich lenke sie direkt gegen Vizepräsident Sandeckers Maschine.«

NEUNUNDDREISSIG

Es war schon fast Mitternacht, als Juan und Eric Stone in San Juan, Puerto Rico, auf der *Oregon* eintrafen. Juan war stolz auf seine allzeit geistesgegenwärtige und schnell denkende Mannschaft, während er den Bericht über die Ereignisse in Saint-Pierre las. Die *Oregon* hatte Martinique verlassen, nachdem Max und die Mannschaft vor den örtlichen Behörden ausgesagt hatten, dass sie lediglich ahnungslose Zuschauer gewesen seien, die glücklicherweise zur richtigen Zeit am richtigen Ort gewesen waren, um die dankbaren Geiseln zu retten, was von den Passagieren des Touristen-U-Boots uneingeschränkt bekräftigt wurde. Als er wieder das Kommando übernahm, stellte Juan einige intensive Überlegungen an, wohin der auf der *Roraima* gefundene Beweis sie führen werde, und ließ das Schiff auf westlichen Kurs gehen.

Er und die restlichen leitenden Offiziere hatten während ihrer jeweiligen Reiseetappen geschlafen, daher berief er eine nächtliche Konferenz ein, um die nächsten Schritte zu planen. Auf dem Weg zum Konferenzraum machte er einen Abstecher zu Maria Sandovals Kabine. Sie öffnete die Tür, bekleidet mit einem Seidenpyjama, den Julia Huxley ihr geliehen hatte. Juan dachte, dass er ihr ausgezeichnet stand, enthielt sich jedoch eines entsprechenden Kommentars.

»Danke für Ihren Besuch, Käpt'n Cabrillo.«

Juan lehnte sich an die Tür und vermittelte den unausgesprochenen Eindruck, dass er nur einen kurzen Besuch geplant habe. »Werden Sie gut behandelt?«

»Ich komme in den Genuss jeder Annehmlichkeit, die ich mir vorstellen kann. Was Ihr Schiff zu bieten hat, ist einfach phantastisch. Ich wünschte, ein wenig davon gäbe es auch auf meinem Schiff.«

»Das sind die Segnungen unseres Gewerbes.« Um den Eindruck aufrechtzuerhalten, dass sie gewöhnliche Schmuggler waren, beließ er es dabei. »Soweit ich hörte, haben Sie Ihre Firma und Ihre Freunde angerufen, um ihnen mitzuteilen, dass Sie am Leben und in Sicherheit sind.«

»Ja, vielen Dank, dass ich das tun durfte.«

»Es hatte keinen Sinn, die Neuigkeit länger zurückzuhalten. Dass Sie die Havarie Ihres Schiffes überlebt haben, ist den Verschwörern mittlerweile auch bekannt.« Er erwähnte nicht, auf welchem Weg er davon Kenntnis erhalten hatte. »Sie können natürlich nach wie vor zu jeder Zeit gehen, wohin Sie wollen, aber möglicherweise ist Ihr Leben – bis wir unsere augenblickliche Situation geklärt haben – in Gefahr.«

»Ich werde Sie schon bald verlassen müssen. Meine Firma verlangt meinen Abschlussbericht.«

»Ich hoffe, dass wir in ein paar Tagen weitere Beweise dafür erhalten, dass Admiral Ruiz hinter den Angriffen gesteckt hat. Das sollte Ihren Namen bei Ihrer Firma vollständig reinwaschen.«

»Wegen Admiral Ruiz wollte ich mit Ihnen sprechen. Die Kapitäne der Frachtschifffahrt bilden in meinem Heimatland eine verschworene Gemeinschaft, und einer von ihnen hat mir berichtet, dass er sie in Carúpano gesehen habe. Das ist eine kleine Hafenstadt an der Ostküste von Venezuela. Außerdem habe ich mich mit einigen Freunden unterhalten, die noch immer in enger Verbindung zur Marine stehen und für Ruiz nicht allzu viel übrig haben. Sie berichteten, dass sie mit Angehörigen ihres Stabes auf ein Schiff der kubanischen Marine eingeladen wurde, um ein von der US-Navy und einigen karibischen Staaten gemeinsam abgehaltenes Manöver vor den Bahamas zu beobachten.«

»Was hatte sie in Carúpano zu suchen?«

»Das wusste mein Bekannter nicht, aber sie ging an Bord eines kleinen Frachtschiffs. Außerdem trug sie keine Uniform. Was meinem Bekannten auffiel, war ihr Wagen, ein Regierungsfahrzeug.«

»Irgendeine Idee, woraus die Fracht bestand?«

Maria Sandoval schüttelte den Kopf. »Lediglich ein paar Container.«

»Danke für die Information. Wahrscheinlich hat es irgendwas mit ihrer Schmuggeloperation zu tun. Ich gebe Ihnen Bescheid, wenn wir mehr darüber erfahren sollten.«

Juan wünschte ihr eine gute Nacht und ging weiter zum Konferenzraum. Als er eintrat, rekapitulierte Murph soeben für Eric die Begegnung mit dem Touristen-U-Boot.

»In diesem Moment lenkte ich Little Geek unter die abstürzenden Stahlträger der *Roraima*«, sagte Murph und verschränkte die Hände hinter dem Kopf. »Das war natürlich das Todesurteil für das ROV, aber ich hatte keine andere Wahl.«

Eddie setzte die Schilderung fort. »Zwar hat Little Geek verhindert, dass ich zerquetscht wurde, aber ich war noch immer festgenagelt. Ich hatte die Hand auf der Blechdose mit den Fotos, konnte mich jedoch nicht vom Fleck rühren, und gleichzeitig wusste ich, dass im Fass die Bombe tickte. Linc hat mich dann hinausgezogen. Meine Beine waren mittlerweile vollkommen taub, und er musste mich abschleppen, bis der Blutkreislauf in meinen Füßen wieder in Gang gekommen war.«

»Ich wünschte nur, ich hätte es geschafft, uns hinter dieser Korallenwand in Deckung zu bringen, ehe die Bombe hochging«, sagte Linc und biss in einen Apfel. »Unser Doc meint, du dürftest für ein paar Wochen nicht mehr ins Wasser.« Die einzige Verletzung, die sie zu verzeichnen hatten, war ein gerissenes Trommelfell, das Eddies Aktionsradius für einige Zeit einengte.

Juan nahm am Kopfende des Tisches Platz. »Gute Arbeit von jedem. Ich muss mir abgewöhnen, derartige Ausflüge zu unternehmen, sonst kommt ihr am Ende noch auf die Idee, dass ihr ganz ohne mich zurechtkommt.«

»Keine Chance«, sagte Max. »Ich habe die ganze Zeit Blut und Wasser geschwitzt.«

»Es war eine gewagte Entscheidung, deinen Plan so vollständig geheim zu halten, aber ich hätte es sicherlich genauso gemacht. Wie weit sind wir mit den Früchten eurer Arbeit?«

»Kevin Nixon hat den Technikern im Labor geholfen, die Dose zu öffnen«, berichtete Linda. »Sie war mit Zink ausgekleidet und mit Paraffin versiegelt, darum ist sie nicht durchgerostet, und durch die Ritzen konnte kein Wasser eindringen. Wir fanden vier Fotoplatten darin.«

Sie raffte ein Tuch zusammen, das eine weiße Leinenunterlage bedeckte, auf der vier elf mal fünfzehn Zentimeter große Glasplatten lagen. Die Silberbromidemulsion auf den Platten war vollständig erhalten. Zwei Platten waren in der Mitte gesprungen, aber die anderen schienen vollkommen unversehrt.

»Ihr könnt euch die Originale ansehen, wenn ihr wollt«, sagte Linda, »aber ich würde die Finger davon lassen. Sie sind nicht nur sehr empfindlich, wir haben an ihnen auch Spuren von Radioaktivität gefunden.« Als sie sah, wie Hali instinktiv zurückzuckte, fügte sie hinzu: »Nicht so viel, dass es schädlich ist, aber Vorsicht ist immer besser als

Nachsicht. Sie wurden digitalisiert, sodass mehr Details zu erkennen sind.«

Sie zog den Sichtschirm herunter und schaltete den Overheadprojektor ein. Das erste Bild zeigte einen Mann in dunklem Mantel, dunkler Hose, dunklen Stiefeln und breitkrempigem Hut auf einem Schiffskai. Er hatte einen ernsten Gesichtsausdruck, aber in seinen Augen war ein intensives Leuchten, das sogar auf dem alten Foto noch zu erkennen war. Auf dem Schiffsrumpf hinter ihm war der Schriftzug *Roraima* zu lesen.

»Er macht einen glücklichen und zufriedenen Eindruck«, sagte Murph und sah Eric fragend an. »Ist das Günther Lutzen?«

»Keine Ahnung. Bisher haben wir nirgendwo ein Foto von ihm gefunden.«

»Wahrscheinlich ist er es«, fuhr Linda fort, »aber mit letzter Sicherheit lässt sich das nicht sagen. Ich zeige diese Fotos in umgekehrter Reihenfolge, um zu versuchen, seinen Weg von dem Moment an, als er auf die *Roraima* kam, zurückzuverfolgen. Wie ihr sehen könnt, sind die Fotoplatten in der rechten unteren Ecke nummeriert. Unglücklicherweise gibt es aber keinen Hinweis, wo dieses Foto aufgenommen wurde. Und es gibt keinen eindeutigen Hinweis auf einen bestimmten Hafen.«

Sie kam zum nächsten Foto. Zu sehen war eine Ansammlung von Kristallen, eingebettet in massives Gestein, deren Facetten das Licht vom gezündeten Blitzpulver der Kamera reflektierten. Der Riss, der das Bild in der Mitte durchzog, war deutlich zu sehen.

»Das sieht wie eine Druse aus«, sagte Eric.

»Ja«, stimmte Murph ihm zu, »aber da auf dem Foto nichts anderes zu erkennen ist, haben wir keinerlei Vorstellung, was ihre Größe betrifft. Die Kristalle sind auch nicht so klar wie die Quarzkristalle in einer typischen

Druse. Sie sind ein wenig dunkler. Es könnte Amethyst sein.«

»Oder sie könnten auch grün sein. Aus Lutzens Dissertation geht hervor, dass er bei seinem Nachweisverfahren Selen-, Kupfer- und Urankristalle verwendete, und Kupferverunreinigungen in Kristallen verleihen ihnen gewöhnlich einen grünlichen Farbton. Das Uran würde außerdem das Vorkommen von Radioaktivität erklären.«

»Vielleicht hat er Edelsteine gesammelt«, sagte Linc. »Was immer das sein mag, es könnte noch immer irgendwo in der *Roraima* verborgen sein. Nicht dass ich den Wunsch hätte, noch einmal runterzugehen und nachzuschauen.«

Linda rief das dritte Bild auf. Auch hier war ein Riss zu sehen, der das Innere einer Höhle voller Stalaktiten und Stalagmiten in zwei Hälften teilte. Im Hintergrund war die schwarze Mündung eines Tunnels zu erkennen.

Juan verspürte einen Hoffnungsschimmer. »Das bringt uns schon erheblich weiter und engt unser Suchgebiet beträchtlich ein.«

»Wie das?«, fragte Hali.

»Weil solche Höhlen nur in ganz bestimmten Kalksteinformationen, zum Beispiel in Karstlandschaften, zu finden sind. Damit scheiden Martinique und jede andere vulkanische Insel von vornherein aus.«

Linda nickte. »Juan hat recht. Das Problem ist dennoch, dass unser Suchgebiet noch immer ziemlich groß ist. Auch wenn wir uns nur auf die Karibik beschränken, käme als möglicher Fundort eine Region in Frage, die von Puerto Rico über Mexiko bis hinauf nach Florida reicht.«

»Ich denke, wir haben gute Chancen, wenn wir uns auf Haiti konzentrieren«, sagte Juan. »Von dort stammt schließlich Hector Bazin, unser Straßenbahnfahrer.«

»Vielleicht bestätigt das letzte Foto diese Vermutung«, sagte Linda.

Das Bild zeigte eine üppige Urwaldlandschaft mit Bergketten, Hügeln und Tälern. Der Mann vom ersten Foto stand im Vordergrund, diesmal mit einem strahlenden Lächeln im Gesicht, den Fuß auf einen Felsbrocken gestützt. Er deutete auf eine schmale Senke hinter sich, an deren Ende sich der Eingang zu einer Höhle befand. Ein Fluss hatte sein Bett in den Grund der Senke gegraben.

»Ich möchte kein Spielverderber sein«, sagte Juan, »aber inwiefern kann uns dieses Foto bei unserer Suche helfen? Wir sehen zwar einen Höhleneingang, aber nirgendwo einen Hinweis, wo er sich befinden könnte.«

»Die Bergkette im Hintergrund«, sagte Murph. »Die Konturen dürften charakteristisch sein. Anhand von Lutzens Körpergröße – vorausgesetzt, er ist es wirklich –, die man mittels der *Roraima* im Hintergrund, deren Außenmaße bekannt sind, berechnen kann, habe ich abschätzen können, wie weit die Bergkette vom Standort des Fotografen entfernt ist. Der Fluss liefert uns einen zusätzlichen Bezugspunkt. Die geschätzten Werte mögen nicht allzu präzise sein, aber immerhin ausreichend genau, um zum Vergleich eine topografische Weltkarte heranzuziehen – ich denke an eine Karte des National Reconnaissance Office, die eine zehnfach größere Auflösung hat als die entsprechende Karte der NOAA.«

»Tut mir leid, dass ich an Ihnen gezweifelt habe«, sagte Juan. »Wie lange wird es dauern?«

»Die Suche ist schon seit ein paar Stunden im Gange, und ich rechne jede Minute mit einer Liste möglicher Treffer. Ach ja, und ich habe natürlich mit Haiti angefangen. Wenn wir dort keinen Hinweis finden, dürfte es erheblich länger dauern, wenn wir in der Dominikanischen Republik, in Kuba und in Mexiko suchen müssen. Florida zumindest kann man ausschließen, da man dort nur plattes Land antrifft.«

»Okay. Sobald wir wissen, wo wir suchen müssen, brauchen wir einen Aktionsplan. Uns bleibt nur ein einziger Tag, bevor Kensit das ins Spiel bringt, was die Welt verändern soll – was auch immer es sein mag. Wir müssen jedoch wegen des Neutrino-Teleskops, das Lawrence Kensit laut Erics Vermutung entwickelt hat, äußerst behutsam vorgehen.«

»Wer hat sich denn diesen Namen ausgedacht?«, fragte Murph.

»Das war ich«, erwiderte Eric Stone. »Auch wenn die Existenz von Neutrinos zum ersten Mal im Jahr 1930 von Wolfgang Pauli vermutet wurde, handelt es sich bei dem Teilchen, das Lutzen schon viel früher in seiner Doktorarbeit beschrieben hat, doch eindeutig um ein Neutrino. Das Einzige, was ihm fehlte, war ein Name dafür.«

»Ja, ja, ein toller Name«, sagte Linc. »Wie funktioniert das Ganze?«

»Soweit ich weiß, vertrat Lutzen die Theorie, dass sich aufgefangene Neutrinos dergestalt rekonstruieren lassen, dass sie die Beschaffenheit und Charakteristika des Ortes darstellen können, den sie auf ihrer Reise passiert haben.«

»Etwa wie ein Röntgenstrahl?«

»Ja, aber weitaus genauer und detaillierter. Sie könnten ein Bild von praktisch jedem Punkt der Erde liefern. Und nicht nur das, sondern man könnte auch hören, was sich an diesem Punkt abspielt, weil auch die Luftpartikel erfasst werden, die den Schall transportieren.«

»Man wagt kaum, sich vorzustellen, zu was die NSA mit einer solchen Technologie in der Lage wäre«, sagte Murph. »Es gäbe überhaupt keine Geheimnisse mehr.«

Linc lachte spöttisch. »Glaubt ihr wirklich, dass Kensit dieses Ding gebaut hat? Ein Teleskop, das durch Wände blicken kann? Und um die Welt? Hat er vielleicht auch gleich das Geheimnis des Warp-Antriebs gelöst?«

»Ich weiß, dass es absolut bizarr klingt«, sagte Juan, »aber man muss sich nur überlegen, wie Röntgenstrahlen beschrieben wurden, bevor man sie entdeckte. Wir sollten bei unseren weiteren Planungen davon ausgehen, dass dieses Neutrino-Teleskop tatsächlich existiert. Kensit und Bazin haben jede unserer Aktionen vorausgesehen. Sie sind uns in Jamaika, New York und Berlin zuvorgekommen, und sie wussten zu jedem Zeitpunkt, wo wir uns gerade aufhielten. Kensit könnte uns bei der Eingabe von Zugriffscodes und Passwörtern beobachtet haben, wodurch er einen ungehinderten Zugang zu unseren Kommunikationssystemen und Computernetzwerken haben dürfte.«

»Deshalb musste ich also jede externe Zugriffsmöglichkeit auf unseren Hauptcomputer sperren«, sagte Murph und nickte verstehend.

»Richtig«, sagte Juan. »Was Berlin betraf, da wusste Bazin, wo wir sein würden, obgleich ich mich dazu über keine Kommunikationsverbindung geäußert habe. Es ist durchaus möglich, dass er gegenwärtig diese Konferenz beobachtet und belauscht.«

Eine kurze Pause trat ein, in der jeder der Anwesenden zu akzeptieren versuchte, dass zumindest in diesem Moment jegliche Privatsphäre nicht mehr existent war.

Schließlich ergriff Hali das Wort. »Wie können wir uns mit einiger Aussicht auf Erfolg gegen diesen Kerl wehren? Er kennt doch jeden Plan, den wir entwickeln.«

»Er ist offensichtlich nicht unfehlbar«, sagte Juan. »Das haben Sie bewiesen, indem Sie seinen Plan mit dem Touristen-U-Boot in Martinique vereitelt haben. Stoney hat eine Theorie, weshalb das möglich war.«

Eric räusperte sich. »Ich glaube, er kann immer nur einen einzigen Ort beobachten. Er kann unsere Pläne überwachen, aber wenn mehrere Dinge gleichzeitig passieren, muss er sich entscheiden, worauf er sich konzentrieren will.«

»Und wir haben noch einen weiteren Vorteil.« Juan schaute nacheinander seine engsten Mitarbeiter an. »Unsere gemeinsame Vergangenheit. Wenn wir uns verschlüsselt unterhalten und Informationen über unsere nächsten Pläne austauschen, indem wir uns auf vergangene Erlebnisse und Erfahrungen beziehen, die nur wir kennen, wird er den Sinn unserer Unterhaltungen niemals entschlüsseln können, selbst wenn er uns ständig belauscht. Dies – sowie Max' Idee, mit der Ausführung unserer taktischen Maßnahmen bis zum letzten Augenblick zu warten – verschafft uns eine reelle Außenseiterchance gegen Kensit.«

Murphs Tablet meldete sich mit einem leisen Glockenton. »Die Ergebnisse sind da. Wir haben einige Treffer mit mehr als fünfzig Prozent Wahrscheinlichkeit, aber nur einen, der mehr als fünfundneunzig Prozent Übereinstimmung aufweist.« Murph tippte mit der Fingerspitze auf den Bildschirm, dann stöhnte er unterdrückt auf, als er das Ergebnis sah.

»Was ist los?«, fragte Max. »Eine Niete?«

»Nein, es ist ein Treffer. Aber ihr werdet nicht glauben, wo sich die Höhle befindet.« Er schaltete das Bild von seinem Tablet auf Lindas großen Sichtschirm.

Ein gelber Punkt schwebte über einem Satellitenfoto von der Region, auf der eine Bergkette rot markiert war. Der Punkt befand sich nicht über einem grünen Tal, sondern über der blauen Wasserfläche eines Binnensees.

»Mit deinem Vergleichsmodell stimmt was nicht«, sagte Eddie. »Wie kann sich diese Höhle auf dem Grund eines Sees befinden?«

»Weil dies der Lake Péligre in Zentralhaiti ist, der vom Artibonite River gespeist wird«, sagte Murph mit einem gequälten Seufzer, als er den Text auf dem Bildschirm las. »Er verdankt seine Existenz dem Bau des Péligre Hydroelectric Dam im Jahr 1956, also mehr als fünfzig Jahre nach Günther Lutzens Aufenthalt auf Haiti. Der Höhleneingang befindet sich jetzt unter knapp fünfzehn Metern Wasser.«

VIERZIG

Gegen Mittag lief die *Oregon* in den nördlichsten Hafen der Dominikanischen Republik, Puerto Plata, ein. Lake Péligre lag fast genau in der Mitte Haitis und war ausschließlich über gewundene, zerfurchte und ausgefahrene Straßen zu erreichen. Linda und ihr Team würden für die Zweihundertfünfundsiebzig-Meilen-Fahrt sieben Stunden benötigen. Ihr Beförderungsmittel an Land zu bringen erwies sich da als weitaus einfacher.

Normalerweise waren langwierige Zollformalitäten zu erledigen, ehe irgendwelche Fracht ausgeladen werden durfte. Aber die großzügig mit harter Währung gefüllten Hände der schlecht bezahlten Angehörigen des öffentlichen Dienstes der Dominikanischen Republik beseitigten das »Missverständnis«, keine Einfuhrgenehmigung beantragt zu haben. Nach der halben Stunde, die es dauerte, um den PIG zu entladen, legte die *Oregon* wieder ab. Um die Grenze nach Haiti ungehindert überqueren zu können, wäre ein weiterer großzügig bemessener Obolus nötig.

Linda vergewisserte sich, dass sie nicht beschattet wurden. Eric, der in dem für vier Personen ausgelegten Führerhaus neben Linda auf dem Beifahrersitz saß, überprüfte außerdem, dass sie nicht elektronisch überwacht wurden. Ob Kensit sie mit seinem Neutrino-Teleskop beobachtete, war unmöglich festzustellen. In dieser Hinsicht mussten sie auf ihr Glück vertrauen. MacD und Hali hatten sich auf dem Rücksitz ausgebreitet und machten ihre Ausrüstung einsatzbereit.

Da Max das Fahrzeug entworfen hatte, gebührte ihm die Ehre, ihm einen Namen zu geben, und er nannte es Powered Investigator Ground. Doch zu seinem Leidwesen sprachen alle Mannschaftsmitglieder nur vom PIG. Der motorisierte Aufklärer war so etwas wie die corporationseigene landgestützte Version der *Oregon.* Für den unbeteiligten Betrachter war der PIG bis hin zu dem falschen Firmenlogo einer Benzinraffinerie auf der Seitenwand nicht mehr als ein mit Ölfässern beladener ramponierter Lastwagen. Die Hecktür konnte jederzeit von Hafeninspektoren geöffnet werden, die außerdem die sechs vollen Treibstofffässer, die den Reservetreibstoff enthielten und den Operationsradius des Fahrzeugs bis auf achthundert Meilen erweiterten, zur Kontrolle abladen konnten. Nach dem Entfernen der ersten Reihe Fässer käme eine zweite Reihe zum Vorschein, die jedoch lediglich zur Tarnung diente, hinter der sich das restliche Innere des PIG verbarg. Sie gingen das eher geringe Risiko ein, jemand könne sich die Mühe machen, die gesamte Ladefläche freizuräumen.

In Wirklichkeit war der PIG ein Geländefahrzeug mit dem Chassis eines Mercedes-Unimogs, angetrieben von einem 800 PS starken Turbodieselmotor mit Lachgaslader, der die Leistung auf über 1000 PS steigerte. Das Führerhaus und der Frachtraum, in dem zehn Soldaten in voller Kampfausrüstung Platz fanden, waren mit einer Panzerung zur Abwehr von Hochgeschwindigkeitsgewehrmunition versehen, und die selbstdichtenden Reifen und das aufwendig stoßgedämpfte und gefederte Fahrwerk mit sechzig Zentimetern Bodenfreiheit garantierte eine unbegrenzte Manövrierfähigkeit in jedem Gelände, solange es nicht aus senkrechten Felswänden bestand.

Der PIG konnte für jede denkbare Mission modifiziert werden, sei es, dass er als Such- und Rettungseinheit oder als mobile Kommandostation bei diversen Kampfhandlungen eingesetzt werden sollte. Besonders wichtig waren für Max seine Fähigkeiten als Verteidigungs- oder Angriffsplattform. In der vorderen Stoßstange verbarg sich ein Kaliber-.30-Maschinengewehr, und versteckte Rahmengestelle auf beiden Seiten des Fahrzeugs ließen sich ausfahren, um Lenkraketen abzuschießen. Durch eine nahtlos schließende Dachklappe konnten Mörsergranaten abgefeuert werden, während ein Rauchgenerator im Heck in der Lage war, dicke Qualmwolken zu erzeugen.

Die neueste Modifikation war der Einbau einer Fernsteuerung. Das Drive-by-wire-System wurde mittels einer tragbaren Kontrolleinheit mit fünf Meilen Reichweite gesteuert. Der Lenker richtete sich dabei nach Bildern, die von Kameras im Front- und Heckbereich des Fahrzeugs übermittelt wurden. Neben normalem Tageslichtbetrieb verfügten die Kameras auch über eine Nachtsichtfunktion.

Linda kurvte zuerst einmal ohne festen Plan kreuz und quer durch die Stadt. Falls Kensit sie nicht im Visier seines Neutrino-Telekops hatte, würde er sie kaum mehr aufstöbern können. Obgleich sie nicht allzu oft Gelegenheit dazu hatte, liebte Linda es, den PIG auf die gute alte manuelle Art zu lenken. Nichts war so erhebend, wie auf riesengroßen Reifen hoch über allen anderen Fahrzeugen thronend in einem schweren Laster, der es mit jedem Geländewagen aufnehmen konnte, durch die Weltgeschichte zu donnern.

»Meinst du, dass uns Kensit im Auge hat?« Damit stellte Hali die Frage, die das gesamte Team im PIG beschäftigte.

»Hoffen wir, dass er sich mehr für den Chairman interessiert«, erwiderte Linda, während sie den PIG auf die Küstenschnellstraße lenkte.

Das war der Hauptgrund, weshalb sie nur zu viert und

nicht mit einem vollständigen Einsatzteam unterwegs waren. Kensit sollte annehmen, sie absolvierten lediglich eine Aufklärungsmission, sodass sein Interesse anderen Aktivitäten galt.

»Bereit für die nötigen Informationen?«, fragte Eric.

»Lass hören«, sagte Linda und ließ sich ihre Bedenken nicht anmerken. Es gefiel ihr gar nicht, sich so offen über ihr Vorhaben zu äußern, aber irgendwann musste es getan werden.

»Okay, der Höhleneingang befindet sich unter Wasser, aber in weniger als einer Meile Entfernung zwischen den Bergen und dem See gibt es eine alte Zementfabrik, die von der Schnellstraße nur über eine unbefestigte Schotterpiste zu erreichen ist. Kalkstein gibt es auf Haiti im Überfluss, und mit dem Zement, der daraus hergestellt wird, wurde der Lake-Péligre-Staudamm errichtet. Sobald der Damm fertiggestellt war, machte die Zementfabrik Pleite und wurde stillgelegt, bis sie vor zwei Jahren in den Besitz einer Briefkastenfirma überging und wiedereröffnet wurde.«

»Alles andere als ein Zufall, wenn ihr mich fragt«, sagte MacD.

»Du hast wahrscheinlich recht«, sagte Eric. »Die Fabrik produziert Zement, aber eher wenig. Laut den Informationen der CIA reicht der Ausstoß bei weitem nicht aus, um eine Fabrik von dieser Größe profitabel zu betreiben. Außerdem ist der Zement von minderer Qualität. Ein Haus würde ich mir damit nicht bauen.«

Hali legte sein Kinn auf Erics Rückenlehne. »Meinst du, es ist nur eine Tarnung, um ungestört einen Tunnel bis zu der Höhle zu graben?«

»Genau. Da der ursprüngliche Eingang nicht zu benutzen ist, muss Kensit einen anderen Weg finden, um hineinzukommen. Wenn Günther Lutzen ihm so etwas wie einen Plan von dem gesamten Höhlensystem hinterlassen hat, könnte Kensit so lange Löcher in die Berge gebohrt haben, bis er fündig wurde, um dann einen Tunnel anzulegen, der groß genug ist, um seine Ausrüstung in die Höhle zu schaffen. Eine Zementfabrik wäre die ideale Tarnung, um das Abraummaterial abzutransportieren, ohne dass irgendjemand Verdacht schöpft.«

»Ich bin vielleicht nicht das hellste Licht im Hafen«, sagte MacD, »aber wenn die Höhle unter Wasser liegt, wie konnte Kensit darin sein Teleskop installieren?«

»Entweder hat er eine Sperre angelegt, um das Wasser aus dem See fernzuhalten, und die Höhle leergepumpt«, sagte Eric, »oder die Höhle, die er benutzt, liegt oberhalb des Wasserspiegels. Vergesst nicht, in Höhlensystemen gibt es oft drastische Höhenunterschiede.«

»Was wissen wir über die Verteidigungsanlagen der Zementfabrik?«, fragte Linda.

»Nichts. Wir müssen davon ausgehen, dass Bazin seine Schutztruppe für den Fall unliebsamer Störungen in ständiger Bereitschaft hält.«

Der Verlauf und der Umfang der »Aufklärungs«-Mission war auf der *Oregon* festgelegt worden. Die Planung hatte sich wegen der Vorsichtsmaßnahmen, die sie ergreifen mussten, als extrem umständlich erwiesen. Ohne es ausdrücklich zu erwähnen, bezog Juan sich auf das gesunkene Schiff während ihrer kältesten Mission. Jeder im Team wusste sofort, dass damit die *Silent Sea* gemeint war, eine chinesische Dschunke, die vor der Küste der Antarktis gesunken war. Der Startzeitpunkt ihrer Mission wäre am nächsten Tag 16:00 Uhr minus die Anzahl der Buchstaben im Schiffsnamen. Damit wussten alle, dass angesichts von neun Buchstaben die Mission um sieben Uhr morgens beginnen sollte. Bei Sonnenaufgang.

Was die Bedeutung ihrer Aufklärungsmission betraf,

so erklärte Juan ihnen, dass sie seine *Aggie Johnston* seien. Die *Aggie Johnston* war ein Supertanker, der seinerzeit als Tarnung für die *Oregon* gedient hatte, damit sie sich vor der libyschen Küste unbemerkt an eine feindliche Fregatte anschleichen konnte. Lindas Aufgabe bestand darin, für den Chairman eine Tarnung zu schaffen. Sie und ihr Team dienten als Ablenkungsmanöver für das, was er geplant hatte.

Juan empfahl, auf die gleiche Weise an den Wächtern der Zementfabrik vorbeizuschleichen, wie er es seinerzeit in Karamita getan hatte. Dass Karamita ein stillgelegter Abwrackhafen in Indonesien war, konnte Kensit unmöglich bekannt sein. Juan bat Linda und ihr Team, zwei vollständige Ausrüstungssätze zu deponieren, damit sie einsatzbereit seien, sobald die Mission startete. Sie konnten die Ausrüstung nicht aus dem Materiallager des Schiffs herausholen, ohne dass Kensit sehen würde, was sie brauchten. Daher beabsichtigten sie, die benötigten Teile an Ort und Stelle zu erwerben – in der Hoffnung, dass Kensit zu diesem Zeitpunkt noch immer die *Oregon* im Fokus hätte. Im freien Handel erhältliches Gerät zu benutzen gefiel Linda zwar ganz und gar nicht, aber sie würde ihre Käufe auf Herz und Nieren überprüfen, um sicherzugehen, dass alles einwandfrei funktionierte.

»Wie weit noch?«, fragte sie.

Eric warf einen Blick auf sein GPS-Gerät, drehte sich halb um und deutete dann nach links. »Das dort müsste es sein.«

Das Schild über dem Laden verkündete »Buceo De Diego«. Neben dem Namen flatterte eine rote Fahne mit einem diagonal verlaufenden weißen Streifen, dem internationalen Sporttaucher-Symbol. Der Laden hatte den Ruf, der beste Ausrüster außerhalb von Santo Domingo zu sein.

Sie stiegen aus dem PIG und betraten den Laden. Er war nicht sehr groß, aber die Wandregale waren mit den modernsten Atemtanks, Regulatoren, Schwimmflossen und Tarierjackets gefüllt.

Der athletische Inhaber, der offenbar selbst Taucher war und soeben einen Karton mit Tauchmasken leerte, sagte: »*Buenos dias.* Kann ich Ihnen helfen?« Er erkannte sofort, dass seine Besucher keine Einheimischen waren.

»Oh, gut, Sie sprechen Englisch«, sagte Linda, als wäre sie eine Touristin, die froh war, nicht ihre dürftigen Spanischkenntnisse zusammenkratzen zu müssen.

»Wir haben hier natürlich viele amerikanische Besucher. Wären Sie und Ihre Freunde an einem Tauchausflug interessiert?«

»Das sind wir wirklich, aber dazu brauchen wir keine Führung. Wir möchten bei Ihnen nur unsere Ausrüstung kaufen.« Sie holte ein dickes Bündel Banknoten aus der Tasche.

Dieser Anblick ließ den Ladeninhaber sofort aufspringen. Das Auspacken der Tauchmasken konnte offenbar warten.

»Sie werden es nicht bereuen«, sagte er und bemühte sich vergebens, nicht allzu hungrig auf den Stapel amerikanischer Dollars zu starren. »Ich denke, die Korallenriffe der Dominikanischen Republik sind die besten und schönsten der Welt.«

»Eigentlich«, sagte Linda und deutete auf ein Nomad-Sidemount-Tauchgeschirr, »dachten wir eher an Höhlentauchen.«

EINUNDVIERZIG

Obwohl der Himmel klar und wolkenlos war, rollte und bockte das Deck des vom Alter gezeichneten siebzig Meter langen Frachters *Reina Azul* – oder *Blue Queen* – in der von einem heftigen Sturm östlich von Nicaragua aufgewühlten schweren See. Dayana Ruiz wünschte sich, mit ihrer schlanken Fregatte *Mariscal Sucre* durch die Wellen pflügen zu können, aber diese Mission verlangte absolute Geheimhaltung. Sie wurde von einer handverlesenen Mannschaft ihrer vertrauenswürdigsten Offiziere begleitet, die ihr bei dieser Schmuggeloperation behilflich waren. Die Marineuniformen hatten sie in Venezuela zurückgelassen.

Ihre Abwesenheit hatte sie damit begründet, dass sie das UNITAS-Manöver von einer Fregatte der kubanischen Marine aus beobachten wolle. Ein kubanischer Admiral, der ihr einen Gefallen schuldig war, war bereit, ein überzeugendes Alibi zu liefern.

Sie waren zehn Stunden von der Küste Haitis entfernt. Der Doktor hatte ihr versichert, dass das Ziel der *Oregon* ein Ort irgendwo an der Westküste sei, allerdings hatte er nicht durchblicken lassen, woher er das so genau wusste. Ruiz empfand die gesamte Situation als seltsam verwirrend. Sie war es nicht gewöhnt, dass man sie, was detaillierte Informationen betraf, derart im Ungewissen ließ. Information war Macht, und in Bezug auf den Doktor hatte sie von beidem nur sehr wenig. Die Videosequenzen hingegen, die er ihr in unregelmäßigen Abständen schickte, überzeugten sie von der Präzision seiner Informationen, stachelten jedoch jedes Mal, wenn sie sie betrachtete, aufs neue ihren Zorn an. Die jüngste Sequenz zeigte, wie das Schiff Puerto Plata mit westlichem Kurs in Richtung Haiti verließ, und sie war entschlossen, dafür zu sorgen, dass dies ihre letzte Begegnung wäre.

Die *Mariscal Sucre* außerhalb venezolanischer Gewässer in Kampfhandlungen zu verwickeln war undenkbar, vor allem da Ruiz die Absicht hatte, in nächster Nähe der Küste einer anderen Nation einen Angriff zu machen. Da blieb Täuschung die einzige Alternative. Mit einer Höchstgeschwindigkeit von fünfzehn Knoten und ohne die geringsten Mittel zur Verteidigung hätte die *Reina Azul* der *Oregon* in einem direkten Duell nichts entgegenzusetzen, aber auf dem Deck wartete für alle sichtbar ein Geheimnis, das Ruiz in die Lage versetzen würde, ihren Intimfeind zu versenken.

Sie suchte den Horizont ab und sah weit und breit kein anderes Schiff. Das leistungsschwache bordeigene Radar bestätigte, dass sie auf weiter Flur allein waren.

»Fangen Sie mit dem Test an«, sagte sie zu dem Kapitän.

Er gab entsprechende Befehle, und Ruiz fixierte einen grauen Frachtcontainer, der auf dem Deck verschraubt war. Er sah genauso aus wie alle anderen Frachtcontainer an Bord, doch in diesem verbarg sich eine Überraschung.

»Abschussposition wird eingenommen«, erklang eine Stimme über die Sprechanlage.

Das Dach des Containers drehte sich und stieg in die Höhe, während vier grüne Röhren, deren Länge zwei Drittel der Länge des Containers betrug, von einer Hydraulik aus dem Behälter ausgefahren und feuerbereit fixiert wurden. In jeder Röhre befand sich eine russische 3M-54-Klub-K-Antischiffsrakete mit einem Sechshundert-Pfund-Gefechtskopf. Der Turbofan-Antrieb ermöglichte der Lenkwaffe einen Zielanflug in zehn Metern

Höhe über der Meeresoberfläche, bis sie sich ihrem Ziel bis auf fünf Kilometer genähert hätte. An diesem Punkt würde die Schutzröhre abgeworfen und der Gefechtskopf von einem Feststoffraketenantrieb auf zweieinhalbfache Schallgeschwindigkeit beschleunigt werden. Dieser Waffe auszuweichen oder sie abzuschießen wäre nahezu unmöglich, und Ruiz standen vier dieser Raketen zur Verfügung.

Sie hatte das getarnte Waffensystem angefordert, um es einer Hisbollah-Zelle zu verkaufen, die plante, es gegen israelische Schiffe einzusetzen. Eine der wenigen Waffen, die Juan Cabrillo während seines Überraschungsangriffs nicht hatte zerstören können, würde ihn also am Ende auf den Grund der Karibischen See schicken.

»Meldung«, sagte Ruiz, als die Röhren ihre vorgesehene vertikale Abschussposition einnahmen, perfekt getarnt durch die Containerstapel auf beiden Seiten des Transportbehälters.

»Alle Systeme funktionieren störungsfrei«, antwortete der Waffenoffizier im winzigen Kontrollraum des Raketencontainers. »Aber Admiral, das Zielradar erhält seine Informationen vom Radar des Schiffes, das für eine direkte Steuerung zu ungenau ist, vor allem wenn mehrere Schiffe im Zielgebiet kreuzen. Die Rakete kann ihr Ziel erst dann auffassen, wenn sie gestartet ist, daher können wir immer nur eine einzelne Rakete abfeuern.«

»Wie bitte?«, rief sie. »Absolut inakzeptabel!«

»Tut mir leid, Admiral«, lautete die gestammelte Erwiderung, »aber wir sind mit diesem Waffensystem nicht ausreichend vertraut.«

»Na schön«, sagte sie, innerlich rasend vor Zorn. »Dann werden wir angreifen, wenn kein anderes Schiff in der Nähe der *Oregon* zu sehen ist.«

»Aye, Admiral.«

»Gut. Schließen Sie den Behälter und fahren Sie die

Bereitschaftsroutine wieder herunter.« Sie wandte sich an den Kapitän. »Haben Sie schon etwas von unseren Begleitschiffen gehört?«

Er nickte. »Sie erwarten uns im Canal de la Gonâve in der Nähe von Port-au-Prince. Alles, was sie wissen, ist, dass sie uns eskortieren sollen.«

»Hervorragend. Sorgen Sie dafür, dass unser Fluchtboot bereitliegt, wenn wir die Abschussposition erreichen. Sobald die *Oregon* versenkt wurde, fluten wir die *Reina Azul* und unsere Begleitschiffe. Ehe jemand begriffen hat, was geschehen ist, verlassen wir Haiti auf dem Luftweg.« Falsche Pässe wären die letzte Maßnahme, um alle Spuren auszulöschen.

Ruiz musste unwillkürlich lächeln. Das war eine ungewöhnliche Reaktion, die den Kapitän sichtlich beunruhigte. Die Vorstellung, dass sie Juan Cabrillo und die *Oregon* vernichten würde, indem sie sich ihrer eigenen Tarnkappentaktik bediente, hatte einen ganz besonderen Reiz, dem sie sich nicht entziehen konnte und den sie in vollen Zügen genoss.

* * *

Während Bazin zum Ausgang der unterirdischen Sentinel-Basis wanderte, gingen die natürlichen Kalksteinhöhlen mit ihren Unregelmäßigkeiten und Unebenheiten abrupt in die glatten, sorgfältig abgeschliffenen Wände der künstlich geschaffenen Tunnel über. Er würde es niemals offen eingestehen, aber dieser Wechsel ließ ihn immer wieder erleichtert aufatmen. Das Höhlenlabyrinth erstreckte sich, soweit bekannt war, über Meilen. Nachdem die Oz-Höhle gefunden worden war, hatte sich bisher niemand die Zeit genommen, sie eingehend zu erforschen, und Bazin wagte nicht, sich vorzustellen, dass er sich in diesen dunklen Gewölben verirren könnte.

In regelmäßigen Abständen an den Wänden installierte Neonröhren erhellten mit ihrem kalten Licht summend und knisternd den Tunnel. Ein dickes Stromkabel hing an der Decke und versorgte das Sentinel-Teleskop mit Energie. Der Staudamm mit seinen drei Francis-Turbinen war die Hauptenergiequelle, galt jedoch als derart unzuverlässig, dass Dieselgeneratoren in einem der Außengebäude als Reserve ihre Arbeit verrichteten. Außerdem befand sich in der Oz-Höhle selbst ein Batteriesystem, das das Teleskop für mehr als zwei Stunden mit Strom versorgte, falls die Generatoren durch Maschinenschaden ausfielen.

Als sich Bazin dem Ausgang so weit genähert hatte, dass sein Mobiltelefon wieder ein Signal empfing, das aufgrund der mangelhaften Mobilfunkabdeckung in dieser Region per Internet gesendet wurde, wählte er Kensits Nummer.

»Statusmeldung«, lautete die knappe Reaktion auf seinen Anruf.

»Die Techniker versichern, dass nach ihrer Einschätzung die fehlerfreie Funktion Sentinels gewährleistet ist.«

Obgleich ein umfangreiches Kontingent von Ingenieuren und Technikern herangeschafft worden war, um Sentinel zu installieren und in Gang zu setzen, waren nur wenige zurückgeblieben, um das System zu überwachen und seine Funktionsfähigkeit zu erhalten. Der Rest der Belegschaft war genauso mit verbundenen Augen herausgeführt worden, wie man ihn seinerzeit auf die verschiedenen Bereiche der Anlage verteilt hatte. Dabei waren sämtliche auf Papier – und elektronisch – fixierten Zeugnisse ihrer Arbeit in der Höhle verblieben. Bazin wusste, dass Kensit die Absicht hatte, sich erneut ihres technischen Know-hows zu bedienen, aber jeder von ihnen kannte nur einen begrenzten Teil der Anlage, und keiner war mit der Software vertraut, mit der die Einrichtung gesteuert wurde. Hätten sie gewusst, wie das System funktionierte, hätte Bazin sie schon längst auf eigene Kosten engagiert, Kensit getötet und die Kontrolle über die Operation übernommen. Stattdessen war er jetzt Kensits treu ergebene rechte Hand.

Bazin konnte damit leben, der zweitmächtigste Mensch der Welt zu sein. Vorläufig zumindest.

»Wie steht es mit der Energieversorgung?«, fragte Kensit.

Bazin ging an den summenden Generatoren vorbei, die in dem Gebäude standen, in dem sich der Tunneleingang befand. »Die Dieselgeneratoren sind aufgetankt, und die Batterien sind vollständig aufgeladen. Alles ist bereit für die morgige Operation.«

»Danach legen wir diesen Abschnitt still.«

»Wie lange wird es dauern, um Sentinel zwei einzurichten und zu starten?«

»Die gestrigen Tests waren erfolgreich, daher würde ich meinen, dass wir weniger als drei Monate brauchen, sofern wir erst einmal einen Verbindungstunnel zur neuen Höhle angelegt haben. Wir holen alle Ingenieure und Techniker zurück, aber diesmal werden sie auf Dauer an Ort und Stelle bleiben.«

»Und was ist mit den Gräbern?«

»Ihre Haitianer haben ihre Sache gut gemacht. Sie werden sicherlich genug Mexikaner finden, die das Gleiche schaffen. Denken Sie daran, Sie müssen Sentinel bis neun Uhr morgen früh vor jedem fremden Zugriff sichern. Dann startet die Abfangmission.« Air Force Two befände sich fast genau über ihnen, wenn die Drohnen sie am Morgen zum Absturz brächten.

»Was sind die jüngsten Informationen über Juan Cabrillos Pläne?«

»Er lässt es so aussehen, als würde er es mit einem direkten Angriff versuchen. Ich glaube aber eher, dass er versuchen wird, unbemerkt einzudringen.«

»Wie?«

Eine kurze Pause entstand. »Das weiß ich nicht. Sie haben Treibstoff aus einem Lastwagen ausgeladen. Er trägt das Logo einer Ölfirma. Ich schicke Ihnen ein Foto, damit Sie wissen, wonach Sie Ausschau halten müssen.«

»Wo sind sie zurzeit?«

»Ich behalte Juan Cabrillo und die *Oregon* im Auge, daher habe ich den Lastwagen verloren. Er ist nur mit vier Personen besetzt. Die dürften uns kaum gefährlich werden.«

Bazin musste sich einen Kommentar verkneifen. Kensit war so sehr von seiner Macht überzeugt, dass sein Selbstvertrauen keine Grenzen kannte. Bazin war nicht so dumm, einen Gegner zu unterschätzen, vor allem wenn es ein Gegner wie die Mannschaft der *Oregon* war, die ihn und seine Männer schon einmal überlistet hatte.

»Ich gebe Ihnen Bescheid, wenn Cabrillo zum Angriff übergeht. In der Zwischenzeit bereiten Sie Ihre Männer und die Verteidigungsmaßnahmen vor.«

»Ja, Sir. Ich habe dank Admiral Ruiz meine eigenen Überraschungen in petto.«

»Die nächsten Updates schicke ich Ihnen in Textform. Ich rufe nicht mehr an, bis mein Drohnenangriff startet.« Kensit unterbrach die Verbindung.

Bazin machte am nächsten Gebäude Halt. Dessen dicke Mauern waren aus dem Zement der Fabrik erbaut worden. Er trat ein, um die beiden Söldner zu kontrollieren, die im Vorraum Wache hielten. Er schaute durchs Türfenster und sah die jämmerlichen Gestalten von Duval und den restlichen Gräbern. Der Gestank der verschwitzten Körper und der Toiletteneimer, die überall im Raum herumstanden, drang sogar durch die Türritzen. Die Männer befanden sich in einer bemitleidenswerten Verfassung, da man ihnen während der letzten Tage nur das absolute Minimum an fester Verpflegung und Wasser, das zum Überleben nötig war, zugestanden hatte. Selbst Duval schaffte nicht mehr, als ihn wütend anzustarren. Es war ein Blick, den Bazin aus seiner Kindheit kannte, wann immer Duval sich über etwas ärgerte, das sein jüngerer Hausgenosse getan hatte.

Bazin nickte zufrieden. Der Nahrungsentzug hatte seinen Zweck erfüllt. Die Männer waren keine Bedrohung mehr, aber sie würden nicht sterben, bevor sie in die Tunnel getrieben und eingesperrt wurden, wenn Sentinel gesprengt würde. Die Gräber, die diese erste Version des Neutrino-Teleskops möglich gemacht hatten, würden zusammen mit ihm untergehen.

Ein wichtiger Punkt stand noch auf Bazins Tagesordnung, den er erledigen musste, ehe er sein Team zusammentrommelte, um die Verteidigungspläne mit ihm durchzugehen. Er betrat einen geräumigen Schuppen, in dem in früheren Zeiten die Zementmixer ihre Fracht geladen hatten. Die Mixer waren längst verschwunden und durch vier südafrikanische leichte Ratel-Schützenpanzerwagen ersetzt worden, die zuvor im Bürgerkrieg in Angola eingesetzt worden waren. Kensit hatte sie bereitgestellt, nachdem Admiral Dayana Ruiz sie mit Hilfe ihres Schmuggelunternehmens beschafft hatte. Jedes der dreiachsigen Fahrzeuge war mit einer 20mm-Schnellfeuerkanone und zwei 7,62mm-Maschinengewehren ausgerüstet.

Bazin hatte immer angenommen, dass er sie das erste Mal benutzen werde, wenn er damit in Port-au-Prince einfuhr, um im Zuge seines geplanten Umsturzes die Regierung zu übernehmen. Nun würde er sie im Einsatz gegen Juan Cabrillo und seine Mannschaft testen können, sofern sie dreist genug waren, einen Angriff zu versuchen. Und er konnte es kaum erwarten, sich davon zu überzeugen, wie viel Schaden die panzerbrechenden Geschosse anrichten mochten.

Er lächelte versonnen, als er sich vorstellte, wie Cabrillo in die Mündung der Kanone blickte, während er abdrückte.

* * *

Alles, was Kensit noch brauchte, war eine Portion Popcorn. Auf seinem Aussichtsplatz sitzend, kam es ihm vor, als verfolge er die ergebnisoffenste und unvorhersagbarste TV-Reality-Show, die jemals produziert worden war. Und wenn es langweilig wurde, konnte er den Kanal wechseln. Momentan hatte er sein Lieblingsprogramm eingeschaltet – *Die Juan-Cabrillo-Show*.

Momentan saß Cabrillo in seinem Konferenzraum und unterhielt sich mit vier männlichen Mitgliedern seiner Mannschaft: Eddie Seng, Franklin Lincoln, Mike Trono und Gomez Adams. Die Bemühungen des Kapitäns, seine Pläne zu durchkreuzen, waren zum Teil wirklich genial, am Ende würden sie aber doch zu nichts führen, da Kensit ihre Diskussionen und Aktivitäten in Realzeit verfolgen konnte.

»Wir starten mit dem Hubschrauber, eine halbe Stunde bevor die Mission anläuft«, sagte Cabrillo.

»Ich halte mich bereit«, sagte Adams, der Helikopterpilot. Seine fotogene Erscheinung verstärkte in Kensits Augen den Eindruck, dass er eine Fernsehserie verfolgte, allerdings mit einem unbegrenzten Budget.

»Eddie, staffier uns aus wie damals, als es gegen Argentinien ging.« Sie unterhielten sich in diesem Jargon, auf alte Missionen anspielend, seit sie von der Existenz des Neutrino-Teleskops erfahren hatten. Kensit wünschte sich, er könnte sich eingehender mit diesen Missionen befassen, aber der Fernzugriff auf die Datenbank der *Oregon* war gesperrt worden. Und Sentinel war nicht imstande, Maschinensprache auszulesen.

»Momentan sind unsere Techniker damit beschäftigt, die Ausrüstung zusammenzustellen«, sagte Seng. »Sobald wir hier fertig sind, gehe ich hinunter, um ihnen zu helfen.«

»Gut«, sagte Cabrillo. »Wir halten diese Operation so simpel wie möglich. Ich erkläre Gomez, wo wir landen, sobald wir das Ziel vor der Nase haben. Dort teilen wir uns auf und versuchen, in zwei Teams in die Zementfabrik einzudringen, Eddie und Linc auf der einen Seite und ich und Trono auf der anderen. Lindas Team versorgt uns nach der Landung laufend mit Informationen über die Aktivitäten der anderen Seite.«

Kensit hatte bereits ihre Funkgeräte kontrolliert, aber sie benutzten eine Hardwareverschlüsselung, die auf Frequenzsprungalgorithmen basierte, daher würde Bazin ihre Gespräche ohne seine Hilfe nicht belauschen können.

»Sobald wir Kensit geschnappt und das Neutrino-Teleskop einkassiert haben, schalten wir es aus, bis wir uns darüber klar sind, was wir weiter damit tun sollen.«

Kensit grinste spöttisch. Cabrillo hatte nicht die geringste Ahnung, dass er, Kensit, hunderte Meilen vom Ort des Geschehens entfernt war.

Cabrillo sah sein Team an. »Noch Fragen?«

»So weit scheint alles klar zu sein«, sagte Lincoln.

Trono nickte. »Null problemo.«

Kensit imponierte die lockere Haltung, mit der sie in ihr sicheres Verderben liefen.

»Das wär's dann«, sagte Cabrillo. »Wir haben 21:00 Uhr. In einer Stunde sollten wir in der Bahia de Grand Pierre in Position sein. Sehen Sie zu, dass Sie noch ein paar Stunden Schlaf tanken, nachdem Sie Ihre Ausrüstung überprüft haben.«

Sie nickten zustimmend. Kensit warf einen Blick auf die Landkarte und sah, dass die Bahia de Grand Pierre eine einsame Bucht an der Westküste von Haiti war. Sie war clever ausgesucht. Mit seinem Hubschrauber konnte Cabrillo dort unbemerkt landen, und sie war fünfzig Meilen von der Zementfabrik entfernt, was etwa zwanzig Minuten Flugzeit entsprach.

Die Männer gingen hinaus, aber Cabrillo blieb zurück und betrachtete nachdenklich die Tischplatte, als müsste er eine schwierige Entscheidung treffen. Dann sah er hoch und blickte Kensit direkt an. Offenbar wusste er genau, wo sich die Kamera befand.

»Lawrence Kensit«, sagte Cabrillo. »Ich muss Ihnen etwas mitteilen.«

Kensit erschrak, was für ihn vollkommen untypisch war. Eigentlich hätte er mit einer direkten Ansprache rechnen müssen, aber unheimlich war es trotzdem.

»Ich weiß nicht, ob Sie mich beobachten und mir zuhören«, fuhr Cabrillo fort. »Vielleicht rede ich jetzt auch mit mir selbst, aber wenn Sie irgendwo da draußen sind, sollten Sie eines wissen.«

Nachdem er seine Überraschung überwunden hatte, beugte sich Kensit in seinem Sessel vor. Die Verbindung zwischen ihnen war beinahe physisch greifbar.

Cabrillo strahlte glühenden, mühsam gebändigten Zorn aus wie ein Tiger im Zirkus, der einmal zu oft von der Peitsche des Dompteurs getroffen worden war. Die Intensität dieses Ausdrucks, die durch das Teleskop übertragen wurde, ließ Kensits Blut vereisen.

»Ich sage es nur dieses eine Mal«, knurrte Cabrillo, »und dann spreche ich nie mehr mit Ihnen. Sie mögen sich für ein Genie halten, Kensit, aber Sie sind nicht unfehlbar. Sie haben einen großen Fehler gemacht, als Sie meine Mannschaft angegriffen haben. Sie ist meine Familie. Vielleicht kann ein Einzelgänger wie Sie nicht verstehen, was Familie bedeutet, wie wichtig sie ist, aber Ihre

Attacken haben die Auseinandersetzung zwischen Ihnen und mir zu etwas Persönlichem werden lassen. Mir ist es gleich, in welcher Weise Sie glauben, mir überlegen zu sein und es vielleicht sogar wirklich sind – ich verspreche Ihnen, dass ich Sie finden werde. Und wenn das geschieht, werden Sie erfahren, dass meine Rache tödlich sein wird.« Cabrillo erhob sich, und nun verzog sich sein Gesicht zum Anflug eines Lächelns. »Genießen Sie diese Nacht, Kensit. Vielleicht ist sie ihre letzte.«

Cabrillo lachte leise, während er den Raum verließ. Dieser Auftritt hatte ihm mehr Spaß gemacht, als er erwartet hatte.

Aber Kensit lachte nicht. Sosehr er sich auch bemühte, in Cabrillos Worten nicht mehr zu sehen als die leere Drohung eines unterlegenen Gegners, so musste er sich in diesem Augenblick doch widerstrebend eingestehen, dass er zum ersten Mal, seit er begonnen hatte, Sentinel zu erschaffen, verunsichert war.

ZWEIUNDVIERZIG

Der erste matte Schimmer des heraufziehenden Tages tastete sich über die Hügel, die mittlerweile von dem dichten Wald entblößt waren, den Linda von den Fotos kannte, die Günther Lutzen 1902 von dieser Region aufgenommenen hatte. Die Vegetation hatte sich grundlegend verändert und bestand nun aus einem Dickicht kleinwüchsiger Bäume und niedriger Sträucher, das die Senken und Hügelketten rund um den Lake Péligre bedeckte.

Auf einer erhöhten Felsnase liegend, hatten sie und Eric einen ungehinderten Blick auf die Zementfabrik, deren Gelände sich fünfhundert Meter weiter östlich am Seeufer erstreckte. Kein Windhauch kräuselte die Wasserfläche, in der sich die vereinzelten Wolkenfetzen spiegelten, deren silbriges Funkeln mit dem Licht der Morgensonne wetteiferte.

Sie hatten den PIG verlassen und sich eine Meile weit zu Fuß bis zu diesem Aussichtspunkt durch den Urwald gekämpft. Linda suchte die Region mit einem 20x80-Steiner-Militärfeldstecher ab. Das Licht reichte aus, um die Schotterstraße zu erkennen, die sich von Westen heranschlängelte und parallel zu den Stromkabeln des nahe gelegenen Staukraftwerks verlief. Zu sehen waren außerdem mehrere Angehörige eines Wachkommandos, die zwischen den Gebäuden der Fabrik patrouillierten.

»Mit wie vielen Gegnern müssen wir rechnen?«, fragte Eric.

»Ich zähle bis jetzt mindestens zehn Männer, aber diese Gebäude sind groß genug, um ein ganzes Regiment zu beherbergen. Wie steht es mit dem PIG?«

Eric tippte auf seine Kontrolleinheit, dann sah er auf die Uhr. »Alles okay, aber ich kann nicht gleichzeitig lenken und die Waffensysteme bedienen. Wenn Hali und MacD nicht bald wieder zurück sind, müssen wir zwischen der Überwachung der Fabrik und dem Einsatz der Waffen hin und her schalten.«

Ein Rascheln erklang hinter ihnen und beschleunigte für einen kurzen Moment Lindas Herzschlag auf eine schwindelerregend hohe Frequenz. Sie warf sich herum und brachte ihr Sturmgewehr in Anschlag.

»Uns haben schon die Ohren geklungen«, sagte MacD. Dicht hinter ihm tauchte Hali auf.

Linda senkte ihre Waffe. »Habt ihr die Ausrüstung deponiert?«

MacD nahm ein Kaliber-.50-Barrett-Präzisionsgewehr von der Schulter und streckte sich neben Linda auf dem felsigen Untergrund aus. »Wir haben einen Platz gefunden, an dem das Paket nicht zu sehen ist, selbst wenn sie draufstehen.«

»Der Peilsender ist aktiviert«, sagte Hali, während er sich ebenfalls hinlegte. »Der Chairman dürfte keine Probleme haben, es zu finden.«

»Von dort unten«, sagte MacD, »sah dieser Felsgrat fast genauso aus wie auf Lutzens Foto. Außer dass von dem dichten Baumbestand nichts mehr übrig ist.«

»Ohne sonstige Energiequellen haben die Eingeborenen die Wälder wahrscheinlich zu Feuerholz gemacht«, sagte Linda. »Und da nur noch wenige Bäume mit ihren Wurzeln das Erdreich festhalten, füllt sich der See nach und nach mit Geröll und Schwemmboden, was natürlich auch die Stromerzeugung des Staudamms beeinträchtigt.«

»Es sieht so aus, als sei noch genügend Elektrizität übrig, um diese Zementfabrik in Gang zu halten.«

»Und das Neutrino-Teleskop zu betreiben«, fügte Eric

hinzu. Er suchte das Gelände vor ihnen mit einem Wärmetaster ab. »Ich fange starke Wärmesignale von diesem Gebäude neben dem Kuppelbau auf.«

Linda blickte durch das Fernglas und sah, was er meinte. Im zunehmenden Licht konnte sie im Dach des Gebäudes grob herausgeschnittene Belüftungslöcher erkennen.

»Dort stehen wahrscheinlich die Reservegeneratoren. Es ist wohl nicht davon auszugehen, dass ihnen die Stromzufuhr vom Staudamm ausreicht, wenn sie alle naselang mit einem Ausfall der Turbinen rechnen müssen. Laut Informationen der CIA quittieren die Turbinen gelegentlich für Stunden den Dienst.«

»Dann ist dies also Ziel Nummer zwei, oder?«, fragte Hali.

»Ja.« Linda sah auf die Uhr. Punkt sieben.

Sie aktivierte ihr Sprechfunkgerät. »Libelle, hier ist Murmeltier. Wie lautet Ihre Position?«

»Hier ist Libelle, ich höre Sie, Murmeltier«, drang die Antwort des Chairman zusammen mit dem pulsierenden Rotorlärm des MD 520N aus dem Lautsprecher. »Wir sind genau im Zeitplan. Die Mission wurde gestartet.«

»Roger, Libelle. Das Paket wurde geliefert.«

»Verstanden. Wenn ihr innerhalb von vierzig Minuten nach der Landung nichts von uns hört, brecht ihr die Mission ab.«

Dies war eine Menge Zeit, um Bazin und seine Männer in Trab zu halten, aber der Spielraum für den Chairman, sich einen Fehler zu leisten, war extrem eng. Linda blickte zu ihren Leuten hinüber. MacD schüttelte den Kopf. Sie teilte seine Bedenken, aber sie war auch Offizier. »Verstanden, Libelle.« In der Corporation galt es als schlechtes Omen, jemandem viel Glück zu wünschen, daher meldete sich Linda mit einem »Gute Jagd. Ende« ab.

»Okay, Eric«, sagte sie dann, »Zeit fürs Feuerwerk.«

Er gab Hali, der sein eigenes Kontrollpad bereithielt, ein Zeichen mit dem Kopf. Eric schob den Joystick nach vorn, und die Kamera am vorderen Ende des PIG schwenkte herum, bis einer der Strommasten in der Mitte des übertragenen Videobildes erschien.

»Eins. Feuer«, sagte Hali und tippte auf sein Kontrollpad.

Eine Rakete verließ den Startrahmen des PIG und zertrümmerte den Mast. Die Stromleitungen peitschten funkensprühend über die Schotterpiste. Der dumpfe Explosionsknall folgte Bruchteile von Sekunden später.

»Und schon geht das Licht aus«, sagte Hali.

Linda richtete das Fernglas auf die Zementfabrik. Die Lampen erloschen flackernd für einen Moment, dann flammten sie wieder auf. Ein paar Söldner, die auf dem Fabrikgelände zu sehen waren, liefen offensichtlich verwirrt zwischen den Gebäuden hin und her.

»Nimm das nächste Ziel aufs Korn«, entschied Linda.

Eric stieß den Joystick wieder nach vorn, und 800 PS beschleunigten den PIG auf ein halsbrecherisches Tempo. Linda schwenkte den Feldstecher zur Straße und entdeckte den PIG, als er hinter einem Hügel hervorschoss.

»Ich habe das Ziel«, sagte Hali.

»Feuer«, befahl Linda.

Zwei Mörsergranaten wurden durch die Dachöffnung des PIG abgeschossen. Sie beschrieben einen unsichtbaren Bogen durch die Luft und schlugen in dem Gebäude ein, in dem sich die Dieselgeneratoren befanden. Offenbar hatte man dort auch den Reservetreibstoff gelagert, denn die Explosion der Granaten wurde von der Detonation, die darauf folgte, um ein Mehrfaches übertroffen.

Diesmal erloschen die Lampen endgültig.

Söldner rannten kopflos in alle Richtungen und hielten Ausschau nach den Angreifern. Es war kein kontrolliertes Chaos, sondern ein totales.

Während die Flammen aus dem Dach des Generatorhauses schlugen, konnte Linda das rhythmische Flappen eines Hubschrauberrotors hören, das stetig näher kam. Dann erschien der MD 520N und folgte im Tiefflug dem Verlauf des Seeufers.

Als er nur noch wenige hundert Meter von seinem Landepunkt entfernt war, sagte Linda: »Ziel Nummer drei angreifen.«

»Rauchgranaten bereit«, erwiderte Hali, während seine Finger über das Kontrollpad tanzten. »Und Feuer.«

Drei weitere Granaten verließen den PIG, nur trafen sie diesmal kein genau definiertes Ziel, sondern landeten auf dem Geländestreifen zwischen Fabrik und Seeufer. Kaum waren sie aufgeschlagen, begannen sie, dichte weiße Qualmwolken auszustoßen.

Linda war beeindruckt. Obgleich der Plan unter hohem Zeitdruck entwickelt worden war, schien er tatsächlich zu funktionieren. Die Mission lief wie am Schnürchen. Sie hatten ein perfektes Ablenkungsmanöver inszeniert, und nun würden sich Bazins Männer auf ihre Verteidigungspositionen zurückziehen und auf eine Attacke warten, die nicht stattfände.

Sie richtete den Blick wieder auf die Zementfabrik, wo eine Bewegung an einem der Gebäude ihre Aufmerksamkeit erregt hatte. Als sie sah, was aus dem Gebäude auftauchte, wusste sie sofort, dass die Mission doch nicht wie geplant verlaufen würde.

Eilig aktivierte sie das Sprechfunkgerät. »Achtung, Libelle, Bazin verfügt über Schützenpanzerwagen, die mit 20-Millimeter-Kanonen bestückt sind.«

»Danke für das Update, Murmeltier. Und jetzt bitte die schlechte Nachricht.«

»Ein Wagen kommt direkt auf Sie zu.«

* * *

Leere Red-Bull-Dosen lagen um Kensits Füße verstreut, und er war während der vergangenen vierundzwanzig Stunden nur einmal aus seinem Sessel aufgestanden, um einem von Bazins Männern, der auf der Yacht Dienst tat und ihm seine nächste Mahlzeit brachte, die Tür zu öffnen. Glücklicherweise hatte er eine Menge leere Wasserflaschen, sodass er nicht gezwungen war, die Toilette aufzusuchen.

Die Drohnenjets waren bereits von der Tyndall Air Force Base in Florida gestartet und überquerten die Everglades, sechs unbemannte QF-16, begleitet von zwei bemannten F-15-Kampfflugzeugen, die mit Luft-Luft-Raketen ausgerüstet waren. Kensit hatte ihre Kontrolle zwar noch nicht übernommen, aber die Daten, die ihm von den Navigationssystemen auf den Computer gesendet wurden, zeigten ihm genau, wo sie sich zum jeweiligen Zeitpunkt befanden, daher brauchte er Sentinel nicht zu aktivieren.

Außerdem kannte er den Transpondercode der Air Force Two und verfolgte ihren Kurs über den Karibischen Inseln. Der Start war um eine halbe Stunde vorverlegt worden, daher würde das Abfangmanöver der Drohnen noch früher stattfinden, um 8:30 Uhr, um genau zu sein. Gouverneur Washburn würde zu ihm kommen, um zuzuschauen, wenn das Flugzeug des Vizepräsidenten zerstört würde.

Da sich alle an dieser Operation beteiligten Flugzeuge auf einem Bildschirm beobachten ließen, konnte er Sentinel einsetzen, um Juan Cabrillos Aktivitäten zu überwachen. Im Hubschrauber saßen Cabrillo, Eddie Seng, Franklin Lincoln und Mike Trono in grüner Tarnkleidung, die mit der Flora rings um die Zementfabrik herum verschmolz, während Max Hanley und Mark Murphy als leitende Offiziere ihren Dienst im Operationszentrum der *Oregon* versahen. Die vier Männer im Helikopter waren mit Sturmgewehren und mehreren RPGs bewaffnet. Anstatt in die Kabine zu schauen, wo der Rotorlärm ein Belauschen der Unterhaltung nahezu unmöglich machte, hatte sich Kensit entschieden, den Helikopter von außen zu beobachten. Sobald er landete, würde er sich auf Cabrillo konzentrieren und Bazin über dessen Aktionen auf dem Laufenden halten.

»Der Helikopter fliegt auf den östlichen Bereich der Fabrik zu«, sagte er in das Mikrofon seines Headsets.

»Ich habe gerade eben einen Kampfwagen dorthin geschickt. Aber den Chopper abzuschießen wird bei dem Qualm schwierig sein.«

Kensit beugte sich vor. »Welcher Qualm?« Dann sah er es mit eigenen Augen, als der Helikopter einen Schwenk machte und Kurs auf das Seeufer nahm. Leuchtspurgeschosse aus der 20mm-Kanone stachen in den Himmel hinein, gelangten jedoch nicht einmal in die Nähe des Hubschraubers.

Der Helikopter tauchte in den Rauchteppich ab, ehe Kensit einen Blick ins Cockpit werfen konnte. Er zoomte es heran, während die Maschine in der milchigen Wolke versank, die aus den Gasgranaten herauswallte.

Zehn Sekunden später stieg der Helikopter aus dem Rauch auf und entfernte sich ohne seine Passagiere. Kensit lenkte die virtuelle Kamera des Neutrino-Teleskops in den wabernden Rauch. Aber es war ganz so, als blickte er in ein riesiges Glas Milch. Gelegentlich gewahrte er einen Schatten oder sogar einen Arm, aber alles, was er sah, verschwand sofort wieder.

Er veränderte seinen Blickwinkel so, dass er senkrecht auf den Landepunkt hinabschaute, aber die Wolke hatte sich mittlerweile ausgebreitet und bedeckte nun eine Fläche, die größer als drei Footballfelder war. Sie reichte vom Rand des Fabrikgeländes bis zum See und erstreckte sich über die Ausläufer des nächsten Hügels, der mit dichtem Buschwerk bewachsen war, das jedem, der sich kriechend fortbewegte, eine perfekte Deckung bot. Als er sich einen höheren Beobachtungspunkt suchte, geriet der Ratel-Schützenpanzerwagen ins Bild und rollte auf den Rand der Rauchwolke zu. Kensit begriff, dass sich Juan Cabrillo offenbar in Luft aufgelöst hatte.

DREIUNDVIERZIG

Juan und Trono mussten in den See abtauchen, ehe sich die Rauchwolke verzog, sonst wäre die gesamte Operation zum Scheitern verurteilt gewesen. Wenn Kensit hinsichtlich dessen, was sie geplant hatten, auch nur den leisesten Verdacht hätte, würde er Bazin anweisen, die Wachen innerhalb der Höhle, in der sich das Neutrino-Teleskop befand, zu verdreifachen, anstatt seine gesamte Schutztruppe zur Abwehr eines Angriff einzusetzen, der im wahrsten Sinne des Wortes nicht mehr als ein Rauchvorhang war.

Mit Tronos Hand auf seiner Schulter, damit sie einander in den dichten Rauchschwaden nicht verloren, benutzte Juan die Empfangsfunktion seines Smartphones, um das Peilsignal des Ausrüstungspakets zu orten, das Lindas Team bereitgelegt hatte. Nachdem sie ein undurchdringliches Brombeergestrüpp umgangen hatten, fanden sie das Gesuchte unter einem Busch, der ausgegraben und anschließend wieder sorgfältig an seinen Platz zurückgesetzt worden war.

Die für einen Höhlentauchgang zusammengestellten Ausrüstungsteile waren bereits ausgepackt und einsatzbereit gemacht worden, sodass sie sofort verwendet werden konnten.

Der Ratel-Kampfwagen feuerte mit Kanone und Maschinengewehren blindlings in die Rauchwolke hinein und zerschmetterte Bäume und pflügte das Erdreich in nächster Nähe um, sodass Juan und Trono zum Seeufer weitereilten, um nicht noch von einem Zufallstreffer erwischt zu werden.

In weniger als zwei Minuten hatten sie die Tauchausrüstung angelegt und wateten ins Wasser. Ihre Kleidung hatten sie zu einem Bündel verpackt und im See versenkt, um keine Spur zu hinterlassen, die hätte verraten können, wohin sie verschwunden waren. Ihre Waffen quer über den Rücken geschnallt, gingen sie auf Tauchstation.

Juan war froh, dass Linda seine verklausulierten Instruktionen verstanden hatte. Während einer Mission in Indonesien war er in die Karamita-Abwrackwerft eingedrungen, indem er unter den riesigen Toren hertauchte, die den Frachtschiffen die Zufahrt in die Docks gestatteten, wo sie vom offenen Meer aus unsichtbar in ihre Einzelteile zerlegt und illegal verschrottet wurden. Sie wusste, dass er das Gleiche bei der Zementfabrik beabsichtigte – er wollte nämlich den mittlerweile überfluteten Höhleneingang benutzen und sich an das Gewölbe, in dem sich das Neutrino-Teleskop befand, von der ungeschützten Rückseite aus anschleichen.

Mit dieser Infiltrationstaktik ging Juan ein hohes Risiko ein. Den Höhleneingang im Stausee zu finden wäre kein geringes Problem, vor allem wenn es darum ging, auf der Suche nach dem Weg, der zum Teleskop führte, durch die überfluteten Gänge und Tunnel zu irren. Dabei wusste er noch nicht einmal, ob ihr Luftvorrat für diese Operation ausreichte.

Der Erfolg ihres Unternehmens hing ausschließlich vom Überraschungsmoment ab. Wenn der Gegner frühzeitig bemerkte, dass sie in einer derart krassen Unterzahl anrückten, war das Scheitern ihrer Mission praktisch vorprogrammiert und ein Rückzug nicht mehr möglich.

Unter normalen Umständen hätten sie wahrscheinlich Tage gebraucht, um den Höhleneingang zu finden, aber Juan verließ sich auf das gleiche Gerät, das ihnen geholfen hatte, die Dose mit den Fotos zu bergen. Er holte den Geigerzähler hervor und tauchte bis auf circa dreizehn Meter ab, wo sich nach ihrer Schätzung die Höhle befinden musste. Sie hofften, dass die Spuren radioaktiver Strahlung in der Höhle durch das Wasser weitergeleitet wurden und ihnen den richtigen Weg wiesen.

Der aufgewirbelte Schlamm behinderte die Sicht, sodass sie höchstens sieben Meter weit blicken konnten. Allerdings wären sie durch die Schlammwolken auch von der Wasseroberfläche aus nicht zu erkennen. Der Geigerzähler, der auf höchste Empfindlichkeit eingestellt war, registrierte nichts Stärkeres als die natürliche Hintergrundstrahlung.

Das Satellitenfoto als Grundlage für seine Überlegungen benutzend, war Juan sicher, dass sich die Höhle in der Nähe der Zementfabrik befand, daher schwamm er in diese Richtung. Gleichzeitig schwenkte er den Geigerzähler hin und her und hoffte auf eine signifikante Veränderung der Strahlungsdichte.

Sie hatten weitere dreißig Meter zurückgelegt, als Juan einen kleinen Buckel in der Messkurve bemerkte. Er hielt an und beschrieb eine Kreisbewegung mit dem Geigerzähler.

Da war etwas … gut drei Meter über ihnen. Mit zwei knappen Flossenschlägen stieg er auf und erreichte eine Öffnung, umgeben von scharfkantigen Felsen, die ihr das Aussehen eines gierigen Mauls verliehen. Ohne die Reaktion des Geigerzählers hätten sie sie sicherlich übersehen. Er gab Trono ein Zeichen, der nickte bestätigend. Als sie von der Dunkelheit des Höhleneingangs verschluckt wurden, schalteten sie ihre Tauchlampen ein. Von den vierzig Minuten, die sie für diese Operation veranschlagt hatten, waren zehn Minuten bereits verstrichen.

* * *

Linc, der sich unter einem Gebüsch versteckt hatte, wartete ab, bis sich der Ratel-Kampfwagen bis auf einhundert Meter genähert hatte. Auf diese Entfernung konnte er ihn nicht verfehlen. Er brachte das Abschussrohr der RPG-7 in Anschlag, deren Anblick mittlerweile ein fester Bestandteil der Nachrichten aus den Krisenherden überall auf der Welt war. Die raketengetriebene Granate verließ fauchend und von einer Qualmwolke begleitet das Rohr, traf das gepanzerte Fahrzeug, brachte den Munitionsvorrat darin zur Explosion und löste einen Feuerball aus, der alles verschlang.

»Da waren's nur noch drei«, murmelte Linc und streckte sich wieder im Gras aus.

»Guter Schuss«, lobte Eric, als sie sich kriechend eine andere Position suchten, »obwohl nicht mal meine Großmutter auf diese Distanz danebengeschossen hätte.«

Linc hielt einen Moment inne, um das Abschussrohr mit der einzigen noch verbliebenen RPG zu laden. »Ich wusste gar nicht, dass deine Großmutter mit einer Scharfschützenmedaille der Navy ausgezeichnet wurde.«

»Oh, sie ist ziemlich geschickt«, bemerkte Eddie grinsend.

Die Deckung einiger Bäume und den Rauchvorhang nutzend, sprinteten sie zu einem niedrigen Hügel, auf dessen Kuppe sie eine Senke fanden.

Ein weiterer Ratel bewegte sich in ihre Richtung. Dessen Fahrer musste ihre neue Position geortet haben und pumpte jetzt 20mm-Geschosse in das Erdreich dicht vor ihnen, sodass sie es nicht riskieren konnten, sich, wenn auch nur kurz, aus ihrer Deckung zu erheben und den Ratel mit der RPG auszuschalten.

»Ein wenig Unterstützung wäre höchst willkommen«, sagte Eddie in das gleiche Headset, das auch Linc trug. »Wir sind genau dort, wo der Ratel gerade mit seiner Kanone die Erde umpflügt.«

»Ich sehe euch«, antwortete Linda. »Wir sind unterwegs.«

Sekunden später erklang das durchdringende Heulen einer vom PIG abgefeuerten Rakete. Sie zerschmetterte den zweiten Schützenpanzerwagen. Da waren's nur noch zwei.

Aus weiterer Entfernung drang der Lärm des mörderischen Dauerfeuers einer anderen Kanone zu ihnen herüber. Linc wagte einen Blick über den Rand der Senke auf der Hügelkuppe und sah, dass der PIG eine Tracht Prügel bezog.

Zwei Geschosse durchschlugen die Windschutzscheibe, während ein drittes die Motorhaube wegriss. Eric gab Vollgas, gefolgt von einem Zischen, als das Lachgas mit Hochdruck in den Zylinder geblasen wurde. Der PIG raste die Straße hinunter, während die Kanonengeschosse die Bäume auf beiden Seiten zerfetzten. Er umrundete eine Felsschulter und fand dahinter Schutz vor der geballten Attacke.

Der Ratel verfolgte ihn nicht, wahrscheinlich weil sein Fahrer mit einem Hinterhalt rechnete, sobald er sich aus der Deckung wagte. Er verharrte in seiner Position, das Hauptgeschütz auf den Punkt gerichtet, wo der PIG auftauchen musste, wenn er seine Stellung verließ.

Es war eine Pattsituation.

»Linda, wie hält sich Max' Baby?«, wollte Eddie wissen.

»Er bekommt sicher einen Wutanfall, wenn er sieht, was wir damit gemacht haben«, sagte sie. »Eric meldet, dass die Visierelektronik den Geist aufgegeben hat. Er feuert zwar die Mörsergranaten ab, aber von Zielen kann keine Rede sein. Eine Rakete ist noch übrig sowie eine Menge Maschinengewehrmunition. Aber diese Kaliber-.30-Geschosse können der Panzerung des Ratel nichts anhaben. Er kann sie vielleicht verschießen, aber er braucht eine Sichtlinie von den Bordkameras, um einen Treffer anzubringen.«

»Das klingt nicht gut. Vielleicht sollten wir …«

»Moment«, sagte Linda, »irgendwas ist hier los.«

Die Rauchwolke hob sich ein wenig, und Linc konnte den zentralen Bereich der Zementfabrik erkennen. Er blickte durch das Fernglas und sah, wie bewaffnete Söldner eine Schar ausgemergelter Männer in zerlumpter Kleidung aus einem der Gebäude heraustrieben und in zwei Reihen vor dem Fabrikgebäude antreten ließen. Linc schätzte ihre Zahl auf sechzig. Das vierte gepanzerte Fahrzeug ging hinter ihnen in Stellung.

»Wer sind die Männer?«, fragte Linc halblaut.

»Zwangsarbeiter«, sagte Eddie. »Glaub mir, ich erkenne sie auf Anhieb.« Linc wusste, dass das nicht nur so dahergesagt war, denn Eddie hatte am eigenen Leib erlebt, was es heißt, wie ein Sklave behandelt zu werden.

Die Lautsprecheranlage der Fabrik stieß ein kurzes schrilles Pfeifen aus. »Linda Ross«, sagte eine Stimme mit kreolischem Akzent, die Hector Bazin gehören musste, »Sie wissen, wer ich bin. Und ich weiß, wer Sie und Ihre Männer sind.«

Eddie und Linc sahen sich verblüfft an. Mit seinem Neutrino-Teleskop hatte Kensit offenbar Linda gefunden.

»Ihr Angriff hat keinen Erfolg. Bestellen Sie Cabrillo und seinen restlichen Leuten, sie sollen ihre sinnlosen Versuche einstellen.«

»Zumindest weiß er nicht, wo der andere Teil des Teams ist«, sagte Linc.

»Ich habe die haitianische Polizei alarmiert«, fuhr Bazin fort. »In zwanzig Minuten wird mehr als eine Hundertschaft hier aufkreuzen. Verschwinden Sie sofort, sonst finden Sie alle den Tod. Wenn Sie Ihren Angriff fortsetzen, haben Sie diese unschuldigen Männer auf dem Gewissen.«

»Kannst du ihn ausschalten?«, wollte Eddie von Linda wissen.

»Negativ«, antwortete sie. »MacD hat kein Ziel. Bazin hat sich noch nicht gezeigt.«

»Ziehen Sie ab, solange Sie es noch können«, sagte Bazin. Ein weiteres Pfeifen markierte das Ende der Durchsage.

»Wir müssen dem Chairman mehr Zeit verschaffen«, sagte Linc.

»Ich glaube nicht, dass er mit dem Hinweis auf die Polizei geblufft hat«, erwiderte Eddie. »Durchaus möglich, dass er ein ganzes Bataillon auf seiner Gehaltsliste führt. Ich sehe keine andere Möglichkeit für uns, als zu gehorchen, es sei denn, wir schaffen es irgendwie, in die Fabrik einzudringen. Aber nach Verlassen des Waldes hätten wir zu viel freies Gelände vor uns, das wir überwinden müssen.«

Linc betrachtete den Ratel hinter den Zwangsarbeitern und hatte eine vage Idee.

»Kensit weiß nicht, wo wir beide sind, nicht wahr?«

Eddie musterte ihn stirnrunzelnd. »Scheint so.«

»Dann können wir uns in die Zementfabrik schleichen, wenn wir irgendwie in den Ratel reinkommen.«

Eddies Blick richtete sich auf das gepanzerte Fahrzeug und kehrte mit einem plötzlichen Aufleuchten des Verstehens zu ihm zurück.

»Die Rückkehr der Jedi-Ritter.«

»Genau. Wo Chewie und Han die Kontrolle des Kampfläufers übernehmen und den Kommandanten der Basis austricksen. Wenn wir irgendwie in den Ratel reinkämen, könnten wir das Gleiche tun. Aufs Gelände fahren, den anderen Panzerwagen ausschalten, ehe sie raffen, dass wir es sind, und den Rest mit dieser großen bösen Kanone wegputzen.«

»Das gefällt mir«, sagte Eddie. »Jetzt muss uns nur noch einfallen, wie wir dorthin kommen können, ohne dass sie uns sehen.«

»Vielleicht locken wir sie einfach hierher«, schlug Linc vor. Dann schaltete er sein Funkgerät ein. »Linda, sag nichts. Wir haben Bazins Ansprache gehört, und wir haben einen Plan. Ich hoffe, du kennst *Die Rückkehr der Jedi-Ritter.*«

VIERUNDVIERZIG

Während Juan Cabrillo und Mike Trono weiter vordrangen, stieg die von dem Geigerzähler angezeigte Strahlung stetig an. Sie blieb zwar weit unterhalb der als schädlich eingestuften Grenze, reichte aber aus, um sie in die richtige Richtung zu führen. Trotzdem geschah es immer wieder, dass sie in Sackgassen oder Tunnel und Durchgänge gerieten, die für eine ungehinderte Passage zu eng waren, sodass sie umkehren und ihr Zeitkonto erheblich belasten mussten. Wenn sie nicht bald den Rückzug antraten, hätten sie am Ende nicht genügend Luftreserven, um ihren Ausflug erfolgreich zu beenden. Auch deshalb galt Höhlentauchen als eine der gefährlichsten Sportarten der Welt.

Sie gelangten zu einer Luftblase und tauchten auf. Die Nische bot kaum genügend Platz für ihre Köpfe.

»Wie steht es mit Ihrer Atemluft?«, fragte Juan.

»Laut Anzeige ist fast die Hälfte verbraucht.«

»Bei mir auch. Die Strahlung wird stärker, aber ich kann nicht sagen, wie weit es noch ist. Zumindest geht es aufwärts. Wenn wir während der nächsten fünf Minuten nicht irgendwo anders auftauchen können, kehren Sie um.«

»Sie meinen, dann kehren *wir* um.«

»Kensit hat für heute etwas geplant, deshalb müssen wir zusehen, dass wir vorher an sein Teleskop kommen.«

»Dann begleite ich Sie. Wenn Sie glauben, dass Sie es schaffen, dann glaube ich es auch.«

Juan erkannte, dass Trono ihn nicht allein weitersuchen ließe, ganz gleich, was er sagte. Daher verzichtete er auf eine Diskussion.

»Na schön. Wenn wir während der nächsten fünf Minuten kein trockenes Plätzchen finden, machen wir kehrt.«

Sie setzten die Masken wieder auf und kraulten weiter. Juan versuchte sich vorzustellen, wie Günther Lutzen einhundert Jahre zuvor nur mit Seil, Laterne und einer sperrigen Kamera bewaffnet durch diese Höhlen gewandert war. Durchaus möglich, dass er wochenlang gesucht hatte, ehe er die Höhle fand, die seine Theorien bestätigte.

Fünf Minuten später gab es noch immer keinerlei Anzeichen, dass sie sich der Höhle näherten, die Lutzen Oz genannt hatte. Er passierte den Punkt, den er eigentlich nicht hätte überschreiten sollen, und vertraute auf seine und Tronos Fähigkeiten, beim Ausstieg aus der Höhle mehr Luft zu sparen, als sie beim Eindringen verbraucht hatten.

Das Wagnis machte sich bezahlt, als das Licht seiner Lampe von der spiegelnden Fläche reflektiert wurde, die die Grenze zwischen Wasser und Luft markierte. Er stieg mit kräftigen Flossenschlägen zu ihr empor und hoffte, dass es nicht wieder nur eine kleine Luftblase war.

Er reckte den Kopf aus dem Wasser, und anstatt dass das Rasseln seines Regulators durch die Enge einer Lufttasche gedämpft wurde, hörte er ein Echo, das von weiter entfernten Wänden und von einer hohen Decke reflektiert wurde.

Er nahm das Atemventil aus dem Mund, drehte sich einmal vollständig um seine Achse, sah aber nirgendwo einen Lichtschimmer. Er gab Trono ein Zeichen. Sie kletterten auf einen Kalksteinvorsprung und legten bis auf die Nasstauchanzüge ihre gesamte Tauchausrüstung ab. Sie nahmen die MP-5-Maschinenpistolen vom Rücken. Diese waren mit Schalldämpfern ausgestattet und für den Einsatz in dieser räumlich begrenzten Umgebung hervorragend geeignet. Nachdem sie das Wasser aus den Läufen und den Magazinschächten herausgeschüttelt hatten, folgten sie nun zu Fuß dem Weg, den der Geigerzähler festlegte.

Die gewundenen Höhlengänge gabelten sich häufig in mehrere Richtungen auf, aber stets wurde in nur einem dieser Gänge ein stärkeres Strahlungsmuster angezeigt. Nach der dritten Kreuzung des Ganges entdeckte Juan in einiger Entfernung einen Lichtreflex. Sofort richtete er den abgeschirmten Lichtstrahl seiner Stablampe auf den Boden, damit sie nicht frühzeitig bemerkt wurden.

Als sie sich dem Licht bis auf fünfzig Meter genähert hatten, bemerkte Juan, dass der sparsame Lichtstrahl seiner Lampe von grünen Kristallen in den Kalksteinwänden ringsum und in der Decke reflektiert wurde. Dies musste also der Ort sein, an dem Lutzen die Kristalle fotografiert hatte.

Mit jedem Schritt, den sie sich der Haupthöhle näherten, wurde der grünliche Lichtschein, der durch den Einlass herausdrang, heller. Also drückten sich Juan und Trono zur Vorsicht auf beiden Seiten des Felstunnels gegen die Seitenwand, um so lange wie möglich unsichtbar zu bleiben. Bei der Helligkeit, die in der Haupthöhle herrschte, könnten sie diese wohl kaum unbemerkt betreten. Sie mussten sich auf das Überraschungsmoment und auf ihre Einschätzung verlassen, dass die meisten Angehörigen der bewaffneten Wachmannschaft abkommandiert worden waren, um die Zementfabrik zu sichern.

Juan schaltete den Geigerzähler aus, nickte Trono, der seine Maschinenpistole in Anschlag brachte, zu und reckte drei Finger hoch. Dann zählte Juan stumm mit den Fingern rückwärts. Als er die Faust schließlich schloss, stürmten er und Trono in die Höhle.

Zuerst konzentrierte sich Juan auf nichts anderes als auf das Personal, das sich in der Höhle aufhielt. Zwei hellhäutige Männer thronten in Sesseln vor einer Instrumententafel. Sie trugen kurzärmelige Hemden und Khakihosen. Er entschied sofort, dass von ihnen keine Bedrohung ausging. Dafür wanderte sein Blick weiter zur anderen Seite der Höhle, die, wie er erst in diesem Moment erkannte, viel größer war, als er erwartet hatte. Dort, in etwa einhundert Metern Entfernung, hatte er eine Bewegung wahrgenommen.

Er entdeckte zwei Männer, die vor einem künstlich geschaffenen Tunneleingang Wache hielten. Nach Juans Einschätzung führte dieser Tunnel direkt zur Zementfabrik. Beide Männer trugen Tarnanzüge, hielten Schnellfeuergewehre in den Armbeugen und – fanden den Wachdienst in der Höhle offensichtlich sterbenslangweilig.

Juan und Mike Trono erschienen so plötzlich und unerwartet, dass die zwei Söldner nicht mehr rechtzeitig reagieren konnten. Juan schaltete den Mann auf der rechten Seite mit einer Dreifachsalve aus, und Trono sorgte dafür, dass ihnen der Mann auf der linken Seite nicht mehr gefährlich werden konnte. Der gedämpfte Schusslärm hallte zwar durch den Höhlenraum, wäre jedoch am Eingang der Höhle sicher nicht zu hören.

Juan ließ den Blick durch den restlichen Höhlenraum schweifen, aber von dort war keine Störung mehr zu erwarten. Die Männer vor den Instrumententafeln saßen vor Entsetzen stocksteif in ihren Sesseln und hatten die Hände erhoben, ohne dazu aufgefordert worden zu sein, sodass Juan endlich Gelegenheit hatte, die Höhle in ihrer ganzen Pracht ausgiebig zu betrachten.

Die Mitte wurde von elektronischen Geräten, Edelstahlröhren und wissenschaftlichen Instrumenten beherrscht, die ihn an die Kernzelle eines Atomreaktors erinnerten. Die gesamte Anlage reichte vom Boden bis zur Decke und hatte, was ihren Grundriss betraf, etwa die Ausmaße eines

Sattelschleppers. Umgeben war die Maschine von einer stählernen Gitterkonstruktion, die einen ungehinderten Zugang zu jeder Ebene der riesigen Apparatur gestattete. Mehrere große Kisten mit der Aufschrift »Zerbrechlich! Empfindliche wissenschaftliche Instrumente« waren neben dem Tunneleingang aufgestapelt worden.

Das musste das Neutrino-Teleskop sein. Seine Konstruktion war kompliziert und elegant zugleich.

Doch so erstaunlich das Teleskop auch aussah, es war bei weitem nicht der bewundernswerteste Teil der Höhle.

Der restliche kathedralengleiche Raum war mit durchscheinenden grünen Kristallen durchsetzt. Wenn Erics Erklärung zutraf, waren es Selenkristalle mit Kupfereinschlüssen. Und schlagartig begriff Juan, dass Lutzen diesen Raum fotografiert hatte. Er hatte mit dem Foto nicht den Fund einer Druse dokumentieren wollen, sondern die Höhle selbst auf die Platte gebannt.

Dass sie sich so gründlich geirrt hatten, lag daran, dass keiner von ihnen sich die Größe und Menge der Kristalle hatte vorstellen können. Viele dieser Kristalle, wunderschöne und gezackte Säulen mit messerscharfen Kanten, hatten die Ausmaße von ehrwürdigen Redwoods. Einige hingen von der Decke herab, andere reichten sogar bis zum Boden, und zwischen ihnen lagen haufenweise Kristallbrocken, die wie großzügig verstreuter Kandiszucker aussahen. Völlig überwältigt betrachtete Juan dieses Funkeln abertausender Facetten.

Günther Lutzen hatte recht gehabt. Es war, als hätte Juan Emerald City, die Smaragdstadt von Oz, betreten.

FÜNFUNDVIERZIG

Eddie und Linc mussten eine Viertelstunde lang auf dem Bauch kriechen, um hinter die Felsschulter und außer Sicht der Zementfabrik zu gelangen. Sie bezogen in einem Graben, zehn Meter von der Straße entfernt, Position. An die Grabenwand gelehnt, balancierte Linc das RPG-Rohr nun auf dem Bauch, den Finger am Abzug.

»Ich bin bereit«, sagte er zu Eddie.

»Ich ebenfalls.« Eddie funkte Linda an. »Zeig ihnen das Opferlamm.«

»Ist schon im Anmarsch.«

Der PIG kam in hoher Fahrt aus seinem Versteck und rollte an ihnen vorbei. Dabei bot er dem Ratel und seiner Kanone ein einladendes Ziel. Sobald das gepanzerte Fahrzeug in Sicht kam, begann das an der Stoßstange installierte Maschinengewehr zwar zu rattern, aber die Projektile prallten wie erwartet ohne einen Schaden zu verursachen von der Karosserie des Ratel ab. Der PIG wendete schlingernd auf der Schotterstraße, während die 20mm-Kanonengeschosse an ihm vorbeiflitzten. Er passierte Linc und Eddie abermals und hatte fast die schützende Felsnase wieder erreicht, als Rauch aus seinem Heck hochwallte. Der PIG verließ die Straße und rauschte die Böschung in Richtung See hinab, wo er nicht mehr zu sehen war.

Das war das Zeichen für den Ratel, ihn zu verfolgen, und er reagierte wie erhofft. Der Kommandant des Fahrzeugs vertraute offensichtlich darauf, einen tödlichen Treffer gelandet zu haben, und wollte seine Beute sofort begutachten.

Der Ratel donnerte mit röhrendem Motor an Lincs und Eddies Grabenabschnitt entlang und stoppte auf der Böschung, während weiterhin Rauch von dem havarierten PIG aufstieg. Die Seitentüren sprangen auf, und vier Männer in Tarnanzügen und mit Helmen auf den Köpfen sprangen heraus und richteten ihre Schnellfeuergewehre auf den PIG.

Linc und Eddie kamen aus ihrem Versteck und rannten auf die Männer zu.

»Waffen runter!«, riefen sie beide auf Kreolisch, wie MacD es ihnen per Funk in einem Crashkurs beigebracht hatte.

Bazins Söldner waren entweder zu tapfer oder zu dumm, um zu erkennen, wann sie mit heruntergelassener Hose erwischt worden waren. Sie wirbelten herum und hoben ihre Gewehre, um zu feuern.

Ein zweites Mal wurden sie nicht mehr gewarnt. Eddie schaltete drei von ihnen aus, während Linc den vierten mit seiner Pistole erwischte. Aber der Fahrer des Ratel hatte nicht begriffen, dass er besiegt war. Er setzte zurück und drehte das Hauptgeschütz, um sie unter Feuer zu nehmen.

Linc schüttelte angesichts derartiger Dummheit unwillkürlich den Kopf. Er schob die Pistole ins Holster, schulterte das RPG-Rohr und drückte ab, ehe die Kanone schussbereit war. Die Panzerabwehrgranate zerfetzte das Fahrzeug.

Linc ließ das leere Rohr fallen und stampfte wütend mit dem Fuß auf.

»So viel zu unserem genialen Jedi-Ritter-Plan«, schimpfte er.

»Ich fand den Plan ganz gut«, sagte Eddie. Er rief Linda. »Wie geht es dem PIG?«

»Ist vollkommen intakt«, antwortete sie. »Dank Eddies

Fahrkünsten haben sie ihn total verfehlt. Der Rauchvorhang hat genauso funktioniert, wie du vermutet hattest.«

Der PIG kam die Böschung herauf, während sich die Qualmwolke, die ihn eingehüllt hatte, auflöste.

Eddie und Linc gingen zu den Trümmern des Ratel hinüber, um die Söldner zu untersuchen. Keiner von ihnen atmete mehr.

Eddie betrachtete den größten Leichnam und schaute dann zu Linc, als ob er sie miteinander vergliche.

»Was brütet dein hinterhältiger Geist diesmal aus?«, fragte Linc.

»Von weitem könnte man dich glatt für einen Haitianer halten.«

»Kann schon sein, aber uns steht der Ratel nicht mehr zur Verfügung.«

»Dafür haben wir den PIG. Wie wäre es, wenn die Söldner ihn gekapert hätten und damit zur Fabrik zurückfahren? Solange sie glauben, dass du einer von ihnen bist, kämen wir zumindest bis auf Sichtweite an den letzten Ratel heran. Eine Rakete kann der PIG noch abfeuern.«

Linc ließ sich diesen Plan kurz durch den Kopf gehen und nickte dann. »Die Idee gefällt mir, aber wir brauchen etwas, um sie auch überzeugend zu verkaufen.«

»Was, zum Beispiel?«

Linc hob eines der Walkie-Talkies auf, die zur Ausrüstung der Söldner gehörten, und begann, den Soldaten, der am wenigsten geblutet hatte, aus seinem Kampfanzug zu schälen. »Wir brauchen noch einmal MacDs Sprachkenntnisse.«

* * *

Bazin versuchte, den dritten Ratel per Funk zu erreichen, hörte in seinem Kopfhörer jedoch nur atmosphärisches Rauschen. Er blickte aus seinem getarnten Fenster im

Hauptgebäude der Fabrik, konnte jedoch nicht mehr erkennen als eine Qualmwolke, die über der Hügelkuppe schwebte.

Wenn der Ratel ausgeschaltet worden war, änderte dies gar nichts. Falls Cabrillo und seine Männer angriffen, würden sie auf jeden Fall das Leben der sechzig Geiseln aufs Spiel setzen. Und ein Frontalangriff wäre aufgrund des verbliebenen Ratel-Panzerwagens und der Männer, die draußen immer noch die Stellung hielten, reiner Selbstmord.

Ein Fahrzeug kam über die Bergschulter, aber es war nicht der verschwundene Schützenpanzerwagen, sondern der Lastwagen, der von der Corporation als PIG bezeichnet wurde. Bazin wollte dem Kommandanten des letzten Ratel Befehl geben, das Feuer zu eröffnen, als er einen seiner Männer in der Dachöffnung des PIG stehen und mit seinem Gewehr winken sah. Außerdem konnte er im Führerhaus zwei weitere Männer erkennen, die ihre Beute zur Fabrik zurücklenkten.

Der Mann in der Dachöffnung hielt ein Walkie-Talkie an den Mund. Bazin lauschte an seinem eigenen Sprechfunkgerät, aber bei dem Fahrtwind und dem Motorenlärm war die Stimme kaum zu verstehen. Er meldete auf Kreolisch, dass sie den amerikanischen Lastwagen gekapert hätten und man nicht auf sie schießen solle.

»Abwarten«, wies Bazin seine restlichen Männer an.

Kensit hatte ihm die Informationen über Linda Ross und ihre Männer übermittelt, ihre Aktivitäten jedoch immer nur für eine kurze Zeitspanne verfolgen können, wenn er sich nicht um den weiteren Verlauf seiner Drohnenmission kümmern musste. Bazin beklagte sich aber nicht, da er die Situation unter Kontrolle hatte und die haitianische Polizei bereits im Anmarsch war.

Während der gekaperte PIG näher kam, nahm Bazin mit Kensit Verbindung auf, um ihm zu melden, dass seine

Dienste zurzeit nicht gebraucht würden und er sich lieber auf den Abschuss von Air Force Two konzentrieren solle.

»Was zur Hölle ist da unten los?«, brüllte Kensit, als er sich meldete, und jagte Bazin einen Schreck ein, da er seinen Chef niemals derart außer Kontrolle erlebt hatte.

»Was reden Sie? Wir haben den Kampfwagen der Corporation geschnappt. Es ist vorbei.«

»Es ist *nicht* vorbei! Ich kann überhaupt nichts sehen. Irgendetwas ist mit Sentinel passiert. Mein Bildschirm ist tot, und ich kann keinen meiner Techniker erreichen. Ich versuche, die Verbindung wiederherzustellen. Bewegen Sie Ihren Arsch in die Höhle und bringen Sie in Erfahrung, was dort vor sich geht. Und vergeuden Sie keine Zeit. Aktivieren Sie die Selbstvernichtungssequenz. Ich brauche noch eine Stunde, um die Mission abzuschließen. Also los!«

Er trennte die Verbindung.

Bazin wollte kehrtmachen und zum Tunnel eilen, als er begriff, dass Kensit offenbar nicht hatte beobachten können, wie die Auseinandersetzung zwischen Ratel und PIG verlaufen war.

Mit wachsendem Entsetzen sah er aus dem Fenster. Der PIG hatte sich mittlerweile so weit genähert, dass er die Gesichter der Männer erkennen konnte, und sofort fielen ihm zwei Dinge auf: Der Fahrer des PIG hatte ein Einschussloch in der Stirn, und der Mann, der in der Dachöffnung des Fahrzeugs stand und auf Kreolisch in das Walkie-Talkie sprach, gehörte nicht zu seinen Leuten. Er konnte niemand anderer als Franklin Lincoln sein.

Er wollte sein Sprechfunkgerät einschalten, um seiner Truppe den Feuerbefehl zu geben, aber es war zu spät. Von dem PIG wurde eine Rakete gestartet und traf den letzten Ratel. Sie zertrümmerte den Schützenpanzerwagen und holte seine Männer von den Füßen.

Bazin hörte, wie Linc den Geiseln zurief, in Deckung zu gehen. Sie warfen sich auf den Boden, und das Maschinengewehr hinter der falschen Stoßstange des PIG fraß sich wie ein Fleischwolf durch die Reihen der Söldner. Eddie Seng tauchte neben Lincoln in der Dachöffnung des PIG auf und schwenkte sein Schnellfeuergewehr. Zwei weitere Söldner wurden getroffen und brachen zusammen. Die restlichen rannten völlig kopflos in Deckung. Es war nur noch eine Frage der Zeit, wann sie endgültig besiegt wären.

Bazin raste vor Wut darüber, dass Kensit seine wertvolle Maschine gerade dann nicht in Gang halten konnte, wenn sie am dringendsten gebraucht wurde. Er wusste, dass technische Störungen bei einer derart komplizierten Apparatur unvermeidlich waren. In diesem Moment konnte er nichts anderes tun, als irgendwie in die Sentinel-Höhle zu gelangen, die Selbstvernichtungsschaltung zu aktivieren und mit dem Schnellboot zu flüchten, das er in einem der Außengebäude am Seeufer versteckt hatte. Obwohl er niemals erwartet hatte, dass die Zementfabrik gestürmt werden würde, hatte er für einen solchen Fall vorgesorgt und ein aufgetanktes SUV auf der anderen Seite des Sees bereitgestellt.

Wegen seiner Söldner zerbrach er sich nicht den Kopf. Mit dem Geld, das er von den Drogenbaronen kassierte, konnte er jederzeit neue Leute engagieren. Und wenn Sentinel zwei installiert und in Betrieb war, konnte er so viele Leute anwerben, wie er wollte. Niemand könnte ihm die Herrschaft über Haiti streitig machen.

Aber er durfte nicht zulassen, dass Sentinel eins unversehrt in die Hände des Feindes fiel. Kensit war so klug gewesen, eine Selbstvernichtungsvorrichtung zu installieren, die nicht nur aus einer Sprengladung zur Zerstörung der elektronischen Anlage bestand. Technische Geräte und Instrumente waren jederzeit ersetzbar. Es war die Oz-Höhle mit ihren einzigartigen natürlichen Gegebenheiten, die den wahren Schatz darstellte. Jemand könnte sie am Ende leer räumen und eine Replik Sentinels installieren.

Kensit hatte Sentinel selbst entsprechend präpariert, um das zu verhindern. Dazu verwendete er einen Kobalt-60-Kern, wie er in der Medizin eingesetzt wird, zur Bündelung der Neutrinos. In der Höhle selbst herrschte gegenwärtig ein geringer Grad von Radioaktivität, der allerdings ungefährlich war. Den Kern innerhalb der Höhle zur Explosion zu bringen würde die Höhle jedoch für viele Generationen radioaktiv verseuchen. Dort ein neues Neutrino-Teleskop zu bauen wäre unmöglich.

Während draußen die Kampfhandlungen andauerten, holte sich Bazin eine RPG aus dem Waffenarsenal für den Fall, dass ihn der Hubschrauber der Corporation über den See verfolgte. Bewaffnet mit einer Uzi-Maschinenpistole rannte er in den Tunnel zur Oz-Höhle, um die Sequenz zu starten, die Sentinel eins für immer vernichten würde.

SECHSUNDVIERZIG

Die beiden Techniker hatten sich anfangs dumm gestellt und Juans Fragen auf Russisch beantwortet, aber er verblüffte sie, indem er sie in ihrer Muttersprache fragte, wo Kensit sich aufhielt. Außerdem machte er ihnen unmissverständlich klar, was sie zu erwarten hätten, wenn sie sich nicht kooperationsbereit zeigten. Nachdem ihre Tapferkeit sehr schnell verflog, wechselten die Techniker ins Englische und verrieten ihm, dass sich Kensit auf einer Yacht aufhielt, wo er den Datenstrom verfolgte, der von dem Neutrino-Teleskop, das er Sentinel getauft hatte, übermittelt wurde.

Einer der Bildschirme innerhalb der Instrumententafel übertrug die gleichen Bilder, die Kensit an seinem derzeitigen Aufenthaltsort betrachten konnte. Zu seinem Erstaunen konnte Juan verfolgen, wie das Bild zwischen einer Nahaufnahme von Linda und einer Halbtotalen des PIG, während es auf den Ratel-Schützenpanzerwagen zusteuerte, hin und her sprang.

Zuerst verlangte Juan von ihnen, dass sie diese Verbindung unterbrachen. Damit bot sich seiner Mannschaft bei allem, was sie als Abwehrmaßnahme inszenierte, eine echte Außenseiterchance. Der Bildschirm verdunkelte sich abrupt, was bei Kensit augenblicklich einen Wutanfall auslösen würde. Ein Telefon auf der Instrumententafel klingelte zwar beharrlich, aber er befahl den Russen, es zu ignorieren.

Dann hatte Juan eine noch bessere Idee.

»Wisst ihr, wie diese Anlage funktioniert?«, wollte er

von ihnen wissen. Als sie zögerten, hielten er und Mike Trono den Technikern die Mündungen ihrer MP-5er unter die Nase.

»Wir können sie bedienen«, antwortete einer der Techniker, »mehr aber auch nicht.«

»Kennst du Kensits Aufenthaltsort?«

Der Techniker nickte hastig und deutete auf einen Monitor, auf dem Breiten- und Längenkoordinaten zu lesen waren. »Dorthin wird das Signal übertragen«, erklärte der Techniker.

»Dann wird es jetzt Zeit für eine Demo«, entschied Juan. »Zeig mir Kensits Versteck.«

Der Techniker nickte, rollte mit seinem Sessel zur Konsole und hantierte an einigen Kontrollen herum, bis auf dem Bildschirm ein neues Bild erschien. Es war die Luftaufnahme einer weißen Dreiunddreißig-Meter-Yacht, die in mäßiger Fahrt durch azurblaue Wellen pflügte. Das Bild raste auf den Betrachter zu, als befände sich die virtuelle Kamera in einem Kamikazeflugzeug. Die Kamera drang durch das Deck, bis sie in einem Raum mit einer Instrumentenkonsole anhielt, die der Konsole in der Höhle ähnelte.

»Mach einen Schwenk«, verlangte Juan. »Nehmen Sie das bitte auf, Mike.«

Trono hielt sein Smartphone hoch, um aufzuzeichnen, was sie auf dem Bildschirm sahen.

Der Raum war der reinste Schweinestall. Leere Getränkedosen und halbvolle Teller bedeckten den Fußboden. An der Wand hing eine Landkarte von Mexiko mit einer Stecknadel, die in krakeliger Schrift einen Punkt auf der Halbinsel Yucatán bezeichnete, mit der Bezeichnung »Phase zwei«. Papiere voll handschriftlicher mathematischer Gleichungen und Notizen waren auf dem Schreibtisch verstreut. An seinem Rand lag ein Tagebuch.

Günther Lutzens Name zierte den Buchdeckel. Die Kamera schwenkte weiter, bis sie auf Kensit selbst zur Ruhe kam. Er starrte mit großen Augen auf den Bildschirm, als könnte er seine Betrachter sehen.

Aber das konnte er nicht. Kensit verfolgte lediglich das Programm, das Sentinel ihm lieferte, daher sah er sich in diesem Moment selbst auf seinem Bildschirm. Sein Mund bewegte sich.

»Lauter«, verlangte Juan.

Der Techniker drehte an einem Einstellknopf, und sie hörten Kensits näselnde Stimme: »... können unmöglich dort eingedrungen sein. Wenn Sie es sind, Cabrillo, dann sollten Sie wissen, dass Sie zu spät gekommen sind. Wenn Sie den restlichen Tag überleben, was ich bezweifle, werden Sie sehen, wie wenig Wirkung Ihre Bemühungen hatten. Jetzt wird es Zeit, mich zu verabschieden.«

Der Bildschirm verblasste.

»Was ist los? Stellt das Bild wieder ein!«, verlangte Juan.

»Das können wir nicht«, erwiderte der Techniker und wich zurück. »Kensit kann die Software von seinem Aufenthaltsort aus steuern. Wahrscheinlich hat er unseren Zugriff auf Sentinel gesperrt und die Echtzeitübertragung auf diese Konsole abgeschaltet. Aber von seinem Aufenthaltsort kann er noch immer alles verfolgen und steuern, was Sentinel aufzeichnet.«

»Was hat er für heute geplant?«

Sie zögerten abermals, aber Juan erkannte schnell, dass sie darüber Bescheid wussten. Sie wichen weiter zurück, als versuchten sie, dem Ausgang näher zu kommen, um besser flüchten zu können.

»Raus damit«, knurrte er. »Auf der Stelle!«

»Okay, okay«, sagte einer der Techniker und hob beschwichtigend die Hände. »Er plant den Abschuss der ...«

Ein Geschosshagel durchsiebte die Oberkörper der beiden Techniker. Die Salve kam aus der Richtung des künstlichen Tunnels, der zur Zementfabrik führte. Juan und Trono blieb das gleiche Schicksal nur deswegen erspart, weil sich die Masse der Sentinel-Aggregate zwischen ihnen und dem Tunnel befand.

Sie suchten hinter einem der Selenpfeiler Deckung. Juan kam mit der Kristallsäule in Tuchfühlung, und seine scharfe Kante hinterließ einen Schnitt in seinem Nasstauchanzug. Sich eine Deckung suchen zu müssen wäre in dieser Höhle sicher nicht die beste Lösung.

In den reflektierenden Facetten einer Kristallsäule konnte Juan erkennen, dass Bazin der Schütze war, der die beiden Techniker getötet hatte. Er beugte sich über die Konsole und tippte mit einer Hand Befehle auf dem Keyboard, während er die Uzi in der anderen Hand auf ihn gerichtet hielt. Eine RPG lehnte neben ihm an der Konsole.

Juan gab Trono mit der Hand ein Zeichen, er solle versuchen, die Teleskopanlage zu umrunden und ihn am Tunneleingang von der Seite anzugreifen.

»Ich weiß, was Sie vorhaben, Cabrillo«, rief Bazin. »Ich würde Sie genauso in die Zange nehmen wollen. Aber in diesem Fall wird das nicht klappen.«

»Weshalb denn nicht?«, fragte Juan. »Weil Kensit Sie darüber auf dem Laufenden hält, wo wir sind und was wir tun?«

»Das ist ein unglaublicher Vorteil, nicht wahr?«

»Ich weiß, dass meine Leute draußen warten. Sie können nicht entkommen.«

»An Ihrer Stelle würde ich mir mehr Sorgen wegen der Bombe machen.«

Juan sah, wie er die Tastatur bearbeitete, und ahnte, was er soeben aktivierte. »Setzen Sie etwa einen dieser altmodischen Selbstzerstörungsmechanismen in Gang?«

»Von wegen altmodisch – er ist hochmodern«, prahlte

Bazin. »Ich empfehle Ihnen, auf dem gleichen Weg von hier zu verschwinden, auf dem Sie hereingekommen sind, wenn Sie nicht mit in die Luft fliegen wollen.« Er führte einen letzten Tastendruck aus und lehnte sich mit zufriedener Miene zurück. »Das war's. *Au revoir, mon capitaine.*«

Bazin ergriff die RPG, ging langsam rückwärts, aber Juan hatte nicht die Absicht, ihn entkommen zu lassen. Er konnte nicht direkt auf Bazin schießen, aber das hätte er sowieso nicht getan. Er brauchte ihn lebend, um ihm verraten zu können, welche Absichten Kensit verfolgte und welches Ziel er ausgesucht hatte.

Er wartete, bis Bazin unter einem Kristallstalaktiten stand, der wie ein Kronleuchter über ihm hing. Er zielte auf das funkelnde Gebilde und leerte das gesamte Magazin mit einem einzigen langen Feuerstoß. Bazin wurde mit einer Lawine scharfkantiger Kristallsplitter überschüttet, die ihm dort, wo seine Haut ungeschützt war, unzählige Schnittwunden zufügten.

Er ließ das RPG-Rohr fallen, um sich vor weiteren Verletzungen zu schützen, behielt aber die Maschinenpistole in der Hand und schoss blindlings in Juans Richtung. Blut rann ihm in die Augen und blendete ihn. Als der Hammer mit einem Klicken auf eine leere Kammer schlug, griff Juan ihn an.

Er erwartete, dass Trono seinem Beispiel folgte, aber weitere Schüsse kamen aus der Richtung des Tunnels. Einige von Bazins Söldnern mussten ihm zu Hilfe gekommen sein, denn Trono erwiderte jetzt das Feuer, um sie in Schach zu halten, sodass Juan es nur noch mit Bazin als einzigem Gegner zu tun hatte.

Juan prallte gegen Bazin und brachte ihn zu Fall. Bazin richtete sich von dem stählernen Boden halb auf, und Juan rammte eine Faust in die Nierengegend des Haitianers.

Was er allerdings vergaß, war, dass Bazin mehr über ihn wusste als jeder andere Gegner, mit dem er es jemals zu tun gehabt hatte.

Während Bazin den kraftvollen Schlägen Juans, so gut es ging, auszuweichen versuchte, griff er nach seiner Beinprothese. Bazin wusste genau, wie diese für Kampfeinsätze modifizierte Version befestigt war, und zerrte an den Schnallen, die sie an Juans Oberschenkel fixierten. Der künstliche Unterschenkel löste sich, und Juan verlor das Gleichgewicht. Er konnte ihn Bazin zwar entreißen, aber ihn zu verfolgen wäre nun unmöglich.

Bazin wischte sich das Blut aus den Augen, rollte sich auf dem Boden zu seiner Uzi hinüber und hebelte das leere Magazin heraus. Ehe Juan die Beinprothese öffnen konnte, um seinen Colt Defender herauszuholen, sprintete Bazin quer durch die Höhle, um sich einen sicheren Platz zu suchen, wo er in Ruhe nachladen konnte, um Juan endgültig aus dem Weg zu räumen.

Juan feuerte, während Bazin sich zurückzog, um ihn davon abzuhalten, sich hinter der nächsten Kristallsäule zu verstecken. Er glaubte, Bazin am Bein erwischt zu haben, während er in den Tunnel rannte, durch den Juan und Trono anfangs hereingekommen waren, nachdem sie den Höhleneingang unter Wasser gefunden hatten.

Juan hörte das charakteristische Klicken eines Magazins, das in den Magazinschacht gestoßen wird, und bemerkte, dass nun er es war, der sich unter einem tödlichen Kronleuchter befand. Sollte Bazin es mit dem gleichen Trick, nämlich blind gegen die Höhlendecke zu feuern, versuchen, dann wäre Juan völlig hilflos und könnte ihn nicht daran hindern.

Obgleich er Bazin lebend in seine Gewalt bringen wollte, hatte Juan keine Wahl. Er warf sich herum und ergriff das RPG-Rohr. Auf einem Bein stehend und mühsam das

Gleichgewicht haltend, zielte er auf den Tunneleingang und drückte ab.

Die RPG zischte auf einer Feuerzunge aus der Rohrmündung und traf die Tunneldecke. Kalksteinbrocken rieselten in einem dichten Regen herab und brachten die Tunnelöffnung zum Einsturz. Als sich der Explosionsqualm und der Staub gesenkt hatten, war offensichtlich, dass der Unterwasserzugang zur Höhle nicht mehr existierte. Bazin war verschwunden.

Noch während er abdrückte, kam Juan der Gedanke, dass die Explosion der Sprenggranate möglicherweise eine Kettenreaktion in Gang setzte, die das gesamte Deckengewölbe der Höhle zerstörte. Er hielt unwillkürlich den Atem an, als zahlreiche Kristallsäulen und -kandelaber erzitterten und drohend knisterten, während sie von Rissen durchzogen wurden. Einige Bruchstücke fielen herab, dann herrschte erneut gespenstische Ruhe.

Juan beeilte sich, seine Prothese wieder am Beinstumpf zu befestigen und Trono bei der Abwehr der restlichen Söldner zu helfen, doch sobald er sicher auf beiden Beinen stand, wurde ihm bewusst, dass der Schusslärm verstummt war.

Trono wagte sich vorsichtig hinter einem Kristallpfeiler hervor.

»Eilzustellung für Juan Cabrillo!«, erklang Lincs sonore Baritonstimme aus dem Tunnel, der zur Zementfabrik führte. »Wir haben eine Schachtel Pralinen für Sie, wenn Sie nicht schießen!«

»Immer herein damit!«, antwortete Juan. »Wir sind kurz vor dem Verhungern!«

Linc trat in den grünlichen Lichtschimmer, der von den Wänden reflektiert wurde, und sein Kinn sackte fast bis auf die Brust herab, als er die Sentinel-Apparatur und den Wald von Kristallpfeilern in der Oz-Höhle erblickte.

»So müssen wir ausgesehen haben, als wir hier hereinkamen«, sagte Juan zu Trono.

»Ich weiß nicht, ob ich ihn jemals sprachlos erlebt habe«, erwiderte Trono.

»Ist draußen alles okay?«, wollte Juan von Linc wissen.

»Fünf Söldner haben am Ende kapituliert. Sie sahen nämlich zu, wie ihre Kameraden niedergemäht wurden. Es war ziemlich übel. Bazin hielt hier unten sechzig Männer gefangen, um die Tunnel zu graben. Sie waren fast verhungert. Linda kratzt für sie alles an Lebensmitteln zusammen, was sie finden kann.« Er deutete hinter sich. »Dort ist jemand, den Sie kennenlernen sollten.«

Ein Haitianer – zerlumpt, aber den Kopf stolz erhoben – wurde von Eddie hereingeführt. Nachdem er sich staunend in der Höhle umgesehen hatte, schüttelte er Juans Hand mit festem Händedruck.

»Jacques Duval, stellvertretender Kommandant der Haitian National Police«, sagte er. »Wenn ich richtig verstanden habe, sind Sie derjenige, bei dem ich mich für die Rettung bedanken muss.«

»Nicht nur bei mir, sondern bei einem ganzen Team«, sagte Juan. »Ich bin nicht der Lone Ranger. Genau genommen war noch nicht einmal der Lone Ranger so allein, wie sein Name vermuten lässt. Schließlich war Tonto ständig in der Nähe, um seine Haut zu retten.«

Duval schüttelte irritiert den Kopf, da er diese Anspielung auf die moderne amerikanische Folklore nicht verstand. »Wo ist Hector Bazin?«

Juan deutete auf die Tonnenlast geborstenen Gesteins auf der anderen Seite der Höhle. »Dort verschüttet.«

Duval nickte, bedauernd und zufrieden zugleich. »Es musste so weit kommen. Noch einmal vielen Dank. Ich sollte jetzt das Kommando über die Polizei übernehmen, die anrückt, um Hector zu retten.«

»Wird man Ihnen gehorchen?«

»Welche Wahl haben sie? Hier ist doch niemand mehr, der ihnen Befehle geben kann.«

Er machte auf dem Absatz kehrt und entfernte sich.

»Ein harter Bursche«, sagte Juan anerkennend.

»Bis auf einen Schluck Wasser«, sagte Eddie, »wollte er nichts haben, ehe seine Männer versorgt waren.«

Juan nickte. Er hätte genauso gehandelt. Führungspersönlichkeiten dieser Art triumphierten gewöhnlich am Ende über solche Männer wie Bazin.

»Schickt Eric herein«, sagte er dann. »Es gibt noch ein weiteres Problem.«

Zwei Minuten später hatten Linc und Eddie draußen wieder Posten bezogen, und Eric saß vor der Sentinel-Konsole und versuchte zu entschlüsseln, wie sich das Selbstzerstörungsprogramm, das mittlerweile in dreiundfünfzig Minuten aktiv würde, stoppen ließ.

»Können Sie es ausschalten?«, fragte Juan.

Eric schüttelte den Kopf. »Das will ich lieber nicht versuchen. Kensit könnte eine Sprengfalle eingebaut haben, die hochgeht, sobald ein falscher Code eingegeben wird.«

»Und wenn Sie einfach den Stecker herausziehen?«

»Keine gute Idee. Die externe Energieversorgung ist unterbrochen, und es sieht ganz so aus, als seien die Reservebatterien ein fester Bestandteil der gesamten Anlage. Die Stromversorgung zu unterbrechen könnte ebenfalls eine mögliche Sprengfalle auslösen. Ich fürchte, es gibt keine Möglichkeit, die Explosion zu verhindern.«

Juan fuhr sich mit den Fingern durchs Haar. Ihm fiel schwer, das offenbar Unvermeidliche zu akzeptieren.

»Die Techniker ließen verlauten, dass Kensit irgendetwas abschießen wollte. Wir müssen ermitteln, was es ist und wie er es tun wollte.«

»Na ja, sieht so aus, als sei der Selbstzerstörungsmechanismus ein unabhängiges System«, sagte Eric. »Vielleicht können wir verfolgen, was Kensit in diesem Augenblick tut.« Er ging zu dem Platz, von dem aus Juan Kensit hatte dabei beobachten können, wie er die Anlage fernsteuerte.

Juan schüttelte den Kopf. »Das haben wir schon versucht. Kensit hat den Zugriff gesperrt.«

»Können Sie beschreiben, was die Techniker getan haben?«

»Das muss ich gar nicht«, erwiderte Juan und winkte Trono zu sich herüber. »Zeigen Sie ihm Ihre Aufnahme.«

Trono spielte das Video ab. Schon nach einer Minute stoppte Eric die Vorführung und drückte auf einige Keyboardtasten. Der leere Bildschirm erwachte flackernd und zeigte, wie er etwas sagte. Aber diesmal lief die Sequenz rückwärts ab.

Juan klopfte Eric auf die Schulter. »Gut gemacht.«

»Ich habe in Tronos Aufnahme gesehen, dass der Techniker eine Play-Taste gedrückt hat«, erklärte Eric. »Eigentlich leuchtet ein, dass es so etwas wie eine Aufnahmefunktion geben muss. Von der Annahme ausgehend, dass Kensit immer nur einen einzigen Ort überwachen konnte, ist es nur logisch, dass er eine Möglichkeit schuf, alles aufzuzeichnen, was er beobachtete, um es sich im Nachhinein noch einmal anschauen zu können für den Fall, dass ihm bei seiner Realzeitüberwachung etwas entgangen war. Wir sind vielleicht nicht in der Lage zu verfolgen, was Sentinel zurzeit beobachtet, aber wir können immerhin sehen, wofür sich das Teleskop in der Vergangenheit interessierte.«

»Besser als nichts. Gehen Sie weiter zurück, bis etwas kommt, das wir noch nicht kennen.«

Eric beschleunigte den Rücklauf. Sie sahen das Duell zwischen dem PIG und dem Ratel-Schützenpanzerwagen, Linda und das Team auf dem Hügel oberhalb der Zementfabrik, die Hubschrauberlandung und so weiter.

Dann drosselte er das Tempo, als das Bild eines Flugzeugs vor dem Hintergrund eines strahlend blauen Himmels erschien.

Juan gefror das Blut in den Adern. Die weiß-blaue Boeing 747 identifizierte er in dem Moment, als das UNITED-STATES-OF-AMERICA-Emblem auf ihrem Rumpf zu erkennen war.

Er schnappte sich Tronos Smartphone, rannte damit zum Ausgangstunnel und rief über die Schulter zurück: »Bleibt so lange wie möglich hier, und seht euch an, was Kensit beobachtet hat.«

Er wartete gar nicht erst auf die Bestätigung seiner Anweisung und hatte das andere Ende des Tunnels auch schon fast erreicht, als er ein Signal empfing, um Gomez rufen zu können, damit dieser ihn sofort abholte und zurück zur *Oregon* brachte.

Er musste schnellstmöglich eine Yacht versenken.

SIEBENUNDVIERZIG

Durch das offensichtliche Eindringen Fremder in die Höhle sowie die Tatsache, innerhalb der Anlage niemanden erreichen zu können – inklusive Bazin –, war Kensit völlig aus dem Konzept gebracht. Aber er musste seine Mission erfolgreich abschließen. Zumindest hatte er die Kontrolle über Sentinel wiedererlangt – das heißt, so lange, bis sich das Teleskop in weniger als einer halben Stunde selbst zerstörte. Doch wenn Brian Washburn erst einmal den Posten des Vizepräsidenten bekleidete, hätte er einen mächtigen Verbündeten in der Regierung, der seine schützende Hand über ihn hielt, während er Sentinel zwei baute und in Betrieb nahm.

Unbemerkt von der Bodenkontrolle in Tyndall lenkte er seit einer Stunde die QF-16-Drohnen, die von zwei bemannten F-15 begleitet wurden, während sie sich den Bahamas näherten. Nun kam der Moment näher, um einen Kollisionskurs mit Air Force Two zu programmieren.

Er unterbrach die Video- und die Datenlinks aller sechs Drohnen mit Tyndall. Dabei wünschte er sich, die Gesichter der Techniker sehen zu können, wenn sie feststellten, dass sie die Verbindung zu ihren Schützlingen verloren hatten. Doch er durfte die Drohnen nicht aus den Augen lassen. Seine derzeitige Beobachtungsposition befand sich eine Viertelmeile hinter den am Ende des Pulks fliegenden Maschinen. Die acht Flugzeuge bildeten eine V-Formation mit nur geringem Abstand zueinander.

Sicherlich kommunizierten die Techniker in diesem Moment mit den Kampfjetpiloten, die ihnen meldeten, dass sie keine Veränderungen im Flugmuster der Drohnen bemerkt hätten und die getrennte Verbindung wahrscheinlich auf eine Störung im Kommunikationssystem zurückzuführen sei.

Kensit übernahm die manuelle Steuerung von Quail 6, jener Drohne, die dem F-15-Jäger auf der linken Seite am nächsten war. Quail 6 schwenkte plötzlich nach links ab, kollidierte mit der Nase der F-15 und riss sie ab. Die QF-16-Drohne explodierte in einem Feuerball, als sich der Inhalt ihrer Außentanks entzündete, erwischte die F-15 mit ihrer Druckwelle und zerfetzte den Kampfjet ebenfalls. Der Pilot hatte nicht die geringste Chance, den Schleudersitz auszulösen.

Kensit schaltete die Fernsteuerung sofort auf Quail 5 auf der anderen Seite der Formation um. Er versuchte sein Glück mit dem gleichen Manöver, aber dieser F-15-Pilot war erheblich wachsamer. Er nahm Quail 5 mit seiner M61-Vulcan-Kanone sofort unter Beschuss, doch die Projektile trafen stattdessen Quail 4, zertrümmerten ihr Schwanzleitwerk und ließen sie im Sturzflug in Richtung Karibische See abtrudeln.

Quail 5 drängte nach rechts und berührte die Tragflächenspitze der F-15, als diese auszuweichen versuchte. Die Tragflächen von Drohne und F-15 brachen ab, und beide Maschinen lösten sich regelrecht in ihre Bestandteile auf, als Feuerzungen aus ihren Treibstofftanks leckten. Der Pilot zog am Nothebel, und sein Schleudersitz verschwand aus Kensits Gesichtsfeld.

Kensit atmete erleichtert auf, als der wahrscheinlich schwierigste Teil der Mission abgeschlossen war. Wenn eine der F-15 unversehrt aus dem Verband ausgebrochen wäre, hätte sie mit ihren Raketen die restlichen Drohnen zerstören können. Nun hingegen war kein Kampfflugzeug in der Nähe, das die Drohnen vor dem

Rendezvous mit der Maschine des Vizepräsidenten stoppen könnte.

Die drei restlichen Drohnen müssten den Job wie geplant zum krönenden Abschluss bringen. Auch eine einzige musste ausreichen, um die wehrlose Boeing 747 zu zerstören.

Mit sich und seiner umsichtigen Planung zufrieden und absolut im Reinen, trank Kensit einen weiteren tiefen Schluck Red Bull, programmierte entsprechend beflügelt den Kurs für die drei Autopiloten und schickte die Drohnen mit lodernden Nachbrennern auf ihren Überschallflug ins Verderben.

* * *

Dank eines Reservetarnanzugs im Helikopter hatte sich Juan von seinem ziemlich lädierten Nasstauchanzug befreien können, als er, Linda und Hali die *Oregon* unter sich auftauchen sahen. Während des Hinflugs waren Max und Murph von Juan auf den aktuellen Stand der Ereignisse gebracht worden. Das Schiff legte ab, sobald der Hubschrauber gelandet war. Danach hatte er Langston Overholt angerufen, um ihn vor dem zu warnen, was er auf Sentinels Bildschirm gesehen hatte.

Sie begaben sich sofort ins Operationszentrum, und Juan hatte sich kaum im Kirk Chair niedergelassen, als er Linda bereits anwies, Kurs auf Kensits letzten bekannten Aufenthaltsort zu nehmen, einen Punkt nordwestlich von Haiti, der von ihrer derzeitigen Position über einhundert Meilen entfernt war. Wenn sie den Koordinaten in Tronos Smartphone-Aufnahmen folgten, mussten sie davon ausgehen, dass die Yacht mit östlichem Kurs unterwegs gewesen war. Aber da Kensit wusste, dass Sentinel geknackt worden war und sie die Position seiner Yacht anhand der Verbindung mit dem Neutrino-Teleskop berechnen konnten, hatte er seinen Kurs wahrscheinlich geändert, um sich so weit wie möglich von ihnen zu entfernen.

Juan drehte sich zu Max um und grinste. Er war froh, wieder an Bord zu sein. »Sind die Maschinen schon auf Touren gebracht worden?«

»Das alte Mädchen scharrt mit den Hufen«, erwiderte Max.

»Dann zeig mir mal, was in ihr steckt.«

»Volle Kraft voraus, aye«, erwiderte Max, und die magnetohydrodynamischen Maschinen entfalteten ihre unerhörte Leistung und schleuderten mächtige Wasserfontänen in die Luft, während die *Oregon* aus der Bahia de Grand Pierre aufs offene Meer hinausschoss.

»Waffenkontrolle«, wandte er sich an Murph, der auf seiner Station bereitsaß. »Wie lange noch, bis wir in Exocet-Reichweite sind?«

»Beim augenblicklichen Tempo dauert es mindestens vierzig Minuten. Wenn wir von Eric keine genauen Koordinaten erhalten, müssen wir wahrscheinlich noch näher heran, um die Yacht zweifelsfrei zu identifizieren.«

»Hali, nehmen Sie Verbindung mit Eric auf. Ich möchte wissen, ob er weitere Informationen für uns hat. Rufen Sie gleichzeitig Langston Overholt an, und geben Sie mir Bescheid, wenn die Verbindung steht.«

Eric hatte sie schon vorher über die Landverbindung der Oz-Höhle erreicht, und jetzt drang seine Stimme aus den Lautsprechern im Operationszentrum. »Dieses Ding ist unglaublich.«

»Mann, immer hast *du* den ganzen Spaß«, klagte Murph.

»Ich könnte Wochen damit verbringen, mich mit dieser Technologie vertraut zu machen.«

Juan warf einen Blick auf den Schiffschronometer. »Sie haben aber nur noch dreiundzwanzig Minuten zur Verfügung, nennen Sie uns also am besten lediglich die wichtigsten Punkte.«

»Okay. Wir konnten Kensits Aufenthaltsort bestimmen, aber wir kennen ihn nur so lange, wie wir uns hier aufhalten und Sentinel mit seiner Yacht verbunden ist. Danach wird er zu einem Geist.« Er nannte Linda die neuen Koordinaten.

»Er ist nach Nordwesten abgebogen«, sagte Murph. »Voraussichtliche Fahrtdauer fünfzig Minuten.«

»Das ist ein großes Problem«, sagte Eric.

»Weshalb?«, fragte Juan.

»Weil Kensit vor mehr als einer Stunde die Kontrolle über sechs QF-16-Kampfdrohnen übernommen hat. Sie sind von der Tyndall Air Force Base gestartet und fliegen in unsere Richtung. Zurzeit müssten sie sich direkt über Kensit befinden.«

Juan schlug mit der Faust auf die Armlehne seines Sessels, und da ging ihm ein Licht auf. »So will er offenbar die Maschine abschießen!«

»Ich habe Overholt in der Leitung«, meldete Hali.

»Stellen Sie ihn durch.« Hali nickte, und Juan sagte: »Lang, hast du den Präsidenten kontaktiert?«

»Es ist nicht der Präsident«, erwiderte Overholt. »Er ist heute Morgen in Chicago. Aber Vizepräsident Sandecker kommt aus Brasilien zurück.«

»Wo befindet sich seine Maschine?«

»Sie überquert soeben Haiti.«

»Du musst den Piloten anweisen umzukehren. Lawrence Kensit hat die Absicht, Air Force Two mit den Drohnen abzuschießen, die er gekapert hat.«

»O mein Gott«, stieß Overholt hervor. »Wir haben gerade eine Blitzmeldung erhalten, dass die Datenlinks zu sechs Drohnen getrennt wurden, während sie zu einer Leistungsdemonstration anlässlich des UNITAS-Manövers zu den Bahamas flogen. Bisher konnten sie keinen Kontakt mit den Drohnen oder den Begleitflugzeugen aufnehmen.«

»Wenn es sich bei den Drohnen um modifizierte F-16-Jagdbomber handelt, dann schnappen sie sich Air Force Two, es sei denn, ihnen geht der Sprit aus, bevor sie die Maschine des Vizepräsidenten abfangen können.«

»Die Air Force davon zu überzeugen, dass die Maschine des Vizepräsidenten in ernster Gefahr ist, von ihren eigenen Jets abgeschossen zu werden, dürfte ziemlich schwierig sein, aber ich will sehen, was ich tun kann.«

Mit einem Klicken wurde die Verbindung getrennt.

»Haben Sie das mitbekommen, Eddie?«, fragte Juan.

»Ja, und ich kann vielleicht helfen. Ich schicke Hali die Transpondercodes sowohl für die Drohnen als auch für Air Force Two, damit ihr sie verfolgen könnt. Ich habe sie mir von Kensits Fernsteuerungskonsole besorgt.«

»Gute Arbeit.«

»Dieses Bild von Tronos Aufnahme wird Murph vielleicht auch zeigen, wie man Kensits Verbindung zu den Drohnen trennt, falls er irgendwie dahinterkommt, wie Kensit sie steuert.«

Juan winkte Murph und warf ihm Tronos Smartphone zu. Murph fing es mit einer Hand lässig auf und begann sofort, das Video vom Telefon ins Computersystem des Schiffs zu kopieren.

»Ehe Sie gehen, habe ich noch eine andere Geschichte, die mir Sorgen bereitet«, sagte Eric.

»Lassen Sie mal hören«, sagte Juan und zuckte die Achseln. »Im Augenblick können wir sowieso nur Däumchen drehen.«

»Ich habe ein Video mit Admiral Ruiz gefunden, das gestern aufgenommen wurde.«

»Wo?«

»Keine Ahnung. Es beginnt mit einer Luftaufnahme von drei Schiffen, dann wird eine Kommandobrücke herangezoomt, und Ruiz ist zu sehen, während sie telefoniert. Laut einem Schild auf der Brücke heißt das Schiff *Reina Azul*. Ich glaube, sie spricht mit Kensit, und er hat sie dabei beobachtet.«

Die *Blue Queen*, dachte Juan. »Können Sie uns die Unterhaltung vorspielen?«

»Ja, aber man hört natürlich nur, was Ruiz selbst gesagt hat. Passen Sie auf.«

Auf Anhieb erkannte Juan die dunkle Stimme, die ihm nur eine Woche zuvor vor der Küste von Venezuela gedroht hatte. Pausen unterbrachen ihre Worte, während sie zuhörte, was Kensit zu sagen hatte.

Sie werden aus einem Frachtcontainer abgeschossen, begann sie. *Nein, sogar die* Oregon *dürfte Mühe haben, ihnen auszuweichen. Man nennt sie nicht ohne Grund Carrier Killers … Keine Sorge. Die Kapitäne der* Maracaibo *und der* Valera *glauben, dass wir nach Port-au-Prince unterwegs sind, um Zement für Puerto Cabello zu laden … über eine Scheinfirma. Sie haben keine Ahnung, dass ich an Bord bin … Ich habe von meinen Männern im Laufe der Nacht Sprengladungen an ihren Schiffsrümpfen anbringen lassen. Es wird keine Überlebenden oder Zeugen geben … Dann erwarte ich, dass Sie liefern … Ja, wir werden rechtzeitig dort sein.*

»Das war's«, sagte Eric.

»Nicht gut«, meinte Murph, während er Tronos Video betrachtete. »Carrier Killer ist der Spitzname für die russische 3M-54-Klub-Antischiffsrakete. Sie ist nur sehr schwer abzuschießen, weil sie für den Zielanflug auf dreifache Schallgeschwindigkeit beschleunigt und außerdem nach dem Zufallsprinzip Ausweichmanöver ausführt.«

Das wollte Juan ganz und gar nicht gefallen. »Können die Gatling-Kanonen etwas gegen sie ausrichten?«

»Wenn wir Glück haben … schon, aber darauf kann man sich nicht verlassen. Die Klubs sind mehr als dreimal so schnell wie unsere eigenen Exocets. Ich würde meinen, dass die Metal-Storm-Batterie unser bestes Mittel dagegen ist.«

»Warum sind da noch die anderen Schiffe?«, fragte Max. »Weil sie zu mehreren sicher sind?«

Juan nickte. »Menschliche Schutzschilde. Ruiz weiß, dass wir nicht angreifen, solange wir nicht genau wissen, welches Schiff wir versenken müssen.«

»Aber das werden wir wissen, sobald sie gestartet sind. Diese Triebwerke stoßen eine Menge Rauch aus.«

»Offensichtlich entgeht uns irgendetwas«, sagte Juan. »Linda, gehen Sie ans Radar und halten Sie Ausschau nach Konvois, die aus drei Schiffen bestehen. Ich übernehme von hier aus das Steuer. Waffenkontrolle, halten Sie sich bereit für Abwehrmaßnahmen.«

Murph fuhr die Tarnverkleidungen herunter, hinter denen sich die radargesteuerten Gatling-Kanonen verbargen, und brachte die Metal-Storm-Batterie an Deck in Stellung. »Waffen bereit.«

Juan ließ sich die Namen der beiden Schiffe durch den Kopf gehen, die Ruiz erwähnt hatte. Maracaibo hieß ein großer See in Venezuela. Es erschien logisch, dass Ruiz Frachtschiffe ihres eigenen Landes missbrauchte. Durchaus möglich, dass Maria Sandoval einen der Schiffskapitäne kannte, der Ruiz unwissentlich als Lockvogel diente. Sie hatte darauf hingewiesen, dass venezolanische Kapitäne eine verschworene Gemeinschaft bildeten.

»Hali«, sagte Juan, »bitten Sie Kapitän Sandoval, uns im Operationszentrum Gesellschaft zu leisten.«

»Nach der wilden Schmugglergeschichte, die wir ihr

bisher aufgetischt haben? Die wird sie uns nicht mehr abnehmen, wenn sie dies alles hier gesehen hat.«

»Ich habe das Gefühl, dass uns nicht mehr viel Zeit bleibt. Wir brauchen sie am Satellitentelefon. Sie muss uns schwören, dass sie nicht redet – wenn dich das beruhigt.«

Mit einem Achselzucken signalisierte Max seine Zustimmung. »Soweit es mich betrifft, würde ich es als bindenden Vertrag betrachten.«

»Sie ist auf dem Weg«, sagte Hali. »Ich lege die Transponder auf den großen Bildschirm.« Eine Karte von der Karibik erschien, auf der Teile von Kuba, den Bahamas und Haiti zu sehen waren. Die Symbole dreier roter Flugkörper nördlich von Kuba näherten sich dem Symbol eines blauen Flugzeugs nordwestlich von Haiti. »Dieses blaue Flugzeug ist die Air Force Two. Die roten stellen die Drohnen dar.«

»Was ist mit den anderen geschehen?«, wollte Juan wissen. Es war eher eine rhetorische Frage, auf die er keine zufriedenstellende Antwort erwartete.

»Sie müssen abgestürzt sein, sonst würden wir Signale von ihnen empfangen.«

»Murph«, sagte Juan, »bestätigen Sie mir, dass Sie diese Drohnen lahmlegen können.«

In tiefer Konzentration beugte sich Murph über seine Instrumentenkonsole und reagierte nicht.

»Murph?«, hakte Juan ein paar Sekunden später nach.

Schließlich hob Murph den Kopf. »Sieht so aus, als ob er eine der Drohnen manuell steuert und die anderen mit Autopilot unterwegs sind.«

»Können Sie das Signal stören?«

»Nein, und ich komme auch nicht an die Drohne heran, die er manuell lenkt. Ich hätte hier sowieso nicht die richtigen Instrumente zur Verfügung, um das Drohnenflugzeug zu steuern. Aber ich könnte möglicherweise den Autopiloten umprogrammieren.«

»Tun Sie's. Bei der augenblicklichen Fluggeschwindigkeit dauert es sowieso nur noch höchstens zehn Minuten, bis die Drohnen auf die Air Force Two treffen.«

Maria Sandoval wurde ins Operationszentrum geführt, und ihre Augen weiteten sich, als sie das Innere der Hightechkommandobrücke erblickte.

»Wer sind Sie, und was tun Sie da?«, fragte sie geradezu ehrfürchtig.

»Wir sind die Guten, Kapitän«, antwortete Juan, während er sich erhob, um sie zu begrüßen. »Und ich brauche Ihre Hilfe. Ich kann Ihnen jetzt nicht alles erklären, was gerade los ist, aber es scheint, als wolle Ihre Freundin Admiral Ruiz versuchen, uns zu versenken, und ich muss wissen, wo sie ist. Kennen Sie die Kapitäne der Frachtschiffe *Maracaibo* und *Valera*?«

»Nicht die der *Maracaibo*«, sagte sie, »aber Eduardo Garcia ist der Chef der *Valera*. Ich bin ihm gelegentlich begegnet, als wir mit unseren Schiffen in Puerto Cabello lagen. Er ist ein guter Kapitän, allerdings auch ein wenig seltsam.«

»Es ist sehr wichtig, dass wir mit ihm reden. Hali nimmt Sie unter seine Fittiche und hilft Ihnen, mit Kapitän Garcia Verbindung aufzunehmen. Die Fragen, die wir ihm stellen müssen, sollten lieber von jemandem kommen, den er persönlich kennt.«

»Ich muss eine Rakete im Anmarsch melden!«, rief Linda.

»Wie bitte? Aus welcher Richtung?«

»Sie kam gerade über die Île de Gonâve im Süden. Ruiz' Trägerschiff muss auf der anderen Seite der Insel liegen. Unser Radar konnte nichts aufzeichnen, bis die Rakete die Insel überquerte.«

Juan stieß einen halblauten Fluch aus. Also wendete sie die gleiche Taktik gegen ihn an, die er seinerzeit mit der *Washington* gegen sie verfolgt hatte, indem er nämlich darauf geachtet hatte, dass sich die Insel zwischen ihnen befand. Er konnte nicht mit einer eigenen Rakete auf sie schießen, weil er nicht in der Lage war, ein festes Ziel auszumachen, während sie dank Kensit und Sentinel die *Oregon* ganz genau im Visier hatte.

»Waffenkontrolle! Bereithalten!«

Murph, der die Tastatur wie wild bearbeitete, machte sich nicht einmal die Mühe hochzuschauen. »Ich versuche, den Vizepräsidenten irgendwie zu retten.«

»Max, übernimm die Waffenkontrolle!«

Max durchquerte das Operationszentrum und besetzte Murphs angestammten Platz an der Waffenstation. Die Rakete befand sich bereits in der Überschallphase ihres Zielanflugs. Durch einen Knopfdruck aktivierte Max die Gatling.

Indem sie die gleiche Technologie benutzte wie das Phalanx-Nahbereichsverteidigungssystem der amerikanischen Navy, ging das sechsläufige Geschütz in den Hochleistungsmodus über und verschoss panzerbrechende 20mm-Wolframstahlgeschosse und klang dabei wie eine Industriesäge, die sich durch Hartholz frisst. Das Radar, das sich in einer Kuppel über der Kanone befand und frappierende Ähnlichkeit mit dem Star-Wars-Droiden R2-D2 hatte, versuchte, das flüchtige Ziel aufzufassen, aber bei einer derart hohen Marschgeschwindigkeit hatte es beim Aufspüren der Lenkwaffe Schwierigkeiten.

Max feuerte weiter und aktivierte auch die Metal-Storm-Batterie mit ihrer Frequenz von fünfhundert Schuss innerhalb der Zeitspanne eines Lidschlags. Die Wand aus Wolframstahl erwischte ihr Ziel etwa achthundert Meter von der *Oregon* entfernt.

Der größte Teil der Rakete zerschellte und stürzte ins Meer, aber ein größeres Bruchstück flog, einige Sekunden zuvor auf Überschallgeschwindigkeit beschleunigt, weiter. Metalltrümmer prasselten gegen den Rumpf der *Oregon*.

»Schadensmeldung«, verlangte Juan.

Nacheinander rief Max die externen Kameras auf. »Keine Rumpfleckage, aber wir haben das Radar der Gatling durch die Kollision mit einem Trümmerfragment verloren. Zurzeit wird Metal Storm geladen.«

»Eine weitere Rakete im Anflug!«, meldete Linda. »Zwei Minuten bis zum Kontakt.«

»Ich drehe das Schiff um einhundertachtzig Grad, um unsere Steuerbord-Gatling einzusetzen«, sagte Juan, während er die *Oregon* mit Hilfe der Strahlruder rotieren ließ. »Halt dich mit der Exocet bereit, Max.«

»Dazu brauchte ich ein festes Ziel«, erwiderte Max. »Solange wir die genauen Koordinaten des Schiffs, das auf uns feuert, nicht kennen, würden wir ins Blaue schießen und könnten auf der anderen Seite der Insel alles Mögliche treffen.«

Juan sah Maria an, die eine Kopfhörer-Mikrofon-Kombination trug und ihn mit einem Ausdruck hilflosen Entsetzens anstarrte.

Alles, was er in diesem Moment sagte, war: »Bitte, beeilen Sie sich.«

ACHTUNDVIERZIG

Die Kapitäne der *Maracaibo* und der *Valera* sendeten verzweifelte Mayday-Rufe über ein Schiff in ihrer Mitte, das Raketen abfeuerte, während die zweite Klub-Rakete über die Insel raste, die Ruiz von der *Oregon* trennte. An der offensichtlichen Machtlosigkeit ihres Gegners erkannte Ruiz, dass ihr Plan, Schiffe zu Hilfe zu rufen, die in nächster Nähe der *Reina Azul* ihrem Kurs folgten, genau die Wirkung hatte, die sie beabsichtigt hatte. Cabrillo hatte nicht die *cojones*, blindlings zurückzufeuern, wenn sich zwei Frachtschiffe mit unschuldigen Mannschaftsmitgliedern keine Viertelmeile entfernt neben ihr befanden. Obgleich unendlich viel auf dem Spiel stand, war er zu schwach, um das Risiko einzugehen, einen Nichtbeteiligten zu versenken.

Auf dem Monitor betrachtete sie die Bilder von der *Oregon*, die von einer Kamera auf der anderen Seite der acht Meilen breiten Insel aufgenommen wurden. Kensit hatte sie gewarnt, dass er zu beschäftigt sein würde, um ihr aktuelle Informationen über die jeweilige Position der *Oregon* übermitteln zu können, daher hatte sie während der Nacht zwei Männer losgeschickt, um eine Kamera mitsamt einem starken Sender auf einem abgelegenen Strandabschnitt auf der gegenüberliegenden Seite der Insel aufzustellen. Als Cabrillo auf dem einzigen Kurs in Sicht kam, dem sein Schiff nach Verlassen der Bahia de Grand Pierre folgen konnte, hatte Ruiz sofort angegriffen.

Wie ihr Startteam sie bereits gewarnt hatte, waren Wirksamkeit und Raketenlenkung erheblich eingeschränkt, weil der Container auf einem alten Frachter mit empfindlich begrenzten technischen Möglichkeiten zum Einsatz kommen sollte. Der wesentliche Nachteil war aber, dass stets nur jeweils eine Rakete abgefeuert werden konnte. Anfangs hatte sie sich über diese Einschränkung maßlos geärgert, aber nun genoss sie es geradezu, verfolgen zu können, wie verzweifelt sich die *Oregon* gegen die Lenkwaffen wehrte. Das Hightechschiff würde sie nicht ewig vorzeitig abschießen können. Eine Rakete würde am Ende doch ihr Ziel finden.

»Liegt das Fluchtboot für die abschließende Evakuierung bereit?«, wollte sie vom Kapitän wissen.

»Aye, Admiral«, antwortete er. »Es ist an Backbord vertäut.«

»Was ist mit den Sprengladungen? Ich werde alle drei Schiffe versenken, sobald ich der *Oregon* das Kreuz gebrochen habe.«

»Sie wurden wie vorgesehen an Ort und Stelle deponiert und warten auf den Detonationsbefehl.« Er reichte ihr den Entfernungszünder.

»Ausgezeichnet, Kapitän«, sagte sie. »Wenn ich erst einmal Präsidentin bin, werde ich in meiner Regierung Männer wie Sie brauchen, Männer, auf die ich mich verlassen kann. Ein hoher Posten ist Ihnen sicher, das kann ich Ihnen schon jetzt versprechen.«

Zwar wurden weiterhin die Notrufe gesendet, aber sie machte sich keine Sorgen, dass daraufhin irgendeine Reaktion erfolgte und Hilfe geschickt würde. Was Haiti als seine Küstenwache bezeichnete, verdiente diesen Ausdruck nicht und hatte allenfalls eine symbolische Wirkung, und eine eigene Marine besaß das arme Land nicht. Das Einzige, was die Behörden hätten tun können, wäre die Entsendung eines Polizeiboots gewesen oder ein Hilfeersuchen an die Dominikanische Republik. Ehe man sich für eine dieser beiden Möglichkeiten entschieden hätte, wären sie und ihre Männer längst vom Schauplatz des Geschehens verschwunden.

Die zweite Klub-Rakete nahm Kurs auf die *Oregon*, und Ruiz war sicher, dass diese ihr Ziel finden werde. Aber dann explodierte die Rakete kurz vor dem Schiffsheck in massivem Abwehrfeuer, während das Schiff lediglich von einer Trümmerwolke überschüttet wurde. Flammen züngelten über das Deck, und diesmal konnte sie zu ihrer Zufriedenheit feststellen, dass dieses Feuer echt war – und keine Täuschung, so wie vor der Küste bei Puerto La Cruz.

Was sie jedoch bedauerte, war, dass Cabrillo keine Ahnung hatte, wer es eigentlich war, der sein geliebtes Schiff versenken würde. Nun ja, sie immerhin wusste es, und das war eigentlich das Einzige, was zählte.

Es wurde Zeit, ein Ende zu machen.

Per Funk rief sie die Feuerleitstation. »Dritte Rakete starten.«

* * *

»Die letzte hat unsere Metal-Storm-Batterie lahmgelegt«, sagte Max. »Wir haben nur noch die beiden Gatlings.«

»Ich drehe das Schiff, damit beide die nächste Rakete ins Visier nehmen können«, sagte Juan und schwenkte das Schiff in Richtung Île de Gonâve. »Wie kommen Sie zurecht, Maria?«

»Ich habe Kapitän Garcia am Satellitentelefon«, sagte sie triumphierend. »Er ist fassungslos. Was soll ich ihn fragen?«

»Ob er den Kapitän der *Maracaibo* erreichen kann – aber nicht über Sprechfunk.«

Sie gab die Frage weiter. »Ja, er hat ebenfalls ein Satellitentelefon.«

»Gut. Dann bestellen Sie den beiden, sie sollen sofort

aufhören und Ihnen die genauen GPS-Koordinaten ihrer jeweiligen Position durchgeben – und zwar bis auf den Zentimeter genau. Und fragen Sie, ob in der Nähe noch weitere Schiffe zu sehen sind.« Juans Bitte verwirrte sie offenbar, aber sie gab die Frage an Garcia weiter.

Juan gab Max ein Zeichen. »Halt dich bereit, die Daten in den Exocet-Feuerleitcomputer einzugeben.«

Max runzelte die Stirn, dann nickte er verstehend. »Und sie zu markieren, damit auf keinen Fall auf sie geschossen wird.«

»Genau.« Juan warf einen Blick auf den Bildschirm, der die virtuelle Land- und Seekarte eines Ausschnitts der Karibik zeigte, und konnte verfolgen, wie sich die Drohnen und die Air Force Two einander unaufhaltsam näherten. »Murph, wie weit sind Sie mit den Drohnen? Uns bleiben nur noch fünf Minuten bis zum großen Knall.«

»Ich hab's gleich geschafft. Einen Fehler kann ich mir nicht leisten. Der erste Versuch muss erfolgreich sein, sonst sperrt mich Kensit ein für alle Mal aus.«

»Okay. Machen Sie weiter.«

»Ich habe die Koordinaten!«, meldete Maria und rief sie Max zu, der sie sofort in den Feuerleitcomputer einspeicherte.

»Rakete drei in Sicht!«, warnte Linda. »Zielkontakt in zwei Minuten!«

»Exocet Achtung!«

»Feuer!«

Der Exocet-Flugkörper wurde aus seiner Röhre ausgeworfen, und sein Turbinenstrahltriebwerk sprang an und beschleunigte die Antischiffsrakete. Ihr Radarhöhenmesser sorgte dafür, dass sie in drei Metern Flughöhe über Grund ihrem Ziel entgegenraste.

»Zeit bis zum Kontakt mit der Klub: eine Minute«, gab Linda Bescheid.

»Max, versuch die Rakete mit den Gatlings ins Kreuzfeuer zu nehmen. Das ist unsere einzige Chance.«

Ein zweistimmiges Kreischen wie von Industriesägen erklang auf beiden Seiten des Schiffes, als die Gatling-Kanonen der im Anflug befindlichen Rakete einen Hagelsturm aus Wolframstahlgeschossen entgegenschleuderten. Die Leuchtspurketten tanzten, als die Rakete hin und her pendelte, um den Projektilen auszuweichen. Aber zwanzig Sekunden ununterbrochenen Dauerfeuers fanden schließlich das Ziel, und die Rakete explodierte mit einer grellen Stichflamme.

»Das war knapp«, stöhnte Max, während er sich theatralisch über die Stirn wischte. »Die zweite Kanone hat nur noch dreißig Schuss im Magazin. Ich glaube, eine weitere Rakete können wir nicht mehr abwehren.«

»Zeit bis zum Zielkontakt der Exocet?«

»Kann ich nicht genau bestimmen«, erwiderte Linda. »Sie befindet sich mittlerweile über der Insel, daher können wir sie nicht mit dem Radar verfolgen.«

»Maria«, sagte Juan völlig ruhig, »würden Sie so nett sein und Kapitän Garcia fragen, ob er unsere Rakete sehen kann?«

* * *

Als die in Küstennähe aufgestellte Kamera die ersten Bilder vom Raketenstart auf der *Oregon* übertrug, glaubte Ruiz, dass es ein letzter Versuch war, ihre Klub-Rakete abzuschießen, und dass er fehlgeschlagen war, als die beiden Flugkörper einander passierten.

Nun hingegen, als der von der *Oregon* abgefeuerte Flugkörper die Südküste der Insel überquerte, identifizierte Ruiz ihn als Exocet-Antischiffsrakete.

Sie hatte Cabrillo falsch eingeschätzt. In seiner Verzweiflung musste er Zuflucht zu einem blinden Schuss auf ihr Schiff genommen haben, in der Hoffnung, einen Zufallstreffer zu landen. Stattdessen steuerte der »fliegende Fisch«, wie die Übersetzung des französischen Namens Exocet lautet, direkt auf die *Valera* zu. In Gedanken klopfte sich Ruiz selbst anerkennend dafür auf die Schulter, die zusätzlichen Schiffe als Ablenkungsköder angefordert zu haben, und schickte sich an, den Befehl zum Abschuss der letzten Rakete und damit der *Oregon* den Rest zu geben.

Doch in einem einzigen grässlichen Moment stellte sich ihre Welt auf den Kopf. Von irgendeiner unsichtbaren Hand gelenkt, änderte die Exocet abrupt den Kurs und wählte die *Reina Azul* als neues Ziel.

Der Kapitän befahl sofort eine ganze Serie von Ausweichmanövern, aber Ruiz wusste, dass es sinnlos war. Ohne irgendeine halbwegs ernstzunehmende Einrichtung zur aktiven Verteidigung hätte ihr Schiff ebenso gut eine Zielscheibe als Markierung tragen können.

Die Rakete traf den Rumpf mittschiffs und riss ein riesiges Loch in den Frachter. Ruiz hätte vielleicht lange genug überleben können, um ins bereitliegende Rettungsboot zu gelangen, hätte sie das Schiff nicht mit Sprengladungen präparieren lassen. Diese schüttelten es durch, während sie kaskadenartig explodierten.

Ruiz' letzte Gefühlsregung war eine Mischung aus ohnmächtiger Wut und Scham, sich in der Durchführung eines vermeintlich raffinierten Coups nur als zweitbeste Strategin erwiesen zu haben. Dann explodierte die vierte Klub-Rakete in ihrer Startvorrichtung und atomisierte die Kommandobrücke mitsamt allen Personen, die sich auf ihr aufhielten.

* * *

Maria riss das Headset herunter, als habe sie einen ohrenbetäubenden Lärm gehört, und Juan hatte für einen winzigen Augenblick das Gefühl, sein Herz bliebe stehen, als ihm der Gedanke, die Exocet-Rakete habe das falsche Ziel getroffen, durch den Kopf schoss. Dann setzte sie es wieder auf und fragte zaghaft: »Kapitän Garcia, sind Sie noch da?«

Nach einigen wenigen Sekunden voller Anspannung sprang sie von ihrem Platz auf und rief voller Freude: »Garcia sagt, es war ein Volltreffer! Die *Reina Azul* wurde vollkommen zerfetzt und ist bereits gesunken. Er und der Kapitän der *Maracaibo* halten Ausschau nach Überlebenden, aber er rechnet nicht damit, auch nur einen einzigen aufzufischen.«

Juan atmete erleichtert auf. Aber noch war er nicht bereit, seinen Erfolg zu feiern.

»Murph, Sie haben noch drei Minuten.«

»Ich werde immer besser, je knapper die Zeit wird«, erwiderte der Waffentechniker mit einem Tonfall souveräner Lässigkeit. »Und *voilà*!« Zwei Videosequenzen erschienen auf dem Hauptbildschirm neben der Landkarte. Beide zeigten blauen Himmel und weiße Wolkenfetzen, die unter dem Betrachter vorbeiglitten.

»Kommen diese Bilder von den Drohnen?«, wollte Juan wissen.

»Von den beiden, die ich unter Kontrolle habe. Kensit steuert die eine der Drohnen, aber ich habe jetzt Zugriff auf die Autopiloten der anderen beiden. Der Punkt ist, dass er davon keine Ahnung hat. Allerdings lässt sich die QF-16 manuell besser und präziser lenken. Jedes direkte Duell würde ich verlieren. Daraus ergibt sich die Frage: Wie schaffe ich es, diese Drohne auszuschalten, ehe sie die Air Force Two vom Himmel holt?«

Juan betrachtete die Karte, auf der die Drohnen und die Air Force Two nordöstlich von Kuba aufeinander zurasten, und bemerkte gleichzeitig, dass Kensit in nächster

Nähe dazu Position bezogen hatte. Wahrscheinlich wollte er sich an dem Anblick weiden, wenn das Flugzeug in Sichtweite seiner Yacht ins Meer stürzte.

»Wir sollten es zweigleisig versuchen. Wenn die eine Methode nicht funktioniert, dann vielleicht die andere. Meinen Sie, ihm würde die Kursänderung einer der Drohnen, die er nicht unter Kontrolle hat, auffallen, wenn sie ganz behutsam erfolgt?«

Murph massierte sein Kinn, während er überlegte. »Wahrscheinlich nicht. Vor allem dann nicht, wenn er durch irgendetwas abgelenkt wird.«

»Dann programmieren Sie eine der Drohnen für eine Zeitlupenkollision. Der Abstand zwischen ihnen soll sich um dreißig Zentimeter pro Sekunde verringern. Wenn Kensit endlich begreift, was im Gange ist, kollidieren die Drohnen auch schon.«

»Das gefällt mir. Und womit lenken wir ihn ab?«

Juan grinste. »Wir lassen die andere Drohne unvermittelt in einen Sturzflug gehen. Programmieren Sie sie für einen Rendezvous-Kurs mit den aktualisierten Koordinaten, die Eric uns liefert.«

Murph schaute auf die Karte, und als er sich umdrehte, war sein Grinsen noch breiter als das von Juan. Gleichzeitig tippte er auf der Tastatur die entsprechenden Befehle.

* * *

»Rücken Sie mir gefälligst nicht so dicht auf die Pelle«, sagte Kensit zu Washburn in einem Tonfall, mit dem man normalerweise niemals jemanden anspricht, der dazu bestimmt ist, in naher Zukunft das Amt des Präsidenten der Vereinigten Staaten zu bekleiden. Ihm war jedoch gleichgültig, wie er klang. Der ehemalige Gouverneur hatte sich im Eifer des Gefechts versehentlich auf Kensits Rückenlehne gestützt und ihn in seiner Konzentration gestört. Er begann allmählich zu bedauern, dass er Washburn eingeladen hatte, die Zerstörung der Air Force Two aus nächster Nähe zu verfolgen.

»Tut mir leid«, entschuldigte sich Washburn schon zum zweiten Mal, machte einen Schritt zurück und lehnte sich gegen die Wand hinter sich. »Wie lange dauert es noch, bis Sie die Maschine abschießen?«

»Nicht mehr lange … da ist sie!« Er deutete auf einen Punkt am blauen Himmel, der auf dem Bild, das die Kamera der führenden Drohne übermittelte, stetig größer wurde. »Wir sind noch fünf Meilen entfernt. Bei einer Geschwindigkeit von dreihundert Meilen pro Stunde dürften wir in sechzig Sekunden hautnah dran sein.«

»Und wenn Sie die Maschine verfehlen?«

»Der Pilot wird versuchen, Ausweichmanöver auszuführen, aber damit hat er kein Glück. Eine QF-16 kann eine 747 mehrmals umkreisen, ehe sie zustößt, und ich habe gleich drei von diesen Dingern zur Verfügung.«

Eine der Drohnen stellte sich plötzlich auf den Kopf. Im selben Moment verschwand das Bild, und Kensit starrte auf ein leeres Bildschirmfenster.

»Verdammt!«

»Was ist?«, fragte Washburn und beugte sich abermals über die Sessellehne, ehe er die Hände zurückzog und wieder »Entschuldigung« sagte.

»Wir haben Quail 3 verloren, offensichtlich durch irgendeinen Defekt.«

»Können Sie das in Ordnung bringen?«

»So dicht vor dem Ziel hätte ein Versuch wenig Sinn. Wir haben aber immer noch die Ersatzdrohne, falls die verbliebene nicht treffen sollte.«

Kensit warf mit Hilfe Sentinels einen Blick ins Cockpit der Air Force Two und verfolgte, wie die Piloten Vorbereitungen trafen, den sich nähernden Drohnen auszuweichen. Sie hatten von der Flugüberwachung der Air Force eine Warnung erhalten und bemühten sich, der drohenden Gefahr zu entkommen, aber ihre Anstrengungen wären vergebens. Da er hören und sehen konnte, welche Manöver sie ausführen würden, konnte er jederzeit so schnell und präzise darauf reagieren, dass es ihnen vorkommen musste, als seien übernatürliche Kräfte im Spiel. Laut Treibstoffanzeige jeder Drohne reichten ihre vorhandenen Reserven für fünfzehn Minuten, daher könnte er sich vielleicht sogar noch ein wenig mit ihnen die Zeit vertreiben, ehe er sie endgültig zu den Fischen schickte. So bald ergäbe sich keine Gelegenheit mehr für ihn, mit ausgewachsenen Düsenjets Hasch mich zu spielen.

Dann dachte er, nein, er wollte kein Risiko eingehen. Er hatte fast drei Jahre lang daran gearbeitet, sich eine solche Gelegenheit zu verschaffen. Da hätte es keinen Sinn, wenn ihm durch zu langes Zögern etwas in die Quere käme wie die Fehlfunktion, die Quail 3 zum Absturz gebracht hatte.

Air Force Two wurde in der Optik der Drohnenkamera immer größer und war nun deutlich als die Maschine des Vizepräsidenten zu erkennen. Die Piloten hatten die Absicht, so lange zu warten, bis sich die QF-16-Drohnen bis auf eine halbe Meile genähert hatten, ehe sie die 747 in einer engen Rechtskurve kontrolliert abschmieren ließen, ohne zu ahnen, dass sie mit diesem Versuch nichts erreichen würden.

Kensit wischte die schwitzenden Handflächen an seiner Hose ab und ergriff die Kontrollen, um den entscheidenden Anflug einzuleiten. Ein irres Grinsen verzerrte für einen kurzen Moment seine Miene, da ihm bewusst wurde, welche Macht im wahrsten Sinne des Wortes in seinen Händen lag. Er war im Begriff – wie schon vor langer Zeit angekündigt –, die Welt zu verändern.

Das Grinsen verflog jedoch, als er in dem Bild, das die

Kamera der Drohne lieferte, die er steuerte, eine seltsame Erscheinung bemerkte. Eine schmale vertikale Kante stieg vom unteren Rand des Bildfensters hoch und verschob sich langsam nach rechts. Er konnte diese Erscheinung nicht einordnen, bis er die Aufschrift USAF unterhalb der Kante lesen konnte.

Es war das Seitenruder der anderen Drohne.

»Nein«, stieß er keuchend hervor. Dann brüllte er: »NEIN!«, und riss seine Drohne scharf nach links.

Er reagierte zu spät. Die Bremsklappen der vorausfliegenden Drohne wurden ausgefahren, sie wurde schlagartig langsamer und versperrte Kensits nachfolgender Drohne den Weg. Er versuchte, seinen eigenen Flugkörper abzubremsen, aber mittlerweile schnitt die linke Tragfläche seiner Drohne in das Seitenruder der vorausfliegenden Drohne. Ein greller weißer Blitz füllte das Kamerabild, dann wurde es schwarz.

Er veränderte das Blickfeld des Sentinels, damit er erkennen konnte, was sich hinter der Air Force Two abspielte. Alles, was von der Drohne, die Kensit manuell gesteuert hatte, noch übrig war, verbrannte in einem riesigen Feuerball. Die andere Drohne, ihres Schwanzleitwerks beraubt, trudelte steuerlos in Richtung Ozean.

Kensit sank in seinem Sessel zurück, völlig perplex über den Verlust beider Drohnen.

Dafür gab es nur eine einzige Erklärung.

Cabrillo und seine Mannschaft. Aber das war unmöglich. Ruiz hatte die *Oregon* doch versenken sollen.

»Was zum Teufel ist da eben passiert?«, fragte Washburn ungläubig.

»Schnauze!«, fauchte Kensit und raufte sich die Haare. »Ich muss nachdenken!«

Kensit betätigte hektisch die Sentinel-Steuerung und rief Haiti und den Golf von Gonâve auf, wo Ruiz ihrem und seinem Gegner den Todesstoß hatte versetzen sollen. Geschockt starrte er auf die heftig ramponierte und qualmende *Oregon*, die jedoch immer noch aus eigener Kraft durch die Wellen rauschte.

Er konzentrierte sich auf das Operationszentrum. In der Bildmitte saß Juan Cabrillo entspannt in seinem Kirk Chair. Er winkte der Karte auf dem Bildschirm vor sich und sagte: »Bye-bye.«

Kensit vermutete auf Anhieb, dass dies abermals eine direkt an ihn gerichtete Botschaft war, doch dann erkannte er, was die Karte deutlich zeigte. Die Quail-3-Drohne war gar nicht abgestürzt.

Sie raste geradewegs auf seine Yacht zu.

Kensit sprang aus seinem Sessel auf, der zurückrollte und mit Washburn kollidierte.

»Aus dem Weg!«, kreischte er und rannte aufs Deck hinaus.

* * *

Maurice glitt lautlos ins Operationszentrum, in den Händen hielt er ein Tablett, auf dem eine Cuban Cohiba aus Juans privatem Zigarrenvorrat lag. Juan hatte keine Ahnung, woher der altgediente Steward so genau wusste, dass die Operation in ihre entscheidende Phase eingetreten war, aber er bedankte sich bei ihm und klemmte sich die Zigarre zwischen die Zähne, um genussvoll das Finale zu verfolgen.

Die weiße Yacht wurde auf dem Bildschirm rasend schnell größer, während die Drohne mit einer Geschwindigkeit von fünfhundert Meilen in der Stunde auf den Ozean hinabstürzte, immerhin noch ausreichend langsam für die Visierelektronik, um das Ziel zu erfassen und seinen hektischen Ausweichbewegungen zu folgen.

Juan sah, wie zwei hellhäutige Männer aufs Deck stürmten, als die Yacht das Bildschirmfenster vollkommen ausfüllte. Beide starrten ungläubig auf den im Sturzflug befindlichen Jet, und Juan konnte noch einen letzten Blick auf Kensits erstaunte und gequälte Miene werfen, ehe sich das Bildschirmfenster verdunkelte.

Murph reckte beide Hände in Siegerpose in die Höhe und jubelte: »Treffer!«

»Dir ist doch wohl klar, dass wir jetzt nicht mehr die geringste Chance haben herauszufinden, wie Sentinel eigentlich funktioniert«, sagte Max. »Lutzens Tagebuch dürfte in Rauch aufgegangen sein.«

Juan zuckte die Achseln. »Es ist auf jeden Fall besser so, als wenn Kensit davongekommen wäre und es dem Höchstbietenden verkauft hätte. Da fällt mir etwas ein … Hali, es dauert nur noch zwei Minuten, bis sich Sentinel selbst zerstört. Rufen Sie Eric und machen Sie ihm Beine, damit er die Oz-Höhle schnellstens verlässt.«

»Er meinte, er wolle die Maschinen noch fotografieren«, erwiderte Hali.

»Das ist nicht so wichtig. Er hatte dazu genug Zeit. Ich will auf keinen Fall, dass er sich irgendwo in der Nähe aufhält, wenn der Laden in die Luft fliegt. Wenn es nicht anders geht, sollen Eddie und Linc Stoney notfalls mit Gewalt rausschleifen.«

Hali grinste. »Vielleicht bestelle ich ihnen, das sollten sie so oder so tun.«

Während Hali Kasim die Verbindung herstellte, klappte Juan das silberne Feuerzeug auf, das Maurice auf die Armlehne seines Sessels gelegt hatte, und zündete seine wohlverdiente Zigarre an.

* * *

Hector Bazin wurde von einem Rumpeln geweckt, das seinen gesamten Körper durchschüttelte. Als es nachließ, richtete er sich auf und massierte seinen schmerzenden Schädel. Dabei fragte er sich, wie lange er bewusstlos gewesen sein mochte. Seine Hände und sein Gesicht waren mit getrocknetem Blut verkrustet, woraus er schloss, dass er ziemlich lang weggetreten sein musste. Er schlug die Augen auf und starrte in undurchdringliche Dunkelheit.

Anfangs nahm er an, die Gehirnerschütterung wäre so heftig gewesen, dass er davon erblindet war. Hektisch wühlte er in seinen Taschen, bis er ein Streichholzheft fand. Nur zwei Streichhölzer waren noch übrig.

Er riss eins an und sah, dass seine Augen noch vollkommen intakt waren. Er war in einer Höhle gefangen, und die Erinnerung, wie er dorthin geraten war, kam erst nach und nach zurück. Eine RPG war auf ihn abgefeuert worden. Die Explosion. Die Gesteinslawine. Dann nichts mehr.

Er kämpfte sich schwankend auf die Füße und sah, dass der gesamte Höhleneingang mit Felsbrocken zugeschüttet war. Die wegzuräumen, dazu würde ein halbes Dutzend Männer mehrere Tage brauchen.

Ihn packte das kalte Entsetzen, als ihm klar wurde, dass das Erdbeben, das ihn geweckt hatte, durch die Selbstvernichtung des Sentinels ausgelöst worden war. Ein Blick auf seine Armbanduhr bestätigte diese Vermutung. Selbst wenn er es schaffen sollte, sich aus der Höhle in die Freiheit zu graben, erwartete ihn eine tödliche Dosis radioaktiver Strahlung, sobald er die Kammer betrat.

Taumelnd wich er von dem Gesteinshaufen zurück. Das Streichholz brannte bis zu seinen Fingern herab, und er stieß einen leisen Schmerzlaut aus und ließ es fallen. In seiner Panik riss er dummerweise auch das letzte Streichholz an und, als ihm klar wurde, welchen Fehler er gemacht hatte, zündete er das Streichholzbriefchen selbst an, um für ein paar weitere wertvolle Sekunden Licht zu haben.

Er erlebte seinen schlimmsten Alptraum. Das Labyrinth

der Felstunnel erstreckte sich über Meilen. Selbst wenn er eine Lampe zur Verfügung hätte, würde er Tage brauchen, um den Eingang zu finden, durch den Juan Cabrillo in die Höhle gelangt war.

Er machte kehrt und stolperte in die entgegengesetzte Richtung, verzweifelt nach einem gangbaren Weg oder wenigstens nach entsprechenden Markierungen Ausschau haltend. Ehe er fünf Meter zurückgelegt hatte, stolperte er über einen Stalagmiten und schlug mit dem Gesicht auf dem Felsboden auf. Das Streichholzbriefchen rutschte ihm aus der Hand, flammte ein letztes Mal auf und erlosch.

Die Dunkelheit, die ihn umschloss, war so umfassend, dass es nur wenige Sekunden dauerte, bis Bazin spürte, wie sich die Krakenfinger des Wahnsinns durch seinen Geist tasteten und ihn in Besitz nahmen. Gleichzeitig dämmerte ihm die lähmende Gewissheit, dass er die letzten Tage seines Lebens eingesperrt in seinem eigenen Grab verbringen würde, ohne Hoffnung auf Rettung oder Flucht.

Mit nichts als seiner eigenen Stimme, die ihm Gesellschaft leisten würde, tat Bazin das Einzige, was ihm in diesem Moment einfiel.

Er brüllte.

EPILOG

EINE WOCHE SPÄTER
MEXIKO

Mit lässigem Flossenschlag schwamm Juan durch die überflutete Höhle, in die er und Max durch einen Cenote – ein Sinkloch, das sich mit Wasser gefüllt hatte – gelangt waren. Der Staat Quintana Roo auf der Halbinsel Yucatán war derart dicht mit diesen Sinklöchern durchsetzt, dass im Internet eine Datenbank existierte, in der sie katalogisiert waren. Der Cenote jedoch, in dem sie in diesem Moment tauchten, wurde auf keiner Liste aufgeführt. Wenn Juans Informationen zutrafen, waren er und Max die Ersten, die diese Doline erkundeten.

Laut Juans inertialem Navigationscomputer, den er an seinem Handgelenk trug, brauchten sie keinen allzu weiten Weg zurückzulegen. Er drehte sich um und sah, wie Max mit großen Augen hinter ihm herschwamm, die blinden Albinofische der Höhle mit sichtlichem Unbehagen betrachtete und sich bemühte, der ungewohnten und – für ihn offenbar – ungemütlichen Umgebung etwas Positives abzugewinnen. Vielleicht rührte sein Unbehagen aber auch von dem Nasstauchanzug her, der sich zum Zerreißen stramm um seine nicht unbeträchtliche Leibesfülle spannte. Ganz gleich was ihn störte, einiges an Überredungskunst war notwendig gewesen, um ihn dazu zu bewegen, Juan bei seinem Tauchgang zu begleiten.

Viel lieber wäre Max auf der *Oregon* geblieben, um die Reparatur der Waffensysteme zu beaufsichtigen. Die Schäden am Rumpf, am Radar der einen Gatling und an der Metal-Storm-Batterie waren nicht so umfangreich, wie es anfangs erschienen war, daher konnte Juan Max Hanley davon überzeugen, dass die restliche Mannschaft durchaus auf sein Hilfe verzichten konnte, während sie die Reparaturen ausführte, ehe sie ihren lange ersehnten Landurlaub antreten durfte.

Nichtsdestotrotz musste Max etwas finden, worüber er sich beklagen konnte, was darauf hinauslief, dass er während des Hubschrauberflugs zum Cenote seine Besorgnis äußerte, dass Maria Sandoval möglicherweise die Geheimnisse der *Oregon* verriet. Juan hingegen machte sich deswegen keine Sorgen. Erstens war sie Schiffskapitän, der man bereits versprochen hatte, dass sie ihren Posten wieder übernehmen könne, sobald die *Ciudad Bolívar* das Trockendock verließ, zweitens war sie Juan einiges schuldig, weil er ihr das Leben gerettet hatte, und drittens hatte sie selbst ihm erklärt, dass sie sich nicht vorstellen könne, dass irgendjemand ihre Geschichte glauben würde.

Man konnte mit Sicherheit davon ausgehen, dass sich Max über die Bezahlung für diese Mission nicht beklagen würde. Außer ihrem Anteil an der von der Versicherung ausgeschütteten Summe für die Bergung von Marias Schiff konnten sie für die Mission, Kensit zur Strecke zu bringen, einen ansehnlichen Profit einstreichen. Als der Abschlussbericht der Operation auf Langston Overholts Schreibtisch landete und zweifelsfrei klar war, dass die Mannschaft der *Oregon* den Abschuss der Boeing 747 des Vizepräsidenten vereitelt hatte, scheute sich niemand, ihr ein Honorar anzuweisen, das sämtliche Reparaturkosten abdeckte und zusätzlich noch einen ansehnlichen Gewinn in der Kasse der Corporation klingeln ließ.

Die Tatsache, dass Kensit, Bazin und Ruiz unter einer Decke gesteckt hatten, war für das amerikanische Militär und den Geheimdienst ein Schock gewesen. Aber Juan war am meisten überrascht, als bekannt wurde, wer der andere Mann auf Kensits Yacht gewesen war. Ein einziges Bild des Drohnenvideos hatte ausgereicht, um Brian Washburn zu identifizieren, den ehemaligen Gouverneur von Florida und die logische Wahl für den Posten des Vizepräsidenten, falls die Air Force Two tatsächlich abgeschossen worden wäre. Eine anschließende Kontrolle der in seinem Bürocomputer gespeicherten Dateien förderte eine Videodatei zutage, die unzureichend gelöscht und mit Hilfe des allsichtigen Sentinel-Auges aufgenommen worden war. Sie zeigte ihn dabei, wie er einen Erpresser tötete.

Natürlich würde in absehbarer Zeit niemand die unglaublichen Fähigkeiten Sentinels wiederherstellen können, erst recht nicht in einer Höhle, die mittlerweile mit tödlicher Radioaktivität gesättigt war. Besorgte Umweltschutzorganisationen wiesen darauf hin, dass die Strahlung bis in den Lake Péligre vordringen könne. Allerdings gab es bislang keine Hinweise auf eine derartige Kontamination.

Selbst wenn die Höhle noch intakt gewesen wäre, hätte ein Wiederaufbau Sentinels ohne Lutzens und Kensits Forschungsergebnisse nicht verwirklicht werden können. Aber Juan gab sich auch gar nicht der Illusion hin, dass sich die amerikanische Regierung in dieser Hinsicht schnell geschlagen geben würde. Er war überzeugt, dass allein das Wissen darum, dass diese Technologie entwickelt werden konnte, die Forschung in geheimen Labors längst schon in Gang gesetzt hatte.

Der Navigationscomputer zeigte an, dass sie die gesuchten Koordinaten erreicht hatten. Juan richtete den Lichtstrahl seiner Stablampe nach oben und gewahrte den silbrigen Glanz, dar darauf hinwies, dass sich über dem Wasser ein Luftraum befand. Mit dem Daumen gab er Max ein entsprechendes Zeichen und stieg auf.

Er schwang sich aus dem Wasser, setzte sich auf den Rand des Wasserlochs in der Höhle und hievte Max anschließend aus dem Wasser auf den Platz neben sich.

Max schob die Tauchmaske auf die Stirn und spuckte seinen Regulator aus.

»Weißt du«, sagte er, wobei seine Stimme von der Schwärze ringsum gedämpft zu werden schien, »viel lieber wäre ich jetzt auf dem Schiff, um die Reparaturarbeiten zu leiten.«

Juan lachte. »Ich dachte, du hättest den Wunsch, dir wenigstens dies hier anzusehen, da du von Haiti nichts mitbekommen hast.«

»Hast du ernsthaft angenommen, ich hätte etwas für feuchte, dunkle Höhlen übrig? Sehe ich etwa wie ein Morlock aus?«

»Höchstens wie ein Halb-Morlock. Aber die Höhle bleibt nicht für immer dunkel.«

Juan holte vier leistungsstarke LED-Lampen aus seinem wasserdichten Transportsack und arrangierte sie auf dem Höhlenboden. Als er sie einschaltete, sprang Max reflexartig auf.

Die Höhle, in der sie sich befanden, war mindestens dreimal so groß wie die Behausung Sentinels in Haiti. Ihre Wände befanden sich außerhalb der Reichweite der LED-Lampen. In jedem Felsspalt funkelten hellgrüne Kristalle, einige waren wie Rosetten geformt, andere so dick wie ausgewachsene Bäume, die im Boden wurzelten und durch das Dach hoch über ihnen hinausragten.

»Heiliger Bimbam. Das ist Emerald City, Batman«, sagte Max und rieb sich mit unverhohlener Gier die Hände. »Der reinste Jackpot!«

»Es sind keine Smaragde, sondern Selenkristalle mit

Kupfereinschlüssen. Bei weitem nicht so wertvoll wie das reine Kristall, aber für jemanden, der die Mittel und Kenntnisse hat, Sentinel zu schaffen – unbezahlbar.«

»Woher wusstest du, dass wir dies hier finden würden?«, fragte Max, als er sich staunend umsah.

»Ich fand den Hinweis in dem Video, das wir von Kensits Büro auf seiner Yacht aufnahmen. Dort hing eine Wandkarte mit der Überschrift ›Phase 2‹. Darunter befanden sich die Angaben für Längen- und Breitengrad sowie eine dritte Zahl, die, wie mir nach einiger Zeit dämmerte, die Meereshöhe – oder genauer, Wassertiefe – angab. Ich war mir ziemlich sicher, dass ich eine weitere Höhle gefunden hatte. Und wenn die Verhältnisse denen in Haiti auch nur ähnelten, bestand die große Wahrscheinlichkeit, dass wir auf irgendeinem Weg hineingelangen konnten.«

»Soweit wir wissen, könnte dies die einzige andere Höhle dieser Art auf der ganzen Welt sein.«

»Da magst du recht haben. Die einzige ähnliche Höhle, die man bisher entdeckt hat, befindet sich im nördlichen Mexiko und heißt Cave of the Crystals, aber deren Kristalle sind knochenweiß und haben darum nicht die gleichen Eigenschaften wie diese Oz-Kristalle.«

Max riss seinen Blick von dem phantastischen Anblick los und sah Juan an.

»Du hattest befürchtet, dass Kensit seine Technologie verkauft und jemand anderer Sentinel in dieser Höhle einrichtet. Deshalb hast du die Yacht zerstört.«

Juan ging auf ein Knie hinunter und hob eins der Kristalle auf, um seine Facetten zu betrachten. Dabei achtete er darauf, sich nicht an den scharfen Kanten zu schneiden. »Ich habe die Yacht zerstört, weil Kensit dafür bezahlen musste, dass er meine Leute angegriffen hat. Aber ich habe mir Sorgen gemacht, dass er sich, hätte er überlebt, seine

Freiheit mit den Geheimnissen Sentinels und der Position dieser Höhle hätte erkaufen können.«

»Das kann ich dir nicht verdenken. Ich weiß, dass ich diese Technologie niemandem anvertrauen würde. Wenn es stimmt, dass absolute Macht jeden korrumpiert, dann wäre jeder, der über Sentinel verfügt, auf dem besten Weg, diese Macht zu missbrauchen und eine Tyrannei zu errichten.«

»Wie wir es längst haben beobachten können. Wenn jemand wie Kensit durch so viel Macht verdorben werden konnte, stell dir nur vor, was eine ganze Regierung damit anrichten könnte.«

»Wer weiß über diesen Ort Bescheid?«

»Nur wie beide. Ich dachte mir, was Langston Overholt nicht weiß, macht ihn auch nicht heiß. Außerdem befindet sich dieser Ort auf mexikanischem Gebiet, daher könnte unsere Regierung ohnehin keine Forderungen stellen.«

»Und wenn die mexikanische Regierung davon Wind bekommt?«

»Dann würde es ein wenig kompliziert werden. Sie könnte das Wissen für sich behalten oder es jedem verkaufen, der sich dafür interessiert. Einem Wirtschaftskonglomerat mit unerschöpflichen Geldreserven. Einem Drogenkartell, zum Beispiel.«

»Das bringt mich zu einer interessanten Frage. Wem gehört diese Höhle eigentlich?«

»Mir.«

Max starrte ihn verblüfft an. »Dir?«

»Ich habe den Namen der Scheinfirma in Erfahrung gebracht, die Kensit benutzt hat, um dieses Land zu erwerben. Da der Firmeninhaber nun verstorben ist und es keinen rechtmäßigen Erben gibt, habe ich ein niedriges Angebot für diesen anscheinend wertlosen Grund und Boden inklusive der Abbaurechte für eventuelle Bodenschätze abgegeben. Der Kauf muss nur noch beurkundet werden.«

»Aber wie hat Kensit diesen Ort gefunden?«

»Wer weiß das schon?«, erwiderte Juan. »Mit Hilfe geologischer Untersuchungen. Oder vielleicht hat er sogar Sentinel zu diesem Zweck eingesetzt. Wir werden nie erfahren, wozu diese Konstruktion fähig war, nun da Kensit tot ist und seine Pläne vernichtet wurden. Fragt sich nur, ob es jemals dazu kommen wird, dass jemand in die Lage kommt, seine Arbeit zu rekonstruieren. Um unser aller Heil willen sollten wir hoffen, dass so etwas niemals geschieht.«

»Kensit war natürlich ein Irrer, aber er war auch ein Genie, oder?«

»Ich will ihm sogar zugestehen, dass er cleverer war als jeder Einzelne von uns, wahrscheinlich war er uns sogar haushoch überlegen. Sein Fehler war jedoch, dass er glaubte, klüger zu sein als wir alle zusammengenommen.« Juan holte zwei Dosen Corona aus seinem wasserdichten Transportsack und reichte Max eine davon. Sie stießen miteinander an, ehe sie sich gemütlich zurücklehnten, um die Atmosphäre dieses einmaligen Ortes auf sich wirken zu lassen.

»Eines kann ich dir versichern, mein Freund«, sagte Juan mit einem zufriedenen Grinsen. »Ein Team cleverer Praktiker ist mir immer lieber als ein einsames Genie.«